ELIZABETH GEORGE (Hrsg.)

Im Anfang war der Mord

Buch

Elizabeth George hat in diesem Buch eine einmalige Auswahl von Kriminalgeschichten großer Autorinnen zusammengestellt. Das Ergebnis: eine hochkarätige Sammlung aus dem Besten, was die Geschichte der Spannungsliteratur zu bieten hat! Und Elizabeth George selbst bereichert den Band um eine hinreißend kluge und pointierte Einführung: »Dieser Band stellt Ihnen ein ganzes Jahrhundert an Krimigeschichten und spannenden Erzählungen von Frauen vor. Ihnen wird auffallen, dass in dieser Sammlung einesteils Namen vertreten sind, die mit der Kriminalliteratur eng verbunden sind – Dorothy L. Sayers, Minette Walters, Sara Paretsky und andere –, aber auch Namen auftauchen, die man normalerweise nicht mit Kriminalliteratur in Verbindung bringt, etwa Nadine Gordimer und Joyce Carol Oates. Ich habe versucht, eine möglichst breite Auswahl an Autorinnen zusammenzustellen, weil sich darin meine grundlegende Überzeugung widerspiegelt: Kriminalliteratur muss nicht als Genreliteratur betrachtet werden!«

Autorin

Psychologische Raffinesse, präziser Spannungsaufbau und ein unfehlbarer Sinn für Dramatik charakterisieren die Bücher der amerikanischen Bestsellerautorin Elizabeth George. Einige ihrer Bücher wurden von der BBC verfilmt und auch im deutschen Fernsehen mit größtem Erfolg ausgestrahlt. Weitere Informationen über die Autorin und ihre Werke gibt es im Internet unter www.elizabethgeorgeonline.com

Von Elizabeth George außerdem lieferbar:

Gott schütze dieses Haus. Roman (9918), Auf Ehre und Gewissen. Roman (41350), Keiner werfe den ersten Stein. Roman (42203), Mein ist die Rache. Roman (42798), Denn bitter ist der Tod. Roman (42960), Denn keiner ist ohne Schuld. Roman (43577), Asche zu Asche. Roman (43771), Im Angesicht des Feindes. Roman (44108), Denn sie betrügt man nicht. Roman (44402), Undank ist der Väter Lohn. Roman (44982), Nie sollst du vergessen. Roman (45611), Vergiss nie, dass ich dich liebe. Erzählungen (45725), Wer die Wahrheit sucht. Roman (Blanvalet, gebunden), Wort für Wort oder Die Kunst, ein gutes Buch zu schreiben (41664)

Elizabeth George
(Hrsg.)

Im Anfang war der Mord

Die spannendsten Kurzgeschichten von den besten Krimiautorinnen der Welt

Deutsch
von Cornelia C. Walter

GOLDMANN

Die Originalausgabe dieser Anthologie erschien 2002
unter dem Titel »Crime from the Mind of a Woman«
bei Hodder & Stoughton, Hodder Headline, London.

Folgende Texte wurden
in bereits vorliegenden Übersetzungen übernommen:

Dorothy L. Sayers, Der Mann, der wusste wie
Übersetzt von Traudl Nothelfer.
Nadine Gordimer, Liebende in Stadt und Land
Übersetzt von Walter Hartmann.
Joyce Carol Oates, Totschlag
Übersetzt von Bernhard Schmid.
Minette Walters, Ein englischer Herbst
Übersetzt von Mechtild Sandberg-Ciletti.

Die Quellennachweise und Copyrightangaben
zu den einzelnen Texten finden Sie am Ende des Bandes.

Umwelthinweis:
Alle bedruckten Materialien dieses Taschenbuches
sind chlorfrei und umweltschonend.

Der Wilhelm Goldmann Verlag ist ein Unternehmen
der Verlagsgruppe Random House GmbH.

1. Auflage
Taschenbuchausgabe Juli 2005

Umschlaggestaltung: Design Team München
Umschlagfoto: Artothek
Druck: GGP Media GmbH, Pößneck
Titelnummer: 45953
BH · Herstellung: Sebastian Strohmaier
Made in Germany
ISBN 3-442-45953-2
www.goldmann-verlag.de

Inhalt

Einführung
von
Elizabeth George

Ob es sich nun um eine Detektivgeschichte handelt, einen Thriller, eine psychologische Studie von Charakteren, die sich mit einem zerstörerischen Ereignis konfrontiert sehen, ob um einen Gerichtskrimi, die öffentliche Aufdeckung eines Verbrechens, einen Polizeikrimi oder den wahrheitsgetreuen Bericht über eine tatsächliche Straftat, die Frage bleibt immer die gleiche: Wieso Verbrechen? Ob es sich bei den Beteiligten um FBI-Agenten handelt, um Polizisten, Gerichtsmediziner, Journalisten, Militärangehörige, den Mann oder die Frau von der Straße, Privatdetektive oder die kleine alte Dame von nebenan, die Frage bleibt die gleiche: Wieso Verbrechen? Es mag um Mord gehen (Einzeltaten, Serien- oder Massenmord), um Körperverletzung, Raub, tätlichen Angriff, Entführung, Einbruch, Wucher oder Erpressung – wir wollen es wissen: Wieso Verbrechen? Wieso übt das Verbrechen eine derartige Faszination aus, und – vor allem – wieso übt es diese Faszination auf Schriftstellerinnen aus?

Ich glaube, auf diese Fragen gibt es mehrere Antworten.

Das Schreiben von Kriminalliteratur ist praktisch ebenso alt wie das Schreiben an sich und gehört deshalb sehr wohl zu unserer literarischen Tradition. Die frühesten Kriminalgeschichten kennen wir aus der Bibel: Kain tötet Abel in rasender Eifersucht; in einem Akt eifersüchtiger Verschwörung verkaufen seine Brüder Josef nach Ägypten in die Sklaverei und täuschen ihrem gramgebeugten Vater seinen Tod vor; in lüsterner Eifersucht sendet David Batsebas Gatten an die vorderste Kampflinie, damit er selbst die liebreizende Frau für sich hat; in unerwiderter Begierde legen zwei geachtete Älteste falsches Zeugnis gegen die tugendsame Susanna ab, womit sie sie zum Tod wegen Ehebruchs verdammt hätten, wenn nicht jemand vorgetreten wäre und die Geschichte der beiden widerlegt hätte; Väter wohnen im verbrecherischen Akt des Inzests ihren Töchtern bei; Brüder töten ihre Brüder, kämpfen gegen sie, verleugnen und misshandeln sie; Frauen verlangen, den Kopf von Männern auf einer Schüssel präsentiert zu bekommen; Judith enthauptet den Holofernes; Judas verrät Jesus von Nazareth; König Herodes lässt die neugeborenen Knäblein der Hebräer erschlagen… Schauerlich geht es zu im Alten und im Neuen Testament, und aus dieser Quelle trinken wir von frühester Kindheit an.

Beim Verbrechen findet sich der Mensch in einer Grenzsituation wieder, *in extremis*, ja mehr noch – beim Verbrechen befindet sich der Mensch außerhalb der Norm. Auf jeden Kain kommen eine Milliarde Brüder, die durch die Jahrhunderte hindurch zusammengelebt haben. Auf jeden David kommen zehn Millionen Männer, die von einer Frau abließen, als sie erfuhren, dass sie zu einem anderen gehört. Aber gerade das macht Verbrechen ja so interessant. Es ist nicht das, was Leute normalerweise tun.

Gerne würde man glauben, dass Autos, wenn sich auf der Autobahn ein Unfall ereignet hat, aus erhöhter Vorsicht langsamer fahren: Jeder sieht die blinkenden Lichter vor sich, den Rauch, die Feuersignale, die Krankenwägen, die Feuerwehrautos, und tritt auf die Bremse, um nicht so zu enden wie die Unglücklichen, die da gerade aus dem Metallgewirr befreit werden. Aber das ist normalerweise nicht der Grund, weshalb die Leute das Tempo drosseln. Sie fahren langsamer, um zu gaffen, ihre Neugier ist angestachelt. Warum? Weil ein Unfall etwas Anormales ist, und Anomalien interessieren uns. Sie interessieren uns seit Anbeginn der Zeit und werden es bis zu deren Ende tun.

Brutale Mordfälle schaffen es auf die Titelseite. Entführungen, Fälle von rätselhaftem Verschwinden, Krawalle, tödliche Autounfälle, Flugzeugabstürze, terroristische Bombenattentate, bewaffnete Raubüberfälle, Heckenschützen, die auf Ahnungslose schießen… das alles drängt sich in unseren Alltag, führt uns die Brüchigkeit unserer Existenz vor Augen und macht uns gleichzeitig Appetit darauf, mehr zu erfahren. Wir kommen als Nation abrupt zum Stillstand, um im Fall von O.J. Simpson dem Urteil zu lauschen, denn bei dem, was sich auf dem Bundy Drive zugetragen hat, geht es um niedrige Triebe, und die niedrigen Triebe jenes Doppelmörders erwecken die niedrigen Triebe in uns selbst. Vergossenes Blut schreit nach noch mehr Blutvergießen, um die Tat zu sühnen. Wir suchen für jedes Verbrechen nach der passenden Strafe. Verbrechen ist so alt wie die Menschheit. Die Sensationslust auch. Und die Rachsucht.

Kriminalliteratur verschafft uns eine Art Genugtuung, die uns im wirklichen Leben oft versagt bleibt. Im wirklichen Leben werden wir nie Gewissheit haben, wer Nicole und Ron nun tatsächlich umgebracht hat; wir können bloß vermuten, dass es auf der grasbewachsenen Hügelkuppe einen zweiten Schützen gab; wir werden über Dr. Shepards Frau und Jeffrey MacDonalds Fähigkeit zur Wahrheit oder Selbsttäuschung im Unklaren gelassen. Der Green River Killer verschwindet in dem Urschleim, aus dem er aufgetaucht war, zu ihm gesellt sich der Zodiac Killer, und uns bleibt nur die Frage: Wer waren diese Leute, und wieso haben sie gemordet? In der Kriminalliteratur jedoch werden die Mörder mit der Gerechtigkeit konfrontiert. Es kann reale Gerechtigkeit sein, poetische Gerechtigkeit oder psychologische Gerechtigkeit. Aber sie werden damit konfrontiert. Sie werden demaskiert, und die Normalität ist wiederhergestellt. Darin liegt eine immense Genugtuung für den Leser, ganz sicher mehr Genugtuung als jene, die aus der Ermittlung und Bestrafung eines tatsächlichen Verbrechens erwächst.

Für den Autor, der die Psyche seiner Figuren ausloten will, gibt es nichts so katastrophal Katalytisches wie das Eindringen eines Verbrechens in eine ansonsten friedliche Umgebung. Bei einem Verbrechen geraten sämtliche Beteiligten in eine Konfliktsituation, der sie sich nicht entziehen können: die Ermittler, der Täter, die Opfer und diejenigen, die mit den Ermittlern, dem Täter und den Opfern in Verbindung stehen. Konfrontiert mit monströsen, traumatischen Erlebnissen, werden Mut und Seelenstärke der Figuren auf die Probe gestellt. An diesem Punkt, wenn die Überzeugungen, der Seelenfrieden, die geistige Gesundheit und die Lebensart einer Figur in ihren Grundfesten erschüttert werden, geschieht es, dass sich ein krankhafter Zug offenbart. Und aus dem Zusammenprall der Krankhaftigkeit des Einzelnen mit der Krankhaftigkeit aller anderen Figuren erwachsen Dramatik und Katharsis.

Einige der größten Werke der Literatur spielen sich vor dem Hintergrund eines abscheulichen Verbrechens ab. Hamlets monumentaler innerer Kampf, mit dem er sein Gewissen zu überwinden und den Part der Nemesis zu spielen trachtet, hätte nicht stattfinden können, wenn sein Vater nicht in einem brutalen Akt von Brudermord vergiftet worden wäre. Ödipus konnte sein Schicksal nicht erfüllen, ohne zuvor König Laios auf der Straße nach Theben zu töten. Medea wäre nicht in der Lage, in der sie sich in Korinth befindet – eine Ausgestoßene, die vom nervösen Kreon aufs Neue ausgestoßen werden soll, da er sich ihrer Fähigkeiten als Zauberin nur zu bewusst ist –, wäre ihr der Ruf als treibende Kraft beim Tod von König Pelias nicht vorausgeeilt. Jeden, der liest, dürfte es daher kaum überraschen, dass Schriftsteller nicht bloß weiterhin vom Verbrechen fasziniert sind, sondern es auch weiterhin als Rückgrat eines Großteils ihrer Prosa verwenden.

Das Verbrechen erfüllt in einem literarischen Werk eine Doppelfunktion. Erstens dient es als Handlungsfaden für die Geschichte: Das Verbrechen muss untersucht und im Rahmen der Verwicklungen und Wendungen des Plots gelöst werden. Zweitens – was vielleicht noch wichtiger ist – fungiert das Verbrechen auch als Gerüst, quasi als Skelett für den Körper der Geschichte, die erzählt werden soll. Über dieses Skelett kann die Autorin je nach Belieben viel oder wenig stülpen. Sie kann das Skelett nur aus Knochen belassen und eine Geschichte erzählen, die knapp, präzise und ohne Umschweife und Ausschmückungen zur Auflösung und zum Schluss kommt. Oder sie kann das Skelett mit Muskeln, Gewebe, Adern, Organen und Blut ausstatten, also mit so unterschiedlichen Erzählelementen wie Thema, tiefer gehender Charakterisierung, literarischen Symbolen und Nebenhandlungen sowie den spezifisch krimibezogenen Erzählelementen wie Hinweisen, falschen Fährten, Spannung und einer ganzen Reihe von altbewährten Motiven der Kriminalliteratur: die hermetisch verschlossene Todeskammer (oder der abgeschlossene Raum), der offensichtlichster Tatort, die vom wahren Mörder ausgelegten falschen Spuren, die fixe Idee. Auf diese Weise können ihre Figuren Hand in Hand in Richtung der unausweichlichen Auflösung marschieren oder sich von den unzähligen Möglichkeiten ablenken lassen, die sich ihnen mittels erweiterter Handlung und komplizierterer Erzählstruktur bieten.

Wieso sollte eine Schriftstellerin sich also überhaupt mit etwas anderem befassen wollen? Ich sehe keinen Anlass dazu. Denn solange sie der Überzeugung folgt, die einzige Regel sei die, dass es keine Regeln gibt, sind ihr auf diesem Gebiet keine Grenzen gesetzt.

Das beantwortet aber noch nicht die Frage, wieso die Kriminalliteratur eine derartige Anziehungskraft auf Autorinnen ausübt. Es ist in der Tat eine Frage, die Journalisten mir mit ziemlich nervtötender Regelmäßigkeit immer wieder stellen.

In Großbritannien und dem Commonwealth wird das Goldene Zeitalter des Kriminalromans – das sich meines Erachtens von den zwanziger bis in die fünfziger Jahre erstreckt – von Frauen beherrscht. Ihre Namen stellen tatsächlich ein Pantheon dar, in das jede moderne Autorin aufgenommen zu werden strebt. Agatha Christie, Dorothy L. Sayers, Ngaio Marsh, Margery Allingham... Man kann sich unschwer vorstellen, weshalb Schriftstellerinnen während des gesamten zwanzigsten Jahrhunderts bemüht waren, in diesen erlauchten Kreis vorzustoßen: Sobald sich eine auf einem literarischen Gebiet etablierte, folgten andere rasch nach. Die Faszination, die die Kriminalschriftstellerei auf Frauen ausübte, lässt sich daher leicht erklären: Frauen beschlossen, Kriminalgeschichten zu schreiben, weil sie darin erfolgreich waren. Der Erfolg der einen zieht das Erfolgsstreben einer anderen nach sich.

Dies trifft auch auf die Vereinigten Staaten zu. Der Unterschied dort besteht aber darin, dass das Goldene Zeitalter des Kriminalromans von Männern dominiert wird und Frauen erst später nachzogen. Wenn wir an das Goldene Zeitalter in Amerika denken, fallen uns Dashiell Hammett und Raymond Chandler ein, Geschichten mit einem Ich-Erzähler, hart gesottenen Privatdetektiven, die rauchen, Whisky trinken, in heruntergekommenen Apartments wohnen und Frauen abschätzig als »Weiber« bezeichnen. Sie setzen Schusswaffen und ihre Fäuste ein und verfügen über jede Menge Arroganz. Sie sind einsame Wölfe und gefallen sich in dieser Rolle.

In diese männlich dominierte Welt einzubrechen verlangte von den Schriftstellerinnen gehörigen Mumm und Zielstrebigkeit. Einige von ihnen entschieden sich dafür, freundlichere, sanftere Kriminalromane zu schreiben, die der Empfindsamkeit der Leserinnen entsprachen, die sie anzuziehen hofften. Andere beschlossen, sich ohne Umschweife unter die Männer zu mischen, indem sie Detektivinnen schufen, die ebenso knallhart waren wie die Männer, an deren Stelle sie treten wollten. Sue Grafton und Sara Paretsky erbrachten den unwiderlegbaren Beweis, dass eine weibliche Spürnase von einem männlichen wie von einem weiblichen Publikum akzeptiert werden konnte, und nun traten plötzlich zahlreiche andere Autorinnen in Graftons und Paretskys Fußstapfen. Die Szene erweiterte sich also auch in den Vereinigten Staaten und bot Frauen ein zusätzliches Ventil für ihre kreativen Energien.

Die Kriminalliteratur ist ein weites Feld, so breit und vielfältig wie das Verbrechen an sich. Weil es keine absolut strikten Regeln gibt und weil die wenigen tatsächlich vorhandenen Regeln dazu da sind, gebrochen zu werden (man denke nur an den Aufruhr 1926 beim Erscheinen von Agatha Christies *The Murder of Roger Ackroyd),* kann sich die Autorin jeden erdenklichen Schauplatz aussuchen, um ihn dann mit den ausgefallensten Spürnasen zu bevölkern: Teenagern, Kindern, alten Damen, Tieren, Stubenhockern und Leuten mit Platzangst, Lehrerinnen, Ärzten, Astronauten und so fort, so weit die Fantasie sie tragen kann. Wenn dies der Grundsatz der Kriminalliteratur ist, sollte die Frage eigentlich nicht lauten, wieso so viele Frauen Kriminalgeschichten schreiben, sondern wieso eigentlich nicht *alle* Kriminalgeschichten schreiben.

Dieser Band versucht nicht, eine Antwort auf diese Frage zu geben. Stattdessen stellt er Ihnen zu Ihrer Unterhaltung ein ganzes Jahrhundert an Kriminalgeschichten und spannenden Erzählungen von Frauen vor. Ihnen wird auffallen, dass in dieser Sammlung einesteils Namen vertreten sind, die mit der Kriminalliteratur eng verbunden sind – Dorothy L. Sayers, Minette Walters, Sara Paretsky und andere –, aber auch Namen erscheinen, die man normalerweise nicht mit Kriminalliteratur in Verbindung bringt, etwa Nadine Gordimer und Joyce Carol Oates. Ich habe versucht, eine möglichst breite Auswahl an Autorinnen zusammenzustellen, weil sich in so einer breiten Auswahl meine grundlegende Überzeugung widerspiegelt: Kriminalliteratur muss nicht als Genreliteratur betrachtet werden. Sie ist nicht auf ein paar durchschnittlich begabte

Praktikerinnen beschränkt. Und was das Wichtigste ist – sie ist tatsächlich etwas, was die Zeit überdauern kann, sie überdauern wird und bereits überdauert hat.

Was mich als Autorin mit am meisten irritiert, ist die Tatsache, dass viele Menschen Kriminalliteratur für eine minderwertige Form schriftstellerischer Betätigung erachten. In all den Jahren, die ich nun Kriminalromane schreibe, habe ich zahlreiche Gespräche mit Leuten geführt, die diesen höchst seltsamen Standpunkt vertreten. Auf einem Schriftstellerkongress sagte mir einmal jemand, er wolle zur Übung erst einmal Kriminalromane schreiben und später dann einen »richtigen Roman«. (»Sie fabrizieren also Tacos, bevor Sie sich an selbst gemachten Schokoladenkuchen wagen?«, fragte ich ihn ganz unschuldig.) Eine Journalistin in Deutschland wollte einmal wissen, was ich davon hielte, dass meine Romane nicht in einer bestimmten angesehenen Zeitung rezensiert würden, von der ich noch nie gehört hatte. (»Ach je, keine Ahnung. Die Zeitung hat vermutlich keinen besonderen Einfluss auf die Verkaufszahlen«, erwiderte ich.) Mehrmals sind während der Diskussion nach meinen Vorträgen Leute aufgestanden, um mich zu fragen, wieso »eine Schriftstellerin wie Sie eigentlich keine ernsthaften Romane schreibt«. (»Ich betrachte Kriminalliteratur als ernsthaft«, entgegne ich ihnen.) Und doch hält sich bei manchen Lesern und Kritikern die unterschwellige Ansicht, Kriminalliteratur sei etwas, das man nicht ernst zu nehmen brauche.

Das ist eine bedauerliche Einstellung. Zwar trifft es zu, dass manche Krimis anspruchslos, formelhaft und ohne großen Wert sind, doch lässt sich das auch über andere Veröffentlichungen sagen. Manche Bücher sind gut, manche mittelmäßig und manche ausgesprochen schlecht. In Wirklichkeit ist es jedoch so, dass ein Großteil der Kriminalliteratur etwas geschafft hat, wovon die etablierte »literarische« Prosa nur träumen kann: Sie hat die Zeiten überdauert. Für jeden Sir Arthur Conan Doyle, dessen Sherlock Holmes über hundert Jahre nach seiner Entstehung immer noch Verehrung und Begeisterung auslöst, gibt es Tausende von Schriftstellern, deren vermeintlich literarisches Werk völlig in Vergessenheit geraten ist. Vor die Wahl gestellt, als »literarische« Autorin etikettiert zu werden und zehn Jahre nachdem ich den Stift für immer weggelegt habe, in der Versenkung zu verschwinden, oder aber »bloß eine Krimiautorin« genannt zu werden, deren Geschichten und Romane noch in hundert Jahren gelesen werden, weiß ich schon, welche Wahl ich treffen würde. Und ich kann nur vermuten, dass jeder vernünftige Autor dieselbe träfe.

Ich bin der Auffassung, Literatur ist das, was Bestand hat. Zu seiner Zeit hätte keiner William Shakespeare bezichtigt, große Literatur zu schreiben. Er war ein beliebter Stückeschreiber, der seine Produktionen mit Figuren bevölkerte, die jedes erdenkliche Bildungs- und Erfahrungsniveau in seinem Publikum befriedigten. Charles Dickens schrieb Fortsetzungsromane für die Zeitung, und das, so schnell er konnte, um seine sich ständig vergrößernde Familie ernähren zu können. Und Arthur Conan Doyle war ein junger Augenarzt, der sich gerade eine eigene Praxis aufbaute und Detektivromane schrieb, um sich die Zeit zu vertreiben, während er in seiner Sprechstunde auf Patienten wartete. Keiner dieser Schriftsteller hat sich Gedanken über die Unsterblichkeit gemacht. Keiner hat sich beim Schreiben gefragt, ob man sein Werk als Literatur betrachten würde, als kommerzielle Prosa oder als Schund. Jeder von ihnen war darauf bedacht, eine gute Geschichte zu erzählen, sie gekonnt zu erzählen und sie einem Publikum zugänglich zu machen. Alles andere überließen sie – wie alle klugen Männer und Frauen – der Zeit.

Diese Anthologie spiegelt die gleiche Auffassung: zu schreiben, was man schreiben will, und es gut zu schreiben. Einige der Autorinnen haben es getan, sind gestorben und haben eine gewisse Unsterblichkeit erreicht. Die Übrigen bleiben auf der Erde, schreiben noch und warten ab, wie die Zeit mit ihnen verfahren wird. Allen gemeinsam ist das Verlangen, die Menschen in einer Grenzsituation auszuloten. Diese Grenzsituation entspricht dem begangenen Verbrechen. Wie die Figuren mit der Situation umgehen, davon handelt die Geschichte.

Geschworene von ihresgleichen
von
SUSAN GLASPELL

Susan Keating Glaspell (1876-1948) wurde in Davenport/Iowa geboren, studierte an der Drake University und der University of Chicago und arbeitete zunächst als Journalistin, bevor sie sich 1901 ganz der Schriftstellerei widmete. Ihr erster Roman *The Glory of the Conquered* erschien 1909, 1912 dann ihre erste Sammlung von Erzählungen mit dem Titel *Lifted Masks,* den größten Ruhm erlangte sie jedoch als Dramatikerin, gipfelnd im umstrittenen Pulitzer-Preis für *Alison's House* (1930), ein von Emily Dickinsons Leben inspiriertes Stück. Von 1914 bis 1921 gehörte sie den Provincetown Players an, einer avantgardistischen, von ihrem idealistischen Ehemann George Cram Cook gegründeten Theatertruppe. Zu deren Mitgliedern zählten auch Edna St. Vincent Millay, Djuna Barnes, Edna Ferber, John Reed und ein Autor, der zum bedeutendsten amerikanischen Dramatiker jener Zeit werden sollte – Eugene O'Neill.

Nach einigen frühen Erzählungen – regional gefärbten populären Liebesgeschichten – entwickelte Glaspell unter dem Einfluss ihres Ehemanns und Floyd Dells einen naturalistischeren Ansatz und sozialistische Ansichten. Die Rebellion der Frauen gegen die Dominanz einfältiger Männer war ihr Dauerthema. Auf einem ihrer Stücke, dem Einakter *Trifles* (1916), basiert ihre berühmteste Erzählung »Geschworene von ihresgleichen« (1917). Es handelt sich zwar unverkennbar um eine Detektivgeschichte – hier sind es übrigens ganz zeitgemäß die Amateure, die viel aufmerksamer beobachten als die professionellen Spürnasen –, allerdings um eine höchst unkonventionelle, einzigartige Detektivgeschichte, in der durch die Art der Aufdeckung ein sehr wichtiges Statement gemacht wird.

Geschworene von ihresgleichen

Als Martha Hale die Sturmtür aufmachte und ihr der Nordwind schneidend ins Gesicht fuhr, lief sie schnell wieder hinein, um ihren dicken Wollschal zu holen. Während sie ihn sich hastig um den Kopf wand, ließ sie den Blick schockiert über ihre Küche gleiten. Nichts Gewöhnliches war es, was sie von hier fortrief – wahrscheinlich weiter entfernt vom Gewöhnlichen als alles, was sich im Dickson County je zugetragen hatte. Doch ihr Blick registrierte bloß die Tatsache, dass sich ihre Küche nicht in einem Zustand befand, in dem man sie zurücklassen konnte: Ihr Brotteig war bereit zum Mischen, das Mehl halb gesiebt, halb ungesiebt.

Sie hasste den Anblick von halbfertigen Dingen. Doch war sie gerade mitten in der Arbeit gewesen, als das Gespann aus der Stadt vorgefahren war, um Mr. Hale abzuholen, und dann kam der Sheriff auch noch hereingerannt und sagte, seine Frau hätte Mrs. Hale gern dabei – wobei er grinsend hinzufügte, sie hätte vermutlich Angst und wollte deshalb noch eine andere Frau mitnehmen. Also hatte sie einfach alles stehen und liegen lassen.

»Martha!«, war nun die ungeduldige Stimme ihres Gatten zu hören. »Lass doch die Leute hier draußen in der Kälte nicht warten.«

Sie öffnete wieder die Sturmtür, diesmal um sich zu den drei Männern und der Frau zu gesellen, die in dem geräumigen Einspänner auf sie warteten.

Nachdem sie die wärmenden Decken um sich festgestopft hatte, musterte sie die Frau etwas genauer, die neben ihr auf dem Rücksitz saß. Sie hatte Mrs. Peters im Jahr zuvor auf dem Jahrmarkt kennen gelernt und wusste noch, dass sie überhaupt nicht wie die Frau eines Sheriffs aussah. Sie war klein und schmal und hatte keine kräftige Stimme. Mrs. Gorman, die Frau von Peters' Vorgänger, hatte eine Stimme, die das Gesetz mit jedem Wort zu untermauern schien. Dass Mrs. Peters nicht wie die Frau eines Sheriffs aussah, machte Peters dadurch wett, dass er wie ein Sheriff aussah. Er war haargenau die Sorte Mann, die zum Sheriff gewählt würde – ein schwergewichtiger Mann mit einer mächtigen Stimme, der sich gesetzestreuen Bürgern gegenüber ausnehmend jovial gab, als wollte er deutlich machen, dass er den Unterschied zwischen Verbrechern und Nicht-Verbrechern kannte. Und in dem Moment schoss Mrs. Hale der Gedanke durch den Kopf, dass dieser Mann, der hier zu allen so freundlich und aufgeräumt war, in seiner Eigenschaft als Sheriff zu den Wrights fuhr.

»In dieser Jahreszeit ist es auf dem Land nicht besonders angenehm«, ließ Mrs. Peters sich schließlich vernehmen, als hätte sie das Gefühl, sie sollten sich wie die Männer ebenfalls unterhalten.

Mrs. Hale brachte ihre Antwort kaum zu Ende, denn inzwischen waren sie einen kleinen Hügel hinaufgefahren, von dem aus sie das Anwesen der Wrights sehen konnten, und bei dem Anblick war ihr nicht nach Reden zumute. Es sah an diesem kalten Märztag sehr einsam und verlassen aus. Das Gehöft hatte schon immer einsam und verlassen gewirkt. Es lag unten in einer Senke, und auch die Pappeln, die es säumten, sahen einsam und verlassen aus. Die Männer warfen einen Blick hinüber und sprachen über das, was passiert war. Der Bezirksstaatsanwalt lehnte sich über eine Seite des Einspänners und hielt den Blick unverwandt auf das Haus gerichtet, während sie heranfuhren.

»Ich bin froh, dass Sie mitgekommen sind«, sagte Mrs. Peters nervös, als die beiden Frauen den Männern durch den Hintereingang nach innen folgten.

Als sie den Fuß schon auf der Schwelle und die Hand am Türknauf hatte, verspürte Martha Hale kurz das Gefühl, die Schwelle nicht überschreiten zu können. Der Grund, weshalb sie sie jetzt nicht überschreiten konnte, bestand schlichtweg darin, dass sie sie vorher noch nie überschritten hatte. Immer wieder war es ihr durch den Kopf gegangen: »Ich sollte mal rüber und Minnie Foster besuchen.« Für sie war sie immer noch Minnie Foster, obwohl sie schon seit zwanzig Jahren Mrs. Wright hieß. Doch es war immer irgendetwas zu tun gewesen, worüber sie Minnie Foster dann wieder vergaß. *Jetzt* aber konnte sie kommen.

Die Männer gingen zum Herd hinüber. Die Frauen standen dicht nebeneinander an der Tür. Henderson, der junge Bezirksstaatsanwalt, wandte sich um und sagte: »Kommen Sie doch ans Feuer, meine Damen.«

Mrs. Peters tat einen Schritt vorwärts und blieb dann stehen. »Mir ist nicht – kalt«, sagte sie.

Also blieben die beiden Frauen an der Tür stehen und sahen sich zunächst nicht einmal in der Küche um.

Die Männer redeten erst darüber, wie gut es doch gewesen sei, dass der Sheriff seinen Stellvertreter in der Frühe zum Feuermachen hergeschickt hatte, dann trat Sheriff Peters vom Herd zurück, knöpfte seinen Mantel auf und stützte die Hände auf dem Küchentisch auf, so dass es aussah, als wollte er nun den offiziellen Teil einleiten. »Also, Mr. Hale«, sagte er in halb amtlichem Ton, »bevor wir hier anfangen herumzuräumen, erzählen Sie Mr. Henderson bitte, was genau Sie gesehen haben, als Sie gestern früh hierher kamen.«

Der Bezirksstaatsanwalt sah sich in der Küche um.

»Übrigens«, sagte er, »wurde hier irgendetwas verändert?« Er wandte sich an den Sheriff. »Ist alles so, wie Sie es gestern zurückgelassen haben?«

Peters blickte vom Küchenschrank zum Spülbecken und von dort zu einem kleinen, durchgesessenen Schaukelstuhl seitlich am Küchentisch hinüber.

»Es ist noch genau so.«

»Man hätte gestern jemanden hier postieren sollen«, sagte der Bezirksstaatsanwalt.

»Ach – gestern«, entgegnete der Sheriff mit einer leichten Geste, wie um zu sagen, an gestern wolle er lieber gar nicht mehr denken. »Da musste ich Frank ins Morris Center schicken wegen dem durchgedrehten Kerl – glauben Sie mir, *gestern* hatte ich alle Hände voll zu tun. Ich wusste ja, dass Sie bis heute aus Omaha zurück sein könnten, George, und nachdem ich hier alles selbst untersucht hatte …«

»Nun, Mr. Hale«, sagte der Bezirksstaatsanwalt, wie um das Thema abzuschließen, »erzählen Sie doch mal genau, was passiert ist, als Sie gestern früh hier ankamen.«

Mrs. Hale, die immer noch an der Tür lehnte, bekam vor Aufregung weiche Knie wie eine Mutter, deren Kind gleich etwas aufsagen muss. Lewis kam oft vom Hundertsten ins Tausendste und brachte Sachen durcheinander. Sie hoffte, er würde es direkt und ohne Umschweife erzählen und keine unnötigen Dinge sagen, die es für Minnie Foster nur noch schwerer machten. Er fing nicht gleich an, und ihr fiel auf, dass er merkwürdig aussah – als würde ihm fast schlecht davon, dass er in der Küche stehen und erzählen musste, was er gestern früh dort gesehen hatte.

»Nun, Mr. Hale?«, forderte der Staatsanwalt ihn auf.

»Harry und ich waren mit 'ner Fuhre Kartoffeln auf dem Weg in die Stadt«, begann Mrs. Hales Mann.

Harry war Mrs. Hales Ältester. Er war jetzt nicht dabei, aus dem guten Grund, dass die Kartoffeln gestern nicht in die Stadt gelangt waren und er sie heute früh hinbrachte. Er war also nicht zu Hause gewesen, als der Sheriff eintraf, um Mr. Hale zu den Wrights mitzunehmen, damit er dem Bezirksstaatswalt seine Geschichte dort erzählte, wo er alles zeigen konnte. Zu Mrs. Hales anderen Gefühlen gesellte sich nun noch die Sorge, Harry könnte vielleicht nicht warm genug angezogen sein – keiner von ihnen hatte bemerkt, wie scharf dieser Nordwind tatsächlich blies.

»Wir sind die Straße da entlanggekommen«, erzählte Hale soeben mit einer Handbewegung auf die Landstraße, auf der sie gerade hergefahren waren, »und wie wir das Haus sehen, sag ich zu Harry, ›mal schaun, vielleicht kriege ich John Wright dazu, sich ein Telefon anzuschaffen.‹ Wissen Sie, das ist nämlich so«, wandte er sich erklärend an Henderson, »wenn ich keinen dazu kriege, dass er mitmacht, kommen die auch nicht raus auf so 'ne Nebenstraße, oder bloß zu 'nem Preis, den *ich* mir nicht leisten kann. Ich hatte mit Wright schon mal drüber geredet, aber der hat nichts davon wissen wollen; er hat gemeint, die Leute reden sowieso schon zu viel und dass er seine Ruhe haben will – Sie wissen wahrscheinlich auch, wie viel der selber geredet hat. Aber ich hab mir gedacht, wenn ich ins Haus geh und mit ihm spreche, wenn seine Frau dabei ist, und sage, dass die Frauen doch immer fürs Telefon sind und dass es hier draußen an der abgelegenen Straße doch gut wär – also, zu Harry hab ich gesagt, dass ich vorhätte, das zu sagen – obwohl andererseits hab ich auch gesagt, ich wüsste nicht, ob John viel drauf gäbe, was seine Frau will ...«

Und schon ging's wieder los – schon sagte er lauter unnötiges

Zeug. Mrs. Hale versuchte, den Blick ihres Mannes aufzufangen, als ihn der Staatsanwalt zum Glück unterbrach:

»Darüber reden wir später noch, Mr. Hale. Ich will schon noch darüber sprechen, aber jetzt liegt mir doch daran zu hören, was passiert ist, als Sie hier ankamen.«

Als er diesmal anfing, klang es entschlossen und wohl überlegt:

»Ich hab nichts gesehen oder gehört. Ich hab angeklopft, aber drinnen war alles still. Dass sie auf sein mussten, wusste ich – es war ja schon nach acht. Also hab ich noch mal geklopft, lauter diesmal, und glaubte, ich hörte jemand ›Herein‹ sagen. Ich war mir nicht sicher – bin ich mir immer noch nicht. Ich hab aber die Tür aufgemacht – die Tür da« – er deutete energisch auf die Tür, neben der die beiden Frauen standen –, »und da drüben, in dem Schaukelstuhl« – er deutete hin – »saß Mrs. Wright.«

Alle Anwesenden blickten auf den Schaukelstuhl. Mrs. Hale kam der Gedanke, dass dieser Schaukelstuhl eigentlich überhaupt nicht zu Minnie Foster passte – zu der Minnie Foster von vor zwanzig Jahren. Er war schmutzig rot und hatte Holzstreben in der Rückenlehne, die mittlere Strebe fehlte, und der Sitz hing auf einer Seite herunter.

»Wie sah sie – denn aus?«, wollte der Staatsanwalt wissen.

»Hm«, sagte Hale, »ziemlich komisch.«

»Komisch? Wie meinen Sie das?«

Während er fragte, zog er Notizblock und Bleistift hervor. Der Anblick des Bleistifts behagte Mrs. Hale ganz und gar nicht. Sie hielt den Blick starr auf ihren Gatten geheftet, als wollte sie ihn davon abhalten, unnötige Dinge zu sagen, die auf den Notizblock gelangen und Ärger machen würden.

Hale sprach jedoch ganz bedächtig, als hätte ihn der Bleistift ebenfalls schwer beeindruckt.

»Na ja, wie wenn sie nicht wüsste, was sie als Nächstes tun soll. Und irgendwie – geschafft.«

»Wie schien Sie Ihr Kommen denn zu empfinden?«

»Hm, ich glaub nicht, dass es ihr was ausgemacht hat – so oder so. Sie hat mich nicht groß beachtet. Ich hab gesagt: ›Wie geht's, Mrs. Wright? Ganz schön kalt, was?‹ Und sie hat gesagt: ›Ach ja?‹ – und weiter an ihrer Schürze rumgefaltet.

Also, ich hab mich gewundert. Sie hat mich nicht aufgefordert, zum Herd rüberzukommen oder mich zu setzen, sie hat bloß da gesessen und hat mich nicht mal angeschaut. Also habe ich gesagt: ›Ich will John sprechen.‹

Und dann – dann hat sie gelacht. Ja, man könnte es wohl lachen nennen.

Ich hab an Harry und das Gespann draußen gedacht und deswegen ein bisschen scharf gesagt: ›Kann ich John mal sprechen?‹ – ›Nein‹, sagt sie – irgendwie so abgestumpft. ›Ist er denn nicht zu Hause?‹, frag ich. Da schaut sie mich an. ›Doch‹, sagt sie, ›er ist zu Hause.‹ – ›Wieso kann ich ihn dann nicht sprechen?‹, frag ich sie. Da war ich schon ziemlich ungeduldig. ›Weil er tot ist‹, sagt sie, wieder genauso ruhig und abgestumpft und faltet wieder an ihrer Schürze rum. ›Tot?‹, sag ich, wie man halt so sagt, wenn man nicht fassen kann, was man grade gehört hat.

Sie hat bloß mit dem Kopf genickt, kein bisschen aufgeregt, und ist vor und zurück geschaukelt.

›Wieso – wo ist er denn?‹, sag ich, weil ich nicht so recht wusste, *was* ich sagen soll.

Sie hat bloß nach oben gedeutet – so« – er wies mit dem Finger zu dem Raum im Obergeschoss hinauf.

»Da bin ich aufgestanden, um selber mal raufzugehen. Inzwischen wusste ich gar nicht mehr, was ich tun soll. Ich bin ein bisschen auf und ab gegangen, und dann hab ich gefragt: ›Na, woran ist er denn gestorben?‹

›An 'nem Strick um den Hals ist er gestorben‹, sagt sie und faltet bloß weiter an ihrer Schürze rum.«

Hale hörte auf zu reden und starrte den Schaukelstuhl an, als könnte er die Frau, die am vorherigen Morgen darin gesessen hatte, immer noch sehen.

»Und was haben Sie dann gemacht?«, unterbrach der Bezirksstaatsanwalt schließlich das Schweigen.

»Ich bin raus und hab Harry gerufen. Ich dachte, ich bräuchte – vielleicht Hilfe. Ich hab Harry reingeholt, und wir sind nach oben.« Seine Stimme senkte sich fast zu einem Flüstern. »Und da – ist er über dem –«

»Ich glaube, das lasse ich Sie lieber oben erklären«, unterbrach ihn der Staatsanwalt, »wo Sie alles zeigen können. Jetzt erzählen Sie aber noch den Rest der Geschichte.«

»Äh, also mein erster Gedanke war, den Strick abzumachen. Es hat noch so –« Mit zuckendem Gesicht hielt er inne.

»Aber Harry, der ist zu ihm hin und hat gesagt: ›Nein, der ist wirklich tot, lass uns lieber nichts anfassen.‹ Also sind wir wieder runtergegangen.

Sie hat immer noch genauso dagesessen. ›Ist schon jemand verständigt worden?‹, hab ich gefragt. ›Nein‹, sagt sie vollkommen gleichgültig.

›Wer hat das getan, Mrs. Wright?‹, hat Harry wissen wollen. Er hat ganz nüchtern gefragt, und sie hat aufgehört, an ihrer Schürze rumzufalten. ›Weiß ich nicht‹, sagt sie. ›Das *wissen* Sie nicht?‹, sagt Harry. ›Haben Sie denn nicht bei ihm im Bett geschlafen?‹ ›Doch‹, sagt sie, ›aber auf der Innenseite.‹ – ›Jemand hat ihm 'nen Strick um den Hals gelegt und ihn erdrosselt, und Sie sind davon nicht aufgewacht?‹, sagt Harry. ›Ich bin nicht aufgewacht‹, sagt sie ihm nach.

Wir haben wohl so ausgesehen, als könnten wir uns das nicht so recht vorstellen, wie das geh'n soll, denn nach 'ner Weile sagt sie: ›Ich hab einen festen Schlaf.‹

Harry wollte sie noch paar Sachen fragen, aber ich hab gesagt, dass uns das vielleicht nichts anginge, wir sollten sie die Geschichte vielleicht erst dem Coroner oder dem Sheriff erzählen lassen. Also ist Harry so schnell er konnte rüber nach High Road gefahren – zu den Rivers, wo sie ein Telefon haben.«

»Und was tat sie, als sie wusste, dass Sie den Coroner holen wollten?« Der Anwalt hatte den Bleistift schon zum Schreiben gezückt.

»Sie hat sich von dem Stuhl rüber in diesen hier« – Hale deutete auf einen kleinen Stuhl in der Ecke – »gesetzt, und dann hat sie da gesessen, mit zusammengelegten Händen, und hat auf den Boden geschaut. Ich hatte das Gefühl, dass ich mich ein bisschen mit ihr unterhalten sollte, also hab ich ihr erzählt, ich wär gekommen, um John zu fragen, ob er ein Telefon anschließen lassen will. Darauf hat sie angefangen zu lachen, und dann hat sie aufgehört und mich angestarrt – voller Angst.«

Beim Geräusch des schreibenden Bleistifts hob der Mann, der die Geschichte erzählte, den Blick.

»Ich weiß nicht – vielleicht war es auch keine Angst«, meinte er hastig. »Ich möchte das nicht so direkt behaupten. Bald war Harry wieder da, und dann ist Dr. Lloyd gekommen und dann Sie, Mr. Peters, und das ist, glaub ich, alles, was ich weiß und Sie noch nicht.«

Letzteres sagte er voller Erleichterung und bewegte sich ein wenig, wie um sich zu lockern. Die anderen begannen sich ebenfalls zu regen. Der Bezirksstaatsanwalt trat auf die Tür zur Treppe zu.

»Dann gehen wir jetzt erst mal nach oben – und dann raus in die Scheune und sehen uns dort um.«

Er hielt inne und blickte in der Küche umher.

»Sie sind überzeugt, dass hier nichts Wichtiges war?«, fragte er den Sheriff. »Nichts, was auf ein – Tatmotiv hindeuten würde?«

Der Sheriff blickte ebenfalls umher, wie um sich selbst erneut davon zu überzeugen.

»Hier ist nichts außer Küchenkram«, sagte er und lachte leise über die Bedeutungslosigkeit von Küchenkram.

Der Bezirksstaatsanwalt betrachtete den Schrank – ein merkwürdiges grobes Möbel, halb Wandschrank und halb Küchenschrank, das Oberteil in die Wand eingebaut, das untere Teil ein einfaches, altmodisches Küchenbüfett. Wie von dessen seltsamem Aussehen angezogen, holte er sich einen Stuhl, öffnete das obere Teil und sah hinein. Gleich darauf zog er seine Hand klebrig wieder heraus.

»So eine Schweinerei«, sagte er verärgert.

Die beiden Frauen waren näher getreten, und nun sagte die Frau des Sheriffs etwas.

»Ach – ihr Obst«, sagte sie und sah Mrs. Hale dabei um Verständnis bittend an. Sie wandte dem Bezirksstaatsanwalt den Rücken zu und erläuterte: »Sie hat sich Sorgen darum gemacht, als es gestern Nacht so kalt wurde. Sie sagte, wenn das Feuer ausgeht, könnten ihre Gläser platzen.«

Mrs. Peters' Gatte brach in Gelächter aus.

»Ha, ist die Frau denn zu fassen! Sitzt in Haft wegen Mord und macht sich Sorgen um ihr Eingemachtes!«

Der junge Anwalt kniff die Lippen zusammen.

»Ich glaube, bis wir mit ihr fertig sind, wird sie sich über was Ernsteres Sorgen machen müssen als über ihr Eingemachtes.«

»Ach, was soll's«, sagte Mrs. Hales Gatte voll gutmütiger Überheblichkeit, »Frauen sind es ja gewohnt, sich um die geringsten Sachen Sorgen zu machen.«

Die beiden Frauen rückten etwas näher zusammen. Keine von beiden sagte etwas. Der Bezirksstaatsanwalt schien sich plötzlich wieder an seine guten Manieren zu erinnern – und an seine Zukunft zu denken.

»Und doch«, sagte er in der galanten Art eines jungen Politikers, »trotz all ihrer Sorgen, was täten wir bloß ohne die Damen?«

Die beiden Frauen sagten nichts, blieben reserviert. Er trat ans Spülbecken und begann sich die Hände zu waschen. Dann wollte er sie sich an dem Rollhandtuch abtrocknen – suchte es nach einer sauberen Stelle ab.

»Schmutzige Handtücher! Keine besonders gute Hausfrau, was meinen Sie, meine Damen?«

Er stieß mit dem Fuß gegen ein paar schmutzige Töpfe unter dem Spülbecken.

»Auf einer Farm gibt's 'ne Menge Arbeit«, sagte Mrs. Hale steif.

»Aber sicher. Und doch« – mit einer leichten Verbeugung in ihre Richtung – »weiß ich, dass es im Dickson County ein paar Höfe gibt, wo solche Rollhandtücher nicht hängen.« Er zog daran, um es in voller Länge vorzuführen.

»Solche Tücher werden furchtbar schnell dreckig. Und Männerhände sind auch nicht immer besonders sauber.«

»Aha, solidarisch mit Ihren Geschlechtsgenossinnen, ich verstehe!«, lachte er. Dann hielt er inne und musterte sie aufmerksam. »Sie und Mrs. Wright waren doch Nachbarinnen. Dann waren Sie ja wohl auch befreundet, nehme ich an.«

Martha Hale schüttelte den Kopf.

»Ich hab sie in den letzten Jahren selten gesehen. In diesem Haus war ich – schon über ein Jahr nicht mehr.«

»Wie das? Konnten Sie sie nicht leiden?«

»Ich konnte sie recht gut leiden«, gab sie energisch zurück. »Farmerfrauen haben alle Hände voll zu tun, Mr. Henderson. Außerdem –« Sie blickte in der Küche umher.

»Ja?«, fragte er aufmunternd.

»Ich fand es hier nie besonders anheimelnd«, sagte sie mehr zu sich selbst als zu ihm.

»Nein«, pflichtete er ihr bei. »Anheimelnd kann man es bestimmt nicht nennen. Ich würde sagen, ihr fehlt's ein bisschen am Nestbauinstinkt.«

»Na, Wright aber auch, würde ich sagen«, murmelte sie.

»Wollen Sie damit andeuten, sie vertrugen sich nicht besonders gut miteinander?«, beeilte er sich zu fragen.

»Nein, damit will ich überhaupt nichts andeuten«, entgegnete sie nachdrücklich. Etwas von ihm abgewandt, fügte sie hinzu: »Ich glaub aber nicht, dass John Wrights Gegenwart dazu angetan war, ein Haus heimeliger zu machen.«

»Darüber möchte ich mit Ihnen später reden, Mrs. Hale«, sagte er. »Jetzt will ich unbedingt das obere Stockwerk in Augenschein nehmen.«

Er ging auf die Tür zur Treppe zu, gefolgt von den beiden Männern.

»Ich nehme an, was Mrs. Peters macht, ist in Ordnung?«, erkundigte sich der Sheriff. »Sie soll ihr nämlich ein paar Kleider mitbringen – und ein paar andere Kleinigkeiten. Wir mussten gestern so überstürzt weg.«

Der Bezirksstaatsanwalt betrachtete die beiden Frauen, die sie nun inmitten des Küchenkrams allein ließen.

»Ja – Mrs. Peters«, sagte er, und sein Blick verweilte auf der Frau, die nicht Mrs. Peters war, auf der grobknochigen Farmerfrau, die hinter der Frau des Sheriffs stand. »Mrs. Peters ist natürlich eine von uns«, sagte er in einem Ton, der ihr Verantwortung auferlegte. »Und, Mrs. Peters, haben Sie doch auch ein Auge auf alles, was uns eventuell nützlich sein könnte. Man kann nie wissen, ihr Frauen entdeckt vielleicht einen Hinweis auf das Tatmotiv – und das ist genau das, was wir brauchen.«

Mr. Hale rieb sich das Gesicht wie ein Alleinunterhalter, der gleich einen Witz machen will.

»Würden die Frauen denn einen Hinweis erkennen, wenn sie darauf stoßen?«, fragte er, bevor er den anderen durch die Tür zur Treppe folgte.

Die Frauen blieben reglos und schweigend stehen und lauschten den Schritten, erst auf der Treppe, dann im Zimmer über ihnen.

Und dann, als wollte sie sich von etwas Fremdem befreien, begann Mrs. Hale die schmutzigen Töpfe unter dem Spülbecken wieder ordentlich hinzustellen, die der verächtliche Fußtritt des Staatsanwalts durcheinander gebracht hatte.

»Ich könnte es nicht ausstehen, wenn Männer in meine Küche kommen«, sagte sie gereizt, »und rumschnüffeln und meckern.«

»Sie tun natürlich nur ihre Pflicht«, sagte die Frau des Sheriffs in scheuer Ergebenheit.

»Pflicht ist ja schön und gut«, erwiderte Mrs. Hale schroff, »aber ich finde, der Hilfssheriff, der hier war, um das Feuer zu machen, hätte ruhig ein bisschen aufräumen können.« Sie zog an dem Rollhandtuch. »Wenn mir das bloß früher eingefallen wäre! Ist doch gemein, so über sie zu reden, weil sie hier nicht alles blank geputzt hatte, wo sie doch so überstürzt weg musste.«

Sie blickte in der Küche umher. »Blank geputzt« war sie bestimmt nicht. Ihr Blick fiel auf ein Eimerchen mit Zucker in einem der unteren Regale. Von dem Holzeimer war der Deckel abgenommen, und daneben lag eine Papiertüte – halb voll.

Mrs. Hale ging darauf zu.

»Sie wollte das hier einfüllen«, sagte sie nachdenklich bei sich.

Das Mehl zu Hause in ihrer eigenen Küche fiel ihr ein – halb gesiebt, halb nicht gesiebt. Sie war unterbrochen worden und hatte die halb fertige Arbeit liegen lassen. Wovon war Minnie Foster unterbrochen worden? Warum war diese Arbeit bloß halb fertig gemacht? Sie wollte sie gerade zu Ende bringen – unfertige Dinge störten sie immer –, als sie plötzlich bemerkte, dass Mrs. Peters sie beobachtete – und sie wollte nicht, dass Mrs. Peters denselben Eindruck gewann wie sie, von einer Arbeit, die angefangen und dann – aus irgendeinem Grund – nicht beendet worden war.

»Das mit ihrem Obst ist ein Jammer«, sagte sie und ging auf den Küchenschrank zu, den der Bezirksstaatsanwalt geöffnet hatte, stieg auf den Stuhl und murmelte: »Ob wohl alles hin ist?«

Es war ein ziemlich trauriger Anblick. »Hier ist noch ein Glas in Ordnung«, sagte sie schließlich. Sie hielt es gegen das Licht. »Es sind Kirschen.« Sie sah noch einmal hin. »Ich glaube fast, es ist das Einzige.«

Mit einem Seufzer stieg sie vom Stuhl und trat ans Spülbecken, um das Glas abzuwischen.

»Das wird ihr arg sein, nach der ganzen harten Arbeit bei dem heißen Wetter. Ich erinnere mich noch gut an den Nachmittag im letzten Sommer, als ich meine Kirschen eingemacht habe.«

Sie stellte das Glas auf den Tisch und wollte sich mit einem weiteren Seufzer im Schaukelstuhl niederlassen. Doch dann setzte sie sich doch nicht hin. Etwas hielt sie davon ab, sich auf jenen Stuhl zu setzen. Sie richtete sich auf – trat zurück und betrachtete ihn halb abgewandt, während sie sich die Frau vorstellte, die dort gesessen und »an ihrer Schürze rumgefaltet« hatte.

Die Frau des Sheriffs platzte mit ihrer dünnen Stimme in ihre Gedanken: »Ich muss ja noch die Sachen aus dem Schrank im Wohnzimmer holen.« Sie öffnete die Tür zum Nebenzimmer, wollte schon hineinstürzen und wich zurück. »Sie kommen doch mit, Mrs. Hale?«, fragte sie nervös. »Sie – Sie könnten mir dabei helfen.«

Sie waren gleich wieder da – in der strengen Kälte des selten genutzten Raumes hielt man sich nicht gern auf.

»Meine Güte!«, sagte Mrs. Peters, indem sie die Sachen auf den Tisch fallen ließ und zum Herd hinübereilte.

Mrs. Hale stand da und begutachtete die Kleider, die die Frau, die sie in der Stadt festgesetzt hatten, verlangt hatte.

»Wright war ganz schön knauserig!«, rief sie aus und hielt einen schäbigen schwarzen Rock hoch, der Spuren von häufigem Ausbessern zeigte. »Vielleicht hat sie deswegen so zurückgezogen gelebt. Kann doch sein, dass sie das Gefühl hatte, sie könnte nicht recht mithalten. Es ist schließlich kein Spaß, wenn man so schäbig daherkommt. Früher hat sie hübsche Kleider getragen und war fröhlich – als sie noch Minnie Foster war, eins von den Mädels in der Stadt, und im Chor gesungen hat. Aber das – ach, das ist schon zwanzig Jahre her.«

Mit einer Behutsamkeit, die auch etwas Liebevolles an sich hatte, faltete sie die schäbigen Kleider zusammen und stapelte sie an einer Ecke des Tisches aufeinander. Sie sah zu Mrs. Peters hinüber. Im Blick der anderen lag etwas, was sie irritierte.

Es ist ihr egal, sagte sie bei sich. Ihr ist es doch gleich, ob Minnie Foster als junges Mädchen hübsche Kleider hatte.

Dann sah sie wieder hin und war sich nicht mehr so sicher; sie war sich eigentlich nie recht sicher gewesen, was Mrs. Peters anging. Die gab sich so unscheinbar und hatte dabei einen Blick, als könnte sie ganz tief in die Dinge hineinsehen.

»Ist das alles, was Sie ihr mitbringen sollen?«, fragte Mrs. Hale.

»Nein«, sagte die Frau des Sheriffs, »sie sagte, sie wolle eine Schürze. Komisch«, bemerkte sie auf ihre nervöse leise Art, »im Gefängnis kann man sich doch eigentlich nicht schmutzig machen, weiß der Himmel. Aber sie will sich vielleicht einfach normaler fühlen. Wenn man dran gewöhnt ist, eine Schürze zu tragen... Sie hat gesagt, sie sind hier im Schrank in der untersten Schublade. Ach, da sind sie ja. Und dann noch ihr kleines Umschlagtuch, das immer an der Treppentür hängt.«

Sie holte das kleine graue Umschlagtuch hinter der Tür hervor, die nach oben führte, und betrachtete es eine Weile.

Plötzlich trat Mrs. Hale einen Schritt auf die andere Frau zu.

»Mrs. Peters!«

»Ja, Mrs. Hale?«

»Glauben Sie, sie – hat es getan?«

Ein ängstlicher Ausdruck verschleierte alles andere in Mrs. Peters' Augen.

»Ach, ich weiß nicht«, sagte sie mit einer Stimme, als wollte sie dem Thema ausweichen.

»Also, ich glaub nicht, dass sie's war«, behauptete Mrs. Hale fest. »Wo sie doch nach einer Schürze verlangt, nach ihrem kleinen Umschlagtuch. Und sich um ihr Obst Sorgen macht.«

»Mr. Peters sagt –« Im oberen Zimmer waren Schritte zu hören. Sie hielt inne, sah nach oben und fuhr dann mit gesenkter Stimme fort: »Mr. Peters sagt – es sieht schlecht für sie aus. Mr. Henderson drückt sich immer furchtbar sarkastisch aus, er wird sich darüber lustig machen, dass sie behauptet, nicht – aufgewacht zu sein.«

Eine Zeit lang wusste Mrs. Hale nicht, was sie darauf sagen sollte. Dann meinte sie: »Na, ich nehm an, dass John Wright auch nicht aufgewacht ist – als man ihm den Strick unterm Hals durchgeschoben hat«, murmelte sie.

»Nein, ist doch *merkwürdig*«, hauchte Mrs. Peters. »So eine – komische Art, jemanden umzubringen, sagen sie.«

Sie fing an zu lachen und hielt beim Geräusch des Gelächters abrupt inne.

»Genau das hat Mr. Hale auch gesagt«, sagte Mrs. Hale mit entschlossen natürlicher Stimme. »Sie hatten doch ein Gewehr im Haus. Er sagt, das kapiert er einfach nicht.«

»Mr. Henderson hat auf dem Herweg gesagt, was in dem Fall fehlt, ist das Tatmotiv. Etwas, was auf Wut hindeutet – oder einen plötzlichen Gefühlsausbruch.«

»Na, ich seh jedenfalls keinerlei Anzeichen für einen Wutausbruch hier«, sagte Mrs. Hale. »Ich kann keine –«

Sie hielt inne. Es war, als ob ihre Gedanken über etwas gestolpert wären. Ihr Blick fiel auf ein Geschirrtuch mitten auf dem Küchentisch. Langsam ging sie auf den Tisch zu. Die eine Hälfte war sauber gewischt, die andere schmutzig. Ihr Blick wanderte langsam, fast widerstrebend zu dem Zuckereimerchen und der halb leeren Tüte daneben. Etwas angefangen – und nicht zu Ende geführt.

Nach einer Weile trat sie zurück und sagte, wie um sich innerlich zu lösen:

»Was die dort oben wohl entdecken? Ich hoffe, sie hatte es oben ein bisschen ordentlicher. Wissen Sie« – sie machte eine Pause, um sich zu sammeln – »es kommt einem doch wie *Schnüffeln* vor, sie erst in der Stadt einzusperren und dann hier rauszukommen, um ihr eigenes Heim gegen sie zu verwenden!«

»Aber, Mrs. Hale«, sagte die Frau des Sheriffs, »Gesetz ist Gesetz.«

»Das schon«, entgegnete Mrs. Hale knapp.

Sie wandte sich zum Herd und sagte etwas über das Feuer, mit dem es nicht weit her sei. Sie machte sich eine Weile daran zu schaffen, und als sie sich wieder aufrichtete, meinte sie herausfordernd:

»Gesetz ist Gesetz – und ein schlechter Herd ist ein schlechter Herd. Hätten Sie denn Lust, auf dem Ding zu kochen?« Dabei deutete sie mit dem Schürhaken auf die kaputte Umrandung. Sie öffnete die Backofentür und begann, sich über den Ofen auszulassen, verfiel dann jedoch in Gedanken, überlegte, was es wohl bedeutete, sich jahraus, jahrein mit diesem Herd abkämpfen zu müssen. Dachte daran, wie Minnie Foster in diesem Ofen zu backen versuchte – und daran, dass sie nie herübergekommen war, um Minnie Foster einen Besuch abzustatten …

Sie schreckte hoch, als sie Mrs. Peters sagen hörte: »Davon kann man sich schon entmutigen lassen – bis man nicht mehr will.«

Die Frau des Sheriffs hatte vom Herd zum Spülbecken gesehen – zu dem Eimer Wasser, der von draußen hereingetragen worden war. Schweigend standen die beiden Frauen da, über ihnen die Schritte der Männer, die nach Beweismaterial gegen die Frau suchten, die in dieser Küche gearbeitet hatte. Dieser gewisse Blick, der in die Dinge hineinsah, der durch ein Ding hindurch auf ein anderes sah, lag nun in den Augen der Frau des Sheriffs. Als Mrs. Hale wieder etwas zu ihr sagte, klang es sanft.

»Machen Sie sich's doch ein bisschen bequemer in den Sachen, Mrs. Peters. Dann ist uns nachher wärmer, wenn wir wieder rausgehen.«

Mrs. Peters ging in den hinteren Teil des Raumes, um den Pelzumhang aufzuhängen, den sie anhatte. Gleich darauf rief sie aus: »Ach, sehen Sie mal, sie hat einen Quilt zusammengesetzt.« Dabei hielt sie einen großen Nähkorb hoch, in dem sich die Quiltflicken häuften.

Mrs. Hale breitete ein paar fertig genähte Quadrate auf dem Tisch aus.

»Es ist das Blockhaus-Muster«, sagte sie und legte einige zusammen. »Hübsch, nicht?«

Sie waren so mit dem Quilt beschäftigt, dass sie die Schritte auf der Treppe nicht hörten. Als die Tür aufging, sagte Mrs. Hale gerade:

»Meinen Sie, sie wollte die Lagen zusammennähen oder bloß verknoten?«

Der Sheriff konnte es nicht fassen.

»Die fragen sich, ob sie die Lagen zusammennähen oder bloß verknoten wollte!«

Es wurde über den typischen Weiberkram gelacht, dann wurden die Hände über dem Herd gewärmt und dann sagte der Bezirksstaatsanwalt energisch:

»So, und jetzt gehen wir hinaus in die Scheune und klären das.«

»Ich weiß nicht, was daran komisch sein soll«, sagte Mrs. Hale verdrießlich, nachdem die Außentür hinter den drei Männern zugegangen war – »dass wir uns die Zeit mit Kleinigkeiten vertreiben, solange wir warten, bis die ihr Beweismaterial haben. Da gibt's doch nichts zu lachen.«

»Die haben natürlich schrecklich wichtige Sachen im Kopf«, erwiderte die Frau des Sheriffs entschuldigend.

Sie machten sich wieder an die Begutachtung der Quiltblöcke. Mrs. Hale betrachtete die feine, ebenmäßige Näharbeit und machte sich Gedanken über die Frau, die diese Näharbeit angefertigt hatte, als sie die Frau des Sheriffs plötzlich in merkwürdigem Tonfall sagen hörte:

»Ach, schauen Sie sich mal das an.«

Mrs. Hale betrachtete den Quiltblock, der ihr hingehalten wurde.

»Wie der genäht ist«, sagte Mrs. Peters beunruhigt. »Alle anderen waren so schön gleichmäßig – bis auf – den hier. Oje, sieht aus, als hätte sie nicht recht gewusst, was sie tat!«

Ihre Blicke trafen sich, plötzlich entstand etwas, ging zwischen ihnen hin und her; und dann schienen sie sich fast gewaltsam voneinander loszureißen. Einen Augenblick lang saß Mrs. Hale da, die Hände über der Näharbeit gefaltet, die so ganz anders war als der Rest. Und schon hatte sie einen Knoten gelöst und die Fäden herausgezogen.

»Aber was machen Sie denn da, Mrs. Hale?«, fragte die Frau des Sheriffs erschrocken.

»Bloß ein paar Stiche auftrennen, die nicht sehr gut gelungen sind«, sagte Mrs. Hale sanft.

»Ich finde, wir sollten nichts anfassen«, sagte Mrs. Peters ein wenig hilflos.

»Ich mach bloß diese Ecke fertig«, antwortete Mrs. Hale immer noch in diesem sanften, nüchternen Tonfall.

Sie fädelte eine Nadel ein und begann die schlecht genähte Stelle auszubessern. Eine Zeit lang nähte sie schweigend. Dann hörte sie die dünne, furchtsame Stimme sagen:

»Mrs. Hale!«

»Ja, Mrs. Peters?«

»Warum, glauben Sie, war sie denn so – nervös?«

»Ach, das weiß ich doch nicht«, sagte Mrs. Hale wegwerfend, als hielte sie es für Zeitverschwendung, sich darüber Gedanken zu machen. »Ich weiß nicht, ob sie – nervös war. Ich nähe selber manchmal ganz komisch, wenn ich einfach bloß müde bin.«

Sie schnitt einen Faden ab und sah aus dem Augenwinkel zu Mrs. Peters hoch. Das kleine, schmale Gesicht der Frau des Sheriffs wirkte plötzlich verkniffen. In ihren Augen lag wieder dieser Blick, als spähte sie in etwas hinein. Gleich darauf rührte sie sich aber und sagte auf ihre zaghafte, unschlüssige Art:

»Ich muss noch die Kleider einpacken. Die sind womöglich schneller fertig, als wir denken. Wo ich wohl ein Stück Papier – und Bindfaden finde.«

»In dem Wandschrank da vielleicht«, schlug Mrs. Hale vor, nachdem sie sich umgesehen hatte.

Ein Stück der wirren Näharbeit blieb unaufgetrennt. Da Mrs. Peters ihr den Rücken zuwandte, begutachtete Martha Hale das Stück nun eingehend und verglich es mit der fein säuberlichen Arbeit an den anderen Quiltblöcken. Der Unterschied war verblüffend. Wie sie den Block so in der Hand hielt, überkam sie ein merkwürdiges Gefühl, so als teilten sich ihr die zerstreuten Gedanken der Frau mit, die sich der Arbeit vielleicht zugewandt hatte, um Ruhe zu finden.

Mrs. Peters' Stimme rüttelte sie auf.

»Hier ist ein Vogelkäfig«, sagte sie. »Hatte sie denn ein Vögelchen, Mrs. Hale?«

»Hm, keine Ahnung, ob sie eins hatte oder nicht.« Sie sah den Käfig an, den Mrs. Peters hochhielt. »Ich war schon so lang nicht mehr hier.« Sie seufzte. »Letztes Jahr war mal einer da und hat billige Kanarienvögel verkauft – ich weiß aber nicht, ob sie einen genommen hat. Vielleicht. Sie hat früher selber sehr hübsch gesungen.«

Mrs. Peters blickte in der Küche umher.

»Einen Vogel kann man sich hier eigentlich nicht recht vorstellen.« Sie lachte ein wenig – als versuchte sie etwas abzuwehren. »Aber sie muss ja einen gehabt haben – wieso hätte sie sonst einen Käfig? Ich möchte wissen, was aus dem geworden ist.«

»Vielleicht hat ihn die Katze erwischt«, warf Mrs. Hale ein und nahm ihre Näharbeit wieder auf.

»Nein, sie hatte keine Katze. Sie war so, wie manche Leute bei Katzen sind – sie hatte Angst vor ihnen. Als sie sie gestern zu uns nach Hause brachten und meine Katze ins Zimmer kam, hat sie sich schrecklich aufgeregt und mich gebeten, sie rauszuschaffen.«

»So war meine Schwester Bessie auch«, lachte Mrs. Hale.

Die Frau des Sheriffs gab keine Antwort. Auf ihr Schweigen drehte Mrs. Hale sich um. Mrs. Peters war dabei, den Vogelkäfig eingehend zu untersuchen.

»Sehen Sie sich mal dieses Türchen an«, sagte sie bedächtig. »Es ist kaputt. Da ist eine Angel abgerissen.«

Mrs. Hale kam näher.

»Sieht so aus, als hätte jemand es – mit Gewalt getan.«

Wieder trafen sich ihre Blicke – erschrocken, fragend, ängstlich. Einen Augenblick lang verharrten sie reglos. Keine sagte etwas. Dann wandte Mrs. Hale sich ab und sagte brüsk:

»Wenn die irgendwelche Beweismittel finden wollen, sollen sie sich jetzt mal ranhalten. Mir gefällt's hier nicht.«

»Ich bin furchtbar froh, dass Sie mitgekommen sind, Mrs. Hale.« Mrs. Peters stellte den Vogelkäfig auf den Tisch und setzte sich. »Ich käme mir einsam vor – so ganz allein hier zu sitzen.«

»Ja, nicht?«, stimmte Mrs. Hale ihr in entschlossen natürlichem Ton zu. Sie nahm die Näharbeit zur Hand, ließ sie nun aber in den Schoß sinken und murmelte in verändertem Tonfall: »Aber wissen Sie was, Mrs. Peters? Ich hätte doch mal herkommen sollen, als sie noch hier war. Ach, hätte ich es doch getan!«

»Aber Sie waren doch so schrecklich eingespannt, Mrs. Hale. Ihr Haus – Ihre Kinder.«

»Ich hätte schon kommen können«, gab Mrs. Hale knapp zurück. »Ich bin weggeblieben, weil es hier so freudlos war – und gerade darum hätte ich kommen sollen. Ich« – sie blickte umher – »ich habe dieses Haus noch nie leiden können. Vielleicht weil es in einer Mulde liegt und man die Straße nicht sehen kann. Ich weiß nicht, was es ist, aber es ist so einsam und abgelegen, immer schon. Ach, wär ich doch gekommen und hätte Minnie Foster mal besucht. Jetzt verstehe ich auch –« Sie sprach es nicht aus.

»Sie sollten sich keine Vorwürfe machen«, redete Mrs. Peters ihr gut zu. »Wir begreifen nicht, wie es um andere Leute steht, bis – etwas passiert.«

»Ohne Kinder hat man zwar weniger Arbeit«, sinnierte Mrs. Hale nach kurzem Schweigen, »aber es ist so still im Haus – und Wright war ja den ganzen Tag draußen bei der Arbeit –, und wenn er da war, auch keine richtige Gesellschaft. Kannten Sie John Wright eigentlich, Mrs. Peters?«

»Nicht so richtig. Ich hab ihn öfter in der Stadt gesehen. Er war ein braver Mann, heißt es.«

»Ja – brav«, räumte John Wrights Nachbarin grimmig ein. »Er hat nicht getrunken, hat zu seinem Wort gestanden wie wohl jeder andere auch und hat seine Schulden gezahlt. Aber er war ein harter, schroffer Mensch, Mrs. Peters. Nur mit ihm zu plaudern –« Sie hielt inne und erschauderte leicht. »Wie ein rauer Wind, der einem in die Knochen fährt.« Ihr Blick fiel auf den Käfig vor ihr auf dem Tisch, und sie fügte fast bitter hinzu: »Ich kann mir schon vorstellen, dass sie sich ein Vögelchen gewünscht hat!«

Plötzlich beugte sie sich vor und betrachtete den Käfig interessiert. »Was glauben Sie, was mit ihm passiert sein könnte?«

»Keine Ahnung«, entgegnete Mrs. Peters. »Vielleicht ist es krank geworden und eingegangen.«

Doch nachdem sie das gesagt hatte, reichte sie über den Tisch und klappte das kaputte Türchen auf und zu. Beide Frauen starrten wie gebannt darauf.

»Sie kannten – sie also nicht?«, fragte Mrs. Hale, einen etwas freundlicheren Ton anschlagend.

»Nicht, bis sie sie gestern gebracht haben«, sagte die Frau des Sheriffs.

»Sie – wenn ich's recht überlege, war sie selber so ein bisschen wie ein Vogel. Wirklich lieb und hübsch, aber ziemlich scheu und – flatterig. Wie – hat – sie – sich – doch – verändert!«

Dem Gedanken hing sie lange nach. Dann, als wäre ihr gerade etwas Erfreuliches eingefallen, erleichtert, wieder von etwas Alltäglichem sprechen zu können, rief sie aus:

»Wissen Sie was, Mrs. Peters, bringen Sie ihr doch den Quilt mit! Das bringt sie vielleicht auf andere Gedanken.«

»Ach, das finde ich aber eine schöne Idee, Mrs. Hale«, stimmte die Frau des Sheriffs zu, als wäre sie ebenfalls froh, dass es jetzt nur darum ging, jemandem etwas Gutes zu tun. »Dagegen kann doch niemand was haben, oder? Also, was nehme ich denn mit? Ob ihre Stoffstreifen vielleicht hier drin sind – und ihr Nähzeug?«

Sie wandten sich dem Nähkorb zu.

»Hier ist etwas Rotes«, sagte Mrs. Hale und brachte eine Stoffrolle zum Vorschein. Darunter befand sich eine Schachtel. »Hier, vielleicht ist hier ihre Schere drin – und ihr Nähzeug.« Sie hielt die Schachtel hoch. »Was für eine hübsche Schachtel! Die hat sie bestimmt schon sehr lange – seit sie ein Mädchen war.«

Sie behielt sie ein Weilchen in der Hand, dann öffnete sie sie mit einem leisen Seufzer.

Unwillkürlich fuhr sie sich mit der Hand an die Nase.

»Ach je –!«

Mrs. Peters kam näher – und wandte sich gleich ab.

»Da ist was in das Seidenfetzchen eingewickelt«, stammelte Mrs. Hale.

»Es ist aber nicht ihre Schere«, sagte Mrs. Peters mit ersterbender Stimme.

In der zitternden Hand hielt Mrs. Hale das seidene Stoffstückchen hoch. »O, Mrs. Peters!«, rief sie aus. »Es ist –«

Mrs. Peters beugte sich vor.

»Es ist der Vogel«, flüsterte sie.

»Aber, Mrs. Peters!«, rief Mrs. Hale. »*Sehen* Sie doch! Sein Hals – sehen Sie doch seinen Hals! Der ist ganz – verdreht.«

Sie hielt die Schachtel von sich weg.

Die Frau des Sheriffs beugte sich noch näher.

»Jemand hat ihm den Hals umgedreht«, sagte sie mit gedehnter, tiefer Stimme.

Und da trafen sich die Blicke der beiden Frauen erneut – diesmal mit einem Ausdruck ahnungsvoller Erkenntnis, in wachsendem Entsetzen aneinander geklammert. Mrs. Peters Blick wanderte von dem toten Vogel zum kaputten Käfigtürchen hinüber. Wieder sahen sie einander an. Und in diesem Moment war an der Außentür ein Geräusch zu hören.

Schnell schob Mrs. Hale die Schachtel in den Korb unter die

Quiltflicken und ließ sich auf den Stuhl davor sinken. Mrs. Peters blieb aufrecht stehen und hielt sich am Tisch fest. Der Bezirksstaatsanwalt und der Sheriff kamen von draußen herein.

»Nun, meine Damen«, sagte der Anwalt in einem Ton, als wollte er sich von den ernsthaften Dingen des Lebens nun dem scherzhaften Geplänkel zuwenden, »haben Sie sich jetzt darüber geeinigt, ob sie es zusammennähen oder verknoten wollte?«

»Wir glauben«, begann die Frau des Sheriffs aufgeregt, »dass sie – Knoten knüpfen wollte.«

Er war so beschäftigt, dass er nicht bemerkte, wie sich ihre Stimme am Ende veränderte.

»Aha, sehr interessant, muss ich sagen«, meinte er wohlwollend. Sein Blick fiel auf den Vogelkäfig. »Ist das Vögelchen weggeflogen?«

»Wir glauben, die Katze hat es geholt«, versetzte Mrs. Hale in merkwürdig festem Ton.

Er ging auf und ab, als heckte er irgendetwas aus.

»Gibt's hier denn eine Katze?«, fragte er zerstreut.

Mrs. Hale warf der Frau des Sheriffs einen raschen Blick zu.

»Na, jetzt nicht *mehr*«, sagte Mrs. Peters. »Die sind nämlich abergläubisch; die hauen ab.«

Sie sank auf ihren Stuhl.

Der Staatsanwalt beachtete sie überhaupt nicht. »Keinerlei Anzeichen, dass jemand von draußen hereingekommen wäre«, sagte er zu Peters, als wollte er eine unterbrochene Unterhaltung fortsetzen. »Der Strick ist von hier. Jetzt gehen wir noch mal hinauf und gehen alles Stück für Stück durch. Es muss jemand gewesen sein, der ganz genau wusste –«

Dann ging die Tür zur Treppe hinter ihnen zu, und ihre Stimmen verloren sich.

Die beiden Frauen saßen reglos da, ohne einander anzusehen, als blickten sie in etwas hinein und hielten sich gleichzeitig davor zurück. Als sie schließlich sprachen, war es, als fürchteten sie sich vor dem, was sie sagten, könnten aber nicht umhin, es auszusprechen.

»Sie hatte den Vogel gern«, sagte Martha Hale leise und bedächtig. »Sie wollte ihn in der hübschen Schachtel begraben.«

»Als ich klein war«, sagte Mrs. Peters im Flüsterton, »und mein

Kätzchen – das hat ein Junge mit einer Hacke – vor meinen eigenen Augen – bevor ich dazukommen konnte …« Sie schlug die Hände vors Gesicht. »Wenn sie mich nicht zurückgehalten hätten, ich hätte« – sie fasste sich wieder, blickte nach oben, wo Schritte zu hören waren, und schloss matt – »ihm was angetan.«

Danach saßen sie da, ohne zu sprechen oder sich zu rühren.

»Ich frage mich, wie es wohl ist«, begann Mrs. Hale schließlich zögernd, als tastete sie sich über unbekanntes Gelände voran, »wenn man nie Kinder um sich gehabt hat?« Ihr Blick schweifte langsam durch die Küche, als könnte sie sehen, was diese Küche all die Jahre bedeutet hatte. »Nein, Wright konnte den Vogel bestimmt nicht leiden«, sagte sie dann, »etwas, das singt. Sie hat früher so gern gesungen. Das hat er auch getötet.« Ihre Stimme versagte.

Mrs. Peters rutschte unbehaglich hin und her.

»Wir wissen natürlich nicht, wer den Vogel getötet hat.«

»Ich habe John Wright gekannt«, lautete Mrs. Hales Antwort.

»In jener Nacht ist in diesem Haus etwas Schreckliches getan worden, Mrs. Hale«, sagte die Frau des Sheriffs. »Einen Mann im Schlaf umbringen – ihm etwas um den Hals schlingen, so dass er erstickt.«

Mrs. Hale streckte die Hand nach dem Vogelkäfig aus.

»Seinen Hals. Dass er erstickt.«

»Wir *wissen* nicht, wer ihn umgebracht hat«, flüsterte Mrs. Peters aufgeregt. »Wir *wissen* es nicht.«

Mrs. Hale hatte sich nicht gerührt. »Wenn da jahrelang, jahrelang – nichts war, und dann ein Vogel, der einem was vorsingt, dann war es bestimmt furchtbar – still –, nachdem der Vogel verstummt war.«

Es war, als hätte irgendetwas in ihr gesprochen, das nicht sie selbst war, und in Mrs. Peters etwas angerührt, was sie nicht als sich selbst erkannte.

»Ich weiß, was Stille ist«, sagte sie mit seltsamer, monotoner Stimme. »Als wir in Dakota gesiedelt haben und mein erstes Baby gestorben ist – es war zwei Jahre alt – und ich noch kein anderes hatte …«

Mrs. Hale regte sich.

»Was glauben Sie, wann die mit ihrer Suche nach Beweismitteln fertig sind?«

»Ich weiß, was Stille ist«, wiederholte Mrs. Peters im gleichen Ton. Dann nahm auch sie sich wieder zusammen. »Ein Verbrechen muss vom Gesetz bestraft werden, Mrs. Hale«, sagte sie in ihrer verkniffenen, leisen Art.

»Sie hätten Minnie Foster sehen sollen«, war die Antwort, »in dem weißen Kleid mit den blauen Bändern, wie sie da oben im Chor stand und sang.«

Das Bild von diesem Mädchen und der Gedanke, dass sie zwanzig Jahre lang die Nachbarin dieses Mädchens gewesen war und es aus Mangel an Lebensfreude hatte eingehen lassen, war plötzlich mehr, als sie ertragen konnte.

»Ach, wäre ich doch ab und zu hergekommen!«, rief sie. »*Das* war ein Verbrechen! Und wer bestraft das?«

»Wir dürfen nicht so ein Theater machen.« Ängstlich sah Mrs. Peters zur Treppe hinüber.

»Ich hätte doch *wissen* müssen, dass sie Hilfe brauchte! Wissen Sie, Mrs. Peters, das ist doch einfach *seltsam*. Da leben wir so nah beisammen und sind doch so weit voneinander entfernt. Wir machen alle dasselbe durch – es ist doch nur eine Spielart von derselben Sache! Wenn's nicht so wäre – warum *verstehen* Sie und ich es dann? Warum *wissen* wir – was wir in diesem Augenblick wissen?«

Sie fuhr sich mit der Hand über die Augen. Dann, als sie das Glas mit dem Obst auf dem Tisch stehen sah, griff sie danach und stieß mühsam hervor:

»Ich an Ihrer Stelle würde ihr nicht *sagen*, dass das Eingemachte verdorben ist! Sagen Sie's ihr *nicht*. Sagen Sie, es ist in Ordnung – alles. Hier – nehmen Sie ihr das da als Beweis mit! Sie – sie erfährt ja vielleicht nie, ob es kaputtgegangen ist oder nicht.«

Sie wandte sich ab.

Mrs. Peters griff nach dem Glas mit dem Eingemachten, als wäre sie froh, es an sich zu nehmen – als würde es sie von etwas anderem ablenken, wenn sie etwas Vertrautes berührte. Sie stand auf, sah sich nach etwas um, in das sie das Eingemachte einwickeln könnte, nahm von dem Kleiderstapel, den sie aus dem Vorderzimmer hereingebracht hatte, einen Unterrock und fing an, ihn nervös um das Glas zu wickeln.

»Ach je!«, hob sie mit hoher, gekünstelter Stimme an, »wie gut, dass uns die Männer nicht hören konnten! Da regen wir uns so auf über eine Kleinigkeit wie einen – toten Kanarienvogel.« Rasch redete sie weiter. »Als ob das was zu tun haben könnte mit – mit – ach je, die würden uns doch *auslachen!*«

Auf der Treppe waren Schritte zu hören.

»Vielleicht schon«, murmelte Mrs. Hale. »Vielleicht aber auch nicht.«

»Nein, Peters«, sagte der Staatsanwalt ungehalten, »es ist alles vollkommen klar, bis auf den Grund für die Tat. Aber Sie wissen ja, wie Geschworene sind, wenn's um Frauen geht. Wenn wir was Eindeutiges hätten – irgendetwas zum Vorweisen. Etwas, aus dem sich eine Geschichte bauen ließe. Was sich mit dieser plumpen, ungeschickten Vorgehensweise in Verbindung bringen ließe.«

Mrs. Hale warf Mrs. Peters einen verstohlenen Blick zu. Mrs. Peters sah sie an. Rasch wandten sie den Blick wieder voneinander ab. Die Außentür ging auf, und Mr. Hale trat ein.

»Ich bin jetzt vorgefahren«, sagte er. »Ganz schön kalt da draußen.«

»Ich bleibe noch eine Weile allein hier«, verkündete der Anwalt unvermittelt. »Sie können doch Frank herschicken, dass er mich abholt, ja?«, fragte er den Sheriff. »Ich will noch mal alles durchgehen. Ich bin noch nicht überzeugt, dass wir es nicht besser hinkriegen.«

Erneut trafen sich die Blicke der beiden Frauen für einen kurzen Augenblick.

Der Sheriff trat an den Tisch.

»Wollten Sie sehen, was Mrs. Peters für sie mitnimmt?«

Der Staatsanwalt hob die Schürze hoch. Er lachte.

»Ach, es ist wohl nichts besonders Gefährliches, was die Damen da herausgesucht haben.«

Mrs. Hales Hand lag auf dem Nähkorb, in dem die Schachtel versteckt war. Sie hatte das Gefühl, sie sollte die Hand vom Korb nehmen. Doch sie konnte es nicht. Der Bezirksstaatsanwalt nahm einen der Quiltblöcke hoch, die sie zur Tarnung auf die Schachtel gehäuft hatte. Ihre Augen brannten wie Feuer. Sie hatte das Gefühl, wenn er jetzt den Korb hochhob, würde sie ihn ihm entreißen.

Doch er hob ihn nicht hoch. Leise lachend wandte er sich ab und sagte:

»Nein, Mrs. Peters muss nicht überwacht werden. Die Frau eines Sheriffs ist schließlich mit dem Gesetz verheiratet. Haben Sie das schon mal so betrachtet, Mrs. Peters?«

Mrs. Peters stand neben dem Tisch. Mrs. Hale warf ihr einen Blick zu, konnte ihr Gesicht aber nicht sehen, denn Mrs. Peters hatte sich abgewandt. Als sie zu reden begann, klang ihre Stimme gedämpft.

»Nicht – nur so«, erwiderte sie.

»Mit dem Gesetz verheiratet!«, kicherte Mrs. Peters' Gatte. Er ging auf die Tür zum Vorderzimmer zu und sagte zum Staatsanwalt:

»Kommen Sie doch kurz hier rein, George. Wir sollten uns mal diese Fenster ansehen.«

»Ach – die Fenster«, sagte der Anwalt spöttisch.

»Wir kommen gleich raus, Mr. Hale«, sagte der Sheriff zu dem Farmer, der immer noch an der Tür wartete.

Hale ging hinaus, um nach den Pferden zu sehen. Der Sheriff folgte dem Staatsanwalt ins andere Zimmer. Wieder waren die beiden Frauen – für einen kurzen Moment – allein in der Küche.

Martha Hale sprang auf, die Hände fest aneinander gepresst, und sah die andere Frau an, bei der das Geheimnis ruhte. Erst konnte sie ihre Augen nicht sehen, denn die Frau des Sheriffs hatte sich seit der Bemerkung, sie sei mit dem Gesetz verheiratet, nicht wieder umgedreht. Doch nun zwang Mrs. Hale sie dazu, sich umzudrehen. Mit ihrem Blick zwang sie sie dazu. Langsam, widerstrebend wandte Mrs. Peters den Kopf, bis ihre Augen auf die der anderen trafen. Eine Weile hielten sie einander in einem unverwandten, brennenden Blick fest, bei dem es kein Entrinnen oder Ausweichen gab. Dann deuteten Martha Hales Augen auf den Korb hinüber, in dem das Ding versteckt war, das mit Sicherheit zur Verurteilung der anderen Frau führen würde – jener Frau, die nicht anwesend und doch während dieser ganzen Stunde bei ihnen gewesen war.

Eine Weile rührte Mrs. Peters sich nicht. Dann schritt sie zur Tat. Sie warf die Stoffteile beiseite, ergriff die Schachtel und versuchte, sie in ihre Handtasche zu stecken. Sie war zu groß. Verzweifelt klappte sie sie auf und wollte den Vogel herausnehmen. Doch dann konnte sie nicht weiter – sie war nicht imstande, den Vogel zu berühren. Hilflos stand sie da, töricht.

Das Geräusch des Türknaufs, der sich an der inneren Tür drehte, war zu hören. Martha Hale entriss der Frau des Sheriffs die Schachtel und stopfte sie in dem Moment in die Tasche ihres Wintermantels, als der Sheriff und der Bezirksstaatsanwalt wieder in die Küche traten.

»Also, Henry«, witzelte der Anwalt, »wenigstens wissen wir jetzt, dass sie es nicht zusammennähen wollte. Sie wollte es – wie nennen Sie das noch mal, meine Damen?«

Mrs. Hale hielt die Hand auf die Tasche ihres Mantels gepresst. »Wir nennen es – Knoten knüpfen, Mr. Henderson.«

Der Mann, der wusste wie
von
DOROTHY L. SAYERS

Dorothy L(eigh) Sayers (1893-1957) ist eine der bemerkenswertesten und einflussreichsten Persönlichkeiten in der Geschichte der Kriminalliteratur. Geboren in Oxford, absolvierte sie das Somerville College in Oxford und arbeitete zunächst als Sprachlehrerin, Verlagslektorin und Werbetexterin, bevor sie sich ganz dem Schreiben zuwandte. In *Whose Body?* (1923; dt. *Der Tote in der Badewanne*) führte sie einen der berühmtesten »gentleman detectives« der Literaturgeschichte ein – Lord Peter Wimsey, eine Figur im Stil von P. G. Wodehouse, also etwas affektiert in Sprachstil und Gebaren und voll alberner und skurriler Allüren, den sie im Lauf seiner Karriere zu einer viel tiefgründigeren Figur entwickeln sollte. In *Strong Poison* (1930; dt. *Geheimnisvolles Gift*) begegnet Wimsey der Romanautorin Harriet Vane, die er erst einmal von einer Anklage wegen Mordes befreit, um ihr (in kühner Missachtung der Regel: keine Liebesgeschichten in den Kriminalromanen des Goldenen Zeitalters) durch mehrere Romane hindurch – darunter der Klassiker aus dem Universitätsleben *Gaudy Night* (1935; dt. *Aufruhr in Oxford*) – den Hof zu machen und sie in *Busman's Honeymoon* (1937, dt. *Lord Peters Hochzeitsfahrt*), Sayers' letztem Kriminalroman, schließlich zu ehelichen. *Thrones, Dominations* (dt. *In feiner Gesellschaft. Lord Peters letzter Fall*), ein Fragment, sollte viele Jahre später von Jill Paton Walsh in bemerkenswerter Werktreue vollendet und 1998 unter gemeinsamer Urheberschaft veröffentlicht werden.

Über Sayers, die in den siebziger Jahren teils aufgrund ihrer persönlichen Unabhängigkeit, teils aufgrund ihrer Schöpfung von Harriet Vane zu einer Ikone des Feminismus wurde, wurden mehr Biografien und kritische Untersuchungen verfasst als über jede andere Kriminalautorin des Goldenen Zeitalters mit Ausnahme von Agatha Christie, und in ihrer Hingabe an die spielerischen Elemente des Kriminalromans fand sie kaum ihresgleichen. Dennoch wandte sie sich später von der Kriminalliteratur ab zugunsten anderer literarischer Bestrebungen, darunter einige hoch gerühmte religiöse Dramen und eine Dante-Übersetzung.

Dorothy L. Sayers schrieb eine Reihe von Kurzgeschichten über Lord Peter Wimsey, doch kommen ihre besten kürzeren Arbeiten ohne einen Seriendetektiv aus. In »Der Mann, der wusste wie« gelingt es Sayers, sich auf geistreiche Weise über ihre spezielle Art des Detektivromans zu äußern und dazu eine Situation zu entwickeln, die leicht den Titel einer anderen ihrer besten Kurzgeschichten hätte tragen können: »Suspicion« (1933; dt. *Die Giftmischerin*). »Der Mann, der wusste wie« ist die Art von Kriminalgeschichte, die sich ausgezeichnet für eine Rundfunkfassung eignet, so etwa in der denkwürdigen Adaption für die Hörfunkreihe *Suspense* mit Charles Laughton als Pender und Hans Conreid in der Titelrolle.

Der Mann, der wusste wie

Mindestens zum zwanzigsten Mal, seit der Zug Carlisle verlassen hatte, sah Pender vom »Mord im Pfarrhaus« auf, und jedes Mal begegneten seine Augen denen des Mannes, der ihm gegenübersaß.

Er runzelte ein wenig die Stirn. Es war irritierend, so unablässig beobachtet zu werden; und immer mit diesem leichten, höhnischen Lächeln. Noch irritierender war, dass man sich dadurch derart stören ließ. Pender wandte sich wieder seinem Buch zu, fest entschlossen, sich auf den ermordeten Geistlichen in der Bibliothek zu konzentrieren. Unglücklicherweise handelte es sich um eine dieser hochgestochenen Geschichten, in denen sich sämtliche aufregenden Ereignisse in dem ersten Kapitel zusammenballen, um sich dann in endlosen Schlussfolgerungen fortzusetzen und schließlich mit einer wissenschaftlichen Lösung zu enden. Der dünne Faden seines Interesses, auf dem Rad von Penders unkonzentriert arbeitendem Gehirn gesponnen, war endgültig abgerissen. Zweimal hatte er entscheidende Wendungen in der Geschichte einfach überlesen. Schließlich wurde ihm bewusst, dass seine Augen drei Seiten lang Buchstaben für Buchstaben aufgenommen hatten, ohne das Geringste von ihrem Sinn seinem Verstand mitzuteilen. Seine Gedanken beschäftigten sich nicht im Entferntesten mit dem ermordeten Geistlichen – an die Oberfläche seines Bewusstseins trat immer klarer das Gesicht des anderen Mannes. Ein merkwürdiges Gesicht, dachte Pender.

Die Gesichtszüge an sich waren nicht außergewöhnlich; ihr Ausdruck war es, der Pender Furcht einflößte. Dieses Gesicht gehörte zu einem Menschen, der zum Schaden seiner Zeitgenossen eine ganze Menge wusste. Der leicht gekrümmte Mund presste sich in den faltigen Winkeln fest aufeinander, so, als ob er sich Mühe gäbe, ein geheimes Vergnügen zu verbergen. Die Augen hinter dem randlosen Kneifer glitzerten neugierig. Doch dieser Eindruck konnte sehr wohl durch Lichtreflexe auf den Gläsern entstanden sein. Pender versuchte zu erraten, was für einem Beruf der Mann nachgehen mochte. Er war mit einem dunklen Gesellschaftsanzug, einem Regenmantel und mit einem schäbigen, weichen Hut bekleidet.

Pender räusperte sich überflüssigerweise, rückte sich in seiner Ecke zurecht und hob seinen Kriminalroman hoch vor sein Gesicht, auf eine Art, als ob er eine Barriere zwischen sich und seinem Gegenüber errichten wollte. Das war mehr als sinnlos. Er fühlte deutlich, dass der Mann dieses Manöver durchschaute und dass es ihn obendrein noch amüsierte. Ein unwiderstehliches Verlangen erfüllte ihn, unruhig auf seinem Platz hin und her zu rücken. Er wusste, dass es absurd war, doch in seiner Einbildung hätte das für seinen Quälgeist den Sieg bedeutet. Dieses Bewusstsein zwang ihn in einen so angespannten und verkrampften Zustand, dass es geradezu eine physische Unmöglichkeit für ihn wurde, seine Aufmerksamkeit auf das Buch zu konzentrieren.

Vor Rugby kam keine Station mehr, und es war unwahrscheinlich, dass irgendein Mitreisender vom Gang her das Abteil betreten würde, um diese unerfreuliche Zweisamkeit zu beenden. Aber irgendetwas musste geschehen. Das Schweigen hatte so lange zwischen ihnen gelastet, dass jede noch so triviale Bemerkung wie das Rasseln einer Alarmglocke in die gespannte Atmosphäre hineinplatzen würde. So empfand es jedenfalls Pender. Man könnte natürlich einfach auf den Gang hinausgehen und nicht wieder zurückkehren, aber das würde ein klares Eingeständnis der Niederlage sein. Pender ließ den »Mord im Pfarrhaus« sinken.

»Genug davon?«, fragte der Mann.

»Nachtreisen sind immer ein bisschen langweilig«, gab Pender halb erleichtert, halb widerwillig zurück. »Möchten Sie ein Buch?«

Er holte »The Paper-Clip Clue« aus seiner Diplomatentasche heraus und hielt es ihm hoffnungsvoll entgegen. Der andere Mann warf einen flüchtigen Blick auf den Titel und schüttelte den Kopf.

»Vielen Dank«, sagte er, »aber ich lese niemals Kriminalromane. Sie sind so – unzulänglich, finden Sie nicht?«

»Sicherlich fehlt ihnen manchmal Charakteristik und menschliches Interesse«, entgegnete Pender. »Doch auf einer Eisenbahnfahrt –«

»Das ist es nicht, was ich meine«, fiel ihm sein Gegenüber ins

Wort. »Ich bin nicht interessiert an der menschlichen Natur. Aber alle diese Mörder sind so unfähig – sie langweilen mich.«

»Na, ich weiß nicht…«, widersprach Pender, »auf jeden Fall haben sie meist mehr Phantasie und Scharfsinn als die Mörder im wirklichen Leben.«

»Als die Mörder, die im wirklichen Leben entdeckt werden – ja«, gab der Mann zu.

»Sogar einige von denen machten ihre Sache recht geschickt, bevor sie erwischt wurden«, wandte Pender ein. »Crippen, zum Beispiel. Er wäre nie geschnappt worden, wenn er nicht den Kopf verloren hätte und nach Amerika durchgebrannt wäre. Dann – George Joseph Smith. Er lebte recht erfolgreich, sogar mit zwei Bräuten, bevor ihm das Schicksal und die *News of the World* ein Bein stellten.«

»Das schon«, sagte der andere Mann. »Aber sehen Sie denn nicht die Unbeholfenheit, den ganzen komplizierten Aufbau, die Lügen, das überflüssige Drum und Dran?«

»Aber ich bitte Sie!«, widersprach Pender. »Die können schließlich nicht erwarten, einen Mord zu begehen und dann so simpel weiterzuleben, als wäre nichts geschehen!«

»Ah! Das ist also Ihre Meinung?«, fragte der Mann.

Pender wartete darauf, wie er diese Bemerkung weiter ausbauen würde, aber es folgte nichts mehr. Der Mann lehnte sich zurück und lächelte in seiner geheimnisvollen Art zur Decke des Abteils hinauf. Er machte den Eindruck, als ob er die Unterhaltung nicht für interessant genug hielte, um sie weiterzuführen. Pender, der wieder sein Buch aufnahm, ertappte sich dabei, wie er aufmerksam die Hände seines Reisegenossen betrachtete. Sie waren blass und überraschend langfingrig. Fasziniert beobachtete er, wie sie sanft die Knie ihres Besitzers tätschelten. Er wandte resolut eine Seite seines Buches um – dann legte er das Buch wieder weg und sagte:

»Gut, wenn es so leicht ist, wie würden dann *Sie* einen Mord arrangieren?«

»Ich?«, wiederholte der Mann. Das Licht, das auf die Gläser seines Kneifers fiel, ließ seine Augen völlig ausdruckslos erscheinen, aber seine Stimme klang leicht amüsiert. »Das ist etwas anderes. Ich müsste nicht zweimal darüber nachdenken.«

»Warum nicht?«

»Weil ich zufällig weiß, wie man es macht.«

»Ah! Tatsächlich?«

»Oh, da gehört nicht viel dazu.«

»Wie können Sie sich dessen so sicher sein? Ich nehme nicht an, dass Sie es ausprobiert haben?«

»Das ist nicht eine Sache des Ausprobierens«, meinte der Mann. »An meiner Methode ist nichts Aufregendes, das ist gerade das Schöne dabei.«

»Das kann man leicht sagen«, winkte Pender spöttisch ab. »Wollen Sie mir Ihre wundervolle Methode nicht verraten?«

»Das können Sie wohl nicht im Ernst von mir erwarten, nicht wahr?«, sagte der Mann und musterte Pender fast neugierig. »Das könnte gefährlich sein. Sie sehen zwar harmlos aus, aber wer könnte noch harmloser als Crippen ausschauen? Niemand ist so beschaffen, dass man ihm die absolute Macht über das Leben anderer Menschen anvertrauen könnte.«

»Unsinn!«, ereiferte sich Pender. »Ich würde nie auch nur daran denken, jemanden zu ermorden!«

»O doch. Sie würden«, beharrte der Mann. »Wenn Sie wirklich daran glaubten, dass es ungefährlich für Sie wäre! Sie und jeder andere. Warum denken Sie wohl, dass von Kirche und Staat um den Mord alle diese ungeheuer kunstreichen Barrieren aufgebaut wurden? Genau deshalb, weil es sich um ein Verbrechen handelt, zu dem jedermann fähig ist – das so natürlich ist wie das Atmen.«

»Aber das ist doch absurd!«, rief Pender erregt.

»So? Meinen Sie? Genau das würden die meisten Leute sagen. Aber ich würde keinem von ihnen trauen. Nicht, wenn sie im Besitz von Sulfaten des Thanatol sind, das man übrigens für zwei Pence in jeder Drogerie kaufen kann.«

»Sulfate von was?«, fragte Pender scharf.

»Oho! Sie bilden sich wohl ein, dass ich etwas verrate? Nun, es ist eine Mischung von diesem und jenem oder zwei anderen Dingen – alle gleich gebräuchlich und billig. Für neun Pence könnte man genug davon erwerben, um das gesamte Parlament zu vergiften. Aber das wäre natürlich dumm, die ganze Clique auf einmal zu beseitigen; es könnte ein bisschen komisch aussehen, wenn sie alle auf die gleiche Weise in ihren Badewannen sterben würden.«

»Wieso in ihren Badewannen?«

»Weil das die Art ist, wie es sie erwischen würde. Es ist die Funktion des heißen Wassers, das die Wirkung von dem Zeug hervorbringt, verstehen Sie? Jederzeit, zwischen ein paar Stunden und einigen Tagen, nachdem die Droge eingenommen wurde. Es ist eine völlig einfache, chemische Reaktion, und es gibt keine Möglichkeit der Entdeckung bei einer Untersuchung. Es würde genau wie ein Herzschlag aussehen.«

Pender starrte ihn misstrauisch an. Er konnte dieses Lächeln nicht ausstehen. Es war nicht nur ironisch, es war blasiert, fast schadenfroh – triumphierend! Er konnte keine wirklich passende Bezeichnung dafür finden.

»Wissen Sie«, fuhr der Mann fort, nachdenklich eine Pfeife aus seiner Jackentasche holend. Er begann sie umständlich zu stopfen, »es ist eigentlich komisch, wie oft man liest, dass Leute tot in ihren Badewannen aufgefunden wurden. Es muss ein recht häufiger Unfall sein. Direkt verlockend. Letzten Endes hat ein Mord etwas Faszinierendes an sich. Die Idee wächst in einem – nimmt von dem ganzen Menschen Besitz... Das heißt, ich stelle es mir so vor, verstehen Sie?«

»Sehr wahrscheinlich, dass es so ist«, sagte Pender lahm.

»Denken Sie an Palmer. Erinnern Sie sich an Gesina Gottfried. Denken Sie an Armstrong. Nein! Ich würde niemandem in der Welt trauen, der diese chemische Formel kennt. Nicht einmal einem so tugendhaften jungen Mann wie Ihnen.«

Die langen weißen Finger klopften den Tabak nachdrücklich in den Pfeifenkopf und zündeten ein Streichholz an.

»Aber wie ist es mit Ihnen?«, fragte Pender verwirrt. Er war verärgert. Niemand legt Wert darauf, als tugendhafter junger Mann bezeichnet zu werden. »Wenn niemand so beschaffen ist, dass man ihm vertrauen kann –«

»Dann bin ich es auch nicht, wie?«, beendete der Mann Penders angefangenen Satz. »Well – das ist richtig. Aber das hieße das Thema wiederkäuen, nicht wahr? Ich kenne die Formel, und das kann ich nicht ungeschehen machen. Das ist ein Unglück – aber nun kann man es nicht mehr ändern. Auf jeden Fall haben Sie die Beruhigung, dass *mir* nicht so leicht etwas Unerfreuliches passieren kann. Du lieber Himmel! Das ist ja schon Rugby. Ich steige hier aus. Habe hier eine geschäftliche Angelegenheit zu erledigen.«

Er stand auf, schüttelte sich ein wenig und knöpfte den Regenmantel zu. Dann drückte er den schäbigen Hut tiefer über die rätselhaft funkelnden Gläser seines Kneifers. Der Zug verlangsamte seine Fahrt und hielt. Mit einem kurzen »Gute Nacht« und einem schiefen Lächeln stieg er aus. Pender sah ihm nach, wie er schnell den Bahnsteig entlangging.

»Verrückt«, murmelte Pender, sonderbar erleichtert. »Gott sei Dank, es sieht so aus, als ob ich nun das Abteil für mich alleine haben werde.«

Er wandte sich wieder dem »Mord im Pfarrhaus« zu, doch seine Gedanken waren woanders.

Wie hieß doch gleich wieder das Zeug, von dem der Kerl geredet hatte? Nicht um alles in der Welt hätte er sich an den Namen erinnern können.

Es war am folgenden Nachmittag, dass Pender die Notiz im *Standard* las. Wenn sein Blick nicht an dem Wort »Badewanne« hängen geblieben wäre, hätte er sicherlich die kurze Nachricht überlesen:

Wohlhabender Fabrikant stirbt in der Badewanne!

Ehefrau entdeckt die Tragödie

Eine schreckliche Entdeckung machte heute Morgen Mrs. John Brittlesea, die Frau des bekannten Direktors der Brittleseas Engineering Werke in Rugby. Da ihr Ehemann, den sie noch vor einer Stunde wohlbehalten und gesund gesprochen hatte, nicht rechtzeitig zum gemeinsamen Frühstück erschien, suchte sie ihn im Badezimmer, wo sie ihn, nachdem man die verriegelte Tür aufgebrochen hatte, tot in der Badewanne liegend fand. Nach Feststellung des Arztes war Brittlesea bereits vor einer halben Stunde gestorben. Als Todesursache wird Herzschlag angegeben. Der verstorbene Fabrikant…

Ein komischer Zufall, sagte sich Pender. Noch dazu in Rugby! Mein unbekannter Freund würde sich sehr dafür interessieren, wenn er noch dort ist, um seine geschäftliche Angelegenheit zu erledigen. Möchte eigentlich wissen, was für eine Art von Geschäften er betreibt...

Es ist eine sonderbare Sache, wie man dauernd auf die gleichen Umstände trifft, wenn die Aufmerksamkeit erst einmal darauf gelenkt ist. Diese Umstände scheinen dann direkt hinter einem her zu jagen. Angenommen man bekommt eine Blinddarmentzündung: Augenblicklich füllen sich die Spalten der Zeitungen mit Nachrichten über Staatsmänner, die an Blinddarmentzündungen erkranken, und Opfern, die daran sterben. Man erfährt, dass beinahe alle Bekannten, oder wenigstens ihre Freunde, daran gelitten haben oder daran gestorben sind – oder sich viel schneller davon erholten als man selbst. Es ist ausgeschlossen, eine Zeitschrift aufzuschlagen, ohne auf einen Artikel zu stoßen, der die Heilung davon als Triumph der modernen Chirurgie bezeichnet oder zumindest über einen wissenschaftlichen Vergleich des wurmförmigen Blinddarms von Männern und Affen berichtet. Wahrscheinlich war die Beachtung des Blinddarms zu allen Zeiten die gleiche; nur dass man das erst in diesem Augenblick bemerkt, da die eigene Aufmerksamkeit sich darauf richtet. Auf jeden Fall ging es Pender so, dass er plötzlich entdeckte, mit welcher außergewöhnlichen Häufigkeit Leute in ihren Badewannen zu sterben schienen.

Die Fälle verfolgten ihn geradezu. Jedes Mal dieselbe Reihenfolge von Tatsachen: das heiße Bad, die Entdeckung der Leiche, die gerichtliche Untersuchung. Und immer das gleiche medizinische Ergebnis: Herzschlag, infolge zu heißen Badens. Pender kam zu dem Schluss, dass es keineswegs ungefährlich war, in die mit heißem Wasser gefüllte Badewanne zu steigen. Er begann sein eigenes Bad jeden Tag ein wenig kälter zu nehmen, bis es geradezu ungemütlich wurde.

Jeden Morgen, noch bevor er sich hinsetzte, um in Ruhe die Nachrichten zu studieren, suchte er die Zeitung nach Schlagzeilen über einen Unfall im Badezimmer ab und war sofort erleichtert, aber gleichzeitig irgendwie enttäuscht, wenn eine Woche vorüberging, ohne dass sich eine Tragödie dieser Art ereignete.

Einer von diesen plötzlichen Todesfällen, von denen er auf solche Weise erfuhr, ereilte eine junge, schöne Frau, deren Ehemann, ein

Chemiker, einige Monate vorher erfolglos versucht hatte, sich von ihr scheiden zu lassen. Der staatliche Untersuchungsrichter schöpfte Verdacht und unterzog den Ehemann einer Reihe von Kreuzverhören. Es gelang ihm nicht, den medizinischen Befund des Arztes zu erschüttern. Pender, über die phantastische, unglaubliche Möglichkeit brütend, wünschte leidenschaftlich, wie jeden Tag seit seiner Begegnung mit dem Unbekannten in dem Zug, dass er sich an den Namen der Droge erinnern könnte, die der Mann erwähnt hatte.

Dann brach die Aufregung in Penders eigene Nachbarschaft ein. Der alte Mr. Skimmings, der allein mit seiner Haushälterin gerade um die Ecke wohnte, wurde tot in seinem Badezimmer aufgefunden. Sein Herz war nie sehr kräftig gewesen. Die Haushälterin sagte zu dem Milchmann, dass sie immer etwas dieser Art erwartet hatte, weil der alte Herr darauf bestand, sein Bad so heiß zu nehmen. Pender ging zu der gerichtlichen Untersuchung.

Die Haushälterin machte ihre Aussage. Mr. Skimmings war immer außerordentlich gut und freundlich zu ihr gewesen, und sie nahm es schwer, dass sie ihn nun für immer verloren hatte. Nein, sie hatte keine Ahnung gehabt, dass Mr. Skimmings ihr eine recht ansehnliche Summe Geldes hinterlassen würde, doch das zeigte, was für ein gütiges Herz er gehabt hatte. Der Wahrspruch lautete auf Tod durch Unglücksfall.

Wie gewöhnlich, machte Pender auch an diesem Abend seinen Spaziergang mit dem Hund. Eine besondere Neugier trieb ihn, an dem Haus des verstorbenen Mr. Skimmings vorbeizugehen. Als er langsam vorbeischlenderte, verstohlen die leeren Fenster beobachtend, öffnete sich die Gartentür, und ein Mann kam heraus. In dem Lichtkreis einer Straßenlampe erkannte Pender ihn sofort.

»Hallo!«, sagte er.

»Ach, Sie sind's«, antwortete der Mann. »Besehen sich wohl den Schauplatz der Tragödie, wie? Was denken *Sie* über diesen Fall?«

»Was soll ich darüber denken? Nichts Besonderes«, sagte Pender. »Ich kannte ihn nicht persönlich. Komisch, dass wir uns auf diese Weise wieder begegnen.«

»Ja, nicht wahr? Ich nehme an, dass Sie hier in der Nähe wohnen.«

»Ja«, gab Pender zu und wünschte, er hätte es nicht getan. »Wohnen Sie auch in diesem Viertel?«

»Ich?«, fragte der Mann. »Nein. Habe hier nur eine geschäftliche Angelegenheit zu erledigen gehabt.«

»Das letzte Mal, als wir uns trafen, waren Sie in Geschäften in Rugby«, bemerkte Pender. Sie gingen nun im gleichen Schritt nebeneinander her, sich langsam der Ecke nähernd, hinter der Penders Haus lag.

»Stimmt«, nickte der Mann. »Meine Geschäfte bringen mich im ganzen Land herum. Ich weiß nie vorher, wo ich am nächsten Tag benötigt werde.«

»Sie müssten sich gerade in Rugby aufgehalten haben, als man den alten Brittlesea tot in seiner Badewanne fand, stimmt es?«, erwähnte Pender beiläufig.

»Ja. Komische Sache, der Zufall.« Der Mann blickte ihn von der Seite durch seine funkelnden Kneifergläser an. »Hinterließ alles seiner Frau, glaube ich. Sie ist nun eine reiche Witwe. Sieht übrigens attraktiv aus. Sie war viel jünger als er.«

Sie waren an Penders Haustür angelangt. »Kommen Sie auf einen Drink mit herein«, forderte ihn Pender auf und bereute sofort seine impulsive Einladung.

Der Mann war einverstanden, und sie gingen in Penders Bibliothek.

»In letzter Zeit sind auffallend viele dieser Unfälle beim Baden passiert, finden Sie nicht?«, begann Pender im leichten Unterhaltungston, während er Sodawasser in die Whiskygläser goss.

»Sie finden das auffallend?«, sagte der Mann in seiner irritierenden Weise, alles in Frage zu stellen, worüber immer man auch mit ihm redete. »Tja – ich weiß nicht. Vielleicht ist es wirklich so. Aber es war immer schon ein ziemlich häufiger Unfall.«

»Kann sein, dass ich seit unserer Unterhaltung damals im Zug mehr darauf achte.« Pender lachte ein wenig selbstbewusst. »Sie wissen, wie das ist. Ich habe mich nur gefragt, ob nicht etwa doch noch jemand anders diese – diese Formel – wie heißt sie gleich wieder – kennt?«

Der Mann ignorierte die Frage.

»Das glaube ich nicht«, meinte er überzeugt. »Ich bilde mir ein, der einzige Mensch zu sein, der darüber Bescheid weiß. Ich bin selber nur zufällig darauf gekommen, als ich etwas anderes suchte. Es ist unwahrscheinlich, dass es gleichzeitig in so vielen Teilen des Landes entdeckt worden sein sollte. Übrigens – alle diese gerichtlichen Urteile zeigen deutlich, was für ein todsicherer Weg es wäre, wenn jemand einen Menschen beseitigen wollte.«

»Sie sind also Chemiker?«, fragte Pender, in der Hoffnung, auf diese Weise etwas aus ihm herauszubringen.

»Oh – ich bin ein wenig von allem. Ein ›Hans-Dampf-in-allen-Gassen‹, gewissermaßen. Ich befasse mich mit allen möglichen Dingen. Sie haben hier einige recht interessante Bücher, wie ich sehe.«

Pender fühlte sich geschmeichelt. Für einen Mann in seiner Position – er hatte in einer Bank gearbeitet, bevor er zu seinem kleinen Vermögen gekommen war – konnte man schon sagen, dass er sein Wissen beachtlich erweitert hatte. Er wusste, dass seine Sammlung von modernen Erstausgaben eines Tages wertvoll sein würde. Nicht ohne Stolz ging er zu seinem Bücherschrank hinüber und holte einige Werke heraus, um sie seinem Gast zu zeigen.

Der Mann gab vor, sich dafür zu interessieren, und trat an seine Seite.

»Habe ich Recht, wenn ich annehme, dass diese Ihren persönlichen Geschmack repräsentieren?« Er zog einen Band von Henry James heraus und warf einen Blick auf das Vorsatzblatt. »Ist das Ihr Name? E. Pender?«

Pender bestätigte es. »Sie haben sich noch nicht vorgestellt«, fügte er hinzu.

»Ach so! Ich bin einer von der großen Smith-Familie«, erklärte der andere humorlos. »Bloß einer von den vielen, die sich ihr tägliches Brot verdienen müssen. Sie scheinen sich hier sehr nett eingerichtet zu haben.«

Pender informierte ihn kurz über seinen Bankberuf und über die Erbschaft.

»Sehr angenehm, nicht wahr?«, sagte Smith. »Nicht verheiratet? Nein. Sie sind ein Glückspilz. Sieht nicht so aus, als ob Sie in nächster Zeit irgendein Sulfat von – oder eine andere nützliche Droge benötigen werden. Und Sie werden nie in die Verlegenheit kommen, wenn Sie sich an das halten, was Sie haben, und sich vor Frauen und Spekulationen in Acht nehmen.«

Er lächelte Pender von unten herauf an. Jetzt, da er seinen Hut abgelegt hatte, war eine Menge klein gelockter grauer Haare zum Vorschein gekommen. Er wirkte älter als damals in dem Eisenbahnabteil.

»Nein. Ich denke, dass ich vorerst noch nicht um Ihren Beistand zu bitten brauche«, stimmte Pender lachend zu. »Abgesehen davon – wie könnte ich Sie finden, für den Fall, dass ich es wünschte?«

»Das haben Sie gar nicht nötig«, sagte Smith. »*Ich* würde *Sie* finden. Das ist keine Schwierigkeit.« Er grinste merkwürdig. »Well, ich denke, es ist besser, wenn ich nun gehe. Vielen Dank für die Gastfreundschaft. Ich nehme nicht an, dass wir uns noch einmal begegnen werden – aber es ist natürlich möglich.«

Als er weggegangen war, kehrte Pender wieder zu seinem Sessel zurück. Er nahm das Glas mit Whisky in die Hand, das vor ihm auf dem Tisch stand. Es war noch beinahe voll.

»Komisch«, redete er laut mit sich selbst. »Ich kann mich nicht erinnern, dass ich es eingeschenkt habe. Ich muss es mechanisch getan haben.« Während seine Gedanken sich mit Smith beschäftigten, trank er langsam das Glas leer.

Was hatte Smith in Skimmings Haus zu tun gehabt?

Alles in allem eine merkwürdige Geschichte. Wenn nun Skimmings Haushälterin doch von dem Geld gewusst hatte... Aber sie hatte es nicht, und wenn, wie wäre sie dann an Smith und seine Sulfate des – der Name lag ihm nun auf der Zunge.

»Sie haben es nicht nötig, mich zu finden. *Ich* würde *Sie* finden.« Was der Mann nur damit gemeint hatte? Das ist ja purer Unsinn! Smith war aller Wahrscheinlichkeit nach nicht der Teufel persönlich. Doch wenn er tatsächlich über diese geheimnisvolle Zusammensetzung der Droge verfügte – wenn er sie um einen bestimmten Preis verriet... Blödsinn!

Geschäfte in Rugby – eine kleine geschäftliche Angelegenheit in Skimmings Haus... Was für eine Idiotie!

»Niemand ist so beschaffen, dass man ihm trauen könnte. *Absolute* Macht über das Leben eines anderen Menschen... die Idee wächst in einem.«

Das ist ja Wahnsinn! Und wenn etwas daran sein sollte, dann war dieser Mann irrsinnig, mit ihm darüber zu sprechen. Wenn er, Pender, sich einfallen ließe zu reden, dann konnte der Kerl aufgehängt werden. Seine Existenz wäre mehr als gefährlich für diesen Burschen.

Der Whisy!

Je mehr er darüber nachdachte, umso überzeugter wurde Pender, dass er ihn sich niemals selber eingegossen hatte. Smith musste es in einem Moment getan haben, da er ihm den Rücken zugewandt hatte. Warum dieses plötzliche Interesse an dem Bücherschrank? Es hatte in keinem Zusammenhang mit der Unterhaltung vorher gestanden. Nun, da Pender es sich überlegte, stellte er fest, dass es ein sehr starker Whisky gewesen war. War es nun Einbildung, oder hatte er tatsächlich einen seltsamen Nachgeschmack gehabt?

Auf Penders Stirn brach kalter Schweiß aus.

Eine Viertelstunde später, nachdem er ein großes Glas Milch getrunken hatte, ging Pender hinunter und setzte sich so nahe an das Kaminfeuer als möglich. Er fühlte sich kalt bis auf die Knochen. Mit knapper Not war er noch einmal davongekommen. Wenn er es wirklich war. Er hatte keine Vorstellung, wie das Zeug wirkte, aber er würde einige Tage kein heißes Bad nehmen. Man konnte nie wissen.

War es nun die Milch gewesen, die ihre Wirkung getan hatte, oder war es tatsächlich so, dass das heiße Bad ein unentbehrlicher Teil der Todbringenden Methode war – auf jeden Fall war Penders Leben für dieses Mal gerettet. Aber er fühlte sich immer noch beunruhigt. Ängstlich sorgte er dafür, dass seine Haustür mit einer Sicherheitskette verschlossen blieb, und warnte außerdem noch seine Haushälterin, keine Fremden in das Haus zu lassen.

Er bestellte zwei Tageszeitungen mehr und obendrein noch die *News of the World* für den Sonntag. Mit Sorgfalt studierte er täglich die Berichte. Todesfälle im Badezimmer wurden für ihn zu einer fixen Idee. Er gewöhnte sich daran, bei den gerichtlichen Nachuntersuchungen dabei zu sein.

Drei Wochen später befand er sich in Lincoln. Ein Mann war in einer Sauna vom Herzschlag getroffen worden. Das Gericht hatte, nachdem es zu dem Schluss gekommen war, dass es sich um einen

Unglücksfall gehandelt habe, noch hinzugefügt, es sei Pflicht der Direktion, die Badegäste künftig einer genaueren Kontrolle zu unterziehen und außerdem dafür zu sorgen, dass sich niemals jemand unbeaufsichtigt in dem heißen Raum aufhalte.

Als Pender sich seinen Weg durch die Menschenmenge im Flur bahnte, entdeckte er plötzlich in einiger Entfernung vor sich einen schäbigen Hut, der ihm bekannt vorkam. Er drängte sich durch und erwischte Mr. Smith gerade in dem Augenblick, da er in ein Taxi einsteigen wollte.

»Smith!«, schrie er, ein wenig nach Luft schnappend. Er griff hart nach seiner Schulter.

»Was, schon wieder Sie?«, sagte Smith. »Sie haben sich wohl mit diesem Fall beschäftigt, wie? Kann ich Ihnen irgendwie behilflich sein?«

»Sie – Sie Teufel!«, kreischte Pender. »Sie haben die Finger dabei im Spiel! Sie versuchten mich damals zu ermorden!«

»Was Sie nicht sagen? Warum sollte ich das tun?«

»Dafür werden Sie hängen!«, schrie Pender drohend.

Ein Polizist bahnte sich einen Weg durch den Menschenauflauf, der sich um die beiden angesammelt hatte.

»He!«, sagte er streng. »Was ist denn hier los?«

Smith tupfte sich mit dem Zeigefinger auf die Stirn.

»Nicht weiter wichtig, Officer«, sagte er. »Dieser Herr scheint der Ansicht zu sein, dass ich eine schlechte Rolle in diesem Fall spielte. Hier ist meine Karte. Der Untersuchungsrichter kennt mich. Der Herr hier griff mich an. Es wird gut sein, wenn Sie ihn im Auge behalten.«

»Das stimmt«, sagte einer der Umstehenden.

»Dieser Mann versuchte mich zu ermorden«, erklärte Pender.

Der Polizist nickte.

»Lassen Sie es gut sein, Sir«, riet er. »Sie werden es sich noch anders überlegen. Die Hitze dort drinnen hat Sie vermutlich durcheinander gebracht. Ist schon gut, ist schon gut.«

»Aber ich bestehe darauf, dass er verhaftet wird«, beharrte Pender.

»Das würde ich an Ihrer Stelle bleiben lassen«, meinte der Polizeibeamte gutmütig.

»Aber wenn ich Ihnen sage, dass dieser Mann versucht hat, mich zu vergiften! Er ist ein Mörder. Er hat eine ganze Anzahl von Menschen vergiftet!«

Der Beamte zwinkerte Smith zu.

»Das Beste ist, Sie fahren jetzt, Sir«, sagte er. »Ich werde das schon in Ordnung bringen. Nun, mein Freund« – er hielt Pender mit hartem Griff am Arm fest – »jetzt beruhigen Sie sich erst mal. Dieser Herr heißt nicht Smith. Sie haben das irgendwie verwechselt.«

»Gut. Aber wie heißt er denn?«, verlangte Pender zu wissen.

»Das tut nichts zur Sache«, antwortete der Polizist. »Sie lassen ihn besser in Ruhe, oder Sie werden sich eine Menge Schwierigkeiten machen.«

Das Taxi war inzwischen weggefahren. Pender blickte verwirrt in die amüsierten Gesichter der Umstehenden.

»Also gut, Officer«, sagte er schließlich. »Ich habe nicht die geringste Absicht, Ihnen Schwierigkeiten zu machen. Ich will mit Ihnen zur Polizeistation gehen und dort die Sache erklären.«

»Was halten Sie von dem?«, fragte der Inspektor den Sergeanten, nachdem Pender aus der Polizeistation hinausgestolpert war.

»Der hat nicht alle Tassen im Schrank, wenn Sie mich nach meiner Meinung fragen«, antwortete sein Untergebener. »Muss so was wie 'ne fixe Idee haben, oder wie man das nennt.«

»Hm«, machte der Inspektor. »Wir haben jedenfalls seinen Namen und die Adresse notiert. Kann sein, dass er noch mal irgendwo auftaucht. Leute vergiften, so dass sie sterben, wenn sie ein heißes Bad nehmen! Was für eine Idee, wie? Das ist kein schlechter Witz. Man muss sich nur wundern, was sich diese Halbverrückten alles ausdenken!«

Der Frühling zeigte sich dieses Jahr kalt und neblig. Es war im März, als Pender zu einer gerichtlichen Untersuchung nach Deptford fuhr. Eine so undurchdringliche Nebeldecke lag über dem Fluss, dass man hätte glauben können, es wäre November. Die Kälte fraß sich einem bis auf die Knochen durch. Der schäbige kleine Gerichtssaal war in ein gelbes Zwielicht getaucht. Pender konnte kaum die Zeugen erkennen, als sie vor den Richtertisch traten. Jedermann schien erkältet zu sein. Auch Pender hustete. Seine Knochen schmerzten ihn, und er hatte ein Gefühl, als ob er demnächst Grippe bekommen würde.

Er strengte seine Augen an, da er glaubte, auf der anderen Seite des Raumes ein Gesicht erkannt zu haben. Aber der schmierige Nebel, der durch jede Spalte eindrang, reizte und blendete seine Augen. Er steckte tastend seine Hand in die Manteltasche. Sie schloss sich beruhigt um etwas Dickes und Schweres. Seit jenem denkwürdigen Tag in Lincoln hatte er beschlossen, sich zu seinem eigenen Schutz zu bewaffnen. Ein Revolver kam nicht in Frage – er verstand nicht mit Feuerwaffen umzugehen. Ein Schlagring eignete sich viel besser zu diesem Zweck. Er hatte ihn von einem alten Mann gekauft, der mit einem Handkarren herumzog.

Wieder einmal hatte es mit dem unvermeidlichen Wahrspruch der Jury geendet. Die Besucher drängten aus dem Raum hinaus. Pender musste sich beeilen, wenn er seinen Mann nicht aus den Augen verlieren wollte. An der Tür war er ihm fast so nahe gekommen, dass er ihn hätte berühren können, aber eine dicke Frau schob sich dazwischen. Er drängte sie vorwärts, und sie gab einen leisen Laut der Entrüstung von sich. Der Mann vor ihm wandte den Kopf. Das Licht über der Tür reflektierte in seinen Kneifergläsern.

Pender zog hastig seinen Hut tiefer in die Stirn und folgte ihm. Seine Schuhe hatten Gummisohlen und machten keinerlei Geräusch auf dem Pflaster des Bürgersteigs. Der Mann ging, ohne sich ein einziges Mal umzusehen, die Straße hinauf und bog nach einiger Zeit in eine andere ein. Der Nebel war so undurchdringlich, dass Pender gezwungen war, ihm in nur wenigen Schritten Abstand zu folgen. Wohin mochte er gehen? Würde er in eine beleuchtete Straße einbiegen? Oder wollte er mit dem Bus oder der Straßenbahn heimfahren? Nein. Jetzt bog er rechts in eine schmale Gasse ein.

Der Nebel war hier womöglich noch dichter. Pender konnte sein Wild nicht mehr sehen, aber er konnte die Schritte vor sich hören, wie sie im gleichmäßigen Rhythmus ihren Weg verfolgten. Das seltsame Gefühl ergriff ihn, als ob nur er und dieser Mann allein auf der Welt wären – Jäger und Gejagter, Rächer und Schuldiger. Die Straße begann sich sanft zu neigen.

Ganz plötzlich wichen die schattenhaften Umrisse der Häuser an beiden Seiten zurück. Ein offener Platz, mit einer undeutlich sichtbaren Lampe in der Mitte, tauchte durch den Nebel auf. Die Schritte verstummten. Pender, sich in lautloser Eile nähernd, sah, wie der Mann dicht an der Lampe stand. Offensichtlich suchte er etwas in seinem Notizbuch.

Vier Schritte – und Pender stand dicht hinter ihm. Er zog den Schlagring aus der Manteltasche.

Der Mann hob den Kopf.

»Diesmal habe ich dich«, sagte Pender und schlug mit ganzer Kraft zu.

Pender hatte sich nicht getäuscht, er bekam wirklich Grippe. Es verging eine ganze Woche, bis er wieder ausgehen konnte. Das Wetter hatte sich geändert, und die Luft war von einer süßen Frische. Anstatt sich nach der Krankheit schwach zu fühlen, war ihm, als ob man ein schweres Gewicht von seinen Schultern genommen hätte. Er schlenderte zu seinem bevorzugten Buchladen am Strand und erwarb eine Erstausgabe von D. H. Lawrence zu einem Preis, den man einen guten Handel nennen konnte. Durch den günstigen Einkauf in gute Laune versetzt, betrat er ein billiges kleines Restaurant, das in der Hauptsache von Journalisten aufgesucht wurde, und bestellte sich ein Kotelett vom Grill und einen halben Krug Bier.

Am Tisch nebenan saßen zwei Journalisten.

»Gehst du zur Beerdigung vom armen alten Buckley?«, fragte der eine.

»Ja«, entgegnete der andere. »Armer Teufel! Eine Gemeinheit, auf diese Weise niedergeschlagen zu werden. Er muss auf dem Weg zu dem Interview mit der Witwe von dem Burschen gewesen sein, der in der Badewanne starb. Das ist ein übles Viertel. Vermutlich war es einer von der Jimmy-Card-Bande. Er war ein großartiger Kriminalreporter – so einen bekommen sie nicht gleich wieder.«

»Und außerdem einer von den anständigen. Ein verlässlicher Bursche. Keiner von denen, die einen hereinlegen, wo sie nur können. Erinnerst du dich an seine sensationelle Story über Sulfate des Thanatol?«

Pender erstarrte. *Das* war der Name, den er seit vielen Monaten suchte. Ein merkwürdiges Schwindelgefühl ergriff ihn. Er nahm einen Schluck von dem Bier, um sich zu beruhigen.

»... schaute dich durchdringend wie ein Richter an«, redete der Journalist weiter. »Er pflegte diesen Trick auf seinen Reisen auszuprobieren, wenn er mit so einem armen Burschen allein im Abteil war. Wollte sehen, wie sie es aufnehmen. Du wirst es kaum glauben, aber einer hat ihm doch tatsächlich angeboten ...«

»He!«, unterbrach ihn sein Freund. »Der Kerl da drüben ist ohnmächtig geworden. Fiel mir vorher schon auf, wie blass er war.«

(Deutsch von Traudl Nothelfer)

Ich finde schon allein hinaus
von
NGAIO MARSH

Ngaio (sprich: Najo) Marsh (1895-1982) wurde in Neuseeland geboren und verbrachte auch den größten Teil ihres Lebens dort, befolgte allerdings die damals geltende »antiregionale« Regel und ließ die meisten ihrer Kriminalromane in England spielen, das sie 1928 erstmals besuchte. Parallel zu ihrer lukrativeren Laufbahn als Romanautorin frönte sie ihrer ersten Liebe, dem Theater, als Schauspielerin, Produzentin, Regisseurin, Bühnenbildnerin, Dozentin und Dramatikerin. Von 1941 an verbrachte sie dreißig Jahre lang einen Teil des Jahres als Regisseurin auf Tournee mit der studentischen Theatergruppe des Canterbury University College von Christchurch/Neuseeland. (Gemäß der im Theater üblichen Tradition reduzierte Marshs offizielles Geburtsdatum – 1899 – ihr tatsächliches Alter viele Jahre lang um vier Jahre.)

Marshs erster Roman, *A Man Lay Dead* (1934; dt. *Das Todesspiel*), spielte wie einige spätere Werke, darunter ihr letztes Buch, *Light Thickens* (1982; dt. *Mord vor vollem Haus*), in der Welt des Theaters. Ihre Theaterbegeisterung drückt sich auf subtilere Weise in der Tatsache aus, dass die meisten ihrer Morde im Verlauf einer Vorstellung passieren. Wie die Biografin Margaret Lewis im *St. James Guide to Crime & Mystery Writers* (4. Aufl., 1996), schreibt, sei Marsh ironischerweise nicht in der Lage gewesen, ihre Romane ebenso erfolgreich wie Agatha Christie für die Bühne zu bearbeiten, weil sie »ihr Gefühl fürs Theater verloren hatte und unbedingt die generelle Form der Romane wahren wollte, mit allen Dialogen, Gesprächen, Fragen und Antworten«.

In der Blütezeit vornehmer Amateurdetektive stellte Marsh ganz ungewohnt einen Polizisten in den Mittelpunkt des Geschehens – allerdings hatte Roderick Alleyn von Scotland Yard mit seinem persönlichen und professionellen Stil im Grunde mehr gemeinsam mit Dorothy L. Sayers' Lord Peter Wimsey und Margery Allinghams Albert Campion als mit einem echten Gesetzeshüter. Eine weitere Gemeinsamkeit mit Wimsey und Campion besteht darin, dass Alleyn am Ende heiratet, und zwar eine gewisse Agatha Troy, die Marsh selbst ähnelt und eine erfolgreiche Malerin wird, eine Laufbahn, in der Marsh sich in ihren jungen Jahren selbst gesehen hatte.

Marshs Werdegang als Kriminalautorin verlief bemerkenswert geradlinig. Das Rätsel stand von Anfang an im Mittelpunkt ihres Werks, und in der Kunst, ihre Leser in die Irre zu führen, war sie Meisterin. Stil und Charakterschilderungen wurden reicher, das grundlegende Muster von Verbrechen, Ermittlung und Aufklärung änderte sich jedoch nie. Bemerkenswerterweise stehen ihre letzten Romane, die veröffentlicht wurden, als sie bereits Mitte achtzig war, ihren Vorgängern in Bezug auf Qualität in nichts nach, zählen sogar zu ihren besten Werken, was man von so altgedienten Autoren wie Agatha Christie oder Erle Stanley Gardner leider nicht behaupten kann.

Eine der seltenen Kurzgeschichten mit dem Titel »Ich finde schon allein hinaus«, ein Roderick-Alleyn-Roman im Miniaturformat, ist passenderweise auf Marshs bewährtem Schauplatz hinter den Kulissen angesiedelt.

Ich finde schon allein hinaus

An dem fraglichen Abend ging Anthony Gill, unfähig zu essen, still zu sitzen, zusammenhängend zu denken, zu sprechen oder zu handeln um halb sieben zu Fuß von seiner Mietwohnung zum Jupiter-Theater. Er wusste, dass niemand hinter der Bühne wäre, dass es für ihn im Theater nichts zu tun gab, dass er ruhig in seiner Wohnung bleiben und sich dann ankleiden, zu Abend speisen und so etwa um Viertel vor acht dort eintreffen sollte. Doch es war, als ob ihn etwas in seine Sachen schob, ihn auf die Straße schubste und ihn unausweichlich zwang, quer durchs West End ins Jupiter zu eilen. Trägheit hatte sich wie eine dünne Schicht über seine Gedanken gelegt. Zufällige Zeilen aus dem Stück kamen ihm in den Sinn, jedoch ohne irgendeine bestimmte Bedeutung. Er ertappte sich dabei, wie er immer wieder einen vollkommen irrelevanten Satz aufsagte: »Sie hatte so eine Art zu lachen, die einem Mann das Herz brechen konnte.«

Piccadilly, Shaftesbury Avenue. »Hier bin ich also«, dachte er, in die Hawke Street einbiegend, »auf dem Weg zu meinem Stück. Eine Stunde und neunundzwanzig Minuten noch. Einen Schritt pro Sekunde. Es rast auf mich zu. Tonys erstes Stück. Armer junger Tony Gill. Mach dir nichts draus. Versuch's noch mal.«

Das Jupiter. Neonlichter: ICH FINDE SCHON ALLEIN HINAUS – *von Anthony Gill.* Und am Eingang der Programmaushang und die Fotos. *Coralie Bourne mit H.J. Bannington, Barry George und Canning Cumberland.*

Canning Cumberland. Die dünne Schicht über seinen Gedanken riss, und da war sie, die alles beherrschende Frage, und er würde darüber nachdenken müssen. Wie schlecht wäre Canning Cumberland, falls er betrunken auftrat? Glänzend schlecht, hieß es. Er würde sämtliche Register ziehen. Clevere Schauspielertricks, die anderen dumm dastehen lassen, die dramatische Ausgewogenheit zunichte machen. »In Mr. Cumberlands Händen wirkten mittelmäßige Dialoge und wenig überzeugende Situationen beinahe lebensecht.« Was fängt man mit einem betrunkenen Schauspieler an?

Er stand am Eingang und spürte, wie sein Herz pochte und sein Magen sich zusammenzog und ihm übel wurde.

Denn natürlich war es ein schlechtes Stück. In diesem Moment und zum ersten Mal war er sich dessen wirklich sicher. Es war schrecklich. Es gab nur eines, was gut daran war, und das stammte nicht von ihm. Coralie Bourne hatte es vorgeschlagen: »Ich glaube, das Stück, das Sie mir geschickt haben, geht so nicht, doch ich dachte mir Folgendes …« Es war eine glänzende Idee. Er hatte das Stück in diesem Sinn umgeschrieben und sich fast umgehend und eigentlich ziemlich naiv eingeredet, es sei von ihm, obgleich er zu Coralie Bourne schüchtern gesagt hatte: »Sie sollten als Mitverfasserin genannt werden.« Sie hatte sofort höchst nachdrücklich abgelehnt. »Das war doch nicht der Rede wert«, sagte sie. »Wenn Sie Dramatiker werden wollen, müssen Sie lernen, sich Ihre Ideen von überallher zu holen. Eine einzelne Szene ist da gar nichts. Denken Sie an Shakespeare«, fügte sie leichthin hinzu. »Ganze Konflikte! Also seien sie nicht albern.« Später hatte sie im gleichen hastigen, nervösen Tonfall hinzugefügt: »Erzählen Sie es bloß nicht herum. Sonst glaubt man, bei meiner kleinen Anregung steckt mehr dahinter anstatt weniger. Bitte, versprechen Sie es.« Er versprach es; er glaubte nun, dass sein Ansinnen, eine so berühmte Schauspielerin wie Coralie Bourne neben einem unbekannten Jüngling als Mitverfasserin zu nennen, wohl ein arger Schnitzer gewesen sein müsse. Und wie Recht sie hatte, dachte er, denn es wird natürlich ein entsetzlicher Flop werden. Sie wird es noch bereuen, dass sie sich bereit erklärt hatte, darin mitzuwirken.

Draußen vor dem Theater gingen ihm albtraumhafte Szenarien durch den Kopf. Wie reagierte ein Publikum, wenn ein Erstlingswerk durchfiel? Klatschte man ein wenig, gerade so viel, dass der Vorhang hochging und rasch wieder über eine gequält dreinblickende Truppe von Akteuren fiel? Wie spärlich musste der Applaus ausfallen, damit ihm selbst der Auftritt erspart blieb? Und danach sollten sie ja noch nach Chelsea auf den Künstlerball. Eine abscheuliche Aussicht! Mit dem Gedanken, er gäbe alles auf der

Welt darum, um die Aufführung noch zu verhindern, betrat er das Foyer. In den Büros brannten Lichter, und er blieb unschlüssig vor einer Anschlagtafel mit Szenenfotos stehen. Auf ihnen war, viel kleiner als die Hauptdarsteller, Dendra Gay zu sehen, deren Augen ihn direkt anblickten. *Sie hatte so eine Art zu lachen, die einem Mann das Herz brechen konnte.* »Na schön«, dachte er, »ich bin verliebt in sie.« Er wandte sich von dem Foto ab. Ein Mann trat aus dem Büro. »Mr. Gill? Telegramme für Sie.«

Anthony nahm sie in Empfang und hörte beim Hinausgehen, wie der Mann ihm hinterherrief: »Dann viel Glück für heute Abend, Sir!«

In der Seitenstraße warteten reihenweise Leute darauf, frühzeitig eingelassen zu werden.

Um halb sieben wählte Coralie Bourne die Nummer von Canning Cumberland und wartete.

Sie hörte seine Stimme. »Ich bin's«, sagte sie.

»Ach Gott! Liebling, an dich habe ich gerade gedacht.« Er redete hastig und zu laut. »Coral, ich habe über Ben nachgedacht. Du hättest dem Jungen die Szene nicht geben sollen.«

»Das haben wir doch schon ein Dutzend Mal beredet, Cann. Wieso hätte ich sie Tony nicht geben sollen? Ben wird es nie erfahren.« Sie wartete ab und sagte dann nervös: »Ben ist fort, Cann. Wir werden ihn nie wieder sehen.«

»Ich habe da so eine Ahnung. Immerhin ist er dein Ehemann.«

»Nein, Cann, nein.«

»Mal angenommen, er taucht auf. Das würde ihm doch ähnlich sehen.«

»Er taucht bestimmt nicht auf.«

Sie hörte ihn lachen. »Ich habe das alles so satt«, dachte sie plötzlich. »Jetzt reicht es mir. Ich halte es nicht mehr aus … Cann«, sagte sie in den Hörer. Doch er hatte aufgelegt.

Um zwanzig vor sieben betrachtete Barry George sich in seinem Badezimmerspiegel. »Ich sehe weitaus besser aus«, dachte er, »als Canning Cumberland. Mein Kopf ist gut geformt, meine Augen sind größer und die Kieferpartie klarer. Ich habe noch nie eine Vorstellung vermasselt. Ich trinke nicht. Ich bin ein besserer Schauspieler.« Er wandte den Kopf ein wenig und verdrehte die Augen, um die Wirkung zu beobachten. »In der großen Szene«, dachte er, »bin ich der Star. Er gibt die Stichworte. So ist es inszeniert, und so will es der Autor. Eigentlich müsste ich die guten Rezensionen bekommen.«

Frühere Rezensionen kamen ihm wieder in den Sinn. Er sah die Druckschrift, die Länge der Absätze: ein langer Absatz über Canning Cumberland, und eine Zeile am Ende angehängt. »Ist es böse, wenn man hinzufügt, dass Mr. Barry George dem virtuosen Spiel von Mr. Cumberland mit einer gewissen atemlosen Vorhersagbarkeit hinterherhechelt?« Und weiter: »Es ist ein bisschen hart für Mr. Barry George, dass er gezwungen ist, bei dieser brillanten Darstellung als Hintergrund zu dienen.« Und am schlimmsten: »Mr. Barry George schaffte es leidlich, nicht wie ein bloßer Stichwortgeber auszusehen, eine Leistung, die seine Kräfte offensichtlich erschöpfte.«

»Monströs!«, sagte er laut zu seinem eigenen Spiegelbild und musterte seinen vor Entrüstung leicht glühenden Blick. Der Alkohol, sagte er sich, bewirkte bei Canning Cumberland zweierlei. Er hob den Zeigefinger. Eine schöne, ausdrucksvolle Hand, eine Schauspielerhand. Der Alkohol zerstörte Cumberlands künstlerische Integrität. Und verlieh ihm eine teuflische Durchtriebenheit. Betrunken würde er ein Stück sprengen, dessen Gleichgewicht zerstören, die Form ruinieren und sich selbst mit purer Effekthascherei, die die Leute irrtümlich für Genialität hielten, in den Vordergrund spielen. »Wohingegen ich«, sagte er laut, »meinem Autor lediglich das Kompliment mache, sein Werk treu zu interpretieren. Pah!«

Er kehrte in sein Schlafzimmer zurück, kleidete sich vollends an und zog seinen Hut im richtigen Winkel zurecht. Dann schob er sein Gesicht noch einmal dicht vor den Spiegel und betrachtete sein Bild eindringlich. »Bei Gott!«, sagte er bei sich, »er hat den Bogen überspannt, der alte Knabe. Heute Abend rechnen wir miteinander ab, was? Bei Gott, das tun wir.«

Teils zufrieden, teils beschämt, denn die kleine Szene hatte doch etwas nach Schmierentheater geschmeckt, nahm er in die eine

Hand seinen Spazierstock und ein Köfferchen mit seinem Kostüm für den Künstlerball in die andere und machte sich auf den Weg zum Theater.

Um zehn vor sieben durchquerte H.J. Bannington auf seinem Weg zur Bühnenpforte die Schlange für den dritten Rang, lüpfte den Hut und bedankte sich bei den hocherfreuten Damen, die ihn durchließen. Er hörte, wie sie seinen Namen murmelten. Forsch durchschritt er den schmalen Verbindungsgang, grüßte den Bühnenpförtner, trat unter einer schummrigen Lampe durch einen Eingang und von dort auf die Bühne. Nur das Arbeitslicht brannte. Die Wände einer Innenraumkulisse ragten matt leuchtend im Schatten auf. Bob Reynolds, der Inspizient, kam durch den Souffleureingang zu ihm herüber. »Hallo, alter Knabe«, sagte er, »ich habe die Garderoben getauscht. Sie sind in der dritten rechts. Ihre Sachen hat man schon reingebracht. Ist Ihnen das recht?«

»Besser als ein schwarzes Loch von der Größe eines Klos ohne dessen Ausstattung«, versetzte H.J. beißend. »Ich nehme an, der große Mr. Cumberland hat immer noch die Stargarderobe?«

»Nun, ja, alter Knabe.«

»Und wer ist neben ihm, wenn man fragen darf? In dem Raum mit dem anderen Gasofen?«

»Dort haben wir Barry George untergebracht, alter Knabe. Sie wissen doch, wie er ist.«

»Nur zu gut, alter Knabe, und das Publikum, fürchte ich, findet es allmählich auch heraus.« H.J. bog in den Durchgang zu den Künstlergarderoben ein. Der Inspizient kehrte auf die Bühne zurück, wo er auf seinen Assistenten traf. »Was hat *den* denn gebissen?«, fragte der Assistent.

»Er wollte eine Garderobe mit Ofen.«

»Wundert mich nicht«, sagte der Assistent gehässig. »Schließlich war er früher mal Gasableser.«

Rechts und links des Durchgangs, der Bühne am nächsten, befanden sich zwei Türen, jede mit einem in matter Farbe aufgemalten Stern. Die Tür zur Linken stand offen. H.J. spähte hinein und wurde vom Geruch nach Fettschminke, Puder, Wasserschminke und Blumen empfangen. Ein Gasöfchen bullerte behaglich. Coralie Bournes Garderobiere breitete gerade Handtücher aus. »Guten Abend, Katie, mein Goldschatz«, sagte H.J. »Ist La Belle noch nicht unten?« »Wir sind unterwegs«, sagte sie.

»*Bella figlia del amore*«, summte H.J. inbrünstig und trat wieder auf den Gang. Die Stargarderobe zur Rechten war geschlossen, doch konnte er Cumberlands Garderobiere drinnen herumwerkeln hören. Er ging weiter zur nächsten Tür, hielt inne, las das Schildchen »Mr. Barry George«, schmetterte einen hohen, höhnischen Ton, trat durch die dritte Tür und machte Licht.

Definitiv kein Zimmer für den zweiten Hauptdarsteller! Kein Ofen. Allerdings ein Waschbecken und zwei gegenüberliegende Spiegel. Man hatte ihm einen Stapel Telegramme auf den Garderobentisch gelegt. Immer noch singend, griff er danach, förderte eine Reihe von Rechnungen zu Tage, die taktvollerweise zuunterst platziert worden waren, sowie einen in ausladender Schrift adressierten Brief.

Als wäre seine Stimme mechanisch erzeugt und willkürlich ausgeschaltet worden, endete sein Lied abrupt mitten in einer Passage. Er ließ die Telegramme auf den Tisch fallen, griff nach dem Brief und riss ihn auf. Sein fürchterlich bleiches Gesicht wurde von den Spiegeln in endloser Reihe zurückgeworfen.

Um neun Uhr klingelte das Telefon. Roderick Alleyn meldete sich. »Hier Sloane 84 405. Nein, Sie haben sich verwählt. *Nein.*« Er legte auf und wandte sich wieder seiner Frau und seinem Gast zu. »Das ist jetzt das fünfte Mal innerhalb von zwei Stunden.«

»Dann lassen wir uns doch eine neue Nummer geben.«

»Und handeln uns womöglich noch was Schlimmeres ein.«

Wieder klingelte das Telefon. »Hier ist nicht die 84 406«, sagte Alleyn warnend. »Nein, ich kann keine drei großen Koffer zur Victoria Station bringen. Nein, ich bin nicht der Nächtliche Sofort-Lieferdienst. Nein.«

»Die haben nämlich die 84 406«, wandte sich Mrs. Alleyn erklärend an Lord Michael Lamprey. »Die Leute verwählen sich vermutlich bloß, aber Sie können sich nicht vorstellen, wie zornig alle Beteiligten werden können. Wieso wollen Sie Polizist werden?«

»Das ist nämlich eine langweilige, schwere Arbeit –«, setzte Alleyn an.

»Ach«, sagte Lord Mike, streckte die Beine aus und warf einen kritischen Blick auf seine Schuhe, »ich stelle mir ja beileibe nicht vor, gleich mit falschem Schnurrbart und Zivilkluft loszulegen. Nein, nein. Allerdings bin ich unverschämt gesund, Sir. Und bärenstark. Und vielleicht auch gar nicht so dumm, wie Sie vielleicht denken mögen …«

Das Telefon klingelte.

»Lassen Sie mich doch mal drangehen«, regte Mike an und tat es.

»Hallo?«, sagte er mit gewinnender Stimme. Er hörte zu, lächelte seine Gastgeberin dabei an. »Ich fürchte –«, begann er. »He, Moment mal – ja, aber –« Sein Gesicht wurde ausdruckslos und selbstzufrieden. »Sir«, sagte er gleich darauf, »darf ich Ihre Bestellung wiederholen? Immer auf Nummer Sicher, ja? Harrow Gardens Nummer 11, Sloane Square, einen Koffer zur sofortigen Ablieferung im Jupiter-Theater an Mr. Anthony Gill. In Ordnung, Sir. Danke, Sir. Wird bei Lieferung bezahlt. Selbstverständlich.«

Er legte den Hörer auf und strahlte die Alleyns an.

»Was zum Teufel hecken Sie denn da aus?«, fragte Alleyn.

»Er wollte einfach nicht vernünftig zuhören. Ich habe versucht, es ihm zu erklären.«

»Aber vielleicht ist es dringend«, stieß Mrs. Alleyn hervor.

»Es könnte gar nicht dringender sein. Es handelt sich um einen Koffer für Tony Gill im Jupiter-Theater.«

»Na, dann –«

»Ich war mit dem Kerl zusammen in Eton«, erinnerte sich Mike. »Er ist vier Jahre älter als ich, war also natürlich furchtbar wichtig, während ich bloß der letzte Dreck war. Dem werd ich's zeigen.«

»Am besten geben Sie die Bestellung ganz schnell durch«, sagte Alleyn entschieden.

»Eigentlich dachte ich eher daran, sie selbst auszuführen, Sir. Es wäre doch ein total raffinierter Weg, sich in die Vorstellung zu schmuggeln, oder? Ich habe versucht, eine Karte zu besorgen, aber es war schon komplett ausverkauft.«

»Wenn Sie den Koffer abliefern wollen, müssen Sie sich jetzt aber beeilen.«

»Es ist auf jeden Fall ein Anlass, sich zu verkleiden, meinen Sie nicht? Übrigens«, wagte sich Mike zaghaft vor, »fänden Sie es schrecklich unverschämt, wenn ich – nun, ich verspreche auch, alles zurückzubringen. Ich meine nur –«

»Wollen Sie damit etwa andeuten, meine Sachen sehen eher wie die eines Boten aus als Ihre?«

»Ich dachte mir, Sie hätten vielleicht Sachen …«

»Meine Güte, Rory«, sagte Mrs. Alleyn, »jetzt verkleide ihn und lass ihn gehen. Das Wichtigste ist doch, dass der arme Kerl seinen Koffer bekommt.«

»Ich weiß«, sagte Mike ernst. »Das ist furchtbar nett von Ihnen. Ehrlich.«

Alleyn nahm ihn mit und verpasste ihm einen schmutzigen alten Regenmantel, eine Arbeitermütze und einen dicken Schal. »Damit könnten Sie allerdings nicht mal einen Dorftrottel bei totaler Sonnenfinsternis hinters Licht führen«, sagte er. »Und jetzt raus mit Ihnen.«

Er sah dem davonfahrenden Mike hinterher und kehrte zu seiner Frau zurück.

»Was wohl passiert?«, fragte sie.

»So, wie ich Mike kenne, kriegt er einen Platz vorn im Parkett und geht danach mit der Hauptdarstellerin essen. Das ist übrigens Coralie Bourne. Da sie überaus liebreizend ist und zwanzig Jahre älter als er, wird er sich höchstwahrscheinlich in sie verlieben.« Alleyn griff nach seiner Tabakdose und hielt inne. »Ich frage mich, was aus ihrem Ehemann geworden ist«, sagte er.

»Wer war das?«

»Ein ganz außergewöhnlicher Kerl. Benjamin Wlasnoff. Ziemlich gewalttätig veranlagt. Sah aus wie ein Bandit. Hat zwei sehr gute Stücke geschrieben und wurde dreimal wegen tätlicher Angriffe eingebuchtet. Sie wollte sich von ihm scheiden lassen, doch daraus wurde nichts. Danach ist er, glaube ich, nach Russland abgehauen.« Alleyn gähnte. »Für sie war es die Hölle mit ihm, glaube ich.«

»Nacht-Lieferdienst«, sagte Mike mit heiserer Stimme, die Hand an der Mütze. »Koffer. Ein Stück.«

»Da sind Sie ja«, sagte die Frau, die ihm aufgemacht hatte. »Aber vorsichtig tragen, er ist nämlich nicht abgeschlossen. Sonst springt der Verschluss auf.«

»Danke schön«, sagte Mike. »Sehr verbunden. Ganz schön kalt, was?«

Er brachte den Koffer zum Wagen hinaus.

Es war ein frischer Frühlingsabend. Sloane Square war nebelverhangen, und sämtliche Straßenlaternen hatten einen Heiligenschein. Es war die Art von Abend, wo sich aus dem Stimmengewirr Londons einzelne Laute lösen: Sirenen heulten hohl und gebieterisch den Fluss hinunter, und in den Chelsea Barracks erklang ein Signalhorn. Ein Abend, dachte Mike, wie geschaffen für Abenteuer.

Er öffnete den hinteren Wagenschlag und hievte den Koffer hinein. Der Verschluss flog auf, der Deckel klappte zurück, und der gesamte Inhalt fiel heraus. »Verdammt!«, sagte Mike und knipste das innere Wagenlicht an.

Auf dem Wagenboden lag ein falscher Bart.

Er war flammend rot und buschig und auf einem Kinnstück angebracht. Daran angearbeitet war ein versteifter Schnurrbart. Das Ganze ließ sich mit Drahtbügeln hinter den Ohren befestigen. Mike legte das Gebilde behutsam auf den Sitz. Als Nächstes nahm er einen breitkrempigen schwarzen Hut zur Hand, dann einen geräumigen Mantel mit Pelzkragen und schließlich ein Paar schwarze Handschuhe.

Mike pfiff nachdenklich durch die Zähne und schob die Hände in die Taschen von Alleyns Regenmantel. Die Finger seiner Rechten stießen auf eine Visitenkarte. Er zog sie hervor. »Chief Inspector Alleyn«, las er, »Abteilung für Verbrechensbekämpfung. New Scotland Yard.«

»Na, so was«, frohlockte Mike, »das ist ja ein Geschenk des Himmels.«

Zehn Minuten später wurde ein Wagen so nah wie möglich beim Jupiter-Theater auf dem Bordstein geparkt. Eine Gestalt mit einem Koffer in der Hand stieg aus, schritt rasch die Hawke Street hinunter und bog in die schmale Gasse zur Bühnenpforte ein. Als sie unter der schmutzigen Straßenlaterne vorbeiging und stehen blieb, wirkte sie in der schummrigen Beleuchtung wie die Illustration zu einer Spionagegeschichte aus der Zeit der Jahrhundertwende. Das Gesicht lag vollkommen im Schatten, eine schwarze Höhle, aus der sich als einziger Farbtupfer das Rechteck eines grellroten Bartes abhob.

Der Pförtner, der mit einem Bühnenarbeiter gerade Luft schnappte, trat vor und starrte den Fremden neugierig an.

»Wolln Sie irgendwas?«

»Ich bringe Mr. Gill den Koffer hier.«

»Der ist vorn. Sie können ihn bei mir lassen.«

»Tut mir wirklich Leid«, versetzte die Stimme hinter dem Bart, »aber ich habe versprochen, ihn selbst in die Garderobe zu bringen.«

»Dann müssen Sie ihn hier abgeben. Tut mir Leid, mein Herr, aber ohne Ausweis kommt hinten niemand rein.«

»Ausweis? Na gut. Hier ist meine Karte.«

Er hielt sie ihm in der schwarz behandschuhten Hand hin. Der Pförtner, widerwillig den Blick von dem Bart lösend, nahm die Karte und begutachtete sie im Lichtschein. »Menschenskind!«, sagte er. »Was ist denn los, Chef?«

»Egal. Behalten Sie die Sache für sich.«

Die Gestalt winkte und ging durch die Tür. »He!«, sagte der Pförtner aufgeregt zu dem Bühnenarbeiter, »schau dir das mal an. Das ist doch ein Kriminaler in Zivil!«

»Das soll *Zivil* sein?«, versetzte der Bühnenarbeiter. »Von wegen!«

»Der ist verkleidet«, sagte der Pförtner. »Ist doch logisch. Der hat sich verkleidet.«

»Hinterm Schnurrbart versteckt hat er sich, wenn du mich fragst.«

Draußen auf der Bühne sagte jemand gerade mit klarer, wunderbar deutlicher Stimme: »*Ich fand die Aussicht aus diesen Fenstern schon immer abstoßend. Aber wenn einem so was gefällt. Verdammt, mach das Licht aus. Schau mal einer an.*«

»Aufgepasst jetzt, aufgepasst«, flüsterte eine Stimme so dicht neben Mike, dass dieser zusammenfuhr. »Okay«, sagte eine zweite

Stimme irgendwo über seinem Kopf. Die Bühnenscheinwerfer wurden blau. »Weg mit dem Arbeitslicht.« – »Arbeitslicht ist aus.«

Auf der Bühne wurden Vorhänge beiseite gezerrt, ein Fenster flog auf. Ein Schauspieler erschien, beugte sich ganz dicht neben Mike heraus, schien ihm ins Gesicht zu sehen und sagte ganz deutlich: »Gott, ist das grässlich!« Mike wich in einen Durchgang zurück, der nur vom Licht aus einer offenen Tür erleuchtet war. Vor der Bühne brach Getöse aus. »Beleuchtung im Zuschauerraum«, sagte die scharfe Stimme. Mike bog in den Durchgang ein. Im gleichen Moment trat jemand aus der Tür, und er sah sich plötzlich Coralie Bourne gegenüber, wunderschön gekleidet und stark geschminkt.

Einen Augenblick blieb sie reglos stehen, vollführte dann mit der rechten Hand eine seltsame Geste, stieß einen leisen Hauch aus und sank zu seinen Füßen nieder.

Anthony riss sein Programmheft in lange Streifen und ließ sie auf den Boden der Loge über der Vorbühne fallen. Oben und unten rechts von ihm war das Publikum. Mal lachte es, mal war es still, mal hob es wie ein einziges Wesen die Hände und schlug sie zusammen. So wie jetzt, als Canning Cumberland unten auf der Bühne mit ungewohnter Stimme und getrieben von einem inneren Teufel das Fenster aufriss und sagte: »Gott, ist das grässlich!«

»Falsch! Falsch!«, schrie Anthony innerlich auf und hasste Cumberland, hasste Barry George, weil der sich von einem Satz aus vier Wörtern überrumpeln ließ, hasste das Publikum dafür, dass es Gefallen daran fand. Der Vorhang senkte sich mit einem langen Seufzer nach dem zweiten Akt, und ein Geräusch wie heftiger Regen erfüllte das Theater, schwoll gewaltig an und hielt immer noch an, nachdem die Lichter im Zuschauerraum bereits angegangen waren.

»Anscheinend«, sagte eine Stimme hinter ihm, »findet Ihr Stück Anklang.«

Es war Gosset, dem das Jupiter gehörte und der die Aufführung unterstützt hatte. Anthony wandte sich stotternd zu ihm um: »Er macht es kaputt. Die Szene war für den anderen gedacht. Er hat sie ihm geklaut.«

»Mein Junge«, sagte Gosset, »er ist Schauspieler.«

»Betrunken ist er. Es ist unerträglich.«

Er spürte Gossets Hand auf seiner Schulter.

»Die Leute beobachten uns. Sie stehen im Rampenlicht. Das hier ist Ihr großer Auftritt – ein Erstlingsstück und gleich ein Riesenerfolg. Kommen Sie, alter Knabe, gehen wir einen trinken. Ich will Sie mit jemandem bekannt machen –«

Anthony stand auf, und Gosset, den Arm um seine Schultern gelegt, lächelte in die Runde, tätschelte ihn und führte ihn Richtung Logentür.

»Tut mir Leid«, sagte Anthony, »ich kann nicht. Bitte lassen Sie mich. Ich gehe hinter die Bühne.«

»Lieber nicht, alter Junge.« Die Hand lag plötzlich fester auf seiner Schulter. »Hören Sie, alter Junge –« Anthony hatte sich jedoch bereits losgemacht und war durch die Tür zur Bühne geschlüpft.

Am Fuß der halsbrecherischen Treppe stand Dendra Gay und wartete. »Ich dachte mir schon, dass du kommen würdest«, sagte sie.

Anthony sagte: »Er ist betrunken. Er verpfuscht mir das ganze Stück.«

»Es ist doch nur die eine Szene, Tony. Gleich am Anfang des nächsten Akts ist er fertig. Es läuft grandios.«

»Aber verstehst du denn nicht –«

»Doch. Das *weißt* du doch. Aber es ist ein Erfolg, Tony, mein Liebling! Man hört es und riecht es und spürt es bis ins Innerste.«

»Dendra ...«, sagte er unsicher.

Jemand kam dazu und schüttelte ihm die Hand, schüttelte sie unentwegt. Kulissen wurden in Leinwand eingeschlagen und mit einem Stück Schnur zusammengebunden. Ein Kronleuchter stieg auf in die Dunkelheit. »Beleuchtung«, ordnete der Inspizient an, und die Bühne wurde von Licht überflutet. Eine ferne Stimme intonierte monoton: »Letzter Akt, bitte. Letzter Akt.«

»Ist mit Miss Bourne alles in Ordnung?«, wollte der Inspizient plötzlich wissen.

»Es geht schon wieder. Sie ist erst in zehn Minuten dran«, sagte eine Frauenstimme.

»Was ist denn los mit Miss Bourne?«, fragte Anthony.

»Tony, ich muss gehen und du auch. Es wird bestimmt großartig, Tony. *Bitte* glaub dran. *Bitte.*«

»Dendra«, hob Tony an, doch sie war schon verschwunden.

Auf der anderen Seite des Vorhangs kündigten Hörner und Flöten den letzten Akt an.

»Bitte alles die Bühne verlassen.«

Die Bühnenarbeiter traten ab.

»Licht im Zuschauerraum.«

»Licht im Zuschauerraum ist aus.«

»Achtung.«

Und während Anthony noch zaudernd links neben der Bühne stand, hob sich der Vorhang. Canning Cumberland und H.J. Bannington eröffneten den letzten Akt.

Mike kniete neben Coralie Bourne auf dem Boden und hörte, wie hinter ihm jemand den Durchgang betrat. Er wandte sich um und sah vor dem Hintergrund der erleuchteten Bühne die Silhouette des Schauspielers, der ihn durch ein Fenster auf der Bühne angesehen hatte. Es sah so aus, als wiederholte die Silhouette die Geste, die Coralie Bourne gemacht hatte, und drückte sich dann an die Wand.

Eine Frau mit Schürze trat aus der offenen Tür.

»He da – Sie!«, sagte Mike.

Nun geschahen drei Dinge gleichzeitig. Die Frau schrie auf und kniete sich neben ihn. Der Mann verschwand durch eine Tür auf der rechten Seite.

Die Frau hielt Coralie Bourne in den Armen und stieß heftig hervor: »Warum sind Sie zurückgekommen?« Dann gingen die Lichter im Durchgang an. Mike sagte: »Hören Sie, es tut mir furchtbar Leid«, und nahm den breitkrempigen schwarzen Hut ab. Die Garderobiere starrte ihn an, Coralie Bourne stieß einen langsam anschwellenden Schrei aus und schlug die Augen auf. »Katie?«, sagte sie.

»Ist ja gut, mein Kleines. Er ist es nicht, Liebes. Alles in Ordnung.« Die Garderobiere fuhr ruckartig zu Mike herum: »Ziehen Sie das aus«, sagte sie.

»Ja, natürlich, es tut mir furchtbar –« Er trat aus dem Durchgang zurück und stieß dabei mit einem jungen Mann zusammen, der sagte: »In fünf Minuten, bitte.« Die Garderobiere rief ihm zu: »Sagen Sie denen, es geht ihr nicht gut. Sagen Sie, man soll den Vorhang noch halten.«

»Nein«, sagte Coralie Bourne entschlossen. »Es geht schon, Katie. Sagen Sie nichts. Katie, was war denn los?«

Sie verschwanden in dem Raum zur Linken.

Mike blieb im Schatten der aufgestapelten Kulissen neben dem Eingang zur Passage stehen. Auf der Bühne herrschte reges Treiben. Er entdeckte Anthony Gill, der sich auf der anderen Seite mit einem Mädchen unterhielt. Der Gehilfe sprach mit dem Inspizienten, der nun in den Raum rief: »Ist mit Miss Bourne alles in Ordnung?« Die Garderobiere kam heraus und rief: »Es geht schon wieder. Sie ist erst in zehn Minuten dran.« Der junge Gehilfe begann zu intonieren: »Letzter Akt, bitte.« Der Inspizient gab eine Reihe von Anweisungen. Ein Mann mit Monokel und üppigem Bart kam den Durchgang herunter und blieb außerhalb der Bühne stehen, richtete sich auf und zupfte seine Kleidung zurecht. Hörner und Flöten ertönten. Canning Cumberland trat aus dem Raum zur Rechten und ging auf seinem Weg zur Bühne dicht an Mike vorbei, wobei er einen starken Alkoholgeruch hinterließ. Der Vorhang hob sich.

In seinem Versteck entfernte Mike verstohlen den Bart und stopfte ihn in die Manteltasche.

Ein Grüppchen Bühnenarbeiter stand in der Nähe. Einer von ihnen raunte heiser: »Ganz schön angesäuselt.« – »Geht aber wie geschmiert.« – »Und ich sag dir auch, warum: Eben *weil* er angesäuselt ist.«

Es vergingen zehn Minuten. Mike dachte: »Die Sache läuft definitiv nicht nach Plan ab.« Er horchte. Auf der Bühne schien sich eine gewisse Spannung aufzubauen. Canning Cumberland hob die Stimme zu einem lauten, aber verzerrten Ton. Eine Bühnentür öffnete sich. »Bemühen Sie sich nicht«, sagte Cumberland. »Adieu. Ich finde schon allein hinaus.« Die Tür knallte zu. Cumberland stand neben Mike. Plötzlich gab es ganz in der Nähe einen lautstarken Knall. Die Kulissen vibrierten, Mike erbebte bis ins Innerste. Cumberland ging in seine Garderobe, und Mike hörte, wie der

Schlüssel im Türschloss umgedreht wurde. Der Geruch von Alkohol vermischte sich mit dem Geruch von Schießpulver. Ein Bühnenarbeiter trat an einen Klapptisch und legte eine Pistole darauf. Der Schauspieler mit dem Monokel ging von der Bühne. Er sprach kurz mit dem Inspizienten, ging an Mike vorbei und verschwand im Durchgang.

Es roch. Es roch nach allem Möglichen. Unwillkürlich begann er, während er immer noch dem Stück lauschte, die Gerüche zu ordnen. Klebstoff. Leinwand. Fettschminke. Der Inspizientengehilfe klopfte an zwei Türen. »Mr. George, bitte.« – »Miss Bourne, bitte.« Sie kamen heraus, Coralie Bourne in Begleitung ihrer Garderobiere. Mike hörte, wie sie einen Türknauf drehte und etwas sagte. Eine unverständliche Stimme antwortete ihr. Dann kam sie mit ihrer Garderobiere an ihm vorbei. Die anderen sagten etwas zu ihr, worauf sie nickte und sich dann in sich selbst zurückzuziehen schien. Mit gesenktem Kopf wartete sie ab, bereit für ihren Auftritt. Dann richtete sie sich auf, schritt rasch auf die Bühnentür zu, stieß sie auf und rauschte weiter, unmittelbar gefolgt von Barry George.

Gerüche. Staub, abgestandene Farbe, Stoff. Gas. Immer stärker der Geruch von Gas.

Die Bühnenarbeiter rückten hinter den Kulissen zur Bühnenseite hinüber. Mike wagte sich aus seinem Versteck hervor. Er konnte die Souffleurnische sehen, wo mit verschränkten Armen der Inspizient stand und das Geschehen beobachtete. Hinter ihn hatten sich die Schauspieler geschart, die gerade keinen Auftritt hatten. Etwas abseits standen zwei Garderobieren und schauten zu. Von der Bühne fiel Licht auf ihre Gesichter. Coralie Bournes Stimme ließ die Sätze wie Vögel in den Zuschauerraum fliegen.

Mike spähte aufmerksam zu Boden. Hatte er etwa mit dem Fuß eine Gasdichtung auseinander geschoben? Der Inspizientengehilfe kam vorbei, starrte ihn über die Schulter an und ging, an die Türen klopfend, den Durchgang hinunter. »Fünf Minuten bis zum Schlussvorhang, bitte. Fünf Minuten.« Der auf alt geschminkte Schauspieler kam hinter ihm heraus. »Gott, stinkt das hier nach Gas«, flüsterte er. »Eklig, was?«, erwiderte der Gehilfe. Sie starrten Mike argwöhnisch an und gingen dann zu der wartenden Gruppe hinüber. Der Mann sagte etwas zum Inspizienten, der daraufhin den Kopf reckte und schnüffelte. Dann machte er eine ungeduldige Handbewegung, wandte sich wieder zum Souffleurkasten hinüber und reichte über den Kopf der Souffleuse. Als irgendwo in den Soffitten eine Klingel ertönte, sah Mike einen Bühnenarbeiter auf die Steuerbühne klettern.

Das Grüppchen neben der Souffleurnische war ganz aufgeregt. Alle blickten nach hinten zum Eingang der Passage. Der Inspizientengehilfe nickte und kam zurückgerannt. Er klopfte an die erste Tür rechts. »*Mr. Cumberland! Mr. Cumberland*! Auf die Bühne.« Er rüttelte an der Türklinke. »*Mr. Cumberland! Sie sind dran.*«

Mike rannte in den Durchgang. Der Gehilfe hustete und würgte und riss ruckartig an der Tür. »Gas!«, sagte er. »Gas!«

»Treten Sie sie ein.«

»Ich hole Mr. Reynolds.«

Er war verschwunden. Der Durchgang war recht schmal. Mike nahm die halbe Strecke zum Raum gegenüber Anlauf und rannte mit gesenktem Kopf, eine Schulter nach vorn, auf die Tür zu. Sie gab leicht nach, und ein plötzlich stärkerer, Übelkeit erregender Geruch geriet ihm in die Lungen. Ein gewaltiger Lärm hatte eingesetzt, und während er erneut ausholte, dachte er: »Draußen hagelt es.«

»Moment mal bitte, Sir.«

Es war ein Bühnenarbeiter. Er hatte Hammer und Schraubenzieher geholt und trieb nun den Schraubenzieher bis zum Anschlag zwischen Schloss und Türrahmen, um die Tür auszuhebeln. Schrauben ächzten, Holz splitterte und Gas strömte in den Durchgang. »Keine Fenster«, hustete der Bühnenarbeiter.

Mike wand sich Alleyns Schal um Mund und Nase. Schon fast vergessene Verhaltensregeln bei Gasschutzübungen kamen ihm wieder in den Sinn. Der Raum sah seltsam aus, doch konnte er den auf dem Stuhl kauernden Mann recht deutlich erkennen. Er duckte sich und stürmte hinein.

Überall anstoßend, schleifte er die schwere, leblose Last rückwärts hinaus. Dabei kribbelte es ihm in den Armen. Ein hoher Ton summte unablässig in seinem Hirn. Wie schwebend kam er ein kurzes Stück voran, dann sank er zwischen mehreren Beinpaaren auf den Betonboden. Irgendwo weit weg sagte jemand laut: »Ich kann Ihnen nur danken für die Freundlichkeit, mit der Sie ein – wie ich sehr wohl weiß – höchst unvollkommenes Stück aufnehmen.« Dann setzte wieder das Geräusch von Hagel ein. Ein himmlischer Schwall frischer Luft strömte ihm in Mund und Nase. »Ach, herrlich!«, dachte er und setzte sich auf.

Das Telefon klingelte. »Wie wär's«, schlug Mrs. Alleyn vor, »wenn du es diesmal ignorierst.«

»Vielleicht ist es der Yard«, entgegnete Alleyn und hob ab.

»Ist dort die Wohnung von Chief Inspector Alleyn? Ich rufe aus dem Jupiter-Theater an, um Ihnen zu sagen, dass der Chief Inspector hier ist. Ihm ist ein kleines Missgeschick passiert. Alles in Ordnung, aber ich glaube, es wäre gut, wenn ihn jemand nach Hause bringen könnte. Kein Grund zur Sorge.«

»Was denn für ein Missgeschick?«, fragte Alleyn.

»Er – äh – er hat ein bisschen Gas abgekriegt.«

»*Gas!* Ist gut. Danke, ich komme.«

»Ach, wie lästig, Liebling«, sagte Mrs. Alleyn. »Was für ein Fall ist es denn? Selbstmord?«

»Hört sich ganz nach einer Maskerade an, wie sie im Buche steht… Mike ist in Schwierigkeiten.«

»Um Gottes Willen, was denn für Schwierigkeiten?«

»Er hat Gas abgekriegt. Ist aber nicht so schlimm. Gute Nacht, Liebling. Bleib wegen mir nicht auf.«

Als er zum Theater kam, lag der vordere Teil des Zuschauerraums im Dunkeln. Er begab sich über die schmale Gasse zum Bühneneingang, wo er aufgehalten wurde.

»Scotland Yard«, sagte er und zeigte seinen offiziellen Ausweis.

»Ha«, sagte der Pförtner. »Wie viele von euch kommen denn noch?«

»Der Mann dort drin hat für mich gearbeitet«, sagte Alleyn und ging hinein. Der Pförtner folgte ihm protestierend.

Rechts vom Eingang befand sich ein großer Kulissenraum, dessen Flügeltüren offen standen. Dort saß Mike in einem Lehnstuhl und war ziemlich blass um die Nase. Drei Männer und zwei Frauen, alle mit geschminkten Gesichtern, standen neben ihm, dahinter eine Gruppe Bühnenarbeiter mit Reynolds, dem Inspizienten, und etwas weiter weg drei Männer im Abendanzug. Die Männer schienen wie vom Donner gerührt. Die Frauen hatten geweint.

»Tut mir wirklich furchtbar Leid, Sir«, sagte Mike. »Ich habe versucht, es zu erklären. Das hier«, fügte er für die Anwesenden hinzu, »ist Inspector Alleyn.«

»Ich versteh das alles nicht«, sagte der älteste der Männer im Abendanzug verärgert. Er wandte sich an den Pförtner. »Sie sagten doch –«

»Ich hab seinen Ausweis gesehen –«

»Weiß ich«, sagte Mike, »aber Sie müssen verstehen –«

»Das ist Lord Michael Lamprey«, sagte Alleyn. »Ein Neuzugang im Polizeidezernat. Was hat sich hier abgespielt?«

»Dr. Rankin, würden Sie –?«

Der zweite Mann im Abendanzug trat hinzu. »Ist gut, Gosset. Schlimme Sache, Inspector. Ich sagte gerade, man müsste die Polizei verständigen. Wenn Sie bitte mitkommen wollen –«

Alleyn folgte ihm durch eine Tür auf die eigentliche Bühne, die spärlich beleuchtet war. In der Mitte hatte man einen Klapptisch aufgestellt, auf dem, mit einem Tuch bedeckt, eine unverkennbare Gestalt lag. Der allgegenwärtige Geruch von Gas hing schwer über dem Tisch.

»Wer ist das?«

»Canning Cumberland. Er hatte die Tür zu seiner Garderobe abgeschlossen. Drinnen steht ein Gasofen. Ihr junger Freund schleifte ihn heraus, sehr beherzt, doch es war nichts mehr zu machen. Ich saß im Publikum. Gosset, der Intendant, hatte mich zum Abendessen eingeladen. Ein absolut klarer Fall von Selbstmord, Sie werden sehen.«

»Am besten schaue ich mir mal den Raum an. War seither jemand drin?«

»Gott, nein. Es war ziemlich mühsam, das Gas da rauszukriegen. Sie haben den Haupthahn abgedreht. Ein Fenster gibt es nicht. Sie mussten die Flügeltür hinter der Bühne und eine kleine Außentür unten am Durchgang aufmachen. Vielleicht kann man jetzt rein.«

Er ging voran zum Garderobendurchgang. »Immer noch ziemlich dicke Luft«, sagte er. »Das erste Zimmer rechts ist es. Sie haben die Tür aufgebrochen. Bleiben Sie besser dicht am Fußboden.«

Die starken Lampen über dem Spiegel brannten, und der Raum wirkte immer noch benutzt. Das Gasöfchen stand links an der Wand. Alleyn hockte sich daneben nieder. Das Ventil war immer noch aufgedreht, der Hebel stand parallel zum Boden. Auf dem Heizkörper, dem Gashahn selbst und dem Teppich daneben lag cremiger Puder. Auf der Ablage am Toilettentisch direkt neben dem Ofen stand eine Schachtel mit diesem Puder, weiter hinten waren unter dem Spiegel mehrere Tiegel mit Fettschminke aufgereiht. Daran schloss sich ein Waschbecken an, vor dem ein umgekippter Stuhl lag. Alleyn konnte Abdrücke von Schuhabsätzen ausmachen, die über den Teppichflor zu der Tür direkt gegenüber führten. Neben dem Waschbecken standen eine zu drei Vierteln geleerte Literflasche Whisky und ein Stumpenglas. Alleyn hatte genug gesehen und trat wieder auf den Durchgang hinaus.

»Absolut eindeutig«, wiederholte der dort ausharrende Arzt, »nicht wahr?«

»Ich sehe mir noch die anderen Räume an.«

Der Nachbarraum war wie der von Cumberland, nur spiegelverkehrt und etwas kleiner. Der Heizofen stand Rücken an Rücken mit dem von Cumberland. Auf der Ablage am Toilettentisch war fast das gleiche Sortiment von Fettschminketiegeln angeordnet. Auch an diesem Heizofen stand der Hahn offen. Es war genau das gleiche Fabrikat wie der andere, und Alleyn, von den Dämpfen hier weniger beeinträchtigt, konnte das Gerät ausgiebiger untersuchen. Es handelte sich um einen recht geläufigen Typ von Gasofen. Die Zuleitung erfolgte über ein Rohr durch einen flexiblen metallischen Schlauch mit Gummianschluss. Es gab zwei Gashähne, einen am Rohrende und einen an der Verbindung zwischen Schlauch und Ofen selbst. Alleyn zog den Schlauch ab und überprüfte die Verbindung. Sie war vollkommen in Ordnung, passte genau und war unten rot verfärbt. Alleyn fiel auf, dass ein rötlicher, drahtiger Faden daran haftete, der wie Dichtungsmaterial aussah. Ausströmungsöffnung und Hahn waren aus Messing, wobei der Hahn im aufgedrehten Zustand etwas überstand und dadurch parallel zum Fußboden lag. Hier war kein Puder verstreut.

Alleyn sah im Raum umher, ging wieder an die Tür und las das Schild: »Mr. Barry George.«

Der Arzt folgte ihm zu den gegenüberliegenden Räumen auf der linken Seite des Durchgangs. Sie entsprachen in der Einrichtung den beiden, die er bereits gesehen hatte, waren allerdings voll Frauenkleider und enthielten ein vielseitigeres Sortiment an Fettschminke und Kosmetika.

In der Stargarderobe waren Unmengen von Blumen. Alleyn las die Visitenkarten. Besonders eine fiel ihm ins Auge: »Von Anthony Gill mit einem völlig unzureichenden Dankeschön für die großartige Idee.« Vor dem Spiegel stand eine Vase mit roten Rosen: »Auf deinen größten Triumph, Coralie, mein Liebling. C.C.« In Miss Gays Zimmer waren nur zwei Sträuße, einer von der Theaterleitung und einer »in Liebe, von Anthony«.

Auch hier zog er in jedem Zimmer die Zuleitung aus dem Heizofen und besah sich das Verbindungsstück.

»Sind in Ordnung, nicht?«, fragte der Arzt.

»Ganz in Ordnung. Passen genau. Aus gutem, festem grauem Gummi.«

»Na, dann…«

Dahinter befand sich ein unbenutzter Raum und gegenüber der von »Mr. H.J. Bannington«. In keinem der beiden stand ein Gasöfchen. Mr. Banningtons Garderobentisch war mit der üblichen Ansammlung von Fettschminke übersät, Material für seinen Bart, zahlreichen Telegrammen und Briefen und mehreren Rechnungen.

»Was die Leiche betrifft…«, begann der Arzt.

»Wir lassen einen Wagen vom Leichenschauhaus kommen.«

»Aber… in einem derartigen Fall von Selbstmord ist doch…«

»Ich glaube nicht, dass es Selbstmord war.«

»Aber, gütiger Himmel! – Wollen Sie damit sagen, es war ein Unfall?«

»Es war kein Unfall«, sagte Alleyn.

Um Mitternacht strahlten die Garderobenlichter im Jupiter-Theater hell, und einige Männer machten sich dort mit ihrem jeweiligen Handwerkszeug zu schaffen. Ein Wachtmeister stand am Bühneneingang, im Hof wartete ein Lieferwagen. Der Zuschauerraum war schwach beleuchtet, und dort im düsteren Parkett saßen Coralie Bourne, Basil Gosset, H.J. Bannington, Dendra Gay, Anthony Gill, Reynolds, Katie, die Garderobiere, und der Inspizientengehilfe. Ein Wachtmeister saß hinter ihnen, ein weiterer stand an der Flügeltür zum Foyer. Sie starrten über die Sitze hinweg auf den eisernen Vorhang. Von ihren Zigaretten erhob sich spiralförmig der Rauch, zu ihren Füßen lagen weggeworfene Programmhefte. »Basil Gosset präsentiert: ICH FINDE SCHON ALLEIN HINAUS von Anthony Gill.«

Im Büro des Intendanten sagte Alleyn: »Sind Sie sich der Tatsachen ganz sicher, Mike?«

»Ja, Sir. Ehrlich. Ich stand direkt am Zugang zur Passage. Sie haben mich nicht gesehen, weil ich im Schatten war. Hinter der Bühne war es sehr dunkel.«

»Das werden Sie unter Eid aussagen müssen.«

»Ich weiß.«

»Gut. Na denn, Thompson. Miss Gay und Mr. Gosset können nach Hause gehen. Bitten Sie Miss Bourne herein.«

Nachdem Sergeant Thompson gegangen war, sagte Mike: »Ich hatte noch keine Gelegenheit zu sagen, dass mir klar ist, dass ich mich wie ein Vollidiot aufgeführt habe. Weil ich Ihre Visitenkarte benutzt habe und so.«

»Leichtsinn und Übermut kommen beim Yard nicht sehr gut an, Mike. Sie haben sich wie ein Clown benommen.«

»Ich bin wirklich ein Idiot«, sagte Mike zerknirscht.

Der rote Bart lag vor Alleyn auf Gossets Schreibtisch. Er hob ihn hoch und hielt ihn vor sich hin. »Kleben Sie ihn an«, sagte er.

»Dann fällt sie womöglich gleich wieder in Ohnmacht.«

»Glaube ich nicht. Und jetzt den Hut; ja – ja, jetzt verstehe ich. Kommen Sie rein.«

Sergeant Thompson führte Coralie Bourne herein und setzte sich dann mit seinem Notizblock ans untere Ende des Schreibtischs.

Tränen hatten sich durch die Puderschicht auf ihrem Gesicht gegraben, dabei schwarze Wimperntusche mitgenommen und in der Fettschminke eine glänzende Schneckenspur hinterlassen. Sie blieb neben der Tür stehen und sah Mike ausdruckslos an. »Ist er wieder in England?«, fragte sie. »Hat er Ihnen befohlen, das zu tun?«

Sie machte eine ungeduldige Handbewegung. »So nehmen Sie ihn doch ab«, sagte sie, »es ist ein furchtbar schlechter Bart. Hätte Cann nur genau hingesehen…« Ihre Lippen bebten. »Wer hat Sie geheißen, das zu tun?«

»Niemand«, stammelte Mike und stopfte den Bart in die Tasche. »Ich meine – also, eigentlich, Tony Gill –«

»*Tony*? Aber *der* hatte doch keine Ahnung. Tony würde so was nicht tun. Es sei denn – »

»Es sei denn?«, sagte Alleyn.

Stirnrunzelnd meinte sie: »Tony wollte nicht, dass Cann die Rolle so spielte. Er war außer sich.«

»Er behauptet, es war sein Kostüm für den Künstlerball in Chelsea«, murmelte Mike. »Ich habe es hergebracht. Ich dachte mir, ich – ich weiß, es war idiotisch – ich ziehe es zum Spaß einfach mal an. Ich hatte keine Ahnung, dass Mr. Cumberland und Sie sich daran stören würden.«

»Bitten Sie Mr. Gill herein«, sagte Alleyn.

Anthony war blass und wirkte verwirrt und hilflos. »Ich habe es Mike gesagt«, meinte er. »Es war mein Kostüm für den Ball. Man hat es mir heute Nachmittag vom Kostümverleih hergeschickt, aber ich habe es ganz vergessen. Dendra erinnerte mich und rief in der Zwischenzeit den Botendienst an – beziehungsweise Mike, wie sich dann herausstellte.«

»Warum«, wollte Alleyn wissen, »haben Sie diese spezielle Verkleidung gewählt?«

»Habe ich gar nicht. Ich wusste nicht, was ich anziehen sollte, und war zu nervös, um mir etwas zu überlegen. Sie sagten, sie würden sich selber auch Sachen ausleihen und mir etwas besorgen. Sie sagten, wir spielen alle Figuren aus einem russischen Melodram.«

»Wer sagte das?«

»Nun – um ehrlich zu sein, es war Barry George »

»*Barry*«, sagte Coralie Bourne. »*Es war also Barry.*«

»Ich verstehe nicht ganz«, sagte Anthony. »Wieso sollte ein Kostüm alle so aus der Fassung bringen?«

»Zufällig«, sagte Alleyn, »handelte es sich dabei um die genaue Nachbildung dessen, was Miss Bournes Gatte gewöhnlich trug, der auch einen roten Bart hatte. So war es doch, Miss Bourne, nicht wahr? Ich erinnere mich, ihn gesehen zu haben –«

»O ja«, sagte sie. »Das kann gut sein. Er war bei der Polizei bekannt.« Plötzlich brach sie völlig zusammen. Sie saß in einem Lehnsessel neben dem Schreibtisch, jedoch außerhalb des Lichtkegels der dort stehenden Lampe. Coralie wand sich, verzerrte das Gesicht und schlug mit der Hand auf die gepolsterte Armlehne. Sergeant Thompson saß mit gesenktem Kopf da, die Hand über seine Notizen gelegt. Nach einem jammervollen Blick zu Alleyn wandte Mike sich ab. Anthony Gill beugte sich über sie. »Nicht«, sagte er heftig, »nicht! Um Gottes willen, so hören Sie doch auf.«

Sie machte sich von ihm los, packte die Schreibtischkante und wandte sich an Alleyn, während sie nach und nach die Selbstbeherrschung wiedererlangte. »Ich will es Ihnen erzählen. Damit Sie es verstehen. Hören Sie zu.« Ihr Mann sei unsäglich grausam gewesen, sagte sie. »Es war wie eine Art Sklaverei.« Doch als sie die Scheidung einreichte, brachte er ihnen Beweise für den Ehebruch mit Cumberland. Sie hatten angenommen, er wüsste von nichts. »Es gab eine entsetzliche Szene. Er sagte, er würde weggehen. Er sagte, er würde uns im Auge behalten, und wenn ich noch einmal versuchen sollte, mich scheiden zu lassen, käme er wieder. Damals war er eng mit Barry befreundet.« Er hatte den ersten Entwurf eines Theaterstücks dagelassen, das er für sie und Cumberland hatte schreiben wollen. Darin gab es einen wunderbaren Auftritt für beide. »Jetzt kriegst du es nie«, hatte er gesagt, »weil es außer mir keinen Dramatiker gibt, der dieses Stück für dich schreiben könnte.« Er war zwar, wie sie sagte, ein melodramatischer Mensch, jedoch niemals lächerlich. Er kehrte in die Ukraine zurück, wo er geboren war, und sie hatten nichts mehr von ihm gehört. Schon bald würde sie ihn für tot erklären lassen können. Doch das jahrelange Warten war Canning Cumberland nicht bekommen. Ständig trank er, und in seinen schlimmsten Phasen stellte er sich vor, dass die Rückkehr ihres Mannes unmittelbar bevorstand. »Er hatte furchtbare Angst vor Ben«, sagte sie. »Er kam ihm wie ein Ungeheuer in einem Albtraum vor.«

Anthony Gill sagte: »Dieses Stück – war es –?«

»Ja. Zwischen Ihrem und seinem Stück bestand eine außerordentliche Ähnlichkeit. Ich erkannte gleich, dass Bens zentrale Szene Ihr Stück enorm aufwerten würde. Cann war dagegen, dass ich es Ihnen gebe. Barry war eingeweiht und meinte, warum nicht? Er hatte es auf Canns Rolle abgesehen und war furchtbar sauer, als er sie nicht bekam. Sie verstehen also, als er den Vorschlag machte, Sie sollten sich als Ben verkleiden und schminken –« Sie wandte sich an Alleyn. »Verstehen Sie?«

»Wie reagierte Cumberland denn, als er Sie sah?«, wollte Alleyn von Mike wissen.

»Er machte so eine seltsame Handbewegung, als ob er – nun, als erwartete er, dass ich auf ihn losgehen würde. Dann stürzte er in sein Zimmer.«

»Er dachte, Ben sei zurückgekommen«, sagte sie.

»Waren Sie nach Ihrer Ohnmacht zu irgendeinem Zeitpunkt allein?«, fragte Alleyn.

»Ich? Nein. Nein, war ich nicht. Katie brachte mich in meine Garderobe und blieb bei mir bis zu meinem Auftritt in der letzten Szene.«

»Noch eine Frage. Können Sie sich vielleicht zufällig erinnern, ob mit dem Ofen in Ihrem Zimmer irgendetwas nicht in Ordnung war?«

Erschöpft blickte sie ihn an. »Ja, hat irgendwie geknallt. Da bin ich erschrocken. Ich war nervös.«

»Gingen Sie direkt von ihrem Zimmer auf die Bühne?«

»Ja, mit Katie. Als wir herauskamen, wollte ich noch zu Cann hinüber und versuchte es an seiner Tür. Sie war abgeschlossen. Er sagte, ›Komm nicht herein.‹ Ich sagte: ›Alles in Ordnung, es war gar nicht Ben‹, und ging auf die Bühne.«

»Ich habe Miss Bourne gehört«, sagte Mike.

»In der Zwischenzeit muss er sich dazu entschlossen haben. Er war furchtbar betrunken, als er seine letzte Szene spielte.« Sie strich sich das Haar aus der Stirn. »Darf ich jetzt gehen?«, fragte sie Alleyn.

»Ich habe ein Taxi gerufen. Mr. Gill, sehen Sie mal nach, ob es da ist? Würden Sie so lange im Foyer warten, Miss Bourne?«

»Kann ich Katie mit nach Hause nehmen?«

»Sicher. Thompson bringt sie her. Sollen wir sonst noch jemanden holen?«

»Nein, danke. Bloß die gute alte Katie.«

Alleyn hielt ihr die Tür auf und sah ihr nach, als sie ins Foyer trat. »Regeln Sie das mit der Garderobiere, Thompson«, murmelte er, »und holen Sie Mr. H.J. Bannington.«

Er sah, wie Coralie Bourne sich auf die unterste Treppenstufe zum ersten Rang setzte und den Kopf an die Wand lehnte. Nicht weit von ihr auf einer vergoldeten Staffelei lächelte ein riesiges Foto von Canning Cumberland sie einnehmend an.

H.J. Bannington sah ziemlich elend aus. Er war sich mit der Hand übers Gesicht gefahren und hatte sein Make-up verschmiert. Üppige rote Lippenfarbe hatte das billige Kunsthaar befleckt, das angeklebt und zu einem Bart geformt worden war. Sein Monokel klemmte ihm noch im linken Auge, was ihm ein ungeheuer verwegenes Aussehen verlieh. »Hören Sie«, beklagte er sich, »jetzt habe ich aber genug von diesem Tamtam. Wann können wir nach Hause?«

Alleyn murmelte ein paar beschwichtigende Phrasen und brachte ihn dazu, sich zu setzen. Er prüfte, wo H. J. sich nach Cumberlands Abgang von der Bühne aufgehalten hatte, und stellte fest, dass sein Bericht mit dem von Mike übereinstimmte. Als er sich erkundigte, ob H.J. vielleicht noch in einer der anderen Garderoben gewesen war, wurde ihm eisig beschieden, dass H.J. durchaus wusste, welcher Platz im Ensemble ihm zukam. »Danke der Nachfrage, aber ich bin in meinem unbeheizten, schäbigen Kabuff geblieben.«

»Wissen Sie, ob Mr. Barry George dies ebenfalls getan hat?«

»Keine Ahnung, alter Knabe. Bei *mir* war er jedenfalls nicht.«

»Haben Sie vielleicht irgendwelche Theorien über diese unerquickliche Geschichte, Mr. Bannington?«

»Wieso Cann es getan hat, wollen Sie damit sagen? Na ja, über Tote soll man ja nicht schlecht reden, aber ich hätte mir gedacht, es war ziemlich offensichtlich, dass er sturzbesoffen war. Voll wie eine Strandhaubitze, als wir mit dem zweiten Akt fertig waren. Fragen Sie mal den famosen Mr. Barry George. Dem hat Cann seinen großen Auftritt gründlich vermasselt und ihn ganz schön erbärmlich dastehen lassen. Künstlerisch völlig daneben, aber so war Cann nun mal, wenn er zu tief ins Glas geschaut hatte.« H.J.s böse

Äuglein verengten sich. »Der große Mr. George«, sagte er, »muss sich ja inzwischen sehr unwohl fühlen in seiner Haut. Man könnte sagen, er hat einen Selbstmord auf dem Gewissen, meinen Sie nicht? Oder wissen Sie das noch nicht so genau?«

»Es war kein Selbstmord.«

Das Monokel plumpste H.J. aus dem Auge. »Gütiger Himmel!«, sagte er. »Gott, ich hab's Bob Reynolds aber gesagt! Ich habe ihm gesagt, die ganze Anlage muss auf Vordermann gebracht werden.«

»Die Gasheizung, meinen Sie?«

»Sicher. Ich war vor Jahren selbst in der Gasbranche tätig. In gewissem Sinn könnte man sogar sagen, ich bin es immer noch, ha, ha!«

»Ha, ha!«, pflichtete Alleyn ihm höflich bei. Er beugte sich vor. »Einen Gasmann können wir heute Abend nicht mehr auftreiben, aber es kann durchaus sein, dass wir den Rat eines Experten brauchen. Sie können uns helfen.«

»Hm, alter Knabe, ich hatte mich eigentlich auf ein hübsches Nickerchen gefreut. Aber natürlich –«

»Ich werde Sie nicht lange aufhalten.«

»Gott, das will ich hoffen!«, versetzte H.J. ernsthaft.

Barry George war für den letzten Akt blass geschminkt worden. Farblose Lippen sowie Schatten unter Wangenknochen und Augen hatten seine Rolle als heimgekehrter, jedoch seelisch gebrochener Kriegsgefangener wirkungsvoll unterstrichen. Nun, im grellen Schein der Bürolampe, sah er wie eine stark übertriebene Trauergestalt aus. Er begann Alleyn sofort zu beteuern, wie untröstlich und entsetzt er doch sei. Zwar, meinte er, habe jeder seine Fehler, da habe der arme alte Cann keine Ausnahme gemacht, aber sei es denn nicht schrecklich, sich vorzustellen, was aus einem Menschen werden konnte, der sich gehen ließ? Er, Barry George, sei nun mal ungewöhnlich empfindsam und glaube nicht, den furchtbaren Schock jemals recht verwinden zu können, den dies für ihn darstellte. Was, so frage er sich, könnte dem zugrunde liegen? Warum hatte der arme alte Cann beschlossen, mit allem Schluss zu machen?

»Miss Bournes Theorie«, begann Alleyn. Mr. George lachte.

»Coralie?«, sagte er. »Sie hat also eine Theorie! Na ja, lassen wir das.«

»Ihre Theorie ist folgende: Cumberland sah einen Mann, den er irrtümlich für ihren Ehemann hielt, und da er eine krankhafte Angst vor dessen Rückkehr hatte, trank er eine Flasche Whisky fast vollständig aus und vergiftete sich mit Gas. Die Kleidung und der Bart, die ihn so in die Irre führten, haben meines Wissens Sie für Mr. Anthony Gill bestellt.«

Diese Behauptung zeitigte eine durchschlagende Wirkung. Barry George erging sich in einem Schwall von Einwänden und entschuldigenden Erklärungen. Nicht im Entferntesten habe er daran gedacht, den armen alten Ben wieder auferstehen zu lassen, der jetzt zweifellos tot, aber doch in vieler Hinsicht einer der Besten gewesen war. Sie hatten doch alle vorgehabt, als übertriebene Figuren aus einem Melodram auf den Kostümball zu gehen. Nicht um alles in der Welt – Er gestikulierte und protestierte. Am Haaransatz brach ihm der Schweiß aus. »Ich weiß nicht, worauf Sie hinauswollen«, rief er. »Was behaupten Sie da?«

»Ich behaupte unter anderem, dass Cumberland ermordet wurde.«

»Sie sind wahnsinnig! Er selber hatte sich eingeschlossen. Man musste die Tür aufbrechen. Ein Fenster gibt es nicht. Sie sind verrückt!«

»Verzichten wir doch«, sagte Alleyn genervt, »auf den Unsinn mit den verschlossenen Räumen. Also, Mr. George, Sie kannten Benjamin Wlasnoff ziemlich gut. Wollen Sie uns etwa erzählen, bei Ihrem Vorschlag, Mr. Gill sollte einen Mantel mit Pelzkragen, einen schwarzen Schlapphut, schwarze Handschuhe und einen roten Bart tragen, sei Ihnen nie der Gedanke gekommen, er könnte mit dieser Verkleidung Miss Bourne und Cumberland einen Schrecken einjagen?«

»Ich war nicht der Einzige«, brauste er auf. »H.J. wusste Bescheid. Und wenn es ihn verschreckt hätte, hätte *ihr* das wohl nicht sonderlich Leid getan. Sie hatte die Nase ziemlich voll von ihm. Jedenfalls, wenn es Mord ist, hat das Kostüm nichts damit zu tun.«

»Das«, versetzte Alleyn und erhob sich, »werden wir hoffentlich noch herausfinden.«

Neben dem Gasöfchen in Barry Georges Garderobe stand Sergeant Bailey, ein Spezialist für Fingerabdrücke. Sergeant Gibson, der Polizeifotograf, und ein uniformierter Wachtmeister befanden sich in der Nähe der Tür. In der Mitte des Raums stand Barry George, sah von einem zum anderen und zupfte nervös an seiner Lippe herum.

»Ich weiß nicht, wieso er will, dass ich mir das alles anschaue«, sagte er. »Ich bin erschöpft. Ich bin emotional am Ende. Was macht er denn? Wo steckt er?«

Alleyn war mit H.J., Mike und Sergeant Thompson nebenan in Cumberlands Garderobe. Die war mittlerweile ziemlich frei von Gasdämpfen, und das Öfchen brannte behaglich. Sergeant Thompson streckte sich bequem auf dem Sessel neben dem Heizofen aus, hielt den Kopf gesenkt und die Augen geschlossen.

»Die Theorie ist folgende, Mr. Bannington«, sagte Alleyn. »Sie und Cumberland gingen zum letzten Mal von der Bühne ab. Miss Bourne, Mr. George und Miss Gay sind auf der Bühne. Lord Michael steht draußen direkt am Eingang zur Passage. Garderobieren und Bühnenarbeiter sehen von der Seite her zu. Cumberland hat sich sturzbetrunken in seiner Garderobe eingeschlossen und schläft tief. Das Gasöfchen brennt auf höchster Stufe. Zuvor hatte er Puder aufgelegt, und eine dicke Puderschicht liegt ungestört auf dem Gasanschluss. Also.«

Er klopfte an die Wand.

Mit einem scharfen Knall erlosch das Feuer, gefolgt vom Zischen ausströmenden Gases. Alleyn drehte die Gashähne zu. »Sehen Sie«, sagte er, »ich habe auf der gepuderten Oberfläche einen ausgezeichneten Abdruck hinterlassen. Und jetzt kommen Sie mit nach nebenan.«

Nebenan redete Barry George stammelnd auf ihn ein: »Aber ich hatte ja keine Ahnung. Ich kenne mich damit nicht aus. Ich *weiß* nichts davon.«

»Zeigen Sie es Mr. Bannington, Bailey, ja?«

Bailey kniete sich hin. Die Zuleitung war vom Ventil am Ofen getrennt. Er öffnete den Gashahn in der Leitung und blies in den Schlauch.

»Ein Luftstau, sehen Sie. Es funktioniert perfekt.«

H. J. starrte Barry George fassungslos an. »Aber ich weiß doch gar nichts über Gas, H.J… H.J., sagen Sie ihnen doch –«

»Einen Moment.« Alleyn entfernte die Handtücher, die über die Ablage am Toilettentisch gebreitet waren, und förderte dabei ein leeres Blatt Papier zutage, auf dem das aufsteckbare Verbindungsteil aus Gummi lag.

»Wollen Sie bitte diese Lupe nehmen, Bannington, und sich das ansehen. Sie werden feststellen, dass es mit grellroter Farbe befleckt ist. Ein sehr schwacher Fleck, aber eindeutig Fettschminke. Und direkt über dem Fleck werden Sie ein drahtiges Haar erkennen. So ähnlich wie Dichtungsmaterial, ist es aber nicht. Es ist Kunsthaar, nicht wahr?«

Die Lupe verharrte zitternd über dem Papier.

»Kommen Sie, ich halte sie Ihnen«, sagte Alleyn. Er griff H. J. über die Schulter, zupfte ihm flink ein Büschel aus dem falschen Schnurrbart und ließ es auf das Papier fallen. »Identisch, sehen Sie. Orangegelb. Scheint mit Mastix am Verbindungsteil festzukleben.«

Die Lupe fiel herunter. H.J. wirbelte herum, fixierte Alleyn eine Sekunde lang und versetzte ihm dann mit voller Wucht einen Faustschlag ins Gesicht. Obwohl er ziemlich klein war, waren drei Mann nötig, um ihn festzuhalten.

»In gewissem Sinn, Sir, ist es praktisch, wenn sie einem in die Fresse hauen«, sagte Sergeant Thompson eine halbe Stunde später. »Dann kann man sie einfach hochnehmen und sich das Getue sparen von wegen ›würden Sie aufs Revier kommen und eine Aussage machen‹.«

»Stimmt«, sagte Alleyn und rieb sich den Unterkiefer.

Mike sagte: »Er muss in die Garderobe gegangen sein, nachdem Barry George und Miss Bourne zu ihrem Auftritt gerufen worden waren.«

»Genau. Er musste sich beeilen. Wenn der Inspizientengehilfe kam, musste er schon wieder in seinem eigenen Zimmer sein.«

»Aber – was ist mit dem Tatmotiv?«

»Das, mein lieber Mike, ist genau der Grund, weshalb wir um halb zwei Uhr morgens immer noch in diesem erbärmlichen Theater sitzen. Sie erhalten hier soeben einen Einblick in die trüberen Seiten der Arbeit einer Mordkommission. Wollen Sie nach Hause?«

»Nein. Geben Sie mir noch einen Auftrag.«

»Also gut. Etwa dreieinhalb Meter vom Souffleuraufgang steht eine Art Abfalleimer. Durchsuchen Sie ihn.«

Um siebzehn Minuten vor zwei, als die Garderoben und der Durchgang abgesucht waren und Alleyn eine Pause angeordnet hatte, kam Mike mit verdreckten Händen zu ihm. »*Heureka*«, sagte er, »hoffe ich jedenfalls.«

Alle gingen in Banningtons Zimmer. Alleyn breitete die Papierschnipsel, die Mike ihm gegeben hatte, auf dem Toilettentisch aus.

»Die hat jemand ganz nach unten in den Eimer geschoben«, sagte Mike.

Alleyn schob die Schnipsel umher. Thompson pfiff durch die Zähne. Bailey und Gibson brummten einander etwas zu.

»Da haben wir's«, sagte Alleyn endlich.

Sie scharten sich um ihn. Der Brief, den H.J. Bannington sechs Stunden und fünfundvierzig Minuten zuvor hier an diesem Tisch geöffnet hatte, war wie ein Puzzle zusammengesetzt.

»Lieber H.J.,

nach Einsicht meines monatlichen Kontoauszugs stattete ich meiner Bank heute Morgen einen Besuch ab und bekam einen Scheck gezeigt, bei dem es sich zweifellos um eine Fälschung handelt. Deiner schauspielerischen Wandlungsfähigkeit, mein lieber H.J., kommt nur noch deine Verwegenheit als Schriftkünstler gleich. Doch Ruhm hat auch seine Nachteile. Die Kassiererin erkannte dich. Ich beabsichtige, gerichtliche Schritte einzuleiten.«

»Ohne Unterschrift«, sagte Bailey.

»Sehen Sie sich die Visitenkarte bei den roten Rosen in Miss Bournes Zimmer an, signiert mit C.C. Eine sehr auffällige Handschrift.« Alleyn wandte sich an Mike. »Wollen Sie immer noch Polizist werden?«

»Ja.«

»Gott steh Ihnen bei. Kommen Sie morgen in mein Büro, dann reden wir drüber.«

»Danke, Sir.«

Sie gingen hinaus, ließen einen Dienst habenden Wachtmeister dort zurück. Es war ein kalter Morgen. Mike blickte zur Fassade des Jupiter-Theaters hoch. Er konnte die Schrift auf dem Neonschild gerade noch ausmachen: ICH FINDE SCHON ALLEIN HINAUS – *von Anthony Gill.*

Sommerleute
von
Shirley Jackson

Shirley Hardie Jackson (1916-65) war als Romanautorin und Kurzgeschichtenerzählerin sehr produktiv, doch wird ihr Name vor allem mit einer ganz bestimmten Erzählung in Verbindung gebracht – »The Lottery« (1948; dt. *Die Lotterie*). Geboren in San Francisco, wuchs Jackson in Burlingame, Kalifornien auf und studierte an den Universitäten von Rochester und Syracuse. Ihre erste größere Veröffentlichung, eine Kurzgeschichte mit dem Titel »My Life with R.H. Macy«, erschien 1941 in *The New Republic*. 1948 kam ihr erster Roman heraus, *The Road Through the Wall*, und im gleichen Jahr wurde »The Lottery« im *New Yorker* veröffentlicht und beschwor eine große Kontroverse herauf. Wie Jackson in ihrem Essay »Biography of a Story« (1960) beschreibt, konnte keiner der Geschichte etwas abgewinnen (auch nicht Jacksons Agentin und der Verleger, der sie kaufte). Harold Ross, der Herausgeber des *New Yorker*, verstand sie nicht, und sie rief eine Flut von verstörten Leserbriefen hervor. Jackson, wegen ihrer berühmten Story auf Horror und Übernatürliches festgelegt, war jedoch weit vielseitiger, und neben Kinderbüchern umfasst ihr Werk auch den unbeschwert häuslich-humorvollen Aspekt in ihren Autobiografien *Life among the Savages* (1953) und *Raising Demons* (1957).

Jacksons berühmtes Gespür für den subtil angedeuteten Horror entwickelte sich recht früh, etwa in ihrer knappen Kurzgeschichte »Janice« (1938), in der eine Collegestudentin auf unglaublich lässige Art ihren Selbstmordversuch beschreibt. Wie Jacksons Ehemann Stanley Edgar Hyman in seiner Einleitung zur posthum veröffentlichten Sammlung mit dem Titel *Come Along with Me* (1968) beschreibt, führte diese während ihrer frühen Studienzeit in Syracuse verfasste Geschichte zur ersten Begegnung des Paars.

»Sommerleute« ist eine subtile, auf verstörende Weise unaufgelöste Erzählung, in der eine immer größer werdende Bedrohung in den Alltag einbricht. Ist es eine Allegorie, eine Horrorstory, eine Kriminalgeschichte? Sterben die Allisons am Ende oder werden sie von irgend jemandem terrorisiert? Die Geschichte macht die Leser zu Detektiven, ohne deren Schlussfolgerungen jedoch unbedingt zu belegen.

Sommerleute

Das Sommerhäuschen der Allisons war sieben Meilen vom nächsten Ort entfernt hübsch auf einem Hügel gelegen. Auf drei Seiten blickte man hinunter auf eine sanfte Baumlandschaft und Wiesen, die auch mitten im Sommer selten vertrockneten. Auf der vierten Seite befand sich, dicht am hölzernen Bootssteg, den die Allisons immer wieder reparieren mussten, der See, der von ihrer Veranda vorm Haus, von der seitlichen Veranda oder jedem Punkt auf der Holztreppe, die von der Veranda ans Wasser hinunterführte, immer gleich gut aussah. Obwohl die Allisons ihr Sommerhaus liebten, sich schon im Frühsommer auf die Ankunft dort freuten und im Herbst nur ungern wieder wegfuhren, hatten sie sich nicht die Mühe gemacht, irgendwelche Verbesserungen vorzunehmen, denn ihnen bedeuteten Haus und See schon Verbesserung genug für das Leben, das ihnen noch verblieb. Das Haus hatte keine Heizung, bis auf die spärliche Versorgung aus der Wasserpumpe im Hof kein fließendes Wasser und keinen Strom. Siebzehn Sommer lang hatte Janet Allison auf einem Petroleumherd gekocht und ihren gesamten Wasserbedarf heiß gemacht, Robert Allison hatte jeden Tag eimerweise Wasser von der Pumpe hereingetragen und abends seine Zeitung im Schein der Petroleumlampe gelesen, und auch als hygienebewusste Stadtmenschen hatten sie es gelernt, ihr Aborthäuschen als selbstverständlich hinzunehmen. In den ersten zwei Jahren hatten sie all die üblichen Varieté- und Zeitschriftenwitze über Aborthäuschen erzählt, sich inzwischen aber, seit nicht mehr oft Gäste kamen, die es zu beeindrucken galt, in behaglicher Sicherheit eingerichtet, in der das Aborthäuschen, ebenso wie Pumpe und Petroleum, zu einem unerlässlichen Bestandteil ihres Sommerlebens zählte.

Die Allisons waren an sich ganz normale Leute. Mrs. Allison war achtundfünfzig Jahre alt, Mr. Allison sechzig. Ihre Kinder waren dem Sommerhäuschen mittlerweile entwachsen und fuhren mit ihren eigenen Familien ans Meer in Urlaub. Ihre Freunde waren entweder gestorben oder hatten sich das ganze Jahr über in behaglichen Häusern niedergelassen, und ihre Nichten und Neffen wollten sich immer nicht festlegen. Im Winter versicherten sie einander, in ihrer Wohnung in New York ließe es sich doch aushalten, solange man auf den Sommer wartete, und im Sommer sagten sie sich, den Winter würde man auch durchstehen, während man darauf wartete, wieder aufs Land zu fahren.

Da sie alt genug waren, sich ihrer festen Angewohnheiten nicht zu schämen, verließen die Allisons ihr Sommerhaus immer regelmäßig Anfang September am Dienstag nach dem Labor Day, und regelmäßig tat es ihnen wieder Leid, wenn das Wetter im September und Anfang Oktober noch so schön wurde, dass es in der Stadt fast unerträglich öde war. Jedes Jahr stellten sie von neuem fest, dass sie nichts nach New York zurückzog, doch erst in diesem Jahr überwanden sie ihre übliche Trägheit so weit, dass sie beschlossen, nach dem Labor Day noch im Häuschen zu bleiben.

»Es gibt eigentlich gar nichts, was uns in die Stadt zurücktreibt«, sagte Mrs. Allison zu ihrem Mann so ernst, als handelte es sich um eine neue Idee, und er erwiderte ihr, als hätte keiner von beiden es je in Betracht gezogen: »Dann lass uns doch das Landleben noch so lange wie möglich genießen.«

Und so fuhr Mrs. Allison hocherfreut und mit einem etwas abenteuerlichen Gefühl am Tag nach Labor Day in ihr Dorf und erzählte den Ortsansässigen, mit denen sie Umgang pflegte, in der hübschen Manier derjenigen, die von der Tradition abweichen, sie und ihr Mann hätten beschlossen, noch mindestens einen Monat länger in ihrem Sommerhaus zu bleiben.

»Es ist ja nicht so, als müssten wir unbedingt in die Stadt zurück«, sagte sie zu Mr. Babcock, ihrem Lebensmittelhändler. »Da können wir doch das Landleben genießen, solange es noch geht.«

»Nach Labor Day ist noch nie jemand am See geblieben«, sagte Mr. Babcock. Er packte soeben Mrs. Allisons Einkäufe in einen großen Pappkarton und hielt kurz inne, um nachdenklich in eine Tüte Plätzchen zu spähen. »Niemand«, fügte er hinzu.

»Aber die Stadt!« Über die Stadt sprach Mrs. Allison zu Mr. Babcock immer in einem Ton, als wäre es Mr. Babcocks Traum, dorthin zu gehen. »Es ist so heiß – Sie haben ja keine Ahnung. Es tut uns immer Leid, wenn wir wegfahren.«

»Fahren ungern weg«, sagte Mr. Babcock. Eine der irritierendsten Eigenheiten der Ortsansässigen, die Mrs. Allison aufgefallen waren, bestand darin, eine triviale Bemerkung aufzugreifen und in eine noch banalere Bemerkung umzumünzen. »Würd auch nicht gern wegfahren«, sagte Mr. Babcock nach reiflicher Überlegung, woraufhin er und Mrs. Allison beide lächelten. »Habe aber noch nie gehört, dass jemand nach Labor Day draußen am See geblieben wäre.«

»Nun, wir werden es mal ausprobieren«, sagte Mrs. Allison, und Mr. Babcock erwiderte bedeutsam: »Probieren geht über studieren.«

Äußerlich, fand Mrs. Allison jedes Mal, wenn sie nach einem ihrer vagen Gespräche mit Mr. Babcock davonging, äußerlich könnte Mr. Babcock für eine Statue von Daniel Webster, dem amerikanischen Politiker, Modell stehen, aber geistig … schrecklich, wenn man überlegte, wie tief der Typus des guten alten New-England-Yankee gesunken war. Sie sagte etwas in dem Sinn zu Mr. Allison, als sie ins Auto einstieg, und er meinte: »Das sind all die Generationen von Inzucht. Das und das karge Land.«

Weil es ihr großer Stadttag war, zu dem sie nur alle zwei Wochen herfuhren, um die Dinge zu kaufen, die sie nicht geliefert bekamen, brachten sie den ganzen Tag damit zu, aßen im Zeitungs- und Getränkeladen ein Sandwich und stapelten die Päckchen hinten im Wagen. Obwohl Mrs. Allison die Lebensmittel auf Bestellung regelmäßig geliefert bekam, war sie nie in der Lage, sich von Mr. Babcocks jeweiligen Vorräten telefonisch ein genaues Bild zu machen, und so wurde ihre Liste von eventuell zu liefernden verschiedenen Kleinigkeiten fast immer über ihre Bedürfnisse hinaus ergänzt durch frisches, einheimisches Gemüse, das Mr. Babcock zeitweilig verkaufte, oder die abgepackten Süßigkeiten, die gerade eingetroffen waren. Diesmal liebäugelte Mrs. Allison auch mit einem Set gläserner Backformen, das sich völlig unverhofft in der Mode-, Haushalts- und Eisenwarenhandlung fand und scheinbar bloß auf Mrs. Allison gewartet hatte, denn die Landbevölkerung mit ihrem angeborenen Misstrauen gegenüber allem, was nicht so beständig wie Bäume, Felsen und der Himmel aussah, hatte erst vor kurzem damit begonnen, mit Backformen aus Aluminium statt aus Gusseisen herumzuexperimentieren, und in der einheimischen Bevölkerung konnte man sich noch erinnern, wie man irdene Töpfe zugunsten des Gusseisens verworfen hatte.

Mrs. Allison ließ sich die gläsernen Backformen sorgfältig einpacken, damit sie die unbequeme Heimfahrt über die holprige Landstraße zum Häuschen der Allisons gut überstanden, und während Mr. Charley Walpole – der zusammen mit seinem jüngeren Bruder Albert die Mode-, Haushalts- und Eisenwarenhandlung führte (das Geschäft selbst hieß Johnson's, weil es sich auf dem Grundstück der ehemaligen Blockhütte des alten Johnson befand, die fünfzig Jahre vor Charley Walpoles Geburt abgebrannt war) – umständlich ein paar Zeitungen entfaltete, um die Backformen darin einzupacken, sagte Mrs. Allison beiläufig: »Natürlich hätte ich auch warten und die Backformen in New York kaufen können, aber wir fahren dieses Jahr nicht so früh zurück.«

»Hab gehört, dass Sie noch bleiben«, sagte Mr. Charley Walpole. Seine alten Finger fummelten nervenaufreibend mit den dünnen Seiten der Zeitung herum, als er versuchte, ein Blatt nach dem anderen abzulösen. Er blickte nicht zu Mrs. Allison hoch, während er fortfuhr: »Also, ich weiß nicht, ob das so gut ist, oben am See zu bleiben. Nicht nach Labor Day.«

»Nun ja, wissen Sie«, entgegnete Mrs. Allison, als wäre sie ihm tatsächlich eine Erklärung schuldig, »wir dachten uns einfach, jedes Jahr sind wir wieder nach New York zurückgeeilt, und dabei war es gar nicht nötig. Sie wissen ja, wie die Stadt im Herbst ist.« Dabei lächelte sie Mr. Charley Walpole vertraulich an.

Mit rhythmischen Bewegungen wand er den Bindfaden um das Päckchen. Er überlässt mir ein Stück, das lang genug ist, um es aufzuheben, dachte Mrs. Allison und wandte den Blick rasch ab, um nur ja kein Anzeichen von Ungeduld zu vermitteln. »Für mich fühlt es sich irgendwie so an, als gehörten wir dann mehr hierher«, sagte sie. »Wenn wir dableiben, nachdem alle anderen abgereist sind.« Als wollte sie dies untermauern, lächelte sie eine andere Frau im Laden freundlich an, deren Gesicht ihr bekannt vorkam und bei der es sich vielleicht um die Frau handelte, die den Allisons in einem Jahr Beeren verkauft hatte, oder um die Frau, die gelegentlich im Lebensmittelladen aushalf und bei der es sich vermutlich um Mr. Babcocks Tante handelte.

»Hm«, machte Mr. Charley Walpole. Er schob das Päckchen ein Stück über den Verkaufstresen, um anzudeuten, dass es fertig und er jetzt bereit war, für einen gut abgeschlossenen Verkauf und ein gut verschnürtes Päckchen die Bezahlung entgegenzunehmen. »Hm«, machte er wieder. »Sommerleute waren noch nie am See, nicht nach Labor Day.«

Mrs. Allison reichte ihm einen Fünfdollarschein, und er gab ihr wohl überlegt Wechselgeld heraus, wobei er selbst die Cents bedächtig abzählte. »Nie nach Labor Day«, sagte er, nickte Mrs. Allison grüßend zu und ging ernst und gesetzt durch den Laden, um sich zwei Frauen zu widmen, die die baumwollenen Hauskleider begutachteten.

Als Mrs. Allison beim Hinausgehen an ihnen vorbeikam, hörte sie, wie eine der beiden Frauen spitz bemerkte: »Wieso kostet eins von den Kleidern eigentlich einen Dollar neunundneunzig und das hier bloß achtundneunzig Cent?«

»Großartige Leute«, sagte Mrs. Allison zu ihrem Mann, als sie nach ihrem Treffen an der Tür der Eisenwarenhandlung zusammen den Bürgersteig entlang gingen. »So solide, so vernünftig und so *ehrlich*.«

»Da wird einem ganz wohl, wenn man weiß, dass es solche Orte noch gibt«, sagte Mr. Allison.

»Weißt du«, meinte Mrs. Allison, »in New York hätte ich vielleicht ein paar Cent weniger für die Backformen gezahlt, aber dafür wäre der Kauf auch nicht so *persönlich* gewesen.«

»Bleiben Sie noch am See?«, wollte Mrs. Martin im Zeitungs- und Sandwichladen von den Allisons wissen. »Ich hab gehört, Sie bleiben noch.«

»Wir dachten uns, wir wollen dieses Jahr mal das schöne Wetter ausnutzen«, sagte Mr. Allison.

Mrs. Martin war verhältnismäßig neu im Ort. Sie hatte von einer benachbarten Farm in den Zeitungs- und Sandwichladen eingeheiratet und war nach dem Tod ihres Mannes dageblieben. Sie servierte Limonadengetränke in echten Glasflaschen und Sandwiches aus gebratenem Ei mit Röstzwiebeln auf dicken Brotscheiben, die sie im rückwärtigen Teil des Ladens auf ihrem eigenen Herd herstellte. Gelegentlich, wenn Mrs. Martin ein Sandwich servierte, kam der üppige Duft nach Eintopf oder Schweinerippchen, Mrs. Martins Abendessen, herübergeweht.

»Ich glaube nicht, dass schon mal jemand so lang draußen geblieben ist«, bemerkte Mrs. Martin. »Jedenfalls nicht nach Labor Day.«

»Am Labor Day fahren sie ja sonst alle ab«, erfuhren die Allisons später vor Mr. Babcocks Laden von Mr. Hall, ihrem nächsten Nachbarn, als sie gerade ins Auto einstiegen, um nach Hause zu fahren. »Wundert mich ja, dass Sie noch bleiben.«

»Wir fanden, es wäre ein Jammer, so früh zu gehen«, erwiderte Mrs. Allison. Mr. Hall wohnte drei Meilen entfernt und versorgte die Allisons mit Butter und Eiern, und gelegentlich konnten die Allisons am frühen Abend oben von ihrem Hügel aus die Lichter in seinem Haus sehen, bevor die Halls zu Bett gingen.

»Normalerweise fahren sie am Labor Day ab«, sagte Mr. Hall.

Die Heimfahrt war lang und anstrengend; es wurde allmählich dunkel, und Mr. Allison musste ganz vorsichtig über den Feldweg am See fahren. Mrs. Allison hatte sich in den Sitz zurückgelehnt, angenehm entspannt nach einem Tag, der ihr im Vergleich zu ihrem sonstigen Alltag wie Einkaufen im Wirbelwindtempo vorkam. Ihre Gedanken verweilten behaglich bei den neuen gläsernen Backformen, dem halben Scheffel rotbackiger Tafeläpfel und dem Päckchen mit bunten Reißzwecken, mit denen sie in der Küche die neue Regalbordüre befestigen wollte. »Ach, ist es schön, nach Hause zu kommen«, sagte sie leise, als sie in Sichtweite ihres Häuschens gelangten, das sich über ihnen vom Himmel abhob.

»Wie gut, dass wir beschlossen haben zu bleiben«, pflichtete Mr. Allison ihr bei.

Mrs. Allison verbrachte den nächsten Morgen damit, liebevoll ihre Backformen zu waschen, obwohl der gute Charley Walpole es in aller Unschuld versäumt hatte, die angeschlagene Stelle am Rand zu bemerken. In einem Anfall von Verschwendungssucht beschloss sie, zum Abendessen einige der roten Tafeläpfel zu einem Kuchen zu verarbeiten, und während der Kuchen im Ofen war und

Mr. Allison die Post holen ging, setzte sie sich auf den kleinen Rasen, den die Allisons auf dem Hügel oben angelegt hatten, und betrachtete das Wechselspiel des Lichts auf dem See, mal grau, mal blau, während die Wolken an der Sonne vorbeizogen.

Als Mr. Allison zurückkam, war er leicht irritiert; es ärgerte ihn immer, wenn er die eine Meile bis zum Briefkasten laufen musste und mit leeren Händen zurückkam, obwohl ihm der Spaziergang natürlich gut tat. An diesem Morgen war nichts gekommen außer der Werbebroschüre eines New Yorker Kaufhauses und ihrer New Yorker Zeitung, die unregelmäßig einen bis vier Tage später eintraf, als sie eigentlich sollte, so dass die Allisons an manchen Tagen drei Zeitungen hatten und häufig gar keine. Obwohl Mrs. Allison sich ebenso sehr wie ihr Mann darüber ärgerte, keine Post zu bekommen, wo sie beide doch so darauf warteten, schmökerte sie hingebungsvoll in der Kaufhauswerbung und nahm sich vor, sobald sie wieder in New York war, dem Geschäft einen Besuch abzustatten und sich das Sonderangebot an Wolldecken genau anzusehen. Heutzutage war es nicht leicht, hochwertige Decken in hübschen Farben zu finden. Sie überlegte, ob sie die Broschüre zur Erinnerung aufheben sollte, doch nachdem sie mit dem Gedanken gespielt hatte, aufzustehen und ins Haus zu gehen, um sie irgendwo sicher zu verstauen, ließ sie sie neben ihrem Liegestuhl ins Gras fallen und legte sich zurück, die Augen halb geschlossen.

»Sieht aus, als bekämen wir Regen«, sagte Mr. Allison und blinzelte in den Himmel.

»Gut für die Ernte«, meinte Mrs. Allison lakonisch, und beide lachten.

Der Petroleummann kam am nächsten Morgen, während Mr. Allison gerade die Post holte. Sie hatten kaum noch Petroleum, und Mrs. Allison begrüßte den Mann freudig, der Brennstoff und Blockeis verkaufte und während des Sommers auch den Müll der Sommerleute abfuhr. Einen Müllmann brauchten nur die sorglosen Stadtleute; Landbewohner hatten keinen Abfall.

»Wie schön, Sie zu sehen«, sagte Mrs. Allison zu ihm. »Wir haben gar nicht mehr viel.«

Der Petroleummann, dessen Namen Mrs. Allison nie erfahren

hatte, benutzte eine Schlauchvorrichtung zum Füllen des Fünfundsiebzig-Liter-Tanks, der die Allisons mit Licht, Wärme und Kochmöglichkeiten versorgte. Heute jedoch, statt schwungvoll aus seinem Laster zu steigen und den Schlauch, der sich um das Führerhäuschen wand, vom Haken zu nehmen, starrte der Mann Mrs. Allison bei laufendem Motor bloß verlegen an.

»Ich hab gedacht, ihr Leute fahrt ab«, sagte er.

»Wir bleiben noch einen Monat«, versetzte Mrs. Allison fröhlich. »Das Wetter war so schön, da dachten wir –«

»Hat man mir gesagt«, meinte der Mann. »Kann Ihnen aber kein Öl geben.«

»Was soll das heißen?« Mrs. Allison blickte ihn verblüfft an. »Wir bleiben einfach bei unserer regulären –«

»Labor Day ist vorbei«, meinte der Mann. »Nach Labor Day krieg ich selber nicht so viel Öl rein.«

Wie so häufig bei Unstimmigkeiten mit ihren Nachbarn, rief Mrs. Allison sich in Erinnerung, dass man mit Großstadtallüren bei den Leuten auf dem Land nicht weit kam. Man konnte nicht erwarten, einen Angestellten auf dem Lande wie einen städtischen Arbeiter umstimmen zu können, und so sagte sie mit einem gewinnenden Lächeln: »Können Sie denn aber kein Extraöl bekommen, wenigstens solange wir hier sind?«

»Sehen Sie.« Beim Sprechen trommelte der Mann mit dem Finger auf das Lenkrad, was ziemlich enervierend war. »Sehen Sie«, sagte er bedächtig, »ich bestell das Öl. Ich bestell es aus vielleicht fünfzig, fünfundfünfzig Meilen Entfernung. Ich bestell schon im Juni so viel, wie ich für den Sommer brauch. Und dann bestell ich noch mal … äh, so im November. Jetzt um die Zeit wird's allmählich knapp.« Als wäre das Thema damit erledigt, hörte er auf, mit dem Finger zu trommeln, und packte das Lenkrad etwas fester, bereit zur Abfahrt.

»Aber können Sie uns nicht wenigstens ein bisschen geben?«, bat Mrs. Allison. »Gibt's denn sonst niemand?«

»Wüsste nicht, wo Sie um diese Zeit sonst Öl herkriegen könnten«, sagte der Mann nachdenklich. »Ich kann Ihnen jedenfalls nichts geben.« Bevor Mrs. Allison etwas sagen konnte, begann sich der Laster in Bewegung zu setzen. Dann blieb er kurz stehen, und der Mann sah durchs Rückfenster des Führerhäuschens zu ihr hinaus. »Eis?«, rief er. »Eis kann ich Ihnen dalassen.«

Mrs. Allison schüttelte den Kopf; an Eis waren sie nicht so knapp, und sie war wütend. Sie lief dem Laster ein paar Schritte nach und rief: »Können Sie versuchen, uns welches zu besorgen? Nächste Woche?«

»Kann ich mir nicht vorstellen«, sagte der Mann. »Nach Labor Day ist es schwerer.« Der Laster fuhr davon, und Mrs. Allison, nur von dem Gedanken getröstet, dass sie wahrscheinlich von Mr. Babcock Petroleum bekommen konnte oder schlimmstenfalls von den Halls, sah ihm wütend hinterher. »Nächsten Sommer«, sagte sie bei sich, »*der* soll es nächsten Sommer bloß noch mal bei uns versuchen!«

Wieder war keine Post gekommen, nur die Zeitung, die anscheinend beharrlich pünktlich eintraf, und Mr. Allison war sichtlich sauer, als er zurückkehrte. Als Mrs. Allison ihm von dem Petroleummann erzählte, war er nicht sonderlich beeindruckt.

»Das behalten die wahrscheinlich ein, um es im Winter teuer zu verkaufen«, bemerkte er. »Was glaubst du, was mit Anne und Jerry los ist?«

Anne und Jerry waren ihre Tochter und ihr Sohn, beide verheiratet, er lebte in Chicago, sie draußen im Westen. Ihre allwöchentlich pflichtschuldigst eintreffenden Briefe hatten Verspätung, waren in der Tat derart überfällig, dass Mr. Allison seinem Unmut über die fehlende Post in einer berechtigten Klage Luft machen konnte. »Die müssten doch wissen, wie sehr wir auf ihre Briefe warten«, sagte er. »Gedankenlose, selbstsüchtige Kinder. Das müssten sie eigentlich wissen.«

»Ach, mein Lieber«, sagte Mrs. Allison beschwichtigend. Für sie war der Ärger über Anne und Jerry kein Ventil für ihre Ungehaltenheit über den Petroleummann. Nach einer Weile sagte sie: »Wünschen bringt die Post auch nicht herbei, mein Lieber. Ich rufe jetzt Mr. Babcock an und sage ihm, er soll bei meiner Lieferung Petroleum mitschicken.«

»Wenigstens eine Postkarte«, sagte Mr. Allison, als sie hinausging.

Wie die meisten anderen Unannehmlichkeiten ihres Häuschens

fiel den Allisons auch das Telefon nicht mehr besonders auf; sie nahmen das exzentrische Gerät mehr oder weniger klaglos hin. Es handelte sich um ein Wandtelefon jener Bauart, die nur noch in wenigen Gemeinden zu sehen war. Um zur Vermittlung durchzukommen, musste Mrs. Allison zuerst die seitliche Kurbel betätigen und es dann einmal klingeln lassen. Normalerweise waren zwei bis drei Versuche nötig, bis die Vermittlung sich endlich meldete, und Mrs. Allison näherte sich dem Apparat vor jedem Anruf immer mit Ergebenheit und einer gewissen verzweifelten Geduld. An diesem Morgen musste sie dreimal kurbeln, bevor die Vermittlung sich meldete, und dann dauerte es noch einmal, bis Mr. Babcock im Laden in der Ecke hinter der Fleischtheke den Hörer abnahm. »Laden?«, sagte er, wobei er mit der Stimme nach oben ging, um jedem, der versuchte, sich mittels dieses unzuverlässigen Geräts mit ihm in Verbindung zu setzen, seinen Argwohn anzudeuten.

»Hier spricht Mrs. Allison, Mr. Babcock. Ich dachte, ich gebe Ihnen meine Bestellung einen Tag früher durch, weil ich ganz sichergehen wollte und etwas –«

»Was sagen Sie, Mrs. Allison?«

Mrs. Allison hob die Stimme ein wenig; sie sah, wie sich Mr. Allison draußen auf dem Rasen in seinem Liegestuhl umdrehte und sie mitfühlend ansah. »Ich sagte, Mr. Babcock, ich dachte, ich rufe mit meiner Bestellung früher an, damit Sie mir was schicken können –«

»Mrs. Allison?«, sagte Mr. Babcock. »Sie kommen es abholen?«

»Abholen?« Vor Überraschung ließ Mrs. Allison ihre Stimme wieder auf den normalen Tonfall absinken, und Mr. Babcock rief: »Was sagen Sie, Mrs. Allison?«

»Eigentlich wollte ich es wie üblich herbringen lassen«, sagte Mrs. Allison.

»Ähm, Mrs. Allison«, sagte Mr. Babcock, und es entstand eine Pause, während Mrs. Allison wartete und am Telefon vorbei und über den Kopf ihres Mannes hinweg in den Himmel starrte. »Mrs. Allison«, fuhr Mr. Babcock schließlich fort, »wissen Sie, das ist so – der Junge, der für mich gearbeitet hat, der ist seit gestern wieder in der Schule, und jetzt habe ich keinen, der ausliefert. Ich habe bloß im Sommer einen Lieferjungen, wissen Sie.«

»Ich dachte, Sie liefern *immer*«, sagte Mrs. Allison.

»Nicht nach Labor Day, Mrs. Allison«, sagte Mr. Babcock nachdrücklich, »Sie waren ja noch nie hier nach Labor Day, da können Sie's natürlich nicht wissen.«

»Ach so«, sagte Mrs. Allison hilflos. Innerlich sagte sie sich immer wieder vor: keine Großstadtallüren bei Landbewohnern, sich ärgern bringt nichts.

»Sind Sie *sicher*?«, fragte sie schließlich. »Könnten Sie uns nicht einfach heute noch eine Lieferung rausschicken, Mr. Babcock?«

»Ehrlich gesagt«, meinte Mr. Babcock, »könnte ich das nicht, Mrs. Allison! Es lohnt sich ja kaum, jetzt wo sonst niemand mehr draußen am See ist.«

»Was ist mit Mr. Hall?«, erkundigte sich Mrs. Allison unvermittelt, »die Leute, die hier etwa drei Meilen von uns wohnen? Mr. Hall könnte es mitbringen, wenn er rausfährt.«

»Hall?« überlegte Mr. Babcock. »John Hall? Die sind nach Norden gefahren, Mrs. Allison, Verwandte besuchen.«

»Aber die bringen uns doch immer unsere Butter und die Eier«, sagte Mrs. Allison entgeistert.

»Sind gestern gefahren«, sagte Mr. Babcock. »Haben wohl nicht gedacht, dass Sie noch oben bleiben.«

»Aber ich sagte doch noch zu Mr. Hall...« Mrs. Allison hielt inne. »Ich schicke Mr. Allison morgen wegen der Lebensmittel vorbei«, sagte sie.

»Bis dahin haben Sie ja alles, was Sie brauchen«, sagte Mr. Babcock zufrieden. Es war keine Frage, sondern eine Feststellung.

Nachdem sie aufgehängt hatte, ging Mrs. Allison langsam nach draußen, um sich neben ihrem Mann wieder in den Liegestuhl zu setzen. »Er liefert nicht«, sagte sie. »Du wirst morgen in den Ort fahren müssen. Wir haben gerade noch genug Petroleum, bis du zurückkommst.«

»Das hätte er uns früher sagen sollen«, sagte Mr. Allison.

Doch an einem solchen Tag konnte man sich nicht lange grämen. Nie hatte die Landschaft einladender gewirkt, der See unter ihnen bewegte sich still zwischen den Bäumen, lag da in der fast unglaublichen Lieblichkeit eines Bilderbuchsommertags. Mrs. Allison seufzte tief auf, voller Freude, dass sie diesen Seeblick für sich hatten, mit den grünen Hügeln hinten in der Ferne und dem leichten Wind, der zart durch die Bäume strich.

Das schöne Wetter hielt an. Am nächsten Morgen ging Mr. Allison, gebührend bewaffnet mit einer Einkaufsliste, auf der ganz oben in Großbuchstaben »Petroleum« stand, den Fußweg zur Garage hinunter, und Mrs. Allison machte sich erneut daran, in ihren neuen Backformen einen Kuchen zu backen. Sie hatte den Teig für den Boden gemischt und wollte gerade anfangen, die Äpfel zu schälen, als Mr. Allison den Pfad heraufgestürmt kam und die Fliegengittertür zur Küche aufstieß.

»Der verdammte Wagen springt nicht an«, verkündete er im genervten Tonfall eines Mannes, der auf einen Wagen ebenso angewiesen ist wie auf seinen rechten Arm.

»Was fehlt ihm denn?« Mrs. Allison blieb mit dem Schälmesser in der einen und einem Apfel in der anderen Hand wie angewurzelt stehen. »Am Dienstag war er doch noch in Ordnung.«

»Schön«, stieß Mr. Allison zwischen den Zähnen hervor, »und am Freitag ist er nicht mehr in Ordnung.«

»Kannst du ihn reparieren?«, fragte Mrs. Allison.

»Nein«, erwiderte Mr. Allison, »kann ich nicht. Da muss ich wohl jemanden kommen lassen.«

»Wen?«, fragte Mrs. Allison.

»Den Kerl, der die Tankstelle führt, denk ich.« Mr. Allison ging entschlossen auf das Telefon zu. »Der hat ihn letzten Sommer schon mal repariert.«

Etwas besorgt schälte Mrs. Allison geistesabwesend weiter ihre Äpfel, während Mr. Allison am Telefon lauschte, wie es klingelte. Er wartete, es klingelte, er wartete, bis er die Nummer schließlich der Vermittlung nannte, dann wieder wartete und wieder die Nummer nannte, die Nummer ein drittes Mal nannte und schließlich den Hörer aufknallte.

»Niemand da«, verkündete er, als er wieder in die Küche kam.

»Vermutlich ist er einen Augenblick rausgegangen«, sagte Mrs. Allison nervös. Weshalb sie so nervös war, wusste sie nicht recht, es sei denn, weil ihr Mann wahrscheinlich gleich komplett ausrasten würde. »Ich denke mir, er ist allein, und wenn er raus muss, ist keiner da, der ans Telefon geht.«

»So wird's wohl sein«, sagte Mr. Allison tief ironisch. Er ließ sich auf einen Küchenstuhl fallen und sah Mrs. Allison beim Äpfelschälen zu. Nach einer Weile sagte Mrs. Allison besänftigend: »Du könntest doch runtergehen und die Post holen und ihn dann noch mal anrufen!«

Mr. Allison überlegte und sagte dann: »Könnte ich vielleicht.« Er erhob sich schwerfällig, und als er an der Küchentür war, drehte er sich um und sagte: »Wenn aber keine Post da ist...« Eine schreckliche Stille hinterlassend, ging er den Weg entlang davon.

Mrs. Allison beeilte sich mit ihrem Kuchen. Zweimal trat sie ans Fenster und schaute zum Himmel, um zu sehen, ob Wolken aufzogen. Der Raum schien ungewohnt dunkel, und sie fühlte sich seltsam angespannt wie vor einem Gewitter, doch beide Male, als sie nachschaute, war der Himmel klar und heiter und lächelte gleichmütig auf das Sommerhaus der Allisons und den Rest der Welt herunter. Als Mrs. Allison den Kuchen ofenfertig hatte und ein drittes Mal hinüberging, um hinauszublicken, sah sie ihren Mann den Fußweg heraufkommen. Er wirkte fröhlicher, und als er sie sah, winkte er heftig und hielt einen Brief hoch.

»Von Jerry«, rief er, sobald er nah genug war, dass sie ihn hören konnte, »endlich – ein Brief!« Voller Besorgnis bemerkte Mrs. Allison, dass er den leicht ansteigenden Pfad nicht heraufkam, ohne ins Keuchen zu geraten, doch dann stand er in der Tür und streckte ihr den Brief entgegen. »Ich wollte ihn noch nicht aufmachen«, sagte er.

Mit einer Begierde, die sie selbst überraschte, blickte Mrs. Allison auf die vertraute Handschrift ihres Sohnes. Sie konnte sich nicht denken, weshalb der Brief sie so aus dem Häuschen brachte, außer dass es der erste war, den sie seit langem bekommen hatten. Es wäre bestimmt ein netter, pflichtbewusster Brief, voll mit Berichten über das, was Alice und die Kinder so machten und wie er in seinem Job vorankam, mit Kommentaren über das Wetter in Chicago in letzter Zeit und am Schluss lieben Grüßen von allen. Sowohl Mr. als auch Mrs. Allison konnten, wenn sie wollten, einen Musterbrief von jedem ihrer Kinder auswendig hersagen.

Ganz bedächtig schlitzte Mr. Allison den Brief auf, breitete ihn dann auf dem Küchentisch aus, und gemeinsam beugten sie sich darüber und lasen.

»*Liebe Mutter, lieber Dad*«, begann er in Jerrys vertrauter, ziemlich kindlicher Handschrift. »*Bin froh, dass der Brief wie gewöhnlich an den See geht, wir fanden immer, ihr kommt zu früh zurück und solltet droben bleiben, so lange ihr könnt. Alice meint, jetzt, wo ihr nicht mehr so jung seid wie früher und in der Stadt keine Verpflichtungen habt, weniger Freunde usw., solltet ihr euch amüsieren, so lang es noch geht. Nachdem ihr beide euch dort oben wohl fühlt, ist es doch eine gute Idee, dass ihr noch bleibt.*«

Mrs. Allison warf ihrem Mann einen beklommenen Seitenblick zu. Während er aufmerksam las, streckte sie die Hand nach dem leeren Briefumschlag aus, unschlüssig, wonach sie suchte. Er trug wie üblich die Anschrift in Jerrys Handschrift und war in Chicago abgestempelt. Selbstverständlich war er in Chicago abgestempelt, fuhr es ihr durch den Kopf, wieso sollte man ihn woanders abstempeln? Als sie wieder auf den Brief hinuntersah, hatte ihr Mann umgeblättert, und sie las mit ihm weiter: »- *und wenn sie die Masern usw. jetzt kriegen, sind sie natürlich später besser dran. Alice geht's natürlich gut und mir auch. Wir spielen in letzter Zeit ziemlich viel Bridge mit ein paar Leuten, die ihr nicht kennt, Carruthers heißen sie. Nettes junges Ehepaar etwa in unserem Alter. Also, ich schließe jetzt, denn wahrscheinlich langweilt es euch, von Sachen zu hören, die so weit weg sind. Sag Dad, der alte Dickson in unserer Niederlassung in Chicago ist gestorben. Er hat sich oft nach Dad erkundigt. Viel Spaß da oben am See, und beeilt euch nicht mit der Rückreise. Liebe Grüße von uns allen, Jerry.*«

»Komisch«, bemerkte Mr. Allison.

»Klingt gar nicht nach Jerry«, sagte Mrs. Allison leise. »Er hat nie so was geschrieben wie …« Sie hielt inne.

»Wie was?«, wollte Mr. Allison wissen. »Was hat er nie geschrieben?«

Mrs. Allison drehte den Brief unschlüssig hin und her. Es war unmöglich, einen Satz, ja selbst ein Wort zu finden, das sich nicht nach Jerrys üblichen Briefen anhörte. Vielleicht lag es nur daran, dass der Brief so spät kam oder an der ungewöhnlichen Anzahl von schmutzigen Fingerabdrücken auf dem Umschlag.

»Ach, ich *weiß* nicht«, sagte sie ungehalten.

»Ich versuche noch mal dort anzurufen«, sagte Mr. Allison.

Mrs. Allison las den Brief noch zweimal durch auf der Suche nach einem Satz, der sich falsch anhörte. Dann kam Mr. Allison zurück und sagte tonlos: »Die Leitung ist tot.«

»Was?« Erschrocken ließ Mrs. Allison den Brief fallen.

»Die Leitung ist tot«, sagte Mr. Allison.

Der Rest des Tages ging rasch vorüber. Nach einem Mittagessen, bestehend aus Crackern und Milch, setzten sich die Allisons draußen auf den Rasen, doch wurde ihr Nachmittag durch die sich allmählich zusammenballenden Gewitterwolken verkürzt, die über den See zum Haus heraufzogen, so dass es um vier Uhr bereits so dunkel wie sonst erst abends war. In gleichsam liebender Vorahnung jenes Augenblicks, in dem es über das Sommerhaus hereinbrechen würde, verzögerte sich das Gewitter allerdings, und gelegentlich blitzte es, regnete aber nicht. Abends schalteten Mr. und Mrs. Allison, in ihrem Haus dicht aneinander geschmiegt, das batteriebetriebene Radio an, das sie aus New York mitgebracht hatten. Drinnen brannten keine Lampen, die einzige Beleuchtung stammte vom Blitz draußen und der kleinen, quadratischen Skalenbeleuchtung am Radioapparat.

Das Sommerhaus war leicht gebaut und konnte den Stadtgeräuschen, der Musik und den Stimmen aus dem Radio nicht standhalten, und die Allisons konnten sie weit draußen über den See hallen hören: die Saxophone der New Yorker Tanzkapelle, die über das Wasser heulten, die flache Stimme der jungen Sängerin, die unwiederbringlich in die saubere Landluft entschwand. Selbst der Ansager, der mit glühenden Worten die Vorzüge von Rasierklingen pries, war nicht mehr als eine unmenschliche Stimme, die aus dem Haus der Allisons tönte und als Echo wiederkam, als schickten der See, die Hügel und die Bäume sie unerwünscht zurück.

Während einer Pause zwischen den Werbesendungen drehte sich Mrs. Allison um und lächelte ihren Mann kläglich an. »Ich frage mich, ob wir vielleicht etwas… *tun* sollen«, sagte sie.

»Nein«, erwiderte Mr. Allison bedächtig. »Das glaube ich nicht. Bloß abwarten.«

Mrs. Allison hielt kurz den Atem an, als Mr. Allison sagte, während die banale Melodie der Tanzkapelle wieder einsetzte: »An dem Wagen hat sich jemand zu schaffen gemacht, weißt du. Das habe sogar ich gemerkt.«

Mrs. Allison zögerte erst und sagte dann ganz leise: »Ich nehme an, jemand hat die Telefonkabel zerschnitten.«

»Denke ich mir«, sagte Mr. Allison.

Nach einer Weile endete die Tanzmusik, und sie lauschten gespannt einer Nachrichtensendung, bei der die voll tönende Stimme des Ansagers ihnen atemlos von einer Hochzeit in Hollywood, dem neuesten Stand beim Baseball und dem geschätzten Anstieg der Lebensmittelpreise während der kommenden Woche erzählte. Er sprach zu ihnen im Sommerhaus ganz so, als verdienten sie es noch, Nachrichten aus einer Welt zu hören, die sie nicht mehr erreichte, außer durch die defekten Batterien des Radios, die allmählich schwächer wurden, fast als wären die beiden noch, und sei der Faden noch so dünn, mit dem Rest der Welt verbunden.

Mrs. Allison sah zum Fenster auf die glatte Oberfläche des Sees hinaus, auf die schwarz dräuenden Bäume und den wartenden Sturm und sagte im Plauderton: »Mir ist schon wohler wegen dem Brief von Jerry.«

»Ich wusste es, als ich gestern Abend das Licht bei den Halls unten sah«, sagte Mr. Allison.

Der Wind, der plötzlich über dem See aufkam, fegte um das Sommerhaus herum und schlug heftig gegen die Fensterscheiben. Unwillkürlich rückten Mr. und Mrs. Allison näher zusammen, und beim ersten Donnerschlag ergriff Mr. Allison die Hand seiner Frau. Und während es draußen blitzte und das Radio knackte und schwächer wurde, kauerten die beiden alten Leute sich in ihrem Sommerhaus zusammen und warteten.

St.-Patrickstag
von
CHARLOTTE ARMSTRONG

Charlotte Armstrong (1905-69) zählt zu jenen glänzenden Schriftstellerinnen, die die revisionistische Behauptung der Geschichte Lügen strafen, amerikanische Kriminalautorinnen der fünfziger und sechziger Jahre seien die unterdrückten, nicht genügend gewürdigten Opfer hart gesottener männlicher Dominanz. Die Mystery Writers of America verliehen ihr den »Edgar« für *A Dram of Poison* (1956; dt. *Ein Schluck Gift*) – und ihre beiden 1967 erschienen Titel *The Gift Shop* und *Lemon in the Basket* standen im selben Jahr auf der Auswahlliste für den besten Roman. Auf dem Höhepunkt ihres Ruhmes wurde sie in Sachen pure Spannung nicht einmal von Cornell Woolrich übertroffen.

Nach einigen erfolglosen (obgleich in New York uraufgeführten) Theaterstücken und drei relativ konventionellen Detektivromanen mit einer Hauptfigur namens MacDougall Duff machte die in Michigan geborene Charlotte Armstrong mit *The Unsuspected* (1946) Furore, einem Roman, der unter Anhängern wie Kritikern eine lebhafte Kontroverse entfachte. Howard Haycraft, der traditionsverhaftete Verfasser des Standardwerks *Murder for Pleasure* (1941), lobte die Stärken des Romans, behauptete jedoch, er wäre noch besser gewesen, wenn Armstrong in klassischer »Krimimanier« die Identität des Bösewichts erst am Ende gelüftet hätte, statt den Leser in das Geheimnis einzuweihen. 1947 wurde der Roman nach einem Drehbuch Armstrongs verfilmt, dann folgten *The Chocolate Cobweb* (1948), *Mischief* (1950; dt. *Der Babysitter*), *The Black-Eyed Stranger* (1951) sowie zahlreiche weitere Romane bis zum posthum veröffentlichten *The Protégé* (1970).

Armstrong beherrschte ihr Metier sowohl im Kurzgeschichtengenre wie auch beim Roman. Die Erzählung »St.-Patrickstag« veranschaulicht sowohl ihre Fähigkeit, Spannung zu erzeugen, als auch ihr starkes Gespür für gegenseitige Abhängigkeit und Verantwortung – samt allen Problemen, die sich daraus ergeben. Die

Affinität der Autorin zu Woolrich zeigt sich in der ungewöhnlichen Abwandlung einer seiner Lieblingssituationen (die Dame verschwindet), und ebenso deutlich wird ihre Neigung zum Theater – Hauptfigur ist ein Bühnenschriftsteller, und man kann sich die Geschichte auch gut als Theaterstück vorstellen.

St.-Patrickstag

Ganz behutsam, mit fast ehrfürchtigem Genuss, sortierte er alle Papiere in die richtige Reihenfolge. Ein Exemplar des Manuskripts steckte er in einen Umschlag und schrieb die Adresse darauf. Die anderen legte er in einen leeren Koffer. Dann rief er bei einer Fluggesellschaft an und hatte Glück. Einen Platz nach New York und zwar morgens. Morgens? An welchem Morgen? Am St.-Patrickstag in der Frühe.

Er war der Welt entrückt gewesen. Jetzt aber reckte er sich, atmete durch, blinzelte und streckte die Fühler nach dem aus, was man gemeinhin die Realität nennt.

Also, mal ganz von vorn: Er hieß Mitchel Brown, war Bühnenautor (so Gott wollte) und hatte das Überarbeitungsprojekt abgeschlossen, dessentwegen er nach Los Angeles gekommen war. Juhuu! Fertig!

Es war Viertel nach ein Uhr morgens, und deshalb bereits der siebzehnte März. Ort der Handlung war seine Wohnung im Erdgeschoss, und die sah schlimm aus: verraucht, schmutzig, unordentlich… Ach ja, andere Dinge hatten Vorrang gehabt. Sein Rücken schmerzte, seine Augen brannten, ihm schwindelte. Er würde sauber machen müssen, essen, schlafen, baden, sich rasieren, sich anziehen und packen. Aber zuerst…

Er klebte ein paar Luftpostmarken nebeneinander auf den Umschlag und ging hinaus. Die Straße war dunkel und menschenleer. Ein paar Autos standen massig an den Bordsteinkanten. Das Manuskript plumpste in den Briefkasten – landete sicher am Busen des Postzustelldienstes. Selbst wenn jetzt er, das Flugzeug und die anderen Kopien zugrunde gingen…

Über sich selbst lachend, bog Mitch um die Ecke, fühlte sich plötzlich verlassen, niedergeschlagen und einsam.

Das Parrakeet Bar & Grill, stellte er dankbar fest, war noch geöffnet. Er ging den einen Häuserblock zu Fuß und trat ein. Die Bar verlief entlang der ganzen Wand, und der Grill, bestehend aus acht Sitznischen, erstreckte sich über die gesamte Länge der anderen. Der schmale Raum war düster und wirkte verlassen. Mitch tastete nach einem Barhocker.

»Hallo, Toby. Nicht viel los heute?«

»Hallo, Mr. Brown.« Der Barkeeper freute sich offensichtlich, ihn zu sehen. Er war ein kleiner Mann mit dunklem Haarschopf, bläulichem Stoppelkinn und einem Blaustich in den weißen Augäpfeln. »So spät an einem Wochentag ist es bei mir nie voll.«

»Die Küche hat schon zu, was?«, sagte Mitch. Die Küche war nicht das Herzstück dieses Etablissements.

»So ist es, Mr. Brown. Wenn Sie was essen wollen, gehen Sie besser woanders hin.«

»Was zu trinken reicht mir schon«, sagte Mitch mit einem Seufzer. »Ich kann ja nach Hause gehen und mir noch ein Rührei machen.«

Toby wandte sich wieder seinen Flaschen zu. Als er mit Mitchs Stammdrink wiederkam, meinte er etwas weinerlich: »Es ist nur so – ich muss bald dichtmachen und weiß nicht, was ich tun soll.«

»Wie meinen Sie das?«

»Schauen Sie sie an.« Tobys Blick wanderte über Mitchs linke Schulter.

Mitch drehte sich um und stellte überrascht fest, dass in einer der Nischen eine Frau saß. Oder vielleicht sollte man eher sagen, lag, denn ihr heller, hutloser Kopf war auf das rot karierte Tischtuch gesunken. Mitch wandte sich wieder um und wackelte fragend mit den Augenbrauen.

»Total weggetreten«, flüsterte Toby heiser. »Hören Sie, ich habe keine Lust, die Bullen zu rufen. So was ist nicht gut fürs Geschäft. Ich habe ein krankes Kind zu Hause, meine Frau ist völlig kaputt, und ich will nach Hause.«

»Haben Sie's schon mit schwarzem Kaffee probiert?«

»Klar, habe ich.« Betrübt ließ Toby die Schultern hängen.

»Wie ist sie denn in diesen Zustand geraten?«

»Hier jedenfalls nicht«, beeilte sich Toby zu sagen. »Keine Ahnung. Meine Güte – dass ein paar Drinks sie so fertig machen!

Das Problem ist – eine Pennerin ist sie nicht. Das sieht man. Was soll ich also tun?«

»Setzen Sie sie in ein Taxi«, sagte Mitch unbekümmert. »Lassen Sie sie einfach dahin verfrachten, wo sie hingehört. Wieso nicht? Sie wird doch so was wie einen Ausweis bei sich haben.«

»Ich will nicht in ihrem Geldbeutel herumwühlen«, sagte Toby ängstlich.

»Hm, warten Sie mal...« Mitch glitt von seinem Barhocker. Nachdem sein Drink ihm munter die Kehle hinuntergeflossen war, war er der Welt heiter und fröhlich zugeneigt. Außerdem kam er sich überaus intelligent vor und erkannte, dass er dazu geboren war, alle Welt zu verstehen.

Toby trat hinzu, und gemeinsam hoben sie die Frau am Oberkörper hoch.

Ihr Gesicht war im Schlaf der Trunkenheit schlaff, und doch war es kein hässliches Gesicht. Es war nicht jung, aber auch nicht alt. Ihre Kleidung war teuer. Nein, eine Stadtstreicherin war sie nicht.

Dann schlug sie die Augen auf und sagte mit kultivierter Stimme: »Wie bitte?«

Sie war nicht direkt bei Bewusstsein, doch es war ein ermutigendes Zeichen. Die beiden Männer halfen ihr auf die Füße. Mit ihrer Unterstützung konnte sie stehen, konnte sogar gehen. Mitch fuhr mit dem linken Arm durch den Henkel ihrer teuer aussehenden Handtasche. Dann führten die beiden sie zur Tür.

»Vielleicht an die frische Luft?«, sagte der Barkeeper hoffnungsvoll.

»Richtig«, sagte Mitch. »Hören Sie, neben dem Kino ist ein Taxistand. Bis wir dort drüben sind...«

»Ich muss aber abschließen«, entgegnete Toby schrill. »Ich muss hier alles versorgen.«

»Nur zu«, sagte Mitch, der in der süßen Nachtluft stand, die fremde Frau schwer in den Armen. »Ich habe sie ja.«

Hinter sich hörte er das Klicken des Türschlosses, während er sich auf dem Gehweg aufmachte und die Frau gehorsam einen Fuß vor den anderen setzte. Ganz in Gedanken über die merkwürdigen und erstaunlichen Seiten der »Realität« versunken, hatte Mitch sie den halben Häuserblock entlang geführt, bevor ihm klar wurde, dass der Barkeeper ihn beim Wort genommen hatte und überhaupt nicht mitkam.

Na gut. Mitch war nicht verärgert. Im Gegenteil, er war erfüllt von Mitgefühl für alle menschlichen Wesen. Diese Frau war ein Mensch und deshalb schwach. Er war froh, dass er ihr dabei helfen konnte, nach Hause zu gelangen.

Das umliegende Geschäftsviertel war völlig verlassen. Sie bewegten sich in einer leeren Welt. Als Mitch sich bis zur nächsten Ecke gekämpft hatte, konnte er erkennen, dass am Kino keine Taxis standen. Zu dieser Nachtzeit, er hätte es wissen müssen, war das Kino dunkel und wie ausgestorben. Er war auf die gewöhnlichen Zeitabläufe wohl nicht ganz abgestimmt gewesen.

Jedenfalls konnte er sie nicht einfach dem nächstbesten Taxifahrer übergeben. Und auch nicht der Polizei, denn es war kein Polizist in der Nähe. Es gab nichts als den Bürgersteig, die nächtens an der Bordsteinkante abgestellten Blechkisten und keinen Verkehr.

Einen Autofahrer hätte Mitch sowieso nicht herbeigewunken. Die meisten Autofahrer waren misstrauisch und hatten Angst. Also tat er das Einzige, was ihm übrig blieb – er ging weiter.

Er steuerte ihre mechanischen Schritte um die Ecke und die Straße entlang, denn, dachte er sich, wenn er sie weiter laufen ließ, würde sie allmählich wieder zu sich kommen, und dann könnte er sie fragen, was er *ihrer* Meinung nach mit ihr machen sollte. Er hatte das Gefühl, das Richtige zu tun. Vielleicht könnte er seinen eigenen Wagen holen …

Die frische Luft hatte jedoch nicht die erwünschte Wirkung. Die Frau fing an zu stolpern. Sie sackte mit ihrem ganzen Gewicht gegen ihn. Mitch merkte, dass er sie fast trug. Dann stellte er fest, dass er, die Frau mit beiden Armen aufrecht haltend, direkt vor seinem eigenen Wohngebäude stand. Nun blieb ihm wohl nichts anderes übrig, als sie mit hineinzunehmen, wo er ihre Identität feststellen und ein Taxi rufen konnte.

Die Wohnung hatte sich während seiner Abwesenheit nicht von selbst aufgeräumt. Er ließ seine Last los, und sie sank auf das Sofa. Er rückte ihren blonden Kopf auf ein Kissen. Dort lag sie nun, total weggetreten, eine wildfremde Person. Um ihren Körper auszustrecken und es ihr bequemer zu machen, hob er ihre Beine unten an. Einer ihrer Schuhe – wunderschöne Schuhe aus feinem grünem Leder mit hohen spitzen Absätzen und kleiner Messingschnalle –, einer davon fiel herunter.

Mitch ergriff den anderen Schuh und zog ihn ihr ebenfalls aus. Erfüllt von kosmischen Gedanken über weibliche Wesen und Absätze, stellte er ihre Schuhe auf seinen Schreibtisch und streifte sich ihre Handtasche vom Arm. Sie war aus dem gleichen feinen grünen Leder.

Er kam sich fies vor, das Eigentum einer fremden Frau zu durchwühlen. Trotzdem, es musste sein.

Ihr Name auf dem Führerschein lautete Natalie Maxwell. Ihre Wohnadresse war Santa Barbara. Mitch pfiff durch die Zähne. Damit erledigte sich sein Plan, sie im Taxi nach Hause zu schicken, denn ihr Zuhause lag hundert Meilen von hier entfernt. Dann fand Mitch einen Brief, der an Mrs. Julius Maxwell adressiert war, und stieß wieder einen Pfiff aus. Sie war also verheiratet!

Noch dazu mit jemandem, dessen Name ihm bekannt vorkam. Julius Maxwell. Alles, was Mitch dazu einfiel, war der Geruch von Geld. Dann war sie also vermutlich nicht pleite. Er spähte in ihre Geldbörse und sah ein paar Scheine. Nicht viele. Also blätterte er ihr Scheckheft durch und pfiff zum dritten Mal durch die Zähne. Oho! Eine abgebrannte Obdachlose war die nicht.

Mitch fuhr sich mit der Hand durchs Haar und überdachte seine prekäre Lage. Da bot er nun einer wohlhabenden, verheirateten, besinnungslos betrunkenen Dame aus Santa Barbara Unterschlupf. Was sollte er bloß mit ihr machen?

Die Tasche enthielt nichts, was ihm verraten hätte, wo hier in der Gegend sie abgestiegen war. Der Brief war von einer Frau in San Francisco und enthielt nur Klatsch.

Was war also zu tun?

Nun, er könnte die Polizei rufen und sie denen unterjubeln. Das konnte er sich aber schlecht vorstellen. Oder er könnte bei Maxwell in Santa Barbara anrufen und, falls der Gatte dort war, um weitere Anweisungen bitten oder, falls er nicht dort war, konnte Mitch doch sicher erfahren, wo Mrs. Maxwell in Los Angeles wohnte, und sie *dort* abladen. All das ging ihm durch den Kopf und wurde verworfen.

Denn wieso einem Mitmenschen Demütigungen und Probleme bereiten? Dass sie krank war, glaubte er nicht. Bloß total besoffen. Früher oder später würde der Nebel verfliegen, und sie würde zu sich kommen. In der Zwischenzeit war sie da, wo sie war, absolut sicher. Der Himmel wusste, dass er nichts Übles im Schilde führte.

Außerdem war er – Mitchel Brown, Bühnenautor, Künstler, Mitgefühlsapostel – kein bürgerlicher, ängstlich um seinen Ruf besorgter Konformist, wenn es darum ging, etwas zu tun, was »man« nicht tat. Sollte er – als der, der er war – dieses Menschenwesen etwa beim Gesetz oder gar dem eigenen Ehemann in Schwierigkeiten bringen? Wenn dieses Menschenkind, aus irgendeinem menschlichen Grund, bloß ein bisschen zu viel Alkohol zu sich genommen hatte? Er brachte es nicht fertig.

Okay. Er war von seiner Stimmung und Toby, dem Barkeeper, der ihn hinterlistig im Stich gelassen hatte, in die Rolle des Samariters gedrängt worden. Wieso also nicht gleich der *barmherzige* Samariter sein? Ihr was Gutes tun.

Der Gedanke gefiel ihm. Er hatte das Gefühl, es würde ihm Glück bringen. Ihr was Gutes zu tun. Weiß Gott, dass wir das alle brauchen können, dachte er fromm.

Also kritzelte Mitch einen Zettel. *Liebe Mrs. Maxwell, Sie können mein Telefon benutzen, wenn Sie möchten. Oder mein Gast sein, solange Sie es für nötig halten.*

Er unterschrieb, ging ins Schlafzimmer, holte eine leichte Decke und breitete sie über sie. Sie schnarchte leise. Er betrachtete ihr Gesicht noch einmal eingehend. Den Zettel legte er auf den Teppich unter ihre Schuhe, wo sie ihn bestimmt sehen würde. Dann ging er ins Schlafzimmer, machte die Tür zu und ging zu Bett.

Frühmorgens am St. Patrickstag wachte Mitchel Brown auf und war vollkommen ausgehungert. Er hatte vergessen, etwas zu essen. Da fiel ihm ein: New York! Flugzeug erwischen! Packen!

Er wollte gerade in die Küche gehen, als ihm an der Schlafzimmertür die Dame in den Sinn kam. Also machte er kehrt und zog vor dem Hinausgehen einen Morgenmantel an.

Er hätte sich die Mühe sparen können. Sie war weg. Ihre Schuhe waren weg. Ihre Handtasche war weg. Sein Zettel war weg. Überhaupt – es gab nicht die geringste Spur von ihr.

Er fragte sich *nicht*, ob er womöglich geträumt hatte. Sie war also wieder zu sich gekommen und geflüchtet. Hm, ohne ein einziges Dankeschön? Ach, na ja, wahrscheinlich in Panik geraten. Ach, die menschliche Schwäche! Mitch zuckte die Achseln. Doch er hatte Sachen zu erledigen und nicht genügend Zeit dafür.

Er begann wie besessen das Haus in Ordnung zu bringen, warf alles Verderbliche aus dem Kühlschrank, alles Schmutzige in den Wäschesack, alles Anziehbare in seinen Koffer. Er erreichte das Flugzeug mit knapper Not.

Kaum saß er drin, begann er zu leiden. Er las sein Manuskript in Gedanken noch einmal durch und wand sich unter Zweifeln. Er versuchte, ein bisschen zu schlafen, konnte aber nicht, und dann konnte er plötzlich doch... und dann war er auch schon in New York, und Gott war ihm gewogen und sein Produzent immer noch scharf drauf...

Sechs Wochen später stieg der Bühnenautor Mitchel Brown in Los Angeles aus dem Flugzeug. Er hatte ein Stück am Broadway! Das Urteil lautete *comme ci, comme ça*. Laufzeit, Kartenverkauf, Mundpropaganda... Er selbst wollte nichts mehr davon wissen. Er war zwar nicht direkt am Ende, wusste aber, dass ihm das blühte, wenn er nicht nach Hause flog und sich an eine andere Arbeit machte, und zwar bald.

Die ganze Zeit war er der Welt entrückt gewesen, denn wenn man ein Stück probiert, bedeuten einem Erdbeben, große Katastrophen und Kriegserklärungen nichts. Absolut gar nichts.

Etwa um fünf Uhr morgens kam er in seiner Wohnung an und stieß mit dem Fuß den Stapel von Zeitungen weg, die er vergessen hatte abzubestellen. Drinnen roch es muffig und war eigentlich nicht richtig sauber, aber egal. Er riss sämtliche Fenster auf, mixte sich einen Highball und setzte sich mit der obersten Zeitung vom Stapel hin, um sich auf den neuesten Stand zu bringen über das, was die westliche Welt seit seinem Weggang umgetrieben hatte. Die internationalen Nachrichten hatte er schon letzte Woche im Osten kurz überflogen. Von lokalen Ereignissen hatte er natürlich überhaupt keine Ahnung.

Der neueste Mordfall, hm... Weil die Zeitungen in Los Angeles immer hoffen, dass ein Mord sich als ganz große Sache entpuppt, wird jeder Mord groß herausgebracht. Dieser hier sah nicht besonders viel versprechend aus. Eine schlichte Rangelei, schätzte er. In ein paar Tagen wäre es kalter Kaffee.

Er überflog die zweite Seite, wo über alle länger zurückliegenden Mordfälle berichtet wurde. Zwei bis drei waren ihm entgangen. Eine Frau, die von ihrem Exmann erstochen worden war. Ein Mann, den man in seinem eigenen Hausflur erschossen hatte. Das Übliche. Mitch gähnte. Er würde sein Auto herausholen und irgendwo anständig essen gehen, beschloss er. Und sich morgen dann wieder an die Arbeit machen.

Um halb sieben betrat er sein Lieblingsrestaurant, bestellte sich einen Drink und setzte sich hin, um in Ruhe die Speisekarte zu studieren.

Etwa zehn Minuten später kam sie lautlos herein und setzte sich direkt gegenüber von Mitch allein an einen Tisch. Das Erste, was er aus den Augenwinkeln wahrnahm, waren ihre Schuhe. Er hatte sie schon einmal gesehen. Ja, und sie gehalten – sie in den Händen gehalten.

Sein Blick wanderte höher, und da war sie – Mrs. Julius Maxwell. (Natalie hieß sie, erinnerte er sich.) Es war nicht nur Mrs. Julius Maxwell in Person, sondern auch *in derselben Kleidung, die sie damals getragen hatte!* Dasselbe grüne Kostüm, dieselbe helle Bluse und kein Hut. Eine Dame, gepflegt, begütert, hübsch und in entspannter Haltung – und mittlerweile absolut nüchtern.

Mitch hielt den Kopf schief und richtete den Blick auf sie; er wartete, dass sie sein Starren spürte und darauf reagierte. Ihre Augen begegneten seinen gleich darauf, waren jedoch kühl und bar jeder Wiedererkennung.

Aber natürlich, dachte er. Wie sollte sie mich auch erkennen? Sie hat mich ja nie *gesehen*. Amüsiert wandte er den Blick ab, sah dann wieder hin. Natalie Maxwell bestellte. Sie lehnte sich entspannt zurück, und ihr Blick glitt an ihm vorbei, kehrte kurz zurück, um sein Interesse zur Kenntnis zu nehmen, und wanderte weiter, ihrerseits keinerlei Interesse bekundend.

Mitch fand es irgendwie nicht in Ordnung, wie sie ihn behandelte. Er stand auf und ging zu ihr hinüber. »Guten Tag, Mrs. Maxwell!«, sagte er freundlich. »Ich freue mich, dass es Ihnen besser geht.«

»Wie bitte?«, sagte sie. Ihm fiel ein, dass er sie das, und nur das, schon einmal hatte sagen hören.

»Ich heiße Mitchel Brown.« Abwartend lächelte er zu ihr hinunter.

»Ich glaube nicht…«, murmelte sie in vornehmer Verwunderung. Sie hatte eine hübsche gerade Nase, und obwohl sie zu ihm aufblicken musste, schien sie ihn von oben herab zu mustern.

»Sie erinnern sich sicher an den Namen«, sagte Mitch. »Es war am sechzehnten März. Nein, es war eigentlich am St.-Patrickstag in der Frühe.«

»Ich verstehe nicht ganz…«

War sie dumm oder was? Mitch sagte mit einem etwas spitzen Ton in der Stimme: »Hatten Sie einen schlimmen Kater?«

»Es tut mir Leid«, versetzte sie mit einem leicht genervten Lachen, »aber ich weiß wirklich nicht, wovon Sie reden.«

»Na, nun kommen Sie schon, Natalie«, sagte Mitch, der allmählich sauer wurde, »es war doch meine Wohnung.«

»Was?«, sagte sie.

»Meine Wohnung, in der Sie ohnmächtig wurden – hier in Los Angeles.«

»Ich fürchte, da irren Sie sich«, sagte sie abweisend.

Mitch war anderer Meinung.

»Sind Sie denn nicht Mrs. Julius Maxwell?«

»Doch, die bin ich.«

»Aus Santa Barbara?«

»Aber ja doch, die bin ich.« Sie runzelte leicht die Stirn.

»Na, dann war die Wohnung, in der sie aufwachten, am St.-Patrickstag in der Frühe, *meine* Wohnung«, sagte Mitch verstimmt, »was soll dieser Aussetzer?«

»Was ist hier los?«, ließ sich eine Männerstimme vernehmen.

Mitch schwenkte den Kopf herum und wusste sofort, dass er hier Mr. Julius Maxwell vor sich hatte. Er sah einen mittelgroßen, muskulösen Mann mittleren Alters vor sich, mit Pfeffer-und-Salz-Haarschopf und wilden schwarzen Augen unter schweren schwarzen Brauen. Alles an diesem Mann verhieß Aggression und krankhafte Eifersucht. Er roch förmlich nach Durchsetzungskraft und Machtstreben, nach Ego und Gier.

Mitchel Brown, der Bühnenautor, Künstler und Mitgefühlsapostel nahm seine ganze Kraft zusammen, als faltete er ein Paar Flügel zusammen.

»Julius«, sagte die Blondine, »dieser Mann kennt meinen Namen. Er redet andauernd vom St.-Patrickstag in der Frühe.«

»Ach ja?«, sagte ihr Mann.

»Er behauptet, ich war in seiner Wohnung, hier in Los Angeles.«

Mitch Brown kam plötzlich ein Gedanke, mit dem sich alles erklären ließ. Offensichtlich hatte Natalies Gatte nie erfahren, wo Natalie in jener Nacht gewesen war. Also hatte Natalie so tun müssen, als würde sie Mitch nicht kennen, weil *sie*, im Gegensatz zu ihm, ja wusste, dass Julius Maxwell in der Nähe war und gleich auftauchen würde. Etwas im Verhalten der Frau passte aber nicht recht zu seiner Theorie. Sie wirkte nicht betroffen genug. Ihr Blick war unbeirrt, ihre Verwirrung oberflächlich.

Trotzdem meinte er, sich ritterlich geben zu müssen. »Na, dann habe ich mich wohl geirrt«, sagte er. »Aber die Ähnlichkeit ist frappierend. Vielleicht haben Sie ja eine Doppelgängerin, Madam?«

Er hielt dies für eine noble Geste von ihm, die ihr einen Ausweg bot.

»Eine Doppelgängerin?«, giftete Julius Maxwell. »Die den *Namen* meiner Frau benutzt?«

Nun, wenn der Kerl natürlich seinen Scharfsinn beweisen musste, hatte Mitch Pech gehabt. »Tut mir Leid«, sagte er leichthin.

»Setzen Sie sich, und erzählen Sie mir davon«, kommandierte Maxwell. »Mr. äh …?«

»Brown«, sagte Mitch knapp. Er hatte gute Lust, auf dem Absatz kehrt zu machen und zu gehen. Doch dann sah er Natalie an. Sie hatte ihre Handtasche aufgemacht und ihre Puderdose gefunden. Dies mutete ihn entweder unverschämt nonchalant oder aber erschreckend vertrauensselig an. Oder was? Neugier stieg in ihm hoch – er setzte sich.

»Na ja, ich geriet zufällig in eine Bar, wo eine Dame etwas zu tief ins Glas geschaut hatte«, sagte er, als wäre dies nichts Besonderes. »Ich erklärte mich bereit, sie in ein Taxi zu setzen, doch es gab kein Taxi. Schließlich ließ ich sie ohnmächtig auf meinem Sofa liegen. Am nächsten Morgen war sie verschwunden. Das ist die ganze Geschichte.«

»Und das war am St.-Patrickstag?«, fragte Maxwell gespannt.

»Mitten in der Nacht. Frühmorgens.«

»Dann war die Dame nicht meine Frau. Meine Frau war in der Nacht bei mir zu Hause in Santa Barbara.«

»Bei Ihnen?«, fragte Mitch vorsichtig und etwas geschockt.

»Sicher.« Maxwells Ton war aggressiv.

Mitch begann sich allmählich zu fragen, was hier eigentlich gespielt wurde. Die Frau hatte sich die Nase gepudert und saß da, als wäre ihr das alles völlig schnuppe. »Nicht bloß im gleichen Gebäude«, wollte Mitch wissen, »wie Sie vielleicht annahmen?«

»Nicht bloß im selben Gebäude«, sagte Julius Maxwell, »und von Annahme ist keine Rede. Sie *war* bei mir, *sprach* mit mir, *berührte* mich, wenn Sie's genau wissen wollen.« Seine schwarzen Augen blickten feindselig.

Oho, dachte Mitch, dann lügst du also auch. Was *soll* das eigentlich alles? Dieser Maxwell gefiel ihm ganz und gar nicht.

»Vielleicht habe ich sie mit einer anderen Dame verwechselt«, sagte er glatt. »Aber ist es nicht merkwürdig, dass sie die gleichen Sachen trägt, die sie auch am St.-Patrickstag anhatte?«

(Na, jetzt sagst du nichts mehr, dachte Mitch voller Genugtuung.)

Julius meinte etwas rätselhaft: »Wissen Sie überhaupt, wer ich bin?«

»Ihren Namen habe ich schon mal gehört«, erwiderte Mitch.

»Wissen Sie, dass ich ein einflussreicher Mann bin?«

»O ja«, sagte Mitch liebenswürdig. »Ehrlich gesagt, kann ich den Zaster bis hierher riechen.«

»Wie viel wollen Sie haben, um zu vergessen, dass Sie meine Frau in der Nacht damals in Los Angeles gesehen haben?«

Mitchs Augenbrauen fuhren hoch.

»Am St.-Patrickstag in der Frühe«, fügte Julius gehässig hinzu.

Mitch spürte, wie er allmählich in Wut geriet und sein Temperament aufloderte. »Wieso? Was ist es denn wert?«

Ihre Blicke verfingen sich ineinander. Es war lächerlich. Mitch kam sich vor, als wäre er unversehens in einen zweitklassigen Film geraten. Dann stand Maxwell vom Tisch auf. »Sie entschuldigen mich.« Sein Blick knallte wie ein Peitschenhieb auf Mitch herab. »Sitz« schien er zu sagen, als wäre Mitch ein Hund. Dann stolzierte er davon.

Allein mit der Blondine, beeilte Mitch sich zu fragen: »Was soll ich Ihrer Meinung nach denn tun oder sagen?«

Er betrachtete ihre Hand, die schlaff auf dem Tisch lag, langfingrig, mit pink lackierten Nägeln, die sich nicht festklammerte, sich nicht einmal rührte. »Ich verstehe das nicht«, sagte sie gleichmütig.

»Okay«, sagte Mitch angewidert. »Ich bin hierher gekommen, um zu Abend zu essen, und finde diese Diskussion recht unergiebig, wenn Sie mich also bitte entschuldigen.«

Er stand auf, ging zu seinem eigenen Tisch hinüber und bestellte sein Essen.

Kurz darauf kam Julius Maxwell zurück und musterte Mitch mit einem triumphierenden Leuchten in den Augen. Mitch schwenkte den Zauberstab der Vernunft über seine eigene, allzu menschliche Drüsenaktivität. Es war für Mitchs Selbstachtung unerlässlich, dass er hier wie geplant zu Abend speiste und sich von diesen fremden Leuten nicht aus der Ruhe bringen ließ.

Sein Steak war gerade gekommen, als ein Mann den Raum betrat und auf Maxwells Tisch zusteuerte. Es folgte ein Wortwechsel. Julius stand auf. Beide Männer kamen zu Mitch herüber.

Julius sagte. »Das ist der Bursche, Lieutenant.«

Mitch merkte plötzlich, dass der Fremde auf den Sitz neben ihm und Julius auf den Sitz zu seiner anderen Seite glitt. Er wehrte sich gegen das Gefühl, in der Falle zu sitzen. »Was soll das alles?«, erkundigte er sich milde und tupfte sich dabei die Lippen mit der Serviette ab.

»Mein Name ist Prince«, sagte der Fremde. »Vom Los Angeles Police Department. Mr. Maxwell sagte mir, Sie hätten behauptet, Mrs. Maxwell sei in der Nacht des sechzehnten März und am Morgen des siebzehnten hier in der Stadt gewesen?«

Argwöhnisch nippte Mitch an seinem Wasserglas; er war auf der Hut.

Julius Maxwell sagte: »Dieser Mann hat versucht, mich mit einer verrückten Geschichte zu erpressen.«

»*Was* habe ich?« Mitch rastete aus.

Der Police Lieutenant, oder was er auch war, hatte ein langes, hageres Gesicht, unten leicht gekrümmt, und sehr müde Augenlider. Er sagte: »Wollten Sie mit Ihrer Story ihr Alibi zerstören?«

»Ihr Alibi wofür?« Mitch lehnte sich zurück.

»Ach, hören Sie doch auf, Brown«, sagte Julius Maxwell, »oder wie Sie auch heißen. Sie haben meine Frau doch von dem Foto in der Zeitung erkannt.«

Mitchs Hirn überschlug sich. »Ich habe seit sechs Wochen keine Zeitungen gesehen«, versetzte er aggressiv.

Triumphierend leuchteten Julius Maxwells schwarze Augen auf. »Also, das«, erklärte er rundweg, »ist unmöglich.«

»Ach, tatsächlich?«, gab Mitch recht sanft zurück. Seine Rolle als Mitgefühlsapostel legte er ziemlich rasch ab. Jetzt war Mitch ein Mensch, der mit einem anderen Menschen aneinander geriet, und er wusste, dass er sich vorsehen musste. Er spürte, wie seine Flügel sich in sein Rückgrat zurückzogen. »Alibi wofür?«, beharrte er und musterte den Polizisten gespannt.

Der Polizist seufzte. »Sie wollen es von mir hören? Okay. Vergangenen März, am sechzehnten, spätabends«, leierte er herunter, »wurde ein Mann namens Joseph Carlisle in seinem Hausflur erschossen.« (Mitch spitzte die Ohren; die kurze Meldung fiel ihm wieder ein, die er erst heute Abend gelesen hatte.) »Wohnhaft in einem Cañon in den Hollywood Hills«, fuhr der Lieutenant fort. »Kurvenreiche Landstraße, einsame Gegend. Sieht aus, als hätte jemand bei ihm geklingelt, er machte auf, sie unterhielten sich im Hausflur. Es war seine eigene Schusswaffe, die er in einer Tischschublade dort aufbewahrte. Wer immer ihn erschoss, zog die Haustür zu, wodurch sie abgeschlossen war, und warf die Waffe ins Gebüsch. Und verschwand. Wurde nicht gesehen – von niemandem.«

»Und was hat das mit Mrs. Maxwell zu tun?«, wollte Mitch wissen.

»Mrs. Maxwell war mal mit diesem Carlisle verheiratet«, erwiderte der Polizist. »Wir mussten sie überprüfen. Sie hat dieses Alibi.«

»Verstehe«, sagte Mitch.

»Mrs. Maxwell«, stieß Julius zwischen den Zähnen hervor, »war an dem Abend und die ganze Nacht bei mir in unserem Haus in Santa Barbara.«

Nun begriff Mitch. Er erkannte, dass Maxwell seiner Frau entweder die Peinlichkeit ersparen wollte, unter Verdacht zu geraten, oder ... dass Mitgefühl eine feine Sache ist, einen wohlmeinenden Menschen aber in Schwierigkeiten bringen kann. Und dass ein paar Drinks auf eine Mörderin womöglich eine sehr schwere und sehr schnelle Wirkung haben können. Mitch *wusste*, dass Maxwell, was auch immer er sonst sagte, in Bezug auf dieses Alibi das Blaue vom Himmel herunterlog. Weil es sich nämlich bei der Frau, die immer noch dort drüben im Restaurant saß, um genau die Frau handelte, die Mitch Brown mit zu sich nach Hause genommen und der er etwas Gutes getan hatte.

Ihm, Mitch Brown, tat jedoch niemand etwas Gutes. Und wozu dieser Unsinn von wegen Erpressung? Mitch, die Flügel fest weggefaltet, sagte zum Lieutenant: »Wie wär's, wenn ich Ihnen jetzt meine Geschichte erzähle?« Und er tat es, kalt, knapp.

Als er fertig war, lachte Maxwell. »Glauben Sie das etwa? Glauben Sie, er würde eine Betrunkene mit zu sich nach Hause nehmen – und einfach die Tür zumachen?«

Mitch Brown spürte, wie das Glimmen der Abneigung in seiner Brust zu einer Flamme des Hasses aufloderte.

»Nein, nein«, sagte Maxwell. »Es muss folgendermaßen passiert sein. Er hat meine Frau hier entdeckt. O doch, er hat die Zeitungen gelesen – glauben Sie ihm bloß nicht, dass er es nicht getan hat. Er wusste, dass sie mit Joe Carlisle verheiratet gewesen war. Und probiert ganz spontan seine kleine Lüge aus. Wer weiß – vielleicht springt dabei ja was heraus! Und jetzt hören Sie her: Als ich ihn fragte, wie viel er dafür haben will, dass er die Geschichte für sich behält, wollte er wissen, wie viel sie denn wert sei.«

Mitch kaute auf seiner Lippe herum. »Sie haben aber ein schlechtes Ohr für Dialoge«, sagte er. »Das ist es nicht genau, was ich gesagt habe. Und es trifft auch nicht den Sinn dessen, was ich gesagt habe.«

»Oho.« Maxwell lächelte.

Der Lieutenant schürzte die Lippen und guckte unbeteiligt.

An ihn gewandt, fragte Mitch: »Von wem wird Mrs. Maxwells Alibi denn noch untermauert?«

»Von Bediensteten«, sagte der Lieutenant düster.

»Bediensteten?«, wiederholte Mitch heiter.

»Das ist nur natürlich«, versetzte der Lieutenant noch düsterer.

»Richtig«, sagte Mitch Brown. »Sie meinen, es ist recht wahrscheinlich, dass wenn ein Mann und eine Frau zu Hause sind, nur die Bediensteten sie dort sehen. Weniger wahrscheinlich ist, dass ein Fremder eine Betrunkene aufnimmt und sie dann sich selbst überlässt... bloß weil er einem anderen Menschen gern etwas Gutes tun möchte. Wir haben es hier also mit einer Art Wahrscheinlichkeitsrechnung zu tun, stimmt's?«

Als der Lieutenant die Lippen bewegte, warf Mitch rasch ein: »Und Sie wollen lieber die Fakten, nicht? Okay. Da bleibt uns nur eins: mit dem Barkeeper reden.«

»Das scheint mir die Lösung«, fiel der Lieutenant sofort ein. »Richtig.«

»Richtig«, sagte Maxwell. »Warten Sie auf uns.«

Er stand auf, um seine Frau zu holen. Mitch blieb neben dem Lieutenant stehen. »Gibt's Fingerabdrücke?«, murmelte er. Der Lieutenant zuckte die Achseln. Unter den müden Augenlidern, schätzte Mitch, lagen menschliche Augen. »Hat sie einen Wagen? War der Wagen weg?« Der Lieutenant zuckte erneut die Achseln. »Wer sollte diesen Carlisle sonst erschießen? Hatte er irgendwelche Feinde?«

»Wer hat die nicht?«, versetzte der Lieutenant. »Schauen wir uns lieber den Barkeeper an.«

Die vier fuhren im Wagen des Lieutenant. Das Parrakeet Bar & Grill war an dem Abend gut besucht. Es wirkte heller, das Geschäft brummte. Toby, der Barkeeper, war in Aktion. »Hallo, Mr. Brown«, sagte er. »Lange nicht gesehen.«

»Ich war an der Ostküste. Toby, sagen Sie diesem Mann, was am siebzehnten März etwa um halb zwei passiert ist.«

»Hä?«, machte Toby. Seine Wangen schienen plötzlich einzufallen. Sein Blick trübte sich. Mitch war schlagartig klar, was geschehen würde.

»Haben Sie diesen Mann oder diese Dame am siebzehnten März zwischen ein und zwei Uhr morgens hier gesehen?«, fragte der Lieutenant und fügte hinzu: »Lieutenant Prince, LAPD.«

»Nein, Sir«, sagte Toby. »Ich kenne natürlich Mr. Brown. Er kommt ab und zu her. Wohnt hier in der Gegend. Schriftsteller ist er. Ich kann mich aber nicht erinnern, dass ich die Dame schon mal gesehen habe.«

»Was ist mit Brown? War er in der Nacht oder an dem Morgen hier?«

»Glaub ich nicht«, sagte Toby. »Das war doch die Nacht, jetzt, wo ich mich erinnere – ja, mein Kind war krank, und ich habe früher als sonst dichtgemacht. Fragen Sie meine Frau«, sagte Toby, der Barkeeper, mit dem starren, selbstgerechten Blick eines Lügners.

Lieutenant Prince wandte sein langes Gesicht mit den traurigen Augenlidern Mitch Brown zu.

Mitch Brown grinste. »O nein!«, sagte er. »Bitte nicht den alten Gag mit der Pariser Weltausstellung!« Er stützte sich auf die Theke und lachte lautlos in sich hinein.

»Wovon reden Sie?«, fragte Lieutenant Prince verstimmt. »Liefern Sie mir lieber einen Beweis für die Geschichte, die Sie da erzählen. Wer kann mir das bestätigen? Wer hat Sie und diese Dame in der Nacht gesehen?«

»Niemand. Niemand«, erwiderte Mitch herzlich. »Die Straßen waren menschenleer. Es war niemand unterwegs. Na, so was! Ich hätte es nicht für möglich gehalten! Der alte Gag mit der Pariser Weltausstellung!«

Der Lieutenant ließ einen genervten Ton vernehmen.

»Erinnern Sie sich an den denn nicht mehr?«, sagte Mitch heiter. »Ein Mädchen steigt mit seiner Mutter in einem Pariser Hotel ab. Getrennte Zimmer. Das Mädchen wacht morgens auf, keine Mutter. Keiner hat die Mutter je gesehen. Der Name der Mutter steht nicht im Gästebuch. Das Zimmer mit der Zimmernummer der Mutter existiert nicht. Aber halt, nein – das war's nicht. Es *gab* ein Zimmer, bloß die Tapete war anders.«

»Ein Schriftsteller«, sagte Julius Maxwell, als ob das alles erklärte.

»Setzen wir uns doch«, sagte Mitch fröhlich, »und erzählen einander Geschichten!«

Sein Vorschlag wurde angenommen. Natalie Maxwell ließ sich als erste in einer Sitznische nieder. Sie war blond, teuer, beschützt… und wirkte benommen. (Ob sie mit Beruhigungsmitteln vollgepumpt ist?, überlegte Mitch.) Ihr Gatte setzte sich zu ihrer Rechten, der Polizist zu ihrer Linken. Mitch rutschte auf die andere Seite des Gesetzeshüters, seinem Widersacher gegenüber.

Mitch Browns Stimmung war bei weitem nicht so unbeschwert, wie seine Worte glauben ließen. Die Vorstellung, Opfer des alten Gags mit der Pariser Weltausstellung zu sein, behagte ihm überhaupt nicht. Doch war er nicht nervös oder in Panik. Im Gegenteil, er machte sich im Geiste daran, seinen Feind auszukundschaften. Julius Maxwell, der seinen Erfolg protzig zur Schau stellte – Mitch ließ sich den Ruf dieses Mannes auf der Zunge zergehen. Freibeutertyp, skrupellos und verwegen. Julius Maxwell – der das Geld wie eine Keule in der Hand schwang. Der Mitchel Brown zum Idioten machen würde. So ganz nebenbei war da auch noch die Sache mit der Gerechtigkeit. Oder Barmherzigkeit.

Mitch spürte, wie seine Flügel wieder zu rascheln anfingen.

Ganz sanft sagte er zu der Frau: »Möchten Sie etwas? Einen Highball vielleicht?«

»Ich trinke nicht«, sagte Natalie affektiert. Ihre Wimpern senkten sich. Ihre Zunge berührte ihre Lippen.

Mitch Brown fuhr sich nachdenklich mit der Zunge über die Oberlippe.

Julius Maxwells Energie war hier in dieser Umgebung kaum zu bändigen. »Was soll das mit den Erfrischungen«, sagte er. »Nun machen Sie schon. Dieser junge Mann, wer er auch sein mag, hat meine Frau gesehen und aufgrund all der Publicity erkannt. Er weiß, dass ich ein reicher Mann bin. Also dachte er sich, er würde es mal mit einer kapitalen Lüge versuchen. Dafür, dass er mir nicht mehr lästig fällt, dachte er, würde ich schon irgendwas springen lassen. Nun, ein Opportunist eben«, schloss Julius mit einem fiesen Lächeln, »kann ich ja verstehen.«

»Dass Sie *mich* verstehen, bezweifle ich«, versetzt Mitch ruhig.

»Ich bin sicher, Sie haben keine Ahnung, was für ein alter Hut diese Geschichte mit der Pariser Weltausstellung schon ist.«

»Was haben denn irgendwelche Pariser Weltausstellungen damit zu tun?«, fuhr ihn Julius an. »Also, Lieutenant Prince, sagen Sie, kann ich diesen Mann anzeigen?«

»Wegen Erpressung haben Sie keine Handhabe«, sagte der Lieutenant düster. »Sie hätten ihn das Geld nehmen lassen müssen, unter Zeugen.«

»Das konnte er nicht«, sagte Mitch, »weil er weiß, dass mir der Gedanke an Geld überhaupt nicht gekommen ist.«

Vor lauter Erschöpfung gingen die Augen des Lieutenant nun vollends zu. Als er sie wieder aufschlug, wurde offensichtlich, dass er noch nichts und niemandem glaubte. »Damit ich das jetzt richtig verstehe: Sie, Mr. Maxwell, behaupten –«

Julius sagte: »Ich behaupte, dass meine Frau an dem Abend und die ganze Nacht zu Hause war, die Bediensteten sagen das ebenfalls, und die Behörden wissen es. Folglich lügt dieser Mann. Wer weiß, warum? Es ist doch offensichtlich, dass er nichts und niemanden beibringen kann, um diese Hirngespinste zu untermauern. Der Barkeeper streitet es ja ab. Und, wenn Sie mich fragen, das Lächerlichste ist seine Behauptung, er hätte seit sechs Wochen keine Zeitung gelesen. Daran erkennen Sie doch, was für eine verquere Fantasie er hat.«

Der Lieutenant wandte sich kommentarlos an Mitch. »Und Sie behaupten –«

»Ich behaupte«, sagte Mitch, »dass ich seit dem siebzehnten März in New York war und die Proben für mein Bühnenstück und dessen Premiere besucht habe.«

»Ein Stückeschreiber«, sagte Julius.

»Ein *Bühnenschriftsteller*«, verbesserte ihn Mitch. »Ich nehme an, Sie wissen nicht, was das ist. Zunächst einmal ist es eine Person, die es sich zur Aufgabe gemacht hat, andere Menschen verstehen zu wollen. Seltsamerweise sogar Sie.« Mitch beugte sich über den Tisch. »Sie sind ein verwegener Freibeuter, habe ich gehört. Sie haben die ganze Welt übers Ohr gehauen und glauben jetzt, dass man mit Geld kaufen kann, was man will. Soll ich vielleicht mal *Ihre* Geschichte erzählen?«

Julius Maxwell trug mittlerweile nur noch den Anflug eines gehässigen Lächelns zur Schau, doch Natalie, bemerkte Mitch, hatte die Augen weit aufgerissen. Vielleicht waren ihre Ohren auch gespitzt. Mitch wagte sich noch weiter vor.

»Ihre Frau fuhr hierher und erschoss ihren Ex«, sagte er brutal. (Natalie zuckte nicht einmal mit der Wimper.) »Also, und dann …« Mitchs Fantasie fing aus alter Übung an zu arbeiten. »Ich nehme an, Natalie fühlte sich so elend, so aufgewühlt, so reumütig vielleicht, dass sie einen Drink brauchte und viel zu viel trank, um ihre Probleme schließlich zu vergessen.« Natalie sah ihn aufmerksam an. »Doch nachdem sie in meiner Wohnung aufgewacht war, lief sie davon – lief zu ihrem Wagen, der ja irgendwo gestanden haben musste. Und fuhr schnell nach Hause. Na ja, was sollte sie sonst tun?«, überlegte Mitch laut. »Sie hatte diese schreckliche Tat begangen. Jemand würde ihr helfen müssen.«

(Hielt Natalie etwa den Atem an?)

»Und wer würde ihr helfen?«, fragte Mitch schneidend. »*Sie*, Maxwell. Und warum? Ich werde Ihnen sagen, warum. Sie sind nicht der Typ, der will, dass seine Frau, die Betonung liegt auf *seine,* wegen Mordes in der Gaskammer stirbt. Sie hatte eine Dummheit begangen. Sie haben Sie wegen dieser Dummheit zusammengestaucht, nehme ich an. Aber dann haben sie ihr gesagt, sie solle sich mal keine Sorgen machen. Sie ist *Ihre* Frau, also würden Sie die Sache auch in Ordnung bringen. Mit Geld kann man alles kaufen. Sie sollte genau das tun, was Sie sagen, dann könnte sie es vergessen.« Mitch zögerte. »Dachten Sie wirklich, sie könnte es vergessen?«, murmelte er.

Weil niemand sich rührte oder etwas sagte, redete Mitch weiter. »Also machten Sie sich an die Arbeit. Sie bestachen die Bediensteten. Bestachen auch unseren guten Toby hier. Und Sie erkundigten sich überall und stellten fest, dass es nur einen Menschen gab, der verraten könnte, dass sie in Wirklichkeit gar kein Alibi hat. Nämlich einen Bühnenschriftsteller. Ach, über mich zogen Sie auch Erkundungen ein. Ist doch klar. Sie wussten sehr wohl, wo ich war und was ich machte. Sie fanden den Tag und die Uhrzeit heraus, wann ich wieder in Los Angeles sein würde.«

Lieutenant Prince schnaubte unwillig. »Klingt ja verrückt«, schaltete er sich ein. »Sie sagen, er hat alle bestochen? Wieso hat er dann *Sie* nicht bestochen?«

Mitch sah ihn mit glänzenden Augen an. »Das Problem war, ich hatte die Zeitungen *tatsächlich* nicht gelesen. Ich wusste gar nicht, dass ich etwas wusste. Wie sollte er mich da bestechen? Er hat mich als Idioten eingeordnet«, sagte Mitch. »Denn welcher normale Mensch liest sechs Wochen lang keine Zeitung? Und dann fiel ihm etwas ein.«

Mitch sprach Maxwell direkt an. »Sie haben jemanden für Geld dazu gebracht, meine Wohnung zu beobachten. Und Sie und Natalie hielten sich bereit und warteten, und zwar ganz in der Nähe.« Mitch hatte das Gefühl, dass der Polizist gleich mit den Schultern zucken würde, und fügte rasch hinzu: »Wieso sollte ich sonst gleich am ersten Tag nach meiner Rückkehr Natalie begegnen, und zwar Natalie in denselben Kleidern?«

»Wer außer Ihnen«, versetzte Maxwell aalglatt, »sagt denn, dass es dieselben sind?«

»Sie kam ins Restaurant«, sagte Mitch, »allein.«

»Weil ich noch telefonieren musste…«

»Allein«, beharrte Mitch, den Einwurf ignorierend, »und warum? Um mich zu ermutigen, herüberzukommen und mit ihr zu sprechen. Daher dieselben Kleider – um sicherzugehen, dass ich sie wieder erkennen würde. Nachdem sie mich verständnislos angeschaut hat, tritt Maxwell auf den Plan. Sie, wohl wissend, wie gut Sie Ihre Verteidiger hinter sich bestochen hatten, zwingen mich in die Rolle des Opportunisten – möglicherweise sogar des Erpressers. ›Brown ist Schriftsteller‹, sagen Sie sich. In Ihren Augen also ein ›Spinner‹. ›*Dem* wird keiner ein Wort glauben.‹ Sie bringen mich in Misskredit. Sie konstruieren ein kleines Szenario. Sie holen sich einen echten Polizisten als Zeugen.«

»Warum?«, krächzte der Lieutenant.

Mitch war verblüfft. »Warum was?«

»Warum sollte er das alles zusammendichten und dann *mich* holen?«

»Ganz einfach«, sagte Mitch. »Was, wenn ich am Ende doch die Zeitungen gelesen und ihren Namen wieder erkannt hätte? Was, wenn *ich* zu *Ihnen* gekommen wäre? Was bin ich dann? Ein braver Bürger. Ist es nicht so? Aber jetzt hat er es so aussehen lassen, als wäre ich zu *den beiden* gekommen. Und mich als Opportunisten hingestellt. Und jetzt ist er der brave Bürger, der Sie dazugerufen hat.«

Der Lieutenant stieß den Atem aus, was aber nichts zu bedeuten hatte.

»Was für eine überspannte Intrige!« Mitch sagte es zuerst. (Verdammt, sie war überspannt. Sie würde sich nicht sehr wahrscheinlich anhören.) »Wie unrealistisch Sie sind!«, spottete er mit dem Mut der Verzweiflung.

Maxwell sah selbstgefällig drein. »Fantasie haben Sie ja, das muss man Ihnen lassen«, meinte er mit einem sarkastischen Lächeln. »Ganz schön wild.«

Da überraschte sie der Polizist alle beide. »Moment mal, Brown. Sie behaupten, Maxwell *weiß*, dass seine Frau die Mörderin ist? Und dass er Beihilfe zur Verschleierung einer Straftat leistet? *Das* wollen Sie damit sagen?«

Mitch zögerte.

»Er hat es überhaupt nicht durchdacht«, sagte Maxwell. »Hören Sie, Lieutenant, das ist doch einfach eine abenteuerliche Geschichte. Er fühlte sich herausgefordert und beweist jetzt, dass er ein schlaues Kerlchen ist. Ist er auch – wenn es um erfundene Geschichten geht. Nennen Sie es einen ehrenwerten Versuch.«

Mitch sah schon, wohin der Hase für ihn lief.

»Oder möglicherweise«, sagte Maxwell nach kurzer Überlegung, »versuchte er bloß, sich an eine gut aussehende Frau ranzumachen.« Maxwell bleckte seine Zähne zu einem Lächeln.

Mitch begriff – man zeigte ihm, wie er sein Gesicht wahren konnte. Es war sehr verführerisch. Und nicht nur das – ihm war bewusst, wenn er mitspielte, würden Macht, Geld und Einfluss Mitchel Brown allenthalben zum Vorteil gereichen.

Und darum sagte er bedächtig: »Ich weiß, dass er lügt. Ich glaube, dass er Beihilfe zur Verschleierung einer Straftat leistet. Ja, das will ich damit sagen.«

Julius Maxwells Gesicht verdunkelte sich. »Beweisen Sie es«, fuhr er ihn an. »Denn wenn Sie bloß *daherreden*, werde ich rechtliche Schritte einleiten und Sie in der Luft zerreißen. Ich lasse mich doch nicht einfach einen Lügner nennen.«

Mitch hob den Kopf und sagte im Tonfall reiner, ungerührter Neugier: »Wie kommen Sie denn darauf, dass *ich* es tun würde?«

»Hören Sie, ich brauche *irgendwas*.« Der Lieutenant wurde plötzlich wütend. »Geben Sie mir was an die Hand.«

Verächtlich sagte Maxwell: »Kann er nicht. Alles fauler Zauber.«

Mitch suchte fieberhaft nach etwas, was ihm helfen würde. »An einen Wagen habe ich gar nicht gedacht«, murmelte er. »Aber ich hätte es mir denken können wegen der Schuhe, die sie anhatte. Ich nehme nicht an, dass sie viel zu Fuß geht, seitdem sie das viele Geld geheiratet hat.«

Mitch merkte, dass Maxwell zusehends in Rage, oder jedenfalls simulierte Rage, geriet. Doch Natalie, dachte er, hörte ihm zu. Voller Überzeugung rief er sich in Erinnerung, dass sie trotz allem ein menschliches Wesen war.

Also sah er sie direkt an und sagte: »Ich möchte gern wissen, wieso Sie diesen Joe Carlisle verlassen haben? Was war er für ein Mensch? Haben Sie sich gestritten? Haben Sie ihn gehasst? Wie kommt es, dass er noch die Macht hatte, Sie so sehr zu verletzen?«

Sie sah ihn an, die Lippen halb geöffnet, mit leuchtenden Augen, verblüfft. Ihr Gatte war kurz davor, aufzustehen und jemandem einen Faustschlag zu versetzen, und Mitch wusste auch, wem.

Lieutenant Prince sagte: »Setzen Sie sich, Maxwell.« Zu Mitch sagte er: »Und Sie, halten Sie die Klappe. Hören Sie auf, hier irgendwelche Charaktere zu analysieren. Oder mir irgendwelche Motive vorzuspielen. Sie hat ein Alibi, außer Sie können es widerlegen, und was die Justiz verlangt, sind Beweise.«

»Aber was ist mit *meinem* Motiv zu lügen?«, wollte Mitch wissen. »Geld? Das ist doch lächerlich!« Er hielt inne und starrte Natalie Maxwell fassungslos an. Die hatte ihre Handtasche aufgemacht und einen Lippenstift herausgeholt. Mord oder Gefängnis … Sie malt sich die Lippen an. Verleumdung oder Erpressung … Sie malt sich die Lippen an. Wie wahrscheinlich war *das*?

»Liefern Sie mir Beweise«, verlangte der Lieutenant verärgert.

»Gleich«, sagte Mitch, während sein Herz einen Sprung machte.

Er lehnte sich zurück. »Lassen Sie mich das Thema Geld noch etwas weiterverfolgen. Natalie, kann ich mir vorstellen, hat alles, was man mit Geld kaufen kann. Ihr Unterhalt wird finanziert. Sie hat Kreditkonten.«

Maxwell sagte: »Gehen wir. Jetzt faselt er.«

Der Lieutenant stieß schon gegen Mitchs Schenkel und wollte ihn aus der Sitznische drängen.

»Wissen Sie, was ich beweisen *kann*?«, sagte Mitch.

»Was?«, fragte der Lieutenant.

»Dass ich den ganzen Tag und bis in die Nacht vom sechzehnten auf den siebzehnten März in meiner Wohnung gearbeitet habe. Die Wände sind aus Karton, und ich bin ein Plagegeist – wohl bekannt im ganzen Gebäude.«

»Sie haben also gearbeitet«, sagte der Polizist. »Na und?«

»Ich war nicht in Santa Barbara«, versetzte Mitch fröhlich. Er griff über den Tisch und schnappte sich Natalies Handtasche, die grüne, die zu den Schuhen passte.

»Jetzt aber Moment mal«, knurrte Maxwell.

»Sehen Sie mal nach, ob ihr Scheckheft drin ist«, sagte Mitch und schob dem Lieutenant die Tasche hin. »Es ist so ein dickes. Ihr Name ist draufgedruckt und so; ich glaube nicht, dass sie oft Anlass hat, einen Scheck auszustellen. Es ist vielleicht noch dasselbe.«

Der Lieutenant hatte die Hände auf der Handtasche, musterte ihn jedoch verständnislos.

»Schauen Sie sich's doch an. Es ist ein Beweismittel«, sagte Mitch.

Als die Hand des Lieutenant sich bewegte, sagte Maxwell: »Ich bin mir nicht sicher, ob Sie das Recht haben…« Doch die müden Augenlider des Polizisten gingen nur einmal kurz hoch, und Maxwell verstummte.

Der Lieutenant nahm ein Scheckheft heraus. »Es ist dick«, sagte er. »Fängt mit dem einundzwanzigsten Februar an. Was ist damit?«

Mitch Brown lehnte den Kopf an das rote Kunstlederpolster und hielt die Augen hoch. »Niemand auf der Welt… außer Natalie erinnert sich, was ich bezweifle… aber niemand sonst auf der Welt kann wissen, wie der Kontostand auf ihren Scheckbelegen am St. Patrickstag in der Frühe lautete. Nicht einmal ihre Bank wüsste es.

Aber was ist, wenn ich es weiß? Wie könnte ich? Weil ich *nachgesehen* habe, als sie schnarchend auf meinem Sofa lag und ich herausfinden musste, wer sie ist und wie ich ihr helfen kann und ob sie Geld braucht.«

Die Hand des Lieutenants schnippte durch die Scheckbelege. »Und?«

»Soll ich es Ihnen sagen? Auf den Penny genau?« Mitch fing an zu schwitzen. »Viertausendsechshundertundvierzehn Dollar und einundsechzig Cents«, sagte er langsam und bedächtig.

»Stimmt«, knurrte der Lieutenant, riss die Augen weit auf und sah Julius Maxwell hasserfüllt an.

Doch Mitch Brown achtete überhaupt nicht darauf und verspürte kein Gefühl des Triumphs. »Natalie«, sagte er, »es tut mir Leid. Ich wollte Ihnen was Gutes tun. Ich wusste ja nicht, was los war. Ich wünschte, Sie hätten es mir sagen können.«

Ihre frisch gemalten Lippen bebten.

»Nicht, um so die Konsequenzen abzuwenden«, sagte Mitch. »Ich hätte trotzdem die Polizei verständigt. Aber ich *hätte* zugehört.«

Natalie legte den blonden Kopf auf das rot karierte Tischtuch, wo er schon einmal geruht hatte. »Ich wollte es nicht tun«, schluchzte sie. »Aber er hat mich so bedrängt, Joe meine ich. Bis ich es nicht mehr ausgehalten habe.«

»Sei still!«, sagte Julius Maxwell, der an die Beweislage dachte – zu spät.

Der Lieutenant ging zum Telefon hinüber.

Mitch saß jetzt schweigend da. Die Frau weinte. Maxwell sagte mit kalter, harter Stimme: »Natalie, wenn du …« Er zog sich zurück vor der Ansteckung. Er würde Unwissenheit vortäuschen.

Doch sie schrie heraus: »*Du* sei still! *Du* sei still! Ich hab's dir immer und immer wieder gesagt und du hast nicht einmal versucht, es zu verstehen. Du hast gesagt, gib Joe tausend Dollar, dann geht er. Du hast gesagt, mehr will er doch nicht. Du wolltest nicht mal hören, was ich alles durchgemacht habe, und Joe hat geredet und geredet, über unser Baby, das tot war … verhungert, sagte er, weil es keine Mutter hatte. »*Mein* Baby«, kreischte sie, »das du nicht gewollt hast, weil es nicht von dir war.«

Ihre rosa lackierten Fingernägel krallen sich nun in die Kopfhaut, und die Ringe an ihren Fingern verfingen sich in ihrem Haar. »Es tut mir so Leid«, weinte sie. »Ich wollte doch gar nicht, dass die Waffe losgeht. Ich wollte nur, dass er aufhört. Ich hielt es einfach nicht mehr aus. Er hat mich umgebracht... hat mich verrückt gemacht... und trotz dem Geld hat er keine Ruhe gegeben.«

Mitch empfand tiefes Mitgefühl mit ihr. »Hatten Sie denn keine Ahnung, was wirklich *wichtig* ist?«, blaffte er Maxwell an. »Dachten Sie etwa, es geht nur um Nerze und Diamanten – und solches Zeug?«

»Das Kind«, sagte Julius Maxwell, »ist eines natürlichen Todes gestorben.«

»*Doch*, er dachte, es geht um Nerze«, schrie Natalie. »Und, ach, mein Gott... so *war* es ja auch! Das weiß ich jetzt. Also sagte er, er könnte es in Ordnung bringen – aber das, was ich weiß, kann er nicht in Ordnung bringen, und ich will jetzt nur noch sterben.«

Dann blieb sie stumm, wie bereits tot, über dem rot karierten Tischtuch liegen.

Aus Julius Maxwells Gesicht wich die Farbe, als der Polizist zurückkam und murmelte: »Muss noch warten.« Doch der Lieutenant war beunruhigt. »Sagen Sie mal, Brown«, meinte er, »Sie können sich eine sechsstellige Zahlenreihe sechs Wochen lang merken? Sind Sie etwa ein Mathematikgenie oder so? Oder haben Sie ein so genanntes fotografisches Gedächtnis?«

Mitch fühlte, wie es in seinem Kopf arbeitete. Beiläufig meinte er: »Es ist mir im Gedächtnis haften geblieben. Zunächst mal wiederholt es sich. Sehen Sie? Vier sechs eins, vier sechs eins. Für mich ist das ein ganz schöner Haufen Zaster.«

»Für mich auch«, sagte der Lieutenant. »Hier im Raum hat wohl jeder gehört, was sie sagte, denke ich.«

»Klar, alle haben gehört, wie sie gestanden und ihn als Komplizen mit belastet hat. Nehmen Sie zum Beispiel Toby. *Der* hat genug. Es wird jede Menge Beweismittel geben.«

Der Lieutenant betrachtete die ruinierten Maxwells. »Vermutlich«, sagte er knapp.

Etwas später am gleichen Abend saß Mitch Brown in einer fremden Bar am Tresen und sagte zu dem fremden Barkeeper: »Sagen Sie, wussten Sie eigentlich, dass der siebzehnte März *nicht* der Geburtstag des heiligen Patrick ist?«

»Was Sie nicht sagen!«, murmelte der Barkeeper höflich.

»Nein. Es ist der Tag, an dem er gestorben ist«, sagte Mitch. »Ich schreibe nämlich. Folglich lese ich auch. Solche kleinen Informationen bleiben mir im Gedächtnis haften. Eigentlich habe ich gar kein Zahlengedächtnis und doch... Wissen Sie, in welchem Jahr der heilige Patrick gestorben ist? Es war das Jahr 461.«

»Tatsächlich?«, sagte der Barkeeper.

»Und dann stellt man vier einundsechzig zweimal hintereinander und setzt das Komma an die richtige Stelle. Besonders *glaubhaft* ist es natürlich nicht«, sagte Mitch, »obwohl es wirklich passiert ist – am St.-Patrickstag in der Frühe. Woher weiß ich – ein Mensch, der nicht immer Zeitung liest – in welchem Jahr der heilige Patrick gestorben ist? Na ja, man will ja nicht als Idiot dastehen, oder? Und wahrscheinlich ist wahrscheinlich und unwahrscheinlich ist unwahrscheinlich – aber das ist manchmal das Einzige, woran man sich halten kann. Ich will Ihnen aber mal was sagen«, dabei haute Mitch auf den Tresen. »Mit Geld hätte man das nicht kaufen können.«

»Vermutlich nicht, Chef«, meinte der Barkeeper besänftigend.

Das Purpurrot ist alles
von
Dorothy Salisbury Davis

Dorothy Salisbury Davis (*1916), geboren in Chicago und mit einem Abschluss vom Barat College, gehört ganz sicher zu den Menschen, mit denen man sich über einen längeren Zeitraum hinweg befassen sollte. Von 1946 bis zu dessen Tode 1993 mit dem Schauspieler Harry Davis verheiratet, trägt sie weiterhin zu einem Genre bei, das sie vor über einem halben Jahrhundert mit dem Roman *The Judas Cat* (1949) betrat und zu dem sie in jüngster Zeit in der Anthologie *Murder Among Friends* (2000) eine neue Erzählung beisteuerte. Davis sieht sich in der Kriminalliteratur als Ausnahme. Sie hat immer beklagt, keine bemerkenswerte Serienheldin schaffen zu können, wenngleich die Julie Hayes in ihren letzten Romanen diese Bezeichnung für sich in Anspruch nehmen könnte, und sie verabscheut Gewalt und Mord. (Eine Anthologie, die sie 1970 für die Mystery Writers of America herausbrachte, trägt den Titel *Crime Without Murder*.) Dennoch lässt sich ihr Erfolg in diesem Genre mit ihrer ausgesprochenen Begeisterung für Schurken statt Helden erklären. Unter ihren bekanntesten Büchern sind der Lokalklassiker *The Clay Hand* (1959) zu nennen, dann *A Gentle Murderer* (1951; dt. *Bekenntnis in der Nacht*), in dem der Katholizismus thematisiert wird, und schließlich der Beststeller *Where the Dark Streets Go* von 1969 (dt. *Wohin die dunklen Straßen führen*).

In der Einleitung zu ihrer Sammlung *Tales for a Stormy Night* (1984) schreibt Davis ihrer verstorbenen Freundin und Schriftstellerkollegin Margaret Manners das Verdienst zu, ihr jene Methode zum Gemäldediebstahl verraten zu haben, die sie in der für den Edgar nominierten Erzählung »Das Purpurrot ist alles« verwendet. »Ich erinnere mich sogar noch an die genaue Stelle«, schrieb Davis, »es war an der Ecke Sixth Avenue und Twenty-fourth Street, damals wenige Schritte von Guffanti's Restaurant.« Obgleich es sich unbestreitbar um eine Kriminalgeschichte handelt, steht das Interesse der Autorin an moralischen Fragen im Mittelpunkt.

Das Purpurrot ist alles

Wenn Sie hier über Mary Gardner lesen, werden Sie wahrscheinlich sagen, Sie kennen sie oder hätten einmal jemanden wie sie gekannt. Das ist auch durchaus möglich, denn obwohl es nicht gerade viele von ihrem Schlag gibt, ist dieser Menschentyp doch recht beständig und setzt sich manchmal gegen jede Wahrscheinlichkeit durch.

Sie werden Mary Gardner – oder jemandem wie ihr – im Sinfoniekonzert begegnen, in Kunstgalerien oder im Theater, immer gut gekleidet, wenn auch nicht ganz modisch, manchmal allein, manchmal in Gesellschaft anderer Frauen, die alle ein Flair von wenn nicht Gleichförmigkeit, so doch Gegenseitigkeit umgibt. Jede von ihnen hat sich das – nun, wenn schon nicht schönste, so zumindest im Rahmen ihrer Möglichkeiten bestmögliche Leben gestaltet.

Mary Gardner wohnte zu der Zeit in einer großen Stadt an der Ostküste. Sie war eine hoch gewachsene, schlanke Enddreißigerin, unverheiratet, zurückhaltend feminin, sanftmütig, ja ein wenig unentschlossen im Auftreten, in Geschmacksfragen jedoch entschieden. Mary war Designerin in einer bekannten Tapetenfirma. Ihr Gehalt gestattete es ihr, gute Kleidung zu kaufen, allein in einem hübschen, nur einige Gehminuten von ihrer Arbeitsstelle entfernten Apartment zu wohnen und regelmäßig ins Theater und in die Philharmonie zu gehen. Genauso oft wie sie sich Erfolgsstücke ansah, besuchte sie auch kleine Bühnen und experimentelles Theater. Sie gehörte nicht zu denjenigen, die fanden, ein Stück müsse irgendetwas aussagen; sie interessierte sich für die »verborgenen Werte«. Diese geschmackliche Einstellung prägte auch ihre Haltung zur Bildenden Kunst – ein wahrer Segen in der Tapetenbranche, wo das Gros der Kunden Wert darauf legt, dass ihre Wände gesehen, aber nicht gehört werden.

Damals hatte Mary es sich zur Gewohnheit gemacht, während

ihrer Mittagspause – oder auch, wenn sie einfach vom Reißbrett wegmusste – ins Institute of Modern Art zu gehen, das bloß ein paar Straßen von ihrem Büro entfernt lag. Sie hatte sich in einen kleinen, frühen Monet mit dem Titel *Baumlandschaft bei Le Havre* verliebt, und wenn sie verliebt war, legte Mary eine gewisse suchende Hingabe an den Tag. Beinahe jeden Tag entdeckte sie neue Stimmen in der Waldszene, Bäume und Himmel, die sich in einem schimmernden Teich spiegelten – wobei der Himmel, fand sie, mehr Tiefe besaß als das Wasser.

Je mehr sie über diese Beobachtung nachdachte, desto stärker wurde ihre Überzeugung, dass man das Bild in der Galerie verkehrt herum gehängt hatte. Zur Signatur entwickelte sie folgende Theorie: Der Künstler, davon war sie überzeugt, hatte sie hastig ausgeführt, lange nachdem er das Gemälde vollendet hatte und vielleicht zu einer Zeit, als das Tageslicht schon im Schwinden war. Sie hätte in dieser Sache mit einer Amtsperson vom Museum gesprochen – wenn sie eine Amtsperson vom Museum gekannt hätte.

Mary hatte vom Institut die Erlaubnis erhalten, in den Sälen zu skizzieren, und stand oft, das Skizzenbuch in der Hand, ein Stündchen vor dem Monet. Indem sie ein paar Striche aufs Papier warf, fühlte sie sich unter den vorübergehenden Besuchern und Wärtern auf auffällige Weise unauffällig. Sie hätte sich auf gar keinen Fall angemaßt, das Gemälde zu kopieren, und begegnete jenen Kunststudenten, die das von Zeit zu Zeit taten, mit heftiger Ablehnung.

So tief war Mary in die Betrachtung von Claude Monets Waldszene versunken, dass sie am Vormittag des berüchtigten Museumsbrandes, nachdem sie den Rauch gerochen hatte, zunächst annahm, er käme aus dem Bild selbst. Sie geriet sofort in Wut und schob in gewohnter Voreingenommenheit die Schuld einem ganzen Menschentyp zu – dem unachtsamen amerikanischen Touristen auf fremdem Terrain. So entfernt von der Realität war sie allerdings nicht, dass sie nicht unmittelbar darauf merkte, dass es in dem Gebäude tatsächlich brannte.

In den Korridoren wurden Warnrufe laut, und plötzlich kamen Männer angerannt. Museumswärter zogen schlaffe Schläuche über den Fußboden und ließen sie fallen – wo sie wie große, verschrumpelte Schlangen liegen blieben, über die die Leute wie bei einem urtümlichen Stammesritus sprangen. Blauer Rauch lagerte sich in Schichten an der Decke ab und begann dann in schrägen Mustern zu fallen – wie schief geratene Theaterkulissen aus dünnem Leinenstoff. In der Ferne heulten die Sirenen der Feuerwehrautos.

Mary Gardner blieb wie angewurzelt stehen und beobachtete stumm, wie Männer und Frauen, Besucher wie sie, mit gerahmten Gemälden in den Händen an ihr vorbeihasteten. In einem Fall trugen zwei Männer gemeinsam eine riesige Nachtszene von Chagall, auf der kleine Wesen von der Leinwand zu hüpfen und unterwegs einen Heidenspaß zu haben schienen. Eine Frau nahm den neben dem Monet hängenden Rouault von der Wand und eilte damit den Chagallträgern hinterher.

Trotzdem zögerte Mary. Dass ihr Pflichtgefühl sie zur Berührung zwingen sollte, wo ihr Gewissen es ihr doch so lange verboten hatte – dieser Konflikt steigerte ihre Verwirrung noch zusätzlich. Als ein weiterer Rauchschwall in den Raum drang, wurde das Thema schlicht zu einer Überlebensfrage für das Bild, wenn nicht für sie selbst. In verzweifelter Hast versuchte sie den Monet von der Wand zu nehmen, doch er gab nicht nach.

Sie strengte sich an, zog mit aller Kraft – solcher Kraft, dass sie, als der Draht riss, von der Wucht nach hinten geschleudert wurde, über die Besucherbank fiel und dabei mit dem Kopf gegen das Gemälde schlug. Da die Leinwand auf Holz aufgezogen war, bestand das einzige Missgeschick – abgesehen von ihrem wunden Kopf, der aber überhaupt nicht zählte –, darin, dass das Bild sich in seinem Rahmen gelockert hatte. Inzwischen war Mary der Rahmen ziemlich egal. Sie packte das Gemälde, drückte es an sich und tastete sich in Richtung Galerietür vorwärts.

Sie erreichte den qualmverhangenen Korridor just in dem Moment, als der Wasserdruck die Schläuche abrupt aufzucken ließ. Aus jeder Leitung spritzte ein Wasserstrahl. Mary schirmte das Bild mit dem Körper ab, bis sie es sich unter den Regenmantel schieben konnte, den sie zum Schutz gegen den morgendlichen Nieselregen trug.

Sie eilte, offenbar als letzte der freiwilligen Rettungshelfer, den Korridor entlang. Die Wärter sperrten bereits den Gebäudeflügel ab und schlossen die Feuerschutztür. Recht ungehalten über ihre Einwände, schoben sie sie unsanft die Treppe hinunter. Als sie schließlich im Foyer angekommen war, hatte die Polizei den Bereich gegen Zivilisten bereits abgeriegelt. Ein Polizist geleitete sie ebenso unerbittlich wie unerschütterlich zu der Menge, wo sie, ohne ihre Arme benutzen zu können – sie waren immer noch um das Bild geklammert – zur Tür geschubst und gestoßen und dort erbarmungslos auf die Straße geschleudert wurde. Unter dem auf und ab wogenden, gaffenden Mob auf dem Gehsteig hatte sie nicht die geringste Hoffnung, jemanden zu finden, dem sie ihren Kunstschatz anvertrauen konnte.

Die Leute kreischten und schrien, sie könnten die Flammen sehen. Mary blickte sich nicht um. Sie beeilte sich, nach Hause zu kommen, schritt forsch und entschlossen voran. Die Stadt war doch ein rechter Dschungel, dachte sie unwillkürlich. Sie drückte das Bild fest an sich, dessen einziger Schutz ihr Regenmantel, ihr eigenes Leben jedoch das bereitwillig gegebene Pfand für seine Sicherheit war.

Eigentlich hatte sie vorgehabt, sofort im Büro des Instituts anzurufen. Doch als sie in ihrer Wohnung war, das Gemälde aufrecht gegen die Kissen auf dem Sofa gelehnt, sagte sie sich, bis das Feuer gelöscht wäre, bestünde sowieso keine Hoffnung, dort mit jemandem sprechen zu können. Sie rief in ihrem Büro an und schützte plötzliches Unwohlsein vor – sie habe irgendetwas zu Mittag gegessen, obwohl sie seit dem Frühstück keinen Bissen zu sich genommen hatte.

An den Wänden ihrer Wohnung hing ihre so genannte »bunte Mischung«: ein Potpourri aus Kostümdrucken und Farblithografien – alles, wie sie immer stolz bemerkte, Editionen mit beschränkter Auflage oder Künstlerdrucke. Manchmal hatte sie mit dem Gedanken gespielt, Gemälde zu erwerben, konnte sich etwas nach ihrem Geschmack jedoch ganz offenkundig nicht leisten. Einem plötzlichen Einfall folgend, nahm sie eine italienische Lithografie von der Wand und löste Glas und Passepartout aus dem Holzrahmen. Der Monet passte recht gut hinein. Und zu ihrem besonderen Entzücken konnte sie ihn jetzt auch richtig herum aufhängen. Als hätte es seinen eigenen Willen, beanspruchte das Gemälde den vom Tageslicht am meisten begünstigten Platz an ihrer Wand für sich.

Das Vergnügen, das Mary an jenem Nachmittag in seiner Gesellschaft empfand, lässt sich nicht beschreiben. Sie hätte den Blick überhaupt nicht mehr von dem Bild abgewandt, wenn nicht die Freude bei jedem neuen Betrachten zurückgekehrt wäre. Widerstrebend schaltete sie um fünf Uhr das Radio ein, um mehr über den Brand im Institut zu erfahren. Er war kostspielig und zerstörerisch gewesen – ein ganzer Gebäudeflügel war völlig ausgebrannt.

Mit der reservierten und etwas selbstgefälligen Besorgnis, die man den Tragödien anderer Leute zuteil werden lässt, lauschte sie der Aufzählung jener Gemälde, die der Zerstörung anheim gefallen waren. Die Erwähnung von *Baumlandschaft bei Le Havre* ließ sie aufschrecken. Die genaue Bedeutung dessen, was die Ansagerin gesagt hatte, wurde ihr erst im nächsten Moment klar. Sie schaltete das Radio aus und ließ sich lange Zeit von der Stille überfluten.

Dann sagte sie probeweise: »Du bist eine Diebin, Mary Gardner«, und wiederholte nach einer Weile: »O ja, du bist eine Diebin.« Es machte ihr jedoch überhaupt nichts aus. So etwas Ungeheuerliches hatte noch nie jemand über sie gesagt, nicht einmal sie selbst.

Ihr Abendessen nahm sie vor dem Gemälde sitzend vom Tablett ein und genehmigte sich dazu eine Flasche französischen Wein. In dieser Nacht ging sie oft von ihrem Bett zur Wohnzimmertür, bis es ihr so vorkam, als hätte sie vor lauter Aufwachen kaum geschlafen. Endlich schlief sie dann doch ein.

Das erste Morgenlicht fiel jedoch ebenso früh auf Marys Gewissen wie auf das Gemälde. Nach einem kurzen Besuch im Wohnzimmer machte sie mit der Sorgfalt einer jungen Nonne, die sich der Beharrlichkeit des Teufels wohl bewusst ist, einen Plan. Sie kleidete sich strenger, als es sonst ihre Art war, brauchte Fischgrat zur Stärkung des Rückgrats – die lächerliche Wendung ging ihr beim Frühstück andauernd durch den Kopf. Als sie abschließend ihre Erscheinung im Flurspiegel musterte, fand sie, sie sähe aus wie die Rektorin einer englischen Mädchenschule, was ihr für die bevorstehende Aufgabe passend erschien.

Kurz bevor sie die Wohnung verließ, verweilte sie einen letzten Augenblick allein vor dem Monet. Danach, wo oder wie auch immer das Institut das Bild zu hängen gedachte, würde sie hoffentlich das Gefühl haben, dass ein kleiner Teil davon für immer ihr gehöre.

Auf der Straße kaufte sie sich eine Zeitung und sah *Baumlandschaft bei Le Havre* auf der Liste bestätigt. Trotz der Zerstörung des Gebäudeflügels hatte man zahlreiche Gemälde über den Korridor im zweiten Stock in Sicherheit bringen können.

Als sie am Institut ankam, war ein Teil der Straße davor immer noch abgeriegelt, wodurch sich der morgendliche Verkehrsstrom staute. Die Dienst habenden Polizisten waren nicht minder abweisend als diejenigen, denen Mary am Vortag begegnet war. Plötzlich überkam sie der Impuls, ihr Vorhaben zu verschieben – eine fast unwiderstehliche Versuchung, besonders als ihr das Betreten des Museum verwehrt wurde, falls sie keinen Ausweis vorzeigen konnte, wie er allen befugten Personen ausgestellt worden war.

»Selbstverständlich bin ich nicht befugt«, rief sie aus. »Sonst wäre ich ja nicht hier draußen.«

Der Polizist führte sie zum Sergeant, der die Dienstaufsicht hatte. Der stritt sich in diesem Moment mit dem Vertreter der Feuerversicherung darüber, welcher Straßenabschnitt denn nun für die Aufräumarbeiten genutzt werden konnte. »Das Geschäft auf dieser Straße sind die Geschäfte«, sagte der Sergeant, »und das ist mein Geschäft.«

Mary wartete, bis der Versicherungsmensch ins Gebäude stolziert war. Er brauchte keinen Ausweis, bemerkte sie. »Verzeihung, Officer, ich habe da ein Gemälde –«

»Liebe Frau ...« Er machte einen tiefen Atemzug, um Geduld zu schöpfen. »Ja, Madam?«

»Bei dem Feuer gestern wurde angeblich ein Gemälde zerstört – ein entzückender kleiner Monet mit dem Titel –«

»Ach, tatsächlich!«, unterbrach sie der Officer. Entzückende kleine Monets gingen ihm wirklich zu Herzen.

Unwillkürlich wurde Mary nervös. »Es ist in der Morgenzeitung von heute als zerstört gelistet. Aber das stimmt nicht. Ich habe es zu Hause.«

Der Polizist musterte sie zum ersten Mal mit einem gewissem Mitgefühl. »Bestimmt an Ihrer Wohnzimmerwand, ja?«, sagte er mit tiefer Klugheit.

»Ehrlich gesagt – ja.«

Er nahm sie sanft, aber fest beim Arm. »Dann sag ich Ihnen jetzt, was Sie machen. Sie gehen zum Polizeihauptquartier in der Fifty-seventh Street. Wo das ist, wissen Sie ja, oder? Und denen erzählen Sie dann alles schön brav der Reihe nach.« Er wirbelte sie in die Menge und ließ sie dort los. Dann hob er die Stimme: »Weitergehen! Kommt alles später im Fernsehen.«

Mary hatte nicht die Absicht, zum Polizeihauptquartier zu gehen, wo vermutlich Männer, die sich mit bewaffnetem Raubüberfall, Körperverletzung und noch Schlimmerem befassten, die Feinheiten ihres Problems noch viel weniger verstehen würden. Sie ging ins Büro und versuchte im Laufe des Vormittags in regelmäßigen Abständen immer wieder, das Büro des Museumskurators telefonisch zu erreichen. Bei jedem ihrer Anrufe war entweder die Vermittlung überlastet oder seine Leitung länger besetzt, als sie warten konnte.

Schließlich kam ihr die Idee, nach der PR-Abteilung des Instituts zu fragen, wo sie einer offenkundig abgelenkten Person – Mary konnte hören, dass dort dreierlei Gespräche gleichzeitig geführt wurden – erklärte, wie sie während des Brandes Monets *Baumlandschaft bei Le Havre* gerettet hatte.

»Bei was, Madam?«, fragte die Stimme.

»Le Havre.« Mary buchstabierte es. »Von Monet«, fügte sie hinzu.

»Schreibt man das getrennt oder zusammen?«, wollte die Stimme wissen.

»Verbinden Sie mich bitte mit dem Büro des Kurators«, sagte Mary und fuhr mit den Fingern am Revers ihre Fischgratkostüms auf und ab.

Mary erachtete es als kluge Vorsichtsmaßnahme, sich mit dem Vertreter des Instituts im Foyer ihres Wohngebäudes zu treffen, wo sie zunächst bat, seinen Ausweis sehen zu dürfen. Er wies sich als der Mann aus, dem sie am Telefon ihren Namen und ihre Adresse genannt hatte. Mary ließ den Aufzug kommen und dachte über seinen Ausweis nach: Robert Attlebury III. Sie hatte seinen Namen auf der Mitarbeiterliste des Museums schon einmal gesehen: Kurator für ..., sie konnte sich nicht mehr erinnern.

Er sah genauso aus, wie man sich einen Kurator vorstellte; aufrecht und abweisend stand er da, während der Aufzug sie langsam nach oben beförderte. Ein Kurator vielleicht, als Kenner hätte sie ihn jedoch nicht bezeichnet. Einer mit seinem Gesicht und seinem Auftreten würde immer erst probieren und dann ausspucken, dachte sie. Sie konnte sich seine Verachtung gegenüber Dingen vorstellen, die ihm zuwider waren, und instinktiv wusste sie, dass sie ihm zuwider war.

Nicht, dass es wirklich eine Rolle gespielt hätte, was er ihr gegenüber empfand. Sie war ein Niemand. Wie aber musste sich ein junger unbekannter Künstler vorkommen, der sich und sein Werk mit solcher Herablassung konfrontiert sah? Oder trat er gegenüber Leuten seines eigenen Schlages anders auf? In dem Fall hätte sie für den winzigsten Höflichkeitsbeweis seinerseits eine Menge gegeben.

»Das alles kommt mir so merkwürdig vor – im Nachhinein betrachtet«, sagte Mary, um das Schweigen während der schier endlos scheinenden Auffahrt zu brechen.

»Was für ein Glück für Sie«, versetzte er, und Mary dachte, vielleicht war es das auch.

Als sie ihre Wohnungstür erreichten, hielt sie inne, bevor sie den Schlüssel im Schloss umdrehte. »Hätten Sie denn keinen Museumswärter mitbringen müssen – oder sonst jemanden?«

Er blickte wie vom Olymp auf sie herab. »Ich bin jemand.«

Mary beschloss, nichts mehr zu sagen. Sie schloss die Tür auf und ließ sie offen stehen. Er ging ihr voran quer durch den Flur ins Wohnzimmer und blieb vor dem Monet stehen. Seine unhöfliche Direktheit fand sie merkwürdigerweise beruhigend: Malerei war ihm also doch wichtig. Sie sollte Männer nicht nach ihrer eigenen beschränkten Erfahrung beurteilen, dachte sie.

Er starrte einige Augenblicke auf den Monet und neigte dann den Kopf unmerklich von einer Seite zur anderen. Marys Herz begann ungleichmäßig zu pochen. Seit Monaten wünschte sie sich schon, mit jemandem, der sich wirklich damit auskannte, ihre

Theorie über das, was in *Baumlandschaft bei Le Havre* Spiegelung und was Realität war, zu diskutieren. Doch jetzt, wo sich die Gelegenheit dazu bot, fand sie nicht die richtigen Worte.

Trotzdem, sie musste etwas sagen – etwas... Lockeres. »Der Rahmen ist von mir«, sagte sie, »Sie können ihn zum Schutz des Bildes aber mitnehmen. Ich kann ihn ja holen, wenn ich das nächste Mal im Museum bin.«

Überraschenderweise lachte er. »Der ist womöglich sogar das Beste daran«, sagte er.

»Wie bitte?«

Nun sah er sie tatsächlich an. »Ihre Geschichte ist ja raffiniert ausgedacht, Madam, was aber wohl der Situation zuzuschreiben ist.«

»Ich verstehe wirklich nicht, was Sie sagen wollen«, sagte Mary.

»Ich habe schon bessere Kopien gesehen als diese hier«, sagte er. »Nur schade, dass Ihnen bei Ihrer Raffinesse keine bessere Imitation gelungen ist.«

Mary war so verdattert, dass es ihr die Sprache verschlug. Er wandte sich zum Gehen. »Es ist aber... signiert«, stieß Mary hervor und machte den schwachen Versuch, seine Aufmerksamkeit auf den Namen in der oberen Ecke zu lenken.

»Was es zu einer Fälschung macht, nicht wahr?«, sagte er fast besorgt.

Seine Knappheit, seine Unbeirrbarkeit angesichts des Schrecklichen, was er da sagte, verlieh ihrem Albtraum Konturen.

»Das ist nicht mein Problem!«, rief Mary und sprach damit Worte aus, die sie nicht so meinte, übte quasi Verrat an dem Gemälde, das sie doch so liebte.

»O doch. Das ist es tatsächlich, und, wenn ich das mal so sagen darf, ein ernstes Problem, wenn ich es weiterverfolgen sollte.«

»Dann verfolgen Sie es doch bitte weiter!«, rief Mary.

Wieder lächelte er fast unmerklich. »Es ist nicht die Art, wie das Institut mit derartigen Dingen umgeht.«

»Sie *mögen* Monet eben einfach nicht«, forderte Mary ihn voller Verzweifelung heraus, denn er ging bereits auf die Tür zu.

»Das tut hier ja wohl nichts zur Sache, oder?«

»Sie kennen Monet nicht. Das kann gar nicht sein! Unmöglich!«

»Wie sollte ich ihn nicht mögen, wenn ich ihn gar nicht kenne? Jetzt will ich Ihnen mal was über Monet sagen.« Er wandte sich wieder dem Bild zu und fuhr mit dem Finger über eine lebhaft farbige Fläche. »Bei Monet ist das Purpurrot alles.«

»Das Purpurrot?«, sagte Mary.

»Jetzt fangen Sie an, es auch zu sehen, nicht wahr?« Sein Tonfall grenzte ans Pädagogische.

Mary schloss die Augen und sagte: »Ich weiß bloß, wie dieses Gemälde hierher gelangt ist.«

»Ich ziehe es doch sehr vor, in dieser Angelegenheit von Ihnen nicht ins Vertrauen gezogen zu werden«, sagte er. »Und jetzt muss ich mich um wichtigere Angelegenheiten kümmern.« Wieder wollte er auf die Tür zusteuern.

Hastig verstellte Mary ihm den Weg. »Es ist egal, was Sie von Monet halten, oder von mir oder von sonst irgendwas. Sie müssen dieses Gemälde ins Museum zurückbringen.«

»Und mich zum allgemeinen Gespött machen, wenn der Schwindel auffliegt?« Er hielt den Arm stocksteif wie eine Messingstange zwischen sie und verließ die Wohnung.

Mary war inzwischen ziemlich außer sich und ging ihm bis zum Aufzug nach. »Ich gehe damit zur Presse!«, schrie sie.

»Ich glaube, das werden Sie bereuen.«

»Jetzt wird mir alles klar. Ich verstehe!« Mary sah, wie sich die Aufzugtür öffnete. »Sie *wollten* glauben, der Monet sei im Feuer zerstört worden.«

»Barbarin!«, sagte er.

Dann ging die Tür zwischen ihnen zu.

Nach einiger Zeit überredete Mary – was gar nicht so einfach war – gewisse Experten, sogar einen Kunstkritiker, zu ihr zu kommen und »ihren« Monet zu untersuchen. Das Unterfangen war kostspieliger, als sie es sich leisten konnte – offenbar rechneten alle mit Erfrischungen, inklusive teurer Spirituosen. Ihre Freundinnen und Freunde spielten bei »Marys Schwindel« mit, wie sie ihre Geschichte bald nannten, und in stetig wachsenden und immer esoterischer werdenden Kreisen wurde sie wegen ihres unerschütterlichen Beharrens auf der Version, wie sie in den Besitz eines

»echten Monet« gekommen war, sehr bewundert. Trotz der Tugend der Schlichtheit, die sie seit Kindertagen besaß, merkte sie, wie sie auf einmal Wörter in symbolischen Kombinationen verwandte – die Sprache der Leute, in deren Gesellschaft sie sich nun befand –, so dass weit klügere Leute als sie manchmal zu ihr sagten: »Wie scharfsinnig!« oder »Was für eine Beobachtungsgabe!«, um sich sodann wieder einen Drink einzuschenken.

Eines Tages kam ihr Arbeitgeber, der große Mann höchstselbst, der vor ihrer »Akquisition« keine Ahnung gehabt hatte, ob sie nun in schlampigen oder geordneten Verhältnissen lebte, zur Cocktailzeit zu ihr in die Wohnung und brachte einen berühmten Kunsthistoriker mit.

Während der Experte glücklich lächelnd vor seinem zweiten Scotch saß, erzählte Mary erneut die Geschichte von dem Brand im Institut und wie sie mit dem Gemälde einfach nach Hause gegangen war, weil sie keinen gefunden hatte, dem sie es hätte geben können. Während sie redete, wanderte sein wissender Blick von ihrem Gesicht zu dem Gemälde, zu seinem Glas, zu dem Gemälde und wieder zurück zu ihrem Gesicht.

»O, das kann ich mir vorstellen«, sagte er, als sie geendet hatte. »Das ist genau die Art von verrücktem Abenteuer, die sich tatsächlich zutragen könnte.« Er stellte sein Glas behutsam da ab, wo sie sehen konnte, dass es leer war. »Ich nehme an, Sie wissen, dass es nie eine offizielle Gesamtaufstellung von Monets Werken gegeben hat?«

»Nein«, erwiderte sie und schenkte ihm nach.

»So ist es aber leider. Und die traurige Wahrheit ist, dass ziemlich viele Museen heutzutage Gemälde unter seinem Namen zeigen, deren Echtheit nicht wirklich beglaubigt ist.«

»Und meins?«, sagte Mary, wobei sie das Kinn reckte und vergeblich zu vermeiden suchte, dass es bebte.

Ihr Gast lächelte. »Müssen Sie das unbedingt wissen?«

Danach vermied Mary es einige Zeit, den Monet anzuschauen. Es lag nicht daran, dass er ihr weniger gefiel, sondern dass sie sich selbst in seiner Gesellschaft jetzt weniger gefiel. Was geschehen war, stellte sie fest, war Folgendes: Wie die Experten sah sie jetzt nicht das Gemälde, sondern sich selbst.

Es war ein außergewöhnliches Stück Selbstentdeckung für eine Frau, die sich nie ernsthaft mit der eigenen Psyche hatte auseinander setzen müssen. Bisher hatte, jedenfalls nach Marys Meinung, die Hauptfunktion eines Spiegels darin bestanden, den Winkel zu bestimmen, in dem man den Hut aufsetzen wollte. Doch die Entdeckung eines Makels bewirkt nicht von sich aus Heilung, sondern verschlimmert den Zustand oft noch. So verhielt es sich mit Mary.

Sie verbrachte immer weniger Zeit zu Hause, und ihren neu gewonnenen Freunden und Freundinnen musste man immerhin lassen, dass sie es nur fair fanden, die bei einer so mysteriös cleveren Gastgeberin genossene Gastfreundschaft zu erwidern. Wie oft war ihr als kleines Mädchen von Eltern und Lehrern geraten worden, doch etwas zu unternehmen, mehr unter Leute zu gehen. Nun, endlich ging Mary mehr unter die Leute. Und zu Hause bei denen, die sich erlaubt hatten, ihr Heim und ihre persönlichen Sachen zu kommentieren, erlaubte nun sie sich die Kommentare. Je seltsamer ihr Kommentar war – je gehässiger, hätte sie es früher genannt –, umso beliebter wurde sie. O ja, Mary ging mehr unter Leute, viel mehr unter Leute.

Ihr Versicherungsmakler – der sonst die Angewohnheit hatte, zum Eintreiben seiner vierteljährlichen Beiträge einfach unangemeldet vorbeizukommen – musste eines Samstagmorgens doch tatsächlich früh aufstehen, um sie überhaupt zu Hause anzutreffen.

Es war ein klarer, frischer Tag, und just zu dieser Stunde leuchtete der Monet am hellsten. Der Mann saß da und starrte ihn fasziniert an. Mary war belustigt, denn sie erinnerte sich, wie beleidigt er immer reagiert hatte, dass seine Kunden es versäumten, den Firmenkalender an prominenter Stelle aufzuhängen. Als sie hinausging, um ihr Scheckheft zu holen, stand er auf und berührte die Oberfläche des Gemäldes.

»Haben Sie schon mal überlegt, das Bild da versichern zu lassen?«, fragte er, als sie zurückkam. »Hätten Sie was dagegen, wenn ich frage, wie viel es wert ist?«

»Es hat mich … eine Menge gekostet«, sagte Mary und ärgerte sich sogleich über ihn und sich selbst.

»Wissen Sie was«, sagte der Makler. »Ich habe einen Freund, der für einige große Galerien solche Kunstgegenstände schätzt. Hätten

Sie was dagegen, wenn ich ihn mal mitbringe, um zu sehen, wie viel er meint, dass es wert ist?«

»Nein, ich habe nichts dagegen«, sagte Mary schicksalsergeben.

Also kam der Gutachter und sah sich das Gemälde sorgfältig an. Auf einen bestimmten Wert wollte er sich nicht festlegen. Er sei nicht die höchste Autorität für diese Impressionisten aus dem neunzehnten Jahrhundert, er wolle darüber nachdenken. Noch am gleichen Nachmittag kehrte er jedoch zurück, als Mary gerade weggehen wollte, und mit ihm kam ein bärtiger Herr, der mit Mary oder dem Gutachter zwar kein einziges Wort sprach, aber ständig vor sich hin brabbelte, während er das Gemälde akribisch untersuchte. Mit einem »Tss, tss, tss« nahm er dann das Gemälde von der Wand, untersuchte die Rückseite und hängte es wieder auf – aber verkehrt herum, das unterste zuoberst.

Mary spürte wieder dieses Flattern, das ihren Herzschlag unterbrach, doch es ging rasch vorbei.

Auch als sie ihre Wohnung verließen, richtete der bärtige Herr kein Wort an sie; genauso gut hätte sie unsichtbar sein können. Es war der Gutachter, der sich murmelnd bedankte, jedoch kein Wort der Erklärung hervorbrachte. Da der Experte ihren Whisky nicht getrunken hatte, nahm Mary an, dass er ihr keine Höflichkeiten schuldete.

Sie schickte sich an, ihn zu vergessen, so wie sie die anderen vergessen hatte – mittlerweile fiel es ihr leicht, sie alle zu vergessen. Doch als sie nach Hause kam, um sich zwischen Matinee und Cocktails umzuziehen, wartete erneut ein Besucher auf sie. Sie bemerkte ihn im Foyer und stellte fest – da der Portier etwas zu ihm sagte, als die Aufzugtür ihr gerade die Sicht versperrte –, dass er ihretwegen gekommen war. Die nächste Fahrt des Aufzugs brachte ihn an ihre Tür.

»Ich bin wegen des Gemäldes hier, Miss Gardner«, sagte er und hielt ihr seine Visitenkarte hin. Sie hatte die Tür nur so weit geöffnet, wie die Vorlegekette es erlaubte. Er war Versicherungsvertreter der Continental Assurance Company, Ltd.

Sie machte die Vorlegekette los.

Mit vollendeter Höflichkeit wartete er in seinem Zweireiher ab, bis Mary sich gesetzt hatte. Dann nahm er ordentlich ihr gegenüber Platz, das Gemälde im Blickfeld, denn sie saß darunter, aufrecht und, wie sie hoffte, Respekt einflößend.

»Wunderschön«, sagte er, den Monet anstarrend. Dann riss er den Blick davon los. »Ich bin aber kein Experte«, fügte er hinzu und räusperte sich vornehm. Es betrübte ihn, dachte sie, sich eine wenn auch nur kurze Gefühlsaufwallung gestattet zu haben.

»Aber ist seine Echtheit beglaubigt?« Sie sagte es so, wie sie früher gedacht, aber nicht gesagt hätte: Pfui, schämen Sie sich!

»Ausreichend, um den Erfordernissen meiner Gesellschaft zu genügen«, sagte er. »Nicht, dass Sie mich jetzt falsch verstehen – wir haben nicht die Absicht, irgendwelche Erkundigungen einzuziehen. Wir begnügen uns bei derart delikaten Verhandlungen immer damit, einfach das Gemälde zurückzubekommen.«

Mary verstand ihn zwar nicht falsch, verstand ihn allerdings auch nicht richtig.

Er nahm ein Stück Papier aus der Brusttasche, das er auf das Beistelltischchen legte und mit den spitz zulaufenden Fingern eines Künstlers – oder eines Bankers – oder eines Taschendiebs – behutsam an eine Stelle manövrierte, an der Mary erkennen konnte, dass er ihr einen Verrechnungsscheck offerierte.

Da er sie nicht ansah, entging ihm das Zucken, das sie an ihrem Mund spürte. »Der Tag des Brandes«, dachte sie, doch die Worte kamen ihr nicht über die Lippen.

Sie nahm den Scheck in die Hand: 20 000 Dollar.

»Darf ich mal Ihr Telefon benutzen, Miss Gardner?«

Mary nickte und ging in die Küche, wo sie erneut den Scheck betrachtete. Ein Batzen Geld, dachte sie bitter, zum Ausgleich dafür, dass man sich ein paar Monate lang um einen Freund gekümmert hat.

Sie hörte die Stimme des Besuchers, während er in den Hörer sprach – inzwischen ganz der Experte, seinem Ton nach zu schließen. Ein paar Minuten später hörte sie, wie die Wohnungstür zuging. Als sie wieder ins Wohnzimmer trat, waren sowohl ihr Besucher als auch der Monet verschwunden…

Einige Zeit später nahm Mary an der Eröffnung des neuen Flügels im Institut teil. Sie erkannte einige Leute, die sie früher nicht gekannt hatte und die sie vermutlich auch nicht mehr viel länger kennen würde.

Man hatte den Monet wieder verkehrt herum gehängt.

Darüber dachte Mary nach, als sie wieder zu Hause war, und weil zweimal richtig einmal möglicherweise falsch bestimmt wieder gutmachte, hielt sie den Scheck verkehrt herum, während sie ihn über dem Spülbecken verbrannte.

Geld zum Verbrennen
von
MARGERY ALLINGHAM

Margery Allingham (1904-66) bewies früh ihr schriftstellerisches Talent: Ihr Erstlingswerk, der Abenteuerroman *Blackkerchief Dick* (1923), wurde von großen amerikanischen und britischen Verlagen publiziert, als sie noch ein Teenager war. Die in London geborene Autorin, die einer Familie von Literaten entstammte, absolvierte als Verfasserin von Genreliteratur für Zeitschriften produktive Lehrjahre, bevor sie zwischen den beiden Weltkriegen zu einer der Schlüsselfiguren des Goldenen Zeitalters der Kriminalliteratur wurde. Ihr erster Kriminalroman *The White Cottage Mystery* (1928) nahm das später von Ellery Queen und Agatha Christie verwendete Konzept der »unverdächtigsten Person« vorweg, im zweiten Roman mit dem Titel *The Crime at Black Dudley* (1929; dt. *Mord in Black Dudley*) führt sie den unauffälligen und zurückhaltenden Albert Campion ein, einen der meistgefeierten »gentleman detectives« seiner Zeit und mit einem Schuss blauen Blutes in den Adern einer der hochwohlgeborensten. Wie jene andere adlige Spürnase, Dorothy L. Sayers' Lord Peter Wimsey, entwickelte Campion sich mit der Zeit von der Karikatur des halb komischen, albernen Exzentrikers zu einer voll ausgeformten Figur.

Einige der gefeierten Kriminalautorinnen des Goldenen Zeitalters (etwa Agatha Christie und Ngaio Marsh) blieben jahrzehntelang der klassischen »Wer-war's«-Krimiformel verhaftet. Manche (wie Sayers und ihr Kollege Anthony Berkeley) suchten sich andere schriftstellerische Betätigungsfelder oder wandten sich ganz vom Schreiben ab. Und ein paar wenige (zum Beispiel das Ellery-Queen-Team) blieben zwar beim bewährten Format, arbeiteten Hauptfigur und Thema jedoch immer genauer heraus. Allingham, deren Gespür für die menschlichen Unzulänglichkeiten und deren scharfer Blick für die gesellschaftlichen Zustände schon immer deutlich hervortraten, gehörte jener dritten Gruppe an. Während Mr. Campion im Großteil ihres literarischen Schaffens zwar immer wieder in Erscheinung trat, lag in ihren Nachkriegsromanen die Betonung nicht so sehr auf dem formellen Rätsel, und in einigen wird Campion sogar in eine Nebenrolle verwiesen. (Erst nach dem Tod seiner Erfinderin wird er im Titel namentlich genannt, nämlich in zwei von ihrem Ehemann und gelegentlichen Mitarbeiter Philip Youngman Carter verfassten Romanen.) Unter Allinghams frühen Romanen werden *Death of a Ghost* (1934) und *The Fashion in Shrouds* (1938; dt. *Mode und Morde*) oft als Glanzlichter genannt. Unter den Nachkriegswerken gilt *The Tiger in the Smoke* (1952; dt. *Die Spur des Tigers*) mit seinem unerschrockenen, genauen Blick auf das wahrhaft Böse als Krimiklassiker.

Es ist daher nur stimmig, dass Allingham mit ihren Einsichten in die Geheimnisse der menschlichen Natur hier durch »Geld zum Verbrennen« vertreten ist, eine 1957 erschienene Erzählung ohne unseren Campion, die jene seltenste Spielart unter den Formen der Kriminalliteratur darstellt. Sie fragt nicht: »Wer war's?«, sondern nur: »Warum?«.

Geld zum Verbrennen

Haben Sie je einen Menschen Geld anzünden sehen? Echtes Geld – das er als Fidibus zum Anzünden einer Zigarette benutzte, aus purer Angeberei? Ich schon. Und deshalb war mir, als Sie eben das Wort »Psychologe« verwendeten, als ob ein kleiner Fisch in meinem Magen hochhüpfte, und die Kehle wurde mir plötzlich eng. Vielleicht halten Sie mich jetzt für übertrieben zimperlich. Also, ich weiß nicht.

Ich bin in dieser Straße geboren. Als Mädchen ging ich hier gleich um die Ecke zur Schule, und später, nach Abschluss meiner Lehre in den großen Bekleidungshäusern hier und in Frankreich, übernahm ich den Pachtvertrag für dieses alte Haus und machte daraus das schicke, kleine Modegeschäft, das Sie nun sehen. Und als ich zurückkehrte, um mich selbstständig zu machen, fiel mir die Veränderung auf, die mit Louise vor sich gegangen war.

Als wir zusammen zur Schule gegangen waren, war sie eine rechte Schönheit gewesen, mit fließendem strohblondem Haar und dem wilden, schlauen Grinsen der Cockney-Gören. Die anderen Kinder hänselten sie immer, weil sie besser aussah als wir. Damals war die Straße ganz genauso wie heute. Die Adelaide Street in Soho: heruntergekommen und schmutzig und doch romantisch, und über den gesamten unordentlichen Verlauf führte jede zweite Tür in irgendeine Art von Restaurant. Hier kann man in jeder Sprache der Welt essen. Einige Lokale sind so teuer wie das Ritz, andere so billig wie Le Coq au Vin von Louises Papa mit der einen Gaststube und der einsamen Palme im weiß getünchten Kübel draußen vor der Tür.

Louise hatte ein kleines Schwesterchen und einen Vater, der kaum Englisch konnte, der einen unter seinen geschwungenen Brauen hervor aber aus stolzen, fremdländischen Augen musterte. Ich war mir kaum bewusst, dass sie auch eine Mutter hatte, bis jene graue Frau eines Tages aus dem Keller unter dem Restaurant heraufkam, um ein Machtwort zu sprechen und Louise, statt mit mir den Zauber der Werkstätten kennen zu lernen, in die Küchenräume des Le Coq au Vin abtauchen musste.

Lange Zeit tauschten wir noch Geburtstagskarten aus, dann schlief auch dieser Kontakt ein. Trotzdem habe ich Louise nie ganz vergessen, und als ich in die Straße zurückkehrte, freute ich mich, den Namen Frosné immer noch unter dem Schild des Coq au Vin zu sehen. Das Lokal wirkte viel heller und freundlicher als in meiner Erinnerung und schien recht gut zu gehen. Jedenfalls litt es nicht länger unter dem Vergleich mit dem teuren Glass Mountain gegenüber, das von Adelbert betrieben wurde. Ein Restaurant dieses Namens existiert in dieser Straße nicht mehr, und es gibt auch keinen Restaurantbesitzer namens Adelbert, doch erinnern sich die Essensgäste von damals vielleicht noch an ihn – wenn nicht wegen seines Essens, so doch wenigstens wegen seiner Selbstgefälligkeit und der beiden weißen Fettwülste, die seine Augenlider bildeten.

Sobald ich einen Augenblick erübrigen konnte, ging ich Louise besuchen. Es war ein Schock, denn ich erkannte sie kaum wieder, sie jedoch wusste sofort, wer ich war, und kam hinter dem Kassiertischchen hervor, um mich gebührend zu begrüßen. Es war ein Bild des Jammers. Auf ihrem Gesicht schien eine dünne Schicht Eis aufzubrechen – als hätte ich durch mein unerwartetes Auftauchen eine Barriere niedergerissen.

Innerhalb der ersten zehn Minuten erfuhr ich sämtliche Neuigkeiten. Die beiden alten Leutchen waren tot. Die Mutter war zuerst gestorben, doch der Alte war ihr erst ein paar Jahre später gefolgt, und in der Zwischenzeit hatte Louise die ganze Last und dazu seine Grillen und Launen auf ihren Schultern getragen. Doch sie beklagte sich nicht. Inzwischen hatte sie es ein wenig leichter. Violetta, die kleine Schwester, ging mit einem jungen Mann, der seinen Wert bewies, indem er für einen Hungerlohn arbeitete und das Gastgewerbe erlernte.

In gewissem Sinn war es eine Erfolgsgeschichte, und doch fand ich, dass Louise ziemlich teuer dafür gezahlt hatte. Obwohl sie ein Jahr jünger war als ich, sah sie aus, als hätte das Leben sie bereits ausgebrannt und sie hart und blank gerieben wie einen Knochen in der Sonne liegen lassen. Die goldene Farbe war aus ihrem Haar gewichen, und sogar die dichten Wimpern wirkten ausgebleicht und mattbraun wie Packleinwand. Und noch etwas: Sie hatte so etwas Gehetztes an sich, das ich überhaupt nicht begreifen konnte.

Mit der Zeit gewöhnte ich mir an, einmal wöchentlich bei ihr zu Abend zu essen, und bei diesen kleinen Mahlzeiten erzählte sie. Es war offenkundig, dass sie nie den Mund aufmachte, um mit anderen Leuten über etwas Persönliches zu reden, mir jedoch vertraute sie irgendwie. Trotzdem dauerte es Monate, bis ich herausbekam, was mit ihr los war. Als es herauskam, war mir alles klar.

Auf dem Coq au Vin lag eine schwere Schuldenlast. Zu Mama Frosnés Zeit hatte die Familie nie einen Penny geschuldet, doch in den paar Jahren zwischen ihrem Tod und seinem eigenen hatte Papa Frosné es fertig gebracht, sich nicht nur an die viertausend Pfund von Adelbert vom Glass Mountain zu leihen, sondern auch jeden müden Penny davon bei irgendwelchen blödsinnigen senilen Transaktionen zu verlieren.

Louise zahlte es in Raten zu je fünfhundert Pfund zurück. Als sie mir davon erzählte, sah ich ihr zufällig gerade in die Augen und erblickte darin das blanke Grausen. Es hat wohl immer Menschen gegeben, die Schulden auf die gleiche Weise ertragen können wie manche die Trunksucht. Es mag ihre Konstitution schwächen, schäbig aussehen lässt es sie aber nicht. Anderen dagegen fügt Schuldnerschaft Unaussprechliches zu. Bei Louise kam der Teufel ganz sicher auf seine Kosten.

Ich widersprach ihr natürlich nicht. Das stand mir nicht zu. Ich saß da und zeigte mich mitfühlend, bis sie mich plötzlich mit der folgenden Bemerkung überraschte:

»Es ist nicht so sehr die Arbeit und die vielen Sorgen, ja nicht mal das sparsame Knausern, was ich so sehr hasse. Sondern diese schreckliche Zeremonie, wenn ich es ihm zahlen muss. Davor graut mir wirklich.«

»Du bist zu sensibel«, sagte ich zu ihr. »Sobald du das Geld auf dem Konto hast, steckst du den Scheck in einen Umschlag, schickst ihm den und vergisst das Ganze!«

Sie warf mir einen seltsamen Blick zu; ihre Augen zwischen den ausgebleichten Wimpern waren fast bleigrau.

»Da kennst du Adelbert nicht«, sagte sie. »Der ist ein ziemlich kranker Typ. Ich muss ihm Bargeld geben, und er macht eine richtige kleine Vorführung daraus. Er kommt zum vereinbarten Termin hierher, trinkt etwas und will Violetta als Publikum und Zeugin dabei haben. Wenn ich mir keine Aufregung anmerken lasse, redet er so lange weiter, bis ich's tue. Nennt sich einen Psychologen – und behauptet, er weiß genau, was ich denke.«

»So würde ich ihn nicht nennen«, sagte ich. Ich war entrüstet. So etwas hasse ich.

Louise zögerte. »Ich habe ihn das meiste Geld verbrennen sehen, einfach so, um Eindruck zu schinden«, gab sie zu. »Direkt vor mir.«

Ich spürte, wie sich meine Augenbrauen bis zum Haaransatz hoben. »Das kann doch nicht dein Ernst sein!«, rief ich aus. »Der Kerl ist ja wohl nicht bei Trost.«

Als sie aufseufzte, blickte ich sie scharf an.

»Aber Louise, der ist doch zwanzig Jahre älter als du«, begann ich. »Zwischen euch kann doch nie was gewesen sein, oder? Du weißt schon ... *so* etwas?«

»Nein. Nein, da war auch nichts, Ellie, ehrlich.« Ich glaubte ihr – sie war da sehr offen und sichtlich ebenso verwirrt wie ich. »Er hat mit Papa aber einmal wegen mir gesprochen, als ich noch ein junges Mädchen war. Hat in aller Form um mich angehalten, weißt du, so wie es damals hier üblich war. Ich habe nie erfahren, was mein alter Herr sagte, aber der nahm ja nie ein Blatt vor den Mund, stimmt's? Ich weiß nur noch, dass ich eine Weile außer Sichtweite unten im Keller bleiben musste und Mama mich danach behandelte, als hätte ich was ausgefressen. Ich hatte mit dem Mann aber gar nie gesprochen – so einer wie der wäre einem jungen Mädchen doch nicht aufgefallen, oder? Das ist allerdings schon Jahre her. Kann sein, dass sich Adelbert nach all dieser Zeit noch daran erinnert – aber das ist doch unvernünftig, nicht?«

»Auf jeden Fall«, erwiderte ich. »Nächstes Mal bin *ich* Zeugin.«

»Das würde Adelbert gefallen«, sagte Louise verdrossen. »Wer weiß, vielleicht komme ich darauf zurück. Den müsstest du mal sehen!«

Wir ließen das Thema fallen, doch es ging mir nicht mehr aus dem Kopf. Hinter den Vorhängen meines Ladens hervor konnte ich die beiden sehen, und sooft ich hinausschaute, schien mir, als sähe ich dort die schmallippige, stumme Frau, die jeden Heller zusammenkratzte, und dort den fetten Mann, der sie mit heimlicher Genugtuung im fahlen Gesicht von seiner Tür auf der anderen Straßenseite aus beobachtete.

Schließlich machte mir das Ganze nervlich zu schaffen, und wenn das passiert, muss ich mit jemandem reden – ich kann einfach nicht anders.

Mit jemandem aus unserer Straße zu klatschen traute ich mich nicht, erwähnte die Geschichte jedoch einer Kundin gegenüber, einer gewissen Mrs. Marten, die ich besonders gern mochte – seit sie damals hereingekommen war und nach dem ersten Kleid gefragt hatte, das ich je im Schaufenster gehabt hatte. Ich schneiderte fast ihre gesamte Garderobe, und sie hatte mich auch ein paar anderen Damen aus dem Stadtteil empfohlen, in dem sie wohnte, oben in Hampstead, sehr hübsch und weit weg von Soho. Eines Tages, als sie gerade zur Anprobe da war, sagte sie etwas über Männer und zu was für würdelosem Verhalten sie fähig seien, wenn man sie in ihrem Stolz verletzte, und bevor ich mich versah, hatte ich die Geschichte, die Louise mir erzählt hatte, schon ausgeplaudert. Ich erwähnte natürlich keine Namen, hatte aber vielleicht durchblicken lassen, dass sich alles in dieser Straße zugetragen hatte. Mrs. Marten, eine nette, sanfte kleine Person mit einem süßen Gesichtchen, war schockiert.

»Aber das ist ja schrecklich«, sagte sie immer wieder, »das ist ja einfach schrecklich! Das Geld vor ihrer Nase zu verbrennen, nachdem sie so dafür geschuftet hat. Der muss ja völlig verrückt sein. Und gefährlich.«

»Ach, na ja«, versuchte ich abzuwiegeln, »wenn er es macht, ist es schließlich sein Geld, und ich kann mir eigentlich nicht denken, dass er viel davon vernichtet. Nur so viel, dass meine Freundin sich aufregt.« Ich bereute, etwas gesagt zu haben. Ich hatte nicht damit gerechnet, dass Mrs. Marten so schockiert reagieren würde. »Da sieht man mal, wie andere Leute leben«, meinte ich abschließend und hoffte, sie würde das Thema fallen lassen. Das tat sie jedoch nicht. Die Vorstellung faszinierte sie anscheinend noch mehr als mich. Ich konnte sie nicht davon abbringen, während der ganzen Anprobe redete sie darüber. Dann, als sie schon ihren Hut aufsetzte und gehen wollte, meinte sie plötzlich: »Da fällt mir etwas ein, Miss Kaye. Mein Schwager ist Stellvertretender Polizeipräsident bei Scotland Yard. Vielleicht hat er eine Idee, wie man diesen furchtbaren Kerl davon abbringen kann, die arme kleine Frau so zu quälen, von der Sie mir erzählt haben. Soll ich es ihm sagen?«

»O nein! Bitte nicht!«, rief ich aus. »Das wird sie mir nie verzeihen. Die Polizei kann doch auch nichts tun, um ihr zu helfen. Ich hoffe sehr, Sie verzeihen mir, wenn ich das sage, Madam, aber ich hoffe wirklich, dass Sie nichts dergleichen tun.«

Sie schien ziemlich verletzt, gab mir jedoch ihr Wort. Ich traute der Sache natürlich nicht. Sobald eine Frau mit dem Gedanken spielt, über etwas zu reden, ist es schon so gut wie passiert. Ein paar Tage lang war, ich ziemlich aufgeregt, denn das Letzte, was ich wollte, war, mich einzumischen. Dann geschah aber nichts weiter, und ich wollte schon erleichtert aufatmen, als ich zu Vaughan's musste, das Großhandelskaufhaus für Kurzwaren und Posamenten hinter der Regent's Street. Ich kam gerade mit meinen Einkäufen heraus, als ein Mann auf mich zutrat. Ich wusste, dass er Detektiv war: Er sah genauso aus, mit sehr kurzen Haaren, einem braunen Regenmantel und diesem Gesichtsausdruck von einem, der in einem etablierten Job ist und doch nichts Bestimmtes verfolgt. Er bat mich, mit in sein Büro zu kommen, was ich schlecht ablehnen konnte. Mir wurde klar, dass er mir gefolgt war, bis ich weit genug von der Adelaide Street entfernt war, dass niemand bemerkte, wie er sich mir näherte.

Er brachte mich zu seinem Vorgesetzten, der auf seine Art ein recht netter alter Kerl war – und auf niemandes Seite stand, nur auf seiner eigenen, wie es bei der Polizei eben ist. Doch gewann ich den Eindruck, dass er ganz in Ordnung war, was man nicht von jedem behaupten kann. Er stellte sich als Detective Inspector Cumberland vor, bat mich, Platz zu nehmen, und ließ mir eine Tasse Tee kommen. Dann fragte er mich nach Louise.

Ich geriet in Panik, denn wenn man in der Adelaide Street ein Geschäft betreibt, dann betreibt man ein Geschäft, und das Letzte, was man sich leisten kann, ist Ärger mit den Nachbarn. Ich stritt natürlich alles ab und beharrte darauf, dass ich die Frau kaum kannte.

Das ließ Cumberland aber nicht gelten. Ich muss schon sagen, er wusste, wie er mit mir umzugehen hatte. Wieder und immer wieder ließ er mich von meinen eigenen Angelegenheiten erzählen, bis ich schließlich froh war, über etwas anderes reden zu dürfen. Am Ende gab ich nach, denn soweit ich sehen konnte, tat niemand etwas Ungesetzliches. Ich erzählte ihm alles, was ich wusste, ließ es mir nach und nach entlocken, und als ich fertig war, lachte er mich an und musterte mich mit kleinen hellen Augen unter Brauen, die so dicht waren wie das Fell eines Silberfuchses.

»Nun«, sagte er, »was ist an dem Ganzen denn so schrecklich?«

»Nichts«, meinte ich verdrossen. Er hatte es fertig gebracht, dass ich mir wie eine Idiotin vorkam.

Seufzend lehnte er sich in seinem Sessel zurück.

»Na, dann laufen Sie mal, und vergessen Sie diese kleine Unterredung«, sagte er zu mir. »Damit Sie aber jetzt nicht anfangen, sich wer weiß was auszudenken, will ich Sie mal auf Folgendes hinweisen. Auch die Polizei betreibt in gewissem Sinn ein Geschäft. Ihr eigenes Geschäft nämlich, und wenn ein Beamter in meiner Position eine Anfrage von weiter oben kriegt, hat er zu ermitteln, stimmt's? Er mag der Ansicht sein, dass die Vernichtung von Geld – ›Entwertung gesetzlicher Zahlungsmittel‹, wie wir das nennen – kein sehr schlimmes Vergehen ist im Vergleich zu anderen Dingen, mit denen er sich auseinander setzen muss. Trotzdem muss er, wenn er dazu aufgefordert wird, sich irgendwie rühren und irgendeinen Bericht einschicken. Und dann kann das alles … äh … abgelegt und vergessen werden, stimmt's?«

»Ja«, stimmte ich erleichtert zu. »Ja, so ist es wohl.«

Ich wurde hinausbegleitet, und damit schien die Sache abgeschlossen. Doch ich hatte meine Lektion gelernt und hielt zu dem Thema anderen Leuten gegenüber den Mund. Der Kontakt zu Louise war mir danach ziemlich verleidet, und eine Zeit lang ging ich ihr aus dem Weg. Ich erfand Ausreden und ging nicht zum Essen zu ihr hinüber, konnte aber weiter durchs Fenster sehen, wie sie an ihrem Kassiertischchen saß, und auch Adelbert sah ich, der von seiner Tür aus gierig zu ihr hinüberspähte.

Ein, zwei Monate lang ging alles ruhig seinen Gang. Dann erfuhr ich, dass Violettas Jüngling vom Restaurantgewerbe genug und oben im Norden eine Arbeit angenommen hatte. Dem Mädchen hatte er die Chance geboten, zu heiraten und mitzugehen, und sie waren weggegangen, ohne sich richtig zu verabschieden. Es tat mir Leid für Louise, dass sie so allein gelassen wurde, also musste ich hingehen und sie besuchen.

Sie kam damit recht gut zurecht – eigentlich hatte sie ziemlich Glück, denn sie hatte fast umgehend einen neuen Kellner gefunden, und ihre erste Küchenhilfe hatte ihr die Stange gehalten, so dass sie es sehr gut schafften. Allerdings war Louise sehr einsam, und so gewöhnte ich mir bald wieder an, einmal die Woche bei ihr zu essen. Ich bezahlte natürlich dafür, doch sie gesellte sich zu mir, und wir aßen gemeinsam.

Ich vermied es ihr gegenüber, das Gespräch auf Adelbert zu bringen, doch eines Tages kurz vor dem Quartalstag im Sommer brachte sie ihn zur Sprache und fragte mich ganz direkt, ob ich mich denn an mein Versprechen erinnerte, am nächsten Zahltag als Zeugin zu fungieren. Da Violetta fort war, hatte sie mich Adelbert gegenüber erwähnt, und er hatte sich erfreut gezeigt.

Nun konnte ich mich nicht davor drücken, ohne sie zu verletzen, und weil anscheinend nichts dagegen sprach, willigte ich ein. Ich gebe zu, dass ich neugierig war: Es war eine Liebesaffäre ohne – jedenfalls soweit ich sehen konnte – eine Spur von Liebe.

Der Zeitpunkt für die Zahlung wurde auf eine halbe Stunde nach Geschäftsschluss am Johannistag festgesetzt, und als ich die Straße hinunter an die Ecke huschte, waren die Jalousien des Coq au Vin heruntergelassen und die Tür geschlossen. Der neue Kellner schnappte auf der Kellertreppe ein bisschen Luft und ließ mich durch die Küchenräume herein. Ich lief die dunkle Dienstbotentreppe hoch und sah die beiden schon am Tisch sitzen und auf mich warten.

Bis auf eine einzelne abgeschirmte Glühbirne über dem Tisch in der Wandnische, wo sie saßen, war die Gaststube völlig dunkel, und ich musterte die beiden eingehend, während ich den Raum durchquerte. Sie bildeten ein ungewöhnliches Paar.

Ich weiß nicht, ob Sie schon einmal eins von diesen fetten chinesischen Götzenfigürchen gesehen haben, die sich manche Leute als Glücksbringer auf den Kaminsims stellen? Eigentlich sollten sie alle lachen, aber manche tun nur so, und die Furchen in ihren Porzellangesichtern sind vor lauter Senkrechtfalten steif und unerbittlich. An so ein Figürchen erinnerte mich Adelbert. Zur Arbeit trug er immer eine schwarze, ganz dünne und sehr locker sitzende Smokingjacke. Wenn er sie auszog, überlegte ich, hing sie wahrscheinlich wie eine Abendrobe am Bügel. In dieses Ding gehüllt, saß er vor der weißen Wandverkleidung, eine gedrungene und schwabbelige Gestalt.

Louise war in ihrem schwarzen Kleid und der knappen Strickjacke dagegen dürr und hart wie ein verdorrter Ast. Für einen kurzen Augenblick durchfuhr mich der Gedanke: Wie wütend muss sie ihn machen! Nichts an ihr wirkte nachgiebig oder verhuscht. Sie gab nicht mehr als das, wozu sie gezwungen war – keinen Zollbreit mehr. Noch nie war mir solche Unbeugsamkeit begegnet. Sie bot ihm die ganze Zeit über tapfer die Stirn.

Auf dem Tisch stand eine Flasche Dubonnet, und jeder hatte ein kleines Glas vor sich. Als ich erschien, schenkte Louise mir ebenfalls ein.

Die gesamte Vorstellung war sehr förmlich. Obwohl beide ihr ganzes Leben in London verbracht hatten, war das französische Blut in ihren Adern unverkennbar. Sie schüttelten mir beide die Hand, und Adelbert schob den Stuhl für mich hervor, ohne sich dazu recht zu erheben.

Louise hatte den großen Geldumschlag in ihrer schwarzen Handtasche, die sie wie ein Haustier in den Armen wiegte, und sobald ich an meinem Glas genippt hatte, zog sie ihn hervor und schob ihn dem Mann quer über den Tisch hinweg zu.

»Fünfhundert«, sagte sie. »Die Quittung ist drin, schon ausgestellt. Wenn Sie bitte unterschreiben möchten.«

Jedes Wort saß, verstehen Sie, und doch war die Luft zum Schneiden dick. Sie hasste ihn, und er bekam, was ihm zustand, und sonst nichts.

Er musterte sie eine Zeit lang unverwandt mit ausdruckslosem Blick. Er schien auf etwas zu warten – auf eine bloße Andeutung von Bedauern oder Abneigung vermutlich. Als er nichts dergleiDoc chen bekam, nahm er den Umschlag zwischen seine Wurstfinger und öffnete ihn mit dem Daumen. Die fünf neuen, steifen grünen Bündel fielen heraus auf das weiße Tischtuch. Ich betrachtete sie interessiert, wie man es bei Geld immer tut. Es war natürlich kein Vermögen, doch für Leute wie Louise und mich, die sich jeden Penny mühsam verdienen müssen, war es eine Stange Geld, die viele Stunden Plackerei, genaues Planen und Einteilen und Entbehrung bedeuteten.

Die Art, wie die Finger des Mannes darüberstrichen, war mir zuwider, und jenes geheime Fünkchen Mitgefühl, das ich kurzzeitig für ihn empfunden hatte, verlosch schlagartig. Mir wurde plötzlich klar, wenn er seinen Willen bekommen und sie geheiratet hätte, damals, als sie fast noch ein Kind gewesen war, hätte er sie sicher abscheulich behandelt. Er war ein grausames Ungeheuer, so war er eben.

Ich warf einen Blick zu Louise hinüber und stellte fest, dass sie keine Miene verzog. Sie saß einfach da, mit gefalteten Händen, und wartete auf ihre Quittung.

Adelbert begann das Geld zu zählen. Ich habe es immer bewundert, wie Kassierer auf der Bank mit Geldscheinen umgehen, doch die Art, in der Adelbert vorging, war schon erstaunlich. Er behandelte die Scheine wie ein Spieler ein Deck Spielkarten behandelt – als wenn jede einzelne Note lebte und Teil seiner Hand wäre. Er liebte das Zeug, das konnte man sehen.

»Alles korrekt«, sagte er schließlich und steckte die Bündel in die Innentasche seines Jacketts. Dann unterschrieb er die Quittung und reichte sie ihr. Louise nahm sie und steckte sie in ihre Handtasche. Ich vermutete, damit wäre es vorbei, und fragte mich, was das ganze Theater sollte. Ich erhob mein Glas auf Louise, die es zur Kenntnis nahm, und wollte gerade aufstehen, als Adelbert mich aufhielt.

»Warten Sie«, sagte er. »Wir müssen noch eine Zigarette rauchen und vielleicht noch ein Gläschen – falls Louise es erübrigen kann.«

Er lächelte, sie jedoch nicht. Sie schenkte ihm noch einmal ein und wartete gleichmütig ab, dass er austrank. Er hatte es nicht eilig. Gleich darauf holte er das Geld wieder hervor und legte seine fette Hand darauf, während er sein Zigarettenetui herumreichte. Ich nahm mir eine Zigarette, Louise nicht. Auf dem Tisch stand einer von diesen metallenen Streichholzhaltern. Er beugte sich vor. Ich rückte ebenfalls hin, in der Erwartung, dass er mir Feuer gab, doch er lachte nur und zog die Hand zurück.

»Das hier gibt ihr einen besseren Geschmack«, sagte er, und nachdem er einen Schein vom obersten Geldbündel geblättert hatte, entzündete er ihn und hielt mir die Flamme hin. Ich hatte schon mit so etwas gerechnet und ließ mir meine Überraschung nicht anmerken. Wenn Louise ein Pokergesicht machen konnte, konnte ich es auch. Ich sah zu, wie der Geldschein verbrannte, dann nahm er einen zweiten und steckte ihn ebenfalls an.

Da es ihm nicht gelungen war, uns eine Regung zu entlocken, begann er zu reden. Er sprach ganz normal über das Restaurantgewerbe – wie schwer die Zeiten seien und wie viel Arbeit es bedeutete, morgens in aller Frühe aufzustehen, um mit dem Küchenchef auf den Markt zu gehen, und dass die Gäste einen abends gern aufhielten, redeten und herumtrödelten, als wäre morgen nicht auch noch ein Tag. All das war an Louise gerichtet, er ritt darauf herum, wollte sie mit der Nase darauf stoßen, was er da tat. Doch sie blieb vollkommen ungerührt, ihre Augen waren wie Blei, der Mund hart.

Als das nichts fruchtete, wurde er persönlicher. Er sagte, er erinnere sich daran, wie wir beide noch Mädchen waren und wie Arbeit und Sorgen uns doch verändert hätten. Ich ärgerte mich, ließ mich aber nicht allzu sehr aus der Fassung bringen, denn es stellte sich schon bald heraus, dass er sich überhaupt nicht an mich erinnerte. Bei Louise war es anders: An sie erinnerte er sich – in allen Einzelheiten – und noch mehr dazu.

»Dein Haar war wie Gold«, sagte er, »und deine Augen waren blau wie Glas, und du hattest ein weiches, breites Mündchen, so ein fröhliches Mündchen. Wo ist das jetzt, he?« Er klopfte mit der flachen Hand auf das Geld, der alte Rohling. »Alles hier, Louise. Ich bin nämlich Psychologe. Ich sehe so was. Und was bedeutet es mir? Nichts. Absolut gar nichts.«

Ich fand ihn widerlich. Wie gebannt starrte ich ihn an und sah, wie er plötzlich einen ganzen Packen Geldscheine nahm und aufschüttelte, bis es aussah wie ein Kopf Salat. Louise zuckte mit keiner Wimper und sagte kein Wort. Sie sah ihn bloß an, als wäre er nichts, ein Wildfremder auf der Straße. Ein absoluter Niemand. Weil ich den Kopf zu ihr hinübergewandt hatte, sah ich nicht, dass er wieder ein Streichholz angezündet hatte – und so reagierte ich, als er die neuen, frischen Scheine anzündete, vollkommen überrascht.

»Vorsicht!«, sagte ich unwillkürlich. »Passen Sie auf, was Sie da tun!«

Er lachte wie ein ungezogenes Kind, triumphierend und verzückt. »Und was ist mit dir, Louise? Was sagst du dazu?«

Sie wirkte immer noch gelangweilt. Sie starrten einander direkt an, während das Geld vor sich hin loderte.

Die ganze Sache hatte mit mir nicht das Geringste zu tun; vielleicht war deshalb ich diejenige, die die Beherrschung verlor.

Jedenfalls schlug ich ihm das Bargeld aus der Hand. Eine rasche Bewegung, und sämtliche hundert Scheine entglitten seinem Griff und flogen in alle Richtungen – auf den Fußboden, den Tisch, überallhin. Der ganze Raum war erleuchtet von lodernden Banknoten.

Er jagte ihnen wie besessen hinterher – man hätte nicht gedacht, dass ein so fetter Mensch sich so schnell bewegen konnte.

Der Schein, der meinem Strumpf eine Laufmasche verpasste, war schließlich verräterisch. Ein Funke verbrannte das Nylon, und als ich es spürte, sah ich hinunter, griff nach dem verkohlten Schein und hielt ihn ans Licht. Wir alle entdeckten den Fehler darin gleichzeitig. Die Druckerschwärze war verlaufen, und mittendurch zog sich, wie die Maserung in einer Marmorplatte, ein breiter Streifen.

Es blieb lange still, dann kam das erste Geräusch nicht von uns, sondern von der Lieferantentür her. Sie ging auf, und der neue Kellner – der jetzt, wo er seinen Rock gegen einen mit Polizeiabzeichen ausgetauscht hatte, ziemlich anders aussah – kam durch den Raum zu uns her, gefolgt von Inspector Cumberland.

Sie traten auf Adelbert zu, und der jüngere, schwergewichtigere Mann legte ihm eine Hand auf die Schulter. Cumberland beachtete außer dem Geld gar nichts. Er trat die schwelenden Flammen aus und sammelte die Überreste sowie die vier intakten Geldbündel auf dem Tisch ein. Dann lächelte er knapp.

»Jetzt haben wir dich, Adelbert. Mit dem Geld. Wir haben uns schon gefragt, wer hier wohl Blüten in Umlauf bringt, und als uns zu Ohren kam, dass jemand Bargeld verbrennt, dachten wir uns, das schauen wir uns mal an.«

Ich verstand immer noch nicht ganz und hielt ihm den Schein hin, auf den wir alle wie gebannt gestarrt hatten.

»Mit dem da stimmt was nicht«, sagte ich etwas stupide.

Er nahm ihn mir ab und brummte unwillig.

»Mit denen allen stimmt was nicht, meine Liebe. Miss Frosnés Geld liegt wohlbehalten in seiner Tasche, da, wo Sie es ihn hinstecken sahen. Das hier sind ein paar fehlerhafte Exemplare der Fälscherbande. Jeder, der Falschgeld herstellt, hat solche – in der Regel verlassen sie den Druckraum gar nicht. Das Ding hier ist ein besonderer Schocker. Dass er den riskiert hat, und sei es nur zum Verbrennen, wundert mich. Wolltest ihn nicht vergeuden, was, Adelbert? Bist ja ein ganz sparsames Bürschchen.«

»Wie haben Sie es herausgefunden?«, Louise wandte den Blick von ihnen ab und musterte mich.

Cumberland kam mir zu Hilfe.

»Auch ein Polizist, Madam«, sagte er lachend, »kann Psychologe sein.«

Eine schöne Bleibe
von
NEDRA TYRE

Nedra Tyre (1912-90), gebürtig in Georgia, verfasste zwischen 1952 und 1971 ein halbes Dutzend Kriminalromane sowie etwa vierzig Kurzgeschichten für *Ellery Queen's Mystery Magazine* und andere Publikationen. Obwohl sie schon zu Lebzeiten für ihre in den Südstaaten angesiedelten Kleinstadtszenarien von der Kritik gelobt wurde, wird sie – unter anderem wegen ihres schmalen Œuvres – in den einschlägigen Quellen größtenteils übergangen. Ihr erster und bekanntester Roman *Mouse in Eternity* (1952), der in Atlanta spielt, wurde inspiriert von ihrer persönlichen Erfahrung als Sozialarbeiterin und nahm den späteren Trend zum Regionalismus im amerikanischen Kriminalroman vorweg.

Tyre lebte damals in Richmond, Virginia, als sie in *Contemporary Authors* (Band 104, 1982) verriet: »Ich habe in Büros gearbeitet, war Sozialarbeiterin, Bibliotheksgehilfin, Verkäuferin in einer Buchabteilung, Texterin in einer Werbeagentur und habe Soziologie gelehrt. Alles habe ich gemacht und, wie mir scheint, nie auch nur den Mindestlohn verdient. Das Leben ist echt und das Leben ist ernst, vor allem aber ist es lächerlich. Heute bin ich Redakteurin bei einer Organisation, die den Ärmsten unter den Kindern in fünfundzwanzig Ländern finanzielle Unterstützung gewährt.

Seit vier Jahren bin ich nun vollständig taub. Ich finde es ungeheuer interessant, taub zu sein, obwohl es beim gesellschaftlichen Umgang störend ist. Politisch bin ich das, was man vielleicht liberal nennen könnte, in religiöser Hinsicht eine etwas verwässerte Protestantin. Fast alles ist für mich verwirrend, und alles erstaunt mich.«

Tyres Erfahrung als Sozialarbeiterin sowie ihre oben ausgeführte Weltanschauung prägen die Erzählung »Eine schöne Bleibe« mit ihrem tiefen Verständnis für die Psychologie der Armut.

Eine schöne Bleibe

Mein Leben lang habe ich eine schöne Bleibe gewollt. Ich meine nichts Großartiges, bloß ein Zimmerchen mit frisch gestrichenen Wänden und ein paar ordentlichen Möbelstücken und einem Fenster mit Sonneneinfall, damit ein paar Topfpflanzen gedeihen können. Davon habe ich immer geträumt. Ich sehnte mich nicht nach Liebe oder Geld oder schönen Kleidern, obwohl ich ein recht hübsches Mädchen war und hübsche Kleider mich noch hübscher gemacht hätten – aber ich will ja nicht angeben.

Die Verantwortung wurde auf meine Schultern geladen, als ich fünfzehn war. Das war, als Mama krank wurde und ich mich um den Haushalt und die Versorgung von Papa und meinen beiden älteren Brüdern – und natürlich Mamas Pflege – kümmern musste. Bald darauf verlor Papa die Farm, und wir zogen in die Stadt. Ich denke nicht gern an das Haus, in dem wir neben den C & R Eisenbahnschienen wohnten, obwohl wir wahrscheinlich noch von Glück sagen konnten, überhaupt ein Dach über dem Kopf zu haben – es war die schlimmste Zeit während der großen Wirtschaftskrise, und viele Leute hatten gar kein Dach über sich, nicht einmal ein undichtes, von dem es plitsch-platsch machte. Bei starkem Regen konnten wir gar nicht genügend Töpfe und Pfannen und Gemüseschüsseln aufstellen, um das ganze Wasser aufzufangen.

Mama war diejenige, die krank war, doch Papa starb zuerst – ihm bekam das Stadtleben nicht. Inzwischen hatten meine Brüder geheiratet, und Mama und ich zogen in die beiden hinteren Zimmer, die auf eine enge Gasse und die Mülltonnen und Abfallhaufen des ganzen Hauses hinausgingen. Meine Brüder sprangen ein und gaben mir jeden Monat genug Geld für die notwendigsten Ausgaben für Mama und mich, obwohl ihre Ehefrauen stänkerten und sich beschwerten.

Ich bemühte mich, es Mama schön bequem zu machen. Ich las ihr jeden Wunsch und jede Laune von den Augen ab. Ich liebte sie.

Doch hatte ich auch noch einen anderen Grund, sie so lange wie möglich am Leben zu erhalten. Ich wusste, solange sie atmete, hatte ich eine Bleibe. Ich hatte fürchterliche Angst davor, was mit mir passieren würde, wenn Mama starb. Ich hatte keinen Schulabschluss und keine offizielle Arbeitserfahrung und wusste, dass mich meine Schwägerinnen nicht aufnehmen oder auch nur erlauben würden, dass meine Brüder mich unterstützten, wenn Mama nicht mehr war.

Dann tat Mama ihren letzten Atemzug, mit einem Lächeln des Dankes auf dem Gesicht für das, was ich getan hatte.

Natürlich sprachen Norine und Thelma, die Ehefrauen meiner Brüder, sofort ein Machtwort, und von da an war ich auf mich gestellt. Und so machte sich in mir die bange Sorge breit, wo ich nun Obdach finden könnte, und wich nie mehr von mir.

Etwas Aufschub bekam ich, als Mr. Williams, ein Witwer, der vierundzwanzig Jahre älter war als ich, um meine Hand anhielt. Ich nahm das Ehegelöbnis sehr ernst. Ich hatte vor, ihn zu ehren und zu achten, und tat es auch. Aber das Haus, in dem wir wohnten! Die Wände hätten nicht schmutziger sein können, wenn sie mit Ruß verschmiert gewesen wären, und die sanitären Einrichtungen taten gerade das, was ihnen passte. Mein linker Fuß war ständig wund, weil ich dem Rohr unter dem Spülbecken einen Tritt verpassen musste, damit Wasser durchkam.

Dann wurde Mr. Williams krank und musste seinen Schusterladen aufgeben, den er ganz allein betrieb. Er hatte ein kleines Sparkonto, ein paar von diesen Regierungsanleihen zu fünfundzwanzig Dollar und bekam auch eine geringe Invalidenrente, bis die Versicherung nach ungefähr einem halben Jahr auslief.

Ich bemühte mich nach Kräften, es ihm schön bequem zu machen und ihn aufzuheitern. Obwohl ich die Wäsche selber machte, bekam er alle drei Tage frische Bettwäsche und einen frischen Schlafanzug, und ich glaube, es gelang mir durch pure Willenskraft, in dem dunklen Hinterzimmer, in dem Mr. Williams lag, eine Begonie zum Blühen zu bringen. Ich bekniete sogar seine beiden Töchter, ihrem Vater doch zu schreiben und ihm gute Besserung zu wünschen, was sie ein paar Mal auch taten. Ab und zu, wenn einmal ein paar Cent übrig waren, kaufte ich Karten und kritzelte

Unterschriften darauf, die niemand entziffern könnte, und schickte sie an Mr. Williams, damit er glaubte, einige seiner früheren Kunden erinnerten sich an ihn und wünschten ihm alles Gute.

Als Mr. Williams starb, standen seine Töchter natürlich sofort auf der Matte, um auch ja ihren Anteil an dem bisschen Geld zu kriegen, das das baufällige Haus einbrachte. Ich missgönnte es ihnen nicht – ich gehöre nicht zu denen, die sich der menschlichen Natur widersetzen.

Ich denke ungern an das Elend zurück, das mir nach Mr. Williams' Tod widerfuhr. Am schlimmsten war es, einen Schlafplatz zu finden; am Ende ging es immer darum, eine Bleibe zu haben. Denn irgendwie schafft man es ja immer, nicht zu verhungern. Es gibt Mülltonnen, aus denen man sich was holen kann – erstaunlich, wie verschwenderisch manche Leute sind und wie viel gutes Essen sie wegwerfen. Wenn die Müllabfuhr gerade gekommen war und die Tonnen leer waren, ging ich eben in einen Supermarkt und zupfte beispielsweise an den Kirschen herum und tat so, als suchte ich mir welche aus, um sie zu kaufen. Ich steckte mir aber nicht die Besten in den Mund, sondern nahm entweder die, die so reif waren, dass man sie hätte wegwerfen müssen, oder die, die noch nicht reif genug waren und den Leuten gar nicht zum Kauf hätten angeboten werden sollen. Vielleicht stibitzte ich ein welkes Kohlblatt oder ein paar Büschelchen Brunnenkresse oder ein paar von diesen kleinen, runden Tomaten, die etwa so groß sind wie Hickorynüsse – ihren richtigen Namen kann ich mir nie merken. Wild etwas in mich hineingefressen hätte ich nie, sondern aß nur genug, um meinen Hunger zu besänftigen. Und so schlug ich mich durch. Wie gesagt, verhungern muss man nicht.

Die einzige Arbeit, die ich finden konnte, brachte mir nie mehr als Unterkunft und Verpflegung ein. Ich war keine ausgebildete Krankenschwester, obwohl ich wusste, wie man Kranke pflegt. Die Leute, die mich anstellten, sagten aber immer, viel erwarten könnte ich nicht, denn ich hätte ja keine Ausbildung und keinen Abschluss. Die wollten bloß jemanden, der über Nacht bei Tante Myrtle oder Cousine Kate oder Mama oder Daddy blieb. Man verlange schließlich keine richtigen Dienste von mir, behaupteten sie und fanden auch wirklich nicht, dass meine Hilfe mehr wert war als Mahlzeiten und einen Schlafplatz. Die Unterkunft war ziemlich improvisiert. Meistens hatte ich nicht einmal ein Plätzchen, an dem ich meine Sachen aufbewahren konnte – allerdings hatte ich ja auch kaum Kleider –, und manchmal musste ich auf einem Klappbett im Flur vor dem Zimmer des Patienten oder auf irgendeiner notdürftig zusammengebastelten Schlafstatt im Krankenzimmer schlafen.

Alle diese kranken Leute hegte und pflegte ich, genau wie ich Mama und Mr. Williams gehegt und gepflegt hatte. Ich wollte nicht, dass sie starben. Ich tat alles, was ich konnte, um ihnen zu verstehen zu geben, dass mir ihr Wohlergehen am Herzen lag – um ihrer selbst willen, aber auch um meinetwillen, damit ich nicht gehen und eine neue Bleibe finden musste.

Also, nachdem ich nun die Argumente zu meiner Verteidigung vorgebracht habe – ein Ausdruck, von dem ich nie gedacht hätte, dass ich ihn einmal für mich persönlich benutzen müsste –, lege ich jetzt die Anklagepunkte dar.

Ich habe gestohlen.

Ich sage es ungern, aber ich war eine Diebin.

Ich bin eigentlich gar nicht langfingrig veranlagt. Nie wollte ich etwas haben, was jemand anderem gehörte. Doch es kam eine Zeit, in der ich mich gezwungen fühlte zu stehlen. Ein paar Sachen brauchte ich einfach. Meine Schuhe fielen auseinander. Ich brauchte Strümpfe und Unterwäsche. Und wenn ich einen Sohn oder eine Tochter, eine Cousine oder eine Nichte um ein bisschen Geld bat, um das Notwendigste zu kaufen, führten sie sich auf, als wollte ich sie erpressen. Sie erinnerten mich daran, dass ich als Krankenschwester nicht qualifiziert war, dass ich womöglich Scherereien mit den Behörden bekäme, wenn man dort erfuhr, dass ich mich als Krankenschwester ausgab – was ich ja gar nicht tat, und das wussten sie auch. Jedenfalls sagten sie, ihr Angebot umfasse bloß Unterkunft und Verpflegung.

Also fing ich an, Sachen mitgehen zu lassen – Kleinigkeiten, die in die hinterste Schubladenecke geschoben worden oder in Schachteln hoch auf Regalen aufbewahrt waren, Sachen, die man seit Jahren nicht mehr benutzt oder getragen hatte und wohl auch nie mehr benutzen würde. Die größte Beute ergatterte ich bei Mrs. Bick, wo es einen Dachboden voller Überseekoffer gab, die mit

Kleidern und Schnickschnack aus den zwanziger Jahren bis hin zu den Achtzehnhundertneunzigern voll gestopft waren – Uniformen, Fächern aus Straußenfedern, bestickten Umhängetüchern und Perlentäschchen. Ich schmuggelte jedes Mal ein paar Sachen hinaus und verkaufte sie gelegentlich an einen Laden namens Way Out – Hippie-Ausstatter.

Ich versuchte, mir die genaue Summe auszurechnen, die ich verdiente, wenn ich etwas verkaufte. Nun weiß ich ja, dass man Diebstahl nicht wieder gutmachen kann. Aber sagen wir, ich bekam einen Dollar für eine Federboa, die Mrs. Bick gehörte. Dann ging ich wieder hin und nahm mir eine Arbeit vor, die die Putzfrau immer wieder hinausschob, zum Beispiel den oberen Flur bohnern oder das Kaminbesteck polieren oder den Wäscheschrank ordnen.

Trotzdem war das, was ich da tat, *stehlen* – nicht überall, wo ich wohnte, nicht einmal in den meisten Häusern, doch wenn es sein musste, stahl ich. Das gebe ich zu.

Das silberne Kästchen habe ich aber nicht gestohlen.

Was das Kästchen betraf, war ich so unschuldig wie ein kleines Kind. Als der Polizist damals auf mich zukam und das Kästchen packen wollte, trat ich beiseite, und vielleicht versetzte ich ihm auch den Stoß, der ihn zu Tode kommen ließ. Er hatte keinen Grund, sich so zu verhalten, wo das Kästchen doch mir gehörte, egal was Mrs. Crowes Nichte behauptete.

Und wenn fünfzigtausend Nichten etwas anderes behauptet hätten – das Kästchen gehörte mir.

Der Polizist war jedenfalls tot, und obwohl ich ihm den Tod nicht gewünscht hatte, hatte ich ihm auch nichts Gutes gewünscht. Und dann überlegte ich: Mrs. Crowes Kästchen habe ich zwar nicht gestohlen, dafür aber andere Dinge, und die Mühlen Gottes mahlen nun mal außerordentlich fein, wie ich einen Prediger einmal habe sagen hören, und nun muss ich für die Verfehlungen, die mich eingeholt haben, eben bezahlen.

Sicher begreife ich das, was passiert ist, inzwischen ein bisschen besser, obwohl mir nie ganz genau klar geworden ist, was sich wirklich zugetragen hat.

Mrs. Crowe war die dankbarste Person, für die ich je gearbeitet habe. Sie war bettlägerig und konnte sich kaum rühren. Ich glaube nicht, dass die offizielle Krankenschwester, die sie tagsüber versorgte, es als Teil ihrer Aufgabe betrachtete, Mrs. Crowe zu massieren. Also massierte ich sie abends, was ihr gefiel und sie entspannte. Sie dankte mir für jede Kleinigkeit, die ich für sie tat – wenn ich ihr Kissen aufschüttelte, wenn ich ihr ein paar Tropfen Parfüm hinter die Ohrläppchen tupfte oder ihr die zerknitterte Bettdecke straff zog.

Ich machte auch kleine Scherze. Ich tat so, als könnte ich die Zukunft vorhersagen, nahm Mrs. Crowes Hand und erzählte ihr, sie würde heute einen wunderschönen Tag erleben, sollte sich aber in Acht nehmen vor dem schönen, blonden Fremden – oder sonst irgendwas Dummes, was sie zum Lachen brachte. Sie konnte nicht gut schlafen, und es schien ihr Freude zu bereiten, sich fast die ganze Nacht mit mir über ihre Kindheit oder ihren verstorbenen Mann zu unterhalten.

Sie wurde zusehends schwächer, und zwei Nächte vor ihrem Tod sagte sie, sie hätte so gern etwas für mich getan, aber als sie so hinfällig geworden sei, habe sie ihrer Nichte alles überschrieben. Jedenfalls hoffte Mrs. Crowe, ich würde ihr silbernes Kästchen annehmen. Ich dankte ihr. Es freute mich, dass sie mich so gern hatte, dass sie mir das Kästchen schenken wollte. Eigentlich hatte ich gar keine Verwendung dafür. Es hätte ein hübsches Schmuckkästchen abgegeben, aber ich besaß gar keinen Schmuck. Das Kästchen schien der Gegenstand zu sein, den Mrs. Crowe am zärtlichsten liebte. Sie hatte es neben sich auf dem Nachttisch stehen, und jedes Mal, wenn sie es ansah, leuchteten ihre Augen auf. Sie war wie ein kleines Mädchen, das am Weihnachtsmorgen zum ersten Mal seine nagelneue Babypuppe erblickt.

Als Mrs. Crowe also starb und ihre Nichte, die ich damals zum ersten Mal zu Gesicht bekam, mich entließ, raffte ich meine wenigen Habseligkeiten zusammen, nahm das Kästchen und ging. Zu Mrs. Crowes Begräbnis ging ich nicht. In der Zeitung stand, es fände im engsten Kreise statt, und ich war nicht eingeladen. Außerdem hätte ich sowieso nichts Passendes zum Anziehen gehabt.

Weil ich von den Sachen, die ich an den Hippieladen namens Way Out verkauft hatte, noch ein paar Dollar übrig hatte, bezahlte ich eine Woche Miete für das übelste Zimmer, in dem ich je gewohnt habe.

Es war eisig kalt, und bis zu mir in den zweiten Stock reichte die Heizung nicht. In diesem Zimmer, wo der Putz herunterfiel, die Fußbodendielen sich wellten und die Küchenschaben herumflitzten, saß ich in sämtliche Sachen gehüllt, die ich besaß, hatte eine eklige Decke und ein ausgebleichtes Steppbett um mich geschlungen und wartete darauf, dass die Wärme nach oben zog, als Mrs. Crowes Nichte plötzlich in Pelzmantel und Pelzmütze und glänzenden, bis zu den Knien reichenden Lederstiefeln hereingerauscht kam. Ihr Gesicht war vor Wut puterrot angelaufen, als sie anfing, mir zu erzählen, sie habe mich durch einen Privatdetektiv ausfindig machen lassen, und ich solle ihr das Erbstück zurückgeben, das ich gestohlen hätte.

Ihre Behauptung ließ mich noch das wenige vergessen, was ich von der englischen Sprache wusste. Ich brachte kein Wort heraus, und sie schrie immer weiter, von wegen, wenn ich das Kästchen sofort zurückgäbe, würde sie mich auch nicht anzeigen. Da bekam ich meine Stimme wieder und sagte, dass das Kästchen mir gehöre und dass Mrs. Crowe es mir überlassen habe, und sie wollte wissen, ob ich das irgendwie beweisen könne oder ob es bei der Schenkung irgendwelche Zeugen gegeben habe, und ich sagte ihr, wenn man mir etwas schenkte, würde ich mich bedanken, da würde ich nicht nach Beweisen und Zeugen fragen, und nichts könnte mich dazu bringen, Mrs. Crowes Kästchen wieder herzugeben.

Die Nichte stand da und schnaufte, schien fast die Atemzüge zu zählen wie jemand, der eine Übung macht, um die Beherrschung über sich wiederzuerlangen.

»Sie werden schon noch sehen«, rief sie, und dann ging sie.

Im Zimmer war es kälter denn je, und meine Zähne klapperten.

Kurz darauf hörte ich schwere Schritte die Treppe heraufpoltern. Mir wurde klar, dass die Nichte ihre Drohung wahr gemacht hatte und die Polizei hinter mir her war.

Ich geriet in Panik. Ich jagte im Zimmer umher wie eine Ratte, die von der Katze verfolgt wird. Dann dachte ich, wenn die Polizei mein Zimmer durchsucht und dabei das Kästchen nicht findet, hätte ich vielleicht etwas Zeit, mir zu überlegen, was ich tun sollte.

Rasch holte ich das Kästchen aus der obersten Kommodenschublade und huschte den hinteren Gang hinunter. Ich stieß die hintere Tür auf. Ich glaube, ich hatte vor, die Hintertreppe hinunterzulaufen und das Kästchen irgendwo zu verstecken, unter einem Busch vielleicht oder in einer Mülltonne.

Die Stufen der Hintertreppe waren steil und kamen fast senkrecht in den zweiten Stock empor, außerdem waren sie wacklig und vereist.

Ich ging hinunter. Rutschte mit dem rechten Fuß aus. Das Geländer rettete mich. Ich umklammerte es mit der einen Hand, mit der anderen das silberne Kästchen und tastete mich über die vereisten Flächen mühsam hinunter.

Als ich halbwegs unten war, hörte ich, wie jemand meinen Namen kreischte. Ich sah mich um und erblickte einen großen, kräftigen Mann, der hinter mir die Treppe heruntergesprungen kam. Noch nie habe ich im Gesicht eines Menschen so eine Wut gesehen. Dann war er direkt hinter mir und streckte die Hand aus, um das Kästchen zu packen.

Ich fuhr herum, um seinem Zugriff auszuweichen, und er fluchte. Vielleicht habe ich ihn gestoßen. Ich bin mir nicht sicher – eigentlich nicht.

Jedenfalls glitt er aus und fiel hinunter und immer weiter hinunter, und nachdem er ganz hinuntergefallen war, blieb er vollkommen reglos liegen. Die unterste Stufe war unter seinem Kopf wie ein Kissen, der Rest seines Körpers lag ausgestreckt auf dem gepflasterten Gehweg.

Und dann, wie ein Haustier, das seinem Herrchen folgen will, sprang plötzlich das silberne Kästchen aus meiner Hand, purzelte die Treppe hinunter und landete neben dem linken Ohr des Mannes.

Mein Gehirn war wie betäubt. Ich fühlte mich wie gelähmt. Dann kreischte ich los.

Die Mieter dieses Hauses und des Nachbarhauses und von der anderen Seite der Gasse stießen die Fenster auf und rissen die Türen auf, um zu sehen, was es mit dem Lärm auf sich hatte, und einige von ihnen rannten auf den Hinterhof. Der andere Polizist, der Partner des Toten – so würde man ihn wohl nennen – befahl ihnen zurückzubleiben.

Nach einer Weile kam noch mehr Polizei, und man brachte die Leiche des Mannes weg und fuhr mich auf die Wache, wo ich eingesperrt wurde.

Den jungen Anwalt, den man mir zuteilte, konnte ich von Anfang an nicht leiden. So ganz genau konnte ich es nicht festmachen. Mir war in seiner Gegenwart einfach unbehaglich. Mit Nachnamen hieß er Stanton. Natürlich hatte er auch einen Vornamen, den er mir aber nicht sagte. Er meinte, ich solle ihn wie alle seine Freunde doch Bat nennen.

Dauernd lächelte er und sah mich aufmunternd an, wo es doch eigentlich gar nichts zu lächeln oder aufzumuntern gab, was er von vornherein hätte wissen müssen, statt bei mir falsche Hoffnungen zu wecken.

Ich konnte nur daran denken, wie froh ich war, dass Mama und Papa und Mr. Williams tot waren und meine Schande ihnen keine Schande mehr machen konnte.

»Das kriegen wir schon hin«, sagte der Anwalt immer wieder bis ganz zum Schluss und tat dann beleidigt, als ich wegen Widerstands gegen die Staatsgewalt, Totschlags und Diebstahls oder Raubs schuldig gesprochen wurde – darüber, ob es nun Diebstahl oder Raub war, gab es das größte Getöse. Ich hatte mir zwar weder das eine noch das andere zuschulden kommen lassen, jedenfalls in diesem speziellen Fall, aber keiner wollte mir glauben.

Man hätte meinen können, der Anwalt würde verurteilt statt mir, so wie der sich aufführte. Er nannte es einen schrecklichen Justizirrtum und sagte, es ginge ja zu wie damals im achtzehnten Jahrhundert, wo man Kinder gehenkt hatte.

Nun, das war eine maßlose Übertreibung, schließlich wurde niemand gehenkt, und es war auch kein Kind im Spiel. Der Polizist war gestorben, und ich hatte einen Anteil daran gehabt. Vielleicht hatte ich ihn gestoßen. Ich war mir nicht recht sicher. Im Grunde meines Herzens hatte ich ihm eigentlich keinen Schaden zufügen wollen. Ich hatte einfach Angst gehabt. Aber tot war er trotzdem. Und was das Stehlen betraf – das Kästchen hatte ich zwar nicht gestohlen, aber andere Sachen schon, mehr als einmal.

Und dann ist es passiert. Es war ein Wunder. Mein ganzes Leben hatte ich von einem schönen Zimmer für mich allein geträumt, von einer behaglichen Bleibe. Und genau die bekam ich nun.

Das Zimmer war zwar etwas klein, enthielt aber alles, was ich brauchte, sogar ein Waschbecken mit fließend heißem und kaltem Wasser. Die Wände waren frisch gestrichen, und ich durfte mir aussuchen, ob ich einen Ohrensessel mit Chintzhusse oder einen modernen dänischen Sessel wollte. Ich durfte sogar entscheiden, welche Farbe die Tagesdecke haben sollte. Das Fenster ging auf einen schönen, von Büschen gesäumten Rasen hinaus, und die Aufseherin meinte, ich dürfe ins Gewächshaus gehen und mir für mein Zimmer ein paar Topfpflanzen aussuchen. Am nächsten Tag holte ich mir eine weiße Gloxinie und ein paar rostrote Chrysanthemen.

Die Gitter an den Fenstern störten mich überhaupt nicht. Schließlich haben heutzutage selbst die vornehmsten Villen vergitterte Fenster, um Einbrecher abzuhalten.

Die Mahlzeiten – ich konnte es einfach nicht fassen, dass es auf der Welt so köstliche Speisen gab. Die Frau, die ihre Zubereitung beaufsichtigte, hatte bei einem der größten Partydienste des Bundesstaates, wo sie sich von der Hilfsköchin bis zur Schatzmeisterin hochgearbeitet hatte, Gelder unterschlagen.

Die anderen Häftlinge waren sehr freundlich, und die meisten von ihnen hatten höchst interessante Lebensgeschichten. Einige von den Damen benutzten manchmal Ausdrücke, die man nur an Zäunen oder auf Gehwegen geschrieben sieht, bevor der Zement trocken ist, doch wenn sie deswegen gerügt wurden, entschuldigten sie sich. Ab und zu ärgerte sich eine über die andere, und dann gingen sie mit den Nägeln aufeinander los oder zogen sich an den Haaren, aber ganz schlimm wurde es nie. Einen Chor gab es auch – singen kann ich zwar nicht, aber ich liebe Musik –, der jeden Dienstagmorgen in der Kapelle ein Konzert gab, und Donnerstagabend war Kinoabend. Es kostete überhaupt keinen Eintritt. Man ging einfach hinein und setzte sich hin, wo man wollte.

Jede hatte ihre besondere Aufgabe, und ich war der Krankenstation zugeteilt. Die Ärztin und die Schwester machten mir Komplimente. Die Ärztin sagte, ich hätte eine Ausbildung als Krankenschwester machen sollen, ich würde den Patientinnen so viel Zuversicht schenken und ihnen bei der Genesung helfen. Damit kenne ich mich nicht aus, aber jedenfalls hatte ich jahrelang Übung mit Kranken und helfe gern, wenn es jemandem schlecht geht.

Ich war so glücklich, dass ich nachts manchmal gar nicht schlafen konnte. Dann stand ich auf, knipste das Licht an und betrachtete die Möbel und die Wände. Es war kaum zu glauben, dass ich so eine behagliche Bleibe hatte. Ich dachte daran, was es an dem Abend zu essen gegeben hatte und dass ich noch einmal zum Serviertisch gegangen war, um mir einen Nachschlag von den Spargeln mit Zitronen-Kräuter-Soße zu holen. Dann verglich ich diesen Überfluss mit jenen schrecklichen Zeiten, als ich mich in Supermärkte geschlichen und überreifes Obst und rohes Gemüse geknabbert hatte, um meinen Hunger zu besänftigen.

Dann kam eines Tages, nicht einmal zur üblichen Besuchszeit, dieser Anwalt, hopste herum und gratulierte mir: Meine Berufung sei nun bestätigt oder wie der Ausdruck auch hieß, und ich sei frei wie ein Vogel und könne sofort gehen.

Er sagte der Aufseherin, sie könne mir meine Habseligkeiten ja später nachschicken, und schleppte mich vorn hinaus, wo die Fernsehkameras und Zeitungsreporter schon warteten.

Sobald die Kameras zu surren und die Fotografen zu knipsen begannen, küsste mich der Anwalt auf die Wange und steckte mir eine Blume an. Er hielt eine Rede, in der er sagte, nun sei ein schrecklicher Justizirrtum wieder gutgemacht. Er hatte Leute ausfindig gemacht, die bezeugten, dass Mrs. Crowe mir das Kästchen geschenkt hatte – sie hatte es dem Gärtner und der Putzfrau erzählt. Sie hatten nicht als Zeugen aussagen wollen, weil sie nichts mit der Polizei zu tun haben wollten, doch der Anwalt hatte sie im Namen der Gerechtigkeit und der Menschlichkeit überredet, auszusagen.

Der Anwalt hatte sich auch die Personalakte des toten Polizisten vorgenommen und erfahren, dass man ihn als emotional ungeeignet für seine Arbeit beurteilt hatte und der Psychiater den Polizeichef gewarnt hatte, wenn der Mann nicht seiner Aufgaben entbunden würde, könnte entweder ihm selbst oder einem Verdächtigen etwas Furchtbares zustoßen.

Während der Anwalt in die Mikrofone sprach, hatte er mich die ganze Zeit über fest im Griff, als wäre ich eine Dreijährige, die wegrennen könnte, und ich stand einfach da und glotzte. Als er mit seiner Rede über mich fertig war, sagten die Reporter, er würde bestimmt wie sein Großvater und sein Onkel Gouverneur werden, bloß schon in einem viel jüngeren Alter.

Daraufhin setzte der Anwalt für die Kameras ein breites Grinsen auf, winkte zum Abschied und schubste mich in seinen Wagen.

Ich hatte entsetzliche Angst. Die schöne Bleibe, die ich gefunden hatte, gehörte mir nicht mehr. Mein alter Albtraum war wieder da – die bange Frage, wie ich etwas zu essen beschaffen konnte und wie viel ich stehlen musste, um von einem Tag auf den nächsten zu überleben.

Die Kameras und Reporter waren uns gefolgt.

Ein Fotograf bat mich, mein Wagenfenster herunterzukurbeln, und ich belauschte zwei Männer, die sich weiter hinten in der Menge unterhielten. Ich habe scharfe Ohren. Papa hat immer behauptet, ich könnte es noch drei Staaten weiter donnern hören. Über die Glückwünsche und das allgemeine Gebrabbel hinweg hörte ich einen dieser Männer dort hinten sagen: »Das ist doch ein bisschen viel, findest du nicht? Jetzt spielt sich unser Bat auch noch als Beschützer der älteren Mitbürger auf. Die Teens und die Twens hat er sich schon geschnappt, und das mit Methoden, die eigentlich den Ausschluss aus der Anwaltschaft nach sich ziehen müssten. Er hätte den Gärtner und die Putzfrau doch von Anfang an zu einer Aussage bewegen müssen, und die Akte des Polizisten hätte er sich gleich ansehen müssen. Es hätte überhaupt keinen Fall geben sollen, geschweige denn eine Verurteilung. Aber dann hätte Bat ja keine Publicity bekommen. Er musste es ja unbedingt auf seine eigene krumme, spektakuläre Tour machen.« Der andere Mann nickte bloß immer wieder und sagte nach jedem Satz: »Verdammt, da hast du Recht.«

Dann fuhren wir weg, und ich wagte nicht, mich umzudrehen, weil mir das Herz brach beim Gedanken an das, was ich hinter mir ließ.

Der Anwalt führte mich in sein Büro. Er sagte, er hoffe doch, ein bisschen Aufregung in den nächsten Tagen würde mir nichts ausmachen. Er habe ein paar öffentliche Auftritte für mich arrangiert. Am nächsten Morgen sollte ich an einer Frühsendung im Fernsehen teilnehmen. Ich bräuchte mir überhaupt keine Sorgen zu machen. Er wäre direkt neben mir, um zu helfen, so wie er mir durch meine ganzen Schwierigkeiten hindurch geholfen habe. In der Fernsehsendung bräuchte ich nur zu sagen, dass ich meine Freiheit ihm verdankte.

Ich muss ziemlich verwirrt und verdattert ausgesehen haben, denn er beeilte sich zu sagen, dass ich ihm ja kein Honorar hatte zahlen können, es ihm aber jetzt zurückzahlen könne – nicht mit Geld, sondern indem ich der Öffentlichkeit mitteilte, dass er der Anwalt der Entrechteten sei.

Ich sagte, man hätte mir gesagt, das Gericht stelle Leuten, die nicht bezahlen könnten, kostenlos einen Anwalt zur Verfügung, und er sagte, das sei schon richtig, er meine es aber so, dass ich es ihm nun zurückzahlen könne, indem ich den Leuten erzählte, was er alles für mich getan habe. Dann sagte er, das Wichtigste sei jetzt, unseren nächsten Fernsehauftritt zu besprechen. Er wolle mit mir einüben, was ich sagen sollte, aber zuerst würde er ins Büro seines Partners gehen und ihm sagen, er solle alle Anrufe annehmen und sich um seine restlichen Termine kümmern.

Als sich die Tür hinter ihm schloss, dachte ich, dass er ja Recht hatte. Ich verdankte ihm tatsächlich meine Freiheit. Es war seine Schuld. Dieser Klugscheißer. Dieser Emporkömmling. Wer hatte ihn denn gebeten, sich einzumischen und mich aus meinem hübschen Zimmer und von der Arbeit, die ich liebte, und all dem köstlichen Essen wegzuholen?

Zum ersten Mal im Leben wusste ich, was es heißt, jemanden zu verachten.

Ich hasste ihn.

Damals, als man mich wegen Totschlags verurteilte, war viel von Arglist und Vorsatz die Rede gewesen.

Diesmal wäre der Fall eindeutig.

Dem Polizisten hatte ich damals keinen Schaden zufügen wollen. Diesem Anwalt jedoch wollte ich Schaden zufügen.

Ich ergriff einen Brieföffner von seinem Schreibtisch und fuhr mit dem Finger über die Klinge, um zu prüfen, wie scharf sie war. Dann wartete ich hinter der Tür, und als er hereinkam, nahm ich meine ganze Kraft zusammen und stach auf ihn ein. Wieder und wieder und immer wieder.

Jetzt bin ich wieder da, wo ich sein will – in einer schönen Bleibe.

Clever und fix
von
CHRISTIANNA BRAND

Viele Fans des klassischen Rätselkrimis würden dem Kritiker Anthony Boucher zustimmen und das Trio John Dickson Carr, Ellery Queen und Agatha Christie als die großen Drei nominieren. Doch gab es auch noch andere Autoren, die zwar nicht so produktiv, in ihrem Engagement und ihrem Talent für fintenreiche Rätselkonstruktionen diesen dreien jedoch durchaus ebenbürtig waren. Zu ihnen gehörte auch Christianna Brand (1907-88), die Schöpferin von Inspector Cockrill. In Malaya als Tochter britischer Eltern unter dem Namen Mary Christianna Milne geboren, verbrachte Brand ihre Kindheit in Indien. Wie viele Schriftsteller und Schriftstellerinnen arbeitete sie zunächst in einer Reihe von Berufen, unter anderem als Gouvernante, Fotomodell und Tänzerin. Ihre Erfahrung als Verkäuferin in einem Modehaus inspirierte sie zu ihrem ersten Roman, *Death in High Heels* (1941). Mit Romanen wie *Green for Danger* (1944), großartig verfilmt mit Alistair Sim, oder *Tour de Force* (1955; dt. *Ein Toast auf den Mörder*) bewies Brand ihre Fähigkeit, erstklassige Rätsel zu konstruieren. Nach ihren eigenen Worten feilte sie ebenso sorgfältig an ihrem Stil, wie sie die Schlüssel zu ihren Rätseln verteilte, so dass sie die Leser in die Irre führte und gleichzeitig strikt die Regeln des »Fair Play« befolgte. Im Laufe ihrer Karriere kam sie zeitweilig vom reinen Kriminalroman ab, um etwa unter dem Titel *The Honey Harlot* (1978) eine Abhandlung über das Rätsel der *Marie Céleste* zu produzieren, Kinderbücher wie *Danger Unlimited* (1948) und eine dreiteilige Reihe beginnend mit *Nurse Matilda* (1964) zu schreiben, in *Heaven Knows Who* (1960) über ein authentisches Verbrechen zu berichten oder unter einem Pseudonym populäre Unterhaltungsromane zu verfassen. Ihr Hauptinteresse galt jedoch der Kriminalliteratur.

Im fortgeschrittenen Alter gern gesehen bei Krimisymposien, ist sie auf ihrem Gebiet sowohl als Persönlichkeit wie auch wegen ihres literarischen Schaffens unvergessen. In seiner Einleitung zu ihrer Kurzgeschichtensammlung mit dem Titel *Buffet for Unwelcome Guests* (1983) erinnert sich Robert E. Briney an ihren Redestil: »Die Themen und Anekdoten variierten, obwohl manche aufgrund der starken Nachfrage immer wieder erzählt werden mussten (die Geschichte von Dorothy L. Sayers und dem Blut auf der Treppe wurde ein mündlich überlieferter Klassiker). Die Reaktion des Publikums war jedoch immer gleich. Die Zuhörer waren begeistert von den scharfsinnigen verbalen Porträts, lauschten gebannt, sooft eine ernsthafte Note ins Spiel kam, sahen genauso viel von der Richtung voraus, in die die Geschichte ging, wie sie sehen sollten, und reagierten mit genüsslicher Empörung, wenn die Pointe sich als etwas anderes herausstellte als das, was zu erwarten man ihnen eingegeben hatte. Tatsächlich reagierten sie ziemlich genau so, wie es die Leserschaft von Christianna Brands Romanen seit vierzig Jahren tut.«

In der Kurzgeschichtenform spezialisierte sich Brand weniger auf die reine Aufdeckung als auf die mehrfach verschlungene, doppeltes und dreifaches Spiel treibende Kriminalgeschichte, für die »Clever und fix« ein vorzügliches Beispiel bietet.

Clever und fix

Man musste doch den Schein wahren. Also war die Wohnung sehr protzig ausgestattet, wobei allerdings alles, bis hin zum massiven Messingkamingitter vor dem elektrischen Kaminfeuer, nichts als Schwindel und fauler Zauber war. Den Schein wahren und die Rechnungen zahlen waren jedoch zwei Paar Stiefel, und wie es im Theater neuerdings nun einmal lief, hatten sich die beiden eine recht lange »schöpferische Pause« geleistet. Tatsache war daher, dass sie Trudi eigentlich wegschicken sollten.

Trudi war das Aupairmädchen, und aus unterschiedlichen Gründen wollte keiner von beiden, dass sie ging.

Gerade eben stritten sie darüber, beide vor dem Kamin stehend. In letzter Zeit hatten sie ungefähr einmal pro Stunde irgendeinen Streit – ständig wurde genörgelt und gekeift. Colette brachte Raymond buchstäblich um den Verstand. Und jetzt auch noch das mit Trudi. Ob er Trudis Bezahlung etwa heimlich (irgendwie) aufstockte? »Wie wär's, wenn du ihr für die Arbeit etwas weniger bieten würdest«, schlug er vor.

»Biete du ihr doch ein bisschen weniger – für das Vergnügen«, sagte Colette. Wie immer traf sie damit bei ihm einen wunden Punkt. »Willst du damit etwa andeuten –?«

»Raymond, dieses Mädchen denkt doch an nichts anderes als an Geld, und das weißt du.«

O ja, er wusste es, und bei dem Gedanken stockte ihm das Herz. Wenn es einmal so weit kam, dass er Trudi keine Geschenke mehr machen konnte… Er war verrückt nach ihr – nach dieser kleinen mausgesichtigen Mitteleuropäerin mit dem durchdringenden Blick – und doch: Er war gefangen, verrückt nach ihr, hilflos im Griff ihrer gierigen kleinen Klauen. Er, Raymond Gray, dem die Frauen sein Leben lang, auf der Bühne und auch sonst, nicht hatten widerstehen können, er hatte sich nun selbst in den Schlingen einer Frau verfangen. Wenn ich nun nachlasse, sagte er zu sich, wenn mein

Profil schlaff wird, mein Haar, meine Zähne nicht mehr so perfekt sind wie früher – dabei hielt er sich bemerkenswert gut. Sogar dieses lechzende Ungeheuer in der Wohnung gegenüber –

Sie war kein Ungeheuer, wenngleich sie, eine große, stattliche Frau, die früher eine ziemliche Sportlerin gewesen war, nun zusehen musste, wie alles Muskulöse an ihr sich in schwabbeliges, weißes Fett verwandelte. Aber lechzend? Ich bin widerlich, dachte sie, völlig außer sich – eine fette, hässliche, alternde Witwe, die zu Hause herumsitzt und nach einem ausgedienten Vorstadttheateridol lechzt, das nicht viel mehr als halb so alt war wie sie.

Doch sie war ebenso gefangen und hilflos wie er – gefangen und hilflos saß sie da wie ein dummes Schulmädchen und sehnte sich danach, auf ihren Balkon hinauszutreten und zu versuchen, ob sie durch sein Fenster nicht einen Blick auf ihn erhaschen könnte. Von ihrem Zimmer aus konnte sie seines nicht einsehen, denn die Wohnungen lagen einander nicht direkt gegenüber, sondern auf gleicher Höhe über Eck.

Doch sie wagte sich nicht hinaus. Die Platanen unten auf der Straße waren voller Blütenstaub, und wenn sie auch nur die Nase hinaussteckte, würde ihre Allergie sofort mit aller Macht ausbrechen. Und mit tränenden Augen und geröteter Nase durfte er sie nicht mal im Vorbeigehen auf dem Hausflur oder beim Hinauf- und Hinunterfahren im Aufzug sehen.

Sie hielt sich ziemlich oft auf den Fluren und im Aufzug auf. »Ach, Raymond«, rief sie dann aus, »was für ein Zufall, dass wir uns schon wieder begegnen!« Sie hatte sich schon vor langer Zeit um ihre Bekanntschaft bemüht, und mittlerweile nannte man sich vertraut Raymond, Colette und Rosa. Die beiden hatten nichts dagegen – bei ihr gab es immer reichlich Champagnercocktails und trockene Martinis, dazu jede Menge Kaviar auf kleinen Toastdreiecken. Sie war stinkreich.

Soeben sagte Colette etwas in dieser Richtung. »Kannst du nicht aus der alten Schachtel drüben was rauskitzeln? Die stinkt doch vor Geld, und du brauchst ihr bloß die Hand zu küssen, dann hackt sie sie ab und schenkt sie dir, samt Brillantringen und allem.«

Ihre Hand war wie der Rücken einer Kröte, ganz gesprenkelt mit den grünlichbraunen Flecken alternder Haut. »Trotzdem, ich sag dir jetzt mal was«, versetzte er. »Wenn du aus dem Weg wärst, du elende keifende Meckerziege, dann würde sie mich zum Millionär machen, darauf kannst du Gift nehmen.«

»Ach ja, und was wird dann aus deiner kostbaren Trudi?«, gab Colette gehässig zurück. »Ich glaube nämlich nicht, dass die liebe Rosa sich sehr viel gefallen ließe von diesem dreckigen kleinen Flittchen.«

»Was fällt dir ein, Trudi so zu beleidigen!«, schrie er.

»Ich sage nur, wie es ist. Das steht mir ja wohl noch zu, was?«

Sie hatte eine schmutzige Fantasie, eine schmutzige Fantasie und ein ordinäres Mundwerk dazu. Wie eine Art Lichtblitz, verschwommen und rötlich gefleckt, durchfuhr ihn die Erkenntnis, dass er sie einmal geliebt hatte – und sich nie hätte träumen lassen, dass sich hinter der Fassade diese Kreatur aus Gift und Schmutz verbarg, sich nie hätte träumen lassen, dass er eines Tages mit erhobener Hand hier stehen würde, vorwärtsstürzen und auf sie einschlagen würde, dass er es darauf abgesehen hätte, sie für immer zum Schweigen zu bringen.

Doch seine Hand berührte sie nicht. Sie trat zurück, weg von ihm, stolperte über den Teppich auf dem blank gebohnerten Boden vor dem Kamin, fiel schwer hin, wobei sie sich ziemlich heftig nach hinten warf, außerhalb seiner Reichweite. Ein kurzer Aufschrei, wild fuchtelnde Arme, ein grässliches Knirschen, als ihre Schädelbasis auf dem runden Knauf des schweren Messinggitters aufschlug. Und plötzlich – Stille.

Er wusste, dass sie tot war.

Trudi stand in der Tür und kam dann langsam zu ihm herüber. »Ist schon gut«, sagte sie. »Ich hab gesehen. Du hast sie nicht angefasst.« Sie suchte nach dem passenden Ausdruck. »War es – Unfall?« Sie kam nah zu ihm her und starrte hinunter. »Aber sie ist tot«, sagte sie.

Sie war tot. Er hatte sie nicht angefasst, es war ein Unfall gewesen. Doch sie war tot – und er war frei.

Es dauerte eine Weile, bis er akzeptieren konnte, dass Trudi sich nicht lebenslang an einen arbeitslosen, abgehalfterten Schauspieler binden wollte, ob der nun frei war oder nicht. »Aber, Liiiebling, du weißt, dein Geld ist alles weg, bald ich muss sowieso gehen. Hat sie mir gesagt, Mrs. Gray.« Und weil Mrs. Gray tot auf dem Fußboden lag und nicht widersprechen konnte, improvisierte sie flugs eine Aufstellung der Gelder, die ihr noch geschuldet wurden. »Und das muss ich haben, Raymond, bald ich gehe nach Hause, wenn ich nicht mehr habe einen Job hier.«

Frei zu sein – frei zu sein, um sie zu heiraten, und sie jetzt verlieren! »Liebst du mich denn gar nicht?«, flehte er sie an.

»Aber natürlich! Bloß – wie wir können heiraten, Liiiebling, wenn du hast kein Geld zum Leben? Also dieses Geld ich muss haben, für nach Hause zu gehen.«

»Du kannst sowieso noch nicht weg. Du musst mir beistehen wegen der Sache mit – ihr.« Er hatte das arme tote Ding schon beinahe vergessen, das dort unansehnlich zu ihren Füßen lag. »Du musst für mich aussagen.«

Sie zuckte die Schultern. »Natürlich. Es war Unfall. Aber dann ich kann nach Hause gehen.«

»Und mich einfach so hier lassen? Trudi, jetzt habe ich keine Frau, kein Geld –«

Wieder dieses leichte Schulterzucken, halb komisch, halb mitleidig, das seinem schmachtenden Herzen so lieb war, das Schwenken des hübschen Köpfchens zum Fenster über Eck. »Wegen Frau, wegen Geld – genug von beidem da drüben.«

Rasch warf er ein: »Dann werde ich ja reich. Also können du und ich –?«

Da sagte sie das, was Colette kurz zuvor ebenfalls gesagt hatte: »Ich glaube nicht, dass Mrs. Rosa Fox sich lässt viel gefallen. Ich glaube, macht sie die Geldtaschen ganz schnell – zu.«

War die Idee urplötzlich einfach da gewesen, wie es ihm damals vorkam? – oder hatte er eine Weile nachgedacht? – hatte er vor der Leiche seiner Frau gestanden und alles sorgfältig und bedächtig bis zum Ende durchdacht? Später erinnerte er sich nur noch daran, dass er Trudi plötzlich am Arm gepackt hatte, drängend auf sie einredete und sie herunterzog, damit sie sich neben ihn hinkniete, während er ganz vorsichtig ein wenig Blut von dem runden Messingknauf am Kamingitter abkratzte, das dort so rasch gerann, es über den runden Messingknauf des Schürhakens schmierte, einen Knauf von identischer Größe, und seine Hand auf das Verschmierte legte. Und schließlich den Schürhaken wieder in die Feuerstelle warf.

»So, Trudi, jetzt schnell hinaus, und dass dich niemand sieht. Kauf irgendwas irgendwo. Und komm gleich wieder und sorg dafür, dass der Portier dich diesmal sieht.«

Als er sich aufrappelte, warf er keinen Blick zurück auf die immer noch ausgestreckt daliegende Leiche – nicht einmal diesen kurzen Augenblick wollte er für die Vergangenheit aufwenden. Vor ihm lag nun die Zukunft. O, dass nur, betete er, während er verstohlen auf den Hausflur hinausschlich, dass nur Rosa zu Hause ist! Und dass sie allein ist!

Sie war zu Hause und allein. Sie war neuerdings immer zu Hause und allein, hatte sich in einen Sessel geworfen und träumte wie eine Halbwüchsige von ihrer hoffnungslosen, ihrer hilflosen Liebe. »Eine Frau in meinem Alter«, dachte sie, »hockt da und verzehrt sich nach dem Mann einer anderen.« Aber in ihren besten Zeiten war sie auch mal 'ne heiße Nummer gewesen, und sie war nun schon sehr lange verwitwet. Jetzt sagte sie: »Raymond – wie schön!« Und gleich darauf: »Aber was ist denn los, mein Lieber? Bist du krank?«

»Rosa«, sagte er, »du musst mir helfen!« Und er fiel vor ihr auf die Knie, ergriff ihren Rock mit zitternden Händen – wirklich, bei seinem Talent war es eigentlich ziemlich verwunderlich, dass er nicht mehr Arbeit kriegen konnte! Er legte ein gewisses heiseres Beben in seine Stimme. »Ich habe sie umgebracht«, sagte er.

Sie wich erschrocken zurück. »Umgebracht?«

»Colette. Ich habe sie umgebracht. Sie hörte einfach nicht auf. Sie sagte so schreckliche Sachen über – über dich, Rosa. Sie glaubt, du – sie hat immer behauptet, du – Rosa, ich weiß, du kannst mich gut leiden –«

»Ich liebe dich«, sagte sie schlicht, nahm jedoch einen tiefen, tiefen Atemzug, während die Zukunft sich vor ihr entfaltete – so wie sich zuvor die seine vor ihm eröffnet hatte. Seine Frau war tot, und er war frei.

Er tat so, als überraschte ihn ihre Antwort – überraschte ihn und erfüllte ihn mit Dankbarkeit. Doch er war zu clever, gleich zu behaupten, er würde ihre Gefühle erwidern. Endlich kam er zur Sache. »Dann darf ich, Rosa, es umso mehr wagen, dich um etwas zu bitten. Ich liefere mich dir auf Gedeih und Verderb aus und bitte dich inständig, mir aus Freundschaft zu helfen. Und jetzt, wenn du es wirklich ernst meinst, dass du –«

Und er ging mit ihr zum Sofa hinüber und saß da und ergriff ihre Hände und schüttete ihr sein Herz aus. »Sie war so widerlich. Sie hatte – nun, Colette ist tot, aber sie hatte eine dreckige Fantasie, Rosa. Seit Wochen ließ sie nicht mehr locker, und plötzlich hielt ich es nicht mehr aus. Ich sah rot. Ich – ich griff nach dem Schürhaken. Ich wollte ihr nicht wehtun – ehrlich, ich schwör's – wollte ihr nur Angst einjagen. Aber als ich wieder zu mir kam... O mein Gott«, flehte er, »bitte, versuch mich zu verstehen!«

»Du hast es getan, weil sie gemeine Sachen über *mich* gesagt hat?«

»Du warst immer so nett zu uns, Rosa. Es hat mich richtig krank gemacht, wie sie daherredete, dieses verächtliche Getue, dieses höhnische Gelächter.« Und wieder schüttete er ihr sein Herz aus, durchlebte das Geschehen noch einmal, nur dass er Trudis Namen durch ihren ersetzte. Ihr breites, hässliches Gesicht wurde erst weiß, dann leuchtend rot, dann wieder weiß. Sie hielt seine Hand fest. »Was soll ich denn jetzt machen?«

»Rosa, ich habe ganz schnell überlegt – ich kann nämlich schnell denken, wenn ich in der Klemme sitze. Es kommt mir so scheußlich vor, sie lag ja tot da und ich dachte bloß an mich und wie ich da wieder rauskommen könnte. Aber so war's. Und dann kniete ich mich hin und – an dem Kamingitter sind zwei Messingknäufe, genau wie der am Schürhaken, und ich – ich rückte ihren Kopf so hin, dass es aussah, als hätte sie ihn an dem einen Kamingitterknauf aufgeschlagen, und dann putzte ich das – ganze Blut und das Zeug von dem Schürhaken ab –«

Sie war eine clevere Frau – clever und fix. Mochte ihr Körper auch langsamer geworden sein, dieser einst so kräftige und beherrschte Körper, ihr Verstand war immer noch clever und fix. »Ein Unfall«, sagte sie.

»Ja, aber – die Leute wussten ja, dass wir uns ständig stritten. Trudi muss es natürlich gewusst haben. Man könnte sagen, ich hätte sie geschubst, ihr einen Stoß versetzt.« Er warf ihr einen kläglichen Blick zu, was ihm nicht allzu schwer fiel. »Das gibt mindestens – Totschlag«, sagte er.

Clever und fix. »Du willst also, dass ich sage, ich hätte *gesehen*, was passiert ist? Dass du sie nicht geschlagen hast?«

»Mein Gott«, sagte er, »du bist grandios! Ja. Du könntest sagen, du hast alles durchs Fenster gesehen, hast mich stehen und mit ihr reden sehen, sag ganz offen, wir hätten uns anscheinend gestritten, es soll ruhig so aussehen, als wärst du nicht so auf meiner Seite, bloß eine flüchtig bekannte Nachbarin. Und dann – dort liegt doch der Teppich, du kennst ihn, er ist ganz seidig und rutschig – du bist selbst mal darauf ausgeglitten, weißt du noch? Es kann doch durchaus sein, dass sie einen Schritt rückwärts gemacht hat und ausgerutscht und nach hinten gefallen ist. Mehr könntest du natürlich nicht wissen – den Fußboden in unserem Zimmer kannst du ja nicht sehen, nicht mal von deinem Balkon aus.«

»Aber dann müsste ich sagen, dass ich *draußen* auf dem Balkon war. Von hier drin kann ich euer Fenster nicht sehen.«

Auch daran hatte er gedacht. »Dein Balkon ist bloß von zwei Wohnungen aus zu sehen, und die Leute waren bestimmt alle aus. Die kenne ich. Niemand könnte behaupten, du wärst *nicht* draußen gewesen.«

»Also gut«, sagte sie.

»Du tust es also für mich?«

»Natürlich. Aber was ist mit dem Mädchen, dieser kleinen Schlampe, wie heißt sie noch gleich – dieses Aupairmädchen?«

Es kostete ihn Mühe, den harten Ton in seiner Stimme zu unterdrücken, doch er beherrschte sich. »Die war einkaufen, Gott sei Dank!« Und Gott sei Dank auch, dass Rosa tatsächlich nicht auf dem Balkon gewesen sein und hereinsehen und Trudi dort mit ihm im Zimmer hatte sehen können. Er wusste Bescheid über ihre Allergie, und ein Blick in ihr Gesicht bestätigte es – Rosa war nicht draußen gewesen.

»Also, dann geh wieder hinüber. Du musst schnell einen Arzt rufen. Und sag nichts von mir. Erzähl einfach deine Geschichte, und komm bloß nicht auf die Idee, mich ins Spiel zu bringen. Die werden früh genug da sein und fragen, ob ich irgendwas gesehen habe. Also, die Zeit drängt, du musst wirklich gehen.«

Er ging auf die Tür zu und hielt plötzlich inne. »Rosa!« Er hatte eine verschämte Miene aufgesetzt, doch über die Scham legte sich ein Anflug von triumphierender Freude. »Rosa, es ist schrecklich, überhaupt daran zu denken, aber es kam mir plötzlich in den Sinn. Ein Mordprozess! Du weißt doch, wie es im Theatergeschäft momentan aussieht, du weißt, wie es mir ging in letzter Zeit. Aber wenn ich jetzt auf einmal in den Nachrichten käme! Angeklagt wegen Mordes – im Old Bailey, Schlagzeilen in sämtlichen Zeitungen, eine *cause célèbre*! Und dann – die dramatische Wendung, die Zeugin, die alles gesehen hat, die Aussage in letzter Minute.« Er stand vor ihr und sah sie halb beschämt, halb bittend an. »Rosa?«

»Und wieso habe ich nicht vorher ausgesagt? Sie hätten dich doch gar nicht erst angeklagt, wenn ich sofort ausgesagt hätte.«

»Das ist der springende Punkt. Ich *muss* mich verhaften und vor Gericht stellen lassen. Du müsstest sagen, es sei dir nicht klar gewesen, du hättest in die Sache nicht hineingezogen werden wollen. Aber sobald du natürlich gehört hättest, dass man mich anklagt –«

»Aber selbst dann kämst du nicht weiter als bis zur ersten Anhörung, oder wie das heißt. Damit erregst du kein öffentliches Aufsehen.«

»Könntest du nicht – ein Weilchen verreist sein, nichts mitbekommen sozusagen?«

Sie wollte gerade den Mund aufmachen, um zu sagen, es spielte keine Rolle, er bräuchte nie wieder zu arbeiten. Doch sie behielt es für sich. Er war Schauspieler, Schauspieler mussten arbeiten, mussten sich ausdrücken. »Überlass das nur alles mir. Ich kümmere mich schon darum«, sagte sie.

Am Anfang waren die Schlagzeilen nicht übel, wenn auch nicht gerade sensationell, dann folgte die lange, öde Zeit, bevor der Prozess eröffnet wurde. Dann aber endlich kam – der Tag. Er selbst auf der Anklagebank, sehr blass, sehr attraktiv. Die Polizei im Zeugenstand. »Der Angeklagte gibt zu Protokoll –« Eine Seite im Notizblock wurde umgeblättert. »Der Angeklagte gibt zu Protokoll: ›O Gott, es ist furchtbar, ich muss nach ihr geschlagen, ich muss einen Aussetzer gehabt haben, sie hat andauernd bloß genörgelt, von früh bis spät, weil ich keine Arbeit fand, aber ich hatte doch nie die Absicht, ihr etwas zuleide zu tun, das schwöre ich.‹«

Dann der Befund des Gerichtsmediziners. »Auf dem Knauf des

Schürhakens fand ich etwas Blut verschmiert.« Der Schmierer hatte mit dem Blut der Toten übereingestimmt und konnte zum Zeitpunkt ihres Todes dorthin geraten sein. Untersuchungen hatten ergeben, dass der Angeklagte mit dem Schürhaken hantiert hatte, nachdem das Blut dorthin geraten war. Ja, laut dieser Untersuchungen sei es gut möglich, dass er die Blutspuren mit der Hand wegzuwischen versucht hatte und den kleinen Schmierer übersah. Die Spitze des Schürhakens war offensichtlich abgewischt worden – sie wies keine Fingerabdrücke auf.

Auf die Frage des Strafverteidigers: Ja, es treffe zu, dass man das spitze Ende eines Schürhakens normalerweise nicht anfasse und das Abwischen durchaus zu einer vorherigen routinemäßigen Reinigung hätte gehören können. Der Arzt sagte aus, dass die Frau, als er sie dann sah, bereits eine halbe bis eine Stunde tot war.

Trudi im Zeugenstand für die Verteidigung: kühl und durchtrieben. War vom Einkaufen zurückgekehrt und hatte Mr. Gray neben der Leiche kniend angetroffen; hatte ihn fast auf die Füße stellen müssen. Ja, es hätte durchaus sein können, dass er den Schürhaken mit der Hand berührt und sich beim Untersuchen der Wunde blutig gemacht hatte; als sie ihn hochhob, fuchtelte er wild mit den Armen. Sie hatte versucht, ihn zu beruhigen, hatte einen Arzt rufen wollen, aber die Nummer von ihm nicht gewusst, und Mr. Gray wirkte so verwirrt, dass sie aus ihm nicht schlau wurde. Und überhaupt – wozu die Eile, sagte Trudi mit ihrem typischen Schulterzucken. Konnte doch jeder sehen, dass Madame tot war.

Und so kam zu guter Letzt auch noch Rosa Fox. In äußerster Hingabe hatte sie alles, was ihre zweifelhaften Reize unterstützte, von sich gestreift – sämtlichen Schmuck abgelegt, sich trist gekleidet, die Kosmetika geopfert, die normalerweise, wenigstens bis zu einem gewissen Grad, die vom Alter verursachten Verwüstungen kaschierten. Nicht einen Augenblick wäre man auf den Gedanken gekommen, dass es sich hier um eine Frau handelte, mit der der Gefangene auch nur die geringste Beziehung unterhalten hatte.

Alles lief wie vereinbart ab. Die flüchtige Bekanntschaft, der gelegentliche gemeinsame Drink. Die Befragung durch die Polizei unmittelbar nach dem – Unfall. Räumte ein, zuvor beteuert zu haben, dass sie nichts gesehen hatte. Sie hatte sich unwohl gefühlt, unter starken persönlichen Spannungen gelitten, bloß noch verreisen wollen in ein Heilbad, wo sie sich seither aufgehalten habe. Sie habe nicht in die Sache hineingezogen werden wollen. Hätte sich natürlich nie träumen lassen, dass gegen Mr. Gray Anklage erhoben würde, nachdem sie ja mit absoluter Sicherheit wusste, dass es sich bei der Sache schlicht um einen Unfall handelte. Da sie doch gesehen hatte, wie es passiert war.

»Von meinem Balkon aus kann man direkt in ihr Zimmer sehen. Ich schaute kurz hin und sah die beiden dort stehen. Sie schienen zu streiten. Er sagte wütend irgendetwas, sie wich abrupt von ihm zurück, als hätte er die Hand gegen sie erhoben –«

»Hatte er etwas in der Hand, Mrs. Fox?«

»In der Hand? Ach, Sie meinen den Schürhaken? Nein, nichts, keinen Schürhaken oder sonst etwas. Er hatte die Hand auch gar nicht erhoben.«

»Er hatte die Hand nicht erhoben? Können Sie das schwören?«

Der vorsitzende Richter sagte feierlich: »Mr. Tree, sie *schwört* es ja. Sie schwört alles, was sie sagt. Sie steht unter Eid.«

»Nun ja, ich konnte es alles ganz deutlich sehen und kann natürlich schwören – nun, ich meine, ich bin mir absolut sicher, dass er die Hand überhaupt nicht erhoben hatte. Er sagte irgendetwas. Sie trat zurück, schien dann zu stolpern und rücklings hinzufallen. Ich dachte: ›O, jetzt ist sie auf dem Teppich ausgerutscht, den sie da haben!‹ Ich kenne den Teppich – sehr tückisch auf dem Parkettboden. Ich bin selbst fast einmal darauf ausgerutscht. Hm, und dann ging ich wieder in mein Zimmer und dachte nicht weiter drüber nach.«

»Kam Ihnen nicht der Gedanke, sie hätte sich vielleicht wehtun können?«

»Ich dachte, sie hätte sich vielleicht den Kopf angeschlagen oder so, aber natürlich nichts Schlimmeres. Wie gesagt, ich bin selbst einmal drauf ausgerutscht und habe mir auch nichts getan.« Dabei verzog sie ein wenig das Gesicht und gab zu, wenn die Lady sich ein paar Prellungen zugezogen hätte, wäre ihr damit durchaus recht geschehen. »Ich glaube, sie hat immer an ihm herumgenörgelt. Aber ich kannte die beiden natürlich nicht so gut.«

Schlagzeilen, ja. Aber eigentlich nicht so viele und oft nicht einmal auf den Mittelseiten, geschweige denn vorn auf der Titelseite. Allerdings war für Sonntag ein großes Foto von ihm geplant, mit Interview – beim Feiern, wie er mit einem Glas Champagner der Nachbarin zuprostete, deren Aussage seine Unschuld bestätigt hatte. Vielleicht etwas geschmacklos, denn das Foto war direkt vor dem Kamin aufgenommen worden, wo seine Frau gestorben war. Aber es war eben auch eine etwas geschmacklose Zeitung, und man gab sich mit dem zufrieden, was man bekommen konnte.

Dann zogen sich die Reporter zurück, und endlich waren sie allein in seiner Wohnung.

Sie streckte ihm die Hände entgegen. »Nun, Raymond?«

Sie sah etwa hundert Jahre alt aus, wie sie da vor ihm stand, mit dem schlaffen, völlig ungeschminkten Gesicht, dem hässlichen, tristen Kleid, der strähnig herunterhängenden Frisur, den fleckigen Händen ohne das übliche Diamantengeglitzer. Er fand sie abstoßend.

»Nun, Rosa, das hast du großartig gemacht.«

Den eisigen Ton in seiner Stimme hörte sie nicht, oder wollte ihren Ohren nicht trauen. Leise sagte sie: »Und eines Tages, bald – kann ich mir meine Belohnung abholen?«

»Belohnung?«, meinte er.

»Immerhin habe ich deinetwegen einen Meineid geleistet, mein Liebling.«

»Ja, stimmt, das hast du, nicht wahr?«

Da nahm die ungepuderte Haut eine seltsam aschgraue Färbung an, und Rosas Blick wurde ängstlich und jammervoll. »Raymond, was soll das heißen?«

»Das soll heißen, du hast einen Meineid geleistet, wie du selbst sagst. Und du weißt ja vielleicht, was mit Meineidigen passiert?«

Eine clevere Frau, fix und clever. Trotzdem fragte sie nach: »Ich verstehe nicht.«

»Ich brauche Geld, Rosa«, sagte er.

»Geld? Aber wenn wir verheiratet wären –«

Er rückte beiseite, damit sie über seine Schulter und in den Spiegel sehen konnte, der über dem Kamin hing.

»Du?«, sagte er, »und ich? *Verheiratet*?«

Lange, lange betrachtete sie ihr erbärmliches Spiegelbild. Endlich sagte sie: »Ist das eine Erpressung?«

»War es denn keine Erpressung, als du dachtest, indem du mich vor dem Gefängnis bewahrst, könntest du mich zur Heirat zwingen?«

»Ja«, sagte sie. »Vermutlich schon.« Nun hat er mich mit meinen eigenen Waffen geschlagen, dachte sie bei sich. »Wenn du mich verrätst«, sagte sie, »wirst du gestehen müssen, dass du sie ermordet hast.«

»Ich habe sie aber nicht ermordet. Ich kann sagen, es ist fast genau so passiert, wie du vor Gericht bezeugt hast.«

»Also gut«, entgegnete sie rasch, »ich kann meine Geschichte auch ändern. Wer kann beweisen, dass ich nicht gesehen habe, wie du sie umgebracht hast?«

»*Ich* kann beweisen, dass du es nicht gesehen hast. Du hättest nämlich gar nicht draußen auf deinem Balkon sein können. Die Platanen waren gerade voller Blütenstaub, und jeder wird der Polizei bestätigen, dass du bei Pollenflug nicht mal ein Fenster aufmachen kannst. Aber als sie dich damals sahen, hattest du keinerlei Anzeichen einer allergischen Reaktion. Das weiß ich, weil ich dich kurz vorher selber gesehen hatte.

Davon abgesehen, können sie mir überhaupt nichts mehr anhaben. Ich war ja sozusagen schon einmal ›dran‹ – *autrefois acquit* ist der juristische Ausdruck dafür. Einmal freigesprochen, kann ich wegen des gleichen Verbrechens nicht noch einmal belangt werden. Ich könnte überall herumtrompeten, dass ich sie getötet habe, mir würde trotzdem nichts passieren.«

»Und mit diesem Ruf leben?«

»Nun, ich würde natürlich *nicht* sagen, ich wäre schuldig – was ich, wie ich bereits sagte, ja auch nicht bin. Ich würde weiter behaupten, es war ein Unfall. Aber *du* säßest in der Patsche.«

»Verstehe.« Sie dachte lange und sorgfältig darüber nach, während sie immer noch, nun mit leerem Blick, auf ihr trauriges Spiegelbild starrte. »Du hast dir das alles von vornherein ganz genau ausgedacht, nicht wahr? In allen Einzelheiten, von Anfang an?«

»Da habe ich wirklich das Beste aus meiner Lage gemacht«, meinte er, durchaus stolz auf sich.

»Und die ganze öffentliche Aufmerksamkeit? Das absichtlich auf den Schürhaken geschmierte Blut? Ach, ich verstehe. Du musstest ihnen etwas bieten, du musstest dich anklagen und vor Gericht stellen lassen, du musstest verurteilt und freigesprochen werden, bevor du mich beschuldigen kannst. Zwei Zwecke sollte mein Meineid verfolgen: Erstens den Beweis liefern, durch den du freikämst, und zweitens, mich erpressbar machen.« Beinahe neugierig, fast als wäre sie vor ihm gedemütigt statt vor sich selbst, sagte sie: »Hast du mich denn nicht wenigstens gern gehabt?«

»Ich hatte nichts gegen dich«, sagte er gleichgültig. »Aber der Gedanke, dich zu heiraten – da bin ich wohl doch etwas wählerischer.« Daraufhin nahm er ihre Handtasche, griff sich das dicke Bündel Geldscheine darin, stopfte es sich locker in seine Brieftasche und steckte die Brieftasche weg. »Bloß ein ganz, ganz kleiner Anfang, meine Liebe«, sagte er.

»Ich frage gar nicht erst, wie viel du verlangst. Du wirst natürlich immer und immer wieder kommen, nicht wahr? Aber sozusagen als Anfang –?«

»Sagen wir zehntausend«, sagte er. »So viel kannst du doch schnell beschaffen.«

Er musterte sie mit einem grausamen, hässlichen Lächeln des Triumphs. »Ich brauche es übrigens schnell – für meine Flitterwochen«, sagte er.

Clever und fix. Clever, weil sie nicht einmal nach dem Namen fragen musste, weil sie es alles in einem einzigen blitzschnellen Gedanken zusammengefasst hatte. Und fix. Der Schürhaken mit dem runden Messingknauf lag auf dem Kamingitter. Sie packte ihn – und schlug zu.

Trudi riss die Tür auf, stürzte von ihrem Horchposten vorwärts, wurde langsamer und schlich das letzte Stück geschmeidig heran, um sich neben ihn hinzuknien. Lange, lange starrten sie beide hinunter, so wie Raymond Gray selbst erst vor wenigen Monaten auf den leblosen Körper seiner Frau hinuntergeblickt hatte. Jetzt war er an der Reihe.

Rosas fette weiße Arme hatten sich offenbar noch etwas von ihrer einst prächtigen Muskelkraft bewahrt; mit ihrem vor langer Zeit erworbenen anatomischen Wissen hatte sie die verletzlichste Stelle getroffen. Der schwere Knauf des Schürhakens hatte Raymonds empfindlichen Schläfenknochen zu einem spinnwebartigen Geflecht von Brüchen zertrümmert.

Trudi bewegte sich. Mit leicht angeekeltem Gesichtsausdruck rückte sie Raymonds Kopf ein wenig weg, so dass er mit der Wunde dicht neben dem runden Messingknauf des Kamingitters zu liegen kam.

»Dieser Teppich!«, sagte sie und stand wieder auf. »Immer so gefährlich! Stellen sich vor, zum zweiten Mal, genau so wie arme Ehefrau!« Sie grinste in plumper Selbstgefälligkeit in das breite, vom Ausdruck absoluter Verzweiflung geprägte weiße Gesicht. »So ein Glück, dass diesmal *ich* war da zu sehen, dass es wieder bloß war ein schrecklicher Unfall.«

Raymonds Jackett war aufgesprungen. Sie bückte sich, um ganz vorsichtig das Bündel Geldscheine herauszufischen und es sich in die Schürzentasche zu stecken.

»Bloß ein ganz, ganz kleiner Anfang«, plapperte sie nach und nahm Rosa den Schürhaken aus der kraftlosen Hand. »Gehen Sie wieder in Ihre Wohnung, Madame. Brechen Sie auf Ihr Bett zusammen. Ich kümmere mich um alles, dann ich rufe beim Doktor an.« Trudi zuckte die Schultern. »Diesmal ich weiß die Nummer von ihm.«

Rosa kehrte in ihre Wohnung zurück. Allerdings brach sie nicht auf dem Bett zusammen.

»Polizei?«, sagte sie, den Telefonhörer in der ruhigen Hand haltend. Sie nannte Raymonds Adresse. »Aber beeilen Sie sich, kommen Sie schnell. Ich habe gerade von meinem Balkon aus gesehen, wie das Aupairmädchen mit dem Schürhaken auf ihn los ist. Und diesmal ist es – zweifellos kein Unfall.«

Zufrieden lächelnd lauschte sie, wie eine scharfe Stimme Befehle bellte. Die Stimme wandte sich wieder ihr zu. »Nun, das kann ich nicht sagen – den Fußboden des Zimmers kann ich nicht sehen. Das Mädchen verschwand eine Weile aus dem Blickfeld, und als sie aufstand, stopfte sie sich Geld in die Schürzentasche. Sie werden es sicher finden, irgendwo in ihrem Zimmer versteckt. Da war eine Affäre im Gange, wissen Sie, schon bevor die arme Frau gestorben ist. Und jetzt hat er sich wohl geweigert, sie zu heiraten.«

Liebende in Stadt und Land
von
Nadine Gordimer

Die Nobelpreisträgerin Nadine Gordimer (* 1923) wurde als Tochter eines Juweliers in der Goldminenregion Südafrikas geboren. Nach der Schulerziehung in einem Kloster schloss sie ihr Studium an der Universität von Witwatersrand in Johannesburg ab. Wie viele Schriftstellerinnen und Schriftsteller war sie in ihrer Kindheit Einzelgängerin und besuchte wegen einer offenbar eingebildeten Herzerkrankung im Alter von elf bis sechzehn keine Schule. Sie wuchs ohne den Kontakt zu anderen Kindern auf, ihre einzigen Gesprächspartner waren ihre Mutter und erwachsene Freunde. Nachdem sie im Alter von fünfzehn Jahren erstmals veröffentlicht wurde, erschienen ihre Kurzgeschichten in so marktbeherrschenden Publikationen wie *The New Yorker*, *Harper's* und *Mademoiselle*. 1952 kam ihre erste Sammlung von Kurzgeschichten mit dem Titel *The Soft Voice of the Serpent and Other Stories* heraus (dt. *Die sanfte Stimme der Schlange)*, 1955 dann ihr erster Roman, *The Lying Days* (dt. *Entzauberung*). Ihre Ansichten über Rassengleichheit und ihr Loblied auf die menschliche Vielfalt, die sie schließlich zum offenen Widerstand gegen die Apartheidpolitik ihres Landes veranlassten, schrieb sie eher ihrer Lektüre zu als dem Vorbild ihres unpolitischen Elternhauses. Als einen ihrer Lieblingsschriftsteller nannte sie J.D. Salinger, auch er ein Spezialist für die Beschreibung gesellschaftlicher Außenseiter.

Gordimer äußert sich sowohl in ihren belletristischen Werken als auch ihren journalistischen Texten kritisch über das südafrikanische Regime. Einer ihrer Romane, *Burger's Daughter* (1979), war in ihrem Heimatland kurze Zeit verboten. Ein Rezensent schrieb in der Zeitschrift *Time* über *A World of Strangers* (1958; dt. *Ein Fremdling unter Fremden*), ihren zweiten Roman, zitiert in *Current Biography* (Jahrbuch 1959), Gordimer »sagt nicht nur die Wahrheit über ihre Landsleute, sondern sagt sie so gekonnt, dass sie gleichzeitig der Stachel im Fleische wie auch die beste Autorin des

Landes geworden ist«. Sicherlich hat ihre bewusste Opposition – ebenso wie die Opposition anderer südafrikanischer Autoren und Denker – bei der Abschaffung der Apartheid eine Rolle gespielt.

Obgleich Gordimer nicht einmal annähernd als Autorin von Kriminalliteratur gelten kann, darf die schmerzlich reale Geschichte mit dem Titel »Liebende in Stadt und Land«, in der sich Gordimers Sorge über die Politik ihres Landes widerspiegelt und sich dabei mit einigen grundlegenden Wahrheiten über Rassismus auseinander setzt, durchaus zu dieser Kategorie gerechnet werden.

Liebende in Stadt und Land

I

Dr. Franz-Josef von Leinsdorf ist ein Geologe, der völlig in seine Arbeit vertieft ist, der ganz in seinem Beruf aufgeht, wie man so sagt – Jahr um Jahr widmet er sich nur seiner Arbeit, die ihn abkapselt von den Landschaften, den Städten und den Menschen, wo immer er sich gerade aufhält, ob nun in Peru, Neuseeland oder den Vereinigten Staaten. So war er immer schon; seine Mutter zu Hause in Österreich könnte es bestätigen. Schon damals sah sie den hübschen kleinen Jungen stets nur im Profil: Immer war er seinen Steinen und Felsproben zugewandt. Seine wenigen Freizeitvergnügungen haben sich seitdem kaum wesentlich geändert. Gelegentlich ein Skiurlaub, Musik hören, Gedichte lesen – Rainer Maria Rilke hatte einst in der Jagdhütte übernachtet, die seine Großmutter in den Wäldern der Steiermark hatte, und auf diese Weise war er schon als Junge sehr früh mit den Gedichten Rilkes in Berührung gekommen.

Eine Gesteinsschicht nach der anderen, von einem Land ins nächste, wo immer seine Arbeit ihn hinführen mochte – und mittlerweile war er schon fast sieben Jahre in Südafrika. Es mangelte hierzulande an Fachkräften, und so kam es zu seiner Einstellung. Die politischen Verhältnisse in den Ländern, in denen er arbeitet, interessieren ihn nicht. Neben seinem allgemeinen Engagement für seine Arbeit galt seine ganze private Vorliebe der Erforschung unterirdischer Wasserläufe, doch die Bergbaugesellschaft, die ihn als übergeordneten, nicht aber als leitenden Fachmann eingestellt hat, ist nur am Aufspüren von Bodenschätzen interessiert. Und so war er oft draußen im Feld – das hierzulande Veld genannt wird – auf der Suche nach neuen Gold-, Kupfer-, Platin- und Uranvorkommen. Sein Zuhause hat er hier – bei diesem Job, in diesem Land, in dieser Stadt – in einer Zweizimmerwohnung in einem Apartmentblock in den Vororten, mit einer Grünanlage und einem

Supermarkt gleich gegenüber, in dem er seine Einkäufe erledigt. Er ist nicht verheiratet – noch nicht. So würden jedenfalls seine Kollegen sagen, die Tippsen und Sekretärinnen in der Hauptgeschäftsstelle der Bergbaugesellschaft. Männer wie auch Frauen würden ihn als gut aussehenden Mann bezeichnen, der etwas Fremdländisches an sich hat; und während seine untere Gesichtshälfte einen dunklen Schatten zeigt und älter wirkt (sein schmaler Mund, die Lippen leicht gekrümmt, und selbst wenn er frisch rasiert ist, sieht man die Stoppeln um Mund und Kinn herum, wie feine Schrotkörner liegen sie in die Haut eingebettet), scheint die obere Hälfte dagegen jünger, mit tief liegenden Augen (manche würden sie grau nennen, andere schwarz), dichten Wimpern und Brauen. Ein rätselhafter, abwesender Blick, dem man seine Konzentration, seine durchschimmernde Nachdenklichkeit leicht als Feuer und Sehnsucht auslegen konnte. Das ist es, was die Frauen in der Firma meinen, wenn sie von ihm behaupten, er sei nicht unattraktiv. Und obgleich dieser Blick viel versprechend scheint, hat er noch nie eine von ihnen eingeladen, mit ihm auszugehen. Man nimmt allgemein an, dass er wahrscheinlich zu Hause in Europa ein Mädchen hat; dass er bereits einer aus seinen Kreisen versprochen ist, die man dort, wo er herkommt, für ihn ausgewählt hat. Viele dieser gebildeten Europäer haben keineswegs die Absicht, hier sesshaft zu werden; sie können sich weder für die Überbleibsel weißer Kolonialherrschaft noch für ein idealistisches Engagement für Schwarzafrika begeistern.

Einen Vorteil zumindest bietet das Leben in halb- oder unterentwickelten Ländern: Die Apartments sind bewirtschaftet. Alles, was Dr. von Leinsdorf selbst tun muss, ist Lebensmittel einkaufen und sich selbst ein Abendessen kochen, wenn er nicht ins Restaurant will. Und dazu braucht er bloß nachmittags, wenn er von der Arbeit heimkommt, auf dem Weg zwischen Auto und Wohnung kurz auf einen Sprung in den Supermarkt gegenüber. Er fährt mit dem Einkaufswagen an den Regalen entlang, und hier findet er alles aufgereiht, was er zum täglichen Leben braucht, Päckchen und Konserven, Tuben und Flaschen, folienverpacktes Fleisch, Käse, Obst und Gemüse. An der Kasse, wo die Kunden sich sammeln und der Reihe nach anstellen müssen, stehen Regale mit allerlei kleinen Dingen, die man noch in letzter Minute kauft. Während die farbige Kassiererin die Preise in die Kasse tippt, nimmt er hier noch Zigaretten mit, ein Päckchen Salznüsse oder einen Nougatriegel. Oder Rasierklingen, wenn ihm gerade einfällt, dass sein Vorrat zu Hause zur Neige geht. An einem Abend im Winter sah er, dass der Karton mit seiner bevorzugten Klingenmarke leer im Regal stand, und er machte die Kassiererin darauf aufmerksam. Normalerweise sind diese jungen farbigen Mädchen nicht allzu hilfsbereit, sie nehmen das Geld entgegen, und die Art und Weise, wie sie die Tasten ihrer Registrierkasse drücken und mit dem Starrsinn des Halbgebildeten die Zeit totschlagen, demonstriert die Grenzen jeglicher Verantwortung dem Kunden gegenüber – doch diese hier warf einen kurzen, aufgeweckten Blick über das Rasierklingen-Sortiment, entschuldigte sich, dass sie ihren Platz an der Kasse nicht verlassen dürfe, und sagte, sie werde sich darum kümmern, dass das Regal »bis zum nächsten Mal« nachgefüllt wäre. Ein oder zwei Tage später sah sie ihn bedeutungsvoll an, als er an die Reihe kam und vor ihre Kasse trat – »Ich hab nachgefragt, aber es sind keine mehr am Lager. Sie können keine kriegen. Ich hab mich extra erkundigt.« Er bedankte sich.

Die ganze nächste Woche war er mit dem Schürftrupp unterwegs. Freitags kam er kurz vor Einbruch der Dämmerung in die Stadt zurück, und er war gerade auf dem Weg vom Auto zur Wohnung, voll bepackt mit Aktentasche, Koffer und Reisetaschen, als ihm jemand schüchtern in den Weg trat. Er wollte sich im Gedränge des Bürgersteigs vorbeidrücken, ohne richtig hinzuschauen, da sprach sie ihn an: »Wir haben die Klingen jetzt wieder vorrätig. Ich habe Sie diese Woche nicht im Laden gesehen, aber ich hab Ihnen welche beiseite gelegt, bis Sie wiederkommen. Nun …«

Jetzt erkannte er sie wieder. Er hatte sie nie zuvor aufrecht stehen sehen, und sie hatte einen Mantel an. Sie war recht klein und zierlich, für eine von ihnen. Der Mantel war ihr zu eng, doch hinten lugte kein dicker Hintern hervor. Die Kälte verlieh ihren Wangen eine warme, aprikosenfarbene Tönung; sie hatte ein sehr kleines, fein ausgeprägtes Gesicht, ihre Haut war glatt, von der gedämpften Seidenfarbe eines bestimmten gelben Holzes. Dieses krause Haar, aber zurückgekämmt zu einem kleinen Knoten, den sie unter einen der billigen Wollchignons gezwängt hatte, wie er sie zwischen den Rasierklingen im Regal des Supermarktes hatte hängen sehen. Er bedankte sich, sagte, er sei in Eile, käme gerade von einer Reise zurück – und hob zum Beweis die Lasten, die er mit sich trug. »Oh, wie schade.« Sie begriff, dass er alle Hände voll hatte. »Aber wenn Sie wollen, kann ich schnell reinlaufen und sie Ihnen holen. Wenn Sie wollen.«

Er merkte sofort, dass sie nichts weiter wollte, als zurücklaufen in den Supermarkt, die Klingen kaufen und sie ihm hier heraus auf den Bürgersteig bringen, wo er gerade stand. Und es schien aus dieser Überzeugung heraus zu kommen, als er in dem freundlichen, aber bestimmenden Ton, den man gegenüber einem zuvorkommenden Untergebenen anschlägt, zu ihr sagte: »Ich wohne dort drüben – im *Atlantis* – dem flachen Gebäude. Könnten Sie sie mir vorbeibringen – Nummer 718, siebter Stock …«

Sie war nie zuvor in einem dieser großen, flachen Gebäude gewesen, die rings um den Supermarkt herum standen. Sie wohnte eine Bus- und Bahnfahrt entfernt im Westen der Stadt, doch diesseits der schwarzen Bezirke, in einem Viertel für Leute ihrer Hautfarbe. Am Eingang zum *Atlantis* war ein Teich mit echten Farnen, nicht aus Plastik, und es gab sogar einen kleinen Wasserfall, der, von einer elektrischen Pumpe betrieben, über ein paar Felsbrocken plätscherte. Sie wartete nicht auf den Lastenaufzug, sondern nahm den Lift, der für Weiße bestimmt war, und eine weiße Frau mit einem dieser fetten Köter an der Leine trat ebenfalls mit in den Aufzug, ohne Notiz von ihr zu nehmen. Die Korridore, die zu den Apartments führten, waren hübsch verglast; es zog nicht.

Er fragte sich, ob er ihr für ihre Mühe ein 20-Cent-Stück geben sollte – 10 Cents waren sonst das angemessene Trinkgeld bei einem Schwarzen; aber sie sagte: »O nein, bitte, hier …«, während sie vor seiner offenen Wohnungstür stand und ihm mit einer linkischen Handbewegung das Wechselgeld in die Hand drückte. Sie lächelte zum ersten Mal, wie sie nun würdevoll ein Trinkgeld zurückwies. Er wusste nie genau, wie er diese Leute hierzulande behandeln sollte; man wusste nie, was sie erwarteten. Trotz ihrer peinlichen Zurückweisung des Geldstücks blieb sie stehen, in aller Bescheidenheit, die Fäuste tief in den Taschen des billigen Mantels vergraben, den sie zum Schutz vor der Kälte trug, aus der sie kam; die dünnen Beine hatte sie zusammengepresst: Knie an Knie, Fessel an Fessel. »Darf ich Ihnen einen Kaffee oder sonst was anbieten?«

Er konnte sie schlecht mit in sein Arbeits- und Wohnzimmer nehmen und sie zu einem Drink einladen. Sie folgte ihm in die Küche, doch als er sah, wie sie den einzigen Stuhl hervorzog, um ihren Kaffee am Küchentisch zu trinken, sagte er: »Nein – kommen Sie doch hier herein ...«, und er ging voran ins große Zimmer, wo er ganz alleine lebte zwischen all seinen Büchern und Manuskripten, seinen Ordnern mit wissenschaftlicher Korrespondenz (und den Zigarrenkisten voller Briefmarken, die er von den Umschlägen gelöst hatte), seiner Plattensammlung und den Mineralien- und Gesteinsproben.

Ihr machte es keine große Mühe; sie ersparte ihm den Gang zum Supermarkt und brachte ihm zwei- oder dreimal in der Woche seine Lebensmittel. Er brauchte bloß eine Liste und den Schlüssel unter die Fußmatte zu legen, und die holte sie in ihrer Mittagspause ab und brachte ihm dann nach Feierabend die Einkäufe in die Wohnung. Manchmal war er zu Hause, manchmal nicht. Er kaufte eine Schachtel Pralinen und stellte sie ihr hin, mit einer kleinen Notiz; und dies fand sie offenbar ein akzeptables Zeichen seines Dankes.

Sie ließ ihre Augen über alles wandern, was es in seiner Wohnung zu sehen gab, doch mit der Haltung ihres Körpers versuchte sie das Gefühl zu vertuschen, hier fremd, gar fehl am Platz zu sein, indem sie so still wie möglich dasaß, reglos auf dem ihr angebotenen Stuhl verharrte wie der abgelegte Mantel eines Besuchers, der genau so liegen bleibt, bis ihn sein Besitzer wieder aufnimmt, wenn er geht. »Sie sammeln?«

»Nun, das sind Gesteinsproben – die brauche ich für meine Arbeit.«

»Mein Bruder hat auch gesammelt. Miniaturen. Mit Brandy und Whisky drin. Von überall her, aus allen möglichen Ländern.«

Als sie ihm das zweite Mal zuschaute, wie er die Kaffeebohnen mahlte für die Tasse Kaffee, die er ihr angeboten hatte, sagte sie: »Machen Sie das immer so? Jedes Mal, wenn Sie Kaffee machen?«

»Ja, sicher. Ist er Ihnen denn nicht recht so? Ist er vielleicht zu stark?«

»Oh, es ist nur so, dass mir das völlig neu ist. Wir kaufen ihn immer fertig – in einer Flasche, wissen Sie, und man schüttet dann ein bisschen davon in die Milch oder ins Wasser.«

Er lachte, erklärte: »Das ist kein Kaffee, das ist künstliches Aroma. In dem Land, wo ich herkomme, trinkt man nur richtigen Kaffee, von frisch gemahlenen Bohnen – riechen Sie, wie gut das duftet, wenn man die mahlt?«

Der Hausmeister hielt sie an und fragte, was sie denn hier im Hause wolle? Voll beladen mit Einkäufen, die Zeugnis genug waren, gab sie zur Antwort, sie arbeite in Nummer 718, oben im siebten Stock. Der Hausmeister verbot ihr nicht, den Lift für Weiße zu benutzen; schließlich war sie keine Schwarze; in ihrer Familie waren alle ziemlich hellhäutig.

Auf einer seiner Einkaufslisten war ein *grauer Hosenknopf* aufgeführt. Während sie den Einkaufskorb vom Supermarkt auspackte, sagte sie: »Geben Sie mir doch grad mal schnell die Hose«, und dann nahm sie auf dem Sofa Platz, das immer voller Krümel war von seinem Pfeifentabak. Hin und her ging die Nadel durch die vier Löcher des Knopfes, und die geschickten, sicheren Bewegungen ihrer rechten Hand, mit der sie ihn annähte, hatten all die Gewandtheit, die ihre Sprache vermissen ließ. Wenn sie lächelte, sah man vorn die kleine Lücke zwischen ihren Schneidezähnen, die ihm nicht sonderlich gefiel; doch wenn man ihr Gesicht so im Halbprofil sah, die Augen niedergeschlagen, den Blick auf ihre Arbeit konzentriert, die weichen Lippen fast geschlossen, tat das nichts zur Sache. Er schaute ihr zu, wie sie nähte, sagte: »Du bist ein braves Mädchen«, und berührte sie.

Spätnachmittags brachte sie stets wieder das Bett in Ordnung, nachdem sie es verlassen hatten, zog sich an, und dann fuhr sie nach Hause. Eine Woche später gab es einen Tag, an dem aus dem späten Nachmittag schließlich Abend wurde, und sie lagen noch immer zusammen im Bett.

»Kannst du nicht über Nacht bleiben?«

»Meine Mutter«, sagte sie.

»Ruf sie an. Überlege dir eine Ausrede.« Er war fremd hier. Seit fünf Jahren war er bereits in diesem Land, aber er wusste nicht, dass die Leute dort, wo sie wohnte, normalerweise kein Telefon im Hause habe. Sie stand auf, um in ihre Kleider zu schlüpfen. Es widerstrebte ihm, diesen zarten Körper in die kalte Nacht hinausgehen zu lassen, und immer wieder versuchten seine Hände, sie davon abzuhalten, ohne dass er etwas sagte.

Bevor sie dann in den Mantel schlüpfte, als ihr Körper längst unter den Kleidern verschwunden war, sprach er. »Aber du musst irgendeine Möglichkeit finden.«

»Oh, meine Mutter!« Auf ihrem Gesicht spiegelten sich eine Angst und eine Leere, die er sich nicht erklären konnte.

Er war nicht ganz davon überzeugt, dass die Frau ihre Tochter für eine reine, unbefleckte Jungfrau hielt…

»Warum?«

Das Mädchen sagte: »Sie wird sich Sorgen machen. Sie wird Angst haben, dass man uns erwischt.«

»Dann erzähle ihr nichts davon. Sage ihr einfach, ich hätte dich eingestellt.« In diesem Lande, in dem er hier arbeitete, gab es normalerweise unterm Dach Zimmer für die Bediensteten der Mieter.

Sie sagte: »Das habe ich bereits dem Hausmeister erzählt.«

Sie mahlte jedes Mal frischen Kaffee, wenn er nachts bei seiner Arbeit eine Tasse wollte. Sie wagte nie etwas zu kochen, bevor sie ihm nicht still zugeschaut hatte, wie er es machte, und so lernte sie dann genau die kleinen Mahlzeiten zuzubereiten, die er gern mochte. Sie nahm seine Steinbrocken in die Hand, und als Erstes bewunderte sie ihre Farben – »Oh, das gäbe einen schönen Ring oder eine Kette.« Dann zeigte er ihr die Linien, die Struktur jedes einzelnen Stücks, und erklärte, was es für ein Stein war und wie er sich in den langen Erdenjahren gebildet hatte. Er nannte das Mineral, das er enthielt, und seinen Verwendungszweck. Er arbeitete an seinen Manuskripten, er schrieb und schrieb, jeden Abend, und so war es nicht weiter schlimm, wenn sie nie zusammen ausgehen konnten. Sonntags stieg sie unten in der Garage im Keller zu ihm ins Auto, und sie fuhren hinaus aufs Land, zum Picknick am Megaliesberg, wo nie ein Mensch zu sehen war. Er las oder stocherte zwischen den Felsen herum; sie kletterten zusammen hinauf zu den kleinen Bergseen. Er brachte ihr das Schwimmen bei. Sie war noch nie am Meer gewesen. Sie quiekte und kreischte und ließ dabei ihre Zahnlücke sehen, ganz wie sie es wohl tat – so dachte er bei sich –, wenn sie unter ihresgleichen war. Gelegentlich kam er einer Einladung zum Dinner im Hause eines Firmenkollegen nach; sie blieb in der Wohnung, nähte und hörte Radio, und wenn er nach Hause kam, fand er ihren warmen Körper im Bett; sie war bereits eingeschlafen. Ohne ein Wort drang er in sie ein, und sie hieß ihn stumm willkommen. Einmal legte er seine Abendgarderobe an, zu einem Dinner im Konsulat seines Heimatlandes; sie schaute ihm zu, wie er ein oder zwei Haare von der Schulter des dunklen Jacketts bürstete, das ihm so gut stand, und sie sah einen großen Saal mit lauter Kronleuchtern vor sich, und die Leute tanzten irgendeinen Tanz aus einem Kostümfilm, würdevoll, einander an den Händen führend. Sie nahm an, dass er – auf ihrem Platz im Auto – eine Partnerin abholte für diesen Abend. Sie küssten sich nie, wenn einer von ihnen aus der Wohnung ging; und als er nach Zigaretten und Schlüsseln griff, hielt er plötzlich inne und sagte: »Du sollst nicht immer so einsam sein.« Und fügte hinzu: »Warum besuchst du eigentlich nicht mal deine Familie, wenn ich hin und wieder abends weg muss?«

Er hatte ihr erzählt, dass er nach Weihnachten nach Hause zu seiner Mutter zurückkehren würde, zurück zu den Wäldern und Bergen seiner Heimat, gar nicht weit von der italienischen Grenze – er zeigte es ihr auf der Karte. Sie hatte ihm nicht erzählt, dass ihre Mutter, die nur die eine Art Doktor kannte, annahm, er sei Arzt, und sie hatte ihr daraufhin auch von den Kindern des Arztes erzählt und von seiner Frau, die eine wirklich nette Dame war, froh darüber, dass sie jemanden hatte, der ihr sowohl in der Arztpraxis wie in der Wohnung zur Hand ging.

Sie äußerte ihr Erstaunen darüber, wie er nach einem arbeitsreichen Tag in der Firma noch bis Mitternacht oder später zu Hause am Schreibtisch sitzen konnte. Wenn sie von ihrer Registrierkasse im Supermarkt nach Hause kam, war sie so müde, dass sie nach dem gemeinsamen Abendbrot kaum noch die Augen offen halten konnte. In Worten, die sie verstand, erklärte er ihr, dass ihre Arbeit eintönig war und kaum wirklich ihre Intelligenz forderte, dass sie nur geringer geistiger und körperlicher Anstrengungen bedurfte, und ihr daher ein Erfolgserlebnis fehlte – wohingegen seine Arbeit auch zugleich das war, was ihn selbst am meisten interessierte, dass sie seine geistigen Fähigkeiten bis an die Grenzen ausschöpfte, all seine Konzentration erforderte und ihn immer wieder mit neuen aufregenden Problemstellungen konfrontierte, und ihn dann ebenso mit Freude und Genugtuung erfüllte, wenn ein Problem gelöst war. Später, als er seine Aufzeichnungen beiseite legte, fragte er in die Stille hinein: »Hast du schon mal was anderes gearbeitet?« – »Vorher habe ich in einer Kleiderfabrik gearbeitet«, antwortete sie, »Sportbeau-Hemden, kennst du die? Aber im Supermarkt zahlen sie besser.«

Natürlich. Er war, ganz gleich in welchem Lande er sich aufhielt, ein gewissenhafter Zeitungsleser, und so war ihm nicht entgangen, dass dem Einzelhandel hierzulande erst vor kurzem genehmigt worden war, als Ladenpersonal auch Farbige einzustellen; somit war der Platz an einer Registrierkasse durchaus als Fortschritt zu werten. Und vielleicht konnte ein Mädchen wie sie, bei dem weiterhin anhaltenden Mangel an angelernten weißen Arbeitskräften, durchaus ein paar Stufen höher aufrücken in der Angestelltenkarriere. Er brachte ihr bei, wie man Schreibmaschine schreibt. Er war sich darüber im Klaren, dass ihr Englisch nicht das beste war, auch wenn es sich in seinen Ohren – als Ausländer – nicht allzu schlimm anhörte und sie nicht gleich abklassifizierte, wie es das in den Ohren von jemand seines Bildungsniveaus tun mochte, dessen Muttersprache Englisch war. Er korrigierte ihre grammatikalischen Fehler, doch entgingen ihm die weniger auffälligen, weil sein eigenes Englisch selbst oft exotisch genug war – und sie fuhr fort, auch weiterhin das Pronomen »es« zu benutzen, wo eigentlich der Plural »sie« hingehörte. Weil er selbst Ausländer war (wenn auch ein sehr kluger, wie sie merkte), war sie beim Tippen weniger gehemmt, wie sie es sonst bei ihren Rechtschreibfehlern gewesen wäre. Während sie so an der Schreibmaschine saß, stellte sie sich vor, wie sie ihm eines Tages seine Manuskripte abtippen würde, wie sie ihm dann seinen Kaffee so machte, wie er ihn gern hatte, und ihn in ihren Körper aufnahm, ohne ein Wort zu sagen, und wie sie (wenn auch nur sonntags, wenn niemand auf der Straße war) in seinem Auto neben ihm saß wie eine richtige Ehefrau.

An einem Sommerabend kurz vor Weihnachten – er hatte bereits eine Uhr für sie gekauft, ein etwas auffälliges, doch gutes Stück, von dem er annahm, dass es ihr gefiel – ertönte ein lautes Klopfen an der Tür, das sie aus dem Badezimmer lockte und ihn an seinem Schreibtisch hochfahren ließ.

Es kam nie vor, dass sie abends jemand besuchte; er hatte keine Freunde, die ihm nahe genug standen, um unangemeldet vorbeizukommen. Es war ein anmaßendes Klopfen, ohne Pause, und es klang ganz so, als würde es nicht eher aufhören, bis man die Tür öffnete.

Sie stand in der offenen Badezimmertür und starrte ihn über den Durchgang zum Wohnzimmer hinweg an; hinter dem großen Badetuch schauten ihre nackten Schultern und Füße hervor. Kein Wort, nicht einmal ein Flüstern kam über ihre Lippen. Unter dem lauten, anhaltenden Hämmern an der Tür schien die ganze Wohnung zu erzittern.

Schließlich machte er eine Bewegung, als wolle er zur Tür gehen, aber nun rannte sie auf ihn zu und packte ihn mit festem Griff an beiden Armen. Sie schüttelte wild mit dem Kopf, ihre Lippen teilten sich, doch die Zähne hatte sie fest aufeinander gebissen, sie sagte kein Wort. Sie zog ihn ins Schlafzimmer, schnappte sich flugs ein paar Kleidungsstücke von der frischen Wäsche, die auf dem Bett ausgebreitet war, und stieg in den Wandschrank, drückte ihm den Schlüssel in die Hand. Obwohl er spürte, wie seine Arme und Waden kalt und gefühllos waren vor Schreck, war er doch entsetzt und fassungslos, ja angewidert von dem Anblick, wie sie sich da hinter seinem Mantel und seinen Anzügen zusammenkauerte; es war abscheulich und lächerlich zugleich. *Komm raus!*, flüsterte er. *Nein, komm raus da!* Sie zischte: *Wohin? Wo soll ich denn hin?*

Egal! Aber komm raus da!

Er streckte die Hand aus, um nach ihr zu greifen. In die Enge getrieben, sagte sie mit einem grauenvollen, gehetzten Flüstern, wobei man ihre Zahnlücke sehen konnte: *Ich springe aus dem Fenster.*

Sie presste ihm den Schlüssel in die Hand, als sei es ein Messergriff. Er schlug ihr die Tür vor der Nase zu, schloss den Schrank ab und ließ den Schlüssel zu dem Kleingeld in seiner Hosentasche fallen.

Er nahm die Sperrkette ab, mit der die Wohnungstür gesichert war. Er drehte den kantigen Knopf des Yale-Schlosses herum. Die drei Polizeibeamten, zwei von ihnen in Zivil, standen ohne alle Eile da, obwohl sie bereits ein paar Minuten lang an die Tür gehämmert hatten. Der große Dunkle mit dem raffinierten Schnurrbart streckte eine Hand aus, an der er einen geflochtenen goldenen Ring trug, und hielt ihm irgendeinen Ausweis hin.

Dr. von Leinsdorf spürte, wie allmählich wieder das Blut in seinen Armen und Beinen zirkulierte, und er sagte mit ruhiger Stimme: »Worum geht es?«

Der Sergeant sagte, sie wüssten, dass sich eine Farbige in der Wohnung aufhielte. Sie seien über alles im Bilde. »Ich beobachte diese Wohnung jetzt schon seit drei Wochen, ich weiß Bescheid.«

»Ich bin alleine hier.« Dr. von Leinsdorf sagte es, ohne den Ton seiner Stimme zu heben.

»Ich weiß Bescheid, ich weiß genau, wer da ist. Kommen Sie –« Und der Sergeant und seine beiden Begleiter gingen ins Wohnzimmer hinein, in die Küche, ins Badezimmer (hier nahm der Sergeant eine Flasche After Shave in die Hand, schien das französische Etikett zu studieren) und ins Schlafzimmer. Die beiden Zivilen schoben die frische Decke zurück, zogen die Laken ab und trugen sie zu dem Sergeanten, der sie unter der Lampe inspizierte. Sie unterhielten sich in Afrikaans, das der Doktor nicht verstand. Der Sergeant schaute persönlich unter das Bett, hob die langen Vorhänge am Fenster in die Höhe. Die Türen am Wandschrank waren ohne Griff; er merkte, dass sie abgeschlossen waren, und fragte erst in Afrikaans, wechselte dann höflicherweise zu Englisch. »Geben Sie uns den Schlüssel.«

Dr. von Leinsdorf sagte: »Es tut mir Leid, aber ich habe ihn in meinem Büro liegen lassen – ich schließe morgens immer ab und nehme den Schlüssel mit ins Büro.«

»Es hilft alles nichts, Mann, Sie geben mir besser den Schlüssel.«

Er lächelte knapp, nicht übertrieben. »Er liegt auf meinem Schreibtisch im Büro.«

Die beiden Zivilen holten einen Schraubenzieher hervor, und er schaute zu, wie sie ihn in den Schlitz zwischen den Schranktüren schoben, ihm einen kurzen, kräftigen, nicht allzu heftigen Ruck gaben. Er hörte, wie das Schloss nachgab.

Gewiss, sie war splitternackt gewesen, als sie an die Tür gehämmert hatten. Doch nun hatte sie ein Paar Jeans an und ein langärmeliges T-Shirt mit einem aufgenähten Schmetterling auf der einen Brust. Ihre Füße waren noch immer nackt; zwar war es ihr in dem dunklen Schrank gelungen, in die Kleider hineinzuschlüpfen, die sie hastig vom Bett gerafft hatte, doch sie war ohne Schuhe. Es war anzunehmen, dass sie hinter der Schranktür geweint hatte (man sah fleckige Spuren auf ihren Wangen), doch nun war ihre Miene düster, sie atmete schwer; ihr Bauchfell zuckte unkontrolliert, unter dem Stoff des T-Shirts hoben sich ihre Brüste ab. Es sah aus, als sei sie wütend; vielleicht kam es auch bloß daher, dass sie unter Sauerstoffmangel litt, weil sie halb erstickt war in dem engen Schrank. Sie schaute Dr. von Leinsdorf nicht an. Auf die Fragen des Sergeants gab sie keine Antwort.

Sie wurden zum Polizeirevier gebracht, wo man sie sofort trennte und nacheinander zur Untersuchung durch den Amtsarzt führte. Man nahm dem Mann die Unterwäsche ab und untersuchte sie, wie zuvor schon die Bettlaken, auf Spermaspuren. Bei der Entkleidung des Mädchens entdeckte man, dass sie unter ihren Jeans eine Männerunterhose trug, auf deren ordentlich eingenähtem Wäscheschild sein Name stand; in der Eile hatte sie die falsche Unterwäsche mit in ihr Versteck genommen.

Jetzt weinte sie, als sie in einer Männerunterhose vor dem Amtsarzt stand.

Er sah höflich darüber hinweg. Er reichte Unterhose, Jeans und T-Shirt zur Tür hinaus und gab ihr ein Zeichen, auf den hohen, weißen Tisch zu steigen, wo er dann ihre Schenkel auseinander schob und sie auf Beinstützen legte; und dort, wo der andere so behutsam und voller Wärme eingedrungen war, steckte er ein kaltes, hartes Instrument hinein, das sich immer weiter öffnete. Ihre Schenkel und die Knie zitterten unkontrolliert, während der Arzt in sie hineinschaute und sie tief innen drin mit weiteren harten Instrumenten berührte, an denen vorne kleine Wattebäusche dran waren.

Als sie von der Untersuchung zurück ins Vernehmungszimmer kam, war Dr. von Leinsdorf nicht zu sehen; sie mussten ihn woanders hingeführt haben. Den Rest der Nacht verbrachte sie in einer Zelle, wie er wahrscheinlich auch; doch früh am nächsten Morgen wurde sie entlassen und von einem weißen Mann zum Hause ihrer Mutter gebracht, der ihr erklärte, er sei der Sekretär des Rechtsanwaltes, den Dr. von Leinsdorf für sie engagiert habe. Dr. von Leinsdorf, sagte der Sekretär, habe man ebenfalls an diesem Morgen gegen Kaution freigelassen. Er sagte nichts davon, wann oder ob sie ihn jemals wieder sehen würde.

Als sie und der Mann vor Gericht standen, angeklagt wegen Verstoßes gegen das Sittlichkeitsgesetz, begangen in einer Johannesburger Wohnung am --. Dezember 19--, wurde dem Gericht eine Aussage des Mädchens übergeben, die es bei der polizeilichen Vernehmung gemacht hatte. *Ich wohnte mit dem weißen Mann zusammen in seiner Wohnung. Er hatte ab und zu Geschlechtsverkehr mit mir. Er gab mir Tabletten zum Einnehmen, damit ich nicht schwanger wurde.*

Als sie von den Sonntagsblättern interviewt wurde, sagte das Mädchen: »Es tut mir Leid für all den Kummer, den es meiner Mutter brachte.« Sie sagte, dass sie eines von neun Kindern einer Waschfrau sei. Sie hatte nach der dritten Klasse die Schule verlassen, weil zu Hause kein Geld übrig war für Turnsachen oder einen Schulblazer. Sie hatte in einer Fabrik als Maschinennäherin gearbeitet und als Kassiererin in einem Supermarkt. Dr. von Leinsdorf hatte ihr beigebracht, seine Manuskripte abzutippen.

Dr. Franz-Josef von Leinsdorf, der als Enkel einer Baronin beschrieben wurde, ein kultivierter Mann, dessen Arbeitsfeld die internationale mineralogische Forschung war, sagte, dass er zwar soziale Rangunterschiede zwischen Menschen akzeptiere, doch sei er der Meinung, dass diese nicht gesetzlich verankert werden dürften. »Sogar in meiner Heimat ist es schwer für einen Menschen aus der Oberschicht, jemanden aus der Unterschicht zu heiraten.

Die beiden Angeklagten machten keine Aussagen. Weder grüßten sie sich, noch sprachen sie vor Gericht miteinander. Die Verteidigung führte an, dass die Beweisgründe, die der Sergeant für ihr Zusammenleben vorbrachte, nur auf Gerüchten basierten (Die

Frau mit dem Dackel? Der Hausmeister?). Sie wurden beide freigesprochen, weil der Staatsanwalt nicht nachweisen konnte, dass am Abend des --. Dezember 19-- ein Geschlechtsverkehr stattgefunden hatte.

Die Sonntagsblätter zitierten die Mutter des Mädchens, von der auch ein Bild abgedruckt wurde: »Ich werde nie wieder zulassen, dass meine Tochter als Dienstmädchen für einen weißen Mann arbeitet.«

II

Solange sie noch klein sind, spielen die Farmkinder immer zusammen, doch wenn die weißen Kinder erst einmal weg ins Internat gehen, spielen sie schon bald nicht mehr miteinander, auch nicht in den Ferien. Zwar bekommen auch die schwarzen Kinder eine Art Schulunterricht, doch bleiben sie Jahr um Jahr weiter hinter den Leistungen der weißen Kinder zurück. All das kindliche Vokabular, das Erforschen der abenteuerlichen Möglichkeiten, die Dam, Koppies, Mealie Lands und Veld den Kindern bieten – es kommt die Zeit, da lassen die weißen Kinder all das hinter sich und vertauschen es mit dem Vokabular des Internats und den Möglichkeiten der Schulwettkämpfe und der Art Abenteuer, die man im Kino sieht. Das geschieht dann passenderweise gerade im Alter von 12 oder 13, so dass die schwarzen Kinder, neben den körperlichen Veränderungen, die alle von ihnen durchmachen, auch gleich schon beim Eintritt ins jugendliche Alter ohne viel Aufhebens zu der Erwachsenen-Anrede überwechseln und ihre alten Schulkameraden nun mit Missus oder Baasie titulieren – was soviel heißt wie kleiner Herr.

Das Verhängnisvolle war, dass Paulus Eysendyck gar nicht zu bemerken schien, dass Thebedi, die man stets an den abgelegten Kleidern seiner Schwestern erkannte, jetzt einfach nur eines von vielen Farmkindern unten im Kral war. Als er in den ersten Weihnachtsferien nach Hause kam, brachte er Thebedi eine bemalte Schatulle mit, die er in der Schule im Werkunterricht gebastelt hatte. Er musste sie ihr heimlich geben, weil er nichts hatte für all die anderen Kinder im Kral. Und bevor er wieder zurückkehrte ins

Internat, gab sie ihm ein Armband, das sie aus dünnem Messingdraht und den grauweißen Rizinusbohnen gemacht hatte, die ihr Vater anbaute. (Als sie noch zusammen spielten, war sie es gewesen, die ihm gezeigt hatte, wie man aus Ton kleine Zugochsen formt für ihre Spielzeuggespanne.) Unter den Jungen war es sehr beliebt, auch in den Platteland-Städten wie jener, wo er im Internat war, neben der Armbanduhr noch Armbänder aus Elefantenhaar und ähnlichem zu tragen; seines wurde allgemein bewundert, und seine Freunde baten ihn darum, auch ihnen solch ein Armband zu besorgen. Er sagte, die Eingeborenen auf der Farm seines Vaters würden sie machen, und er wolle es versuchen.

Als er fünfzehn war und einsachtzig groß, als er mit den Mädchen von dem Pensionat in der gleichen Stadt auf den Schulfesten herumzog und bereits gelernt hatte, wie man neckt und flirtet und auch ganz ungeniert herumschmust mit diesen Mädels, deren Väter ebenso wohlhabende Farmer waren wie der seine; als er bei einer Hochzeitsfeier auf einer Nachbarfarm, zu der ihn seine Eltern mitgenommen hatten, sogar auch schon eine kennen gelernt hatte, die ihn in einem verschlossenen Lagerraum das mit ihr tun ließ, was die Leute immer machen, wenn sie sich lieben – als er nun schon so weit von seiner Kindheit entfernt war, brachte er dennoch aus einem Laden in der Stadt für das schwarze Mädchen Thebedi einen roten Plastikgürtel und ein Paar goldene Ohrreifen mit. Ihrem Vater erzählte sie, die Missus hätte sie ihr zur Belohnung für eine Arbeit geschenkt – es stimmte, dass man sie bisweilen zur Aushilfe ins Farmhaus holte. Den Mädchen erzählte sie, sie hätte einen Schatz; weit, weit weg auf einer anderen Farm, und sie kicherten und neckten und bewunderten sie. In dem Kral gab es einen Jungen namens Njabulo, der sagte, er wünschte, er hätte das Geld, um ihr einen Gürtel und Ohrringe zu kaufen.

Als der Sohn des Farmers die Ferien über zu Hause war, wanderte sie weitab vom Kral, fern ihrer Gefährten dahin. Auch er ging stets allein spazieren. Sie hatten sich nicht verabredet, es war ein Verlangen, dem jeder aus eigenen Stücken folgte. Schon von weitem sah er, dass sie es war. Und sie wusste, dass sein Hund nie bellte, wenn sie sich näherte. Unten an dem ausgetrockneten Flussbett, dort wo die Kinder eines großen Tages vor fünf oder sechs

Jahren einen Leguan gefangen hatten – eine Kreatur, die auf ideale Weise die Größe und den Schrecken eines Krokodils mit der Harmlosigkeit einer Eidechse in sich vereinte –, ließen sie sich Seite an Seite auf der sandigen Uferböschung nieder. Er erzählte ihr davon, was er auswärts erlebt hatte: von der Schule und vor allem von den Strafen, die es dort setzte, wobei er ebenso die Schwere der Strafen übertrieb wie seine Gleichgültigkeit ihnen gegenüber. Er erzählte ihr von der Stadt Middleburg, in der sie nie gewesen war. Sie hatte ihm selbst nichts zu erzählen, doch wie jeder gute Zuhörer spornte sie ihn mit Fragen an. Während er sprach, zerrte und drehte er an den Wurzeln des weißen Stinkbaumes und der Kapweiden, die rundum aus der ausgewaschenen Erde ragten. Hier unten war für die Kinder schon immer ein beliebter Platz zum Spielen gewesen, im Gewirr der alten, ameisenzerfressenen Bäume, die halb umgestürzt zwischen den gesunden hingen, im wilden Asparagus, der um die Stämme wucherte, mit einem Feigenkaktus hier und da, der sich saftlos am Leben hielt bis zur nächsten Regenzeit, borstig und verschrumpelt wie das Gesicht eines alten Mannes. Während sie ihm lauschte, stocherte sie mit einem spitzen Stock immer wieder in der trockenen Haut eines Feigenkaktus. Oft musste sie lachen bei dem, was er ihr erzählte, und manchmal ließ sie ihr Gesicht auf die Knie sinken, ließ die kühle, schattige Erde zu ihren Füßen teilhaben an ihrem Vergnügen. Wenn er auf der Farm war, zog sie immer ihre einzigen Schuhe an – weiße Sandalen, gegen den Farmstaub dick mit weißer Schuhcreme eingeschmiert –, doch hier am Flussbett hatte sie die ausgezogen und beiseite gelegt.

An einem Nachmittag im Sommer, als es heiß war und dort Wasser floss, watete sie hinein, wie sie es einst als Kinder getan hatten, ihr Kleid hatte sie sittsam hochgerafft und in die Hose gesteckt. Die Schulmädchen, mit denen er immer an den Stauseen und an den Teichen der Nachbarfarmen schwimmen ging, trugen Bikinis, doch nie hatte ihn der Anblick ihrer Bäuche und Schenkel, die im Sonnenlicht glitzerten, das fühlen lassen, was er jetzt fühlte, als das Mädchen die Uferböschung heraufkam und sich neben ihn setzte; und die Wassertropfen, die von ihren dunklen Beinen perlten, waren die einzigen Lichtpunkte hier in diesem düsteren, schattigen Winkel, wo es nach Erde roch. Sie hatten keinerlei Angst voreinander, hatten einander schon immer gekannt; und er tat mit ihr das, was er damals in dem Lagerraum bei dem Hochzeitsfest gemacht hatte, und dieses Mal war es so schön, so schön, er war ganz überrascht ... auch sie war überrascht – er sah es auf ihrem Gesicht, das eins war mit dem Schatten, in diesen großen dunklen Augen, die wie weiches Wasser glänzten und ihn aufmerksam anblickten: so wie einst, als sie miteinander über ihre kleinen Ochsengespanne aus Ton gebeugt saßen, wie damals, als er ihr davon erzählte, wie er immer übers Wochenende in der Schule nachsitzen musste.

Im Laufe dieser Sommerferien gingen sie noch oft hinunter zum Flussbett. Sie trafen sich, kurz bevor die Dämmerung hereinbrach, was sehr schnell geht in dieser Gegend, und wenn es dann dunkel war, kehrte jeder wieder nach Hause zurück – sie zur Hütte ihrer Mutter, er zum Farmhaus –, gerade rechtzeitig zum Abendbrot. Er erzählte ihr nichts mehr über die Schule oder die Stadt. Sie fragte ihn nicht mehr danach. Er sagte ihr jedes Mal, wann sie sich wieder treffen würden. Ein- oder zweimal blieben sie bis zum frühen Morgen; das Muhen der Kühe, die zur Weide getrieben wurden, drang herüber zu ihnen, wo sie lagen, und das wortlose Erkennen dieses Klanges, das ein jeder dem anderen an den Augen ablesen konnte, trieb die eng aneinander Geschmiegten auseinander.

In der Schule war er allgemein beliebt. Er spielte erst in der zweiten, dann in der ersten Fußballmannschaft. Es hieß, die Schulsprecherin der Mädchenschule sei in ihn verknallt; er mochte sie nicht besonders, aber es gab da eine hübsche Blondine, die ihr langes Haar zu einer Art Knoten hochgesteckt trug, mit einer schwarzen Schleife drum herum, und mit ihr zusammen ging er immer ins Kino, wenn die Jungen und Mädchen samstagnachmittags schulfrei hatten. Schon als Zehnjähriger war er auf der Farm mit Traktoren und Ähnlichem gefahren, und als er achtzehn war, machte er dann seinen Führerschein, und im letzten Schuljahr führte er in den Ferien die Nachbarstöchter aus zum Tanz oder in das Autokino, das gerade zwanzig Kilometer von der Farm entfernt aufgemacht hatte. Seine Schwestern waren bereits alle verheiratet, und wenn seine Eltern übers Wochenende die jungen Ehefrauen und die Enkelkinder besuchten, überließen sie die Farm so lange seiner Obhut.

Wenn Thebedi samstagnachmittags sah, wie der Farmer mit

seiner Frau davonfuhr, den Kofferraum des Mercedes voll beladen mit frisch geschlachtetem Geflügel und mit Gemüse aus dem Garten, dessen Pflege zur Arbeit ihres Vaters gehörte, dann wusste sie, dass sie nicht zum Flussbett, sondern zu dem Farmhaus kommen musste. Es war ein altes Gebäude, mit dicken Mauern, und innen war es düster und kühl. Die Küche war stets voller Leben, sie war der Mittelpunkt, mit ihren Dienstboten, Speisevorräten, bettelnden Katzen und Hunden, überkochenden Töpfen, frischer Wäsche, die vor dem Bügeln in der Wärme aufgehängt wurde, und der großen Kühltruhe, die die Missus hatte aus der Stadt kommen lassen, mit einem gehäkelten Deckchen obenauf und einer Vase mit Schwertlilien aus Plastik. Das Esszimmer aber, in dem der schwere Tisch mit den klobigen Beinen stand, hinter dessen Tür stets der alte, satte Geruch nach Suppe und Tomatensoße hing, war verschlossen. Im Wohnzimmer waren die Vorhänge vorgezogen, der Fernseher stand still in seiner Ecke. Die Tür zum Elternschlafzimmer war abgeschlossen, und in den Zimmern, wo früher die Töchter geschlafen hatten, waren die Betten mit Plastiktüchern abgedeckt. Dort, in einem von diesen, verbrachten sie und der Farmersohn oft die ganze Nacht – fast, denn sie musste fort, bevor die Dienstboten, die sie ja kannten, bei Tagesanbruch ins Haus kamen. Er hatte Angst, dass man sie oder Spuren von ihr entdeckte, wenn er sie mit in sein eigenes Schlafzimmer nahm, obwohl sie dort schon oft hineingeschaut hatte, wenn sie im Farmhaus aushalf, und sie kannte sie gut, die Reihe der silbernen Pokale, die er in der Schule gewonnen hatte.

Als sie achtzehn war und der Sohn des Farmers neunzehn, als er gerade seinem Vater auf der Farm aushalf, bevor er aufs College ging, um Veterinärmedizin zu studieren, hielt der junge Njabulo bei ihrem Vater um ihre Hand an. Die Eltern Njabulos trafen sich mit den ihren, und man einigte sich über die Summe Geldes, die er anstelle der Kühe zu zahlen hatte, welche man nach altem Brauch den Eltern der zukünftigen Braut geben musste. Kühe konnte er keine bieten; er war Arbeiter auf der Eysendyck-Farm wie ihr Vater. Ein aufgeweckter Junge; der alte Eysendyck hatte ihm das Mauern beigebracht und setzte ihn bei Bauarbeiten ein, wenn es hier und dort auf der Farm etwas auszubessern gab. Sie erzählte dem Farmersohn nichts davon, dass ihre Eltern sie verheiraten wollten. Und sie sagte ihm auch nicht, dass sie ein Baby erwartete, bevor er zum ersten Semester ans College fuhr. Zwei Monate nach ihrer Hochzeit mit Njabulo brachte sie eine Tochter zur Welt. Dies war keine Schande; bei ihrem Volk ist es Brauch, dass sich der junge Bräutigam vor der Hochzeit vergewissert, ob seine Auserwählte auch nicht unfruchtbar ist, und so hatte Njabulo damals mit ihr geschlafen. Aber das Kind hatte eine ziemlich helle Haut, die auch nicht gleich nachdunkelte, wie es sonst bei afrikanischen Babys meist der Fall ist. Schon bei seiner Geburt hatte es diesen glatten, feinen Flaum auf dem Kopf, der jenem ähnelte, den die Flugsamen eines bestimmten Unkrauts trugen, das draußen auf dem Felde wuchs. Als es seine kleinen Augen aufmachte, waren sie grau, mit gelben Flecken. Njabulos Haut hatte die matte, dunkle Farbe von Kaffeesatz, die schon immer schwarz genannt wurde; dieselbe Farbe wie auch Thebedis Beine, auf der das herabperlende Wasser bläulich schimmerte wie Austernmuscheln, wie ihr Gesicht, in dem die schwarzen Augen dominierten, mit ihrem hellen Weiß, ihrem aufgeweckten Blick.

Njabulo beklagte sich nicht. Er ging zu dem indischen Laden und kaufte für Thebedis Baby von dem Lohn, den er als Farmarbeiter bekam, eine Klarsichtpackung mit einer rosa Plastikbadewanne, sechs Windeln, ein Kärtchen Sicherheitsnadeln, ein Strickjäckchen, Mütze und Stiefelchen, ein Kleid und eine Dose Johnson's Babypuder.

Als es zwei Wochen alt war, kam Paulus Eysendyck über die Ferien vom Veterinärcollege nach Hause. In der Küche seiner Mutter, der vertrauten Umgebung seiner Kindheit, trank er ein Glas frische, noch warme Milch, und er hörte, wie sie mit der alten Dienstmagd darüber sprach, wo man jetzt wohl eine neue Aushilfe finden konnte, nachdem Thebedi ein Baby bekommen hatte. Das erste Mal, seit er ein kleiner Junge war, ging er bis in den Kral hinein. Es war elf Uhr morgens, die Männer waren bei der Arbeit auf dem Feld. Er schaute sich suchend um; die Frauen wandten sich ab, keine von ihnen wollte nach dem Weg zu Thebedis Haus gefragt werden. Da erschien Thebedi, langsam kam sie aus der Hütte heraus, die Njabulo nach der Art des weißen Mannes erbaut hatte, mit einem Ofenrohr als Abzug und einem richtigen Glasfenster, das so gerade eingesetzt war, wie das bei einer Wand aus ungebrannten Lehmziegeln eben ging. Sie grüßte ihn mit aneinander gelegten Händen und einer symbolischen Geste, die den respektvollen Knicks andeutete, mit der sie sonst seinem Vater oder seiner Mutter gegenübertrat. Er zog den Kopf ein und trat durch den niedrigen Eingang in die Hütte. Er sagte: »Ich will es sehen. Zeig es mir.«

Sie hatte das Bündel vom Rücken genommen, bevor sie hinausging ans Tageslicht, ihm gegenübertrat. Sie zwängte sich zwischen das eiserne Bettgestell, auf dem Njabulos karierte Decken lagen, und den kleinen Holztisch, auf dem die rosa Plastikbadewanne zwischen dem Essen und den Kochtöpfen stand, und hob das kleine Bündel aus dem behaglich ausgeschlagenen Pappkarton, in dem es lag. Das Kind schlief; sie entblößte sein verschlossenes, bleiches, plumpes kleines Gesicht, an dessen Mundwinkel eine Speichelblase hing; und die dünnen rosa Händchen begannen sich zu regen. Sie nahm die Wollmütze ab, und das glatte, feine Haar flog wie elektrisiert hoch, hier und da konnte man eine blonde Strähne sehen. Er sagte nichts. Sie schaute ihn an wie damals, als sie noch klein waren und die Kinder beim Spielen das Getreide zertrampelt oder sonst etwas angestellt hatten, und er dann als Sohn des Farmers, der einzige Weiße unter ihnen, beim Farmer ein gutes Wort für sie einlegen musste. Sie weckte das schlafende Gesicht, indem sie es sanft mit dem Finger an der Backe kraulte, und ganz langsam öffneten sich die kleinen Augen, sahen nichts, schliefen noch, erwachten und wurden größer, blickten sie an, graue Augen mit gelben Flecken, ganz wie seine nussbraunen Augen.

Einen Moment lang war sein Gesicht verzerrt vor Wut und Selbstmitleid, kämpfte er mit den Tränen. Sie brachte es nicht fertig, die Hand nach ihm auszustrecken. Er sagte: »Du bist noch nicht damit in der Nähe des Hauses gewesen?«

Sie schüttelte den Kopf.

»Wirklich nicht?«

Wieder schüttelte sie den Kopf.

»Nimm es nicht mit nach draußen. Bleib damit hier im Haus. Kannst du es denn nicht irgendwohin bringen. Du musst es jemandem geben ...«

Sie ging mit ihm zur Tür.

Er sagte: »Ich werde sehen, was ich mache. Ich weiß es noch nicht.« Und dann sagte er: »Ich könnte mich umbringen.«

Ihre Augen begannen zu glänzen, füllten sich mit Tränen. Einen Augenblick lang überkam sie beide ein Gefühl wie damals, als sie zusammen unten am Flussbett waren.

Er ging hinaus.

Zwei Tage später, als sein Vater und seine Mutter den Tag über weggefahren waren, tauchte er wieder auf. Die Frauen waren auf den Feldern beim Unkrautjäten, eine Gelegenheitsarbeit, der sie den Sommer über nachgingen; nur die ganz Alten blieben zurück, sie hockten vor den Hütten auf dem Boden, in der prallen Sonne, umgeben von Fliegen. Thebedi bat ihn nicht herein. Dem Kind ging es nicht gut; es litt an Durchfall. Er fragte, wo seine Nahrung sei. Sie sagte: »Es bekommt die Milch von mir.« Er ging in Njabulos Haus hinein, wo das Kind lag; sie folgte ihm nicht, blieb vor der Hütte stehen und schaute, ohne es recht wahrzunehmen, einem alten Weib zu, das wirr im Kopf war und mit sich selbst sprach und mit den Hühnern, die keine Notiz von ihm nahmen.

Sie glaubte, ein leises Grunzen aus der Hütte zu vernehmen, wie es kleine Kinder von sich geben, wenn sie satt sind oder tief schlafen. Wie lange es dauerte, wusste sie nicht, doch nach einer Weile kam er wieder heraus und stapfte davon, ganz wie sein Vater, und verschwand in Richtung des Farmhauses.

In dieser Nacht wurde das Baby nicht gefüttert, und obwohl sie Njabulo immer wieder versicherte, es schliefe, sah er am nächsten Morgen, dass es tot war. Er tröstete sie mit Worten, streichelte sie. Sie weinte nicht, saß nur da und starrte zur Tür. Ihre Hände waren kalt wie tote Hühnerkrallen, als er sie berührte.

Njabulo begrub das Baby dort, wo auch die Farmarbeiter immer bestattet wurden, auf dem Platz draußen im Feld, den der Farmer ihnen überlassen hatte. Einige der Grabhügel waren ohne jede Markierung der Witterung überlassen, andere hatte man mit Steinen bedeckt, und bei manchen lagen umgestürzte Holzkreuze. Er wollte ein Kreuz machen, doch bevor er damit fertig war, kam die Polizei, öffnete das Grab und nahm das tote Baby mit: Jemand – einer der Farmarbeiter? Ihre Frauen? – hatte gemeldet, dass das

Baby fast weiß war, kräftig und gesund, und dass es nach einem Besuch des jungen Farmers ganz plötzlich gestorben war. Die pathologische Untersuchung wies auf Darmverletzungen hin, die nicht unbedingt auf eine natürliche Todesursache schließen ließen.

Zum ersten Mal fuhr Thebedi in die Stadt, in der Paulus zur Schule gegangen war, um ihre Aussage bei der Voruntersuchung zu machen, mit der die Mordanklage gegen ihn vorbereitet wurde. Sie weinte hysterisch im Zeugenstand, sagte ja, ja (die goldenen Ohrreifen pendelten hin und her), sie habe gesehen, wie der Angeklagte eine Flüssigkeit in den Mund des Babys geschüttet habe. Sie sagte, er habe ihr gedroht, sie zu erschießen, wenn sie jemandem davon erzählte.

Über ein Jahr verging, bis in der gleichen Stadt das Gerichtsverfahren eröffnet wurde. Als sie den Gerichtssaal betrat, hatte sie ein neugeborenes Baby auf dem Rücken. Sie trug goldene Ohrreifen; sie gab sich gefasst, sagte, dass sie nicht gesehen habe, was der weiße Mann im Hause tat.

Paulus Eysendyck sagte aus, dass er zwar die Hütte aufgesucht, jedoch nicht das Kind vergiftet habe.

Die Verteidigung bestritt nicht, dass zwischen dem Angeklagten und dem Mädchen ein Liebesverhältnis bestanden hatte, oder dass es zum Geschlechtsverkehr gekommen war, warf aber ein, dass es keinen Beweis dafür gab, dass der Angeklagte der Vater des Kindes sei.

Der Richter teilte dem Angeklagten mit, dass ein schwerer Verdacht gegen ihn vorläge, aber dass es nicht genügend Beweise dafür gäbe, dass er das Verbrechen begangen habe. Die Aussage des Mädchens konnte das Gericht nicht anerkennen, denn es war offensichtlich, dass sie entweder in der Verhandlung oder bei der Voruntersuchung einen Meineid geleistet hatte. Das Gericht kam zu der Überlegung, dass sie womöglich als Komplizin zu betrachten war; doch auch hierfür gab es nicht genügend Beweise.

Der Richter lobte das ehrenhafte Verhalten des Ehemannes (der mit der braungelb karierten Golfmütze im Gerichtssaal saß, die er nur sonntags trug), der seine Frau nicht verstoßen habe und »von seinem kargen Einkommen sogar Kleidung kaufte für das unglückliche Kind«.

Das Urteil für den Angeklagten lautete »nicht schuldig«.

Der junge weiße Mann wies die Glückwünsche der Presse und des Publikums zurück und verließ den Gerichtssaal, wobei er zum Schutze vor den Fotografen den Regenmantel seiner Mutter vors Gesicht hielt. Sein Vater sagte vor der Presse: »Ich werde versuchen, so gut ich kann weiterzumachen, um meinen Ruf hier im Distrikt zu behalten.«

Die Sonntagszeitungen, die jede ihren Namen wieder anders schrieben, zitierten das schwarze Mädchen – mit Foto – in ihrer eigenen Sprache: »Es war eine Sache aus unserer Kindheit, wir sehen uns heute nicht mehr.«

(Deutsch von Walter Hartmann)

Die Ironie des Hasses
von
Ruth Rendell

Wenn in fünfzig oder hundert Jahren Listen der besten Schriftsteller und Schriftstellerinnen unserer Zeit erstellt werden, und zwar ungeachtet des Genres, in dem sie schreiben, könnte Ruth Rendell (* 1930), obwohl sie sich im Laufe ihrer Karriere mit Kriminalliteratur identifiziert hat, darauf einen hohen Rang einnehmen. Sie wurde als Ruth Barbara Grasemann in London geboren, als Tochter eines Lehrerehepaars, das seinen schöpferischen Ausgleich in der Malerei fand. Nachdem sie die Schule mit achtzehn verlassen hatte, schlug sie statt eines Universitätsstudiums eine kurze Laufbahn als Zeitungsreporterin in Essex ein. Nach der Heirat mit ihrem Berufskollegen Donald Rendell und der Geburt eines Sohnes gab sie den Journalismus auf, um sich ganz der Mutterschaft und dem Selbststudium durch extensive Lektüre zu widmen.

Rendells erster Roman mit dem Titel *From Doom with Death* (1964; dt. *Alles Liebe vom Tod*), in dem sie mit Reg Wexford und Mike Burden ihr ungleiches Polizistenpaar einführte, ist solide und traditionell und beschwört mit dem fintenreichen Plot fast unausweichlich den Vergleich mit Agatha Christie herauf. Die Regeln des Fair Play behielt Rendell bei, während ihre Romane an psychologischer und thematischer Dichte gewannen. Ihr zweiter Roman, *To Fear a Painted Devil* (1965; dt. *Der Tod fällt aus dem Rahmen*), gehört nicht zur Wexford-Serie, und nun wechseln sich die bei der Leserschaft höchst beliebten Wexford-Burden-Bücher mit oft düster gefärbten Kriminalromanen ab, die bei der Kritik sogar noch größeres Lob ernteten. In *Mystery and Suspense Writers*, einer 1998 erschienen Publikation der Scribner Writers Series, beschreibt B.J.Rahn diese nicht zur Wexford-Reihe gehörenden Bücher als »im Bewusstsein der Hauptfigur, ob nun Schurke oder Opfer, verwurzelt, deren Gefühle von Entfremdung, Angst, Hass und Furcht der Leser unmittelbar miterlebt«. Rendell, die von ihrem Vater Ruth und von ihrer Mutter Barbara gerufen wurde, benutzt beide Namen und schreibt mittlerweile auch unter beiden, nachdem sie mit *A Dark-Adapted Eye* (1986; dt. *Die im Dunkeln sieht man doch*) das Pseudonym Barbara Vine angenommen hatte. Die Vine-Romane, schreibt Rahn, »ergründen die Tiefen der menschlichen Psyche eher in der Art von Henry James als von Patricia Highsmith oder Alfred Hitchcock … Diese Romane zeichnen sich durch die subtile Manipulation der Erzählperspektive und komplexe Muster aus, die oft verblüffende ironische Überraschungen hervorbringen«.

Abgesehen von ihrer erstaunlichen Produktivität, mit der sie jedes Jahr ein oder zwei Bücher herausbringt, ist Rendell auch als Autorin von Kurzgeschichten hervorgetreten. Der ersten Sammlung mit dem Titel *The Fallen Curtain and Other Stories* (1976; dt. *Der gefallene Vorhang*) folgten mindestens sechs weitere, darunter *Piranha to Scurfy and Other Stories* (2000; dt. *Kein Ort für Fremde*). In »Die Ironie des Hasses«, wo sich im allerersten Satz bereits offenbart, wer was getan hat, wird Rendells psychologisches Gespür sowie ihre Fähigkeit, den Leser zu überraschen, auf eindrucksvolle Weise vor Augen geführt.

Die Ironie des Hasses

Ich habe Brenda Goring aus dem wohl ungewöhnlichsten Motiv heraus ermordet: Sie stellte sich zwischen mich und meine Frau. Damit will ich nicht sagen, dass am Verhältnis der beiden zueinander irgendetwas Abnormes war. Sie waren lediglich eng befreundet, obwohl der Ausdruck »lediglich« in Bezug auf ein Verhältnis, das den vormals geliebten Ehemann wegschiebt und ausschließt, wohl eher nicht verwendet werden sollte. Ich ermordete sie, um meine Frau wieder für mich zu haben, und habe uns stattdessen vielleicht für immer getrennt. Nun sehe ich voller Grauen, in ohnmächtiger Panik und mit der schrecklichsten Hilflosigkeit, die ich je erlebt habe, dem bevorstehenden Prozess entgegen.

Wenn ich die Tatsachen niederschreibe – und die Ironie, die schreckliche Ironie, die diese wie ein scharfer, glitzernder Faden durchzieht –, gelingt es mir vielleicht, die Dinge klarer zu sehen. Vielleicht finde ich irgendeinen Weg, die unerbittliche Obrigkeit davon zu überzeugen, wie es wirklich war; dafür zu sorgen, dass der Verteidiger mir glaubt, statt die Brauen zu heben und den Kopf zu schütteln; wenigstens sicherzustellen, dass Laura, wenn wir nun schon getrennt werden müssen, doch wenigstens weiß – während sie zusieht, wie ich aus dem Gerichtssaal geführt werde, um meine langjährige Gefängnisstrafe anzutreten –, dass die Wahrheit bekannt ist und die Gerechtigkeit ihren Lauf nimmt.

Während ich hier ganz allein herumsitze und nichts anderes zu tun habe, als auf den Prozess zu warten, könnte ich über den Charakter, die äußere Erscheinung und die Neurosen von Brenda Goring ganze Bände schreiben. Ich könnte den ultimativen Hassroman schreiben. In diesem Kontext wäre vieles davon jedoch irrelevant, daher werde ich mich so kurz wie möglich fassen.

In einem Stück von Shakespeare sagt jemand über eine Frau: »Hätt ich sie nie gesehen!« Worauf ein anderer erwidert: »Dann hättet Ihr ein wundervolles Meisterwerk ungesehn gelassen.« Nun, hätte ich Brenda doch tatsächlich nie gesehen! Und was das wundervolle Meisterwerk betrifft, so würde ich dem wohl auch zustimmen. Sie hatte einmal einen Ehemann gehabt. Um sie endgültig los zu sein, hatte er ihr zweifellos jede Menge Unterhalt gezahlt und ihr einen Haufen Geld überlassen, von dem sie das Cottage an dem Dorfsträßchen oberhalb unseres Hauses erstand. Wie von einem derartigen Neuzugang zu erwarten, machte sie in unserem Dorf einen gewaltigen Eindruck. Sie war einfach wundervoll, bot mit ihren Kleidern, ihrem langen blonden Haar, ihrem Sportwagen, ihren Begabungen und ihrer mondänen Vergangenheit eine erfrischende Abwechslung zu all den pensionierten Ehepaaren und zurückhaltenden Wochenendgästen. Eine Zeit lang jedenfalls. Bis sie ihnen zu viel wurde.

Gleich von Anfang an belegte sie Laura mit Beschlag. Irgendwie verständlich, da meine Frau im Ort das einzige weibliche Wesen in etwa ihrem Alter war, das ganze Jahr über dort wohnte und keiner Erwerbsarbeit nachging. Mit Sicherheit – dachte ich jedenfalls am Anfang – hätte sie sich Laura nicht ausgesucht, wenn sie eine größere Auswahl gehabt hätte. In meinen Augen ist meine Frau reizend, alles, was ich je wollte, die einzige Frau, für die ich je etwas empfunden habe, doch ich weiß, dass sie auf andere schüchtern und farblos wirkt, ein schlichtes, stilles Heimchen am Herd. Was konnte sie diesem extrovertierten, diesem grellen, mit Schmuck behangenen Schmetterling denn bieten? Den Ansatz einer Antwort gab sie mir selbst.

»Ist dir nicht aufgefallen, wie die Leute ihr inzwischen aus dem Weg gehen, Liebling? Die Goldsmiths haben sie letzte Woche nicht zu ihrer Party eingeladen, und Mary Williamson weigert sich, sie ins Festkomitee aufzunehmen.«

»Ich muss sagen, das wundert mich nicht«, sagte ich. »So wie sie redet und was sie für Sachen sagt.«

»Du meinst ihre Liebesaffären und das alles? Aber, Liebling, in den Kreisen, in denen sie bisher gelebt hat, ist so was doch gang und gäbe. Für sie ist es ganz normal, so zu reden, sie ist ganz einfach offen und ehrlich.«

»Jetzt lebt sie aber nicht mehr in diesen Kreisen«, erwiderte ich,

»und wird sich anpassen müssen, wenn sie akzeptiert werden will. Hast du Isabel Goldsmiths Gesicht gesehen, als Brenda die Geschichte erzählt hat, wie sie mit einem Mann ins Wochenende gefahren ist, den sie in einer Bar aufgelesen hatte? Ich wollte verhindern, dass sie sämtliche Männer aufzählt, die ihr Mann in seinen Scheidungspapieren genannt hat, aber vergeblich. Andauernd heißt es: ›Damals, als ich mit Soundso zusammenlebte‹, und ›Das war die Zeit, in der ich die Affäre mit Dingsbums hatte‹. Ältere Herrschaften finden das schon ein bisschen verstörend, weißt du.«

»Na, wir sind aber keine älteren Herrschaften«, meinte Laura, »und denken hoffentlich ein bisschen großzügiger. Du magst sie doch, oder?«

Ich war immer sehr liebenswürdig zu meiner Frau. Als Tochter von sehr klugen, dominanten Eltern, die sie immer klein gemacht hatten, wuchs sie mit einem permanenten Minderwertigkeitsgefühl auf. Sie ist das typische Opfer, beschwört es geradezu herauf, dass man sie herumkommandiert, weshalb ich mich bemüht habe, sie nie herumzukommandieren, ja auch nie mit ihr über Kreuz zu geraten. Also sagte ich bloß, Brenda sei schon in Ordnung und ich sei froh, nachdem ich den ganzen Tag außer Haus war, dass sie eine gleichaltrige Freundin gefunden habe.

Wenn Brenda nur während des Tages mit ihr befreundet und ihre vertraute Gefährtin gewesen wäre, hätte ich ja auch überhaupt nichts dagegen gehabt. Ich hätte mich an die Tatsache gewöhnt, dass Laura tagaus, tagein Geschichten über eine ihr unbekannte Welt lauschte, dass sie sich anhörte, wie verbotener Sex und Doppelzüngigkeit verherrlicht wurden, und hätte mir sicher sein können, dass sie sich nicht verderben ließ. Doch musste ich Brenda selbst ertragen, wenn ich nach einem langen Arbeitstag abends nach Hause kam. In ihren Seidenhosen oder einem langen Rock mit hohen Stiefeln saß sie bequem auf unserem Sofa und rauchte eine Zigarette nach der anderen. Oder kam mit einer Flasche Wein daher, wenn wir uns gerade zum Abendessen hingesetzt hatten, und verwickelte uns in eine ihrer Lieblingsdebatten über Fragen wie »Ist die Ehe eine aussterbende Institution?« oder »Braucht man überhaupt Eltern?«. Und um eines ihrer fadenscheinigen Argumente zu untermauern, kam sie mit irgendeiner persönlichen Erfahrung daher, über die sich unsere betagteren Freunde so aufgeregt hatten.

Ich war natürlich nicht verpflichtet, dabei zu bleiben. Unser Haus ist ziemlich groß, und ich konnte ja ins Esszimmer gehen oder in den Raum, den Laura mein Arbeitszimmer nennt. Ich wollte aber bloß das, was ich früher auch gehabt hatte, nämlich abends mit meiner Frau allein sein. Noch schlimmer war es, wenn wir von Brenda zum Kaffee oder auf einen Drink in ihr üppig eingerichtetes, verschwenderisch dekoriertes Cottage geladen wurden, um ihre neueste Kreation gezeigt zu bekommen – andauernd stickte und webte und töpferte sie etwas oder hantierte mit Wasserfarben herum –, wo sie uns auch die Geschenke vorführte, die sie irgendwann von Mark, Larry oder Paul und den zahllosen anderen Männern in ihrem Leben bekommen hatte. Wenn ich mich weigerte hinzugehen, reagierte Laura nervös und niedergeschlagen und war dann wieder himmelhoch jauchzend, wenn ich nach ein paar herrlichen brendalosen Abenden ihr zuliebe den Vorschlag machte, doch mal bei der guten alten Brenda vorbeizuschauen.

Was mich aufrecht hielt war die Gewissheit, dass sich eine beim anderen Geschlecht offensichtlich so beliebte Frau früher oder später einen Freund suchen würde und dann weniger oder gar keine Zeit für meine Frau mehr hätte. Ich wunderte mich, weshalb das nicht schon passiert war, und äußerte mich dementsprechend Laura gegenüber.

»Sie trifft sich schon mit ihren Freunden, wenn sie nach London fährt«, sagte meine Frau.

»Sie bringt aber nie einen hierher«, erwiderte ich, und als Brenda an dem Abend eine üppig ausgeschmückte Geschichte über einen mit ihr bekannten Kunstmaler namens Laszlo zum Besten gab, der schrecklich attraktiv war und sie anhimmelte, sagte ich, ich würde ihn gern mal kennen lernen, und wieso sie ihn übers Wochenende nicht mal einlud?

Brenda ließ ihre langen, grün bemalten Fingernägel aufblitzen und warf Laura einen verschwörerischen Blick von Frau zu Frau zu. »Was würden denn die ganzen alten Knacker sagen, möchte ich wissen?«

»Davon wirst du dich doch nicht beirren lassen, Brenda«, sagte ich.

»Aber nein. Dann haben sie was zu quatschen. Mir ist doch klar, dass die nur neidisch sind. Ich würde Laszlo sofort einladen, aber er würde nicht kommen. Er hasst das Landleben, er würde sich zu Tode langweilen.«

Anscheinend hassten Richard, Jonathan und Stephen das Landleben ebenfalls oder würden sich langweilen oder konnten die Zeit nicht erübrigen. Da war es doch viel besser, dass Brenda hinfuhr und sich in der Stadt mit ihnen traf. Mir fiel auf, dass Brenda nach meinen Fragen über Laszlo öfter nach London fuhr und die Geschichten über ihre Eskapaden nach diesen Besuchen immer ausgefallener wurden. Ich halte mich für einen recht genauen Beobachter, und bald begann eine Vorstellung in meinem Kopf Gestalt anzunehmen, die so abwegig war, dass ich sie mir eine Zeit lang nicht einmal selbst eingestehen wollte. Aber ich prüfte sie nach. Anstatt Brenda bloß zuzuhören und gelegentlich eine etwas säuerliche Bemerkung einzustreuen, begann ich ihr Fragen zu stellen. Ich hakte bei Namen und Daten nach. »Hattest du nicht gesagt, du hättest Mark in Amerika kennen gelernt?«, meinte ich dann, oder: »Aber du warst doch sicher erst nach deiner Scheidung mit Richard im Urlaub?« Ich verstrickte sie in Widersprüche, ohne dass sie es merkte, und auf einmal erschien mir meine Vorstellung gar nicht mehr so abwegig. Der ultimative Test kam an Weihnachten.

Ich hatte bemerkt, dass Brenda sich völlig anders verhielt, wenn sie mit mir allein war, als wenn Laura dabei war. Wenn Laura beispielsweise draußen in der Küche beim Kaffeekochen war oder, was an Wochenenden manchmal vorkam, Brenda unerwartet hereinschneite, wenn Laura ausgegangen war, benahm sie sich mir gegenüber ziemlich kühl und scheu. Dann war es vorbei mit den ausladenden Gesten und den provozierenden Bemerkungen, und Brenda redete genauso banal über Dorfgeschichten wie Isabel Goldsmith. Nicht gerade das Verhalten, das man von einer selbst ernannten Messalina erwarten würde, die mit einem jungen und einigermaßen sympathischen Mann allein ist. Mir kam plötzlich der Gedanke, dass Brenda damals, als sie noch zu Dorffesten eingeladen wurde, oder auch heute, wenn sie auf unseren Partys Nachbarn begegnete, niemals zu flirten versucht hatte. Waren ihr etwa alle Männer zu alt und nicht die Mühe wert? War ein schlanker, ansehnlicher Mann, der auf die Fünfzig zuging, etwa so alt, dass er von einer Frau, die die Dreißig auch schon hinter sich hatte, nicht länger als Freiwild betrachtet wurde? Zwar waren sie alle verheiratet, aber das waren ihr Paul und ihr Stephen auch gewesen, und wenn man ihr glauben konnte, hatte sie da auch keinerlei Gewissensbisse gehabt, sie ihren Frauen abspenstig zu machen.

Wenn man ihr Glauben schenken konnte! Das war nämlich der springende Punkt. Weihnachten wollte keiner mit ihr verbringen. Kein Londoner Liebhaber lud sie zu einer Party ein oder bot an, mit ihr irgendwohin zu fahren. Also wäre sie natürlich bei uns zu Gast, zum Mittagessen am Weihnachtstag, und zwar den ganzen Tag lang, und auch am zweiten Weihnachtsfeiertag, den wir immer mit Verwandten und Freunden verbrachten. Ich hatte bei uns im Hauseingang einen Strauß Mistelzweige aufgehängt, und weil Laura in der Küche beschäftigt war, ließ ich Brenda am Weihnachtsmorgen selbst herein.

»Fröhliche Weihnachten«, sagte ich. »Wie wär's mit einem Kuss, Brenda?« Dabei nahm ich sie unter dem Mistelzweig in die Arme und küsste sie auf den Mund. Sie erstarrte. Ich könnte schwören, dass sie ein Schauder überlief. Sie reagierte so unbeholfen, so verängstigt, so unangenehm berührt wie eine behütete Zwölfjährige. Da wusste ich es. Verheiratet mochte sie zwar gewesen sein – mittlerweile war es auch nicht schwer, den Scheidungsgrund zu erraten –, hatte jedoch nie einen Liebhaber gehabt, in einer Umarmung geschwelgt oder war je länger als unbedingt nötig mit einem Mann allein gewesen. Sie war frigide. Ein gut aussehendes, lebhaftes, gesundes Mädchen – und doch hatte sie dieses eine spezielle Handikap. Sie war kalt wie eine Betschwester. Weil sie die Demütigung jedoch nicht ertragen konnte, es zugeben zu müssen, hatte sie sich eine Fantasiewelt geschaffen, eine Fantasievergangenheit, in der sie als Fantasienymphomanin die große Dame spielte.

Zunächst hielt ich das Ganze für einen Riesenwitz und konnte es kaum erwarten, Laura davon zu erzählen. Ich war aber erst um zwei Uhr morgens mit ihr allein, und als ich ins Bett kam, schlief sie bereits. Ich konnte nicht recht schlafen. Mein Hochgefühl schwand, als mir klar wurde, dass ich eigentlich keine echten Beweise in der Hand hatte und dass Laura, wenn ich ihr erzählte, was ich mit meinen Fragen und Sticheleien bezweckt hatte, nur bitter verletzt wäre und es mir nachtragen würde. Wie könnte ich ihr erzählen, dass ich ihre beste Freundin geküsst hatte und abgeblitzt war? Dass ich in ihrer Abwesenheit versucht hatte, mit ihrer besten Freundin zu flirten, und einen Korb bekommen hatte? Und dann, nachdem ich einige Zeit darüber nachgedacht hatte, wurde mir klar, was ich tatsächlich aufgedeckt hatte: nämlich dass Brenda Männer hasste, dass kein Mann kommen und sie mitnehmen oder heiraten oder hier mit ihr leben und ihre ganze Zeit in Anspruch nehmen würde. Sie würde für immer allein hier bleiben, einen Katzensprung von uns entfernt wohnen, tagtäglich bei uns ein und aus gehen, und sie und Laura würden gemeinsam alt werden.

Ich hätte natürlich umziehen können. Ich hätte Laura von hier fortbringen können. Von ihren Freundinnen und Freunden? Von unserem Haus und der Landschaft, die sie so liebte? Und wer hätte mir garantiert, dass Brenda nicht ebenfalls umgezogen wäre, um in unserer Nähe zu sein? Denn inzwischen wusste ich, was Brenda in meiner Frau sah: ein naives, unschuldiges Geschöpf, eine vertrauensselige, immer während gutgläubige Zuhörerin, deren eigene Unerfahrenheit sie davon abhielt, die Lücken und Ungereimtheiten in diesem Mischmasch aus lauter Unsinn zu erkennen, und deren rührende Entschlossenheit, sich weltläufig zu geben, sie davon abhielt, mit Abscheu zu reagieren. Als der Morgen dämmerte und ich die neben mir schlafende Laura liebevoll und besorgt betrachtete, wurde mir klar, was ich zu tun hatte, was mir als Einziges zu tun übrig blieb. In einer Zeit, wo auf Erden Frieden und Wohlgefallen herrschten, beschloss ich, um meines eigenen und Lauras Wohles und Friedens willen Brenda Goring zu töten.

Das war leichter beschlossen als getan. Was mich beflügelte und bestärkte, war das Bewusstsein, dass ich in den Augen der anderen kein Motiv hätte. Unsere Nachbarn fanden es wunderbar menschenfreundlich und tolerant von uns, dass wir uns überhaupt mit Brenda abgaben. Ich beschloss, ausgesprochen nett zu ihr zu sein anstatt einfach bloß unverbindlich locker, und nach Neujahr machte ich es mir zur Gewohnheit, auf meinem Rückweg von der Post oder vom Dorflädchen bei Brenda vorbeizuschauen, und wenn ich von der Arbeit kam und Laura zu Hause allein antraf, fragte ich, wo denn Brenda sei, oder schlug vor, sie unverzüglich anzurufen und zum Abendessen oder auf einen Drink einzuladen. Laura war höchst zufrieden.

»Ich hatte immer das Gefühl, du könntest Brenda nicht recht leiden, Liebling«, sagte sie. »Ich habe mir deswegen ziemliche Vorwürfe gemacht. Es ist schön, dass du allmählich siehst, wie nett sie im Grunde ist.«

Was ich jedoch eigentlich zu sehen begann, war eine Möglichkeit, sie umzubringen und ungestraft davonzukommen, denn es geschah etwas, was sie mir gewissermaßen in die Hände spielte. In einem abgelegenen Cottage am Dorfrand lebte eine ältere, unverheiratete Frau namens Peggy Daley, und in der letzten Januarwoche brach jemand in ihr Cottage ein und erstach Peggy mit ihrem eigenen Küchenmesser. Die Polizei hielt es anscheinend für das Werk eines Psychopathen, denn es war nichts gestohlen oder beschädigt worden. Als sich abzuzeichnen begann, dass man den Mörder wohl nicht finden würde, überlegte ich, wie ich Brenda auf die gleiche Weise umbringen könnte, damit es aussah, als wäre der Mord vom gleichen Täter ausgeführt worden. Während ich noch dabei war, diesen Plan auszuarbeiten, erkrankte Laura an einer Grippe, die sie sich bei Mary Williamson eingehandelt hatte.

Natürlich kam Brenda, um sie zu pflegen, kochte mir das Essen und machte das Haus sauber. Weil alle glaubten, Peggy Daleys Mörder treibe sich noch im Dorf herum, begleitete ich Brenda abends nach Hause, obwohl ihr Cottage bloß ein paar Meter weiter oben an der Dorfstraße oder dem schmalen Fußweg lag, der am unteren Ende unseres Gartens verlief. Dort war es stockfinster, da wir uns alle heftig gegen die Installation einer Straßenbeleuchtung gewehrt hatten. Belustigt und mit einer gewissen Ironie bemerkte ich, wie Brenda zusammenzuckte und zurückwich, wenn ich sie bei diesen Gelegenheiten zwang, meinen Arm zu nehmen. Ich legte immer Wert darauf, mit ihr ins Haus hineinzugehen und sämtliche Lichter einzuschalten. Als es Laura allmählich besser ging und sie abends bloß schlafen wollte, ging ich manchmal etwas früher zu Brenda, trank noch ein Gläschen mit ihr und gab ihr einmal beim Abschied einen freundschaftlichen Kuss auf der Türschwelle, um eventuell zusehenden Nachbarn zu zeigen, was für gute Freunde wir waren und wie sehr ich Brendas liebevolle Betreuung meiner kranken Frau zu schätzen wusste.

Dann bekam ich selbst Grippe. Dieser Umstand schien meine Pläne zunächst zu durchkreuzen, denn einen allzu langen Aufschub konnte ich mir nicht leisten. Die Leute fingen schon an, sich weniger vor unserem marodierenden Mörder zu hüten, und kehrten zu ihrer alten Gewohnheit zurück, ihre Hintertüren unverschlossen zu lassen. Doch dann kam mir eine Idee, wie ich meine Krankheit in einen Vorteil verwandeln konnte. An jenem Montag, als ich bereits seit drei Tagen ans Bett gefesselt war und Brenda, dieser Krankenpflegeengel, mich fast genauso bemutterte, wie meine eigene Frau es tat, meinte Laura, sie würde an dem Abend nicht wie ausgemacht zu den Goldsmiths hinübergehen. Lieber wolle sie am Mittwoch gehen, falls es mir bis dahin besser ginge, denn sie hatte vor, Isabel beim Zuschneiden eines Kleides zu helfen. Nun hätte Brenda natürlich anbieten können, an ihrer Stelle bei mir zu bleiben, und ich glaube, Laura war etwas überrascht, dass sie es nicht tat. Ich aber kannte den Grund und lachte mir ins Fäustchen. Einerseits fand Brenda nichts dabei, umherzustolzieren und uns Geschichten über all die Männer aufzutischen, die sie schon gepflegt hatte, etwas ganz anderes aber war es, sich mit einem nicht sonderlich kranken Mann in dessen Schlafzimmer aufzuhalten.

Um mir ein Alibi zu verschaffen, musste ich also ziemlich krank wirken, aber nicht so krank, dass Laura deswegen zu Hause blieb. Am Mittwochmorgen fühlte ich mich schon bedeutend besser. Dr. Lawson schaute auf dem Rückweg von seinen Hausbesuchen nachmittags vorbei und verkündete nach ausführlicher Untersuchung, dass ich immer noch Schleim auf der Brust habe. Während er sich im Badezimmer die Hände wusch und mit seinem Stethoskop hantierte, hielt ich das Fieberthermometer, das er mir in den Mund gesteckt hatte, an den Heizkörper am Kopfende des Bettes. Es funktionierte besser als erhofft, eigentlich fast zu gut. Das Quecksilber schnellte auf vierzig Grad hoch, und ich tat noch ein Übriges, indem ich mit schwacher Stimme behauptete, mir sei schwindlig und ich hätte abwechselnd Schweißausbrüche und Schüttelfrost.

»Behalten Sie ihn im Bett«, sagte Dr. Lawson, »und geben Sie ihm genügend Warmes zu trinken. Ich glaube nicht, dass er aufstehen könnte, selbst wenn er wollte.«

Mit etwas betretener Miene gestand ich, dass ich es versucht hätte, aber vergeblich, und dass meine Beine sich wie Wackelpudding anfühlten. Sofort meinte Laura, dann würde sie abends nicht aus dem Haus gehen, und ich pries Lawson insgeheim für seine Erwiderung, sie solle doch keinen Unsinn reden. Ich bräuchte einfach nur Ruhe, und man solle mich schlafen lassen. Nach einigem Hin und Her, Selbstvorwürfen und dem Versprechen, höchstens zwei Stunden wegzubleiben, ging sie um sieben schließlich aus dem Haus.

Sobald der Wagen davongefahren war, stand ich auf. Man konnte Brendas Haus von meinem Schlafzimmerfenster aus sehen, und ich stellte fest, dass sie Licht anhatte, aber keine Lampe am Hauseingang brannte. Es war eine dunkle, mond- und sternenlose Nacht. Ich zog Hosen und Pullover über meinen Schlafanzug und ging die Treppe hinunter.

Auf halbem Wege etwa wurde mir klar, dass ich mein Kranksein nicht hätte vorschützen müssen und mir den Trick mit dem Thermometer hätte sparen können. Ich war wirklich krank. Ich zitterte und wankte, immer wieder überströmten mich Schwindelwellen, und ich musste mich Halt suchend am Treppengeländer festklammern. Und das war nicht das Einzige, was schief gegangen war. Ich hatte vorgehabt, nach vollbrachter Tat zu Hause gleich meinen Mantel und die Handschuhe mit Lauras elektrischer Schere zu zerschneiden und die Fetzen im Kaminfeuer in unserem Wohnzimmer zu verbrennen. Doch dann konnte ich die Schere nicht finden, und mir ging auf, dass Laura sie wohl zu ihrer Schneidersitzung mitgenommen hatte. Schlimmer noch, im Kamin brannte gar kein Feuer. Unsere Zentralheizung funktionierte sehr gut, und Kaminfeuer machten wir nur zum Vergnügen und weil es so behaglich war. Laura hatte sich nicht die Mühe gemacht, es anzuzünden, während ich oben krank lag. In dem Moment wollte ich fast schon aufgeben. Doch dann sagte ich mir, jetzt oder nie. Solche Umstände und so ein Alibi würden sich nie wieder bieten. Entweder ich bringe sie jetzt um, dachte ich, oder verbringe den Rest meines Lebens in einer verhassten *ménage à trois*.

Die Regenmäntel und Handschuhe, die wir zur Gartenarbeit benutzten, bewahrten wir in einem Küchenschrank neben der Hintertür auf. Laura hatte nur im Hausflur Licht brennen lassen, und ich hielt es für unklug, weitere Lampen einzuschalten. Im Halbdunkel kramte ich im Schrank nach meinem Regenmantel, fand ihn und zog ihn an. Er kam mir etwas eng vor, weil mein Körper so steif und verschwitzt war, doch gelang es mir, ihn zuzuknöpfen. Dann streifte ich die Handschuhe über, nahm eins unserer Küchenmesser mit und schlüpfte durch die Hintertür hinaus. Es war keine frostige Nacht, aber nasskalt, unwirtlich und feucht.

Ich ging durch den Garten, das Dorfsträßchen hinauf und in den Garten vor Brendas Cottage. Ich musste mich seitlich um das Haus herumtasten, weil nirgends Licht brannte. Doch das Küchenlicht war an und die hintere Tür nicht abgesperrt. Ich klopfte und trat einfach ein, ohne abzuwarten, dass mich jemand dazu aufforderte. In voller Abendmontur, mit Glitzerpulli, vergoldeter Halskette und langem Rock stand Brenda da und kochte sich ihr einsames Abendessen. Und plötzlich, zum allerersten Mal, als es schon nicht mehr darauf ankam, empfand ich Mitleid mit ihr. Da stand sie nun – eine attraktive, reiche, talentierte Frau mit dem Ruf einer Verführerin, und in Wirklichkeit hatte sie genauso wenig Menschen, die sie wirklich gern hatten, wie die alte Peggy Daley. Da stand sie, wie für eine Party herausgeputzt, in der Küche eines Cottage hinterm Mond und wärmte sich Spaghetti aus der Dose auf.

Sie drehte sich um und musterte mich furchtsam, aber wahrscheinlich nur, weil sie immer Angst hatte, wenn wir allein waren, ich würde ihr zu nahe kommen wollen.

»Du solltest doch im Bett bleiben!«, sagte sie, und dann: »Wieso hast du denn diese Sachen an?«

Ich gab ihr keine Antwort. Ich stach ihr wieder und wieder in die Brust. Sie ließ keinen Laut hören, nur ein leises ersticktes Stöhnen, brach zusammen und sank zu Boden. Obwohl ich schon gewusst hatte, wie es sich abspielen würde, es ja erhofft hatte, war der Schock doch groß, und da mir sowieso schon schummrig und komisch gewesen war, hätte ich mich am liebsten auch hingeworfen, die Augen zugemacht und geschlafen. Das war aber ausgeschlossen. Ich schaltete den Herd aus, vergewisserte mich, dass kein Blut auf meinen Hosen und Schuhen klebte, obwohl der Regenmantel voll damit war, und stolperte nach draußen, nicht ohne hinter mir das Licht auszuschalten.

Ich weiß nicht, wie ich den Weg zurück fand, so dunkel war es, und inzwischen war mir auch sehr schwindlig, und ich hatte heftiges Herzklopfen. Ich besaß noch genug Geistesgegenwart, den Regenmantel und die Handschuhe auszuziehen und beides in unseren Verbrennungsofen im Garten zu stecken. Am nächsten Morgen würde ich meine ganze Kraft zusammennehmen und die Sachen verbrennen müssen, bevor Brendas Leiche gefunden wurde. Das Messer wusch ich ab und legte es zurück in die Schublade.

Ich war gerade fünf Minuten im Bett, als Laura zurückkam. Sie war nicht einmal eine halbe Stunde weg gewesen. Ich drehte mich herum und schaffte es, mich aufzustützen und sie zu fragen, wieso sie schon so bald wieder da sei. Sie wirkte seltsam aufgeregt, fand ich.

»Was ist denn los?«, murmelte ich. »Hast du dir um mich Sorgen gemacht?«

»Nein«, sagte sie, »nein.« Sie kam aber nicht näher oder legte mir die Hand auf die Stirn. »Es war bloß – Isabel Goldsmith sagte mir etwas – da habe ich mich aufgeregt – ich… Es hat keinen Zweck, jetzt darüber zu reden, wo du so krank bist.« In einem scharfen Tonfall, den ich bei ihr noch nie gehört hatte, sagte sie: »Kann ich dir irgendwas bringen?«

»Ich will einfach bloß schlafen«, sagte ich.

»Ich schlafe dann im Gästezimmer. Gute Nacht.«

Das war zwar recht vernünftig, doch hatten wir während unserer ganzen Ehe noch nie getrennt geschlafen, und sie konnte ja wohl kaum befürchten, dass sie sich bei mir ansteckte, schließlich hatte sie die Grippe gerade selbst überstanden. Ich war jedoch nicht imstande, mir darüber Gedanken zu machen, und verfiel in einen unruhigen Fieberschlaf voller Albträume. Einen dieser Träume weiß ich noch. Es ging darum, dass Laura selbst Brendas Leiche fand, eine nicht gerade abwegige Möglichkeit.

Sie fand sie allerdings nicht. Brendas Putzfrau fand sie. Ich wusste, was passiert sein musste, weil ich von meinem Fenster aus das Polizeiauto heranfahren sah. Ungefähr eine Stunde später kam Laura herein, um mir zu sagen, was sie von Jack Williamson erfahren hatte.

»Es war bestimmt der gleiche Mann, der Peggy umgebracht hat«, sagte sie.

Es ging mir schon besser. Alles klappte gut. »Mein armer Liebling«, sagte ich, »dir muss schrecklich zumute sein, ihr wart ja so eng befreundet.«

Sie sagte nichts. Sie zog mein Laken glatt und ging aus dem Zimmer. Ich wusste, dass ich aufstehen und den Inhalt des Ofens im Garten verbrennen musste, konnte aber nicht. Ich streckte meine Füße heraus und wollte den Boden berühren, doch mir war, als käme mir der Boden entgegen und würde mich zurückwerfen. Allzu große Sorgen machte ich mir allerdings nicht. Die Polizei würde denken, was Laura auch dachte, was bestimmt alle dachten.

Nachmittags kamen sie dann, ein Chief Inspector und ein Sergeant. Laura brachte sie in unser Schlafzimmer herauf, und sie sprachen mit uns beiden zusammen. Der Chief Inspector sagte, er habe gehört, wir seien mit der Toten eng befreundet gewesen, und wollte wissen, wann wir sie zum letzten Mal gesehen hatten und was wir am vorigen Abend gemacht hätten. Dann fragte er, ob wir eine Ahnung hätten, wer sie umgebracht haben könnte.

»Dieser Wahnsinnige natürlich, der die andere Frau ermordet hat«, sagte Laura.

»Ich sehe schon, Sie lesen keine Zeitung«, sagte er.

Normalerweise taten wir das. Ich las im Büro gewöhnlich eine Morgenzeitung und brachte eine Abendzeitung mit nach Hause. Doch ich war ja krank zu Hause gewesen. Wie sich herausstellte, war am Morgen des Vortags ein Mann wegen Mordes an Peggy Daley festgenommen worden. Vor Schreck zuckte ich zusammen, und sicher wurde ich auch blass. Den Polizisten schien es aber nicht aufzufallen. Sie dankten uns für unsere Mithilfe, entschuldigten sich für die Störung am Krankenbett und gingen. Als sie weg waren, fragte ich Laura, was Isabel denn zu ihr gesagt hatte, was sie am Abend zuvor so aufgeregt hatte. Sie kam zu mir herüber und legte die Arme um mich.

»Das ist jetzt egal«, sagte sie. »Die arme Brenda ist tot, auf eine schreckliche Art zu Tode gekommen, aber – hm, das klingt jetzt bestimmt sehr böse, aber – es tut mir nicht Leid. Schau mich nicht so an, Liebling. Ich liebe dich, und ich weiß, dass du mich liebst, und nun müssen wir sie vergessen und wieder so sein wie immer. Du weißt, was ich meine.«

Das tat ich nicht, war jedoch froh, denn – was auch immer los gewesen war, es war vorbei. Ich hatte schon genug um die Ohren, auch ohne diese Kälte zwischen mir und meiner Frau. Obwohl Laura in jener Nacht neben mir lag, konnte ich wegen der Sachen im Verbrennungsofen kaum schlafen. Am nächsten Morgen bemühte ich mich nach Kräften, so zu tun, als ginge es mir schon viel besser. Ich zog mich an und verkündete, Lauras Vorhaltungen zum Trotz, ich ginge in den Garten. Die Polizei war schon dort. Sie durchsuchte alle unsere Gärten und grub den von Brenda sogar um.

An dem Tag und auch an den darauf folgenden ließen sie mich in Ruhe, kamen aber einmal ins Haus, um Laura allein zu befragen. Als ich wissen wollte, was sie gesagt hätten, winkte sie bloß ab. Sie dachte vermutlich, es ginge mir noch nicht so gut, dass ich erfahren sollte, sie hätten sich nach meinen Aktivitäten und meinem Verhältnis zu Brenda erkundigt.

»Bloß eine Menge Routinefragen, Liebling«, sagte sie, doch ich war sicher, dass sie sich um mich ängstigte, und eine Barriere aus ihrer Angst um mich und meiner Angst um mich selbst erhob sich zwischen uns. Es scheint unglaublich, aber an jenem Sonntag sprachen wir kaum miteinander, und wenn wir es taten, wurde Brendas Name nicht erwähnt. Abends saßen wir schweigend da, ich hatte den Arm um Laura gelegt, ihr Kopf lag an meiner Schulter, und wir warteten, warteten …

Am Morgen kam die Polizei mit einem Durchsuchungsbefehl. Laura wurde ins Wohnzimmer gebeten, ich sollte im Arbeitszimmer warten. Da wusste ich, dass es nur noch eine Frage der Zeit war. Sie würden das Messer finden und natürlich Brendas Blut darauf entdecken. Ich hatte mich so krank gefühlt, als ich es sauber machte, dass ich mich nun nicht mehr erinnern konnte, ob ich es abgeschrubbt oder nur unter fließendem Wasser gespült hatte.

Nach langer Zeit kam der Chief Inspector allein herein.

»Sie sagten uns, Sie seien ein enger Freund von Miss Goring.«

»Ich war locker mit ihr befreundet«, sagte ich und bemühte mich um eine feste Stimme. »Sie war die Freundin meiner Frau.«

Er achtete nicht auf meine Bemerkung. »Sie haben uns nicht gesagt, dass Sie mit ihr auf vertrautem Fuße standen, ja dass Sie eine sexuelle Beziehung zu ihr unterhielten.«

Nichts, was er hätte sagen können, hätte mich mehr überrascht.

»Das ist völliger Blödsinn!«

»Ach ja? Wir haben es aus verlässlicher Quelle.«

»Was für einer Quelle denn?«, wollte ich wissen. »Oder gehört das zu den Dingen, die Sie nicht sagen dürfen?«

»Ich sehe kein Problem darin, es Ihnen zu sagen«, meinte er leichthin. »Miss Goring selbst hat zwei Freundinnen in London von dieser Tatsache unterrichtet. Sie erzählte es auch einer Ihrer Nachbarinnen, die sie auf einer Party in Ihrem Hause kennen lernte. Man hat gesehen, dass Sie die Abende allein mit Miss Goring verbrachten, während Ihre Frau krank war, und eine unserer Zeuginnen hat Sie dabei beobachtet, wie sie ihr einen Gutenachtkuss gaben.«

Da wusste ich, was Isabel Goldsmith zu Laura gesagt hatte und worüber sie sich so aufgeregt hatte. Welche Ironie, welche Ironie… Warum hatte ich, der ich Brendas Ruf und ihre Geschichten doch kannte, nicht geahnt, welche Schlüsse aus meiner vorgeblichen Freundschaft mit ihr gezogen werden würden? Hier war das Motiv, auf dessen Fehlen ich als letzte Ausflucht gebaut hatte. Es kommt ja vor, dass Männer ihre Liebhaberinnen umbringen, aus Eifersucht, aus Frustration, aus Angst vor Entdeckung.

Ich könnte Brendas Fantasien aber doch zu meinem eigenen Nutzen ummünzen!

»Sie hatte Dutzende von männlichen Freunden, Liebhaber, nennen Sie es, wie Sie wollen. Jeder von denen hätte sie umbringen können.«

»Im Gegenteil«, versetzte der Chief Inspector, »abgesehen von ihrem Exmann, der sich in Australien aufhält, konnten wir keinen Mann in ihrem Leben ausfindig machen außer Ihnen.«

»Ich habe sie nicht getötet!«, rief ich verzweifelt aus. »Ich schwöre, ich hab's nicht getan.«

Er wirkte überrascht. »Ach, aber das wissen wir doch.« Zum ersten Mal nannte er mich Sir. »Das wissen wir, Sir. Niemand klagt Sie wegen irgendetwas an. Wir haben Dr. Lawsons Aussage, dass Sie körperlich nicht in der Lage waren, in jener Nacht Ihr Bett zu verlassen, und der Regenmantel und die Handschuhe, die wir in Ihrem Verbrennungsofen fanden, gehören auch nicht Ihnen.«

Das wankende Herumtasten im Dunkeln, die zu kurzen Ärmel des Regenmantels, das Spannen um die Schultern... »Wieso hast du denn diese Sachen an?«, hatte sie gefragt, bevor ich sie erstochen hatte.

»Bitte versuchen Sie jetzt, ganz ruhig zu sein, Sir«, sagte er sehr sanft. Doch ich bin seither nie wieder ruhig gewesen. Ich habe immer wieder gestanden, habe schriftlich ausgesagt, Einspruch erhoben, habe getobt, bin mit ihnen in allen Einzelheiten durchgegangen, was ich in jener Nacht gemacht habe, habe geweint. Bei ihm sagte ich gar nichts, konnte ihn bloß fassungslos anstarren. »Ich bin zu Ihnen gekommen, Sir«, sagte er, »um mir noch einen Sachverhalt bestätigen zu lassen, dessen wir uns schon sicher waren, und um Sie zu fragen, ob Sie Ihre Frau aufs Polizeirevier begleiten wollen, wo man sie des Mordes an Miss Brenda Goring anklagen wird.«

Süße kleine Jenny
von
Joyce Harrington

Joyce Harrington, eine ehemalige Schauspielerin, die, wie am Theater üblich, aus ihrem genauen Alter ein Geheimnis macht, hatte als Autorin von Kriminalliteratur einen starken Einstieg. Ihre allererste Kurzgeschichte, »The Purple Shroud« (*Ellery Queen's Mystery Magazine*, September 1972), gewann den Edgar Award. Im *St. James Guide to Crime & Mystery Writers* (4. Auflage, 1996) nannte Edward D. Hoch die Geschichte »eine ruhige Erzählung über den Lehrer eines Sommerkurses in Kunst und die Frau, die er betrog, eine Geschichte, die sich zu einem Mordfall von subtilem Terror aufbaut. ›The Plastic Jungle‹, Harringtons zweite Geschichte, ist sogar noch gelungener – die makabre Erzählung über ein Mädchen, das mit seiner Mutter in der heutigen Plastikgesellschaft lebt.«

In Jersey City, New Jersey geboren, erhielt Harrington ihre Theaterausbildung am Pasadena Playhouse. *EQMM* gegenüber erzählte sie, »von Haustürgeschäften bis zum Quartiermeister-Corps der US-Armee« habe sie zahlreiche Jobs für zahlreiche Arbeitgeber ausgeübt. Später schloss sich eine erfolgreiche Karriere in der Werbe- und PR-Branche an.

Harrington hat drei bemerkenswert abwechslungsreiche und beliebte Romane geschrieben – *No One Knows My Name* (1980; dt. *Der letzte Vorhang*), ein Theaterkrimi, *Family Reunion* (1982), eine Spielart des modernen Schauerromans, und *Dreemz of the Night* (1987), das vor einem selten verwendeten Hintergrund von Graffiti als Kunstform spielt – am bekanntesten ist sie jedoch weiterhin als Autorin von Kurzgeschichten. Obwohl ihre Geschichten bisher noch nicht als Sammlung erschienen sind, ist sie eine Meisterin des Kurzkrimis und kann sich durchaus mit Roald Dahl und Stanley Ellin messen. Eine ihrer charakteristischen Eigenschaften ist die Fähigkeit, in einer Vielfalt von Stilen zu schreiben, darunter auch im ländlichen Dialekt der Erzählweise von »Süße kleine Jenny«.

Süße kleine Jenny

Ich hab nie eine Mutter gehabt, wenigstens keine, an die ich mich erinnern kann. Ich muss aber mal eine gehabt haben, weil so weit ich weiß, bin ich ja nicht aus dem Ei geschlüpft. Sogar Küken dürfen sich ein Weilchen unter der Henne verkriechen, bevor die sie aus dem Nest schubst. Aber ich hab keine Henne gehabt, wo ich mich hätte verkriechen können oder die mir auf den Kopf gepickt hätte, wenn ich mal Dummheiten gemacht hab.

Nicht, dass ich Dummheiten machen würde. Jedenfalls nicht, solang ich wüsste, dass es eine wär. Vieles von dem, was sich so abspielt, ist mir ein totales Rätsel, ich weiß einfach nicht, was richtig ist und was falsch. Zum Beispiel erinner ich mich, wie Ace – das ist mein ältester großer Bruder, der sich um uns alle kümmert, seit Pop weggegangen ist – also, ich erinner mich, wie der in die Läden in der Stadt Bier ausgefahren hat und der Rübenkeller immer voll mit Sechserpacks war. Eines Tages hab ich ihn gefragt: »Ace, wieso hast du eigentlich den ganzen Keller voll Bier, und ich darf keinen Keller voll Coke-Cola haben? Ich mag kein Bier.« Damals war ich so etwa neun oder zehn Jahre alt und konnte gar nicht genug kriegen von Coke-Cola.

Na, da hat Ace aber bloß gelacht und gesagt: »Süße kleine Jenny« – so haben sie mich alle genannt, sogar wie ich schon ganz erwachsen war – »Süße kleine Jenny, wenn ich einen Coke-Cola-Laster fahren würde, dann könntest du auf einem ganzen Meer davon in den Himmel segeln. Jetzt trink halt einfach dein Bier und gewöhn dich dran.«

Dumm war ich ja nie, obwohl ich in der Schule nicht so gut war, hab also nicht lang gebraucht, um mir auszurechnen, dass Ace fast genauso viel Bier in den Rübenkeller lieferte wie an Big Jumbos kleinen Supermarkt drunten an der Main Street. Fair hab ich es also nicht gefunden, als er, wie sie mich im Laden mit einem Lippenstift in der Tasche geschnappt haben, gleich auf mich los ist und mir vor dem teiggesichtigen Geschäftsführer dort die Hölle heiß gemacht hat. Ich hab bloß dagestanden und ihn angeguckt mit Augen scharf wie Abstechmesser, und wie wir draußen am Laster waren, hab ich zu ihm gesagt: »Was ist denn der Unterschied zwischen einem klitzekleinen Lippenstift und einem Keller voller Bier?«

Da grinst er und sagt: »Ist das 'ne Rätselfrage?«

Und ich sag: »Nein, aber ich würd's schon gern wissen.«

Und er sagt: »Der Unterschied, süße kleine Jenny, ist der, dass sie dich geschnappt haben.«

Also ich bitte Sie!

Es war allerdings doch ganz anders, wie sie ihn dann geschnappt haben. Da hat er geschimpft und geflucht und andauernd mit dem Fuß gegen die Veranda gekickt, bis sie fast vom Haus abgefallen wär, die ganze Zeit, während die Jungs von der Bierfirma das ganze Bier aus dem Rübenkeller hochgeschleppt und wieder auf dem Laster verstaut haben. Als sie wegfuhren, sag ich zu ihm, süß wie Zuckersirup: »Ace, Lieber, was hast du dich denn so?«

Und er sagt: »Verdammt, Jenny, die haben mir mein Bier weggenommen. Ich pfeif auf den Job, war sowieso ein Scheißknochenjob, aber für das Bier da hab ich hart gearbeitet, das hätten die mir nich wegnehmen dürfen.«

»Aber, Ace«, sag ich und halt seine Hand fest und schwing sie wie ein Springseil, »ist es denn nicht so, dass du das Bier gestohlen hast und sie haben dich geschnappt und du musst es zurückgeben wie ich damals den Lippenstift?«

Na, da hat er mich von sich geschleudert, dass ich gegen die alte Waschmaschine geknallt bin, die im Hof steht und drauf wartet, dass einer sie repariert, und hat gebrüllt: »Was fällt dir ein, ich hab überhaupt nix gestohlen! Das Bier war sozusagen eine Lohnnebenleistung, bloß dass die nicht gewusst haben, dass sie sie leisten. Die zahlen nicht mal genug, dass ordentliche Zopfbänder für dich rausspringen und für mich Biergeld übrig bleibt. Ich hab mir bloß geholt, was mir zusteht.«

Also, in dem Punkt hatte er Recht. Ich hatte nichts, was man mit Recht ein Haarband nennen konnte, und musste mir die Zöpfe mit den Schnüren von Deucys alten Bull-Durham-Tabakbeuteln zusammenbinden.

Deucy, das haben Sie vielleicht erraten, ist mein zweitältester großer Bruder und ein unnützer, fauler Sack, obwohl manche Leute finden, er sieht gut aus und sollte als Filmstar gehen. In der Familienbibel heißt Ace Arthur, und Deucy steht als Dennis drin. Dann gibt's noch Earl, Wesley und Pembrook. Und schließlich auch noch mich, Jennet Maybelle. Das ist der letzte Name auf der Geburtenseite. Auf der Totenseite steht als letzter Name Flora Janine Taggert. Es ist mit spitzen schwarzen Buchstaben geschrieben, wie wenn die Feder ins Blatt gestochen hätte, und als Datum ungefähr einen Monat oder so, nachdem man meinen Namen auf die Geburtenseite geschrieben hat. Ich weiß, dass das meine Mutter ist, obwohl es mir nie jemand gesagt hat. Mir hat auch nie jemand gesagt, wie sie gestorben ist. Was Pop betrifft, so gibt's in der Bibel keine Seite für Leute, die sich einfach davonmachen.

Deucy spielt Gitarre und singt und hält sich für Conway Twitty. Behauptet, er geht mal nach Nashville und kommt in 'nem Cadillac mit Leopardenfellpolstern wieder. Das würd ich wirklich gern sehen, obwohl es wahrscheinlich nie dazu kommt. Deucy, der ist doch schon zu faul, von der Verandaschaukel aufzustehen und sich ein Glas Wasser zu holen. Immer heißt es: »Süße kleine Jenny, hol mir mal dies und hol mir mal das.« Aber sich zum Abendessen an den Tisch zu bequemen, dafür ist er nicht zu faul.

Das hält die Mädchen aber nicht davon ab, um ihn rumzuschwirren, ihm Geschenke zu bringen und andauernd dämlich zu grinsen wie das Schweinchen, das die Babywindel gefressen hat. Die hoffen und beten alle, sie sind diejenige, die mit ihm nach Nashville darf und im Cadillac zurückfährt. Und er macht sich nicht die Mühe, die Sache klarzustellen. Sie sollten mal hören, wie die Verandaschaukel im Finstern quietscht. Die sind ja so was von dämlich!

Also, Earl und Wesley, die bemühen sich wenigstens. Sehen nicht besonders gut aus, obwohl sie das schwarze Taggert-Haar haben und die Taggert-Nase. Ich weiß noch, wie Pop sagte, er wär zum Teil Cherokee und an seinen Söhnen könnte man's sehen. Während Ace und Deucy aber wie Indianerhäuptlinge aussehen, hat Earl Schielaugen, und Wesley ist von der Kastanie gefallen und hat sich die Nase gebrochen und wegen Scharlach fast alle Haare verloren.

Sie bemühen sich. Fangen zusammen andauernd irgendwelche Geschäfte an.

Einmal war's ein Eiergeschäft, da hatten wir dann auf dem ganzen Hof Hühner rumlaufen. Sie haben gesagt, sie würden ihre Eier billiger verkaufen als sonst wer in der Gegend und ein Vermögen verdienen, und dann würden wir alle nach Kalifornien gehen und in einem großen Hotel mit Swimmingpool wohnen und bräuchten bloß mit den Fingern zu schnippen, dann kämen die Kellner und brächten uns Hamburger. Na ja, die Eier haben die Leute dann schon gekauft, aber irgendwie hatten Earl und Wesley vergessen, dass zweihundert Hühner auch eine Menge Hühnerfutter fressen, und so ist es ihnen nie geglückt, in der Futtermittelhandlung aus den Miesen zu kommen. Ich hätte ihnen sagen können, wie man es macht, nämlich indem man den Eierpreis anhebt und sie als was Besonderes deklariert, damit jeder meint, er müsste unbedingt Taggerts frische Landeier haben, egal, was sie kosten. Aber Earl und Wesley haben mich weggeschubst und gesagt: »Süße kleine Jenny, du bist bloß ein Mädchen und verstehst nichts vom Geschäft. Geh jetzt raus und fütter die Hühner und sammel die Eier ein und mach uns 'nen schönen Pfirsichauflauf zum Abendessen. Vom Geschäftsleben kriegt man ganz schön Hunger.«

Na ja, die Futtermittelhandlung hat ihnen dann schon recht bald den Kredit gestrichen, und weil es kein Futter mehr für die Hühner gab, mussten wir so viele wie möglich davon aufessen, bevor sie alle verhungert sind, und das war dann das Ende vom Eiergeschäft. Weil Earl und Wesley beide ein weiches Herz haben und vom Gram gebeugt waren, haben sie es nicht fertig gebracht, auch nur ein einziges Huhn zu schlachten. Ich hab mir dann beim Hühnerhälseumdrehn fast den Arm verrenkt. Früher mochte ich Brathuhn, aber jetzt nicht mehr.

Pembrook, das ist der Gescheite. Der stiehlt nicht und singt nicht und fängt auch keine Geschäfte an. Der geht aufs staatliche College und studiert Rechtsanwalt. Der ist der Einzige, der sich mit mir unterhalten hat, und er fehlt mir. Ich hatte ihn immer mal fragen wollen, was mit unserer Mutter geschehen ist, wie sie gestorben ist und wieso Pop einfach so abgehauen ist. Ich hab mir aber nie ein Herz fassen können.

Paar Mal im Monat schreibt Pembrook mir einen Brief und erzählt mir, wie es im College so läuft. Klingt wirklich gut. Er bekniet mich andauernd, ich soll doch wieder auf die Schule und meinen Abschluss machen und aufs College gehen und lernen, damit was aus mir wird. Na, würd ich schon ganz gern, aber wer kümmert sich dann um die Jungs? Dass ich in der Schule nicht so gut war, kam daher, weil ich nie Zeit zum Lernen hatte, wo ich mich doch um die Jungs kümmern musste, als wär ich ihre Mutter statt die süße kleine Jenny, wie sie mich immer nennen. Bloß Pembrook nannte mich nie so.

Was anderes, was ich Pembrook immer mal fragen wollte, aber nie gefragt hab: woher es eigentlich kommt, dass ich ausseh wie ein Kanarienvogel im Kuckucksnest. Pembrook sieht mehr oder weniger aus wie die anderen Jungs, obwohl er sein schwarzes Haar schön sauber hält und auf seiner scharfen Taggert-Nase eine große Brille trägt. Seine Augen sind dunkelbraun wie ihre, und im Sommer wird er in der Sonne immer schön braun. Meine Sommersprossen verstärken sich im Sommer aber bloß, während die Stellen dazwischen rot werden. Und mein Haar, das die meiste Zeit gelb ist wie Lehm, wird immer heller und ringelt sich zu drahtigen Löckchen, wenn ich es nicht flechte. Und dann meine Augen! Die sind gar nicht wie die von den Jungs, sondern grünlich blau oder bläulich grün, je nach Wetter. Und was meine Nase betrifft, könnte die nicht weniger nach Taggert aussehen, wenn's ein Pumpenschwengel wär. Klein und hässlich, eine Himmelfahrtsnase.

Vielleicht schlage ich ja nach meiner Mutter, obwohl ich das nicht sicher weiß, weil ich sie ja nie zu Gesicht gekriegt oder ein Foto von ihr gesehen hab.

Pembrook findet mich hübsch, aber das kommt bloß daher, weil er mich mag. Pembrook sagt, ich sehe Miss Claudia Carpenter sehr ähnlich, und die gilt als das hübscheste Mädchen in zwei Landkreisen; gesehen hab ich sie aber noch nie, dass ich es vergleichen könnte. Sie ist die Tochter vom einzigen Bankdirektor in der Stadt. Sie ist ungefähr ein Jahr älter als ich und lässt sich hier rum nicht viel blicken. Die haben sie auswärts auf die Schule geschickt, und andauernd macht sie Reisen hierhin und dahin. Kann doch nicht besonders lustig sein, wenn man nie bei sich zu Hause ist. Pembrook hat mir erzählt, unsere Mutter hätte früher bei den Carpenters im Haushalt ausgeholfen, auf Partys und so oder wenn das normale Hausmädchen bei denen krank wurde. Vielleicht könnte ich auch so eine Arbeit finden und ein bisschen Geld beiseite legen, bloß für den Fall, dass ich doch mal das mache, was Pembrook sagt.

An etwas kann ich mich noch von Pop erinnern, bevor er wegging. Er hat mir immer Geschichten erzählt. Dazu hat er sich in seinen großen, dunkelbraunen Sessel gesetzt, mich auf den Schoß genommen und gesagt: »Also, hör zu. Jetzt kommt eine Geschichte über ein böses, kleines Mädchen.« Es war jedes Mal eine andere Geschichte, aber immer ist es um ein Mädchen namens Böse Penny gegangen. Sie war hässlich und gemein und boshaft, und niemand konnte sie leiden. Immer hat sie Ärger gemacht, und am Ende wurde sie immer bestraft. Mal haben die Schweine sie aufgefressen, und mal ertrank sie im Bach. Einmal wurde sie von der Scheibenegge in kleine Stückchen zerhäckselt, und ein andermal fiel sie in den Getreidespeicher und erstickte im Weizen. Sie ist aber immer wieder zurück gekommen, gemein und fies wie immer, und deshalb hieß sie Böse Penny. Nach der Geschichte brachte Pop mich dann immer in mein Zimmer rauf und ins Bett.

Mir gefielen die Geschichten, obwohl sie mir auch ein bisschen Angst gemacht haben. Ich wusste zwar, dass Schweine keine kleinen Mädchen fressen, um den Schweinestall herum war ich aber ziemlich vorsichtig. Heute halten wir keine Schweine mehr, aber damals, als wir ein paar hatten, musste ich ihnen immer den Schweinetrank rausbringen.

Na, und dann kam es ganz schlimm, als Ace die Tankstelle an der Kreuzung drunten ausraubte und Junior Mulligan ihn erkannte, der damals gerade zufällig seinen Pickup auftankte und Ace nicht mehr leiden konnte, seitdem die beiden zusammen beim Jagen gewesen waren und Ace behauptet hatte, es wär *sein* Hirsch gewesen, und Junior in den Dead Man's Gully gestoßen und ihm das Bein gebrochen hatte. Junior ging also gleich zur Polizei, und die kamen an und zerrten Ace aus dem Red Rooster Café, wo er allen Bier und hart gekochte Eier spendiert hatte.

Es war traurig und einsam zu Hause ohne Ace, der sonst immer für Aufregung gesorgt hatte, und auch still, weil Deucys Gitarre im Pfandhaus war und er deswegen vor lauter Kummer keinen einzigen Ton singen konnte. Earl und Wesley versuchten, in der Umgebung Versicherungen zu verkaufen, aber von den Leuten, die wir kannten, konnte sich keiner eine kaufen, und die Leute, die wir nicht kannten, wollten nicht. Da musste also ich mir was einfallen lassen.

Ich kam auf meine Idee zurück, als Hausmädchen zu gehen wie unsere Mutter, was Pembrook mir ja erzählt hatte. Es machte mir nichts aus, bei jemand anderem im Haushalt zu arbeiten, obwohl Deucy meinte, es wär unwürdig und würde sich nicht schicken für eine Taggert. Soweit ich sehen konnte, fand Deucy jede Art von Arbeit unwürdig, außer vielleicht die Verandaschaukel ausleiern. Eines Morgens habe ich mich also von oben bis unten gewaschen, auch die Haare, mir die Fußnägel geschnitten, damit ich Schuhe anziehen konnte, mir dann eins von den Kleidern meiner Mutter aus dem Schrank auf dem Dachboden geholt und mich fertig gemacht für einen Besuch bei Mrs. Carpenter. Das Kleid passte mir recht gut, obwohl es ein bisschen lang war und auch recht eigenartig aussah zu meinen hohen Schnürturnschuhen, aber weil ich nichts anderes hatte, musste es eben gehen.

Ich ging zu Fuß in die Stadt und wedelte mir mit dem Rock von Zeit zu Zeit Luft zu und blies vorn in den Ausschnitt, damit der Schweiß auf den grünen und weißen Tupfen keine Flecken machte. Ich erreichte das Haus der Carpenters, bevor die Sonne halb am Himmel stand, ungefähr zu der Zeit, wo Deucy sich aus dem Bett wälzte und nach Kaffee brüllte. Nun, an diesem Morgen würde er sich eben selber was zum Frühstück suchen müssen. Ich blieb eine Weile so stehen, die Hand am eisernen Tor, und blickte zu dem Haus hinauf. Es war riesig, leuchtete weiß wie eine Hochzeitstorte und hatte bestimmt zwei Dutzend Fenster allein auf der Vorderseite. Es stand ein bisschen nach hinten versetzt, und davor lag ein so grüner Rasen, wie ich ihn noch nie gesehen hatte, der sich bis zu einer Reihe von stacheligen Büschen an der Veranda hinzog.

Ich hatte es schon öfter gesehen, wenn Ace mich im Bierlaster mitgenommen hatte und mir erzählte, er müsste bloß mal eine

Bank ausrauben, dann würden wir in dieser Gegend neben den reichen Leuten wohnen. Ich hatte es mir aber nie richtig aus der Nähe angeschaut, weil ich mir schon dachte, dass er einen Witz machte. Jetzt guckte ich hin, bis ich anfing zu zittern, und überlegte, ob ich gleich direkt an die Haustür marschieren oder hintenherum schleichen sollte. So lang stand ich dort, dass es sich anfühlte, als hätten meine Füße auf dem Gehweg Wurzeln geschlagen, und wenn ich mich bloß hätte losreißen können, wäre ich nach Hause gerannt und hätte mich nicht mehr weggerührt.

Aber als mir einfiel, dass bloß noch ein knappes halbes Pfund Kaffee übrig war und gerade genug Mehl für ein Blech weiche Brötchen, zog ich das eiserne Törchen auf und steuerte auf die große Haustür zu. Es kam mir so vor, als würde ich eine Stunde lang den Fußweg hinaufgehen; meine Füße fühlten sich an wie riesiggroße Floßbretter, und mein Haar hüpfte aus den Zöpfen, die ich so ordentlich geflochten hatte. Aber schließlich gelangte ich auf die Veranda am Haus, hielt den Finger auf die Türglocke und hörte, wie es drinnen ding-dong machte. Ich wartete. Aber die Tür blieb geschlossen.

Es war eine hübsche Tür, weiß gestrichen wie der Rest des Hauses, und ich guckte mir jedes Paneel und den großen Türknauf aus Messing und den Briefkasten daneben ganz genau an, während ich wartete. Ich überlegte, ob ich vielleicht noch mal klingeln sollte. Vielleicht war niemand zu Hause. Vielleicht war ich den ganzen Weg umsonst gekommen. Die würden mich wahrscheinlich gar nicht als Hausmädchen haben wollen, auch wenn sie zu Hause waren. Das grün-weiße Kleid hing schlaff um meine Schienbeine herum, und meine Turnschuhe waren voller Straßenstaub. Vielleicht sollte ich einfach nach Hause gehen und abwarten, bis mir eine bessere Idee kam.

Ich wandte mich ab und wollte gerade die Verandatreppe hinuntergehen, als ich hinter mir die Tür aufgehen und es plötzlich scharf wie einen Blauhäher keckern hörte: »Ja?«

Ich drehte mich um und sah, wie mich eine groß gewachsene, magere Frau mit einer so steilen Falte zwischen den Augen anstarrte, dass ich trotz der Hitze zittern musste. »Miz Carpenter?«, sagte ich.

»Ja, ich bin Mrs. Carpenter. Und wer bist du? Was willst du? Ich bin sehr beschäftigt.«

Mein Hals schnürte sich zusammen, und ich konnte nicht schlucken, und wie ich dann sagte: »Ich bin gekommen, um bei Ihnen das Hausmädchen zu machen«, da dachte ich, sie könnte mich vielleicht nicht hören, weil ich mich selber nicht hören konnte.

»Was?«, fragte sie. »Rede lauter. Was soll das mit dem Hausmädchen?«

»Wegen dem bin ich gekommen«, sagte ich. »Wenn Sie mich nehmen.«

»Na, sieh mal einer an!«, sagte sie und zeigte alle ihre gelben Zähne. »Du kommst ja wie gerufen! Wo kommst du denn plötzlich her, und wer hat dich geschickt? Ach, ist ja egal. Komm herein und fang gleich an. Du siehst kräftig aus. Ich hoffe bloß, du bist auch guten Willens.«

»Ja, Madam«, sagte ich, und flugs zerrte sie mich durchs Haus und in die Küche direkt ans Spülbecken, wo mehr Geschirr stand, als ich im Leben je gesehen hatte, und alles schmutzig.

»Fang einfach gleich an«, sagte sie. »Die Spülmaschine ist da drüben. Ich bin in ein paar Minuten wieder da.«

Also, im Warenkatalog von Sears Roebuck hatte ich schon mal Spülmaschinen gesehen, hatte aber noch nie direkt vor einer gestanden. Was *die* machen sollte, wusste ich. Ich war mir bloß nicht ganz sicher, was *ich* machen sollte. Und außer meinen eigenen beiden Händen traute ich auch nichts so recht. Also hab ich das Geschirr so sauber wie möglich gemacht, bevor ich es in die Maschine tat, bloß für den Fall, dass wir uns missverstanden hatten. Es war das schönste Geschirr, das ich je gesehen hatte, auch wenn alles mit angetrockneter Soße verklebt war.

Nach ein paar Minuten kam Mrs. Carpenter mit einem Paar schwarzer Schuhe und einem weißen Kleid wieder. Sie ließ sich auf einen Küchenstuhl fallen und lächelte mich an. »Wie heißt du denn, mein Kind?«

»Jennet Maybelle.«

Das mit Taggert ließ sie mich gar nicht mehr sagen, sondern redete einfach weiter.

»Na gut, ich werde dich Jenny nennen. Diese dumme Gans Marcelline hat mich gestern Abend mitten in einer Dinnerparty im Stich gelassen, und ich wollte gerade herumtelefonieren, als du reingeschneit kamst. Ich zahle dir fünf Dollar pro Tag, dazu Mahlzeiten und Haustracht, aber wenn du was kaputtmachst, musst du's bezahlen, sei also vorsichtig mit dem Geschirr. Die Teller kosten zwanzig Dollar das Stück.«

Ich stellte den Teller hin, den ich gerade in der Hand hatte, und überlegte, aus was der wohl gemacht war. Er sah nicht so aus, als wär er aus massivem Gold. Die Teller bei uns zu Hause waren alt und hatten Sprünge und waren schon immer da gewesen, so lange ich mich erinnern konnte. Was die gekostet hatten, wusste ich nicht. Wenn einer kaputtging, schmissen wir ihn einfach zusammen mit dem ganzen anderen Abfall in den Bach hinterm Haus.

Mrs. Carpenter redete immer noch. »Also, diese Turnschuhe hier kannst du im Haus nicht anlassen. Ich habe dir ein Paar von Claudias alten Schuhen mitgebracht, vielleicht passen die. Und diese Haustracht ist dir vielleicht ein bisschen zu groß, du bist ja ein mageres kleines Ding, aber wir können sie vielleicht mit einem Gürtel zusammenziehen.«

Das fand ich ziemlich daneben, dass sie mich mager nannte, wo sie selber wie eine Bohnenstange aussah. Ich sagte aber nichts. Die Schuhe sahen hübsch aus mit dem kleinen Absatz und glänzten schwarz, und die Haustracht war frisch gestärkt und sauber.

Sie hörte kurz auf zu reden und begann mich aufmerksam zu mustern. »Habe ich dich nicht schon mal irgendwo gesehen?«, meinte sie dann. »Ich könnte schwören, dein Gesicht kommt mir bekannt vor. Wo bist du denn her?«

Ich deutete in Richtung nach Hause und sagte: »Von der Clinch Valley Road.« Ich wollte ihr eigentlich erzählen, dass meine Mutter mal als Hausmädchen bei ihr gearbeitet hatte, aber sie ließ mir gar keine Chance dazu. Sie sprang auf, ließ die Schuhe auf dem Boden und das Kleid auf dem Stuhl und schüttelte den Kopf.

»Ich kenne gar niemanden dort draußen. Du kannst dich dahinten umziehen.« Mit einem Handschwenken wies sie auf eine Tür auf der anderen Seite der Küche. »Und wenn du mit dem Geschirr fertig bist, bin ich oben. Ich werde dir zeigen, wie die Schlafzimmer gemacht werden.«

Der Tag schritt voran. Ich zerbrach kein Geschirr und knobelte selber aus, welchen Knopf ich drücken musste, um die Maschine in Gang zu setzen. Es versetzte mir einen ganz schönen Schreck, als es hinter der geschlossenen Klappe heftig zu ruckeln und zu spucken anfing, und ich betete, dass doch ja keiner von diesen Zwanzig-Dollar-Tellern zerbrechen würde und ich dann dran schuld wäre. Mrs. Carpenter zeigte mir das ganze Haus und sagte mir, was zu tun war. Zur Mittagszeit zeigte sie mir, was ich zum Essen machen sollte. Wir aßen beide das Gleiche: kaltes Roastbeef, das vom Vorabend noch übrig war, und etwas Kartoffelsalat, bloß dass sie ihres im Speisezimmer aß und ich meins in der Küche.

Ich trank zwei Gläser eiskalte Milch und hätte auch noch mehr trinken können, wollte aber nicht gierig erscheinen. Nachmittags hieß sie mich die Fenster putzen. Es war keine schwere Arbeit, zu Hause arbeitete ich schwerer, und es war ein Genuss, auf die Rosen hinten und den ganzen grünen Rasen vorn rauszuschauen, während ich die Scheiben polierte, bis sie aussahen, als wären sie überhaupt nicht da.

So etwa um vier schleppte sie mich wieder in die Küche und teilte mir mit, was Mr. Carpenter zum Abendessen wollte. »Er hat eine ziemliche Schwäche für Brathähnchen, aber anscheinend kann sie niemand so machen, dass er zufrieden ist. Ich jedenfalls nicht. Außerdem ist er furchtbar scharf auf Süßes. Ich selbst esse keinen Nachtisch, aber er steht ohne gar nicht vom Tisch auf.«

Nun gut. Ich machte mich daran, meine Spezialitäten zuzubereiten. Mit Hähnchen hatte ich ja viel Erfahrung, und mein Pfirsichauflauf war nahezu perfekt, wenn ich das so sagen darf. Mrs. Carpenter ging aus der Küche, um ein Schläfchen zu halten, nachdem sie mir gesagt hatte, Mr. Carpenter erwartete, sich um Punkt halb sieben an den Tisch setzen zu können.

Um Punkt halb sieben trug ich eine Platte mit Brathähnchen herein, und Mr. Carpenter klatschte sich schwungvoll seine Serviette auf den Schoß und haute rein. Er schaute mich nicht einmal an, aber ich schaute ihn an. Er war ein sommersprossiger, rotblonder Mann mit Goldrandbrille und engem Hemdkragen. Zwar hatte er noch alle Haare, aber allmählich verblassten sie zu einer Art rosagelblichem Flaum. Seine Augen waren blau, oder vielleicht grün, hinter seiner Brille war das schwer zu sagen, und seine Nasenspitze zeigte nach oben wie das Blatt an einer Schlaghacke.

Ich hatte etwas Grünzeug als Beilage zu dem Hähnchen hergerichtet, das schaufelte er auch rein; dabei tröpfelte ihm die Sauce übers Kinn, und er wischte sie sich mit seiner feinen Serviette weg. Mrs. Carpenter stocherte in ihrem Essen bloß herum und beobachtete, wie ihm seins schmeckte.

Als ich den Pfirsichauflauf hereinbrachte, lehnte er sich in seinem Stuhl zurück und seufzte. »Das war das beste Essen seit Jahren, Marcelline.«

»Das ist nicht Marcelline«, sagte Mrs. Carpenter. »Marcelline ist gestern Abend gegangen. Das ist Jenny.«

Da sah er mich an. Erst durch seine Brille und dann ohne seine Brille. Und dann polierte er die Brille mit seiner Serviette, setzte sie wieder auf und versuchte es noch mal. »Aha!«, sagte er. »Jenny. So, so. Sehr nett.« Dann stand er vom Tisch auf und ging aus dem Zimmer, ohne meinen Pfirsichauflauf überhaupt zu probieren.

Mrs. Carpenter sauste ihm hinterher. »Paul! Paul!«, schrie sie. »Was ist mit deinem Nachtisch?«

Mir war es egal. Pfirsichauflauf ist am besten, wenn er ganz heiß ist, aber am nächsten Tag ist er auch noch gut. Ich trug ihn wieder in die Küche, machte vollends sauber und zog zum Nachhausegehen wieder meine Kleider an. Weil ich hoffte, dass Mrs. Carpenter mir meine fünf Dollar bezahlte, damit ich Deucy und Earl und Wesley was zu zeigen hatte, blieb ich noch ein Weilchen länger.

Es war aber nicht Mrs. Carpenter, die in die Küche kam, sondern er. Er stand in der Tür, zupfte sich am Ohr und schaute mich an, als wünschte er, ich sollte vom Erdboden verschwinden. Dann schlurfte er in die Küche und kam direkt zu mir her, wo ich mit dem Rücken zum Kühlschrank stand, und fasste mich am Kinn. Er hielt mein Gesicht hoch, so dass ich ihn ansehen musste, wenn ich nicht die Augen zumachte, was ich ein Weilchen auch tat, aber dann machte ich sie wieder auf, weil ich es allmählich mit der Angst bekam. Dann legte er mir die Hand auf die Schulter und nahm meinen Kleiderkragen zwischen die Finger, um ihn sanft zu befühlen. Schließlich redete er.

»Du bist eine Taggert, hab ich recht, Mädchen?«

»Ja, stimmt. Ich heiße Jennet Maybelle Taggert.« Ich sagte es voller Stolz, denn in der kurzen Zeit, die ich in der Schule verbracht hatte, hatte ich gelernt, dass viele Leute die Taggerts für Gesockse halten, und die einzige Art, damit umzugehen, ist, sich nicht zu schämen.

Da sagte er plötzlich etwas, was ich nicht begriff. »Bin ich die Taggerts denn nie los? Werden mich die Taggerts noch bis ins Grab verfolgen?«

»Sie sehen mir aber ganz gesund aus«, sagte ich und fügte »Sir« hinzu, damit er mich nicht für vorlaut hielt.

Darauf sagte er gar nichts, sondern zog seine Brieftasche hervor und machte sie auf. Ich dachte, er würde mir meine fünf Dollar zahlen, und wollte gerade danke und gute Nacht sagen, als er plötzlich ein Foto rauszog und es mir reichte.

»Was glaubst du, wer das ist?«, fragte er mich.

Nun, ich sah hin, wusste aber nicht, wer es war. Das Foto war in Farbe und zeigte ein Mädchen etwa in meinem Alter mit gelbem Lockenhaar und einem breiten Lächeln. Sie trug ein wirklich hübsches Kleid, ganz in Blau und mit Rüschen, als würde sie auf eine Party gehen oder zum Tanzen. Ich gab ihm das Foto zurück.

»Sie ist wirklich hübsch, aber ich weiß nicht, wer es ist.«

»Das ist meine Tochter Claudia.«

Weil ich nicht wusste, was ich sonst noch sagen sollte, sagte ich noch mal: »Sie ist wirklich hübsch.«

»Nein, ist sie nicht«, sagte er. »Ein verzogenes Gör ist sie. Sie hält sich für das schönste weibliche Geschöpf, das je auf Erden wandelte. Aber sie ist nichtsnutzig, eingebildet und nicht liebenswert. Und es ist alles meine Schuld.«

Ich wusste nicht, wieso er mir das alles erzählte, aber es machte mich ganz nervös, und überhaupt musste ich ja nach Hause, um den Jungs das Abendessen zu machen. Die würden sich ganz schön aufregen, dass ich so spät dran war. »Hm«, sagte ich, »ich glaub, ich geh dann mal.«

»Geh nicht.« Er packte mich am Arm und zerrte mich hinüber, wo ein Spiegel an der Wand hing, damit ich mich davor hinstellte. »Schau hinein«, sagte er. »Wen siehst du da?«

»Na, das bin bloß ich.« Ich versuchte mich von ihm loszumachen, aber er hielt mich fest.

»Das ist eine hübsche junge Frau«, sagte er. »So wie eine junge Frau sein soll – anständig und reinlich und bescheiden. Ich wünschte, du wärst meine Tochter, Jenny Taggert, statt dieser Range, die nicht zu Hause bleibt, da, wo sie hingehört, und sich so aufführt, dass kein vernünftiger Mann sie heiraten würde. Wie fändest du das? Würdest du gern hier wohnen und mein Mädchen sein?«

Na, ich merkte, wie mir der Hals rot wurde, weil Ace mir nämlich gesagt hat, wenn ein Mann anfängt, einem Komplimente zu machen, dann hat er bloß eins im Sinn, und ich hatte ja oft genug gehört, wie Deucy seinen Damen auf der Verandaschaukel was vorgesäuselt hat.

»Verzeihen Sie, Mr. Carpenter«, sagte ich, »ich muss aber jetzt nach Hause, würden Sie mir bitte meine fünf Dollar zahlen, damit ich den Jungs was zum Abendessen bringen kann?« Ich wusste, das war gewagt, aber er machte mich ganz nervös, und da rutschte es mir einfach so raus.

Er ließ mich los und zog wieder seine Brieftasche heraus. »Das zahlt Clemmie dir also? Fünf Dollar? Na, das ist nicht genug. Hier hast du, hier und hier.«

Die Scheine hüpften nur so aus seiner Brieftasche, und er stopfte sie mir in die Hände. Als ich genau hinsah, hatte ich plötzlich drei Zehndollarscheine. Und nicht nur das – nun schleppte er auch noch das übrig gebliebene Hähnchen heran, das ich schon verräumt hatte, und schob es in eine Papiertüte.

»Nimm den Pfirsichauflauf auch noch«, sagte er, »und was du sonst noch willst. Nimm alles mit.«

»Aber das geht doch nicht. Was würde denn Mrs. Carpenter sagen?«

»Ich sag ihr einfach, ich hätte nachts noch Hunger bekommen und es gegessen.« Darauf lachte er, doch es hörte sich nicht glücklich an. Es hörte sich an, wie wenn in ihm etwas zerbrechen würde.

»Danke, Sir«, sagte ich und machte mich schnell durch die Hintertür davon, bevor er sich was neues Verrücktes ausdenken konnte und ich Scherereien bekäme.

Seine Stimme kam hinter mir her: »Du kommst morgen doch wieder, nicht wahr?«

»Na klar«, rief ich zurück. Ich war mir aber nicht so sicher.

Auf dem ganzen Heimweg dachte ich über Mr. Carpenter und sein seltsames Benehmen nach. Doch ich wurde einfach nicht schlau daraus. Ich konnte mir bloß denken, dass ihn all sein vieles Geld wohl wirr im Kopf gemacht hatte, und dankte Gott, dass wir arme Schlucker waren und es uns nicht leisten konnten, verrückt zu sein.

Das schlug ich mir aber alles aus dem Kopf, als ich an die Schotterstraße kam, die zu unserem Haus führte. Der Mond löste sich gerade von der Spitze des mächtigen alten Fliederbusches am Rand des Grundstücks, und im sanften Licht war die ganze Hässlichkeit, die man tagsüber sehen konnte, etwas abgemildert. Mit den Lichtern, die in den Fenstern leuchteten, wirkte das Haus einladend, und dort im Vorgarten stand Pembrooks klappriges altes Auto. Ich rannte die Veranda hoch, stürzte ins Haus und schrie dabei seinen Namen.

Sie waren alle in der Küche versammelt, und an ihren dunklen Taggert-Gesichtern konnte ich sehen, dass ich in einen Streit reingeplatzt war. Das war mir aber egal. Ich stellte Carpenters Essen auf den Tisch und sagte: »Hier ist Abendessen, Jungs. Haut rein.« Deucy und Earl und Wesley taten genau das und machten sich nicht mal die Mühe, Teller zu holen, sondern grabschten sich das Hähnchen gleich mit den Fingern.

Dann setzte ich mich hin, zog meinen linken Turnschuh aus und holte das Geld heraus. »Da und da und da«, sagte ich, während ich die Scheine auf den Tisch hin zählte. Deucy kriegte Stielaugen, und Earl und Wesley riefen: »Juhuuu!«, so gut sie eben konnten mit dem Mund voller Hühnerschlegel.

Pembrook sah aus wie ein Häufchen Elend.

»Wo hast du das denn alles her, Jenny?«, fragte er.

»Ich bin als Hausmädchen gegangen«, teilte ich ihm mit.

»Wohin bist du denn als Hausmädchen gegangen?«

»Zu Mrs. Carpenter.«

»Und von der hast du das alles?«

Ich wollte gerade lügen und ja sagen, aber im Lügen war ich

noch nie besonders gut. Mir läuft dabei immer die Nase. »Nein. Von ihm.«

»Du wirst da nie wieder hingehen«, sagte Pembrook.

Zwar hatte ich das schon fast selber entschieden, wollte mir aber von Pembrook – so lieb ich ihn auch habe – nicht sagen lassen, was ich zu tun und zu lassen hätte. »Mach ich aber, wenn ich will«, sagte ich. »Wann bist du überhaupt heimgekommen, und wie lang bleibst du da?«

»Für immer, wenn ich dich anders vor Ärger nicht bewahren kann.«

»Hübscher Ärger ist das«, erklärte Deucy. »Dreißig Dollar für 'nen Tag Arbeit und das ganze Essen dazu. Du solltest auch was nehmen, Pem.«

»Halt's Maul, du Idiot!«

So wütend hatte ich Pembrook noch nie gesehen. Taggert-Blut gerät leicht in Wallung, aber bis zu diesem Moment hatte Pembrook es immer geschafft, sich zu beherrschen. Er wandte sich wieder zu mir, und seine Augen funkelten gemein, wie bei einem Hühnerhabicht, der gleich herabstößt.

»Du wirst nicht wieder zu den Carpenters gehen, nie mehr. Das kannst du dir gleich aus dem Kopf schlagen. Morgen schick ich das Geld zurück. Und damit hat sich die Sache.«

Ich wollte nur eins wissen. »Warum?«

»Egal warum.«

Da war dann aber doch Schluss! Ich hatte für dieses Geld schwer gearbeitet. Ob es fünf Dollar waren oder dreißig, es war mein Geld. Das erste Geld, das ich je verdient hatte. Und Pembrook hatte kein Recht, es mir wegzunehmen. Soweit ich sehen konnte, hatte ich nichts Falsches getan, und es war nicht fair von ihm, mich zu bestrafen. Ich richtete mich auf meinem Stuhl auf, schaute ihn scharf an und machte den Mund auf.

»Pembrook Taggert, falls du's noch nicht gemerkt hast, ich bin nicht mehr die süße kleine Jenny. Ich bin eine erwachsene Frau und kann gut selbst entscheiden. Du kannst dich nicht hinstellen und mir Befehle geben und dann sagen, egal warum. Von Pop hab ich's mir gefallen lassen und von Ace hab ich's mir gefallen lassen und von den dreien hier lass ich's mir andauernd gefallen, während du auf dem College bist und lernst, wie du aus dem Dreck hier rauskommst. Ich lass mir's jetzt nicht mehr gefallen.«

Die harte Bitterkeit verflog aus seinem Blick, und er nahm meine beiden Hände in seine.

»Recht hast du, Jenny«, sagte er. »Es gibt da ein paar Sachen, die du wissen solltest. Komm auf die Verandaschaukel raus, dann erzähl ich's dir.«

»Mach aber nicht so 'ne lange Geschichte draus«, rief Deucy uns hinterher. »Ardith Potter kommt heute Abend rüber und wir haben was zu besprechen.«

Doch es war eine lange Geschichte, die Pembrook mir da erzählte. Eine, die bis in die Zeit zurückreichte, als ich noch gar nicht geboren war. Die Jungs kannten sie alle, aber Pop hatte sie auf die Bibel schwören lassen, es mir nie zu sagen. Sie erklärte alles, was ich schon immer gern gewusst hätte und nie den Mumm gehabt hatte zu fragen. Wenn ich gefragt hätte, hätten sie mir's nicht gesagt, obwohl Pembrook meinte, von Zeit zu Zeit wär er ganz schön in Versuchung gewesen, weil es doch mein Leben war und ich ein Recht drauf hatte, es zu erfahren.

Er sagte mir, dass Pop gar nicht mein richtiger Vater war, sondern Mr. Carpenter. Er sagte mir, etwa einen Monat nach meiner Geburt hätte unsere Mutter Pop die Wahrheit gesagt und ihre Sachen gepackt und gesagt, sie würde mit Mr. Carpenter abhauen, weil sie ein besseres Leben führen und sich nicht mehr auf einer armseligen alten Farm abrackern wollte. Er sagte mir, Pop hätte sie gleich darauf im Schlafzimmer erwürgt, während ich mit meinen blinden Babyaugen aus der Wiege neben dem Bett zugesehen hätte. Und dann ist Pop zu Mr. Carpenter gegangen und hat ihm das Ganze erzählt und ihn dazu gebracht, die Sache zu vertuschen, denn ein Skandal hätte keinem was genützt. Sie behaupteten einfach, unsere Mutter wäre am Kindbettfieber gestorben.

Die Tränen liefen mir übers Gesicht, doch ich brachte die Frage heraus: »Wie konntet ihr hier weiterleben, nachdem er das getan hatte?«

»Na ja«, meinte Pembrook, »Ace war der Älteste, und der war erst zwölf. Wir konnten ja sonst nirgends hin. Und er war unser Vater.«

»Was ist dann passiert?«, fragte ich. »Wieso ist Pop abgehauen?«

»Ist er gar nicht«, sagte Pembrook. »Er liegt unter Mr. Carpenters Rosengarten begraben.«

Dann erzählte er mir weiter, wie die Jahre vergangen sind und Pop anfing zu trinken und die Farm noch mehr herunterkam, bis es bloß noch eine einzige Ödnis war. Eines Tages hatte Pop es sich dann plötzlich in den Kopf gesetzt, Mr. Carpenter sollte sich um sein Kind, also mich, kümmern und Geld bezahlen. Er ging zu den Carpenters, voller Alkohol und Hass, und verlangte eintausend Dollar. Pembrook und Ace schlichen ihm hinterher und horchten draußen vor dem Fenster, das in einen Raum voller Bücher mit einem großen Schreibtisch und einem Jagdgewehr über dem Kamin ging.

»Den Raum kenn ich«, sagte ich ihm. »Mrs. Carpenter nennt es sein Arbeitszimmer.«

Pembrook nickte. »Dort hat es Pop erwischt.«

Er erzählte mir, wie er und Ace sie in dem Zimmer hätten streiten gehört, und wie Mr. Carpenter brüllte, das wäre ja Erpressung und das ließe er sich nicht bieten, und dann gab's ein Geschiebe und Gezerre, während Pop brüllte, er würde Mr. Carpenter dafür umbringen, dass der ihm sein Leben versaut hatte. Und schließlich fiel ein Schuss. Bloß der eine, einzige Schuss, aber der reichte. Sie spähten über das Fensterbrett und sahen Pop auf dem Teppich liegen und verbluten, während Mr. Carpenter mit dem Gewehr in der Hand wie eine Statue dastand.

Sie wollten gerade wegrennen und nach Hause laufen, als Mr. Carpenter sie sah und sagte, sie sollten ins Haus kommen und ihm dabei helfen, Pop in den Rosengarten rauszutragen. Die drei gruben die Rosen aus, legten Pop in die Erde und pflanzten die Rosen wieder darüber. Dann sagte Mr. Carpenter, sie sollten jetzt nach Hause gehen und den Mund halten, sonst würde er den Sheriff schicken und uns alle von der Farm jagen und in die Besserungsanstalt stecken.

Und sie hielten den Mund, bis zu diesem Augenblick.

»Ich nehm an«, sagte Pembrook, »ich nehm an, deswegen ist Ace so wild, aber so lässt sich die Sache auch nicht regeln. Drum studier ich und will Rechtsanwalt werden. Eines Tages werd ich wissen, wie man Mr. Carpenter auf legalem Weg zur Rechenschaft ziehen kann, ein für allemal. Darum will ich nicht, dass du da wieder hingehst, Jenny. Du verdirbst sonst womöglich meinen Plan, und es ist auch nicht gut für ihn, wenn er dran erinnert wird, dass es dich gibt. Ich muss ihn überrumpeln, wenn ich so weit bin.«

Ich wischte mir die Augen und putzte mir die Nase und sagte dann: »Danke, Pembrook, dass du's mir gesagt hast. Jetzt begreif ich's.«

»Und du gehst auch nicht wieder hin.«

»Ich geh jetzt ins Bett.«

Und das tat ich auch. Aber ich schlief nicht. Ich lag da und dachte über die Dinge nach, die Pembrook mir erzählt hatte, und versuchte herauszufinden, was richtig war und was falsch. Vielleicht war es falsch von unserer Mutter gewesen, sich mit Mr. Carpenter zu vergnügen, aber wenn sie's nicht getan hätte, gäb's mich nicht. Pop hatte Unrecht getan, weil er unsere Mutter umgebracht hatte, aber sie hatte ihm in seinen Augen auch einen Grund dafür geboten. Es war falsch von Mr. Carpenter gewesen, dass er Pop erschossen hatte, aber das Taggert-Blut war hochgekocht, und wahrscheinlich hatte Pop ihn zuerst angegriffen. Am schwersten war für mich die Vorstellung, dass ich Mr. Carpenters Tochter war. Wenn es stimmte und er es wusste, wie hatte er mich dann all die schweren Jahre als süße kleine Jenny Taggert leben lassen können, während das andere Mädchen, diese Claudia, alles hatte, was ihr Herz begehrte und sogar noch mehr?

Kurz vor Sonnenaufgang entschied ich, was ich tun würde. Die Jungs, sogar Pembrook, schliefen alle noch tief und fest. Mucksmäuschenstill stand ich auf, zog das grün-weiß getupfte Kleid unserer Mutter und meine hohen Turnschuhe an und schlich hinaus in die Scheune. Früher war die Scheune mal sehr belebt gewesen, aber an dem Morgen war sie still und leer. Keine Kühe mehr, die nach mir muhten, damit ich sie melken kam, keine Pferde, die mit traurigen Augen auf einen Apfel oder eine Karotte schielten. Ganz weit hinten hinter dem ganzen aufgehäuften kaputten Zaumzeug, in einer dunkeln, mit Spinnweben verhangenen Ecke fand ich, wonach ich suchte.

Es war eine Büchse mit dem Zeug, das Pop immer ausgelegt hatte, um die Ratten zu töten, von denen es in der Scheune nur so wimmelte und die sich durch das Winterfutter fraßen. Viel war nicht mehr drin in der Büchse, und was noch übrig war, sah trocken und klumpig aus. Vielleicht war es schon so alt, dass es gar nicht mehr wirken würde. Trotzdem schöpfte ich mit einem Teelöffel ein bisschen davon in einen von Deucys Bull-Durham-Tabakbeuteln und machte mich auf den Weg.

Ich sputete mich, denn ich wollte dort sein, bevor Mr. Carpenter in die Bank ging und bevor die Jungs aufwachten und in Pembrooks Auto hinter mir herkamen. Es war ein frischer, kühler Morgen, und ich schwitzte kein bisschen.

Als ich zum Haus der Carpenters kam, fuhr der Milchmann gerade davon. Ich ging hinten ums Haus herum, nahm die beiden Milchflaschen und klopfte an die Hintertür. Mrs. Carpenter machte mir auf. Sie sah verschlafen aus, aber erfreut, mich zu sehen.

»Na so was, Jenny«, sagte sie, »da bist du ja in aller Frühe. Komm rein. Komm rein.«

»Ja, Madam«, sagte ich. »Ich bin gekommen, um Frühstück zu machen.«

»Das ist ja wunderbar. Mr. Carpenter ist gerade beim Rasieren. Er kommt gleich herunter. Er möchte zwei Vierminuteneier – ich kriege sie nie richtig hin –, zwei Scheiben Toast und ganz viel starken schwarzen Kaffee. Jetzt, wo du da bist, gehe ich vielleicht wieder ins Bett und mach noch einen kleinen Schönheitsschlaf.« Sie kicherte wie ein albernes Mädchen, winkte mir zu und tänzelte davon.

Ich räumte die Milch weg und fing an, den Kaffee zu machen. Es gab eine Kaffeemaschine, aber mein Kaffee ist deswegen so gut, weil ich ihn auf die altmodische Art mache. Ich brachte Wasser zum Kochen, und als es vor sich hin blubberte, warf ich den gemahlenen Kaffee hinein, und zwar reichlich, damit er schön stark wurde. Dann schaltete ich die Flamme herunter, um ihn heiß zu halten, während er aufbrühte, und schlug ein Ei auf, denn ich wollte eine Eierschale reinwerfen, damit er schön klar wurde. Und das Zeug aus dem Tabakbeutel leerte ich direkt in den Topf.

Als ich seine Schritte auf der Treppe hörte, stellte ich noch einen Topf Wasser auf, um ihm die Eier zu kochen. Wohlriechend und lächelnd kam er in die Küche.

»Also, Jenny«, sagte er. »Du bist wiedergekommen. Das freut mich, denn du und ich, wir werden uns bestimmt prächtig verstehen. Du wirst glücklich hier sein. Dafür werde ich schon sorgen.«

Ich holte ihm Tasse und Untertasse.

»Ich hab da so Sachen gehört, Mr. Carpenter«, sagte ich. »Sachen, die ich mir nie hätte träumen lassen.«

Er sah mich verständnislos an. »Was für Sachen hast du denn gehört, Jenny?«

Ich schenkte den Kaffee in die Tasse ein.

»Ich hab gehört, Sie sind mein Daddy.«

Er sank auf einen Küchenstuhl. »Ja«, sagte er, »das stimmt ja auch.«

Ich stellte die Tasse mit der Untertasse auf die Anrichte, um den Kaffee ein bisschen abkühlen zu lassen, damit er nicht zu heiß für ihn wäre und er einen schönen großen Schluck nehmen konnte.

»Ich hab gehört, Sie haben unseren Pop erschossen und ihn in Ihrem Rosengarten begraben. Das sind ja mächtig schöne Rosen da draußen.«

Er hielt seinen Kopf zwischen beiden Händen. »Sie haben geschworen, es dir nie zu sagen. Die Jungs haben es geschworen.«

»Pembrook hat's mir gesagt, weil er Angst hat, mir könnte hier in Ihrem Haus irgendwas passieren.« Ich stellte die Tasse mit der Untertasse vor ihn auf den Tisch.

»Ach, Jenny, süße kleine Jenny, ich würde dir doch nie was antun. Wenn überhaupt etwas, so möchte ich all die Jahre wieder gutmachen, die ich versucht habe, nicht an dich zu denken. Ich hätte gern, dass du hier wohnst als meine Tochter, damit ich dir all das geben kann, was du längst hättest haben sollen.«

»Nennen Sie mich nicht so. Ich bin keine Kleine mehr.«

»Nein, das bist du nicht. Du bist eine wohlgeratene, reizende Frau, genau wie deine Mutter es war. Gott, was hab ich diese Frau geliebt! Sie war das einzig Schöne, was mir in meinem ganzen Leben je widerfahren ist. Ich wollte sie mitnehmen. Wir waren drauf und dran wegzugehen. Wir hätten in eine andere Stadt gehen können oder in eine Großstadt, wo uns niemand kennt. Dich hätten wir mitgenommen. Und wir wären glücklich gewesen. Stattdessen ist sie gestorben.«

»Pop hat sie umgebracht. Wegen Ihnen.«

»Das weißt du also auch.« Er seufzte. »Ja. Er brachte sie um, und ich brachte ihn um, und nun lebe ich die ganze Zeit mit diesen entsetzlichen Gewissensqualen. Ich habe niemanden, mit dem ich reden könnte. Clemmie hat von der ganzen Sache keine Ahnung. Ich wünschte manchmal, ich wäre tot.«

»Trinken Sie Ihren Kaffee.«

Das Eierwasser kochte. Behutsam rollte ich die beiden Eier in den Topf und steckte zwei Scheiben Brot in den Toaster. Er kam vom Tisch zu mir herüber, wo ich arbeitete.

»Jenny.« Er legte mir die Hände auf die Schultern und drehte mich zu sich herüber. »Was kann ich für dich tun, um es wieder gutzumachen? Ich werde alles tun, was in meiner Macht steht, und das ist viel, das kannst du mir glauben. Sag einfach, was du willst. Du kriegst es.«

Ich überlegte einen Augenblick. Wäre es richtig oder falsch, von diesem Mann etwas anzunehmen? Wie immer hatte ich Schwierigkeiten, zwischen den beiden zu unterscheiden. Wäre es richtig oder falsch, ihn den Kaffee trinken zu lassen?

Dann sagte ich: »Könnten Sie Pembrook sein Jurastudium zahlen?«

»Abgemacht.«

»Und Earl und Wesley, können Sie denen eine Arbeit besorgen? Die sind gute Arbeiter, bloß vom Pech verfolgt.«

»Sag ihnen, sie sollen in die Bank kommen.«

»Und was ist mit Deucy? Würden Sie ihm eine neue Gitarre besorgen und eine Fahrkarte nach Nashville? Er kann wirklich gut singen.«

»Nicht bloß das. Ich kenne Johnny Cash persönlich. Da lassen wir uns was einfallen.«

»Jetzt kommt aber was Schweres: Können Sie Ace aus dem Gefängnis holen und ihn auf die rechte Bahn bringen?«

»Der Gefängniswärter ist Clemmies Cousin. Außerdem besitze ich eine Ranch in Wyoming. Dort kann er hin und sich die Hörner abstoßen. Aber was ist mit dir, Jenny? Was kann ich denn für dich tun?«

Ich zuckte die Achseln. »Ach, ich werd vielleicht ein Weilchen hier wohnen. Ich kann ja Mrs. Carpenter zur Hand gehen und so ein bisschen auf alles aufpassen.«

Er umarmte mich und gab mir einen herzhaften Kuss auf die Backe. »Bravo, Mädchen«, sagte er. »Ich hatte gehofft, dass du das sagen würdest. Du wirst es nie bereuen. Mmm, der Kaffee riecht aber gut.«

Er steuerte wieder auf den Tisch und seine Kaffeetasse zu. Ich war aber vor ihm dort und schnappte sie ihm vor der Nase weg.

»Der Kaffee ist doch kalt«, sagte ich. »Und überhaupt ist die ganze Kanne bitter. Ich hab ihn probiert, bevor sie runterkamen. Ich werd Ihnen frischen machen.«

Ich schüttete den ganzen Kaffee in den Ausguss und servierte ihm seine Eier mit Toast. Den frischen Kaffee tranken wir zusammen, und dann ging er in seine Bank.

Und so ist es jetzt gekommen. Pembrooks Plan ist *tatsächlich* der bessere, und er studiert wirklich fleißig. Jetzt, wo er nicht auch noch seinen Lebensunterhalt verdienen muss, kann er seinen Abschluss früher machen. Earl und Wesley gefällt die Arbeit am Bankschalter, und Deucy hat seinen Cadillac mit Leopardenfellsitzen und jede Menge Mädchen, obwohl er meint, er vermisst die Verandaschaukel. Ace hat ein Foto von sich geschickt, wo er auf einem Pferd sitzt und einen riesigen Cowboyhut aufhat. Er sieht komisch aus, sagt aber, es geht ihm gut.

Und ich? Solange die Rosen blühen, schneide ich jeden Tag welche und stelle sie ins Haus. Mrs. Carpenter findet sie einfach himmlisch. Ich warte ab. Eines Tages werden wir Taggerts den Rosengarten umgraben.

Wilder Senf
von
MARCIA MULLER

Marcia Muller (*1944) gehört zu den gefeiertsten und vielseitigsten Krimiautorinnen, die im letzten Viertel des zwanzigsten Jahrhunderts in Erscheinung getreten sind. Geboren in Detroit und an der University of Michigan ausgebildet, lebt sie nun in Nordkalifornien, wo auch die meisten ihrer Werke spielen. Obwohl es bei seinem Erscheinen kaum Aufsehen erregte, wird Mullers *Edwin of the Iron Shoes* (1977; dt. *Es ist nicht alles Gold...*) heute eine Vorrangstellung unter einer der Hauptströmungen der vergangenen Jahrzehnte eingeräumt: dem Frauenkrimi. Alle vorhergehenden Bemühungen in dieser Richtung müssen unter Vorbehalt geführt werden: Figuren wie Carter Browns Mavis Seidlitz, Henry Kanes Marla Trent und G.G. Ficklings Honey West waren Männerfantasien, nicht ernst zu nehmende Wunschträume. Fran Hustons Nicole Sweet in *The Rich Get It All* (1973) war der Versuch, eine etwas wirklichkeitsnähere Figur zu schaffen, ist aber tatsächlich das Werk eines Mannes (Ron S. Miller), der ein geschlechtsneutrales Pseudonym benutzte. Die erste in einer Reihe von Autorinnen erdachter Privatdetektivinnen, Maxine O'Callaghans Delilah West, tauchte dann 1974 in einer Kurzgeschichte auf, im Roman aber erst 1980.

Sharon McCone kehrte erst wieder in *Ask the Cards a Question* (1982; dt. *Frag die Karten*) mit einem zweiten Fall zurück, im gleichen Jahr, in dem ihre beiden berühmtesten Kolleginnen, Sue Graftons Kinsey Millhone und Sara Paretskys V.I. Warshawski, erstmals in Erscheinung traten, taucht seither aber in durchschnittlich einem Buch pro Jahr auf. McCone unterscheidet sich nicht bloß vom Geschlecht her von den meisten früheren privaten Ermittlern: Sie ist keine typische Einzelgängerin, sondern Teil einer Organisation, der All Souls Legal Cooperative, einem Anwaltskollektiv, und die beruflichen und privaten Beziehungen zu ihren Kollegen sind ihr wichtig. Das führt zu dem anderen, etwas subtileren Aspekt, in dem Muller sich hervorhebt: Sie war eine der Pionierinnen der heute allgemein üblichen Praxis, Seriendetektive mit einem Netz an Freunden, Familienmitgliedern und Mitarbeitern auszustatten, die von Buch zu Buch wieder auftauchen. Bedauerlicherweise können ihr von den Autoren, die diese Praxis übernommen haben, in dieser Hinsicht nur wenige das Wasser reichen.

1992 heiratete sie den Romanautor Bill Pronzini, mit dem sie an drei Romanen zusammengearbeitet hat, beginnend mit *Double* (1984), in dem McCone gemeinsam mit Pronzinis Namenlosem Detektiv die Ermittlungen übernimmt; später folgten eine Kurzgeschichtensammlung, zahlreiche Anthologien und das nützliche Nachschlagewerk *1001 Midnights: The Aficionado's Guide to Mystery and Detective Fiction* (1986). Außerdem hat Muller eine Buchreihe um zwei Amateurdetektivinnen verfasst: Einmal geht es um die Museumskuratorin Elena Oliverez, die in *The Tree of Death* (1983) und zwei Folgeromanen erscheint, und dann um die Kunstversicherungsmaklerin Joanna Stark, deren erster von drei Auftritten 1986 in *The Cavalier in White* erfolgte.

Zu Mullers Auszeichnungen zählt auch der 1993 von den Private Eye Writers of America verliehene Preis für ihr Lebenswerk. »Wilder Senf«, eine der ganz frühen Sharon-McCone-Geschichten, stammt aus der ersten, 1984 bei der PWA erschienenen Anthologie *The Eyes Have It.*

Wilder Senf

Als ich die alte Japanerin zum ersten Mal sah, war ich gerade beim Brunch in dem Restaurant oberhalb der Ruinen der Sutro Baths in San Francisco. Die Frau kauerte am Abhang, auf halber Höhe zwischen der zypressenbestandenen Anhöhe und den überfluteten Trümmern des alten Badehauses. Sie rupfte Grünzeug aus und stopfte es in eine grüne Plastiktüte.

»Ich frage mich, was sie da sammelt«, sagte ich zu meinem Freund Greg.

Er blickte aus dem Fenster, hob eine dunkelblonde Augenbraue und schätzte die Szenerie mit seinem Kriminalerblick ein. »Wahrscheinlich irgendwas Essbares, was dort wild wächst. Sie sieht arm aus; ist eine gute Art, sich das Geld fürs Gemüse zu sparen.«

Tatsächlich sah sie aus wie eine der mittellosen alten Frauen, die man manchmal in Japantown sah. Sie trug eine unförmige Jacke und Hosen, und ihre Füße steckten in Turnschuhen. Um den Kopf hatte sie ein graues Tuch geschlungen.

»Warst du schon mal dort unten?«, fragte ich Greg, auf die Ruinen deutend. Die einst elegante Badeanstalt war vom Feuer zerstört worden. Inzwischen waren nur noch die abbröckelnden, halb im Wasser versunkenen Grundmauern übrig. Möwen schwammen auf der glänzenden Wasserfläche, und dahinter schlug die Brandung gegen die Felsen.

»Nein. Du?«

»Nein. Ich wollte immer schon mal hin, aber der Weg ist so steil, und ich habe nie die richtigen Schuhe an, wenn ich hierher komme.«

Greg spöttelte grinsend: »Du würdest es zulassen, Sharon, dass dein Instinkt als Privatdetektivin einem Paar fehlender Wanderstiefel geopfert wird?«

Ich zuckte die Achseln. »Vielleicht interessiert es mich einfach nicht besonders.«

»Vielleicht.«

Greg machte sich oft lustig über meinen »Spürnaseninstinkt«, in Wirklichkeit hatte ich jedoch den Verdacht, dass er auf meinen Beruf stolz war. Als Ermittlerin für das Anwaltskollektiv All Souls Cooperative hatte ich mit einer breiten Palette von Fällen zu tun – von Mord bis zum Rätsel eines nicht ganz wasserdichten Redwood-Whirlpools. Ein paar der Mordfälle, die ich aufgeklärt hatte, waren in Gregs Amtsbezirk gewesen, was sowohl eine gewisse Rivalität wie auch eine Romanze nach sich gezogen hatte.

In den folgenden Monaten wuchs mein Interesse an der alten Japanerin zusehends. Jeden Sonntag, wenn wir in das Restaurant gingen – und wir gingen oft hin, weil es zu unseren Lieblingslokalen zählte – suchte die Frau den Hang ab, auf Nahrungssuche... wonach?

An einem Sonntag zu Frühlingsanfang saßen Greg und ich in unserer Fensternische und sahen zu, wie die Frau langsam den Schotterpfad hinunterkletterte. Passend zur Jahreszeit hatte sie ihr graues Kopftuch gegen ein leuchtend gelbes ausgetauscht. Auf dem Hang wimmelte es von Leuten, die das Ende des Winterregens genossen. Auf der kahlen Seite weiter hinten, wo sich keine Vegetation angesiedelt hatte, thronte ein verlassener Lastwagen im gewagten Winkel am Fuß der Klippen bei den Bädern. Manche kletterten hinunter, inspizierten den alten Laster und setzten ihren Weg dann auf den Betonfundamenten fort oder verschwanden in einer nahe gelegenen Höhle.

Als die Bedienung uns die Rechnung brachte, sagte ich: »Jetzt hab ich lange genug zugesehen. Komm, wir gehen runter und schauen uns die Sache an.«

Greg grinste und angelte in seiner Hosentasche nach Kleingeld. »Du hast aber doch nicht die richtigen Schuhe an.«

»Was soll's, ich werd nie die richtigen Schuhe anhaben. Gehen wir! Wir können die alte Frau doch fragen, was sie da sammelt.«

Er stand auf. »Ich bin froh, dass du endlich beschlossen hast, sie dir genauer anzusehen. Vielleicht führt sie ja Finsteres im Schilde.«

»Red doch kein dummes Zeug.«

Er achtete gar nicht auf mich. »Yeah, deine Spürnase hat sich letztlich durchgesetzt. Oder liegt's an deinem Indianerblut? Am Fährtenleserinstinkt, Indianerbaby?«

Ich funkelte ihn wütend an und beschloss, dass er für diese Bemerkung die Rechnung bezahlen musste. Wegen meines einen Achtels Shoshone-Herkunft – das bei mir aus irgendeinem Grund in der schwarzen Haarfarbe durchschlägt, während der Rest meiner Familie aus schottisch-irischen Blondschöpfen besteht – hatte Greg mir den Spitznamen »Indianerbaby« verpasst, den ich nicht besonders schätzte.

Wir verließen das Restaurant und traten durch den Maschendrahtzaun auf den Fußpfad. Ein kräftiger Wind peitschte mir das lange Haar um den Kopf, und ich blieb stehen, um es hinten zusammenzubinden. Der Weg schlängelte sich in Serpentinen an riesigen, knorrigen Geranien vorbei durchs Dickicht. Jenseits davon kauerte die Frau und zog etwas aus der Erde, was wie Unkraut aussah. Als ich näher kam und sie mich anlächelte, blitzte ein Goldzahn auf.

»Hallo«, sagte ich. »Wir haben Ihnen zugesehen und uns gefragt, was Sie da sammeln.«

»Hier wachsen viele gute Sachen. Diesen Monat kommt der wilde Senf.« Sie hielt ein Zweiglein in die Höhe. Ich nahm es und schnupperte den stechenden Geruch.

»Sollten Sie probieren«, fügte sie hinzu. »Ist gesund.«

»Mach ich vielleicht.« Ich steckte mir die gelbe Blüte ins Knopfloch und wandte mich zu Greg um.

»Wer's glaubt, wird selig«, sagte er. »Wann isst du schon mal was Gesundes?«

»Bloß wenn du mich dazu zwingst.«

»Muss ich ja. Sonst gäb's tagaus, tagein bloß Schokoriegel.«

»Na und? Ich bin nicht schlecht in Form.« Es stimmte; sogar auf diesem steilen Abhang geriet ich nicht in Atemnot.

Greg lächelte, während sein Blick anerkennend über mich wanderte. »Nein, bist du nicht.«

Wir gingen weiter hinunter in Richtung Ruinen, vorbei an einem Schild, das uns warnte:

Vorsicht!
Klippen- und Brandungsbereich
extrem gefährlich
Es wurden schon Leute von den Felsen
geweht und ertranken

Ich hielt inne, balancierte mit der Hand auf Gregs Arm und zog mir die Schuhe aus. »Besser wunde Füße als weggeweht werden.«

Dem gleichen Impuls folgend, der schon andere Kletterer dazu bewegt hatte, näherten wir uns dem verlassenen Laster. Die blaue Farbe war rostfleckig, und im Motorraum hatte es gebrannt. Alles, auch Sitze und Lenkrad, war herausgerissen worden.

»Jemand hat sogar versucht, die Vorderachse rauszumachen«, ließ sich eine Stimme neben mir vernehmen, »aber bei dem Feuer sind die Bolzen miteinander verschmolzen.«

Ich drehte mich um und sah einen freundlich aussehenden, sonnengebräunten Jugendlichen von etwa fünfzehn Jahren vor mir. Er trug schmutzige Jeans und ein zerrissenes T-Shirt.

»Ja«, fügte eine andere Stimme hinzu. Dieser Junge war ungefähr im gleichen Alter; auf seiner Oberlippe spross ein spärlicher Schnurrbart. »Es ist kaum noch was dran, dabei steht der erst seit ein paar Wochen hier.«

»Vandalismus«, sagte Greg.

»Genau.« Der erste Junge nickte. »Die Leute lungern hier rum und saufen. Und spätabends wird ihnen dann langweilig.« Er deutete mit dem Kopf zu einer Gruppe unappetitlich aussehender Männer hinüber, die mit ein paar Sechserpacks am Rand der Badebecken saßen.

»Sachen kaputtmachen ist heutzutage fast ein Volkssport.« Greg beobachtete die Männer eine Weile mit professionellem Blick und tippte dann an meinen Ellbogen. Wir gingen um die Ruinen herum und steuerten auf die Höhle zu. An deren Eingang blieb ich stehen und lauschte dem Dröhnen der Brandung.

»Komm«, sagte Greg.

Ich folgte ihm ins Innere und versank dabei mit den Füßen im grobkörnigen Sand, der rasch zu festem Schlamm wurde. Die Höhle war eigentlich ein etwa zweieinhalb Meter hoher Tunnel. Durch

Spalten auf der Meerseite sah ich, wie die Gischt von den rollenden Wellen am Fuß der Klippe hochgesprüht wurde. Zwischen diesen zerklüfteten Felsen durchgetrieben zu werden wäre tödlich.

Greg erreichte das andere Ende. Ich eilte weiter, so schnell es meine bloßen Füße erlaubten, und blieb neben ihm stehen. Beim Anblick des steil abfallenden Hangs zum Meer hinunter packte ich seinen Arm. Über uns ragten Felsen empor.

»Als guter Kletterer würde man es vermutlich bis da rauf schaffen und von dort zur Straße«, sagte ich.

»Vielleicht, ich würd's aber nicht riskieren. Auf dem Schild steht doch ...«

»Stimmt.« Plötzlich drehte ich mich besorgt um. Am Tunneleingang standen zwei der zwielichtigen Gestalten, Bierdosen in der Hand. »Komm, Greg, wir gehen.«

Falls er die Nervosität in meiner Stimme bemerkte, so ging er nicht darauf ein. Schweigend trotteten wir durch den Tunnel. Die Männer verschwanden. Als wir ins Sonnenlicht hinaustraten, waren sie wieder bei den anderen und machten frische Bierdosen auf. Die Jungen, mit denen wir vorhin gesprochen hatten, hockten auf dem verlassenen Laster und winkten uns zu, während wir den Fußweg hinaufgingen.

Und so besuchten wir sonntags im Frühling immer wieder unser Lieblingsrestaurant und warteten, bis wir eine Fensternische bekamen. Die alte Japanerin tauschte ihr gelbes Kopftuch gegen ein rotes aus. Der verlassene Lastwagen blieb stehen, die Schnauze in Richtung der Badebecken, was starke Kritik an der Parkbehörde hervorrief. Leute führten ihre Hunde auf dem Hang spazieren. Kinder balancierten trotz der Warntafel leichtsinnig auf den Trümmern. Die Männer lungerten herum und tranken Bier. Die Jugendlichen kamen jede Woche her, und oft gesellten sich am Lastwagen noch Freunde zu ihnen.

Eines Sonntags tauchte die alte Frau dann plötzlich nicht auf.

»Wo ist sie?«, fragte ich Greg und schaute zum dritten Mal auf meine Armbanduhr.

»Vielleicht hat sie alles gesammelt, was es dort unten zu sammeln gibt.«

»Unsinn. Da gibt's immer was zu sammeln. Wir haben sie jetzt fast ein Jahr lang beobachtet. Die beiden Alten führen dort unten ihren Schäferhund spazieren. Die Teenager sind hier. Das junge Pärchen, mit dem wir uns letzte Woche unterhalten haben, steht da am Tunnel drüben. Wo ist die alte Japanerin?«

»Sie könnte doch krank sein. Im Moment geht die Grippe um. Himmel noch mal, vielleicht ist sie gestorben. So jung war sie schließlich auch nicht mehr.«

Bei seinen Worten verging mir der Appetit auf meine Schokoladencremetorte. »Vielleicht sollten wir nach ihr sehen.«

Greg seufzte. »Sharon, spar dir die Rumschnüffelei für zahlende Kunden auf. Mach nicht aus allem einen Kriminalfall.«

Greg hatte mich schon oft bezichtigt, ich ordne meine Logik dem unter, was er meine »weibliche Intuition« nannte – was mich sogar noch mehr störte als seine Anspielungen auf meinen »Fährtenleserinstinkt«. Ich wusste, dass das nicht stimmte; ich ließ einfach den Ahnungen, denen jeder gute Ermittler nachgeht, ungehindert Spielraum. Da ich dieses Thema im Moment jedoch nicht erörtern wollte, ließ ich es fallen.

Doch am nächsten Morgen, einem Montag, saß ich in dem Zimmerchen – einst ein begehbarer Schrank – das mir bei All Souls als Büro diente, und rätselte immer noch, was es mit der verschwundenen Frau auf sich hatte. Eine Akte über einen besonders langweiligen Mieterstreit lag offen vor mir auf dem Schreibtisch. Schließlich klappte ich sie zu und polterte durch den Korridor des viktorianischen Backsteinbaus auf die Eingangstür zu.

»Bin in ein paar Stunden wieder da«, sagte ich zu Ted, dem Sekretär.

Er nickte, während er weiter emsig die Tasten seiner neuen Selectric betätigte. Ich warf der Schreibmaschine einen bösen Blick zu. Sie war meiner Meinung nach ein Luxus – das Geld, das sie kostete, hätte man besser für Gehälter ausgegeben. All Souls, wo man den Kunden die Honorare nach einem Staffeltarif je nach Einkommen berechnete, bezahlte so wenig, dass einige der Anwälte zum Ausgleich kostenlos im ersten Stock wohnen konnten. Ich wohnte in einem Apartment im Mission District, das mir so vorkam, als würde es täglich kleiner.

Vor mich hin brummelnd, ging ich zu meinem Wagen hinaus und fuhr zum Restaurant oberhalb der Sutro Baths.

»Die alte Frau, die auf der Klippe wilden Senf sammelt«, sagte ich zu dem Mann an der Kasse, »war die gestern hier?«

Er überlegte. »Ich glaub schon. Gestern war doch Sonntag. Sonntags ist sie immer hier. Ich hab sie so um acht gesehen, als wir aufgemacht haben. Sie kommt immer früh und bleibt bis etwa um zwei.«

Doch um elf war sie schon weg gewesen. »Kennen Sie sie? Wissen Sie, wo sie wohnt?«

Er musterte mich neugierig. »Nein, keine Ahnung.«

Ich dankte ihm und ging hinaus. Ich kam mir dumm vor, wie ich da eine Weile neben dem Great Highway stehen blieb und begann dann den Trampelpfad hinunterzusteigen, auf die Stelle zu, wo der wilde Senf wuchs. Auf halber Strecke begegnete ich den beiden Jugendlichen. Wieso waren die nicht in der Schule? Hatten sie vermutlich geschmissen.

Sie hasteten vorbei, wichen wie die meisten Kids meinem Blick aus. Ich hielt sie auf. »He, ihr wart doch gestern hier, stimmt's?«

Der mit dem Schnurrbärtchen nickte.

»Habt ihr die alte Japanerin gesehen, die immer Unkraut zupft?«

Er runzelte die Stirn. »An die erinner ich mich nicht.«

»Wann seid ihr hergekommen?«

»Ach, spät! Echt spät. Am Samstagabend war nämlich 'ne Party.«

»Ich erinner mich auch nicht, dass ich sie gesehen hätte«, sagte der andere, »aber vielleicht war sie auch schon wieder weg, als wir gekommen sind.«

Ich dankte ihnen und steuerte auf die Ruinen unten zu.

Ein Stückchen weiter im Dickicht, durch das sich der Fußweg schlängelte, fiel mir etwas ins Auge, und ich blieb abrupt stehen. Ein ordentliches Häuflein grüner Plastiktüten lag dort und obendrauf ein Paar abgestoßene schwarze Schuhe. Offenbar war sie mit dem Bus hergefahren, in Straßenschuhen, und hatte sich erst für die Arbeit die Turnschuhe angezogen. Wieso sollte sie weggehen, ohne ihr Schuhwerk zu wechseln?

Ich eilte durchs Dickicht auf die Stelle mit dem wilden Senf zu.

Dort im Grünzeug lag noch eine Tüte, deren Farbe mit dem Blattwerk verschmolz. Ich machte sie auf. Sie war bis zu einem Viertel gefüllt mit welkendem Senfgemüse. Sie hatte nicht viel Zeit gehabt, auf Nahrungssuche zu gehen, gar nicht viel Zeit.

Inzwischen ernsthaft besorgt, rannte ich zum Great Highway hinauf. Von der Telefonzelle im Restaurant aus wählte ich Gregs Durchwahlnummer im San Francisco Police Department. Belegt. Ich holte meine Münze wieder heraus und rief bei All Souls an.

»Irgendwelche Anrufe?«

Im Hintergrund ratterte Teds Schreibmaschine. »Nein, aber Hank will dich sprechen.«

Hank Zahn, mein Chef. Zerknirscht fiel mir plötzlich die Besprechung ein, die vor einer halben Stunde hätte beginnen sollen. Er kam an den Apparat.

»Wo zum Teufel steckst du?«

»Äh, in einer Telefonzelle.«

»Was ich sagen will, wieso bist du nicht hier?«

»Ich kann's erklären –«

»Ich hätte es wissen müssen.«

»Was?«

»Greg hat mich schon gewarnt, du wärst unterwegs und würdest irgendwas ermitteln.«

»Greg? Wann hast du denn mit ihm gesprochen?«

»Vor 'ner Viertelstunde. Du sollst ihn anrufen. Es sei wichtig.«

»Danke!«

»Moment mal –«

Ich hängte auf und wählte wieder Gregs Nummer. Er meldete sich, klang gehetzt. Ohne lange Vorrede erklärte ich ihm, was ich im wilden Senf gefunden hatte.

»Deswegen hab ich dich angerufen.« Seine Stimme klang ungewöhnlich sanft. »Wir haben es heute früh erfahren.«

»Was erfahren?« Mein Magen krampfte sich zusammen.

»Die Identifizierung einer Leiche, die gestern Abend in der Nähe von Devil's Slide angespült wurde. Sie ist anscheinend bei Ebbe ins Wasser, sonst wäre sie viel weiter ins Meer hinausgetrieben worden.«

Ich schwieg.

»Sharon?«

»Ja, ich bin noch dran.«

»Du weißt, wie es dort draußen ist. Auf den Schildern wird vor dem Klettern gewarnt. Die Strömung ist tückisch.«

Aber ich hatte die alte Japanerin nie, fast ein ganzes Jahr lang nicht, in der Nähe des Meeres gesehen. Sie war immer auf dem Hang, wo ihr Grünzeug wuchs. »Wann war Ebbe, Greg?«

»Gestern? Etwa morgens um acht.«

Ungefähr um die Zeit, als der Kassierer des Restaurants sie bemerkt hatte, und einige Stunden, bevor die Jugendlichen angekommen waren. Und dazwischen? Was war dort draußen geschehen?

Ich hängte auf und blieb nachdenklich auf dem Hang oben stehen. Wonach sollte ich Ausschau halten? Was konnte ich überhaupt finden?

Ich wusste es nicht, hatte jedoch das sichere Gefühl, dass die alte Frau nicht aus Versehen ins Meer gefallen war. Sie war immer so geschickt auf diesen Klippen herumgeklettert.

Ich begann hinunterzusteigen, bemerkte dabei die Schuhe und die Tüten im Dickicht, und stapfte entschlossen am wilden Senf vorbei auf den verlassenen Laster zu. Ich ging einmal ganz herum, begutachtete ihn innen und außen, konnte aber nichts Verdächtiges finden. Dann steuerte ich auf den Tunnel in der Klippe zu.

Die Stelle, an Sonntagen so überfüllt, war jetzt kaum belebt. Die Bewohner von San Francisco gingen ihren Alltagsgeschäften nach, und die Besucher aus den beim nahe gelegenen Cliff House geparkten Reisebussen trauten sich nicht, dorthinunter zu klettern. Nur die Jugendlichen waren zu sehen. Sie standen am Tunneleingang und beobachteten mich. Etwas an ihrer Haltung verriet mir, dass sie Angst hatten. Ich beschleunigte meinen Schritt.

Die Jungen steckten die Köpfe zusammen. Dann wirbelten sie herum und rannten in die Tunnelmündung hinein.

Ich lief ihnen nach. Wieder hatte ich die falschen Schuhe an. Ich kickte sie von den Füßen und rannte durch den groben Sand. Die Jungen hatten den Tunnel zur Hälfte durchquert.

Der eine blieb stehen und untersuchte aufgeregt einen Spalt in der Wand. Ich betete, dass er nicht dort durchstürzte, in die tosenden Wellen darunter.

Er drehte sich um und rannte seinem Gefährten nach. Sie verschwanden am Ende des Tunnels.

Ich erreichte den festgetrampelten Erdboden und beschleunigte mein Tempo. Am Ausgang wurde ich langsamer und kam etwas vorsichtiger näher. Zuerst dachte ich, die Jungen wären verschwunden, doch dann sah ich hinunter. Dort unten auf einem Vorsprung kauerten sie. Ihre Gesichter waren verängstigt und jung, so jung.

Ich blieb stehen, wo sie mich sehen konnten, und machte eine beruhigende Geste. »Kommt wieder rauf«, sagte ich. »Ich tu euch nichts.«

Der mit dem Schnurrbärtchen schüttelte den Kopf.

»Ihr könnt aber doch nirgends hin. In der Brandung könnt ihr nicht schwimmen.«

Sie schauten gleichzeitig nach unten. Dann sahen sie wieder mich an und schüttelten beide den Kopf.

Ich machte einen Schritt auf sie zu. »Egal, was passiert ist, es hätte nicht –« Plötzlich spürte ich, wie der Boden nachgab. Mein Fuß glitt aus, und ich stürzte vornüber. Ich fiel auf ein Knie, meine Arme suchten aufgeregt nach Halt.

»O Gott!«, rief der schnurrbärtige Junge. »Sie nicht auch noch!« Er stand schwankend auf, die Arme ausgestreckt.

Ich rutschte immer weiter abwärts. Der Junge griff herauf und packte mich am Arm. Er taumelte an den Rand zurück, und wir fielen zusammen auf den harten, felsigen Untergrund. Einen Augenblick blieben wir beide keuchend liegen. Als ich mich schließlich aufsetzte, stellte ich fest, dass wir uns nur Zentimeter vom steilen Abfall zur Brandung befanden.

Der Junge setzte sich ebenfalls auf, den angstvollen Blick auf mich gerichtet. Sein Gefährte presste sich an die Klippenwand.

»Schon okay«, sagte ich mit zitternder Stimme.

»Ich dachte, Sie fallen runter, wie die alte Frau«, sagte der Junge neben mir.

»Es war ein Unfall, nicht wahr?«

Er nickte. »Wir wollten nicht, dass sie runterfällt.«

»Habt ihr sie gehänselt?«

»Ja. Haben wir immer, bloß so zum Spaß. Aber diesmal sind wir zu weit gegangen. Wir haben uns ihre Tasche geschnappt. Da ist sie uns nach.«

»Durch den Tunnel, bis hierher.«

»Ja.«

»Und dann ist sie ausgerutscht.«

Der andere Junge rückte von der Wand weg. »Wir wollten nicht, dass es passiert, ehrlich. Es war bloß – sie war so alt. Sie ist ausgerutscht.«

»Wir haben sie fallen sehen«, sagte sein Gefährte. »Wir konnten gar nichts machen.«

»Was habt ihr mit der Tasche gemacht?«

»Haben wir ihr hinterhergeschmissen. Es waren bloß zwei Dollar drin. Zwei lausige Dollar.« In seiner Stimme schwang Verwunderung mit. »Können Sie sich das vorstellen, rennt uns den ganzen Weg hinterher wegen zwei Dollar?«

Ich stand vorsichtig auf und hielt mich dabei an dem Felsen fest. »Okay«, sagte ich. »Und jetzt raus hier.«

Sie sahen einander an, dann in die Brandung hinunter.

»Na los. Wir reden noch drüber. Ich weiß, ihr wolltet nicht, dass sie stirbt. Und ihr habt mir das Leben gerettet.«

Sie rappelten sich auf, hielten aber Abstand zu mir. Ihre Gesichter unter der Sonnenbräune waren bleich, ihre Augen voller Angst. Sie waren so jung. Für sie, Kinder des Kreditkartenzeitalters, war es unvorstellbar, dass jemand wegen zwei Dollar bis zum Tod kämpfen würde. Und die Japanerin war so alt gewesen. Für sie, die sich mühsam mit wildem Senf durchschlug, hatten die zwei Dollars wahrscheinlich den Unterschied zwischen Leben und Tod bedeutet.

Ich fragte mich, ob sie es je begreifen würden.

Jemima Shore am sonnigen Grab
von
ANTONIA FRASER

Lady Antonia Fraser (* 1932), die in London geborene Tochter von Lord Longford, schloss ihr Geschichtsstudium am Lady Margaret Hall in Oxford mit dem Bachelor und Magister ab und wirkte als Herausgeberin der Reihe *Kings and Queens of England* beim Verlag Weidenfeld, bevor sie im Jahre 1956 Hugh Fraser heiratete. Sie schrieb zunächst Kinderbücher über König Arthur und Robin Hood, gefolgt von *Dolls* (1963; dt. *Schöne Puppen*) und *A History of Toys* (1966; dt. *Spielzeug*). Mit ihrem höchst erfolgreichen Werk *Mary Queen of Scots* (1969; dt. *Maria, Königin der Schotten*) wurde sie zur Bestsellerautorin im Bereich britischer Geschichte und Biografie. Es folgten Bücher über Cromwell, Jakob I., Karl II. und über die Ehefrauen Heinrichs VIII. Zu ihrem breiten literarischen Hintergrund gehören auch eine Übersetzung von Christian Diors Autobiografie aus dem Französischen, Hör- und Fernsehspiele sowie die Herausgabe von zahlreichen Lyrikanthologien. Nachdem ihre erste Ehe 1977 auseinander gegangen war, heiratete sie 1980 den Dramatiker Harold Pinter.

Mit *Quiet as a Nun* (1977) wandte sie sich der Kriminalliteratur zu; es war der erste Roman mit Jemima Shore, eine der ersten und erfolgreichsten Spürnasen aus der Welt des Fernsehjournalismus. In der überarbeiteten Ausgabe seiner Geschichte der Kriminalliteratur, *Bloody Murder* (1992), schrieb Julian Symons, man könne Fraser »mit Fug und Recht als feministische Autorin, allerdings auch als Vertreterin des anheimelnden, beschaulichen Krimis bezeichnen. Man merkt den Romanen an, mit welcher Freude sie geschrieben wurden, was einen sehr für sie einnimmt, doch ihre besondere Stärke liegt in den überaus klug konstruierten Plots, wobei mir *Cool Repentance* (1982) am brillantesten erscheint.«

In »Jemima Shore am sonnigen Grab« zeigt die Aufklärung eines Rätsels, gepaart mit einer Spur Romantik vor einem exotischen Hintergrund die Autorin und ihre Hauptfigur in Hochform.

Jemima Shore am sonnigen Grab

»This is your graveyard in the sun –« Der hoch gewachsene, junge Mann, der ihr den Weg verstellte, sang die Worte lässig, aber deutlich. Es dauerte einen Augenblick, bis Jemima Shore merkte, welche Botschaft er zur Melodie jenes berühmten Calypso intonierte. Sie trat einen Schritt zurück. Es war eine unheimliche und nicht besonders einladende kleine Parodie.

»This is my island in the sun
Where my people have toiled since time begun –«

Seit ihrer Ankunft in der Karibik, wollte ihr scheinen, hatte sie das Lied nun schon im Ohr. Wie alt es wohl war? Wie viele Jahre war es her, seit es sich durch den unvergleichlichen Harry Belafonte zum ersten Mal in aller Bewusstsein geprägt hatte? Egal. Wie alt er auch sein mochte, der Calypso wurde auf Bow Island auch heute noch mit Charme, Inbrunst und einer gewissen Erbarmungslosigkeit gesungen, ebenso auf den anderen Westindischen Inseln, die sie im Laufe ihrer Reise besucht hatte.

Natürlich war es nicht das einzige Lied, das es dort gab. Laute Musik, hatte sie festgestellt, gehörte untrennbar zum karibischen Leben dazu, und damit fing es schon am Flughafen an. Der schwere, unwiderstehliche Rhythmus der Steelbands, der weinerliche Schmelz in den Stimmen der Sänger, all das war bis tief in die Nacht immer irgendwo, wenn nicht überall auf den Inseln zu hören: der fröhliche Klang von Freiheit, Tanz, Alkohol (Rumpunsch) und – jedenfalls für die Touristen – der Klang von Urlaub.

Für Jemima Shore, ihres Zeichens Reporterin, waren es keine Urlaubsklänge. Offiziell jedenfalls nicht. Das war aber auch ganz gut, denn Jemima gehörte vom Temperament her zu den Leuten, für die der beste Urlaub immer der war, bei dem sich etwas Arbeit mit reichlich Vergnügen paarte. Sie konnte es kaum glauben, als Megalith Television, ihr Arbeitgeber, eine Sendung genehmigte, die sie Ende Januar aus dem eiskalten Großbritannien in die sonnige Karibik führte. Es war die Umkehrung der üblichen Praxis, nach der Cy Fredericks – Jemimas Chef und auch Chef von Megalith – normalerweise im Februar in der Karibik ausspannte, während Jemima, wenn überhaupt, eher im unangenehm feuchten August dorthin beordert wurde. Noch dazu war es ein faszinierendes Projekt. Dieses Jahr war definitiv ihr Glücksjahr.

»This is my island in the sun –« In Wirklichkeit hatte der junge Mann da vor ihr aber »your *graveyard* in the sun« gesungen. Friedhof? Ihrer? Oder wessen? Da der Mann zwischen Jemima und dem historischen Grab stand, dem ihr Besuch galt, war es durchaus denkbar, dass er nicht nur aggressiv war, sondern auch irgendein Revier verteidigte. Aber dann wiederum – wohl eher nicht. Es war ein Scherz, ein fröhlicher Scherz an einem freundlichen, sehr sonnigen Tag. Der Gesichtsausdruck des jungen Mannes wirkte auf sie allerdings eher bedrohlich.

Jemima erwiderte seinen Blick mit jenem ganz speziellen, zuckersüßen Lächeln, das den Zuschauern im britischen Fernsehen so vertraut war. (Die gleichen Zuschauer wussten aber auch aus Erfahrung, dass Jemima, so süß ihr Lächeln sein mochte, sich von niemandem etwas bieten ließ, jedenfalls nicht in ihrer Sendung.) Bei genauerem Hinsehen war der Mann eigentlich gar nicht so jung. Sie sah sich jemandem in etwa ihrem Alter gegenüber – Anfang dreißig. Er war weiß, wenn auch so tief gebräunt, dass sie ihn nicht für einen Touristen hielt, sondern für ein Mitglied jener kleinen, loyalen Gruppe von Europäern auf Bow Island, einer Insel, die mächtig stolz auf ihre kürzlich erworbene Unabhängigkeit von einem weit größeren Nachbarn war.

Die Körpergröße des Fremden war, im Gegensatz zu seinem jugendlichen Alter, keine Täuschung. Er überragte Jemima, die ihrerseits nicht gerade klein war. Außerdem war er durchaus ansehnlich, oder wäre es jedenfalls gewesen, hätte er nicht diese seltsam geformte, ziemlich große Nase mit hohem Nasenrücken und ausgeprägt hakenförmiger Wölbung gehabt. Und doch war der Eindruck, obgleich die Ebenmäßigkeit seiner Züge durch diese Nase gestört wurde, nicht unattraktiv. Wie so ziemlich jedes männliche Wesen auf Bow Island, ob schwarz oder weiß, trug er rohweiße Baumwollshorts. Sein orangegelbes T-Shirt zeigte das bekannte Emblem oder Wappen der Insel: die in Schwarz gehaltene Silhouette eines Bogens und eine schwarze Hand, die ihn spannte. Unter dem Emblem war einer der – auch wiederum recht fröhlichen – vielfältigen Slogans aufgedruckt, die aus dem Inselnamen ein Wortspiel machten. Auf diesem hier stand zu lesen: DIES IST DAS ENDE DES SONNENBOGENS!

Nein, bei so einem freundlichen T-Shirt hatte er bestimmt nicht vor, aggressiv zu sein.

Seltsam an der ganzen Begegnung war daher die Tatsache, dass der Fremde Jemima immer noch absolut reglos den Weg verstellte. Sie konnte das große steinerne Archer-Grabmal, das sie von den Postkarten kannte, direkt hinter ihm erspähen. Für so eine relativ kleine Insel war Bow Island bemerkenswert reich an historischen Überresten. Admiral Nelson hatte die Insel seinerzeit mit seiner Flotte besucht, denn wie die benachbarten Inseln war auch Bow Island in die Napoleonischen Kriege verwickelt gewesen. Etwa zweihundert Jahre davor waren erst die Briten, dann die Franzosen und dann wieder die Briten eingefallen und hatten die Insel besiedelt, die einst den Kariben und davor den Aruaks gehört hatte. Schließlich waren in diesen Schmelztiegel dann noch gewaltsam Afrikaner verbracht worden, um auf den Zuckerrohrplantagen zu arbeiten, auf denen der Reichtum der Insel basierte. Alle diese Elemente hatten in unterschiedlichem Maße zur Herausbildung des Menschenschlags beigetragen, der sich nun untereinander lässig als Bo'länder bezeichnete.

Das Archer-Grabmal, das Jemima gewissermaßen über den Atlantik hierher geführt hatte, gehörte in die Zeit der zweiten – und letzten – britischen Besiedlung. Hier lag der berühmteste Gouverneur in der Geschichte von Bow Island begraben, Sir Valentine Archer. Sogar der Name der Insel erinnerte an seine lange Herrschaft. Ursprünglich war Bow Island nach einer Heiligen benannt, und während es stimmte, dass die Insel ungefähr die Form eines Bogens besaß, war es Gouverneur Archer gewesen, der die Umbenennung durchgesetzt hatte: um auch rituell darauf hinzuweisen, dass dieser ganz bestimmte »archer« (Bogenschütze) die Herrschaft über diesen ganz bestimmten »bow« (Bogen) innehatte.

Jemima wusste bereits, dass das prächtig gemeißelte Monument Sir Valentine Archer und an seiner Seite seine Gattin Isabella darstellte. Diese doppelte steinerne Totenbahre war mit einem weißen Holzüberbau versehen, der an eine kleine Kirche gemahnte, was entweder dem ganzen Monument zusätzliche Bedeutung verleihen sollte – obwohl es den kleinen Kirchhof sicher seit jeher allein durch seine Größe beherrscht hatte – oder aber es vor der Witterung schützen sollte. Jemima hatte gelesen, dass entgegen der im siebzehnten Jahrhundert gängigen Praxis auf dem Grabstein keine Archer-Kinder verzeichnet waren. Der Grund dafür war, wie ein örtlicher Historiker es feinfühlig ausdrückte, dass Gouverneur Archer sozusagen der Vater der gesamten Insel gewesen war. Oder in den Worten eines Calypso, den man nur auf Bow Island sang:

»Übers Meer kam der alte Sir Valentine –
Und wurde dein Daddy, und wurde der mein'.«

Kurz gesagt: Ein einzelnes Monument konnte nicht die Nachkommenschaft eines Mannes umfassen, der angeblich mehr als hundert Kinder gezeugt hatte, ob nun ehelich oder unehelich. Die eheliche Linie war inzwischen allerdings im Aussterben begriffen. Ein Besuch bei Miss Isabella Archer – zumindest offiziell der Letzten ihres Geschlechts – war der eigentliche Grund für Jemimas Reise in die Karibik. Sie hoffte, eine Sendung über die alte Dame und ihr Zuhause zu machen, das Archer Plantation House, dessen Einrichtung angeblich seit fünfzig Jahren nicht verändert worden war. Auch wollte sie Miss Archer generell zu den Veränderungen befragen, die diese zu ihren Lebzeiten in diesem Teil der Welt beobachtet hatte.

»Greg Harrison«, sagte der Mann plötzlich, der Jemima den Weg versperrte. »Und das ist meine Schwester Coralie.« Ein Mädchen, das bislang – von Jemima unbemerkt – im Schatten des geschwungenen Kirchenvordachs gestanden hatte, trat nun schüchtern hervor. Sie war ebenfalls sehr braun, und ihr helles Haar, das die Sonne fast flachsblond gebleicht hatte, war zu einem Pferdeschwanz zusammengebunden. Seine Schwester. Bestand da eine Ähnlichkeit? Coralie Harrison trug auch ein orangegelbes T-Shirt, war ihrem Bruder aber sonst nicht sehr ähnlich, da sie ziemlich klein war und eher ansprechende als schöne Züge hatte – außerdem fehlte ihr, was vielleicht ein Glück war, die dominante Nase ihre Bruders.

»Willkommen auf Bow Island, Miss Shore«, setzte sie an, doch ihr Bruder unterbrach sie und streckte Jemima seine große, muskulöse Hand hin, die von der Sonne nussbraun gebrannt war.

»Ich weiß, warum Sie hier sind, und es passt mir nicht«, sagte Greg Harrison. »Um alte Geschichten aufzuwärmen. Wieso lassen Sie Miss Izzy nicht in Frieden sterben?« Der Kontrast zwischen seinem vermeintlich freundlichen Händedruck und den feindseligen, wenn auch ruhig ausgesprochenen Worten war verstörend.

»Ich heiße Jemima Shore«, sagte sie, obwohl er das offenbar schon wusste. »Ob es wohl gestattet ist, das Archer-Grabmal zu besichtigen? Oder geht das nur über Ihre Leiche?« Wieder lächelte Jemima ihn zuckersüß an.

»Über *meine* Leiche!« Greg Harrison erwiderte ihr Lächeln. Es wirkte jedoch nicht sonderlich erwärmend. »Sind Sie denn bis an die Zähne bewaffnet hergekommen?« Bevor sie antworten konnte, begann er wieder den berühmten Calypso zu summen. Jemima dachte sich den Text dazu: »This is your graveyard in the sun.« Dann fügte er hinzu: »Wäre vielleicht gar keine schlechte Idee, wo Sie doch Sachen ausbuddeln wollen, die besser begraben bleiben sollten.«

Nun war Jemima der Ansicht, es war genug geredet worden. Greg Harrison gewandt umgehend, schritt sie entschlossen auf das Archer-Grabmal zu. Dort lag das gemeißelte Paar. Sie las: »Im seligen Angedenken an Sir Valentine Archer, den ersten Gouverneur dieser Insel, und seine einzige Frau Isabella, Tochter von Randal Oxford, Edelmann.« Sie fühlte sich kurz an ihr Lieblingsgedicht von Philip Larkin über das Arundel-Grabmal erinnert. Es begann so: »Seit' an Seit' – der Trauerflor hineingewirkt in schweren Stein –, so ruht das Paar« und endete so: »Was von uns bleibt, ist unsre Liebe nur.«

Jenes Paar lag jedoch tausend Meilen entfernt in der klösterlichen Kühle der Kathedrale von Chichester, und hier brannte die tropische Sonne auf ihren unbedeckten Kopf herunter. Sie merkte, dass sie als Zeichen des Respekts ihren großen Strohhut abgenommen hatte, und setzte ihn rasch wieder auf. Auch wuchsen hier im Kontrast zu der sehr englisch wirkenden steinernen Kirche mit den spitzen gotischen Fenstern Palmen statt Eiben zwischen den Gräbern, und ihre schlanken Stämme bogen sich wie Giraffenhälse in der Brise. Einer romantischen Anwandlung folgend, hatte sie am Arundel-Grabmal einmal weiße Rosen niedergelegt. In dem Moment, als sie an diese Geste denken musste, fiel ihr Blick auf die vor ihr auf den Stein gehäuften leuchtend rosa und orangegelben Hibiskusblüten. Ein Schatten fiel darüber.

»Die legt Tina immer hin.« Greg Harrison war ihr gefolgt. »Jeden Tag, wenn sie es schafft. An den meisten Tagen. Dann erzählt sie Miss Izzy davon. Rührend, nicht?« Es hörte sich nicht so an, als fände er es besonders rührend. Tatsächlich lag in seinem Ton so viel Bitterkeit, ja Bösartigkeit, dass es Jemima auf dem sonnigen Friedhof kalt über den Rücken lief. »Oder ist es abstoßend?«, fügte er mit nun ziemlich unverhohlener Feindseligkeit hinzu.

»Greg«, murmelte Coralie Harrison leise, wie unter Protest.

»Tina?«, sagte Jemima. »Das ist doch Miss Archers – Miss Izzys – Gesellschafterin. Wir haben uns geschrieben. Ich kann mich im Moment nicht an ihren Nachnamen erinnern.«

»Heutzutage kennt man sie als Tina Archer, werden Sie feststellen. Als sie Ihnen geschrieben hat, hat sie vermutlich mit Tina Harrison unterzeichnet.« Harrison grinste Jemima hämisch an, doch hatte sie den Nachnamen der Gesellschafterin tatsächlich vergessen gehabt – es war schließlich kein besonders ungewöhnlicher.

Sie wurden von lautem Rufen unterbrochen, das von der Straße herüberschallte. Jemima sah einen jungen Schwarzen am Lenkrad eines dieser praktischen Mini-Cabrios, mit denen auf Bow Island anscheinend jeder herumfuhr. Er stand auf und begann irgendetwas zu rufen.

»Greg! Cora! Kommt ihr auch zum –« Der Rest entging ihr – irgendwie ging es um ein Boot und einen Fisch. Coralie Harrison strahlte plötzlich, und für einen kurzen Moment wirkte sogar Greg Harrison richtig erfreut.

Er winkte zurück. »He, Joseph. Komm und sag Miss Jemima Shore von der BBC guten Tag!«

»Megalith Television«, unterbrach ihn Jemima, jedoch vergeblich. Harrison fuhr fort:

»Du weißt schon, Joseph. Sie macht eine Sendung über Miss Izzy.«

Der Mann sprang elegant aus dem Wagen und kam den palmengesäumten Fußweg herauf. Jemima sah, dass auch er ungewöhnlich groß war. Und wie die überwiegende Mehrheit der Bo'länder, denen sie bisher begegnet war, wirkte er auf natürliche Weise athletisch. Wie auch immer sich die Mischung aus Kariben, Afrikanern und anderen Völkern zusammensetzte, aus der sie einmal hervorgegangen waren – auf jeden Fall waren die Bo'länder wunderschön. Er küsste Coralie auf beide Wangen und klopfte ihrem Bruder freundschaftlich auf den Rücken.

»Miss Shore, das hier ist Joseph« – noch bevor Greg Harrison den Nachnamen ausgesprochen hatte, sah Jemima an seinem boshaften Gesichtsausdruck, wie er vermutlich lauten würde – »Joseph Archer. Zweifellos einer von den zehntausend Abkömmlingen des zeugungsfreudigen alten Herrn, dessen Grab Sie da so verzückt betrachten.« Was von uns bleibt, ist unsre Liebe nur… Von wegen, dachte Jemima respektlos, während sie Joseph Archers Hand ergriff. Philip Larkin in allen Ehren, doch wie es schien, war von Sir Valentine weit mehr als das übrig geblieben.

»O, Sie werden feststellen, dass wir hier in der Gegend alle Archer heißen«, brummte Joseph liebenswürdig. Im Gegensatz zu Greg Harrison wirkte sein Willkommensgruß aufrichtig herzlich. »Und was Sir Val-en-tine betrifft« – er sprach es Silbe für Silbe aus wie den Calypso –, »schenken Sie den Geschichten nicht allzu viel Aufmerksamkeit. Wie könnte es sonst sein, dass wir nicht alle in dem schönen alten Plantagenhaus wohnen?«

»Statt bloß meine Exfrau. Nein, Coralie, sag nichts. Ich könnte sie umbringen für das, was sie da anstellt.« Wieder lief Jemima bei der geballten Gewalt in Greg Harrisons Stimme ein kalter Schauer den Rücken hinunter. »Komm, Joseph, schauen wir mal nach deinem Fisch. Komm, Coralie.« Er marschierte ohne ein Lächeln davon, begleitet von Joseph, der jedoch lächelte. Coralie erkundigte sich noch, ob sie für Jemima irgendetwas tun könnte. Sie gab sich immer noch schüchtern, in Abwesenheit ihres Bruders jedoch weitaus freundlicher. Auch hatte Jemima den starken Eindruck, dass Coralie Harrison ihr etwas mitteilen wollte, etwas, was ihr Bruder nicht unbedingt hören sollte.

»Ich könnte Ihnen vielleicht manche Dinge –« Coralie schwieg. Jemima sagte nichts. »Erklären«, fuhr Coralie fort. »So eine Insel hat so viele unterschiedliche Aspekte. Auch wenn sie so klein ist, begreift ein Außenseiter trotzdem nicht immer –«

»Und ich bin der Außenseiter? Na ja, stimmt ja auch.« Jemima hatte angefangen, zur späteren Verwendung eine Skizze von dem Grabmal zu machen, wofür sie eine kleine, aber nützliche Begabung besaß. Sie verkniff sich die ehrliche, wenngleich etwas platte Bemerkung, dass ein Außenseiter manchmal auch gewisse Eigenheiten des Ortes klarer erkennen könne als die Beteiligten – denn sie wollte wissen, was Coralie sonst noch zu sagen hatte. Würde sie ihr zum Beispiel erklären, woher Gregs ziemlich unverhohlene Abneigung gegen seine frühere Frau rührte?

Ein ungeduldiger Schrei ihres Bruders, der inzwischen neben Joseph im Wagen saß, bedeutete allerdings, dass Coralie im Moment nichts mehr hinzuzufügen hatte. Sie eilte den Fußweg hinunter, und Jemima blieb allein zurück und wandte sich mit neuem Interesse ihrem bevorstehenden Besuch bei Isabella Archer im Archer Plantation House zu. Zu diesem Besuch gehörte – wie sie annahm – wohl auch eine Begegnung mit Miss Archers Gesellschafterin, die wie ihre Arbeitgeberin gegenwärtig dort in aller Behaglichkeit lebte.

Behaglichkeit! Selbst aus der Entfernung strahlte das klobige, niedrig gebaute Anwesen eine gewisse Behaglichkeit aus, als sie später am Nachmittag dort ankam. Darüber hinaus vermittelte es den Eindruck von anmutiger, etwas altmodischer Geruhsamkeit. Als Jemima ihren gemieteten Mini die lange Auffahrt entlang steuerte – wo die Palmen noch viel höher als auf dem Friedhof waren –, konnte sie sich gut vorstellen, zurück in die Zeit von Gouverneur Archer zu reisen, zu seinen üppigen Banketts, Gesellschaften und Bällen, wo die Gäste von schwarzen Sklaven bedient wurden.

In dem Moment erschien eine junge Frau mit kaffeebrauner Haut und kurzem, schwarz gelocktem Haar auf den Stufen vorm Haus. Anders als die Serviererinnen in Jemimas Hotel, die zum Dinner ein veraltetes Mischmasch von Dienstbotenuniformen trugen – grellfarbige knöchellange Kleider, weiße Musselinschürzen und Turbane –, trug dieses Mädchen ein knallrotes rückenfreies Oberteil und abgeschnittene Shorts, die den größten Teil ihrer glatten braunen Beine offenbarten. Sie stellte sich als Tina Archer vor.

Es überraschte Jemima Shore kein bisschen, dass man mit Tina Archer – ehemalige Harrison – gut auskommen konnte. Jede Frau, die den feindseligen und ungehobelten Greg Harrison verlassen hatte, war bei Jemima schon gut angeschrieben. Mit der munter zwitschernden, so chic und sogar modisch auftretenden Tina Archer an ihrer Seite wirkte das Innere des Hauses auf sie jedoch noch viel schockierender, als es sonst der Fall gewesen wäre. Es hatte nichts, aber auch gar nichts Modernes an sich. Staub und Spinnweben waren zwar nicht tatsächlich vorhanden, deuteten sich aber in der Düsternis, in dem schweren hölzernen Mobiliar – wo waren die leichten, dem Klima so angemessenen Rohrstühle? – und vor allem in seiner Abgeschiedenheit an. Das Archer Plantation House erinnerte sie an das wie aus einer anderen Zeit stammende Haus von Miss Havisham in *Große Erwartungen.* Noch schlimmer, über dem gesamten Innenraum hing eine Atmosphäre der Traurigkeit. Oder vielleicht war es bloß Einsamkeit, eine Art düstere, sterile Erhabenheit, bei der man irgendwie das Gefühl hatte, dass sie Jahrhunderte in die Vergangenheit zurückreichte.

All dies stand in krassem Gegensatz zu dem auch am späten Nachmittag noch gleißenden Sonnenschein und den leuchtend bunten tropischen Blüten an den üppigen Büschen. Mit alldem hatte Jemima nicht gerechnet. Die in London zusammengetragenen Informationen hatten ihr ein ganz anderes Bild vom Archer Plantation House vermittelt, eines, das eher ihrem ursprünglichen Eindruck entsprach, als sie die palmengesäumte Auffahrt entlang gekommen war – ein Bild altmodischer, sanfter Anmut.

Während Jemima sich noch an diese Überraschung gewöhnte, stellte sie fest, dass Miss Archers Erscheinung genauso erstaunlich war. Nachdem sie sich nämlich von der lockeren, lässigen Tina rasch auf das zerfallende, düstere Haus eingestellt hatte, musste sie sich jetzt mit ebenso großer Geschwindigkeit wieder umgewöhnen. Denn schon der erste Blick auf die alte Dame, die mindestens achtzig war, wie Jemima wusste, vertrieb jeden Gedanken an Miss Havisham. Hier hatte sie keine gealterte, verlassene Braut vor sich, die im zerschlissenen Hochzeitskleid von vor fünfzig Jahren versank. Miss Izzy Archer trug einen unter dem Kinn offenbar mit einem Tüchlein zusammengebundenen Landarbeiterstrohhut, ein lockeres weißes Männerhemd und unterm Knie abgeschnittene, ausgebleichte Blue Jeans. An den Füßen hatte sie ein Paar – wie es schien – braune Kindersandalen. So, wie sie aussah, hatte sie in dieser Montur entweder gerade geduscht oder war schwimmen gewesen. Sie war triefend nass, so dass sich auf dem prächtigen Teppich und den dunklen, blank polierten Bodendielen des Salons mit seinem dunkelroten Brokat und den drapierten, fransenbehangenen Vorhängen, in dem sie Jemima empfangen hatte, große Pfützen bildeten. Dies war sogar in dem gedämpften Licht zu sehen, das durch die schweren braunen Fensterläden drang, die den Blick aufs Meer versperrten.

»Ach, mach doch nicht so ein Theater, Tina, mein Liebes«, rief Miss Izzy ungehalten – obwohl Tina überhaupt nichts gesagt hatte. »Was machen schon ein paar Tropfen Wasser? Flecken? Was denn für Flecken?« (Tina hatte immer noch nichts gesagt.) »Das soll die Regierung in Ordnung bringen, wenn es so weit ist.«

Obwohl Tina Archer immer noch schwieg und ihre Arbeitgeberin freundlich, ja heiter anblickte, versteifte sich ihr Körper irgendwie, erstarrte sie in ihrer höflich lauschenden Haltung. Instinktiv ahnte Jemima, dass sie ziemlich erregt war.

»Ach, sei nicht so, Tina, reg dich doch nicht auf, Liebes.« Inzwischen schüttelte sich die alte Dame wie ein kleiner, aber kräftiger Hund das Wasser ab. »Du weißt schon, was ich meine. Und wenn du's nicht weißt, wer dann – wo ich die meiste Zeit nicht mal selber weiß, was ich meine, geschweige denn, was ich sage. Eines Tages kannst du alles in Ordnung bringen, zufrieden? Schließlich hast du dann ja jede Menge Geld dafür und kannst dir ein paar neue Bezüge und Teppiche leisten.« Mit diesen Worten nahm Miss Izzy Jemima bei der Hand und ging mit ihr, begleitet von der immer noch schweigenden Tina, zu dem am entferntesten stehenden dunkelroten Sofa. Vom Kopf bis zu den Zehenspitzen beträchtlich nass aussehend, setzte sie sich entschlossen mitten darauf.

Auf diese Weise wurde Jemima überhaupt erst klar, dass das Archer Plantation House nach dem Tode seiner Besitzerin nicht zwangsläufig an die neue unabhängige Regierung von Bow Island übergehen würde. Wenn es nach ihr ging, hatte Miss Izzy die Absicht, das Ganze, nämlich Haus und Vermögen, an Tina zu vererben. Dies bedeutete unter anderem, dass Jemima keine Sendung mehr über ein Haus machen würde, das demnächst Nationalmuseum werden sollte – was einen nicht unerheblichen Teil der Vereinbarung ausmachte, die sie auf die Insel geführt und ihr, nebenbei bemerkt, auch die freundliche Unterstützung eben jener neuen Regierung gesichert hatte. War das alles neu? Wie neu? Wusste die neue Regierung darüber Bescheid? Wenn das Testament unterschrieben war, musste sie es ja wissen.

»Heute Morgen habe ich das Testament unterschrieben, Liebes«, erklärte Miss Archer triumphierend, mit ihrer unheimlichen Fähigkeit, unausgesprochene Fragen zu beantworten. »Und bin zur Feier des Tages schwimmen gegangen. Ich feiere nämlich immer alles mit einem schönen Schwimmstündchen – ist doch viel gesünder als Rum oder Champagner. Obwohl *davon* auch noch genügend im Keller ist.«

Sie hielt inne. »So, da sind Sie nun also, meine Liebe! Oder werden Sie sein. *Hier* werden Sie sein. Thompson meint natürlich, es wird Ärger geben. Was soll man anderes erwarten heutzutage? Seit der Unabhängigkeit gibt's nur Ärger. Nicht, dass ich gegen die Unabhängigkeit wäre, absolut nicht. Aber alles Neue bringt auch neuen Ärger, zusätzlich zu all dem alten Ärger, und dadurch wird der Ärger immer größer. Auf Bow Island erledigt sich Ärger nie von selbst. Woran liegt das?«

Miss Izzy wartete die Antwort gar nicht ab. »Nein, ich bin ganz für die Unabhängigkeit und werde Ihnen alles darüber erzählen, meine Liebe« – dabei wandte sie sich an Jemima und legte ihr eine feuchte Hand auf den Ärmel –, »in Ihrer Sendung. Ich bin nämlich eine waschechte Bo'länderin, hier geboren und aufgewachsen.« In der Tat sprach Miss Izzy, im Gegensatz etwa zu Tina, in jenem seltsamen, leicht singsanghaften Tonfall der Inselbewohner, der in Jemimas Ohren nicht unattraktiv klang.

»Im April waren es zweiundachtzig Jahre, dass ich hier in diesem Haus geboren wurde«, fuhr Miss Izzy fort. »Sie müssen zu meiner Geburtstagsparty kommen. Ich wurde während eines Wirbelsturms geboren. Ein guter Start! Meine Mutter starb aber bei der Geburt – sie hätten diesen neumodischen Doktor nicht holen sollen, bloß weil der aus England kam. Ein Vollidiot, ich erinnere mich noch gut an ihn. Eine ordentliche Bo'länder Hebamme hätten sie nehmen sollen, dann wäre meine Mutter nicht gestorben und mein Vater hätte Söhne bekommen ...«

Miss Izzy verlor sich in einer Reihe von Erinnerungen – und während es genau das war, weswegen Jemima gekommen war und was sie hören wollte, eilten ihre Gedanken nun in eine ganz andere Richtung. Ärger? Was denn für Ärger? Wo stand beispielsweise Greg Harrison in dem Ganzen – Greg Harrison, der wollte, dass man Miss Izzy »in Frieden sterben« ließ? Greg Harrison, der mit Tina verheiratet gewesen war und nun nicht mehr? Mit Tina Archer, mittlerweile Erbin eines großen Vermögens.

Und überhaupt – wieso hatte diese offenherzige alte Dame die Absicht, alles ihrer Gesellschafterin zu hinterlassen? Zunächst einmal wusste Jemima nicht, wie viel Bedeutung sie der Sache mit Tinas Nachnamen beimessen sollte. Joseph Archer hatte die ganze Geschichte mit Sir Valentines unzähligen Abkömmlingen lachend abgetan. Aber vielleicht war die schöne Tina auch auf eine ganz spezielle Weise mit Miss Izzy verbunden. Womöglich war sie das Produkt einer jüngeren Verbindung zwischen einem unternehmungslustigen Archer und einer Bo'länder Jungfer. Aus weit jüngerer Zeit als dem siebzehnten Jahrhundert.

Ihre Aufmerksamkeit wurde wieder von Miss Izzys Erinnerungsmonolog angezogen, als diese das Archer-Grabmal erwähnte.

»Haben Sie das Grab gesehen? Tina hat herausgefunden, dass das alles Betrug ist. Ein Riesenschwindel, der da unter der Sonne liegt – ja, Tina, mein Liebes, das hast du mal gesagt. Sir Valentine

Archer, mein Ururur –« Es folgte eine unendliche Menge von »Urs«, bevor Miss Izzy schließlich das Wort »Großvater« aussprach, doch musste Jemima zugeben, dass sie offenbar mitgezählt hatte. »Einen Riesenschwindel hat er da auf seinem Grabstein verewigen lassen.«

»Was Miss Izzy damit meint –« Es war das erste Mal, seit sie den abgedunkelten Salon betreten hatten, dass Tina sich vernehmen ließ. Sie stand immer noch aufrecht da, während Jemima und Miss Izzy schon saßen.

»Sag du mir nicht, was ich meine, mein Kind«, polterte die alte Dame los; ihr Ton war eher gebieterisch als nachsichtig. Tina hätte für einen Augenblick auch eine Plantagenarbeiterin von vor zweihundert Jahren sein können statt ein unabhängig denkendes Mädchen im ausgehenden zwanzigsten Jahrhundert. »Die Inschrift ist ein Schwindel. Sie war gar nicht seine einzige Frau. Schon die Inschrift hätte uns alarmieren sollen. Tina will, dass der armen kleinen Lucie Anne Gerechtigkeit widerfährt, und das will ich auch. Von wegen Unabhängigkeit! Ich war mein ganzes Leben lang unabhängig und habe nicht vor, jetzt damit aufzuhören. Sagen Sie, Miss Shore, Sie sind doch eine clevere junge Frau vom Fernsehen. Wieso sollte man sich die Mühe machen, etwas abzustreiten, es sei denn, es wäre wahr? So arbeiten Sie beim Fernsehen doch, nicht wahr?«

Jemima überlegte, wie sie diese Frage wohl diplomatisch und ohne ihren Berufsstand zu verleumden beantworten sollte, als Tina entschlossen und diesmal auch mit Erfolg ihrer Arbeitgeberin das Heft aus der Hand nahm.

»Ich habe an einer britischen Universität Geschichte studiert, Jemima. Mein Fachgebiet ist Ahnenforschung. Ich habe Miss Izzy geholfen, ihre Papiere zu ordnen für das Museum – beziehungsweise für das damals geplante Museum. Als dann die Anfrage von Ihrem Sender kam, begann ich etwas tiefer zu graben. Dabei stieß ich auf die Heiratsurkunde. Der alte Sir Valentine hat seine junge karibische Mätresse, bekannt unter dem Namen Lucie Anne, *tatsächlich* geheiratet. Spät im Leben – lange nachdem seine erste Frau gestorben war. Lucie Anne war die Mutter seiner beiden jüngsten Kinder. Er wurde allmählich alt und beschloss aus irgendeinem

Grund, sie zu heiraten. Wegen der Kirche vielleicht. Irgendwie war diese Insel ja immer schon recht gottesfürchtig. Vielleicht setzte Lucie Anne, die sehr jung und sehr schön war, den alten Mann unter Druck und nahm dabei die Kirche zu Hilfe. Jedenfalls wären diese beiden letzten Kinder von all den Hunderten, die er gezeugt hatte, dann ehelich gewesen!«

»Und?«, fragte Jemima möglichst aufmunternd.

»Ich stamme von Lucie Anne ab – und von Sir Valentine natürlich.« Ihr süßes Lächeln erwiderte Tina mit einem ebensolchen. »Das habe ich anhand der Kirchenbucheintragungen nachverfolgt – nicht allzu schwierig, wenn man überlegt, wie stark die Kirche hier ist. Nicht allzu schwierig, jedenfalls für eine Expertin. O, ich habe alles mögliche Blut in mir, wie die meisten von uns hier, darunter eine spanische Großmutter und vielleicht auch etwas französisches Blut. Aber die Archer-Abstammung ist absolut direkt und eindeutig.«

Tina schien zu merken, dass Jemima sie voll Respekt betrachtete. Ob sie sich allerdings über die eigentliche Richtung von Jemimas Gedanken im Klaren war? Eine gefährliche, nicht zu unterschätzende Person, überlegte Jemima. Reizend ja, aber nicht zu unterschätzen. Und gelegentlich vielleicht auch skrupellos. Und, um ehrlich zu sein, fragte sich Jemima darüber hinaus, wie sie diese völlig neue Perspektive in ihrer Sendung für Megalith Television präsentieren sollte. Einerseits könnte die Entdeckung der verschollenen Erbin als romantische Aschenbrödelgeschichte interpretiert werden. Andererseits – angenommen, Tina Archer war weniger Erbin als vielmehr Erbschleicherin? Was würde Megalith – was würde Jemima Shore – in dem Fall mit einer intelligenten jungen Frau anfangen, die eine unschuldige alte Dame mit einem Haufen gefälschter historischer Fakten täuschte? So gesehen, konnte Jemima die Verachtung gut verstehen, die der Mann am sonnigen Grab für Tina Archer gezeigt hatte.

»Heute Morgen habe ich am Archer-Grabmal Greg Harrison getroffen«, bemerkte Jemima bedächtig. »Ihren Exmann, nehme ich an.«

»Natürlich ist er ihr Exmann«, ließ sich Miss Izzy an ihrer Stelle vernehmen. »Dieser Nichtsnutz. Vom Tag seiner Geburt an war Gregory Harrison ein Nichtsnutz. Und dann diese Schwester von ihm. Lauter Herumtreiber. Von einem geregelten Job keine Spur. Gehen segeln. Fischen. Als müsste ihnen alles nur so zufliegen.«

»Halbschwester. Coralie ist seine Halbschwester. Und arbeitet in einer Hotelboutique.« Obwohl Tina völlig gelassen sprach, vermutete Jemima wieder, dass sie irgendwie verstimmt war. »Greg ist der Nichtsnutz in der Familie.« Trotz ihrer zur Schau gestellten Ruhe klang in der Bemerkung über ihren früheren Ehemann eine Spur von unterdrückter Wut an. In welcher Bitterkeit musste diese Ehe geendet haben!

»Nichtsnutzig, alle beide. Die Ehe hast du zum Glück hinter dir, Tina, Liebes«, rief Miss Izzy aus. »Nun setz dich doch endlich, mein Kind – du stehst da wie eine Hausangestellte. Wo steckt überhaupt Hazel? Es ist fast halb sechs. Es wird schon bald dunkel. Wir könnten doch auf die Terrasse hinuntergehen, um uns den Sonnenuntergang anzusehen. Wo ist Henry? Der soll uns einen Punsch bringen. Den Archer-Plantagenpunsch, Miss Shore – warten Sie mal, bis Sie den probiert haben. Eine geheime Zutat, wie mein Vater immer sagte –«

Glückselig kehrte Miss Izzy zurück in die Vergangenheit.

»Ich hole uns den Punsch«, sagte Tina, die immer noch stand. »Sagtest du nicht, Hazel könnte heute frei nehmen? Ihre Schwester hat in Tamarind Creek drüben Hochzeit. Henry hat sie hingefahren.«

»Wo ist dann der Junge? Wie heißt er doch gleich? Klein Joseph.« Die alte Dame klang allmählich verdrießlich.

»Einen Jungen gibt es nicht mehr«, erklärte ihr Tina geduldig. »Bloß Hazel und Henry. Und was Joseph betrifft – der kleine Joseph Archer ist inzwischen ganz schön erwachsen geworden, nicht wahr?«

»Aber natürlich ist er das! Ich meine ja auch nicht *den* Joseph – der hat mich doch letzthin besucht. War da denn nicht auch noch ein anderer Junge namens Joseph? Vielleicht war das noch vor dem Krieg. Mein Vater hatte mal einen jungen Stallknecht –«

»Ich hole uns den Rumpunsch.« Tina empfahl sich geschmeidig und verschwand.

»Hübsches Geschöpf«, murmelte Miss Izzy ihr hinterher. »Archer-Blut. Kommt doch immer durch. Man sagt ja auch, die bestaussehenden Bo'länder hießen immer noch Archer.«

Doch als Tina zurückkehrte, hatte sich die Laune der alten Dame schon wieder gewandelt.

»Mir ist kalt und feucht«, verkündete sie. »Ich werde mich noch verkühlen, wenn ich hier sitzen bleibe. Und bald bin ich ganz allein im Haus. Ich hasse es, allein gelassen zu werden. Schon als Kind habe ich das Alleinsein gehasst. Jeder weiß das. Tina, du musst zum Abendessen bleiben. Und Sie, Miss Shore, Sie müssen auch bleiben. Hier am Meer ist es so einsam. Was passiert, wenn jemand einbricht? – Mach nicht so ein Gesicht, böse Menschen gibt's jede Menge. *Das* ist jedenfalls etwas, was seit der Unabhängigkeit nicht besser geworden ist.«

»Natürlich bleibe ich da«, erwiderte Tina leichthin. »Ich habe es mit Hazel vereinbart.« Schuldbewusst überlegte Jemima, ob sie ebenfalls bleiben sollte. An dem Abend fand jedoch in ihrem Hotel die allwöchentliche Strandparty statt – es wurde gegrillt und danach zu einer Steelband getanzt. Jemima, zu Hause eine begeisterte Tänzerin, wollte es hier unbedingt auch einmal ausprobieren. Am Meer unter Sternen zu tanzen hörte sich idyllisch an. Ob Miss Izzy wirklich zusätzliche Gesellschaft brauchte? Über den strohhutbedeckten Kopf der alten Dame hinweg traf sich ihr Blick mit dem von Tina Archer. Diese schüttelte unmerklich den Kopf.

Nach einem Schluck von dem berühmten Rumpunsch – was auch immer die geheime Zutat war, es war der stärkste, den sie auf der Insel je probiert hatte – gelang es Jemima zu entrinnen. Auf Miss Izzy selbst übte der Punsch eine sichtlich entspannende Wirkung aus. Sie wurde rasch ziemlich beschwipst, und Jemima fragte sich, wie lange sie wohl wach bleiben würde. Nächstes Mal sollten sie sich vielleicht an einem frischen Morgen treffen.

Jemima fuhr gerade davon, als die riesige rote Sonne hinten am Horizont versank. Das Geräusch der ans Ufer schlagenden Wellen folgte ihr. Das Archer Plantation House lag einsam auf einer privaten Landzunge am Ende einer langen privaten Palmenallee. Sie konnte es Miss Izzy kaum verdenken, dass sie hier nicht allein gelassen werden wollte. Jemima lauschte dem Wellenrauschen, bis es vom ganz anderen Klang der Steelband aus dem benachbarten Küstendorf übertönt wurde. Das lenkte ihre Gedanken vorübergehend von den jüngsten Ereignissen im Archer Plantation House auf den Abend, der nun vor ihr lag. Für eine gewisse Zeit würde sie abschalten und überhaupt nicht mehr an Miss Isabella Archer denken.

Denn die Strandparty entsprach Jemimas Erwartungen zunächst ganz genau – entspannt, freundlich und laut. Sie merkte, wie ihre Sorgen sich allmählich davonmachten, während sie zum Rhythmus einer Steelband unermüdlich mit den verschiedenen Partnern tanzte, Engländern, Amerikanern, Bo'ländern. Miss Izzys Rumpunsch mit seiner geheimen Zutat war anscheinend absolut tödlich, denn Stunden später war die Wirkung immer noch zu spüren. Sie kam zu dem Schluss, dass sie die großzügig angebotene hoteleigene Mixtur gar nicht brauchte – die unter der üppig mit Muskatnuss bestreuten Oberfläche um einiges schwächer als Miss Izzys Gebräu war. Andere wiederum fanden, der Hotelpunsch war genau das Richtige für sie. Alles in allem war es eine sehr gelungene Party, schon lange bevor die schmale Mondsichel über den inzwischen schwarzen Wassern der Karibik erschien. Als sie kurz einmal allein war, legte Jemima den Kopf in den Nacken, während sie bei den heraufschwappenden Wellen am Rand der Strandes stand, und fixierte den Mond.

»Wollen Sie sich bei dem neuen Mond was wünschen?« Sie wandte sich um. Ein hoch gewachsener Mann – mindestens einen Kopf größer als sie – stand neben ihr im Sand. Sie hatte ihn nicht gehört, denn das sanfte Geräusch der Wellen hatte seine Schritte übertönt. Erst erkannte sie Joseph Archer in seinem locker sitzenden geblümten Hemd und den langen weißen Hosen nicht, so anders sah er aus als der Fischer, dem sie um die Mittagszeit am Grab zum ersten Mal begegnet war.

Und so kam es, dass sich der zweite Teil der Strandparty ganz anders als erwartet abspielte, zumindest von Jemimas Standpunkt aus.

»Ich sollte mir was wünschen. Ich sollte mir wahrscheinlich

wünschen, dass ich eine gute Sendung mache. Das wäre ein guter, professioneller Wunsch.«

»Über Miss Izzy Archer und das alles?«

»Miss Izzy, das Archer Plantation House, Bow Island – und das Archer-Grabmal, den alten Sir Valentine und das alles.« Sie beschloss, Tina Archer und das alles vorerst nicht zu erwähnen.

»Das alles!« Er seufzte. »Hören Sie, Jemima – die Band ist echt gut. Wir sagen alle, dass es momentan die beste auf der Insel ist. Wollen wir tanzen? Über das alles können wir ja morgen früh reden. In meinem Büro.«

Die Bestimmtheit, mit der Joseph Archer dies sagte, sowie die Tatsache, dass er ein Büro erwähnte, weckte bei Jemima Interesse. Bevor sie sich im Rhythmus des Tanzes verlor – und sie glaubte, dass ihr dies mit Joseph Archers Hilfe in Kürze gelänge –, musste sie unbedingt herausfinden, was genau er meinte. Und wer er überhaupt war.

Die zweite Frage war leicht zu beantworten. Sie lieferte auch die Antwort auf die erste. Wenn er dienstfrei hatte, ging Joseph Archer wohl von Zeit zu Zeit fischen oder auch nicht, ansonsten war er jedoch Mitglied der neu gebildeten Bo'länder Regierung. Noch dazu ein ziemlich wichtiges. Wichtig in den Augen der Welt im Allgemeinen, und besonders wichtig in den Augen von Jemima Shore, Enthüllungsjournalistin. Denn Joseph Archer war der Minister, der sich mit Tourismus befasste, wobei sein Mandat sich auf Angelegenheiten wie Umweltschutz, das historische Bo'länder Erbe und – wie er ihr erläuterte – »das zukünftige Archer Plantation House Nationalmuseum« erstreckte.

Wieder schien es nicht der passende Moment, Tina Archer und ihr mögliches zukünftiges Eigentumsrecht am Plantagenhaus zur Sprache zu bringen. Joseph hatte selbst gesagt, dafür wäre am nächsten Morgen noch Zeit. In seinem Büro in Bowtown.

Sie tanzten noch ein Weilchen, und es war so, wie Jemima es sich vorgestellt hatte: etwas, in dem sie sich – vielleicht sogar ganz gefährlich – verlieren konnte. Die Melodie von »This is my island in the sun« wurde gespielt, und in ihrer Fantasie hörte Jemima die Stelle mit dem »graveyard« kein einziges Mal. Dann sagte Joseph Archer, sehr höflich und offenbar voller Bedauern, er müsse nun gehen. Er habe einen ganz frühen Termin – aber nicht mit einem Fisch, fügte er lächelnd hinzu. Jemima verspürte einen Stich und hoffte, er wäre ihr nicht anzumerken. Doch es war ja noch jede Menge Zeit, nicht wahr? In den zwei verbleibenden Wochen, bevor sie wieder nach England zurückkehren musste, gäbe es bestimmt noch andere Nächte und andere Partys, andere Nächte am Strand, während der Mond sich rundete.

Jemimas private Party war zu Ende, doch die allgemeine Feier ging weiter bis tief in die Nacht, dehnte sich auf den Sandstrand aus, ja bis ins Meer, lange nachdem die Mondsichel verschwunden war. Jemima, die unruhig schlief und von Träumen heimgesucht wurde, in denen Joseph Archer, Tina und Miss Izzy eine Art komplizierten Tanz vollführten, ganz anders als das fröhliche Gehüpfe, das sie vorhin so genossen hatte, hörte den Lärm in der Ferne.

Weit entfernt auf der einsamen Halbinsel der Archer-Plantage wurde die Stille nicht von Steelbands durchbrochen, sondern vom Tosen der Wellen, die an der äußersten Spitze gegen die Felsen schlugen. Einen Fremden hätte es vielleicht überrascht, dass im großen Salon noch die Lichter brannten, nachdem die Fensterläden aufgeklappt worden waren, sobald die Sonne verschwunden war. Keiner von den Einheimischen auf Bow Island – etwa ein Fischer draußen auf dem Meer – hätte es jedoch im Geringsten merkwürdig gefunden. Es war allgemein bekannt, dass Miss Izzy Archer sich im Dunkeln fürchtete und gern bei Festbeleuchtung zu Bett ging. Besonders nachdem Hazel zur Hochzeit ihrer Schwester gefahren war und Henry sie dorthin gebracht hatte – auch das ein Faktum des Insellebens, über das wohl die meisten Bo'länder Bescheid wussten.

In ihrem Zimmer mit Ausblick aufs Meer warf sich Miss Izzy in dem großen Himmelbett, in dem sie vor über achtzig Jahren geboren worden war, hin und her. Wie Jemima Shore schlief sie recht unruhig. Nach einer Weile stand sie auf und trat an eines der hohen Fenster. Ihre Nachtbekleidung hätte Jemima wie vorher ihr Schwimmkostüm recht bizarr gefunden, denn Miss Izzy trug nicht das formelle viktorianische Nachtkleid, das zum Hause vielleicht ganz gut gepasst hätte. Stattdessen wollte sie den uralten burgunderroten Seidenpyjama ihres Vaters »auftragen«, wie sie es neckisch nannte, den dieser vor ewigen Zeiten bei einem eleganten Herrenausstatter nicht weit vom Piccadilly Circus erstanden hatte. Und da der letzte John Archer, seines Zeichens Baronet, um einiges größer gewesen war als seine stämmige kleine Tochter, schleiften die langen Hosenbeine hinter ihr auf dem Fußboden.

Miss Izzy starrte weiter aus dem Fenster. Ihr Blick ging in Richtung Terrasse, die in einer stufenförmigen Abfolge von einst üppig bepflanzten, nun wild überwucherten Zierbeeten zu den Felsen und zum Meer hinunterführte. Obwohl das Wasser eine überwiegend schwarze Fläche bildete, herrschte in dieser karibischen Nacht keine völlige Finsternis. Außerdem ergoss sich das Licht aus den Salonfenstern auf die nahe gelegenste Terrasse. Miss Izzy rieb sich die Augen und wandte sich wieder in ihr Schlafzimmer um, wo das berühmte Ölgemälde von Sir Valentine, aufgehängt über dem Kamin, den Raum beherrschte. Ziemlich verwirrt – sie musste viel zu viel von diesem Punsch getrunken haben – redete sie sich ein, ihr Ahnherr wolle sie ermutigen, im Angesicht der Gefahr zum ersten Mal in ihrem Leben tapfer und mutig zu sein. Sie, die kleine Isabella Archer, die verwöhnte, verhätschelte Izzy, sein letzter ehelicher Abkömmling – nein, nicht sein letzter ehelicher Abkömmling, doch es war schwer, eine lebenslange Gewohnheit abzulegen – wurde vom Adlerblick des wilden alten Autokraten zum Heldenmut getrieben.

Ich bin doch so alt, dachte Miss Izzy. Dann: Aber nicht *zu* alt. Wenn man die Leute erst mal wissen lässt, dass man doch kein Feigling ist …

Sie sah noch einmal zum Fenster hinaus. Die Wirkung des Punsches verflog allmählich. Mittlerweile war sie sich ziemlich sicher, was sie da sah. Etwas Dunkles, dunkel Gekleidetes, Dunkelhäutiges – was auch immer, jemand Dunkles war dem Meer entstiegen und näherte sich nun stumm dem Haus.

Ich muss tapfer und mutig sein, dachte Miss Izzy. Laut sagte sie: »Dann wird er stolz auf mich sein. Auf sein tapferes Mädchen.« Wessen tapferes Mädchen? Nein, nicht das von Sir Valentine – Daddys tapferes Mädchen. Ihre Gedanken begannen wieder in die

Vergangenheit zu driften. Ob Daddy mich wohl zur Feier des Tages zum Schwimmen mitnimmt?

Miss Izzy begann, die Treppe hinunterzugehen. Sie hatte gerade die Tür zum Salon erreicht und blickte in den vom brüchigen roten Samt beherrschten, immer noch hell erleuchteten Innenraum, als der schwarz gekleidete Eindringling durch das offene Fenster ins Zimmer trat.

Noch bevor der Eindringling begann – die dunkel behandschuhten Hände ausgestreckt –, sich lautlos auf sie zuzubewegen, wusste Miss Izzy Archer ohne jeden Zweifel in ihrem rasch pochenden alten Herzen, dass das Archer Plantation House, das Haus, in dem sie geboren war, auch das Haus war, in dem sie nun sterben sollte.

»Miss Izzy Archer ist tot. Jemand hat sie gestern Nacht umgebracht. Ein Einbrecher vielleicht.« Joseph Archer war es, der Jemima die Neuigkeit am nächsten Morgen mitteilte.

Er sprach quer über den breiten Schreibtisch in seinem offiziellen Büro in Bowtown. Seine Stimme klang hohl und distanziert, nur durch den Bo'länder Singsang ließ er sich mit Jemimas attraktivem Tanzpartner vom vorigen Abend in Verbindung bringen. In seinem kurzärmligen, aber amtlich wirkenden weißen Hemd und den dunklen langen Hosen sah er wieder völlig anders aus als der fröhliche, etwas abgerissene Fischer, als den Jemima ihn zunächst kennen gelernt hatte. Hier hatte sie tatsächlich den aufsteigenden jungen Bo'länder Politiker vor sich: ein Mitglied der neu gebildeten Regierung von Bow Island. Selbst der tragische Tod – die Ermordung, wie es schien – einer alten Dame entlockte ihm offenbar keine emotionale Regung.

Als Jemima aber genauer hinsah, entdeckte sie etwas in Joseph Archers Augen, was verdächtig nach Tränen aussah.

»Ich habe es selbst gerade erst gehört, wissen Sie. Der Polizeichef Sandy Marlow ist mein Cousin.« Er machte sich nicht die Mühe, die Tränen wegzuwischen. Wenn es denn welche waren. Doch waren seine Worte vermutlich als Erklärung gemeint. Wofür? Für den Schock? Für Trauer? Einen Schock hatte es ihm sicherlich versetzt, aber ob er auch Trauer empfand? Jemima entschied, sie könne sich jetzt zumindest behutsam nach seinem genauen Verhältnis zu Miss Izzy erkundigen.

Ihr fiel wieder ein, dass er die alte Dame ja in der vergangenen Woche besucht hatte, falls Miss Izzys ziemlich vager Bemerkung über »Klein Joseph« zu trauen war. Sie dachte weniger an eine mögliche Blutsverwandtschaft als an irgendeine andere Verbindung. Ersteres hatte Joseph Archer auf dem Friedhof schließlich selbst abgestritten. Seine Bemerkung über Sir Valentine und dessen zahlreiche Nachkommenschaft kamen ihr in den Sinn: »Schenken Sie den Geschichten nicht allzu viel Aufmerksamkeit. Wie könnte es sonst sein, dass wir nicht alle in dem schönen alten Plantagenhaus wohnen?« Worauf Greg Harrison dann so zornig bemerkt hatte: »Statt bloß meine Exfrau.« Jetzt, wo sie die Stellung von Tina Harrison, heute Tina Archer, in Miss Izzy Testament kannte, ergab der Wortwechsel für sie natürlich viel mehr Sinn.

Das Testament! Jetzt würde Tina erben! Und zwar gemäß eines Testaments, das am Morgen von Miss Izzys Todestag unterzeichnet worden war. Joseph hatte offensichtlich Recht gehabt, als er den Anspruch vieler Bo'länder namens Archer abgetan hatte, in irgendeiner bedeutsamen Weise von Sir Valentine abzustammen. Zwischen Tina, außer Miss Izzy angeblich der einzige eheliche Abkömmling, und den übrigen Bo'länder Archers bestand bereits ein beträchtlicher Unterschied. Wenn Tina ihr Erbe erst mal angetreten hätte, würde sich die Kluft sogar noch verbreitern.

Es war unheimlich heiß in Josephs Büro, was weniger daran lag, dass Bow Island kein kultivierter Ort war, als vielmehr daran, dass Klimaanlagen bei der ständigen Brise in der Regel unnötig waren. Die nordamerikanischen Touristen, überlegte Jemima, die in den Hotels inzwischen Klimaanlagen verlangten, würden bloß dafür sorgen, dass diese perfekteste Art natürlicher Ventilation am Ende zerstört wurde. Ein Regierungsbüro in Bowtown war jedoch etwas anderes. Ein riesiger Deckenventilator ließ die Papiere auf Josephs Schreibtisch unruhig zittern. Jemima fühlte, wie eine schmale Schweißspur unter ihrem langen, lockeren weißen T-Shirt nach unten tröpfelte, das sie zu einem Kleid gegürtet hatte, um für den Besuch bei einem Bo'länder Minister zu Geschäftszeiten angemessen gekleidet zu sein.

Allmählich wich Jemimas benommene Fassungslosigkeit über Miss Izzys Ermordung. Sie staunte über die ahnungsvolle Wehmut, von der jene letzte Begegnung in der verfallenden Pracht des Archer Plantation House geprägt gewesen war. Schlimmer noch – inzwischen verfolgte sie der Gedanke an die jämmerliche Angst, welche die alte Dame vor der Einsamkeit gehabt hatte. Miss Izzy war so leidenschaftlich entschlossen gewesen, nicht allein gelassen zu werden. »Schon als Kind habe ich das Alleinsein gehasst. Jeder weiß das. Hier am Meer ist es so einsam. Was passiert, wenn jemand einbricht?«

Nun, jemand war eingebrochen. Nahm man jedenfalls an. Joseph Archers Worte: »Ein Einbrecher vielleicht.« Und dieser Einbrecher hatte – vielleicht – die alte Dame dabei umgebracht.

Zögernd begann Jemima: »Es tut mir so Leid, Joseph. Was für eine entsetzliche Tragödie! Kannten Sie sie? Na ja, ich nehme an, jeder hier muss sie gekannt haben –«

»Seit jeher, seit ich ein kleiner Junge war. Meine Mama war eins ihrer Dienstmädchen. War selber nur ein kleines Ding, und dann ist sie gestorben. Sie liegt dort auf dem Friedhof, wissen Sie, in einem Eckchen. Miss Izzy war sehr gut zu mir, als meine Mama gestorben ist, o ja. Sie war nett zu mir. Nun sollte man meinen, die Unabhängigkeit, unsere Unabhängigkeit wäre für eine alte Dame wie sie schwer zu ertragen, aber Miss Izzy, der gefiel sie wirklich gut. ›England ist nichts mehr für mich, Joseph‹, sagte sie, ›ich bin eine Bo'länderin, so wie ihr alle.‹«

»Sie haben sie letzte Woche besucht, glaube ich. Miss Izzy hat es mir selbst erzählt.«

Joseph blickte Jemima unverwandt an – die Emotion war verflogen. »Ich bin hingegangen, um mit ihr zu reden, ja. Sie hatte den verrückten Einfall, sich alles noch mal anders zu überlegen. Nur so eine Anwandlung, wissen Sie. Aber das ist vorbei. Möge sie in Frieden ruhen, die liebe alte Miss Izzy. Wir kriegen jetzt unser Nationalmuseum, so viel ist sicher, und es wird uns immer an sie erinnern. Daraus wird ein gutes Museum für unsere Geschichte. Hat man Ihnen das in London nicht gesagt, Jemima?« Stolz lag in seiner Stimme, als er abschließend sagte: »In ihrem Testament hat Miss Izzy alles den Leuten von Bow Island vermacht.«

Jemima musste schwer schlucken. Stimmte das? Oder besser gefragt: Stimmte es immer noch? Hatte Miss Izzy gestern wirklich ein neues Testament unterzeichnet? Sie hatte sich zu dem Thema ziemlich vorsichtig geäußert, nur einen gewissen Thompson erwähnt – zweifellos ihr Anwalt –, der glaubte, es würde »Ärger« nach sich ziehen. »Joseph«, sagte sie, »Tina Archer war gestern Nachmittag im Archer Plantation House auch dabei.«

»Ach, die, was die für Ärger gemacht hat, hat es jedenfalls versucht. Tina und ihr Geschwätz und ihre tolle Ausbildung und ihre Geschichte. Und sie ist ja so hübsch!« Josephs Stimme klang erst aggressiv, dann endete er etwas ruhiger. »Die Polizei wartet im Krankenhaus. Sie kann noch nicht sprechen, sie ist nicht einmal bei Bewusstsein.« Und dann noch ruhiger: »Wie ich höre, ist sie nicht mehr so hübsch. Der Einbrecher hat sie nämlich zusammengeschlagen.«

In dem Büro in Bowtown war es inzwischen noch heißer, so dass sich selbst die Papiere auf dem Schreibtisch im Luftzug des Ventilators kaum noch bewegten. Jemima sah Josephs Gesicht ganz verschwommen vor sich. Sie durfte auf keinen Fall in Ohnmacht fallen – sie fiel doch nie in Ohnmacht. Angestrengt konzentrierte sie sich auf das, was Joseph Archer sagte, auf das Bild, das er von der Mordnacht zeichnete. Ihr Schock, als sie hörte, dass Tina Archer zum Zeitpunkt von Miss Izzys Ermordung ebenfalls im Haus gewesen war, war irrational, das war ihr klar. Hatte Tina der alten Dame nicht versprochen, dass sie bei ihr bleiben würde?

Joseph erzählte ihr, Miss Izzys Leiche sei von Hazel, der Köchin, im Salon gefunden worden, als diese im Morgengrauen von der Hochzeit ihrer Schwester zurückgekehrt war. Der Gedanke war gruselig: Weil Miss Izzy einen roten Seidenpyjama – den von ihrem Daddy – getragen hatte und die Ausstattung im Salon ebenfalls dunkelrot war, hatte die arme Hazel das wahre Ausmaß der Verletzungen ihrer Herrin zunächst nicht erkannt. Nicht nur war überall Blut, sondern auch Wasser – ganze Pfützen. Was auch immer – wer auch immer Miss Izzy getötet hatte, war aus dem Meer gekommen. Hatte Gummischuhe – oder Badeschlappen – getragen und vermutlich auch Handschuhe.

Einen Augenblick später hatte Hazel keinen Zweifel mehr, womit Miss Izzy niedergeschlagen worden war. Die Keule, immer noch blutbefleckt, war auf dem Fußboden in der Eingangshalle zurückgelassen worden. (Hazel war, nachdem Henry sie abgesetzt hatte, ursprünglich durch die Küchentür hereingekommen.) Die Keule, zwar nicht auf Bow Island hergestellt, gehörte ins Haus. Sie war eines der Andenken, vermutlich afrikanischer Herkunft, die Sir John Archer von seinen Reisen in die anderen Teile des ehemaligen Britischen Empire mitgebracht hatte, und hing schwer und mit kurzem Griff an der Wand im Salon. Möglicherweise hatte Sir John vorgehabt, das Ding gegen unerlaubte Eindringlinge zu schwingen, doch für Miss Izzy war es bloß ein weiteres Familienerinnerungsstück gewesen. Sie fasste es nie an. Nun hatte es sie getötet.

»Nirgendwo Fingerabdrücke«, sagte Joseph. »Bis jetzt.«

»Und Tina?«, fragte Jemima mit trockenen Lippen. Der Gedanke an die Pfützen auf dem Fußboden im Salon, vermischt mit Miss Izzys Blut, rief ihr die alte Dame bei ihrer ersten und letzten Begegnung höchst lebhaft in Erinnerung – wie sie sich klatschnass in ihrem bizarren Schwimmkostüm eigensinnig auf ihr Sofa gesetzt hatte.

»Der Einbrecher hat das Haus vollkommen auf den Kopf gestellt. Sogar den Keller. Die Champagnerkisten, von denen Miss Izzy gern erzählt hat, waren ihm aber anscheinend zu schwer. Er trank von dem Rum. Die Polizei weiß noch nicht, was er mitgenommen hat – silberne Schnupftabaksdosen vielleicht, davon standen jede Menge herum.« Joseph seufzte. »Dann ging er nach oben.«

»Und fand Tina?«

»In einem der Schlafzimmer. Er schlug aber nicht mit derselben Waffe auf sie ein – ein Glück für sie, sonst hätte er sie genauso umgebracht wie Miss Izzy. Das Ding ließ er unten und nahm etwas beträchtlich Leichteres zur Hand. Hat wahrscheinlich nicht damit gerechnet, sie dort zu sehen, oder überhaupt jemanden. Außer natürlich Miss Izzy. Tina muss ihn überrascht haben. Vielleicht ist sie aufgewacht. Einbrecher – also, ich kann nur sagen, hier bei uns bringen Einbrecher die Leute im Allgemeinen nicht um, außer sie kriegen Angst.«

Unverhofft sackte Joseph plötzlich vor ihr zusammen und nahm den Kopf zwischen die Hände. Er murmelte etwas, das ungefähr so klang: »Wenn wir den finden, der Miss Izzy das angetan hat...«

Erst am nächsten Tag war Tina Archer in der Lage, mit der Polizei zu sprechen, wenn auch nur stockend. Wie der Großteil der übrigen Bevölkerung von Bow Island erfuhr Jemima Shore diese Tatsache fast umgehend. Claudette, die Geschäftsführerin ihres Hotels, eine sympathische, wenn auch etwas geschwätzige Person, hatte zufällig eine Nichte, die Krankenschwester war. Auf diese Art verbreiteten sich alle Neuigkeiten über die Insel – man brauchte keine Zeitungen und kein Radio, denn dieses private Telegrafensystem war viel effizienter.

Jemima hatte die vergangenen vierundzwanzig Stunden ziemlich planlos mit Schwimmen und Sonnenbaden verbracht und mit ihrem Mini kleine Spritztouren über die Insel unternommen. Sie überlegte, wann sie Megalith Television von der rabiaten Art, in der ihre geplante Sendung beendet worden war, informieren und Vorbereitungen für die Rückreise nach London treffen sollte. Nach einer Weile meldete sich ihr Forscherdrang, diese unausrottbare, unstillbare Neugier. Sie merkte, dass sie schon die ganze Zeit Spekulationen über Miss Izzy Tod anstellte. Ein Einbrecher? Ein Einbrecher, der auch versucht hatte, Tina Archer umzubringen? Oder ein Einbrecher, der lediglich von ihrer Anwesenheit im Haus überrascht worden war? Welche Verbindung gab es zwischen all dem und Miss Izzys Testament, wenn es überhaupt eine gab?

Wieder dieses Testament. Darüber brauchte Jemima allerdings nicht sehr lange zu spekulieren. Denn Claudette, die Geschäftsführerin, war zufällig auch mit dem Bruder von Miss Izzys Köchin Hazel verheiratet. Auf diese Weise erfuhr Jemima – bestimmt zusammen mit dem Rest von Bow Island –, dass Miss Izzy in der Tat am Morgen ihres Todestages in Bowtown ein neues Testament unterzeichnet hatte, dass Eddie Thompson, der Notar, sie inständig gebeten hatte, es nicht zu tun, dass Miss Izzy es aber *doch* getan hatte, dass Miss Izzy Hazel wie versprochen immer noch ganz ordentlich bedacht hatte (und auch Henry, der sogar noch länger in ihren Diensten gewesen war) und dass etwas Schmuck an eine Cousine in England gehen würde, »da die Juwelen von Miss Izzys

Mutter sowieso schon seit ewigen Zeiten in einer englischen Bank liegen.« Im Übrigen, nun ja, würde es jetzt kein Bo'länder Nationalmuseum geben, so viel war sicher. Der Rest – das schöne alte Archer Plantation House, und Miss Izzys Vermögen, das ja enorm sein sollte, aber sicher wusste man es nicht – würde an Tina Archer fallen.

Natürlich nur, wenn sie sich wieder erholte. Doch laut dem neuesten vorsichtigen Ärztebulletin, das Claudette von ihrer Krankenschwester-Nichte hatte und das von ein paar redseligen Inselleuten bestätigt wurde, erholte Tina Archer sich *tatsächlich*. Die Polizei hatte sie bereits befragt. In ein paar Tagen würde sie das Krankenhaus verlassen können. Und sie war fest entschlossen, an Miss Izzys Begräbnis teilzunehmen, das selbstverständlich in der kleinen, englisch aussehenden Kirche mit der unpassend anmutenden tropischen Vegetation über dem sonnigen Grab stattfinden würde. Denn Miss Izzy hatte schon vor langer Zeit ihre feste Entschlossenheit bekundet, im Archer-Grab neben Gouverneur Sir Valentine und »seiner einzigen Ehefrau Isabella« bestattet zu werden.

»Als Letzte der Archers. Sie musste trotzdem die Genehmigung einholen, weil es ja ein Nationaldenkmal ist. Die Regierung hat sich natürlich für sie überschlagen und es ihr gestattet. Damals. Ironie des Schicksals, nicht?« Die Sprecherin, die absolut keinen Hehl aus ihrer Verachtung machte, war Coralie Harrison. »Und jetzt erfahren wir, dass sie gar nicht die letzte Archer war, jedenfalls nicht offiziell, und plötzlich ist die so genannte Miss Tina Archer die Haupttrauernde. Und während die Bo'länder Regierung verzweifelt nach Möglichkeiten sucht, das Testament zu umgehen und sich das Haus für ihr kostbares Museum unter den Nagel zu reißen, war niemand so geschmacklos zu sagen, die ungezogene alte Miss Izzy dürfe nun doch nicht im Archer-Grab beerdigt werden, weil sie den Leuten von Bow Island schließlich keinen Penny vermacht hat.«

»Das wird bestimmt eine interessante Veranstaltung«, murmelte Jemima. Sie saß mit Coralie Harrison unter dem spitzen Strohdach der Hotelstrandbar. Hier hatte sie damals mit Joseph Archer geplaudert und mit ihm getanzt – in jener Nacht, in der Miss Izzy umgebracht worden war. Jetzt glitzerte das Meer in der Sonne, als wären Kristalle über seine Oberfläche verstreut. Heute herrschte überhaupt kein Wellengang, und fröhliche Wasserskifahrer fuhren kreuz und quer über die breite Bucht mit ihrer palmengesäumten Küste. Riesige braune Pelikane hockten auf den Pfählen, mit denen die Lage der Felsen gekennzeichnet war. Ab und zu hob einer wie ein schwerfälliges Flugzeug ab und schwebte langsam und neugierig über die Köpfe der Schwimmenden. Es war ein friedlicher, fast idyllischer Anblick, doch irgendwo auf der fernen Halbinsel lag das Archer Plantation House, wo inzwischen, stellte Jemima sich vor, nicht nur die Fensterläden geschlossen waren, sondern die Polizei auch noch alles versiegelt hatte.

Coralie war vom Strand herauf an die Bar geschlendert. Sie überquerte das kurze Stück mit scheinbarer Lässigkeit – alle Bo'länder übten häufig ihr Recht aus, ungehindert am Sandstrand entlang zu spazieren (wie auf den meisten Karibikinseln gehörte auch auf Bow Island der gesamte Strand dem Volk, selbst die Abschnitte, die vor hochherrschaftlichen Anwesen wie dem Archer Plantation House lagen). Jemima hegte allerdings keinen Zweifel, dass der Besuch geplant war. Sie hatte jenes erste Treffen nicht vergessen, auch nicht Coralies zögerlichen Annäherungsversuch, der von Gregs gebieterischem Schrei unterbrochen worden war.

Es war der Tag nach der gerichtlichen Untersuchung der Todesursache. Miss Izzys Leiche war von der Polizei freigegeben worden, und bald würde das Begräbnis stattfinden. Wie Jemima sich eingestand, war ihr Interesse an der gesamten Archer-Familie mit all ihren Verzweigungen groß genug, um daran teilnehmen zu wollen, unabhängig von der zärtlichen Zuneigung, die sie aufgrund jener kurzen Begegnung für die alte Dame empfand. In dem Telex, das sie Megalith Television aus Bowtown schickte, hatte sie nur erwähnt, sie wolle noch ein paar Sachen zum Abschluss bringen, die sich aus dem Absetzen ihrer Sendung ergeben hatten.

Bei der gerichtlichen Untersuchung hatte man, da die näheren Umstände noch nicht geklärt waren, auf unbestimmte Todesursache erkannt. Tina Archers eidesstattliche Aussage hatte kaum etwas ergeben, was nicht schon bekannt war oder vermutet wurde.

Tina hatte im Obergeschoss in einem der ziemlich heruntergekommenen Schlafzimmer geschlafen, die für eventuelle Übernachtungsgäste bereitgehalten wurden. Das Schlafzimmer, das Miss Izzy für sie ausgesucht hatte, lag nicht zur Meerseite hinaus. Die Chintzvorhänge in diesem hinteren Zimmer, mit einem altmodischen Rosenmuster aus einer längst vergangenen Epoche, waren weniger ausgebleicht und ramponiert, da sie vor Sonne und Salz geschützt gewesen waren.

Miss Izzy war frohgemut zu Bett gegangen, beruhigt durch die Tatsache, dass Tina Archer im Hause übernachten würde. Sie hatte noch einige Gläser Rumpunsch getrunken und vorgeschlagen, Henry solle etwas von dem berühmten Champagner ihres Vaters aus dem Keller holen. Dieses Angebot machte Miss Izzy nach einigen Schlucken Punsch übrigens oft, doch als Tina sie daran erinnerte, dass Henry nicht da war, wurde das Thema fallen gelassen.

In ihrer Aussage gab Tina zu Protokoll, sie habe keine Ahnung, was die alte Dame geweckt und dazu bewogen haben mochte, die Treppe hinunterzugehen – ihrer Meinung nach war es vollkommen untypisch für sie. Isabella Archer war eine Dame von unabhängiger Denkungsart, hatte jedoch, wie allgemein bekannt war, im Dunkeln schrecklich Angst. Deshalb hielt Tina sich ja auch überhaupt in ihrem Hause auf. Was ihre persönliche Erinnerung an die Attacke betraf, so hatte Tina bisher nur sehr wenige Einzelheiten aus ihrem Gedächtnis hervorholen können – der Schlag auf ihren Hinterkopf hatte alle unmittelbaren Gegebenheiten zeitweilig oder permanent aus ihrem Bewusstsein gelöscht. Sie erinnerte sich vage an ein helles Licht, doch selbst diese Erinnerung war einigermaßen konfus und rührte vielleicht von dem Schlag her, den sie erlitten hatte. Im Grunde konnte sie sich zwischen dem Zubettgehen in dem ramponierten, rosengemusterten Himmelbett und dem Aufwachen im Krankenhaus an nichts mehr erinnern.

Coralies Lippen bebten. Sie neigte den Kopf und nippte durch einen Strohhalm an ihrem Drink – sie und Jemima tranken eine alkoholfreie exotische Fruchtsaftmischung, die Matthew, der Barkeeper, kreiert hatte. Vom Meer wehte eine wunderbare sanfte Brise herüber. Coralie trug ein weites geblümtes Baumwollkleid, wirkte aber aufgewühlt und verärgert. »Tina hat schon immer intrigiert, um ihre Schäfchen ins Trockene zu bekommen, und jetzt hat sie's erreicht. Davor wollte ich Sie an dem Morgen damals auf dem Friedhof warnen – trauen Sie Tina Archer nicht, wollte ich sagen. Jetzt ist es zu spät, sie hat alles bekommen. Als sie mit Greg verheiratet war, habe ich mich bemüht, sie gern zu haben, Jemima, ehrlich. Die kleine Tina, so niedlich und so clever, aber immer gab's Ärger ...«

»Joseph Archer scheint ähnlich über sie zu denken«, sagte Jemima. Bildete sie es sich bloß ein oder wurde Coralies Gesicht wirklich etwas weicher, als sie Josephs Namen hörte?

»Tatsächlich? Das freut mich. Er war früher auch ziemlich angetan von ihr. Sie ist ja recht hübsch.« Ihre Blicke kreuzten sich. »Na ja, so hübsch nun auch wieder nicht, aber wenn man den Typ mag ...« Jemima und Coralie lachten beide. Tatsache war, dass Coralie Harrison recht anziehend war, wenn man *ihren* Typ mochte, dass Tina Archer jedoch nach jedem Maßstab hinreißend aussah.

»Greg hasst sie jetzt natürlich abgrundtief«, fuhr Coralie mit fester Stimme fort, »besonders seit er das mit dem Testament erfahren hat. Als wir Sie damals an dem Morgen bei der Kirche getroffen haben, hatte man es ihm gerade gesagt. Deshalb war er, äh, tut mir Leid, aber er war ziemlich grob, stimmt's?«

»Eher feindselig als grob.« Jemima war jedoch schon dabei, sich den zeitlichen Ablauf auszurechnen. »Soll das heißen, Ihr Bruder wusste von dem Testament, *bevor* Miss Izzy getötet wurde?«, rief sie.

»O ja. Jemand aus Eddie Thompsons Kanzlei sagte es ihm – Daisy Marlow vielleicht, mit der geht er manchmal aus. Wir wussten natürlich alle, was da im Busch steckte, obwohl wir gehofft hatten, Joseph könnte es Miss Izzy ausreden. Er *hätte* es ihr ja auch ausgeredet, wenn er nur Zeit gehabt hätte. Joseph bedeutet dieses Museum alles.«

»Ihr Bruder und Miss Izzy – das war wohl kein einfaches Verhältnis.«

Obwohl Jemima glaubte, sie hätte ihren freundlichsten und überzeugendsten Interviewerton angeschlagen, entgegnete Coralie fast trotzig: »Sie klingen wie die Polizei!«

»Wieso, haben die –?«

»Aber sicher!« Coralie beantwortete die Frage, noch bevor Jemima sie vollends stellen konnte. »Jeder weiß doch, dass Greg Miss Izzy total hasste – dass er sie beschuldigte, sie hätte seine Ehe zerstört, ihm die kleine Tina weggenommen und ihr Flausen in den Kopf gesetzt!«

»War es denn nicht umgekehrt – dass Tina sich wegen des Museums und dann wegen meiner Sendung in die Familiengeschichte vertiefte? Sie *sagten* doch, sie sei intrigant.«

»Oh, ich weiß, dass sie intrigant ist. Aber Greg, der wusste es nicht. Damals jedenfalls nicht. Er war doch damals in sie verknallt, also musste er der alten Dame die Schuld zuschieben. Sie haben sich fürchterlich gestritten – in aller Öffentlichkeit. Eines Abends suchte er sie zu Hause auf, kam übers Meer herüber, brüllte sie zusammen. Hazel und Henry hörten es, und so erfuhren es natürlich alle. Damals sagte ihm Tina, sie würde sich scheiden lassen und sich ab sofort mit Miss Izzy zusammentun. Ich fürchte, mein Bruder ist ein ziemlich extremer Mensch – jedenfalls hat er ein extremes Temperament. Er hat sie bedroht –«

»Aber die Polizei glaubt doch wohl nicht –« Jemima verstummte. Es war klar, was sie damit sagen wollte.

Coralie schwang die Beine vom Barhocker. Jemima reichte ihr die riesige Strohtasche mit dem Bogenschützen-Emblem, die sie sich in typischer Bo'länder Manier über die Schulter hängte.

»Wie hübsch«, bemerkte Jemima höflich.

»Die verkaufe ich in dem Hotel am North Point. Damit verdiene ich mir meinen Lebensunterhalt.« Die Bemerkung klang etwas scharf. »Nein«, fuhr Coralie rasch fort, bevor Jemima zu dem Thema noch etwas sagen konnte, »die Polizei *glaubt* es natürlich nicht, wie Sie es ausdrücken. Greg hätte vielleicht Tina angreifen können – aber Miss Izzy umbringen, wo er doch haargenau weiß, dass er seiner Exfrau dadurch ein Vermögen sichert? Nie und nimmer. Das würde nicht mal die Bo'länder Polizei glauben.«

In jener Nacht traf Jemima Shore Joseph Archer wieder am Strand unter den Sternen. Der Mond hatte seit ihrer ersten Begegnung jedoch zugenommen und begann nun, einen silbernen Pfad auf das nächtliche Wasser zu werfen. Anders als das erste war dieses Treffen nicht ungeplant. Joseph hatte sie benachrichtigt, dass er Zeit habe, und sie hatten vereinbart, sich unten an der Bar zu treffen.

»Was halten Sie davon, wenn ich mit Ihnen eine Nachtfahrt rund um unsere Insel mache, Jemima?«

»Nein. Machen wir es wie richtige Bo'länder, gehen wir am Strand spazieren.« Jemima wollte mit ihm allein sein, nicht an Reihen hell erleuchteter Touristenhotels vorbeifahren und dem unablässigen Rhythmus der Steelbands lauschen. Sie fühlte sich so verwegen, dass es ihr egal war, was Joseph von dieser Änderung des Plans hielt.

Eine Weile spazierten sie schweigend am Meer entlang, nur das sanfte Plätschern der Wellen war zu hören. Dann zog Jemima ihre Sandalen aus und hüpfte durch das warme, zurückweichende Wasser, und ein Weilchen später nahm Joseph sie an der Hand und führte sie wieder auf den Sandstrand. Der Wellengang wurde deutlich rauer, als sie die Spitze der ersten breiten Bucht umrundeten. Einen Augenblick blieben sie nebeneinander stehen, Joseph und Jemima, er den Arm kameradschaftlich um ihre Taille gelegt.

»Jemima, auch ohne jungen Mond wünsche ich mir –« Joseph verkrampfte sich plötzlich. Er ließ den Arm sinken, packte sie an der Schulter und wirbelte sie herum. »Herr im Himmel, sehen Sie das?«

Seine heftige Bewegung ließ Jemima zusammenzucken. Einen Augenblick wurde sie vom unstet glitzernden Mondlicht auf der dunklen Wasseroberfläche abgelenkt. Fernab des Ufers waren Heerscharen weißer – silberner – Pferde zu sehen, wo hohe Wellen über eine Felsengruppe brachen. Sie glaubte, Joseph würde aufs Meer hinaus deuten. Dann sah sie die Lichter.

»Das Archer-Haus!«, rief sie. »Ich dachte, es wäre abgesperrt!« Es sah aus, als ergössen sich sämtliche Lichter des Hauses über die erhöhte Landzunge, auf der das Haus lag. So hell war die Beleuchtung, dass man hätte meinen können, es fände ein großer Ball statt, als wären wie zu Zeiten von Gouverneur Archer Tausende von Kerzen angezündet. In einer melancholischen Anwandlung stellte Jemima sich vor, dass das Plantagenhaus in Miss Izzys Todesnacht so ausgesehen haben musste. Tina Archer und andere hatten bezeugt, mit welcher Hartnäckigkeit die alte Dame darauf bestanden hatte, dass ihr Haus niemals im Dunkeln lag. In der Nacht, in der ihr Mörder übers Meer gekommen war, musste sich ihm dieser Anblick geboten haben.

»Kommen Sie!«, sagte Joseph. Der kurze Moment der Unbeschwertheit – oder vielleicht der Liebe? – war vorüber. Er klang grimmig und entschlossen.

»Zur Polizei?«

»Nein, zum Haus. Ich muss wissen, was dort vor sich geht.«

Während sie fast über den Sand rannten, sagte Joseph: »Dieses Haus hätte *uns* gehören sollen.«

Uns: den Leuten von Bow Island.

Seit sie mit Coralie Harrison gesprochen hatte, fiel Jemima seine Unruhe wegen des Museums wieder verstärkt auf. Wie weit würde ein Mann – oder auch eine Frau – für eine Erbschaft wohl gehen? Und hier hatten sie es mit mehr als einer Art von Erbschaft zu tun. War ein Nationalerbe für manche Leute nicht ebenso wichtig wie für andere ein privates? Vor allem anderen war Joseph Archer patriotischer Bo'länder. Und am Morgen nach Miss Izzys Tod hatte er noch nichts von der Testamentsänderung gewusst. Das konnte sie selbst bezeugen. Würde ein Mann wie Joseph Archer, der den Aufstieg in seiner Welt durch pure Entschlossenheit geschafft hatte, sich wohl dazu entschließen, das Gesetz selbst in die Hand zu nehmen, um das Museum für seine Leute zu sichern, solange noch Zeit dazu war?

Doch die alte Dame umzubringen, die sich seiner angenommen hatte, als er noch ein Kind war? Sie totzuprügeln? Während Joseph hoch aufgerichtet im Mondlicht dahinschritt, wurde er für Jemima plötzlich zu einem vollkommenen und daher bedrohlichen Rätsel.

Sie hatten den Felsvorsprung erreicht, waren hochgeklettert und bis zur ersten Terrasse gekommen, als im Haus auf einmal sämtliche Lichter erloschen. Es war, als wäre ein einziger Schalter betätigt worden. Nun blieb nur noch das kalte, unheimliche Schimmern des Mondes über dem Meer hinter ihnen, das die wild überwucherten Büsche und hängenden Balustraden beleuchtete.

Joseph schritt jedoch unbeirrt weiter und half Jemima die steinernen Stufen hinauf, von denen einige uneben waren und tiefe Sprünge hatten. Im Dunkeln konnte Jemima undeutlich erkennen, dass die Fenster des Salons noch offen standen. Jemand musste dort drin sein, hinter den ramponierten, von Miss Izzys Blut befleckten Vorhängen aus rotem Brokat.

Joseph, der Jemima bei der Hand hielt, zog sie durch das mittlere Fenster herein.

Es ertönte ein kurzer Schrei, eine Art unterdrücktes Kreischen, dann folgte ein leises Geräusch, als ob im Dunkeln jemand über sie lachte. Gleich darauf wurden sämtliche Lichter gleichzeitig angeknipst.

Tina stand an der Tür, die Hand am Schalter. Sie trug einen weißen Kopfverband wie einen Turban – und lachte auch nicht, sondern schluchzte.

»Ach, ihr seid es, Jo-seph und Je-mi-ma Shore.« Zum ersten Mal fiel Jemima der Bo'länder Singsang in Tinas Stimme auf. »Ich hatte sol-che Angst.«

»Alles in Ordnung, Tina?«, fragte Jemima hastig, um die Tatsache zu überspielen, dass sie selbst auch ganz schön Angst gehabt hatte. Die Atmosphäre wütender Anspannung zwischen den beiden Leuten im Raum, die so unterschiedlich aussahen, jedoch zufällig beide Archer hießen, war fast mit Händen zu greifen. Jemima fühlte sich praktisch zu dem Versuch verpflichtet, die Spannung zu lösen. »Sind Sie ganz allein hier?«

»Die Polizei meinte, ich könnte herkommen.« Tina ignorierte die Frage. »Die sind hier mit allem fertig. Außerdem« – ihr verängstigtes Schluchzen war verebbt, und sie nahm eine bewusst provokante Haltung ein, während sie sich ihnen näherte – »warum auch nicht?« Sie brauchte es den beiden nicht näher zu erklären. Die Worte »weil mir ja sowieso alles gehört« lagen in der Luft.

Zum ersten Mal, seit sie den Raum betreten hatten, ließ sich Joseph vernehmen. »Ich will mir das Haus ansehen«, sagte er barsch.

»Jo-seph Archer, raus mit dir. Geh dahin zurück, wo du herkommst, zurück in dein Büro, das ist kein großartiges schönes Haus.« Dann wandte sie sich beschwichtigend an Jemima, fast wieder auf ihre übliche charmante Art: »Verzeihung, aber, wie Sie sehen, sind wir schon lange keine Freunde mehr. Außerdem haben Sie mir einen ganz schönen Schreck eingejagt.«

Joseph drehte sich auf dem Absatz um. »Wir sehen uns dann auf der Beerdigung, Miss Archer.« Es gelang ihm, die Worte außerordentlich bedrohlich klingen zu lassen.

In jener Nacht schien es Jemima Shore, als würde sie kaum schlafen, obwohl die bruchstückhaften, halb erinnerten Träume sie verwirrten und ihr zu verstehen gaben, dass sie in den frühen Morgenstunden tatsächlich in eine Art Dämmerschlaf gefallen sein musste. Das Licht war noch grau, als sie durch ihre Läden spähte. Die Wipfel der hohen Palmen bogen sich – es herrschte ein ziemlicher Wind.

Wieder im Bett, versuchte Jemima sich zu erinnern, was sie gerade geträumt hatte. Es hatte ein Muster ergeben, dessen war sie sich sicher. Ziemlich ungehalten hoffte sie, dass plötzlich Licht in ihre verschlafenen Gedanken bräche, so wie die Sonne schon bald durch die Palmenreihe auf dem östlichen Teil des Hotelgeländes brechen sollte. Ein Sonnenaufgang in der Karibik war keine sanfte, allmählich sich entwickelnde rosenrote Dämmerung – hier kündigte er sich mit einem gleißenden Strahl am Horizont an, und fast unmittelbar danach herrschte für den Rest des Tages erbarmungsloses Sonnenlicht. Eine solche schlagartige Klarheit brauchte sie nun auch.

Feindseligkeit. Auch darum ging es bei dem allen – um das Wesen der Feindseligkeit. Die Feindseligkeit zwischen Joseph und Tina Archer vom vorigen Abend etwa, so bösartig und offen vorgeführt – mit ihr selbst als Publikum –, dass man hätte meinen können, sie wäre absichtlich zur Schau gestellt worden.

Und wie alles manipuliert worden war: Tina Archer, die ständig herumlavierte, ständig intrigierte (hatte Coralie Harrison behauptet – und Joseph Archer ebenfalls). Das brachte sie auf das andere Paar in diesem seltsamen, vierschichtigen Drama: die Harrisons, Bruder und Schwester, oder vielmehr *Halb*bruder und *Halb*schwester (worauf Tina Miss Izzy korrigierend hingewiesen hatte).

Und noch mehr Feindseligkeit: Greg, der Tina vielleicht früher einmal geliebt hatte und sie nun hasste. Joseph, der Tina vielleicht ebenfalls früher einmal geliebt hatte. Coralie, die Joseph vielleicht einmal – sehr wahrscheinlich – geliebt hatte und Tina abgrundtief hasste. Die süße, clevere kleine Tina, das Archer-Grabmal, die gemeißelten Figuren von Sir Valentine und seiner Frau, die Inschrift. Jemima driftete wieder in den Schlaf zurück, während die vier Gestalten, alles Bo'länder, alle mit einer irgendwie gemeinsamen Vergangenheit, zu einem Calypso zu tanzen begannen, dessen Liedtext ebenfalls wirr durcheinander war:

»This is your graveyard in the sun
Where my people have toiled since time begun –«

Ein unglaublicher Lärm auf dem Wellblechdach über ihrem Kopf brachte sie wieder zu sich. Sie zitterte. Das Getöse war ziemlich gewaltig gewesen, fast als hätte es eine Explosion gegeben oder als hätte jemand ein Geschoss auf den Strandbungalow gefeuert. Beim Gedanken an ein Geschoss ging ihr auf, dass es sich tatsächlich um ein Geschoss gehandelt hatte: Es musste eine Kokosnuss gewesen sein, die auf das Wellblechdach gefallen war und sie so erschreckt hatte. Die Hotelgäste wurden ganz offiziell davor gewarnt, sich zu dicht unter die Palmen zu setzen, deren harmlos wirkende grüne Wedel die tödlichen Nüsse plötzlich abwerfen konnten. Kokosnüsse können Verletzungen verursachen stand auf dem Hinweisschild.

So ein Schlag auf meinen Kopf hätte bestimmt eine Verletzung verursacht, dachte Jemima, wenn nicht gar zum Tod geführt. Verletzung, wenn nicht gar Tod. Und das Archer-Grabmal: meine einzige Ehefrau.

Wie aufs Stichwort fiel in diesem Moment der erste Sonnenstrahl durch die geneigten Palmwedel im Osten und auf ihre Fensterläden. Und plötzlich wusste Jemima nicht nur, warum, sondern auch, wie es getan worden war. Wer dafür verantwortlich war, dass Miss Izzy Archer dem Friedhof in der Sonne anvertraut werden würde.

Die Szenerie am Archer-Grabmal ein paar Stunden später war die gleiche seltsame Mischung aus englischer Tradition und Bo'länder

Exotik, die Jemima schon bei ihrem ersten Besuch fasziniert hatte. Nur dass es für sie diesmal ein tieferer, traurigerer Anlass war als reines Sightseeing. Beim Gottesdienst wurden traditionelle englische Kirchenlieder gesungen, doch draußen spielte auf Miss Izzys ausdrücklichen Wunsch eine Steelband auf. Weil sie auf dieser Insel geboren war, hatte sie um ein typisches Bo'länder Begräbnis gebeten.

Die in großer Anzahl erschienenen Bo'länder waren fast alle extrem formell gekleidet – dunkler Anzug, weißes Hemd, Krawatte, dunkles Kleid, dunkler Strohhut, sogar weiße Handschuhe –, was Jemima schon bei den sonntäglichen Kirchgängern beobachtet hatte und bei den Bo'länder Kindern, die alle ordentlich in Uniform auf dem Weg zur Schule waren. Man sah keine Bow-Island-T-Shirts, obwohl viele der farbenfrohen, kunstvoll gestalteten und üppigen Kränze die Bogenform des Inselemblems besaßen. Das Ausmaß der Menschenmenge war zweifellos ein Zeichen von tief empfundenem Respekt. So enttäuscht die Regierung über das Testament auch sein mochte, für die Bo'länder war Miss Izzy Archer Teil des gemeinsamen Erbes gewesen.

Tina Archer trug ein schwarzes Tuch um den Kopf, das ihren Verband fast vollständig kaschierte. Joseph Archer, der ziemlich weit von ihr entfernt stand und nicht in ihre Richtung sah, wirkte in seiner Bürokleidung gleichermaßen elegant und förmlich, ein respektables Mitglied der Regierung. Die Harrisons standen beieinander, Coralie mit gesenktem Kopf. Greg wollte mit seiner trotzigen Haltung, den Kopf stolz erhoben, offensichtlich jede Vermutung Lügen strafen, er hätte sich nicht im besten Einvernehmen mit jener Frau befunden, deren Leichnam nun ins Familiengrab hinabgelassen wurde.

Während der Sarg – so klein und deshalb so anrührend – aus dem Blickfeld verschwand, erhob sich ein Seufzen unter den Trauernden. Sie begannen wieder zu singen: ein Kirchenlied, doch mit der sanften Begleitung der Steelband im Hintergrund.

Jemima ging diskret durch die Menge und stellte sich neben den hoch gewachsenen Mann.

»Sie werden ihr niemals trauen können«, sagte sie mit leiser Stimme. »Sie hat Sie schon mal manipuliert und wird es wieder tun. Nächstes Mal wird ein anderer die Dreckarbeit machen. Dann sind Sie dran. Sie werden ihr niemals trauen können, stimmt's? Einmal Mörderin, immer Mörderin. Eines Tages werden Sie vielleicht wünschen, Sie hätten sie vollends fertig gemacht.«

Der hoch gewachsene Mann blickte auf sie herunter. Dann warf er einen kurzen, wild zweifelnden Blick zu Tina Archer hinüber. Zu Tina Archer Harrison, seiner einzigen Frau.

»Sie elende –« Einen Augenblick dachte Jemima schon, Greg Harrison würde sie am Rand des Grabes niederschlagen, so wie er die alte Miss Izzy niedergeschlagen hatte und – wenn auch nur zum Schein – Tina selbst niedergeschlagen hatte.

»Greg, Liebling.« Das war Coralie Harrisons Mitleid erregendes Protestgemurmel. »Was sagen Sie da zu ihm?«, wollte sie von Jemima wissen. Ihre Stimme war ebenso leise wie die von Jemima. Doch die Erklärungen – an Coralie und den Rest von Bow Island – zur Verschwörung von Tina Archer und Greg Harrison hatten gerade erst angefangen.

Der Rest war Sache der Polizei. In ihrer geduldigen Ermittlungsarbeit würde sie den Fall erst groß ausbreiten, dann aufklären und ihn schließlich abschließen. Im Verlauf der Ermittlungen würden die Verschwörer dann zusammenbrechen, diesmal aber wirklich. Der Polizei fiel die unangenehme Aufgabe zu, die neuen Lügen von Tina Archer zu entwirren, die nun schwor, sie erinnere sich wieder und es sei Greg gewesen, der sie in jener Nacht beinahe umgebracht hatte, sie selbst habe absolut nichts damit zu tun. Und Greg Harrison bezichtigte umgekehrt Tina, diesmal mit echter Bösartigkeit: »Es war ihr Plan, die ganze Zeit schon. Sie hat alles eingefädelt. Ich hätte nie auf sie hören sollen!«

Bevor sie von Bow Island abreiste, stattete Jemima Joseph Archer in seinem Büro in Bowtown einen Abschiedsbesuch ab. Abgesehen von Miss Izzy selbst hatte die Archer-Tragödie viele Opfer gefordert. Eins davon war die arme Coralie: Sie war überzeugt gewesen, dass ihr Bruder – trotz seines berüchtigten aufbrausenden Temperaments – Miss Izzy niemals niederschlagen würde, um seine Exfrau zu begünstigen. Wie der Rest von Bow Island hatte sie keine Ahnung von der ausgeklügelten Intrige, wonach Greg und Tina öffentlich ihre Feinseligkeit zur Schau stellten und ihre Scheidung bekannt machten, während sie die ganze Zeit vorhatten, Miss Izzy umzubringen, sobald das neue Testament unterzeichnet war. Auf Greg, der seine Frau ostentativ hasste, würde kein Verdacht fallen, und Tina, die ja sichtbare Verletzungen davontrüge, würde bloß Mitleid erregen.

Ein weiteres kleines, viel unwichtigeres Opfer war die zarte Romanze, die sich zwischen Joseph Archer und Jemima Shore hätte entspinnen können. In seinem brütend heißen Büro mit dem sich ständig drehenden Ventilator sprachen sie jetzt über ganz andere Dinge als über den neuen Mond und neue Wünsche.

»Sie sind bestimmt glücklich, dass Sie nun Ihr Museum bekommen«, sagte Jemima.

»Aber dass es auf diese Art zustande kommt, wollte ich ganz bestimmt nicht«, erwiderte Joseph und fügte dann hinzu: »Aber wissen Sie, Jemima, nun hat doch noch die Gerechtigkeit ihren Lauf genommen. Und im tiefsten Herzen wollte Miss Izzy wirklich, dass wir dieses Nationalmuseum bekommen. Wäre sie am Leben geblieben, hätte ich ihr gut zugeredet und sie wäre wieder zur Vernunft gekommen.«

»Deshalb haben die ja auch sofort gehandelt. Sie haben sich nicht getraut zu warten, weil sie ja wussten, dass Miss Izzy großen Respekt vor Ihnen hatte«, vermutete Jemima. Dann schwieg sie, doch ihre Neugier gewann die Oberhand. Eines musste sie noch erfahren, bevor sie ging. »Das Archer-Grabmal und das alles. Und dass Tina von Sir Valentines zweiter rechtmäßiger Ehe abstammt. Stimmt das?«

»Ja, das stimmt. Vielleicht. Aber für die meisten von uns hier ist das unwichtig. Wissen Sie was, Jemima? Ich stamme auch von dieser berühmten zweiten Ehe ab. Vielleicht. Und ein paar andere vielleicht auch. Vergessen Sie nicht, Lucie Anne hatte zwei Kinder, und allgemein haben Bo'länder große Familien. Für Tina Archer war es wichtig, für mich nicht. Mir kommt es nicht darauf an. Das alles ist Vergangenheit. So wie ich das sehe, war Miss Izzy die Letzte der Archers. Soll sie in ihrem Grabe ruhen.«

»Was *wünschen* Sie sich denn für sich selber? Oder für Bow Island, wenn Ihnen das lieber ist?«

Joseph lächelte, und in seinem Lächeln schimmerte plötzlich jener gut aussehende Fischer durch, der sie auf Bow Island willkommen geheißen hatte, und ihr fröhlicher Tanzpartner. »Kommen Sie eines Tages nach Bow Island zurück, Jemima. Machen Sie eine Sendung über uns, über unsere Geschichte und das alles, dann erzähle ich's Ihnen.«

»Mach ich vielleicht sogar«, sagte Jemima Shore.

Der Fall der Andromache von Pietro
von
Sara Paretsky

Sara Paretsky (*1947) wurde in Ames/Iowa geboren und studierte an der University of Kansas in Lawrence sowie an der University of Chicago, wo sie mit einer Promotion in Geschichte abschloss. Nachdem sie sich als Verfasserin von Geschäftstexten und als Direktmarketingmanagerin einer Versicherungsgesellschaft betätigt hatte, wandte sie sich mit *Indemnity Only* (1982; dt. *Schadenersatz*) der Belletristik zu. Zum ersten Mal tritt hier die Chicagoer Privatdetektivin V.I. Warshawski auf, eine von zwei berühmten Privatdetektivinnen, die im Epoche machenden Jahr 1982 ihr Debüt feierten. Was fiktive Spürnasen angeht, so ist Warshawski Spezialistin. Paretsky schreibt im *St. James Guide to Crime & Mystery Writers* (4. Auflage, 1996): »Wie vor ihr Lew Archer blickt sie tiefer und betrachtet auch die ›Kehrseite des Dollars‹, jene Seite, wo Menschen, korrumpiert durch Macht und Geld, kriminelle Entscheidungen treffen, um ihre Positionen zu sichern. Alle ihre Fälle setzen sich mit dem einen oder anderen Aspekt von Wirtschaftskriminalität auseinander, wo leitende Angestellte ohne Rücksicht auf die kleinen Leute, die für sie arbeiten, ihre Positionen festigen oder ihre Firmen stützen.« Diese allgemeine Richtung bietet Raum für die verschiedensten Themen, von der Medizin bis zur Politik, von der Religion bis zum Gesetzesvollzug.

Neben ihrer eigenen schriftstellerischen Arbeit hat Paretsky auch viel für die Förderung von Kriminalautorinnen im Allgemeinen getan, indem sie beispielsweise deren Werk in Anthologien herausgab und die höchst erfolgreichen »Sisters in Crime« gründete.

Paretsky wird seit jeher in einem Atemzug mit Sue Grafton genannt, deren Privatdetektivin Kinsey Millhone ebenfalls 1982 zum ersten Mal in Erscheinung trat. Die beiden Autorinnen sind einander vom Können her ebenbürtig, wobei Paretskys V.I. Warshawski etwas härter und politisch in jedem Fall entschiedener auftritt als Graftons Millhone. Die ständigen Vergleiche haben bei Paretsky dazu geführt, wie sie kürzlich in einem Gespräch in der Zeitschrift *Crime Time* gesteht, dass sie Grafton nun nicht mehr lesen kann, was sie vorher mit Vergnügen tat, weil sie befürchtet, unbewusst beeinflusst zu werden.

Wie viele Privatdetektivinnen verfügt V.I. Warshawski über ein weitläufiges Netz von Freunden, die von Buch zu Buch wiederkehren. Zwei davon, Lotty Herschel und Max Loewenthal, tauchen in »Der Fall der Andromache von Pietro« auf, einer Geschichte, die – wenn man bedenkt, wie oft sie schon in Anthologien erschienen ist –, längst den Status eines modernen Klassikers erreicht hat.

Der Fall der Andromache von Pietro

I

»Du hast dich nur wegen seiner Kunstsammlung bereit erklärt, ihn einzustellen. Da bin ich mir ganz sicher.« Lotty Herschel bückte sich, um ihre Strümpfe zurechtzuzupfen. »Und hör auf, mit den Augenbrauen zu wackeln – du siehst aus wie ein pubertärer Groucho Marx.«

Gehorsam glättete Max Loewenthal seine Augenbrauen, sagte aber: »Es ist wegen deiner Beine, Lotty. Sie erinnern mich an meine Jugend. Wenn wir in den U-Bahnstationen auf das Ende des Fliegeralarms gewartet haben, haben wir uns immer die Damen angeguckt, die auf der Rolltreppe herunterkamen. Der Luftzug hat ihnen die Röcke aufgebauscht.«

»Erzähl keine Geschichten, Max. Ich war auch in diesen U-Bahnstationen, und soweit ich mich erinnere, waren die Damen immer mit Mänteln und Kindern bepackt.«

Max kam von der Tür herüber und legte den Arm um Lotty. »Genau das schweißt uns zusammen, Lottchen. Ich bin ein Romantiker, und du bist durch und durch logisch. Außerdem weißt du genau, dass wir Caudwell nicht wegen seiner Sammlung eingestellt haben. Obwohl ich sie unbedingt sehen will. Die Klinikleitung möchte am Beth Israel Hospital ein Transplantationsprogramm aufbauen. Nur so können wir wettbewerbsfähig werden –«

»Halte mir jetzt bloß keinen PR-Vortrag«, fuhr Lotty ihn an. Ihre dichten Augenbrauen zogen sich zu einer durchgehenden schwarzen Linie quer über die Stirn zusammen. »Für mich ist er ein Kretin; er hat die Hände eines Unholds und die Persönlichkeit von Attila, dem Hunnen.«

Lotty engagierte sich so intensiv für die Medizin, dass für so weltliche Dinge wie Geld kein Raum blieb. Als leitender Direktor des Krankenhauses stand Max beim Kuratorium aber in der

Pflicht, dass das Beth Israel profitabel wirtschaftete. Oder zumindest keine so hohen Verluste machte wie in den letzten Jahren. Man hatte Caudwell nicht zuletzt deswegen eingestellt, weil man durch ihn mehr zahlende Patienten anlocken und einen Ausgleich für die Mittellosen schaffen wollte, die immerhin zwölf Prozent der Patienten des Beth Israel ausmachten. Max fragte sich, wie lange das Krankenhaus es sich noch leisten konnte, so gegensätzliche Persönlichkeiten wie Lotty und Caudwell mit ihren radikal unterschiedlichen Auffassungen von Medizin zu beschäftigen.

Er ließ seinen Arm sinken und lächelte sie fragend an. »Wieso hasst du ihn eigentlich so, Lotty?«

»*Ich* muss mich den Patienten gegenüber verantworten, die ich an diesen – diesen primitiven Kerl überweise. Ist dir eigentlich klar, dass er Mrs. Mendes nicht in den Operationssaal lassen wollte, als er erfuhr, dass sie Aids hat? Dabei hätte er sich gar nicht mal selbst die Hände schmutzig machen müssen. Und er wollte auch nicht, dass ich sie operiere.«

Lotty machte sich los und deutete anklagend mit dem Finger auf Max. »Du kannst es der Kommission ruhig ausrichten – wenn er mein Urteil weiterhin in Frage stellt, können sie sich bald einen neuen Perinatalmediziner suchen. Das meine ich ganz ernst. Pass heute Nachmittag genau auf, Max, ob er mich wieder ›unsere kleine Babyärztin‹ nennt oder nicht. Ich bin achtundfünfzig Jahre alt, Fellow des Royal College of Surgeons und habe so viele Referenzen, dass ich ein ganzes Krankenhaus damit versorgen könnte. Und für ihn bin ich nur die ›kleine Babyärztin‹.«

Max setzte sich auf die Bettcouch und zog Lotty neben sich. »Nein, nein, Lottchen, nicht streiten. Hör mir zu. Warum hast du mir das denn nicht früher gesagt?«

»Stell dich nicht so dumm, Max. Du bist der Leiter des Krankenhauses. Ich kann mir doch nicht unser spezielles Verhältnis zunutze machen, um mit Problemen fertig zu werden, die ich mit Kollegen habe. Ich habe meine Meinung gesagt, als Caudwell zum letzten Vorstellungsgespräch kam. Einige von den anderen Ärzten waren nicht sehr glücklich über seine Haltung. Wie du dich vielleicht erinnerst, haben wir die Kommission gebeten, ihn erst einmal als Herzchirurgen einzustellen und dann nach einem Jahr zum Chefarzt zu befördern, wenn alle mit ihm zufrieden wären.«

»Wir haben darüber geredet, es so zu machen«, gab Max zu. »Er wollte den Posten aber nur als Chefarzt annehmen. Nur so konnten wir ihm so viel Geld bieten wie die Universitätskliniken oder das Humana. Und außerdem, Lotty, musst du zugeben, dass er ein erstklassiger Chirurg ist, auch wenn du ihn als Mensch nicht leiden kannst.«

»Ich gebe überhaupt nichts zu.« In ihren schwarzen Augen tanzten rote Lichter. »Wenn er mich als Kollegin schon so herablassend behandelt, was glaubst du, wie er dann erst mit seinen Patienten umspringt? Man kann den Arztberuf nicht ausüben, wenn –«

»Jetzt muss ich *dich* aber bitten, mir keinen Vortrag zu halten«, unterbrach Max sie sanft. »Aber wenn du dich so über ihn aufregst, solltest du heute Nachmittag vielleicht lieber nicht auf seine Party gehen.«

»Und zugeben, dass er mich kleinkriegen kann? Niemals.«

»Na schön.« Max stand auf und legte Lotty ein üppig besticktes Wolltuch um die Schultern. »Du musst mir aber versprechen, dass du dich benimmst. Vergiss nicht, wir gehen zu einer gesellschaftlichen Veranstaltung, nicht zu einem Kampf der Gladiatoren. Caudwell will sich heute Nachmittag als Gastgeber erkenntlich zeigen, nicht dich heruntermachen.«

»Von dir brauche ich keinen Benimmunterricht. Die Herschels haben den Kaisern von Österreich aufgewartet, als die Loewenthals noch Obst und Gemüse auf dem Wiener Ring verkauft haben«, sagte Lotty hochmütig.

Max lachte und küsste ihr die Hand. »Dann besinn dich auf diese noblen Herschels und benimm dich wie sie, Eure Hoheit.«

II

Als er nach Chicago gezogen war, hatte Caudwell sich eine Wohnung gekauft, ohne sie vorher zu besichtigen. Ein geschiedener Mann, dessen Kinder das College besuchen, braucht nur auf seinen eigenen Geschmack Rücksicht zu nehmen. Er bat die Kommission des Beth Israel, ihm einen Makler zu empfehlen, und schickte diesem eine Liste mit seinen Vorstellungen: Haus aus den Zwanzigern, in der Nähe vom Michigansee, gute Sicherheitsvorkehrungen, moderne Sanitäranlagen. Dann blätterte er siebenhundertfünfzigtausend Dollar für eine Eigentumswohnung mit acht Zimmern und Seeblick an der Scott Street hin.

Da das Beth Israel das Privileg, Dr. Charlotte Herschel als Perinatalmedizinerin beschäftigen zu dürfen, anständig honorierte, hätte sie es nicht nötig gehabt, in einer Fünfzimmerwohnung ohne Aufzug am Rand der Außenviertel zu wohnen, und deshalb war es ein bisschen unfair, Max das Wort »Parvenü« zuzumurmeln, als sie die Eingangshalle betraten.

Max ließ Lotty erleichtert ihrer eigenen Wege gehen, sobald sie aus dem Aufzug ausgestiegen waren. Ihr Liebhaber zu sein war wie der Versuch, sich mit einer bengalischen Tigerin zusammenzutun: Man wusste nie, wann sie zum tödlichen Schlag ausholen würde. Trotzdem, falls Caudwell vorhatte, sie selbst – oder ihre Haltung – zu kritisieren, musste er mit dem Chirurgen sprechen und ihm erklären, wie wichtig Lotty für den Ruf des Beth Israel war.

Die beiden Kinder von Caudwell machten ihren obligatorischen Weihnachtsbesuch. Der Junge und das Mädchen, Deborah und Steve, waren nur ein Jahr auseinander. Beide groß, beide blond und cool, besaßen sie jene unnachahmliche Lässigkeit, die man sich durch eine Kindheit auf den teuren Skipisten erwirbt. Max war nicht sehr groß, und als das eine der Kinder ihm den Mantel abnahm und das andere ihn kurz und knapp den Gästen vorstellte, spürte er, wie seine Selbstsicherheit dahinschwand. Er nahm ein Glas Spezialcuvée von einem der Kinder entgegen – war es der Junge oder das Mädchen, fragte er sich verwirrt – und flüchtete sich ins Gedränge.

Er landete neben einer der Kuratorinnen des Beth Israel, einer Frau um die Sechzig in einem grauen Minikleid, dessen schwarze Streifen aus Federn gearbeitet waren. Sie ließ sich geistreich über Caudwells Kunstsammlung aus, aber Max spürte einen feindseligen Unterton: Wohlhabende Kuratoren sehen es nicht gern, wenn das Personal mehr Geld hat als sie.

Während er in passenden Abständen die Stirn runzelte und

nickte, wurde Max klar, dass Caudwell wusste, wie sehr das Krankenhaus Lotty brauchte. Herzchirurgen leiden nicht gerade unter einem unterentwickelten Ego: Wenn man sie nach den drei führenden Medizinern der Welt fragt, können sie sich nie an die Namen der beiden anderen erinnern. Lotty war eine Kapazität auf ihrem Gebiet, und auch sie war es gewohnt, ihren Kopf durchzusetzen. Und da ihr Konfrontationsstil eher an die Ardennenoffensive als an den Kaiserhof von Wien erinnerte, konnte er es Caudwell nicht verdenken, dass dieser sie aus dem Krankenhaus drängen wollte.

Max trennte sich von Martha Gildersleeve, um einige der Gemälde und Figurinen zu bewundern, von denen sie gesprochen hatte. Da er selbst chinesisches Porzellan sammelte, zog Max beeindruckt die Augenbrauen hoch und stieß beim Anblick der ausgestellten Stücke einen tonlosen Pfiff hervor. Ein kleiner Watteau und ein Aquarell von Charles Demuth, die so viel wert waren, wie das Jahresgehalt, das Caudwell vom Beth Israel bezog. Kein Wunder, dass Mrs. Gildersleeve verärgert gewesen war.

»Beeindruckend, nicht wahr?«

Max drehte sich um und sah Arthur Gioia vor sich aufragen. Max war kleiner als die meisten anderen Belegschaftsmitglieder des Beth Israel – abgesehen von Lotty. Doch Gioia, ein großer, muskulöser Immunologe, überragte alle. Er hatte ein Football-Stipendium der University of Arkansas gehabt und vor seinem Medizinstudium sogar einmal eine Saison für Houston gespielt. Es war zwar schon zwanzig Jahre her, seit er das letzte Mal Gewichte gestemmt hatte, aber sein Nacken sah immer noch aus wie ein Redwood-Stumpf.

Gioia war der Wortführer der Gruppe gewesen, die gegen Caudwells Einstellung votiert hatte. Max hatte damals vermutet, es sei wohl am ehesten darauf zurückzuführen, dass der Mediziner keinen Chirurgen als nominellen Chef haben wollte, doch nach Lottys Gefühlsausbruch war er sich nicht mehr so sicher. Er überlegte gerade, ob er den Arzt fragen sollte, was er jetzt von Caudwell hielt, nachdem er ein halbes Jahr mit ihm zusammengearbeitet hatte, als der Gastgeber zu ihm herüberkam und ihm die Hand schüttelte.

»Tut mir Leid, dass ich Sie nicht gleich gesehen habe, Loewenthal. Gefällt Ihnen der Watteau? Eins von meinen Lieblingsstücken. Obwohl man als Sammler eigentlich kein Stück bevorzugen sollte, genauso wenig wie als Vater, stimmt's, mein Schatz?« Die letzte Bemerkung war an seine Tochter Deborah gerichtet, die hinter Caudwell getreten war und den Arm um ihn schlang.

Caudwell sah mehr wie ein viktorianischer Seebär aus als wie ein Chirurg. Er hatte ein rundes, rotes Gesicht unter einem gelblich weißen Haarschopf, ein kräftiges Nikolauslachen und eine raue, aber herzliche Art. Trotz Lottys Schmähungen war er bei seinen Patienten außerordentlich beliebt. In der kurzen Zeit, die er am Krankenhaus war, hatte sich die Anzahl der Herzoperationen um fünfzehn Prozent erhöht.

Seine Tochter kniff ihn neckisch in die Schulter. »Ich weiß, dass du keinen von uns bevorzugst, Dad, aber was deine Sammlung anbelangt, lügst du Mr. Loewenthal doch was vor. Na komm schon, du weißt, dass ich Recht habe.«

Sie wandte sich Max zu. »Er hat nämlich ein Stück, auf das er so stolz ist, dass er es gar nicht herzeigen will. Er möchte nicht, dass jemand was von seinem schwachen Punkt erfährt. Aber es ist Weihnachten, Dad, sei doch locker, zeig den Leuten mal zur Abwechslung, wie du wirklich bist.«

Max sah den Chirurgen neugierig an, aber Caudwell schien sich über die vertrauliche Art seiner Tochter zu freuen. Der Sohn kam dazu und verlieh dem Geschmeichel seiner Schwester eine eigene lustige Note.

»Es ist wirklich Dads ganzer Stolz. Er hat es Onkel Griffen geklaut, als Großvater starb, und Mutter daran gehindert, es sich unter den Nagel zu reißen, als sie sich trennten.«

Dagegen hatte Caudwell nun doch etwas einzuwenden. »Du vermittelst meinen Kollegen noch einen ganz falschen Eindruck von mir, Steve. Ich habe es Grif nicht geklaut. Ich habe ihm gesagt, er kann den restlichen Besitz haben, wenn er mir den Watteau und die Skulptur von Pietro überlässt.«

»Natürlich hätte er sich mit dem Erlös zehn solche Anwesen kaufen können«, murmelte Steve seiner Schwester über Max' Kopf hinweg zu.

Deborah ließ den Arm ihres Vaters los, lehnte sich über Max und flüsterte zurück: »Mom auch.«

Max wich vor diesem beunruhigenden Pärchen zurück und sagte zu Caudwell: »Ein Pietro? Sie meinen Pietro d'Alessandro? Haben Sie ein Modell oder tatsächlich eine echte Skulptur?«

Caudwell stieß sein abgehacktes Admiralslachen aus. »Eine waschechte Skulptur, Loewenthal. Waschecht. Eine Alabasterskulptur.«

»Eine Alabasterskulptur?« Max zog erstaunt die Augenbrauen hoch. »Das kann doch nicht sein. Ich dachte, Pietro hat nur in Bronze und Marmor gearbeitet.«

»Ja, ja«, kicherte Caudwell und rieb sich die Hände. »Das denkt jeder, aber es gab tatsächlich ein paar Alabasterskulpturen in privaten Sammlungen. Ich habe mir von Fachleuten die Echtheit bestätigen lassen. Kommen Sie, schauen Sie sie sich ruhig an – das wird Ihnen den Atem verschlagen. Sie auch, Gioia, kommen Sie mit«, bellte er den Immunologen an. »Sie sind doch Italiener, da interessiert es Sie sicher, was Ihre Altvorderen so getrieben haben.«

»Eine Alabasterskulptur von Pietro?« Lottys schneidender Ton ließ Max zusammenzucken. Er hatte nicht bemerkt, dass sie sich zu ihnen gesellt hatte. »Ich würde das Stück sehr gern sehen.«

»Dann kommen Sie doch mit, Dr. Herschel, kommen Sie ruhig mit.« Caudwell führte sie in einen kleinen Flur, wechselte im Vorbeigehen einige freundliche Worte mit seinen Gästen, zeigte ihnen eine Miniatur von William Hill, die ihnen vielleicht entgangen wäre, und versammelte noch einige weitere Leute um sich, die sich aus unterschiedlichen Gründen für sein kostbarstes Stück interessierten.

»Übrigens, Gioia, ich war letzte Woche in New York und habe dort einen alten Freund von Ihnen aus Arkansas kennen gelernt. Paul Nierman.«

»Nierman?« Gioia schien ratlos. »Ich fürchte, ich erinnere mich nicht mehr an ihn.«

»Tja, er hat sich aber ziemlich gut an Sie erinnert. Lässt Ihnen alles Mögliche ausrichten – Sie müssen am Montag bei mir im Büro vorbeikommen und sich die ganze Ladung abholen.«

Caudwell öffnete eine Tür auf der rechten Seite des Flurs und führte die anderen in sein Arbeitszimmer. Es war ein achteckiger Raum, aus einer Gebäudeecke geschnitten. Auf zwei Seiten gingen Fenster auf den Michigansee hinaus. Caudwell zog die lachsfarbenen Vorhänge zu, während er ihnen erklärte, weshalb er den Raum als Arbeitszimmer gewählt hatte, obwohl die Aussicht ihn von der Arbeit ablenkte.

Lotty beachtete ihn gar nicht und ging zu einem kleinen Sockel hinüber, der ganz für sich vor einer holzgetäfelten Wand stand. Max folgte ihr und warf einen ehrfürchtigen Blick auf die Skulptur. Außer in einem Museum hatte er nur selten ein so schönes Stück gesehen. Die Skulptur war gut dreißig Zentimeter hoch und stellte eine Frau in klassischen Gewändern dar, die sich gramvoll über die Leiche eines Soldaten zu ihren Füßen beugte. Der Schmerz in ihrem schönen Gesicht war so ergreifend, dass er den Betrachter an jeden Kummer erinnerte, den er selbst schon durchgemacht hatte.

»Wen stellt sie dar?«, fragte Max wissbegierig.

»Andromache«, sagte Lotty mit erstickter Stimme. »Andromache, die um Hektor trauert.«

Max starrte Lotty überrascht an, erstaunt über ihre emotionale Reaktion und dass sie über die Skulptur Bescheid wusste – Lotty interessierte sich sonst absolut nicht für Bildhauerei.

Caudwell konnte sich das selbstgefällige Grinsen des Sammlers, der eine Trouvaille gemacht hatte, nicht verkneifen. »Schön, nicht? Woher kennen Sie das Thema?«

»Das sollte ich ja wohl kennen.« Lottys Stimme war vor Erregung ganz heiser. »Meine Großmutter hatte so eine Skulptur von Pietro. Eine Alabasterskulptur, die Kaiser Joseph II. ihrem Urgroßvater für seine Bemühungen um die Festigung der kaiserlichen Beziehungen zu Polen geschenkt hatte.«

Hastig riss sie die Skulptur vom Sockel, ohne auf Max' erschreckte Reaktion zu achten, und drehte sie um. »Man kann die Reste des kaiserlichen Siegels noch erkennen. Und die Macke an Hektors Fuß, die die Habsburger überhaupt erst bewog, die Skulptur wegzugeben. Wieso haben Sie dieses Stück? Wo haben Sie es gefunden?«

Die kleine Gruppe, die sich Caudwell angeschlossen hatte, stand schweigend an der Tür, erschrocken über Lottys Gefühlsausbruch. Gioia sah noch entsetzter aus als die anderen, doch war ihm Lotty sowieso immer zu viel – er war wie ein Elefant, der sich mit einer aggressiven Maus konfrontiert sieht.

»Ich finde, Sie lassen sich hier von Ihren Gefühlen überwältigen, Dr. Herschel.« Caudwell behielt seinen lockeren Tonfall bei, wodurch Lotty im Vergleich noch unbeholfener wirkte. »Ich habe dieses Stück von meinem Vater geerbt, der es – völlig legal – in Europa gekauft hat. Vielleicht von – Ihrer Großmutter. Aber wahrscheinlich verwechseln Sie die Skulptur mit einer anderen, die Sie als Kind im Museum gesehen haben.«

Deborah stieß ein spitzes Lachen aus und rief ihrem Bruder mit lauter Stimme zu: »Dad hat sie vielleicht von Onkel Grif gestohlen, aber es sieht ganz so aus, als hätte Großvater sie auch schon geklaut.«

»Sei still, Deborah«, blaffte Caudwell sie an.

Seine Tochter schenkte ihm keine Beachtung. Sie lachte wieder und gesellte sich zu ihrem Bruder, um das kaiserliche Siegel auf der Unterseite der Skulptur zu betrachten.

Lotty schob die beiden beiseite. »*Ich* soll das Siegel von Joseph II. verwechseln?«, zischte sie Caudwell an. »Oder die Macke an Hektors Fuß? Hier sieht man sogar noch den Riss, wo irgendein Banause das fehlende Stück wieder angefügt hat. Jemand, der glaubte, er könnte dadurch den Wert von Pietros Werk erhöhen. Waren *Sie* das, Doktor? Oder Ihr Vater?«

»Lotty.« Max stand neben ihr, entwand die Skulptur sanft ihren zitternden Händen und stellte sie wieder auf den Sockel. »Lotty, dies ist weder der richtige Ort noch die richtige Art, solche Dinge zu besprechen.«

Tränen der Wut glitzerten in ihren schwarzen Augen. »Zweifelst du etwa an dem, was ich sage?«

Max schüttelte den Kopf. »Ich zweifle nicht an dir. Aber ich unterstütze dich auch nicht. Ich bitte dich nur, hier nicht so über diese Sache zu sprechen.«

»Aber Max – dieser Mann oder sein Vater ist ein Dieb!«

Caudwell schlenderte zu Lotty hinüber und kniff sie ins Kinn.

»Sie arbeiten zu viel, Dr. Herschel. Sie haben im Moment zu viel um die Ohren. Ich glaube, die Kommission würde es begrüßen, wenn Sie ein paar Wochen Urlaub nehmen, irgendwohin fahren, wo es warm ist, und sich etwas ausruhen. Wenn Sie so angespannt sind, haben Ihre Patienten doch nichts davon. Was meinen Sie dazu, Loewenthal?«

Max sagte nichts von dem, was er eigentlich sagen wollte – dass er Lotty unmöglich und Caudwell unerträglich fand. Er glaubte Lotty, glaubte, dass die Skulptur ihrer Großmutter gehört hatte. Denn erstens wusste sie zu viel darüber, und zweitens waren viele Kunstwerke, die früher europäischen Juden gehört hatten, heute in Museen und privaten Sammlungen auf der ganzen Welt verstreut. Es war also nur ein scheußlicher Zufall, dass die Skulptur von Pietro ausgerechnet im Besitz von Caudwells Vater gelandet war.

Aber wie kam Lotty dazu, die Angelegenheit auf eine Art anzusprechen, die alle Anwesenden gegen sie aufbringen musste? Er konnte sie in einer solchen Situation keinesfalls unterstützen. Gleichzeitig weckte die gönnerhafte Geste, mit der Caudwell sie ins Kinn gekniffen hatte, in ihm den Wunsch, die Regeln des Anstands abzuschütteln und den Chirurgen k.o. zu schlagen – wenn er bloß zehn Jahre jünger und ein gutes Stück größer gewesen wäre.

»Es ist wohl nicht der richtige Ort und der richtige Zeitpunkt, um über solche Dinge zu reden«, wiederholte er so beherrscht wie möglich. »Beruhigen wir uns lieber alle und unterhalten uns am Montag noch mal darüber, ja?«

Lotty schluckte unwillkürlich und rauschte dann aus dem Zimmer, ohne sich auch noch einmal umzudrehen.

Max weigerte sich, ihr nachzugehen. Er war so wütend auf sie, dass er sie an diesem Nachmittag nicht mehr sehen wollte. Als er sich etwa eine Stunde später auf den Weg machte, nach einem langen Gespräch mit Caudwell, das seine kultivierten Umgangsformen auf eine harte Probe gestellt hatte, erfuhr er erleichtert, dass Lotty längst gegangen war. Die Nachricht von ihrem Gefühlsausbruch hatte sich unter den Anwesenden natürlich wie ein Lauffeuer verbreitet. Er fühlte sich nicht imstande, sie etwa gegenüber Martha Gildersleeve zu verteidigen, die während der Fahrt im Aufzug eine Erklärung von ihm verlangte.

Er kehrte zu einem einsamen Abend in sein Haus in Evanston heim. Normalerweise genoss er Stunden wie diese, in denen er in seinem Arbeitszimmer Musik hörte, mit ausgezogenen Schuhen auf dem Sofa lag, Geschichtsbücher las und dabei die Wellen vom See heraufschwappen hörte.

An diesem Abend jedoch kam er nicht zur Ruhe. Sein Zorn auf Lotty ging über in Bilder des Grauens, die Erinnerungen an seine eigene auseinander gerissene Familie, die Suche nach seiner Mutter quer durch ganz Europa. Er hatte nie jemanden gefunden, der genau wusste, was aus ihr geworden war, obwohl mehrere Leute ihm mit Gewissheit sagen konnten, dass sein Vater Selbstmord begangen hatte. Und über diesen Gedankenfetzen lag das beunruhigende Bild von Caudwells Kindern, wie sie, den blonden Kopf im selben Winkel zurückgeworfen, hämisch im Chor sangen: »Grandpa war ein Dieb, Grandpa war ein Dieb«, während Caudwell seine Gäste aus dem Arbeitszimmer schob.

Bis zum Morgen musste er sich wieder so weit gefasst haben, dass er Lotty und der unvermeidlichen Flut von Anrufen erzürnter Kuratoren entgegentreten konnte. Er würde sich etwas überlegen müssen, womit er Caudwells Eitelkeit besänftigen konnte, die allerdings mehr durch das Verhalten seiner Kinder verletzt war als durch das, was Lotty gesagt hatte. Und er musste einen Weg finden, wie er beide wichtigen Ärzte am Beth Israel Hospital halten konnte.

Max fuhr sich durch das graue Haar. Von Woche zu Woche bereitete ihm seine Arbeit weniger Freude und mehr Kopfschmerzen. Vielleicht war es an der Zeit, abzutreten und einem jungen Wirtschaftsfachmann Platz zu machen, der die Finanzen des Beth Israel sanieren würde. Lotty würde dann kündigen und damit den Spannungen zwischen ihr und Caudwell ein Ende setzen.

Max schlief auf dem Sofa ein. Gegen fünf Uhr wachte er davon auf, dass er »bis zum Morgen, bis zum Morgen« murmelte. Seine Gelenke waren vor Kälte ganz steif und seine Augen verklebt von den Tränen, die er im Schlaf geweint hatte.

Aber am Morgen war alles ganz anders. Als Max in seinem Büro ankam, herrschte dort helle Aufregung, jedoch nicht über Lottys

Gefühlsausbruch, sondern weil Caudwell nicht zu einer für den frühen Morgen angesetzten Operation erschienen war. Die Arbeit kam mittags fast völlig zum Erliegen, als seine Kinder anriefen und sagten, sie hätten den Chirurgen erdrosselt in seinem Arbeitszimmer gefunden und außerdem fehle die Andromache von Pietro. Am Dienstag nahm die Polizei Dr. Charlotte Herschel wegen des Mordes an Lewis Caudwell fest.

III

Lotty wollte mit niemandem sprechen. Sie war wieder auf freiem Fuß, gegen eine Kaution von zweihundertfünfzigtausend Dollar. Max hatte das Geld aufgebracht, doch sie hatte sich nach zwei Nächten im Bezirksgefängnis sofort in ihre Wohnung an der Sheffield Avenue begeben, ohne sich vorher bei ihm zu bedanken. Sie wollte nicht mit Reportern reden, schwieg bei der Polizei und weigerte sich nachdrücklich, mit der Detektivin zu sprechen, mit der sie schon seit Jahren eng befreundet war.

Auch Max hatte sich hinter eine undurchdringliche Mauer des Schweigens zurückgezogen. Während Lotty auf unbefristete Zeit Urlaub nahm und ihre Patienten an eine Reihe von Kollegen überwies, ging Max weiterhin jeden Tag ins Krankenhaus. Doch auch er wollte nicht mit den Reportern sprechen. Er sagte nicht einmal »Kein Kommentar«. Mit der Polizei redete er erst, als man ihm drohte, ihn als Hauptzeugen zu verhaften, und selbst dann musste man ihm noch jedes Wort mühsam abringen, als wäre sein Mund der Stein und das Wort Excalibur. Drei Tage lang hinterließ V.I. Warshawski Nachrichten für ihn, ohne dass er sich bei ihr meldete.

Als am Freitag keine Nachricht mehr von der Detektivin kam, in der Herrentoilette kein Reporter mehr auf ihn zusprang, um ihn fintenreich zum Reden zu bringen, und keine Anrufe mehr vom Staatsanwalt kamen, fühlte sich Max bei der Heimfahrt zum ersten Mal wieder etwas entspannt. Sobald das Verfahren vorbei war, würde er in den Ruhestand gehen und nach London ziehen. Wenn er nur bis dahin durchhielt, wäre alles – nicht direkt gut, aber doch zumindest erträglich.

Er öffnete das Garagentor mit der Fernbedienung und steuerte den Wagen vorsichtig in die schmale Lücke. Beim Aussteigen erkannte er bitter, dass er zu optimistisch gewesen war, als er geglaubt hatte, man würde ihn in Frieden lassen. Er hatte die Frau nicht gesehen, die auf dem Treppenabsatz zwischen Garage und Küche saß und sich aufrichtete, als er näher kam.

»Bin ich froh, dass du da bist – ich wäre hier fast erfroren.«

»Wie bist du in die Garage gekommen, Victoria?«

Die Detektivin grinste auf eine Art, die er normalerweise gewinnend fand, die ihn jetzt aber an ein Raubtier erinnerte. »Berufsgeheimnis, Max. Ich weiß, dass du mich nicht sehen willst, aber ich muss mit dir sprechen.«

Er schloss die Tür zur Küche auf. »Wieso bist du nicht einfach ins Haus gegangen, wenn dir kalt war? Wenn du es mit deinem Gewissen vereinbaren kannst, in die Garage einzubrechen, wieso dann nicht gleich ins Haus?«

Sie biss sich erst etwas verlegen auf die Lippe und sagte dann leichthin: »Ich konnte nicht richtig mit dem Dietrich hantieren, meine Hände waren zu kalt.«

Die Detektivin folgte ihm ins Haus. Auch so ein Riesenmonster – einsdreiundsiebzig, athletisch, leichtfüßig hinter ihm. Vielleicht mischten amerikanische Mütter ihren Kindern Hormone und Steroide unter die Cornflakes. Er musste Lotty fragen. Bei dem Gedanken zuckte er zusammen.

»Ich habe natürlich mit der Polizei gesprochen«, fuhr die helle Altstimme hinter ihm unbeirrt fort und ignorierte einfach die ausgesuchte Unhöflichkeit, mit der er sich einen Cognac einschenkte, die Schuhe auszog, in seine Pantoffeln schlüpfte und über den Flur zur Haustür schlurfte, um die Post zu holen.

»Ich verstehe, warum sie Lotty festgenommen haben – Caudwell ist mit einer ganzen Menge Beruhigungsmittel betäubt und erdrosselt worden, während er noch dahindämmerte. Außerdem war sie Sonntagnacht noch mal bei seinem Wohngebäude. Sie will nicht sagen warum, aber einer von den Mietern hat sie als die Frau identifiziert, die ihm so etwa gegen zehn am Lieferanteneingang begegnete, als er mit dem Hund spazieren ging. Sie will nicht sagen, ob sie mit Caudwell gesprochen hat, ob er sie hereingelassen hat und ob er da noch am Leben war.«

Max versuchte, ihre klare Stimme zu ignorieren. Als ihm das nicht gelang, versuchte er eine Zeitschrift zu lesen, die mit der Post gekommen war.

»Und die Kinder – das sind vielleicht Typen, was? Wie aus einer Freakshow. Mit mir wollen sie nicht reden, aber Murray Ryerson vom *Star* haben sie ein langes Interview gegeben.

Nachdem Caudwells Gäste weg waren, sind sie an der Chestnut Street Station ins Kino, haben danach eine Pizza gegessen und sind dann noch in eine Disko an der Division Street gegangen. So gegen zwei Uhr morgens sind sie nach Hause gekommen – der Pförtner hat es bestätigt – und haben im Arbeitszimmer ihres Vaters Licht gesehen. Sie waren allerdings nicht besonders scharf darauf, noch mit ihm zu reden, weil er immer überreagierte – ihr Ausdruck –, wenn sie einen sitzen hatten. Also sind sie nicht mehr hinein, um ihm gute Nacht zu sagen. Sie haben ihn erst gegen Mittag gefunden, nachdem sie aufgestanden und ins Arbeitszimmer gegangen waren.«

Während V.I. dies sagte, war sie Max vom Flur zur Tür seines Arbeitszimmers gefolgt. Er blieb unschlüssig stehen, weil er nicht wollte, dass sie mit ihrer hartnäckigen Presslufthammerstimme in seinen Privatbereich eindrang. Also ging er schließlich über den Flur in sein selten genutztes Wohnzimmer hinüber. Er setzte sich steif auf einen der Brokatsessel und sah sie abweisend an, als sie auf der Kante des zweiten Sessels Platz nahm.

»Der Schwachpunkt in der Geschichte der Polizei ist die Skulptur«, fuhr V.I. fort.

Skeptisch beäugte sie den Perserteppich, machte den Reißverschluss an ihren Stiefeln auf und stellte sie auf die Klinker vor dem Kamin.

»Alle, die auf der Party waren, sind sich darüber einig, dass Lotty völlig außer sich war. Inzwischen hat sich die Geschichte so weit herumgesprochen, dass sogar Leute, die gar nicht in der Wohnung waren, als sie sich die Skulptur ansah, schwören, sie hätten gehört, wie sie drohte, ihn umzubringen. Aber wenn das der Fall ist, was ist dann aus der Skulptur geworden?«

Max' leichtes Achselzucken sollte sein völliges Desinteresse an dem Thema bekunden.

V.I. ließ nicht locker. »Nun glauben manche Leute, sie könnte sie einem Freund oder Verwandten gegeben haben, der sie für sie aufbewahrt, bis sie vor Gericht freigesprochen wird. Und diese Leute denken, dass entweder ihr Onkel Stefan hier in Chicago, ihr Bruder Hugo in Montreal oder du dafür in Frage kommen. Also haben die Mounties Hugos Wohnung durchsucht und halten ein Auge auf seine Post. Und die Polizei in Chicago macht hier bei Stefan dasselbe. Und vermutlich war hier auch schon jemand mit einem Haussuchungsbefehl, oder?«

Max sagte nichts, spürte aber, wie sein Herzschlag sich beschleunigte. Die Polizei im Haus, die seine Sachen durchwühlte? Würden sie ihn denn nicht zuerst um Erlaubnis bitten müssen? Oder nicht? Victoria wüsste es, doch er konnte sich einfach nicht dazu durchringen, sie zu fragen. Sie wartete einige Minuten, aber als er immer noch nichts sagte, redete sie weiter. Er sah, dass es ihr zusehends schwerer fiel, kam ihr jedoch nicht entgegen.

»Aber ich bin anderer Meinung als diese Leute. Weil ich weiß, dass Lotty unschuldig ist. Und deswegen bin ich hier. Nicht wie ein Aasgeier, wie du denkst, der sich an deinem Unglück weidet. Sondern um dich dazu zu kriegen, dass du mir hilfst. Lotty will nicht mit mir reden, und wenn es ihr so mies geht, will ich sie auch nicht dazu zwingen. Aber du, Max, du wirst doch nicht einfach hier rumsitzen und zusehen, wie sie wegen etwas verknackt wird, was sie nicht getan hat.«

Max sah sie nicht an. Er merkte überrascht, dass er den Cognacschwenker in der Hand hielt, und stellte ihn behutsam auf dem Tisch neben sich ab.

»Max!« Ihre Stimme klang höchst verwundert. »Das ist doch nicht zu fassen. Du glaubst also, dass sie Caudwell umgebracht hat.«

Max errötete ein wenig, aber endlich war es ihr geglückt, ihm eine Antwort zu entlocken. »Und du bist der Allwissende, der auch weiß, dass sie es nicht getan hat?«

»Jedenfalls weiß ich mehr als du«, herrschte V.I. ihn an. »Ich kenne Lotty zwar noch nicht so lange wie du, aber ich weiß, wann sie die Wahrheit sagt.«

»Also bist du doch der Allwissende.« Max verneigte sich voll

Ironie. »Du siehst über die bloßen Tatsachen hinaus bis in die tiefste Seele von Mann und Frau.«

Er rechnete mit einem weiteren Gefühlsausbruch der jungen Frau, doch sie sah ihn nur unverwandt an und schwieg. Ihr Blick war so verständnisvoll, dass Max sich für seinen Sarkasmus schämte und mit dem herausplatzte, was ihm auf der Seele lag.

»Was soll ich denn sonst glauben? Sie hat mir nichts gesagt, aber es besteht kein Zweifel daran, dass sie Sonntagnacht noch einmal in seine Wohnung zurückgekehrt ist.«

Jetzt war es an V.I., sarkastisch zu werden. »Mit einem kleinen Fläschchen Beruhigungsmittel, das sie ihm irgendwie eingeflößt hat? Und dann hat sie ihn obendrein noch erdrosselt? Komm schon, Max, du kennst Lotty doch. Die Ehrlichkeit folgt ihr wie ein Schatten. Wenn sie Caudwell tatsächlich umgebracht hätte, hätte sie etwa gesagt: ›Jawohl, ich habe dem Widerling den Schädel eingeschlagen.‹ Stattdessen sagt sie überhaupt nichts.«

Plötzlich weiteten sich die Augen der Detektivin ungläubig. »Aber natürlich. Sie denkt, *du* hast Caudwell umgebracht. Du tust das einzig Mögliche, um sie zu decken – du schweigst. Und sie tut dasselbe. Was für ein bewundernswertes Paar mittelalterlicher Ritter ihr doch abgebt!«

»Nein!«, erwiderte Max heftig. »Das ist nicht möglich. Wie könnte sie so etwas glauben? Sie hat sich so unmöglich aufgeführt, dass es mir peinlich war, neben ihr zu stehen. Ich wollte sie nicht mehr sehen und nicht mehr mit ihr sprechen. Deswegen fühle ich mich auch so elend. Wenn ich nur nicht so stur gewesen wäre, wenn ich sie doch nur am Sonntagabend noch angerufen hätte. Wie kann sie glauben, dass ich ihr zuliebe jemanden umbringen würde, wo ich doch so wütend auf sie war?«

»Warum sonst sagt sie zu keinem was?«, wollte Warshawski wissen.

»Vielleicht aus Scham«, erwiderte Max. »Du hast sie am Sonntag nicht erlebt. Ich schon. Deshalb glaube ich, dass sie ihn umgebracht hat, und nicht, weil irgendwer sie ins Gebäude gelassen hat.«

Seine braunen Augen verengten sich bei dem Gedanken. »Ich habe Lotty schon oft voll Zorn gesehen, öfter, als mir lieb ist, glaub mir. Aber noch nie, nie habe ich sie in einer so hemmungslosen Wut erlebt. Man konnte einfach nicht mit ihr reden. Unmöglich.«

Die Detektivin erwiderte nichts darauf. Stattdessen sagte sie: »Erzähl mir von der Skulptur. Ich habe schon einige etwas verworrene Aussagen von Leuten gehört, die auf der Party waren, aber ich habe bis jetzt noch mit keinem gesprochen, der mit im Arbeitszimmer war, als Caudwell sie euch gezeigt hat. Was meinst du – hat sie früher wirklich ihrer Großmutter gehört? Und wenn ja, wie ist Caudwell dann daran gekommen?«

Max nickte bekümmert. »Ach ja, sie hat wirklich einmal ihrer Familie gehört. Davon bin ich überzeugt. Sie konnte schließlich nicht im Voraus von den Details Bescheid wissen, von der Macke am Fuß und dem kaiserlichen Siegel auf der Unterseite. Und zu der Frage, wie Caudwell dazu gekommen ist – damit habe ich mich gestern selbst ein bisschen beschäftigt. Sein Vater war nach dem Krieg mit der Besatzungsarmee in Deutschland, als Chirurg unter Patton. Leute in solchen Positionen hatten nach dem Krieg unzählige Möglichkeiten, an Kunstwerke zu gelangen.«

V.I. schüttelte fragend den Kopf.

»Du hast sicher davon gehört, Victoria. Oder vielleicht auch nicht. Du weißt, dass sich die Nazis jede Menge Kunstwerke unter den Nagel gerissen haben, die Juden im ganzen besetzten Europa gehörten. Und nicht nur Juden – ganz Osteuropa haben sie im großen Stil geplündert. Vorsichtig geschätzt, haben sie etwa sechzehn Millionen Stücke gestohlen – Skulpturen, Gemälde, Altarbilder, Gobelins, seltene Bücher. Die Liste sprengt jede Vorstellungskraft.«

Die Detektivin schluckte. »Sechzehn Millionen! Du machst Witze.«

»Das ist kein Witz, Victoria. Ich wünschte, es wäre so, aber es ist keiner. Die amerikanische Besatzungsmacht hat in den besetzten Gebieten so viele Kunstwerke beschlagnahmt, wie sie bekommen konnte. Theoretisch sollten sie die rechtmäßigen Besitzer ausfindig machen und sie ihnen möglichst zurückgeben. In der Praxis fand man aber nur sehr wenige Stücke wieder, und viele landeten auf dem Schwarzmarkt.

Man brauchte lediglich zu behaupten, ein Kunstwerk sei weniger als fünftausend Dollar wert, und schon durfte man es kaufen. Für einen Offizier, der unter Patton diente, gab es unzählige Gelegenheiten zu fabelhaften Erwerbungen. Caudwell sagte, er habe die Echtheit der Skulptur überprüfen lassen, aber natürlich machte er sich nie die Mühe, ihre Herkunft zu erforschen. Wie sollte er auch?«, schloss Max bitter. »Lottys Familie hatte eine Schenkungsurkunde vom Kaiser, aber die ist sicher längst verschwunden, zusammen mit dem anderen Vermögen.«

»Und du glaubst wirklich, dass Lotty einen Mann umgebracht hätte, nur um wieder an diese Skulptur zu kommen? Schließlich konnte sie nicht damit rechnen, sie behalten zu können. Jedenfalls nicht, wenn sie jemanden dafür umgebracht hätte.«

»Du bist so rational, Victoria. Manchmal bist du so logisch, dass du nicht verstehst, warum Menschen das tun, was sie tun. Es ging nicht einfach nur um irgendeine Skulptur. Sicher, als Kunstwerk ist sie unbezahlbar, aber du kennst doch Lotty, du weißt, dass sie sich aus solchen Besitztümern nichts macht. Nein, die Skulptur bedeutete für sie ihre Familie, ihre Vergangenheit, ihre Geschichte, alles, was der Krieg für immer zerstört hat. Du darfst nicht glauben, dass diese Dinge sie nicht belasten, bloß weil sie nie darüber spricht.«

V.I. errötete bei diesem Vorwurf. »Du solltest froh sein, dass ich logisch denke. Das bringt mich nämlich zu der Überzeugung, dass Lotty unschuldig ist. Und ob du's glaubst oder nicht – ich werde es beweisen.«

Max zog auf typisch europäische Art die Schultern hoch. »Wir alle unterstützen Lotty, so gut wir eben können. Ich habe mich um die Kaution gekümmert und werde ihr einen guten Anwalt besorgen. Und ich glaube kaum, dass sie dich braucht, um ihre innersten Geheimnisse zu offenbaren.«

V.I.s graue Augen verdunkelten sich plötzlich in einem Anflug von Zorn. »Du täuschst dich gewaltig über Lotty. Ich glaube gern, dass man den Schmerz des Krieges nie verwindet, aber Lotty lebt in der Gegenwart, und sie arbeitet in der Hoffnung auf die Zukunft. Die Vergangenheit verfolgt sie nicht so und frisst sie nicht so auf wie vielleicht dich.«

Max erwiderte nichts. Er kniff seinen breiten Mund zu einer

dünnen Linie zusammen. Die Detektivin legte ihm zerknirscht die Hand auf den Arm.

»Entschuldige, Max. Das war unter der Gürtellinie.«

Er zwang sich zu einem gequälten Lächeln.

»Vielleicht hast du Recht. Vielleicht ist das der Grund, weshalb ich diese uralten Dinge so liebe. Ich wünschte, ich könnte dir das mit Lotty glauben. Frag mich, was du wissen willst. Wenn du mir versprichst, mich in Ruhe zu lassen, sobald ich dir geantwortet habe, und mich nicht mehr zu belästigen, beantworte ich dir deine Fragen.«

IV

Pflichtschuldig ließ Max sich am Montagnachmittag auf der Beisetzung von Lewis Caudwell in der Michigan Avenue Presbyterian Church blicken. Auch die Exfrau des Chirurgen war erschienen, zusammen mit ihren Kindern und Griffen, dem Bruder ihres Mannes. Selbst nach drei Jahrzehnten in Amerika fand Max das Verhalten der Einheimischen immer noch verwirrend: Wenn Caudwell und seine Exfrau geschieden waren – warum trug sie trotzdem Schwarz? Sie hatte sogar einen Hut mit Schleier auf, der an Queen Victoria erinnerte.

Die Kinder führten sich leidlich anständig auf, doch das Mädchen trug ein weißes, mit schwarzen Blitzen gemustertes Kleid, das wohl besser in eine Disko oder an einen Urlaubsort gepasst hätte. Vielleicht war es ihr einziges Kleid oder vielleicht das einzige, in dem Schwarz vorkam, dachte Max, der sich bemühte, die blonde Amazone mit Wohlwollen zu betrachten – immerhin war sie gerade auf schrecklichem und unerwartetem Wege Waise geworden.

Obwohl Deborah in der Stadt wie auch in der Kirche fremd war, hatte sie einen der Kirchensäle anmieten können und auch jemanden gefunden, der für Kaffee und einen leichten Imbiss sorgte. Max schloss sich dem Rest der Trauergemeinde nach dem Gottesdienst an.

Er kam sich ziemlich absurd vor, als er der geschiedenen Witwe kondolierte. Vermisste sie den Verstorbenen denn tatsächlich so sehr? Sie nahm seine höflichen Beileidsbezeugungen mit melancholischer Anmut entgegen und stützte sich leicht auf ihren Sohn und ihre Tochter. Die umsorgten sie reichlich übertrieben, fand Max. Neben ihrer Tochter wirkte Mrs. Caudwell so zerbrechlich und unterernährt wie ein Geist. Oder vielleicht besaßen ihre Kinder auch nur eine derart überschäumende Vitalität, die sich nicht einmal durch eine Beerdigung eindämmen ließ.

Caudwells Bruder Griffen hielt sich so nahe bei der Witwe, wie die Kinder es zuließen. Er war ganz anders als der kernige Seebär von einem Chirurgen. Max hätte sie nie für Verwandte gehalten, wenn er die Brüder nebeneinander gesehen hätte. Griffen war groß, wie seine Nichte und sein Neffe, aber nicht so robust wie sie. Caudwell hatte einen dichten, gelblich weißen Haarschopf gehabt, auf Griffens gewölbtem Kopf wuchsen dagegen nur ein paar schüttere graue Strähnen. Er wirkte schwach und nervös, und ihm ging Caudwells leutselige Jovialität ab. Kein Wunder, dass es dem Chirurgen leicht gefallen war, die Regelung des väterlichen Erbes zu seinen Gunsten zu entscheiden. Max fragte sich, was Griffen wohl als Gegenleistung bekommen hatte.

Mrs. Caudwells unzusammenhängende, wahllose Äußerungen deuteten darauf hin, dass sie unter dem Einfluss starker Beruhigungsmittel stand. Auch das war irgendwie seltsam. Seit vier Jahren lebte sie nicht mehr mit dem Mann zusammen und war über seinen Tod so erschüttert, dass sie die Beerdigung nur unter Drogen durchstehen konnte? Oder vielleicht war es die Scham darüber, nur als geschiedene Frau und nicht als echte Witwe daran teilzunehmen? Aber warum war sie dann überhaupt gekommen?

Max stellte verärgert fest, dass er diese Fragen eigentlich gern Victoria gestellt hätte. Sie hätte sicher irgendeine zynische Erklärung auf Lager gehabt – Caudwells Tod bedeutete für die Witwe das Ende der Unterhaltszahlungen, und sie wusste, dass er sie im Testament nicht bedacht hatte. Oder sie hatte ein Verhältnis mit Griffen und fürchtete, sich ohne die Beruhigungsmittel zu verraten. Obwohl man sich Griffen nicht so recht als Objekt einer starken Begierde vorstellen konnte.

Da er Victoria am Freitag zum Abschied gesagt hatte, er wolle sie nicht mehr sehen, war es lächerlich von ihm, sich zu fragen, was sie wohl tat, ob sie tatsächlich Beweise entdeckte, die Lotty von jeglichem Verdacht befreien würden. Seit sie ihn verlassen hatte, spürte er ein leichtes Flackern der Hoffnung in der Magengrube. Er versuchte immer wieder, es zu unterdrücken, aber es wollte einfach nicht ganz verschwinden.

Lotty war natürlich nicht zur Beisetzung gekommen, aber fast alle anderen Beschäftigten des Beth Israel sowie die Kuratoren waren anwesend. Arthur Gioia, der mit seinem massigen Körper den kleinen Empfangssaal fast allein ausfüllte, bemühte sich um ein taktvolles Gleichgewicht zwischen Aufrichtigkeit und Höflichkeit gegenüber der Familie des Verstorbenen. Es fiel ihm nicht leicht.

Martha Gildersleeve erschien im Zobel und wirkte an Gioias Arm fast wie ein kleiner pelziger Fußball, den er sich unter die Achsel geklemmt hatte. Sie machte der trauernden Familie gegenüber geistreiche, aber unpassende Bemerkungen über den weiteren Verbleib von Caudwells Kunstsammlung.

»Die berühmte Skulptur ist jetzt natürlich weg. Wie schade. Allein mit dem Erlös aus dem Verkauf dieses einen Stückes hätte man einen Lehrstuhl zu seinen Ehren einrichten können.« Sie lachte schrill und sinnlos.

Max warf einen verstohlenen Blick auf seine Uhr und überlegte, wie lange er höflichkeitshalber wohl noch bleiben musste. Sein sechster Sinn, die perfekte Höflichkeit, die ihn bei all seinen Handlungen leitete, hatte ihn im Stich gelassen, so dass er genauso unbeholfen war wie gewöhnliche Sterbliche auch. Er schaute bei gesellschaftlichen Anlässen sonst nie auf die Uhr, und bei jeder anderen Beisetzungsfeier hätte er Martha Gildersleeve geschickt von ihrem Opfer abgelenkt. Stattdessen stand er nun hilflos dabei, während sie Mrs. Caudwell und die anderen Anwesenden quälte.

Er sah erneut auf die Uhr. Seit dem letzten Blick waren gerade zwei Minuten vergangen. Kein Wunder, dass die meisten Leute bei langweiligen Veranstaltungen ständig auf die Uhr schauten: Sie konnten es einfach nicht glauben, wie langsam sich die Zeiger bewegten.

Er schob sich verstohlen zur Tür und tauschte dabei leere Floskeln mit den Mitarbeitern und Kuratoren aus. Offen sagte niemand etwas Negatives über Lotty, aber die Gespräche, die bei seinem Näherkommen plötzlich abbrachen, trugen zur Vergrößerung seines Elends bei.

Er war schon fast am Ausgang angelangt, als zwei Neuankömmlinge eintrafen. Die meisten Anwesenden musterten sie mit gleichgültiger Neugierde, aber Max wurde plötzlich von einer absurden Hochstimmung ergriffen. Victoria, die in ihrem marineblauen Kostüm nüchtern und modern aussah, stand in der Tür und suchte mit hochgezogenen Augenbrauen den Raum ab. Neben ihr stand ein Sergeant, den Max schon ein paar Mal mit ihr zusammen gesehen hatte. Er war für den Fall Caudwell zuständig. An diesem unangenehmen Zusammenhang lag es wohl, dass Max sich momentan nicht an seinen Namen erinnerte.

V.I. entdeckte Max schließlich bei der Tür und machte ihm diskret ein Zeichen. Er ging sofort zu ihr hinüber.

»Ich glaube, wir haben die Lösung«, murmelte sie. »Könntest du dafür sorgen, dass die Gäste gehen? Wir brauchen bloß die Familie, Mrs. Gildersleeve und Gioia.«

»Du magst die Lösung ja vielleicht haben«, knurrte der Sergeant, »aber ich bin nur inoffiziell und unter Vorbehalt hier.«

»Aber du bist hier.« Warshawski grinste, und Max fragte sich, wie er an diesem Blick je etwas Raubtierhaftes hatte finden können. Beim Anblick ihres Lächelns verbesserte sich seine Laune schlagartig. »Tief im Inneren weißt du, dass es dumm war, Lotty zu verhaften. Ich werde jetzt dafür sorgen, dass du unglaublich clever dastehst. Und noch dazu in aller Öffentlichkeit.«

Ähnlich beglückt wie eine leidende Diva, die ihre Stimme plötzlich wieder findet, spürte Max seine Höflichkeit und Weltgewandtheit zurückkehren. Hier eine kleine Geste, dort ein kurzes Wort, und schon verschwanden die Gäste wie die Heerscharen von Sanherib. In der Zwischenzeit führte er erst Martha Gildersleeve und dann Mrs. Caudwell zu zwei nebeneinander stehenden Sesseln, bat den Bruder, Kaffee für Mrs. Gildersleeve zu holen, und die Tochter und den Sohn, sich um die Witwe zu kümmern.

Mit Gioia konnte er etwas rücksichtsloser umgehen. Ihm sagte er, er solle warten, da die Polizei ihm ein paar wichtige Fragen zu stellen habe. Als auch der letzte Gast gegangen war, stand der Immunologe nervös beim Fenster und ließ das Kleingeld immer wieder klimpernd durch die Finger gleiten. Plötzlich war dieses Geklingel das einzige Geräusch im Raum. Gioia wurde rot und verschränkte die Hände hinter dem Rücken.

Victoria kam mit einem strahlenden Lächeln ins Zimmer – wie eine Gouvernante, die für ihre Schützlinge ein ganz besonderes Vergnügen in petto hat. Sie stellte sich den Caudwells vor.

»Nach dieser Woche kennen Sie Sergeant McGonnigal ja sicher. Ich bin Privatdetektivin. Da ich keine rechtliche Handhabe habe, sind Sie nicht verpflichtet, meine Fragen zu beantworten. Ich werde Ihnen also auch keine stellen. Ich werde Ihnen lediglich einen Reisebericht präsentieren. Leider ohne Dias, aber Sie müssen sich die Bilder eben dazu denken, während die Tonspur abläuft.«

»Eine Privatdetektivin!« Steves Mund formte ein übertriebenes »O«. Seine Augen weiteten sich vor Staunen. »Wie Bogie.«

Wie üblich war die Bemerkung an seine Schwester gerichtet. Die stieß ihr spitzes Lachen aus und sagte: »Damit gewinnen wir bestimmt den ersten Preis beim Aufsatzwettbewerb ›Wie ich die Weihnachtsferien verbracht habe‹. Unser Daddy ist ermordet worden. Zowie! Dann hat man sein kostbarstes Kunstwerk geklaut. Powie! Aber er hatte es schon vorher von der jüdischen Ärztin gestohlen, die ihn umgebracht hat. Yowie! Und dann als Krönung noch eine Privatdetektivin. Yowie! Zowie! Powie!«

»Deborah, bitte«, seufzte Mrs. Caudwell. »Ich weiß, dass du aufgeregt bist, Schätzchen, aber lass das jetzt, ja?«

»Ihre Kinder halten Sie jung, nicht wahr, Madam?«, meinte Victoria. »Wie könnte man sich jemals alt fühlen, wenn die Kinder ihr Leben lang sieben Jahre alt bleiben?«

»Auweia, sie beißt, Debbie, pass auf, sie beißt!«, rief Steve aus.

McGonnigal machte eine unwillkürliche Bewegung, als wollte er dem jungen Mann eine Ohrfeige verpassen. »Ms. Warshawski hat Recht: Sie sind nicht verpflichtet, ihre Fragen zu beantworten. Aber Sie sind ja alle intelligente Menschen. Dann wissen Sie auch, dass ich nicht hier wäre, wenn die Polizei ihre Überlegungen nicht sehr ernst nehmen würde. Jetzt also ein bisschen Ruhe, und hören Sie zu, was sie zu sagen hat.«

Victoria setzte sich in einen Sessel neben Mrs. Caudwell. McGonnigal ging zur Tür hinüber und lehnte sich gegen den Pfosten. Deborah und Steve flüsterten miteinander und versetzten sich gegenseitig Rippenstöße, bis einer oder alle beide zu quieken anfingen. Dann machten sie ein ernstes Gesicht, setzten sich ordentlich hin und falteten wie Chorknaben mit großen, glänzenden Augen die Hände auf dem Schoß.

Griffen stand aufrecht neben Mrs. Caudwell. »Du weißt, dass du nichts sagen musst, Vivian. Ich glaube, es ist besser, du fährst zurück ins Hotel und legst dich hin. Die anstrengende Beerdigung – und dann all diese fremden Leute –«

Mrs. Caudwell schürzte unter ihrem Schleier tapfer die Lippen. »Schon gut, Grif. Wenn ich bis jetzt alles überstanden habe, bringt mich das hier auch nicht mehr um.«

»Toll.« Victoria ließ sich von Max eine Tasse Kaffee geben. »Lassen Sie mich die Ereignisse einfach so darstellen, wie ich sie letzte Woche erlebt habe. Wie jeder in Chicago habe ich in den Zeitungen über den Mord an Dr. Caudwell gelesen und im Fernsehen Berichte darüber gesehen. Da ich einige Leute vom Beth Israel kenne, habe ich der Sache vielleicht mehr Aufmerksamkeit geschenkt als die anderen Zuschauer. Aber erst seit Dr. Herschels Verhaftung am Dienstag befasse ich mich persönlich mit dem Fall.«

Sie nahm einen Schluck Kaffee und stellte die Tasse mit Schwung auf den Tisch neben sich. »Ich kenne Dr. Herschel schon fast zwanzig Jahre. Es ist unvorstellbar, dass sie so einen Mord begehen würde. Das hätte allen, die sie gut kennen, von vornherein klar sein müssen. Ich mache der Polizei keinen Vorwurf, aber andere hätten es eigentlich besser wissen müssen: Sie ist jähzornig. Ich behaupte nicht, dass ihr kein Mord zuzutrauen wäre – so etwas ist wohl jedem von uns zuzutrauen. Vielleicht hätte sie die Skulptur ja auch nehmen und Dr. Caudwell in ihrer Wut damit den Schädel einschlagen können. Es erscheint mir jedoch kaum glaubhaft, dass sie erst nach Hause ging, über die Ungerechtigkeit der Welt nachgrübelte, ein verschreibungspflichtiges Beruhigungsmittel einpackte und wieder an die Goldcoast zurückeilte, um einen Mord zu begehen.«

Max spürte, wie er bei ihren Worten ganz heiße Wangen bekam. Er wollte schon etwas einwenden, hielt sich dann aber doch zurück.

»Dr. Herschel hat sich die ganze Woche geweigert, eine Aussage zu machen, aber als ich heute Nachmittag von meiner Erkundungsreise zurückgekehrt bin, hat sie sich endlich bereit erklärt, mit mir zu sprechen. Sergeant McGonnigal war dabei. Sie bestreitet nicht, abends um zehn noch einmal zu Dr. Caudwells Wohnung zurückgekehrt zu sein – sie wollte sich für ihren Ausrutscher entschuldigen und ihn dazu bewegen, ihr die Skulptur zurückzugeben. Er antwortete nicht, als der Pförtner hinauftelefonierte, und auf einen Impuls hin ging sie um das Gebäude herum und zum Lieferanteneingang hinein. Sie wartete einige Zeit vor der Wohnungstür. Als er weder auf ihr Klingeln reagierte, noch nach Hause kam, ging sie gegen elf Uhr wieder weg. Die Kinder waren inzwischen natürlich in der Stadt unterwegs.«

»Behauptet *sie*«, warf Gioia ein.

»Stimmt.« V.I. lächelte. »Ich will gar nicht abstreiten, dass ich parteiisch bin. Ich akzeptiere ihre Geschichte. Und das umso mehr, als sie uns nur deswegen nicht schon vor einer Woche davon erzählt hat, weil sie selbst einen alten Freund schützen wollte. Sie meinte, vielleicht hätte dieser Freund Caudwell ihr zuliebe umgebracht, um die tödlichen Beleidigungen ihr gegenüber zu rächen. Erst als ich sie davon überzeugt hatte, dass dieser Verdacht ebenso unbegründet war wie – nun, die Anschuldigungen gegen sie selbst, hat sie eingewilligt, mit mir zu sprechen.«

Max biss sich auf die Lippe und beschäftigte sich angelegentlich damit, den drei Frauen Kaffee nachzuschenken. Victoria wartete, bis er damit fertig war, bevor sie weitersprach.

»Als ich endlich ein genaues Bild davon hatte, was sich auf Caudwells Party abgespielt hatte, hörte ich von drei Leuten, die mit Caudwell noch ein Hühnchen zu rupfen hatten. Natürlich muss man immer nachfragen, wie groß dieses Hühnchen ist. Und genau damit habe ich das Wochenende verbracht. Ich kann Ihnen gleich verraten, dass ich dazu in Little Rock und in Havelock, North Carolina, gewesen bin.«

Gioia begann wieder, mit den Münzen in seiner Tasche herumzuklimpern. Mrs. Caudwell sagte leise: »Grif, ich fühle mich ein bisschen schwach. Vielleicht sollte ich –«

»Ab nach Hause mit dir, Mom«, rief Steve munter aus.

»Ein paar Minuten noch, Mrs. Caudwell«, sagte der Sergeant von der Tür aus. »Sie kann doch die Füße hochlegen, Warshawski.«

Einen Augenblick hatte Max Angst, dass Steve oder Deborah Victoria angreifen würden, doch dann trat McGonnigal zum Sessel der Witwe hinüber, und die Kinder setzten sich wieder. Kleine Schweißperlen standen auf Griffens fast kahlem Kopf. Gioias Gesicht glänzte grünlich – wie Laub über seinem Redwood-Hals.

»Besonders auffällig fand ich«, fuhr Victoria ruhig fort, als hätte es keinerlei Unterbrechung gegeben, »was Caudwell zu Dr. Gioia gesagt hatte. Der Doktor war offensichtlich beunruhigt, aber die anderen Gäste waren so sehr von Lotty und der Skulptur in Anspruch genommen, dass sie es gar nicht bemerkten.

Also fuhr ich am Samstag nach Little Rock in Arkansas und suchte Paul Nierman auf, dessen Namen Caudwell Gioia gegenüber erwähnt hatte. Nierman und Gioia hatten vor fünfundzwanzig Jahren, als sie beide noch im Grundstudium waren, im selben Wohnheim gewohnt. Und er hatte für Dr. Gioia die ersten Anatomie- und Physiologieprüfungen abgelegt, als bei Gioia die Gefahr bestand, dass er sie nicht bestehen würde. So konnte Gioia weiter im Footballteam bleiben.

Hm, das war natürlich ziemlich unappetitlich, vielleicht sogar ein Skandal. Aber anscheinend hat Gioia das Medizinstudium dann allein durchgezogen und auch alle seine Prüfungen bestanden. Ich glaubte daher nicht, dass die Kommission des Krankenhauses wegen dieses jugendlichen Fehlverhaltens seine Kündigung verlangen würde. Die Frage war jedoch, ob Gioia es glaubte und ob er Caudwell umgebracht haben könnte, um diesen daran zu hindern, es an die Öffentlichkeit zu tragen.«

Als Victoria eine Pause machte, platzte der Immunologe heraus: »Nein, nein. Aber Caudwell – Caudwell wusste, dass ich gegen seine Einstellung war. Er und ich – wir unterschieden uns grundsätzlich in unserer Haltung zur Medizin. Und sobald er Niermans Namen erwähnte, wusste ich, dass er die Sache herausgefunden hatte und mich ewig damit quälen würde. Ich – ich bin am

Sonntagabend noch mal zu seiner Wohnung zurückgegangen, um mit ihm darüber zu reden. Ich war entschlossener als Dr. Herschel und bin über die Küche hineingelangt, die er nicht abgeschlossen hatte.

Ich ging in sein Arbeitszimmer, aber er war schon tot. Ich konnte es einfach nicht glauben. Ich hatte furchtbare Angst. Ich sah, dass er erdrosselt worden war, und – nun, jeder kann sehen, dass ich die Kraft dazu hätte. Ich konnte keinen klaren Gedanken mehr fassen. Ich habe mich einfach aus dem Staub gemacht – seitdem renne ich eigentlich nur noch weg.«

»Sie!«, rief McGonnigal aus. »Und wieso haben wir davon bis jetzt noch nichts erfahren?«

»Weil ihr euch ja unbedingt auf Dr. Herschel konzentrieren musstet«, sagte V.I. etwas giftig. »Ich wusste, dass er dort gewesen war, weil der Pförtner es mir gesagt hat. Und er hätte es dir auch gesagt, wenn du ihn danach gefragt hättest.«

»Das ist ja furchtbar«, ließ sich Mrs. Gildersleeve vernehmen. »Ich werde gleich morgen bei der Kommission die Entlassung von Dr. Gioia und Dr. Herschel beantragen.«

»Nur zu«, stimmte Victoria ihr freundlich zu. »Und sagen Sie auch gleich, dass Sie heute deswegen bei uns bleiben durften, weil Murray Ryerson vom *Herald Star* für mich hier in Chicago ein paar Nachforschungen angestellt hat. Er hat herausbekommen, dass Sie unter anderem deshalb so neidisch auf Caudwells Sammlung waren, weil sie bis über beide Ohren verschuldet sind. Ich werde Sie hier nicht öffentlich bloßstellen, indem ich verrate, wo Ihr ganzes Geld geblieben ist. Aber Sie mussten die Kunstsammlung Ihres Mannes verkaufen und eine dritte Hypothek auf Ihr Haus aufnehmen. Mit so einer wertvollen Skulptur ohne Dokumente wären Sie alle Probleme auf einen Schlag los gewesen.«

Martha Gildersleeve versank in ihrem Zobel. »Sie wissen ja gar nichts über diese Sache.«

»Murray hat mit Pablo und Eduardo gesprochen ... Mehr werde ich dazu nicht sagen. Jedenfalls hat Murray nachgeprüft, ob Gioia oder Mrs. Gildersleeve die Skulptur hat. Das war nicht der Fall, also –«

»Sie waren in meinem Haus?«, kreischte Mrs. Gildersleeve.

V.I. schüttelte den Kopf. »Nicht ich. Murray Ryerson.« Sie warf dem Sergeant einen entschuldigenden Blick zu. »Ich wusste, dass du mir nie einen Haussuchungsbefehl besorgen würdest, weil du ja schon jemanden verhaftet hattest. Und außerdem hättest du ihn auch nicht rechtzeitig bekommen.«

Sie sah ihre Kaffeetasse an, merkte, dass sie leer war, und stellte sie wieder hin. Max nahm sie vom Tisch und füllte sie zum dritten Mal. Seine Fingerspitzen kribbelten vor Nervosität, so dass ein Teil des Kaffees auf seinem Hosenbein landete.

»Ich habe Murray am Samstagabend von Little Rock aus angerufen. Als er hier nichts herausfand, machte ich mich auf nach North Carolina. Nach Havelock, wo Griffen und Lewis Caudwell aufwuchsen und wo Mrs. Caudwell immer noch lebt. Ich habe das Haus gesehen, wo Griffen wohnt, und mit dem Arzt gesprochen, bei dem Mrs. Caudwell in Behandlung ist, und –«

»Sie sind ja wirklich ein Superschnüffler«, meinte Steve.

»Superschnüffler, Superschnüffler«, sang Deborah. »Ihr eigenes Leben ist wohl nicht aufregend genug, da müssen Sie noch in der Scheiße von anderen Leuten rumwühlen.«

»Ja, über Sie beide haben mir die Nachbarn auch was erzählt.« Victoria sah sie mit verächtlicher Nachsicht an. »Sie waren ein zweiköpfiges Wolfsrudel; die meisten ihrer Mitmenschen versetzen Sie in Angst und Schrecken, seit Sie drei Jahre alt sind. Aber die Leute in Havelock haben immer bewundert, wie Sie sich für Ihre Mutter einsetzen. Sie beide meinten, Ihr Vater hätte sie in die Tablettensucht getrieben und dann einfach hängen lassen. Also haben Sie ihr zuletzt verordnetes Beruhigungsmittel mitgebracht, und dann konnte es losgehen – Sie mussten nur noch entscheiden, wann Sie es ihm verpassen sollten. Dr. Herschels Wutanfall wegen der Skulptur kam Ihnen gerade gelegen. Sie dachten, dass Ihr Vater sie von Ihrem Onkel gestohlen hatte – also war es nur logisch, dass Sie sie an Ihren Onkel zurückschickten und Dr. Herschel die Geschichte ausbaden ließen.«

»So war es gar nicht«, sagte Steve mit hektischen roten Flecken auf den Wangen.

»Wie war es denn dann, Bürschchen?«, McGonnigal stand nun direkt neben ihm.

»Red nicht mit ihnen – die legen dich rein!«, kreischte Deborah. »Die Superschnüfflerin mit ihrer Bullensau.«

»Sie – ich meine, Mommy hat uns echt geliebt, bevor Daddy sie dazu gebracht hat, dieses ganze Zeug zu nehmen. Dann ist sie weggegangen. Wir wollten bloß, dass er sieht, wie das ist. Wir haben angefangen, ihm Beruhigungsmittel in den Kaffee zu schütten. Wir wollten sehen, ob er bei einer Operation pfuscht und sich damit das Leben ruiniert. Aber wie er dann nach dieser bescheuerten Party im Arbeitszimmer geschlafen hat, haben wir uns gedacht, wir lassen ihn einfach seine Operation am nächsten Morgen verpennen. Schlafe süß in alle Ewigkeit, wissen Sie, es war ja so einfach. Wir haben es mit seiner eigenen Harvard-Krawatte gemacht. Ich hatte die Schnauze so voll, immer diese Sprüche wie ›Morgenstund hat Gold im Mund‹. Und die Skulptur haben wir an Onkel Grif geschickt. Da hat die Superschnüfflerin sie wahrscheinlich gefunden. Jetzt kann er sie verkaufen, und Mutter kann wieder gesund werden.«

»Grandpa hat sie den Juden geklaut, und Daddy hat sie Grif geklaut, da dachten wir uns, dann klauen wir sie doch einfach von Daddy«, rief Deborah. Sie lehnte ihren Blondschopf gegen den ihres Bruders und kreischte vor Lachen.

V

Max betrachtete Lottys Beine, als sie sich auf die Zehenspitzen stellte, um nach einem Cognacschwenker zu greifen. Kurz waren sie und muskulös, weil sie damit schon seit Jahren in Höchstgeschwindigkeit von einem Ort zum anderen raste. Sie waren vielleicht nicht so grazil wie die langen Beine moderner junger Amerikanerinnen, aber ihm waren sie lieber. Er wartete, bis sie wieder sicher auf dem Boden stand, bevor er ihr seine Neuigkeit mitteilte.

»Die Kommission hat gerade Justin Hardwick zum letzten Vorstellungsgespräch für den Posten des Chefarzts eingeladen.«

»Max!« Sie wirbelte herum, und in ihren Augen funkelte bengalisches Feuer. »Ich kenne diesen Hardwick, der ist ein zweiter Caudwell. Der will bloß Ausgaben kürzen und keine bedürftigen Patienten aufnehmen. Das lasse ich nicht zu.«

»Wir haben ja schon dich und Gioia und noch ein Dutzend andere, die uns so viele bedürftige Patienten bringen, dass wir die nächsten fünf Jahre nicht überstehen, wenn es so weitergeht wie bisher. Ich denke, das ist jetzt ein Balanceakt. Wir brauchen jemanden, der das Krankenhaus am Leben hält, damit du mit Arthur so praktizieren kannst, wie du willst. Und wenn Hardwick erfährt, was mit seinem Vorgänger passiert ist, wird er den Teufel tun und sich mit unserer Haustigerin anlegen.«

»Max!« Sie war gleichzeitig verletzt und verwundert. »Ach, verstehe, das soll ein Witz sein. Ich finde das nicht besonders witzig.«

»Mein Liebes, wir müssen lernen, darüber zu lachen, anders werden wir es nie schaffen, uns unsere schrecklichen Fehleinschätzungen zu verzeihen.« Er trat zu ihr und legte ihr den Arm um die Taille. »Und wo ist jetzt die große Überraschung, die du mir zeigen wolltest?«

Sie sah ihn schelmisch an – Trotzkopf Lotty, genau wie damals mit achtzehn, als er sie kennen gelernt hatte. Er nahm sie fester in den Arm und folgte ihr ins Schlafzimmer. In einer Vitrine in der Ecke, mit eingebautem Feuchtigkeitskontrollgerät, stand die Andromache von Pietro.

Max betrachtete ihr schönes, gequältes Gesicht. Ich verstehe deinen Kummer, schien sie ihm zu sagen. Ich verstehe deine Trauer um deine Mutter, deine Familie, deine Geschichte, aber du darfst jetzt loslassen, in der Gegenwart leben und auf die Zukunft hoffen. Das ist kein Verrat.

Tränen brannten ihm in den Augen, doch er fragte: »Wie bist du dazu gekommen? Soviel ich weiß, wollte die Polizei sie unter Verschluss halten, bis die Anwälte Caudwells Nachlass geregelt hätten.«

»Victoria«, sagte Lotty knapp. »Ich habe ihr mein Problem geschildert, und sie hat sie mir besorgt. Unter der Bedingung, dass ich nicht frage, wie sie es gemacht hat. Und, Max, du weißt *verdammt* genau, dass es nicht Caudwell war, der darüber zu verfügen hatte.«

Diese Entscheidung stand allein Lotty zu. Schließlich gehörte ihr die Skulptur ja. Max fragte sich kurz, wie Joseph II. überhaupt zu ihr gekommen war. Und was hatte Lottys Ururgroßvater dem Kaiser dafür wohl für einen Gefallen getan? Max sah in Lottys Tigerinnenaugen und behielt diese Überlegungen für sich. Stattdessen untersuchte er Hektors Fuß, wo man sorgfältig den Kleber weggekratzt hatte und die alte Macke wieder deutlich zu sehen war.

Die ganze Zeit Angst
von
NANCY PICKARD

Nancy Pickard (*1945) wurde in Kansas City, Missouri, geboren, absolvierte die Missouri School of Journalism und arbeitete einige Zeit als Berichterstatterin und Redakteurin, bevor sie sich ganz der freien Schriftstellerei zuwandte. Ihre Serie über Jenny Cain, Stiftungsdirektorin in einer Kleinstadt in Massachusetts, begann mit der Taschenbuch-Originalausgabe *Generous Death* (1984) und gelangte dann mit dem dritten Buch unter dem Titel *No Body* (1986) als gebundene Ausgabe zu höheren Ehren. Anfangs bekannt für ihren Humor, wurden die Cains-Romane allmählich düsterer in Ton und Inhalt. In einem Interview mit Robert J. Randisi (*Speaking of Murder*, Band II, 1999) erläuterte Pickard den Grund dafür, wobei sie sich Susan Wittig Alberts Begriff der »Mega-Buch-Detektivserie« bediente: »ein neues Phänomen ... das eine Romanserie beschreibt, die im Grunde aus einem einzigen langen Buch besteht. Jeder Roman in der Serie ist wie ein ›Kapitel‹ im Mega-Buch.« Anders als in den Serien von Autoren wie Agatha Christie oder John D. MacDonald, in denen sich die Detektive vom Schlage einer Miss Marple und eines Travis McGee von Buch zu Buch eigentlich immer gleich bleiben, »kann man in einer ›Mega-Buch‹-Serie nicht darauf zählen, dass das folgende Buch dem vorhergegangenen sonderlich ähnelt ... Es ist eher wie im echten Leben (falls ... ein Amateurdetektiv *überhaupt* wie im echten Leben ist), denn der Protagonist durchläuft echte Wandlungen ... Während wir (und sie) reifen, gewinnen die Dinge mit der Zeit einen wesentlicheren Charakter, eine Gewichtigkeit, die bisweilen eine Stimmung von größerer ›Düsternis‹ vermitteln kann.«

In mehreren Büchern, angefangen bei *The 27 Ingredient Chili Con Carne Murders* (1993), lässt Pickard eine gewisse Eugenia Potter auftreten, die bereits in drei Romanen der verstorbenen Virginia Rich erschien. Pickards Fortsetzung der Reihe – wobei der erste Band auf Richs Aufzeichnungen basiert, die späteren auf eigenen Geschichten – verriet ein Gefühl für Rhythmus, handwerkliches Können und Komplexität – Qualitäten, die einigen von den »Küchenkrimis« und anderen »anheimelnd-beschaulichen Hausfrauenkrimis« abgingen. Randisis Frage, ob sie eine anheimelnde Autorin sei, findet Pickard komisch: »Ich weiß nicht, was ich bin. Was ist der Unterschied zwischen anheimelnd und unbehaglich? Wenn Kriminalautorinnen Stühle wären, wäre ich nicht gerade ein mit Chintz bezogener Schaukelstuhl, aber auch kein harter Klappstuhl aus Aluminium. Ein schöner Bürodrehstuhl vielleicht?«

Manche Romanschriftsteller, die auch Kurzgeschichten schreiben, verwenden dabei die gleiche Erzählform, nur kürzer. Andere bedienen sich der Kurzform, um mit Inhalt, Atmosphäre und Thema zu experimentieren. Pickard gehört zur letzteren Kategorie, wie sich in ihrer Sammlung *Storm Warnings* (1999) und in der für den Edgar nominierten Geschichte »Die ganze Zeit Angst« zeigt.

Die ganze Zeit Angst

»Ribbon a darkness over me…«

»Jaaa, ein Band von Dunkelheit wind über mich…« Mel Brown, auch als Pell Mell und Animel bekannt, sang die Songzeile immer und immer wieder hinter seinem Windschild vor sich hin, während er auf seiner alten schwarzen Harley Davidson von Missouri nach Kansas düste.

Von Kansas war er schon jetzt total begeistert, denn der Highway, der sich vor ihm hinzog, war wie ein langes, flaches, dunkles Band, das sich eigens für ihn entrollte.

»Ribbon a darkness over me…«

Er brauste mit Vollgas in den glühenden Spätnachmittag, hatte das Gefühl, als glitte er in blinder Trunkenheit auf einer Himmelsbahn geradewegs der Sonne entgegen. Die Wolken in der Ferne sahen aus, als wollten sie in dieser Nacht auf ihn herunterregnen, aber das kümmerte ihn nicht. In Kansas, hatte er gehört, gebe es jede Menge verlassene Farmen und Ranchhäuser, wo man einbrechen und übernachten konnte. Wie freie Auswahl unter lauter kostenlosen Motels wäre es, dieses Kansas, hatte er gehört.

»Ribbon a darkness over me…«

Dreihundert Meilen südwestlich davon unterbrach Jane Baum plötzlich das, was sie gerade tat. Die Angst hatte sie wieder überwältigt. So war es immer: kam aus dem Nichts und schlug wie eine Faust gegen ihr Herz. Sie ließ den Wäschekorb aus den starren Fingern gleiten und blieb wie gelähmt zwischen den beiden Wäscheleinen in ihrem Garten stehen. Rechts von ihr hing ein nasses Leintuch, links von ihr noch eines. Weil sich der Wind zur Abwechslung einmal gelegt hatte, hingen die Laken reglos und still wie Wände. Sie fühlte sich von einem engen, weißen, sterilen Raum aus Stoff umschlossen, den sie nie wieder verlassen wollte.

Denn draußen lauerte die Gefahr.

Zu beiden Seiten der Bettlaken erstreckte sich die endlose Prärie, in der sie sich wie ein winziges Mäuschen vorkam, jedem Habicht in den Lüften ausgesetzt.

Sie musste ihre ganze Willenskraft zusammennehmen, um nicht loszuschreien.

Wie um sich zu trösten, umklammerte sie ihre Schultern, aber es half nichts. Es dauerte nicht lange und sie weinte, und dann schüttelte sie sich, wie gelähmt vor Panik.

Sie hatte nicht gewusst, dass sie solche Angst haben würde.

Bevor sie vor acht Monaten auf diese kleine Farm gezogen war, die sie geerbt hatte, war ihr der Gedanke recht romantisch vorgekommen, sogar wenn sie an so simple Dinge wie Wäscheaufhängen dachte. Das würde sich so gut anfühlen, hatte sie sich ausgemalt, die Wäsche würde so herrlich duften. Stattdessen kam ihr gleich von Anfang an alles fremdartig und bedrohlich vor, und es wurde immer schlimmer. Inzwischen fühlte sie sich nicht einmal mehr vom Haus geschützt. Allmählich war ihr, als würde Angst statt Elektrizität ihre Lampen erleuchten, als würde Angst ihre Badewanne füllen, ihre Schränke auslegen und ihr Bett bedecken – Angst, die sie statt der Luft atmete.

Sie hasste die Prärie und alles, was dazu gehörte.

Die Stadt hatte ihr nie solche Angst gemacht. Sie kannte die Stadt, verstand sie, sie wusste, wie man ihren Gefahren und Problemen aus dem Weg ging. In der Stadt gab es überall Gebäude, und inzwischen wusste sie auch, warum – um die wahre, schreckliche Weite der Erde zu verhüllen, wo die Bewohner der Gefahr so entsetzlich ausgesetzt waren.

Der Wind wurde wieder stärker und klatschte ihr die nassen Laken an den Körper. Janie schoss aus ihrem Unterschlupf hervor. Wie eine Maus, über der ein Habicht kreist, rannte sie los, als wäre jemand hinter ihr her. Aus ihrem Garten hinaus und den Highway hinunter, raste sie wie besessen, atemlos auf den einzigen anderen Unterschlupf zu, den sie kannte.

Als sie Cissy Johnsons Haus erreichte, riss sie die Seitentür auf und stürzte hinein, ohne anzuklopfen.

»*Cissy?*«

»Ich hab die ganze Zeit Angst.«

»Ich weiß, Janie.«

Cissy Johnson stand in ihrer Küche am Spülbecken, schälte Kartoffeln fürs Abendessen und hörte sich Jane Baums wohl vertraute Litanei der Angst an. Die kannte Cissy inzwischen schon auswendig. Janie hatte Angst davor, in dem Haus allein zu sein, das sie von ihrer Tante geerbt hatte; hatte Angst vor der Dunkelheit; dem kleinsten Knacken von Zweigen in der Nacht; dem Sturmschutzkeller; vor Pferden, die auf sie treten könnten; Kühen, die sie niedertrampeln könnten; Hühnern, die nach ihr picken könnten; Katzen, die sie kratzen könnten und vielleicht Tollwut hatten; Kojoten, die sie angreifen könnten; vor Lastwagenfahrern, die an ihrem Haus vorbeifuhren, besonders denen, die flirten wollten und laut hupten, wenn sie sie im Hof stehen sahen; vor Tornados, Wirbelstürmen und Gewittern und schließlich davor, dass man so weit fahren musste, bloß um einfache Lebensmittel und sonstige Vorräte einzukaufen.

Anfangs hatte Cissy noch Mitleid gehabt und ihr eine tägliche Dosis Kaffee und Freundschaft angeboten. Inzwischen fiel es ihr aber zunehmend schwerer, Geduld mit einer Nachbarin zu haben, die ohne anzuklopfen hereinplatzte und die ganze Zeit über imaginäre Probleme jammerte und die –

»Du lebst schließlich schon immer hier«, sagte Janie, als wäre diese Tatsache der Frau am Spülbecken bisher noch nicht bewusst gewesen. Sie saß auf einem Küchenstuhl, in sich zusammengekauert wie ein Kind, das ausgezankt wird. Ihre Stimme war leise, als redete sie mehr mit sich selbst als mit Cissy. »Du bist es gewohnt, darum macht es dir auch keine Angst.«

»Hmmm«, machte Cissy wie zur Zustimmung. Außer Sichtweite ihrer Nachbarin aber stach sie einer Kartoffel zornig das Auge aus. Mit Stumpf und Stiel riss sie es aus – bloß eine weiße, feuchte, offene Wunde blieb zurück – und schnippte das tote schwarze Hautstückchen ins Spülbecken, wo es vom laufenden Wasser aus dem Hahn durch den Abfallshredder hinuntergespült wurde. Wie gern, dachte sie, würde sie Janies Ängste ins Spülbecken schütten, auf ähnliche Weise zerhäckseln und fortschwemmen. Sie hielt die Kartoffel an die Nase und schnupperte, atmete den frischen, rohen Geruch ein.

Als hätte sie in diesem ganz eigenen Moment Kraft geschöpft, blickte sie erneut über die Schulter zu ihrer Besucherin hinüber. Cissy schämte sich dafür, dass der bloße Anblick von Jane Baum sie inzwischen anwiderte. Aber es war wirklich eine Zumutung, wie die sich allmählich gehen ließ. Sie wünschte, Jane würde sich die Haare kämmen, ihre Schultern straffen, sich ein bisschen Farbe ins blasse Gesicht malen und etwas anderes anziehen als dieses hässliche Jeansträgerkleid, das ihr bis zu den Absätzen reichte. Cissys Mann Bob nannte Janie »Cissys Hündchen«, und das Trägerkleid nannte er »Hündchenzelt«. Er hatte Recht, dachte Cissy, die Frau sah tatsächlich aus wie eine gehemmte, pickelige Halbwüchsige und überhaupt nicht wie eine erwachsene Frau von fünfunddreißig Jahren oder mehr. Und Himmel noch mal, Janie lief ihr wirklich wie ein neurotischer Quälgeist von einem Hündchen andauernd hinterher.

»Kommt Bob heute Abend zurück?«, fragte Janie.

Jetzt dringt sie auch noch in meine Gedanken ein, dachte Cissy. Gereizt hieb sie auf die Kartoffel ein und schälte nicht nur die Schale, sondern auch reichlich vom Inneren weg. »Morgen.« Ihre Schultern versteiften sich.

»Kann ich dann heute Nacht hier schlafen?«

»Nein.« Cissy war selbst überrascht von der Knappheit ihrer Antwort. Sie konnte die Verletztheit förmlich spüren, die Janie ausstrahlte, und versuchte es dadurch wieder gutzumachen, dass sie einen sanfteren Ton anschlug. »Tut mir Leid, Janie, aber ich hab noch so viel Schreibkram zu erledigen und kann mich schwer konzentrieren, wenn jemand im Haus ist. Den Mädchen hab ich sogar gesagt, sie dürfen ihre Schlafsäcke heute Nacht mit in die Scheune nehmen, damit ich ein bisschen Ruhe hab.« Mit den Mädchen waren ihre Töchter gemeint: Tessie, dreizehn, und Mandy, elf. »Sie wollen draußen schlafen, weil wir doch das neue blinde Kälbchen haben, das wir mit der Flasche aufziehen. Armes Kerlchen, seine Mutter will nichts von ihm wissen. Tessie hat ihn Plumpsy genannt, weil er aufstehen will und immer wieder hinplumpst. Also füttern ihn die Mädchen mit der Flasche und wollen da schlafen, wo er in der Nähe ...«

»Ach.« Der Ausruf klang vorwurfsvoll.

Cissy trat vom Spülbecken an ihren Ofen, um ihn auf 200 Grad einzustellen. Ihre persönliche Temperatur stieg ebenfalls an. Dass sie vielleicht mal über *ihr* Leben reden könnte – von wegen! Dass sie sich vielleicht mal über was anderes unterhalten könnten als über Janie und das ganze verdammte Zeug, vor dem sie sich fürchtete – von wegen! Sie könnte bereits ein Buch darüber schreiben: *Wie Jane Baum einen großen Fehler machte, als sie aus Kansas City wegzog, und wie alles auf dem Land sie schlichtweg zu Tode ängstigte.*

»Hast du denn vor gar nichts Angst, Cissy?«

In der unterschwelligen Bewunderung lag ein leicht weinerlicher Ton – vor *gar nichts* –, wie ein leichter Drall bei einem scharfen Baseball-Wurf.

»Doch.« Cissy zog das Wort widerwillig in die Länge.

»*Wirklich*? Vor was denn?«

Cissy drehte sich am Spülbecken um und lachte verlegen.

»Es ist so was Dummes... Ich hab sogar Angst davor, es zu sagen.«

»Sag doch! Mir ist gleich wohler, wenn ich weiß, dass du dich auch vor was fürchtest.«

Da haben wir's!, dachte Cissy. *Sogar meine Ängste laufen bloß darauf hinaus, wie sie dich berühren!*

»Na gut.« Sie seufzte. »Also, ich hab Angst davor, dass Bobby was passieren könnte, ein Unfall auf dem Highway oder so was, oder einem von den Mädchen oder meinen Leuten, solche Sachen eben. Leukämie oder ein Herzinfarkt oder etwas, was ich nicht unter Kontrolle habe. Ich hab immer Angst, dass mal nicht mehr genug Geld da ist und wir alles verkaufen müssen. Wir sind so glücklich hier. Ich glaub, ich hab einfach Angst, dass sich das mal ändern könnte.« Sie machte eine Pause, bestürzt über die plötzliche Erkenntnis, dass sie nicht mehr so glücklich war, seit Jane Baum in dem Haus weiter unten eingezogen war. Sie blickte ihre Nachbarin anklagend an. »Das ist es wohl, wovor ich Angst habe«, sagte Cissy. Dann fügte sie bedächtig hinzu: »Ich denke aber nicht die ganze Zeit dran.«

»Ich denk an meine die ganze Zeit«, flüsterte Jane.

»Ich weiß.«

»Ich find es hier furchtbar!«

»Du könntest ja wieder wegziehen.«

Janie sah sie vorwurfsvoll an. »Du weißt doch, dass ich mir das nicht leisten kann!«

Cissy machte kurz die Augen zu. Die Vorstellung, sich *das* für wer weiß wie viele Jahre anhören zu müssen…

»Ich komme schrecklich gern hier herüber«, sagte Janie sehnsüchtig, als könnte sie wieder Cissys Gedanken lesen. »Mir geht's dann immer viel besser. Hier ist der einzige Ort, an dem ich mich noch sicher fühle. Ich find es einfach furchtbar, ganz allein in das große alte Haus zurückgehen zu müssen.«

Ich werde dich nicht zum Abendessen einladen, dachte Cissy.

Janie seufzte.

Cissy schaute aus dem großen quadratischen Fenster hinter Janie. Es war Oktober, ihr Lieblingsmonat, wenn das Gras rot wie die Löckchen auf dem Rücken einer Hereford-Kuh wurde und der Himmel das Stahlgrau des Highway annahm, der zwischen ihren beiden Häusern verlief. Es war, als würde die ganze Welt in sich verschmelzen – das Gras ins Vieh, die Straßen in den Himmel und sie selbst in das alles hinein. Es lag eine Spannung in der Luft, als würde bald etwas viel Wichtigeres hereinbrechen als der Winter, als wäre die ganze Welt eins und würde gleich zu etwas ganz Neuem auseinander bersten. Cissy liebte die Prärie, und es verletzte sie ein wenig, dass es bei Janie nicht so war. Wie konnte jemand inmitten von so viel Schönheit leben, rätselte sie, und Angst davor haben?

»Eine bessere Chance kriegen wir nie.« Tess hakte die Argumente zugunsten des Abenteuers ab, indem sie die Finger an ihrer rechten Hand nacheinander hochhob, dicht vor dem verängstigten Gesicht ihrer Schwester. »Dad ist weg. Wir sind in der Scheune. Mom wird bald schlafen. Und es ist Neumond.« Weil sie an der Hand nicht mehr genug Finger hatte, hob sie den linken Daumen. »Und die Hunde kennen uns.«

»Die kriegen das raus!«, jammerte Mandy.

»*Wer* soll was rauskriegen?«

»Na, Mom und Daddy!«

»Ach Quatsch! Wer soll's ihnen denn sagen? Der Tankstellenbesitzer? Meinst du, wir hätten eine Klopapierspur hinterlassen, der er von seiner Tankstelle bis hier rauf folgen könnte? Und dann ruft er den Sheriff an und sagt, he, Jungs, sperrt mal die Johnson-Mädchen ein, die haben mir mein Klopapier gestohlen!«

»Ja!«

Gemeinsam wanderten ihre Blicke – stolz und schlau bei der einen, stolz und beklommen bei der anderen – zu dem kleinen Heuhaufen hinüber, der ohne ersichtlichen Grund in einer dunklen Ecke der Scheune aufgeschichtet war. Unter dieser Schicht lagerten ihre gehamsterten sechs Rollen Klopapier – eine neue, aus ihrem eigenen Wäscheschrank stibitzt und fünf teilweise angebrochene (einzeln gestohlen und unter ihren Schuljacken versteckt) aus der Damentoilette der Tankstelle in der Stadt. Dem Plan gemäß, den Tess ausgeheckt hatte, würden die beiden abends nach Einbruch der Dunkelheit das Haus ihrer Nachbarin mit Klopapier schmücken. Tess stellte es sich schon ganz toll vor, wie es aussehen würde – richtig geisterhaft und unheimlich würden die langen, weißen Papierbänder von den Ästen der Bäume flattern und schaurig in der Brise wehen.

»Du Trottel, in Kansas City machen sie so was andauernd«, behauptete Tess. »Und ich wette, die machen da nicht so ein Riesen-Heulsusen-Theater drum.« Sie wollte die erste in ihrer Klasse sein, die es machte, und hatte nicht vor, ihre Schwester kneifen zu lassen. Mit diesem Plan, da war Tess sich sicher, würde sie im weiten Umkreis berühmt, in mindestens vier Bezirken. Von den Erwachsenen würde keiner rauskriegen, wer es gewesen war, aber alle Kinder würden es erfahren, selbst wenn sie es ihnen selber verraten musste.

»Mom bringt uns um!«

»Uns erwischt doch keiner!«

»Es wird regnen!«

»Wird es nicht.«

»Wir sollen aber doch Plumpsy nicht allein lassen!«

Beide sahen gleichzeitig zu dem Bullenkälbchen in einem der Verschläge hinüber. Es stierte blind in die Richtung, aus der ihre Stimmen gekommen waren, und versuchte sich aufzurappeln, war aber zu schwach dazu.

»Mensch, bist du doof. Wir lassen ihn doch andauernd allein.« Mandy seufzte.

Tess, die den Ton wohl kannte, mit dem ihre Schwester sich geschlagen gab, lächelte sie großherzig an.

»Du darfst auch die erste Rolle schmeißen«, bot sie ihr an.

In einer Raststätte in Emporia tunkte Mel Brown seine Bratensoße mit dem letzten Drittel seines Milchbrötchens auf. Er saß an einem Fenstertisch. Während er aß, ging sein zufriedener Blick nach draußen zu seinem Motorrad. Wenn er den Kopf nur ein bisschen drehte, konnte er die Sonnenstrahlen auf dem Lenker reflektiert sehen. Er dachte daran, wie weich und warm und geschmeidig sich der Ledersitz und die Handgriffe anfühlen würden – wie eine Frau ganz in Leder –, wenn er später wieder aufstieg. Bei dem Gedanken wurde ihm auch in der Schrittgegend richtig warm, und er lächelte.

Mann, wie er dieses Leben liebte!

Wenn er Hunger hatte, aß er. Wenn er müde war, schlief er. Wenn er geil war, suchte er sich eine Frau. Wenn er Durst hatte, machte er in einer Bar Station.

Momentan hatte Mel keine Lust, die gesamte Summe von fünf Dollar sechsundvierzig für dieses miese Frikadellengericht mit Kaffee zu bezahlen. Er zog vier Dollarscheine aus der Brieftasche und ein paar Vierteldollarmünzen aus der rechten Hosentasche und legte alles so auf den Tisch, dass das Geld unter der Rechnung hervorschaute.

Dann stand er auf und ging an der Kellnerin vorbei.

»Geld liegt auf dem Tisch«, sagte er ihr.

»Stückchen Kirschkuchen?«, fragte sie.

Weil es sich anhörte wie ein unmoralisches Angebot, erwiderte er grinsend: »Nä.« *Wenn du nicht so hässlich wärst*, dachte er, *würde ich vielleicht sogar zum Nachtisch bleiben.*

»Kommen Sie mal wieder«, sagte sie.

Hättest du wohl gern, dachte er.

Wenn sie ihn zurückriefen, würde er sagen, er hätte ihre Handschrift nicht lesen können. Selber schuld. Muss sich nicht wundern, wenn sie kein Trinkgeld kriegt. Lächelnd nahm er sich einen Zahnstocher von der Kassentheke und salutierte damit dem Mann hinter der Ladenkasse.

»Danke«, sagte dieser.

»Alles klar.«

Dann stand Mel draußen auf dem Parkplatz und reckte sich, stieß die Arme hoch in die Luft, damit ihn auch alle, die hinschauten, begutachten konnten. Nichts zu verbergen. Bin doch echt ein toller Hecht, eh, Baby. Dann schlenderte er zu seiner Maschine hinüber und kickte den Motorradständer mit der Ferse hoch. Er schob den Zahnstocher im Mund herum, spuckte ein Fitzelchen Fleisch aus und schnippte den Zahnstocher dann auf die Erde. Er stieg auf seine Maschine und seufzte zufrieden, als sein Hintern mit dem warmen Ledersitz in Berührung kam.

Genüsslich das langsame Anschwellen von Kraft spürend, das sich zwischen seinen Schenkeln aufbaute, beschleunigte Mel ganz allmählich.

Abends lag Jane Baum um halb elf im Bett, wieder einmal völlig erschöpft von ihrer eigenen Angst. Während sie so dalag im Doppelbett ihrer verstorbenen Tante, quälte sie der Gedanke, was für ein Fehler es doch gewesen war, an diesen schrecklichen, öden, gottverlassenen Ort zu ziehen. Zwar hatte sie damit gerechnet, sich eine Zeit lang etwas nervös zu fühlen, so wie alle Stadtbewohner, die aufs Land ziehen. Aber dass sie krankhafte Angst verspüren würde – besessen wäre von einer Angst, die so stark war, dass sie jede einzelne ihrer Körperzellen besetzte, bis sie abends, jeden Abend einfach dachte, sie würde daran sterben –, das hätte sie nicht erwartet. Sie hatte nicht geahnt – wie hätte sie es auch ahnen können? –, dass sie zu den Leuten gehörte, denen die Weite der Prärie furchtbare Angst einflößt. Sie war nur als Kind ein paar Mal auf der Farm gewesen und hatte von diesen Besuchen nur noch warme, flaumige Sachen wie Raupen und Küken in Erinnerung. Nur ganz vage konnte sie sich daran erinnern, wie ameisenhaft sich ein menschliches Wesen in der Prärie vorkommt.

In der Zeit zwischen dem Tod ihrer Tante und ihrem eigenen Einzug war im Haus ihrer Tante zweimal eingebrochen worden. Diese Tatsache bot ihren Wahnvorstellungen ein Fundament von erschreckender Realität. Wenn Cissy sagte: »Das bildest du dir ein«, gab Janie zurück: »Es ist aber zweimal passiert! Zwei Mal!« Sie dachte es sich nicht bloß aus! Es gab *tatsächlich* fremde, brutale Männer – so stellte sie sich die Diebe vor, die Polizei hatte sie nie geschnappt –, die eingebrochen waren und genommen hatten, was sie wollten: Konservendosen aus dem Schrank, das Radio aus der Küche. Es konnte wieder passieren, dachte Janie wie besessen, während sie im Bett lag. Es konnte wieder und wieder passieren. *Mir, mir, mir.*

Die Dunkelheit, die in der Prärie herrschte, war absolut, so kam es ihr jedenfalls vor. Es gab Millionen von Sternen, aber keine Straßenlaternen. Kojoten heulten, das Vieh brüllte. Gelegentlich surrten die großen Sattelschlepper vor dem Haus vorbei, die immer nachts unterwegs waren. Ihre Reifen- und Motorengeräusche schienen aus dem Nichts zu kommen, steigerten sich zu einem unerträglichen Jaulen und verschwanden dann auf unheimliche Weise plötzlich wieder. Die Fahrer stellte sie sich als große, grobschlächtige, kraftvolle Männer vor, voll gepumpt mit Aufputschmitteln. Eines Nachts, dachte sie verängstigt, würde sie hören, wie Lastwagenreifen in ihre Kieseinfahrt einbogen, ein Motor abgestellt wurde, eine Lastwagentür leise geöffnet und wieder zugeschlagen wurde und zögernde Schritte über ihren Kiesweg schlurften.

Ihre Angst war so immens geworden, so schlimm, dass sie sogar *davor* Angst hatte. Es war wie ein gigantischer Ballon, der sich mit jedem ihrer Atemzüge weiter füllte. Jede Nacht wurde die Angst noch schlimmer, und der Ballon wurde größer. Inzwischen füllte er fast das ganze Schlafzimmer aus.

Im Schlafzimmer im Obergeschoss, wo sie lag, war es heiß, denn sie hielt die Fenster immer geschlossen und fest verriegelt und die Vorhänge zugezogen. Sie hätte das Zimmer mit einem Ventilator auf der Frisierkommode kühlen können, befürchtete aber, der Lärm des Ventilators könnte das Geräusch übertönen, falls im Erdgeschoss jemand einbrach und die Treppe hochkam, um sie zu überfallen. Sie hatte sich ein Bettlaken und eine Decke über Arme und Schultern bis knapp unters Kinn gezogen. Sie schwitzte, als ob ihr vor Angst erstarrter Körper zerschmelzen würde, und doch fühlte es sich warm und beinahe behaglich an. Im Bett trug sie immer Schlafanzug und dünne Wollsocken, denn sie fühlte sich sicherer, wenn sie vollständig bekleidet war. Ganz besonders sicher fühlte sie sich in Schlafanzughosen, denn anders als bei einem Nachthemd konnte ihr die keine dreckige Hand auf den Bauch hochschieben.

Während sie nun wie eine Querschnittsgelähmte reglos und mit offenen Augen im Bett lag, ging Janie im Geiste noch einmal ihre Sicherheitsvorkehrungen durch. Alle Türen waren verriegelt, alle Fenster sowieso immer geschlossen und verriegelt, so dass sie sie nicht jeden Abend zu überprüfen brauchte. Alle Vorhänge waren zugezogen, das Licht auf der Veranda war ausgeschaltet und ihr Auto in der Scheune eingeschlossen, so dass kein Lastwagenfahrer auf die Idee käme, sie wäre zu Hause.

In letzter Zeit hatte sie sich angewöhnt, mit der geladenen Pistole ihrer Tante auf dem Kopfkissen neben sich zu schlafen.

Müde von der stundenlangen Buchhaltung, schlüpfte Cissy kurz vor Mitternacht ins Bett. Vorher war sie noch draußen in der Scheune gewesen, um nach ihren kichernden Mädchen und dem blinden Kälbchen zu sehen. Sie hatte mit ihrem Mann gesprochen, als der aus Oklahoma City angerufen hatte. Nun dachte sie darüber nach, wie sie es anstellen sollte, Janie Baum allmählich aus ihrem Familienleben hinauszumanövrieren.

»Tut mir Leid, Janie, aber ich hab heute schrecklich viel zu tun. Du solltest also vielleicht nicht rüberkommen …«

Ach, aber dann käme dieses unterwürfige, gemarterte Stimmchen, wie von einem Mäuschen, das jemanden braucht, der es bemuttert. Wie könnte sie dieses Bedürfnis nicht erfüllen? Sie hatte sowieso schon Schuldgefühle, weil sie Janies Bitte abgeschlagen hatte, bei ihnen zu übernachten.

»Ja, aber ich mach es. Ich mach es einfach und Schluss. Wenn ich zu den jungen Mädchen vom Klub zukünftiger Hausfrauen Amerikas nein sagen konnte, als sie da waren und Früchtekuchen verkaufen wollten, kann ich auch bei Janie Baum öfter mal nein sagen. Sonst überwindet sie ihre Angst ja nie, wenn ich sie auch noch darin bestärke.«

Etwas Ähnliches hatte Bob auch gesagt, als sie sich per Ferngespräch bei ihm beklagt hatte. »Cissy, damit hilfst du ihr auch nicht«, hatte er gesagt. »Damit lässt du nur zu, dass es schlimmer wird.« Und dann hatte er noch etwas Neues gesagt, was sie ziemlich beunruhigt hatte. »Jedenfalls gefällt's mir nicht, dass die Mädchen so viel um sie rum sind. Die wird mir allmählich zu wunderlich, Cissy.«

Sie dachte an ihre Töchter – an die unerschrockene Tess und die liebe kleine Mandy – und wie *sicher* und *schön* es für Kinder auf dem Land doch war…

»Außerdem«, hatte Bob gesagt, »*muss* die ihre Hausarbeit öfter mal selber machen. Tess und Mandy müssen nämlich bei uns im Haus mehr mithelfen. Das geht nicht, dass sie dauernd zu ihr rennen und ihr den Rasen mähen und die Blumen pflanzen und die Kühe füttern und dem Pferd Wasser geben und ihr die Eier einsammeln, bloß weil die Angst davor hat, einer verdammten Henne unter den Hintern zu greifen…«

Beim Aufzählen der Hausarbeiten schlief Cissy ein.

»Tess!«, zischte Mandy verzweifelt. »Warte!«

Tess ging etwas langsamer, damit Mandy hinterherkam und das ältere Mädchen zur Beruhigung anfassen konnte. Sie machten eine kleine Atempause und hockten sich im Schatten von Jane Baums Veranda auf die Erde. Tess trug drei Rollen Klopapier in einem behelfsmäßigen Beutel, zu dem sie das Vorderteil ihres schwarzen Sweatshirts umfunktioniert hatte (»Denk dran, wir müssen Schwarz tragen!«), und Mandy war ähnlich ausgestattet. Tess beschloss, dass nun der passende Moment gekommen war, die Bombe platzen zu lassen.

»Ich hab mir da was überlegt«, flüsterte sie.

Die wohl vertrauten, gefürchteten Worte trafen Mandy bis ins Mark. Sie erstarrte. »Was denn?«, stöhnte sie leise.

»Es könnte ja regnen.«

»Hab ich dir doch gesagt!«

»Dann ist es, glaub ich, besser, wir machen es drinnen.«

»*Drinnen?*«

»Pssst! Dann erschrickt sie sich zu Tode, das wird toll! Das traut sich bestimmt sonst niemand, so was Tolles zu machen! Wir machen die Küche, und wenn wir Zeit haben, vielleicht noch das Esszimmer.«

»O neeeiiin.«

»*Die* meint, sie hat alle Türen und Fenster verrammelt, stimmt aber nicht!«, kicherte Tess. Sie hatte sich alles genau ausgedacht: Wenn Jane Baum am nächsten Morgen die Treppe herunterkäme, würde sie erst gucken, dann kreischen und in Ohnmacht fallen, und wenn sie wieder aufgewacht war, alle Welt verständigen. Ihr war zwar der Gedanke gekommen, dass Jane womöglich den Sheriff holen würde, aber weil sie Erwachsenen sowieso nicht zutraute, überhaupt irgendetwas Wichtiges herauszukriegen, machte sie sich keine Gedanken darüber, erwischt zu werden. »Als ich ihr die Eier reingebracht hab, hab ich das Fenster unten im Badezimmer aufgeschlossen! Komm schon! Das wird bestimmt toll!«

Das Band der Dunkelheit, das sich vor Mel Brown dahinzog, verlief inzwischen nicht mehr gerade, sondern war zu langen, abschüssigen Hügeln zusammengerafft. Mit Hügeln hatte er nicht gerechnet. Niemand hatte ihm gesagt, dass es Teile von Kansas gab, die nicht flach waren. Er kam also nicht mehr so zügig voran und konnte auch nicht mit Vollgas dahinbrausen. Andererseits war er auch nicht in Eile, sondern raste bloß aus Jux. Das hier war jetzt viel interessanter und gefährlicher, und er genoss den Nervenkitzel. Wenn er jetzt einen Hügel hinaufraste, fuhr er immer dichter an die Mittellinie heran, spielte also eine Art Highway-Roulette, bei dem er der Gewinner war, solange alles, was aus der entgegengesetzten Richtung kam, die Scheinwerfer eingeschaltet hatte.

Als ihm das langweilig wurde, schaltete er seine eigenen Scheinwerfer aus und dröhnte nun wie ein dunkler Dämon an Autos und Lastwagen vorbei.

Dabei lachte er jedes Mal und dachte, wie überrascht sie bestimmt waren und wie erschrocken. *Verrückter Typ*, würden sie denken, *fast wäre ich in ihn reingefahren…*

Er hatte eigentlich vor überhaupt nichts Angst, außer vielleicht davor, wieder ins Gefängnis zu müssen, konnte sich aber nicht vorstellen, dass sie ihn wegen überhöhter Geschwindigkeit verknacken würden. Außerdem, wenn Kansas so war wie die meisten anderen Staaten, gab es jede Menge Landstraßen und kaum Verkehrspolizei...

Bergab zu donnern machte sogar noch mehr Spaß, weil es ihm so schön den Magen hob. Er kam sich vor wie ein Halbwüchsiger. »Fuuuck«, schrie er aus vollem Hals, während er auf der anderen Seite hinunterraste. Schau mal einer an – eine gottverdammte Achterbahn, dieses Kansas!

Der Regen schien noch meilenweit entfernt zu sein.

Mel kam sich vor, als könnte er die ganze Nacht so weiterfahren. Bloß dass sich die Augen jetzt sandig anfühlten, das erste Anzeichen dafür, dass er wohl besser nach einem passenden Plätzchen für die Nacht Ausschau halten sollte. Er war nicht so scharf darauf, unter freiem Himmel zu schlafen, jedenfalls nicht, wenn sich ein Dach über dem Kopf finden ließ.

Tess wies ihre Schwester an, die Klopapierrollen unter dem Badezimmerfenster im Erdgeschoss von Jane Baums Haus aufzustapeln. Die sechs Rollen, allesamt weiß und in zwei Dreierreihen übereinander gestapelt, verschafften Tess die Höhe und Hebelwirkung, die sie brauchte, um die Scheibe mit den Handflächen hochschieben zu können. Sie steckte die Finger an der unteren Kante hindurch und versuchte mühsam, das Fenster aufzubekommen, das wegen der vielen Farbschichten festsaß.

»Verdammt!«, rief sie aus und ließ die Arme sinken. Das Klopapier unter ihren Füßen wurde allmählich zusammengequetscht.

Als sie es erneut probierte, zeigte sich, wie stark sie vom Hochheben von Kälbchen und Heuaufwerfen geworden war. Farbe splitterte ab und Holz prallte dumpf auf Holz, als das Fenster nach oben glitt.

»Pssst!« Mandy hielt sich die Fäuste vors Gesicht und schlug vor lauter Aufregung die Knöchel aneinander. Ihre scharfen Ohren machten draußen auf dem Highway Motorenlärm aus, und sie wusste gleich, dass es der Sheriff war, der gekommen war, um sie und Tess zu verhaften. Verzweifelt zerrte sie ihre Schwester am rechten Unterschenkel.

Das Knacken des Fensters und das Geräusch des heranbrausenden Motorrads vermischten sich in Janes Bewusstsein im Schlaf miteinander, so dass sie sich beim Aufwachen aus angsterfüllten Träumen – ihre Augen flogen auf, der Rest ihres Körpers erstarrte – in einer Art konfuser Halluzination einbildete, jemand sei hinter ihr her und befände sich bereits im Haus.

Jane tat daraufhin das, was sie sich antrainiert hatte. Weil sie es Abend für Abend immer wieder eingeübt hatte, waren ihre Bewegungen gleichsam instinktiv. Sie drehte ihr Gesicht zu der Pistole auf dem anderen Kissen hinüber und legte den Daumen an den Abzug.

Ihre Angst – vor Vergewaltigung, Folterqualen, Entführung, Todesangst, vor dem Tod – war wie ein Ballon, in dessen Mitte sie sich entsetzt schweben sah. Aus dem Erdgeschoss waren dumpfe Schläge und andere Geräusche zu hören, die zu ihr in den Ballon drangen. Ein Motor dröhnte, dann war es auf einmal still, Reifen schleiften über ihre Kieseinfahrt, dann drangen auch diese Geräusche zu ihr in den Ballon. Als sie es schließlich nicht mehr aushielt, ließ sie den Ballon zerplatzen und schoss sich in die Stirn.

In der Einfahrt hörte Mel Brown die Schusswaffe losgehen.

Er schwang sein Bein wieder aufs Motorrad und donnerte wieder auf den Highway hinaus. Hatte das Haus eben nur unbewohnt ausgesehen. Hatte er sich eben geirrt. Würde er sich eben was anderes suchen. Verdammte Scheiße aber auch. Nichts wie weg, verdammt noch mal.

Drinnen im Haus, im Badezimmer hatte Tess den Schuss ebenfalls gehört und ihn als Farmerkind auch sofort richtig erkannt, obwohl sie sich nicht ganz sicher war, woher er gekommen war. Schimpfend und schluchzend kletterte sie über das Waschbecken und durchs Fenster hinaus und purzelte dabei, Kopf und Schultern voraus, auf die Klopapierrollen.

»Der Sheriff!« Mandy war außer sich. »Der schießt auf uns!«

Tess packte ihre kleine Schwester am Handgelenk und zog sie vom Haus weg. Weinend stolperten die beiden davon. Sie rannten im Abflussgraben bis nach Hause und stürzten sich in die Scheune.

Mandy lief hinüber zu dem blinden Bullenkälbchen, um sich neben es hinzulegen. Sie legte den Kopf an Plumpsys Seite. Als er nicht reagierte, stand sie ruckartig auf. Sie funkelte ihre Schwester wütend an.

»Er ist tot!«

»Halt's Maul!«

Cissy Johnson war ebenfalls aufgewacht, obwohl sie nicht recht wusste, warum. Etwas hatte sie aufgeschreckt, irgendein Geräusch. Und jetzt saß sie schwer atmend aufrecht im Bett und hatte aus irgendeinem ihr unerfindlichen Grund Angst. Wenn Bob zu Hause gewesen wäre, hätte sie ihn in die Scheune hinausgeschickt, um nach den Mädchen zu sehen. Aber warum? Mit den Mädchen war doch alles in Ordnung, bestimmt, das hier war bloß die Nachwirkung eines bösen Traums. Sie konnte sich aber gar nicht erinnern, schlecht geträumt zu haben.

Cissy stand auf und lief ans Fenster.

Nein, es war kein Gewitter, es hatte nicht angefangen zu regnen.

Ein Motorrad!

Das war es, was sie gehört hatte, davon war sie aufgewacht!

Rasch schlüpfte Cissy mit zitternden Fingern in einen Morgenmantel und zog Tennisschuhe an. Verflixt noch mal, Janie Baum, deine Ängste sind doch tatsächlich ansteckend. Da kam ihr plötzlich ein Gedanke: Wenn man keine Ängste hat, können sie auch nicht wahr werden.

Cissy rannte in die Scheune hinaus.

Die Jungen sollen Gesichte sehen und die Alten Träume haben
von
KRISTINE KATHRYN RUSCH

Schon seit langem gibt es Autoren, die sowohl Science-Fiction als auch Kriminal- und Spannungsliteratur produzieren, doch handelt es sich bei den meisten frühen Namen, die einem dazu einfallen (Poul Anderson, Anthony Boucher, Fredric Brown, Isaac Asimov) um Männer, aus dem einfachen Grund, dass in den Anfangsjahren wenig Frauen Science-Fiction geschrieben haben. Inzwischen betätigen sich natürlich zahlreiche Frauen auf diesem Gebiet, von denen eine ganze Reihe – Kate Wilhelm zum Beispiel – auch zur Kriminalliteratur beigetragen haben.

Kristine Kathryn Rusch (*1960) wurde in Oneonta, New York, geboren, besuchte die Universität von Wisconsin und den Clarion Writers Workshop, ein Autorenseminar, und lebt heute in Oregon. Zu Anfang ihrer Karriere war sie freie Journalistin, Redakteurin und Rundfunk-Nachrichtenchefin und gab von 1991 bis 1997 die angesehene, von Anthony Boucher gegründete Zeitschrift *The Magazine of Fantasy and Science Fiction* heraus. Zusammen mit ihrem Ehemann Dean Wesley Smith gründete sie den Verlag Pulphouse Publishing (1987-92).

Rusch ist als Science-Fiction-Autorin bekannter denn als Autorin von Kriminalromanen – 1991 gewann sie den renommierten John W. Campbell Award für neue Autoren –, doch hat sie in beiden Genres beachtliche Erfolge erzielt. Zu ihren Science-Fiction-Werken zählen Romane für die Star-Trek- und Star-Wars-Reihen, erstere in Zusammenarbeit mit ihrem Ehemann. *Afterimage* (1992), ein genreübergreifender Titel, den sie gemeinsam mit Kevin J. Anderson verfasste, ist ein Fantasykrimi um einen Serienmörder. Ihr Kriminalroman *Hitler's Angel* (1998) wurde von der Kritik hoch gelobt, und 1999 landete sie gar einen Hattrick, indem sie von drei verschiedenen Journalen die Reader's Choice Awards (Publikumspreise) gewann: von *Science Fiction Age*, *Isaac Asimov's Science*

Fiction Magazine und (für die im Zweiten Weltkrieg angesiedelte Kriminalgeschichte »Details«) von *Ellery Queen's Mystery Magazine.*

»Die Jungen sollen Gesichte sehen und die Alten Träume haben« erschien erstmals im Pendant zu *EQMM*, *Alfred Hitchcocks Mystery Magazine*.

Die Jungen sollen Gesichte sehen und die Alten Träume haben

Nell reibt eine Hand an ihren Knickers und nimmt den Schläger fest in den Griff. Ihr Haarknoten löst sich auf. Sie kann Haarsträhnen vor dem Drahtgestell ihrer Brille herunterhängen sehen.

»Was ist los, Brillenschlange? Bist wohl nervös?«

Sie konzentriert sich auf den Ball in Petes rechter Hand statt auf die Jungs, die über den staubigen Hinterhof verteilt stehen. Er wird jeden Augenblick werfen, und wenn sie an den Ball denkt statt an die Namen, wird sie ihn auch treffen.

»Du hältst den Schläger wie ein Mädchen«, sagt T.J. vom ersten Base herüber.

Nell starrt unbeirrt auf den Ball, auf dessen Oberfläche sie die Nähte erkennen kann, auf der schmutzigen Oberfläche, die jetzt in Petes Faust verschwindet. »Das liegt daran, dass ich ein Mädchen bin«, sagt sie. Es ist ihr egal, ob T.J. es hört. Es kommt bloß drauf an, dass sie was gesagt hat.

»Na, wirf schon!«, schreit Chucky von der grasbewachsenen Seitenlinie her.

Pete spuckt aus, und Nell zieht eine Grimasse. Sie hasst es, wenn er spuckt. Mit einem ruckartigen Schnippen des Handgelenks lässt er den Ball los. Der fliegt im Bogen auf sie zu. Sie weicht ihm mit einem Sprung aus und schwingt gleichzeitig den Schläger. Der Ball kommt auf dem dünnen Teil des Schlägers ganz dicht bei ihren Fingern auf und hüpft vorwärts.

»Looos!«, brüllt Chucky.

Sie lässt den Schläger fallen und rennt los, die Luft bleibt ihr im Hals stecken. Im Laufen ist sie nicht so gut; irgendjemand schafft es immer, sie mit dem Ball in der Hand zu berühren, bevor sie das Base erreicht. Doch das erste Base, ein mit einem Pullover umwickelter Stein, kommt immer näher, und sie hört immer noch keinen hinter sich rennen. Das letzte kurze Stück springt sie in einem Satz und landet mitten auf dem Stein, wobei sie einen großen Fußabdruck in der Wolle hinterlässt. Ein paar Sekunden später knallt der Ball in T.J.s Handfläche.

»Du hättest nicht weg müssen«, sagt T.J. »Der Ball hätte dich sowieso getroffen.«

»Das macht Pete immer, damit ich nicht schwingen kann.« Nell zupft an ihrer zerrissenen, hochgeschlossenen Bluse. »Der weiß, dass ich besser schlage als ihr alle miteinander, drum schummelt er. Und überhaupt, letztes Mal, wo er das gemacht hat, hatte ich eine Woche lang Prellungen. Papa wollte mich gar nicht mehr spielen lassen.«

T.J. zuckt die Achseln; seine Aufmerksamkeit gilt schon dem nächsten Schlagmann.

»Nell?«

Sie sieht hoch. Hinter dem dritten Base steht Edmund. Sein Dreiteiler ist staubig, und er sieht müde aus. »Auweia«, sagt sie tonlos.

»Was?«, erkundigt sich T.J.

»Nichts«, sagt sie. »Ich muss gehen.«

»Wieso? Das Spiel ist noch nicht vorbei.«

»Ich weiß.« Sie schiebt sich eine Haarsträhne aus dem Gesicht. »Ich muss aber trotzdem gehen.«

Sie geht quer über das Spielfeld, am Wurfmal vorbei, wo der Pitcher steht. Pete spuckt aus und verfehlt ihren Schuh nur knapp. Sie bleibt stehen und hebt langsam den Blick, ahmt bewusst den Furcht erregendsten Ausdruck ihres Vaters nach.

»Was soll das denn jetzt?«, fragt er.

»Ich geh.« Obwohl ihr die Brille auf die Nasenspitze gerutscht ist, schiebt sie sie nicht hinauf. Sie anzufassen würde ihn wieder dran erinnern, dass sie nicht besonders gut sieht.

»Das geht nicht. Du bist auf dem ersten Base.«

»Chucky kann ja auf meinen Platz.«

»Kann er nicht, der muss gleich schlagen.«

Sie schaut zu Chucky hinüber. Der ist so weit weg, dass er nichts hört. »Kann ich auch nichts machen, Pete. Ich muss gehen.«

Pete zieht seine Kappe über die Augen herunter und blinzelt sie an. »Dann kannst du nicht mehr mit uns spielen. War sowieso Quatsch, ein Mädchen mitspielen zu lassen.«

»Das ist kein Quatsch! Du bist auch schon mal mitten im Spiel heimgegangen.« Sie kann Pete nicht leiden. Eines Tages wird sie ihm schon zeigen, dass ein Mädchen genauso gut sein kann wie ein Junge, sogar beim Baseball.

»Nell.« Edmund klingt genervt. »Gehen wir.«

»Der ist doch nicht dein Pa«, sagt Pete. »Wieso musst du mit dem mit?«

»Er ist der Freund meiner Schwester.« Sie schiebt die Brille mit dem Fingerknöchel hoch und trottet auf die andere Seite des Hofes. Als sie zu Edmund kommt, nimmt er ihren Arm, und sie gehen los.

»Wieso spielst du mit denen?«, fragt er leise. »Baseball ist doch kein Spiel für junge Damen.«

Das fragt er sie immer, und einmal hat er sie sogar angebrüllt, weil sie die Knickers trug, die Karl ihr geschenkt hatte. »Puppen spielen mit Louisa, dazu hab ich keine Lust.«

»Würde mir wahrscheinlich auch nicht besonders gefallen«, sagt er. Als sie vom Spielfeld weit genug weg sind, bleibt er stehen und dreht sie zu sich um. Er hat tiefe Schatten unter den Augen, und sein Gesicht wirkt verkniffen. »Ich bringe dich nicht bis ganz nach Hause. Ich bin bloß hergekommen, weil ich's versprochen hatte.«

»Gehst du denn nicht zu Bess?«

Er schüttelt den Kopf, greift dann in seine Hosentasche und zieht den schmalen Ring hervor, der ihn drei Monatsgehälter gekostet hat. Der Brillant glitzert im Sonnenlicht. »Karl ist wieder da«, sagt er.

Nell fuhr mit dem Finger über das Namensschild. Karl Krupp. Sie hatte es sich also nicht eingebildet; der Name verschwand nicht wie so viele andere Dinge unter ihrer Berührung. Ihre Finger mit den geschwollenen Knöcheln und den brüchigen Knochen wirkten wehrlos neben diesem Namen. Langsam ließ sie die Hand wieder auf die kalte Metallkante ihrer Gehhilfe sinken. Wie alt wäre er denn inzwischen? Als sie zehn gewesen war, war er fünfundzwanzig gewesen – bei einem Altersunterschied von fünfzehn Jahren wäre er jetzt... fünfundneunzig. Sie sah zu seiner Zimmertür hinüber. Die hatte seit seiner Ankunft nie offen gestanden, stellte sie frustriert fest. Sie wollte sehen, wie sehr das Alter ihn verändert hatte.

Nicht allzu sehr, nahm sie an, da er in Hausgemeinschaft 5 wohnte. Die anderen Bewohner waren geistig und körperlich noch einigermaßen rüstig – abgesehen von Sophronia. Die hatten die Pflegerinnen allerdings sofort weggebracht, als ihre Senilität offensichtlich wurde. Wegen ihrer eigenen mentalen Aussetzer und der wachsenden Neigung zum Tagträumen machte Nell sich Sorgen. Sie wusste nicht, wie viel sich die Pflegerinnen bieten ließen, bevor sie sie in eine restriktivere Hausgemeinschaft verfrachteten.

Nell hob ihre Gehhilfe und rückte von der Tür weg. Karl sollte sie nicht beim Herumschnüffeln erwischen. Sie trug zwar einen anderen Namen und sah überhaupt nicht mehr aus wie der magere Wildfang, den er damals gekannt hatte, doch er sollte nicht wissen, dass sie ihn beobachtete, ehe sie genau wusste, was sie machen wollte.

Karl lümmelt träge auf dem Sofa, die langen, vor sich ausgestreckten Beine an den Fesseln überkreuzt, den linken Arm über die Lehne drapiert und den fein geschnittenen Kopf gegen die gepolsterte Rückenlehne gelegt. Er sollte sich nicht behaglich fühlen, tut es aber offensichtlich.

Bess sitzt ihm gegenüber im Sessel, beugt sich vor. Die zerzausten Haare umrahmen ihr gerötetes Gesicht, ihre Augen funkeln, und ihre Hände – die ohne Edmunds Ring nackt wirken – spielen nervös an ihrem besten Rock herum.

Nell lässt die Tür zuschwingen. Karl dreht sich bei dem Klicken nicht um, sondern sagt bloß in seinem tiefen, vollen Bariton: »Ist das meine Nell?«

Sie erstarrt; mit der Gefühlsaufwallung, die seine Stimme in ihr hervorruft, hat sie nicht gerechnet. Sie stellt sich vor, dass sie auf ihn zuläuft und ihr Gesicht an seinem Hals vergräbt, zurückweicht und ihm mit voller Wucht eine Ohrfeige verpasst.

»Nelly, Karl ist da.« Bess kann den glücklichen Ton in ihrer Stimme kaum verhehlen.

»Ich weiß«, sagt sie und schnippt getrocknete Erde von ihrem Daumen. Sie ist schweißüberströmt, ihre Brille ist verdreckt, und ihr Haarknoten löst sich auf. Sie sieht wahrscheinlich überhaupt nicht aus wie ein kleines Mädchen.

»Nelly ...«

Der Kosename ist ihr fast so zuwider wie Bess' Tonfall. »Ich geh mich erst mal waschen.«

»Aber vorne herum, damit du keinen Dreck auf den Fußboden machst.«

Nell unterdrückt einen Seufzer und wendet sich wieder zur Tür. In dem Augenblick kommt ihr Vater herein, umweht vom Duft von Tabak und Haarwasser. Ohne auf den Aufzug seiner jüngsten Tochter zu achten, will er ins Wohnzimmer gehen.

»Wem gehört denn der schnittige Modell T da draußen? Ist das deiner, Edm –?«

Er bleibt gleich am Eingang stehen, und Nell tritt einen Schritt vor, um alles sehen zu können. Karl springt auf und streckt die Hand aus. Bess beißt sich auf die Unterlippe, und Papa ist tiefrot angelaufen.

»Ich hab dir doch verboten«, sagte er in seinem leisesten, ärgerlichsten Ton, »jemals wieder über meine Schwelle zu treten.«

»Mr. Richter, jetzt ist alles anders.«

»Ist mir egal, und wenn du der reichste Mann der Welt geworden bist. Du bist hier nicht erwünscht.« Papas Stimme wurde sogar noch leiser. »Und jetzt raus hier.«

»Bitte, Sir –«

»Raus ... hier! Oder brauchst du eine Extraeinladung?«

Mit einer geschmeidigen, elastischen Bewegung nimmt Karl seinen Hut vom Tisch und setzt ihn sich verwegen auf. Er nickt Bess kurz zu, geht um Papa herum und zaust Nell beim Hinausgehen die Haare.

Papa regt sich erst wieder, als er hört, wie das Auto draußen angelassen wird. Dann sagt er mit gepresster Stimme zu Bess: »Du weißt, dass er hier nicht rein darf.«

»Er ist aber jetzt anders. Er hat eine neue Arbeit in Milwaukee, Papa, und gute Aussichten für die Zukunft.«

»Schön und gut. Dann soll er sich ein anderes Mädchen suchen.«

Nell lehnt sich gegen die Tür. Sie haben vergessen, dass sie auch da ist.

»Papa.« Bess steht vom Sessel auf. In ihren Knöpfstiefeln ist sie fast so groß wie ihr Vater. »Jetzt ist alles besser. Er hat es versprochen.«

»Ach ja? Hat er versprochen, dich nicht mehr zu schlagen, oder hat er bloß vom Geld geredet?«

Bess wirbelt herum und schaut aus dem Fenster. »Papa, das ist nicht fair.«

»Nein, fair ist es nicht.« Papa zieht seine Taschenuhr heraus, klappt sie auf und schließt sie wieder, ohne aufs Zifferblatt zu gucken. »Ich will ihn aber nicht mehr hier haben. Nachdem er dich geschlagen hat, hab ich gehört, wie Nelly sich jede Nacht in den Schlaf geweint hat.«

Nells Gesicht wird ganz warm. Und sie hatte geglaubt, niemand hätte was gemerkt.

Papa steckt die Taschenuhr wieder zurück und zieht sich die Weste zurecht. »Und jetzt will ich was zu essen.«

Nell schlüpft zur Haustür hinaus und geht hinten herum zur Wasserpumpe. Sie zittert am ganzen Körper. Sie erinnert sich an Bess' geschwollenes Gesicht, die blauen Flecken, aber sie erinnert sich auch daran, wie viel Spaß sie hatten, als sie mit Karl vorn auf der Veranda saßen und lachten. Die Tränen hatte sie in diesen Nächten nicht bloß um Bess vergossen, sondern auch um diese Sommernachmittage, erfüllt von Gelächter, Limonade und Karl, der ihr die Haare zauste!

Obwohl es ihr schwer fiel, ging Nell gern zu Fuß. Sie hatte das Gefühl, jeder langsame Schritt würde ihr Leben um eine Minute verlängern. Ohne ihre Gehhilfe müsste sie im Rollstuhl sitzen – und der Rollstuhl war ein Zeichen von Hinfälligkeit. Wenn sie die Gehhilfe anhob und einen Schritt machte, verspürte sie das gleiche Gefühl von Sicherheit wie früher nach einem Homerun, wie Karl ihn ihr beigebracht hatte.

Manchmal verbrachte sie den ganzen Tag damit, über die Korridore zu wandern. Ins Freie kam sie nur bei jenen seltenen Gelegenheiten, wenn Verwandte zu Besuch kamen. Die brachten sie nach draußen, um sich nicht mit ihr unterhalten zu müssen.

Jede Hausgemeinschaft hatte eine andere Farbe. Hausgemeinschaft 5 war in Rotkehlcheneierblau gestrichen, und an den Wänden hingen von den Bewohnern gefertigte Bilder. Kurz nach Karls Ankunft war ein Bild von einer vielfarbigen Spirale neben seiner Tür angebracht worden.

Nell spürte, wie ihr Blick von dem Bild angezogen wurde. Sie schob die Brille hoch, um es genau betrachten zu können. Die Spirale hatte Sprossen wie eine Leiter. Statt der Signatur stand am unteren Bildrand eine Bezeichnung vermerkt, etwas, das bei ihr eine nur vage Erinnerung hervorrief: Desoxyribonukleinsäure. Sie las den Ausdruck zweimal, bevor sie erschrocken feststellte, dass Karls Tür offen stand. Die Klänge einer Chopin-Etüde drangen auf den Korridor. Fasziniert beugte sie sich näher.

Man ermunterte die Bewohner, ihre Zimmer mit persönlichen Dingen auszustatten. Die meisten Zimmer hatten einen Fernseher, einen Polstersessel mit gesteppter Überdecke und ein an auffallender Stelle angebrachtes Kruzifix. In Karls Zimmer waren an den Wänden jedoch Bücherregale, und die Bücherregale waren voll. Karl stand, ein Buch in der Hand, neben der Tür.

»Ah, die hübsche Frau von gegenüber.« Seine Stimme hatte sich nicht verändert. Sie war immer noch voll und wohl tönend und jagte ihr immer noch Schauer über den Rücken. Sein schwarzes Haar war silbern geworden, und seine Haut war von feinen Linien durchzogen. Vom Alter gebeugt war er nicht. Er streckte die Hand aus. Seine Bewegungen waren so geschmeidig wie früher. »Möchten Sie einen Augenblick hereinkommen?«

Nell merkte, dass sie wie gebannt auf seine Hand starrte. Als sie sie das letzte Mal gesehen hatte, war sie voller Blut gewesen. »Nein, danke«, sagte sie. »Ich mache nur meinen Spaziergang.«

»Aber Sie haben doch sicher einen Augenblick Zeit, äh –?« Er neigte den Kopf zu ihr hinüber und wartete darauf, dass sie ihm ihren Namen nannte.

»Eleanor«, sagte sie.

»Eleanor?« Er trat einen Schritt zurück, um sie vorbeizulassen. Sie zögerte, lächelte dann ein wenig über sich selbst, als sie daran dachte, dass dies der Mann war, der ihr gezeigt hatte, was Charme bedeutete.

»Aber nur ganz kurz.« Als sie ihre Gehhilfe umkehrte und auf ihn zuging, kam sie sich zum ersten Mal seit Jahren unbeholfen vor.

Er beobachtete ihre schlurfenden Bewegungen. »Arthritis?«

Sie schüttelte den Kopf. »Ich habe mir beide Hüften gebrochen, als ich mal 1975 bei ein paar Spielen in der Little League eingesprungen bin. Die Ärzte sagten, ich würde nie wieder gehen können.«

»Haben Sie gewonnen?«

Sie warf einen Blick zu ihm hoch und erschrak, dass sie plötzlich direkt vor ihm stand. »Na, ich bin doch auf den Beinen, oder nicht?«

Er kicherte. »Nein, nein. Ich meine das Spiel.«

»Ach so.« Sie schob die Gehhilfe durch die Tür. Wegen der Bücherregale war der Durchgang schmal. Sein Zimmer roch nach Tinte und alten Büchern. »Um drei Runs haben wir verloren.«

»Schade«, sagte er nur. »Sein letztes Spiel sollte man immer gewinnen.«

Sie blieb am Fenster stehen. Er hatte einen Blick auf den hinteren Parkplatz. »Wer behauptet, dass es mein letztes Spiel war?«

Dann drehte sie sich um und sah sich sein Zimmer genauer an. Es war voller Bücher. In der Mitte stand ein mit Papieren übersäter Schreibtisch, und eine Stereoanlage wie die, auf die ihre Enkelin so stolz war, nahm in einem der Bücherregale ein ganzes Regalbrett ein. Das Bett hinten in der Ecke war ordentlich gemacht und mit einer fertig gekauften Tagesdecke bedeckt.

»Möchten Sie sich setzen?« Er rückte ihr einen Stuhl her. Nell schüttelte den Kopf.

»Einen Tee?« Er griff hinter sich und steckte eine Kaffeemaschine ein. Neben der Maschine befanden sich Tassen, Behälter und Röhrchen mit flüssigem Inhalt.

»Was machen Sie eigentlich hier?« Die Frage war Nell einfach so herausgerutscht. Er fuhr herum und musterte sie aufmerksam. Nell spürte, wie sie errötete. »Ich meine, Sie sehen nicht so aus, als müssten Sie hier sein.«

Als er lächelte, vertieften sich die Fältchen zu Runzeln. »Mein Großneffe leitet dieses Haus. Er meint, ich werde allmählich zu alt zum Alleinleben.«

»Es gibt aber doch andere Heime, wo man leben kann, wenn man noch gesund ist. Sie brauchen offensichtlich keine medizinische Pflege.«

»Noch nicht.« Er hakte die Daumen in seinen vorderen Hosentaschen ein und lehnte sich an den Türrahmen. Nell überlegte, ob er sie wohl aufhalten würde, wenn sie gehen wollte. »Ich helfe ihm bei ein paar Forschungen.«

Nell blickte wieder auf den Schreibtisch hinüber. Auf einigen der Papiere, die dort lagen, war die gleiche Spirale abgebildet wie auf dem Bild neben der Tür.

»Wir wollen eine Methode finden, mit der sich der Alterungsprozess verzögern lässt«, sagte er. »Haben Sie schon mal von Leonard Hayflick gehört?«

»Nein.«

»Hayflick ist ein Biologe, der entdeckt hat, dass Zellen eine ganz klar definierte Lebensspanne haben. Er dachte, die Lebensspanne werde von der Anzahl der Zellteilungen bestimmt und nicht vom chronologischen Alter. Aber manche Zellen verfallen schon, *bevor* sie ihre maximale Anzahl von Teilungen erreicht haben. Und das, glauben manche, bewirkt die Alterung. Können Sie mir folgen?«

Nell merkte, dass sie ihn verständnislos angestarrt hatte. »Tut mir Leid.«

»Oder einfach ausgedrückt«, sagte er, »jeder Mensch kann ein gewisses maximales Alter erreichen, aber wegen des körperlichen Verfalls erreicht dieses Alter nicht jeder. Wir versuchen jetzt, diesen körperlichen Verfall zu verhindern, damit die Menschen ihr gesamtes Leben durchleben können.«

»Was ist denn das maximale Alter?«, wollte Nell wissen.

»Wissen wir nicht«, meinte Karl achselzuckend. »Es gibt aber Leute, die behaupten, sie wären weit über hundert. Und ich habe gerade von einer Frau gelesen, deren Taufurkunde beweist, dass sie hundertzwanzig ist.«

»Wieso erzählen Sie mir das?«

»Weil du gefragt hast, Nelly.«

Nell wurde am ganzen Körper kalt. Sie hielt sich an ihrer Gehhilfe fest und überlegte, wie sie bloß aus dem Zimmer kommen könnte.

Als er auf sie zutrat, wich sie erschrocken zurück.

»Entschuldige«, sagte er sanft. »Ich hätte dir gleich sagen sollen, dass ich weiß, wer du bist. Meine Familie ist in Wisconsin geblieben, Nell. Sie haben mir gesagt, was in deinem Leben so vor sich ging. Ich wusste, dass du hier bist, bevor ich herkam.«

»Und was willst du jetzt machen?« Ihre Stimme zitterte.

Er machte noch einen zögernden Schritt auf sie zu. »Also, als Erstes will ich dir das mit Bess erklären, Nelly.«

»Nein«, sagte sie, und ihre Angst war so echt wie an jenem sonnenbeschienen Julimorgen, als er ihr mit seiner blutigen Hand den Mund zugehalten hatte. »Wenn du mich nicht hier raus lässt, fange ich an zu schreien.«

»Nelly –«

»Ich mein's ernst, Karl, ich fange an zu schreien.«

Er breitete die Hände aus. »Du kannst ruhig gehen, Nell. Wenn ich dir wehtun wollte, hätte ich es schon längst tun können.«

Sie schob die Gehhilfe wie einen Schutzschild vor sich her. Ihre Hände rutschten auf dem Metall ab. Als sie an Karl vorbeikam, sah sie ihn nicht an.

Die Wände schienen enger beieinander und der Abstand bis zu ihrem Zimmer viel zu kurz. Als sie drinnen war, machte sie die Tür zu und wünschte, man könnte sie abschließen. Und doch wusste sie, dass ihre Angst zum Teil irrational war. Viel konnte ihr ein fünfundneunzigjähriger Mann hier nicht anhaben, doch nicht in diesem hell erleuchteten Heim voller junger Pflegerinnen. In Hausgemeinschaft 5 wurden Schreie nämlich nicht ignoriert.

Nell zupft an ihren Knickers herum. Egal wie eng sie sie bindet, um die Taille herum bleiben sie immer unangenehm locker. Sie hat sich nicht getraut, in ein Base zu rutschen, wie Chucky wollte, weil sie Angst hat, dass sie dann ihre Hosen verliert.

Sie nimmt den Weg quer durch Kirschmans Apfelgarten. Mr. Kirschman kann es zwar nicht leiden, wenn die Kinder die Abkürzung durch seinen Obstgarten nehmen, aber sie machen es trotzdem.

Als sie um die Ecke biegt und in die Gartenmitte will, hält ihr jemand mit der Hand den Mund zu und zerrt sie mit dem Rücken gegen einen Baum. Die Hand ist fest und glitschig. Sie riecht nach Eisen.

»Nelly, versprichst du mir, nicht zu schreien, wenn ich dich loslasse?«

Es ist Karls Stimme. Sie nickt. Langsam lässt er sie los.

»Was soll denn das?«

Er hebt einen verschmierten Finger an die Lippen. Sein dunkles Haar hebt sich deutlich ab von seiner blassen Haut. »Ich will nicht, dass du da weitergehst, okay? Ich will, dass du umkehrst und sofort deinen Vater holst. Versprochen?«

Nell nickt erneut. Sie starrt sein fleckiges weißes Hemd an und begreift, dass es voller Blut ist. Sie wischt sich über den Mund; ihre Hand ist danach ebenfalls blutig.

»Nell –«

Sie dreht sich um und fängt an zu rennen und merkt erst, als sie um die Ecke gebogen ist, dass sie Karl nicht gehorcht hat. Dort, quer über dem Gartenweg, liegt ihre Schwester. Bess' Haar ist wild um sie gebreitet, und ihre Bluse ist voller Blut.

»Nell, es wird doch alles gut, bloß –«

Nell schreit los. Karl steht hinter ihr. Sie stößt ihn weg und rennt den Gartenweg hinunter nach Hause. Diesmal fällt ihr das Rennen viel leichter, obwohl ihr die Luft immer noch im Hals stecken bleibt. Sie kann Karl nicht hinter sich hören, und als sie sich dem Haus nähert, weiß sie, dass sie in Sicherheit ist. Karl wird ihr nicht wehtun, Karl würde ihr nie wehtun. Die Einzige, der Karl wehtut, ist Bess, und Bess ist selber schuld, weil sie nicht auf Papa hört, und jetzt ist es zu spät, es ist alles zu spät, weil Nell sie dort liegen gelassen hat, blutend und hilflos, bei Karl, dem Mann, der ihr wehtut, dem Mann, dessen Hände voller Blut sind.

»Habe ich dir eigentlich erzählt, dass meine Schwester ermordet wurde?«

Anna strich ihren bereits ordentlichen Rock glatt und seufzte. »Ja, Mutter.« Ihr Ton sagte: *Tausend Mal, Mutter. Muss ich es mir schon wieder anhören?*

Nell umklammerte die Hände im Schoß und überlegte, ob sie fortfahren sollte. Anna würde es ihr nie glauben. Obwohl sie schon fünfundfünfzig war, hatte Anna selten etwas Ernsthafteres im Kopf als Kleider und Make-up. Und natürlich hatte sie ihre Tante Bess nicht gekannt.

»Ich habe den Mann gesehen, der sie getötet hat.«

Plötzlich verkrampfte sich Anna, und ihr Blick heftete sich auf irgendetwas hinter Nells Schulter.

Nells Herz pochte heftig. Elizabeth, ihre Älteste, hätte zugehört. Aber Bess war seit sechs Jahren tot. »Ich glaube, das habe ich dir schon einmal erzählt«, sagte Nell. »Der Mann, der sie getötet hat – Karl hieß er –, hat auch ihren Verlobten Edmund getötet. Er wurde nie gefasst. Früher hatte ich immer Angst, weil ich dachte, eines Tages kommt er und macht das Gleiche mit mir.«

»Das ist doch schon so lange her, Mutter.« Annas Stimme klang genervt.

»Ich weiß.« Nells Finger waren kalt geworden. »Ich würde es dir aber jetzt nicht erzählen, wenn es nicht wichtig wäre.«

Anna sah ihrer Mutter direkt ins Gesicht, mit einem tiefen, durchdringenden Blick. »Wieso ist es jetzt wichtig?«

»Weil er hier ist«, flüsterte Nell. Die Worte klangen zu melodramatisch, doch sie konnte sie nicht zurücknehmen. »Hier auf dem Korridor mir gegenüber.«

Anna atmete tief durch. »Mutter, selbst wenn er hier wäre, könnte er doch nichts machen. Wahrscheinlich erinnert er sich nicht mal an dich.«

»Er erinnert sich«, erwiderte Nell. »Ich habe mit ihm gesprochen.«

»Trotzdem.« Anna nahm Nells Hand in die ihre. Ihre Handfläche fühlte sich warm und feucht an. »Er ist ein ziemlich alter Mann. Der lebt bestimmt nicht mehr lang. Wenn wir die Polizei rufen und die bestätigen, was du sagst, hält er vermutlich nicht mal bis zum Prozess durch. Ich meine, wer außer dir weiß denn noch von dem Mord?«

»Mein Vater wusste es und –«

»Jemand, der noch am Leben ist?«

»Nein.« Tränen traten ihr in die Augen. Sie zwinkerte heftig.

»Dann stünde Aussage gegen Aussage. Ehrlich gesagt, Mutter, ich glaube, das lohnt sich nicht. Was hast du denn jetzt noch davon? Der wird sowieso bald sterben, und dann brauchst du dir keine Sorgen mehr zu machen.«

»Nein.« Eine Träne suchte sich ihren Weg über Nells Wange und verharrte auf ihren Lippen. Sie leckte sie rasch weg und hoffte, dass Anna sie nicht gesehen hatte. »Der wird nicht so bald sterben.«

Anna runzelte die Stirn. »Warum denn nicht?«

»Der arbeitet an einem Experiment, um sein Leben zu verlängern.«

»Ach, du liebe Zeit, Mutter.« Anna zog ihre Hand weg. »Wem hast du diesen Unsinn noch erzählt?«

»Ich habe nicht –«

Es klopfte an die Tür, und eine Pflegerin trat ein. Sie stellte Nell ein Tablett neben den Sessel. »Ich komme mit Ihrer Medizin, Nell.«

Nell griff nach dem Papierbecherchen. Die Flüssigkeit darin war braun. »Das sieht aber nicht aus wie meine Medizin.«

Sie hob den Kopf und sah gerade noch, wie Anna mit einem Kopfschütteln zu der Pflegerin hinüberschaute.

»Trinken Sie es einfach runter, Nell«, sagte die Pflegerin mit ihrer künstlich süßen Stimme, »und dann ist es gut.«

Nell schnupperte kurz an dem Becherchen. Der Inhalt roch bitter. »Will ich aber wirklich nicht.«

»Mutter«, fuhr Anna sie an. In vertraulichem Ton wandte sie sich dann an die Pflegerin: »Mutter hat heute einen schlechten Tag.«

»Die letzten Tage waren schwierig«, sagte die Pflegerin. »Sie ist nicht zu den Mahlzeiten gekommen und wollte überhaupt nicht aus ihrem Zimmer heraus.«

»Stimmt das, Mutter?«

Nell schwenkte die Flüssigkeit in dem Becherchen herum. Auf dem Becherboden schwammen Ablagerungen. Plötzlich begriff sie, dass es sowieso egal war. Wen scherte es schon, wenn Karl sie vergiftete! Sie setzte den Becher an die Lippen, bevor sie es sich noch einmal anders überlegen konnte.

Die Flüssigkeit fühlte sich auf der Zunge scharf an wie selbst gebrannter Whisky. Sie hustete kurz und stellte den Becher ab. »Ich verstehe gar nicht, warum du das wissen willst«, sagte sie.

Anna schürzte die Lippen. »Mutter, also wirklich.«

Nell rieb die Zunge am Gaumen, konnte den Geschmack aber nicht loswerden. Sie hielt sich seitlich am Stuhl fest und stand auf. Ihre Hüften knackten leicht, als sie zum Stehen gekommen war. Die Pflegerin hielt ihr die Gehhilfe hin.

»Wo wollen Sie hin, Nell?«

Nell gab keine Antwort. Sie manövrierte die Gehhilfe zum Waschbecken hinüber und holte sich einen Schluck Wasser.

»Ich fürchte, meiner Mutter geht's nicht gut«, sagte Anna leise. »Sie hat mir gerade erzählt, der Mann von gegenüber hätte ihre Schwester ermordet und sie hätte nun Angst, dass er auch hinter ihr her ist.«

»Mr. Krupp? Glaube ich nicht. Der ist seit seiner Ankunft bettlägerig.«

»Vielleicht sollten Sie was zu ihr sagen.« Als Nell sich umdrehte, verstummte Anna. Nell bewegte sich zum Sessel zurück. Die Pflegerin nahm ihren Arm, als sie sich wieder setzte.

»Nell, ich habe gehört, der Mann von gegenüber macht Ihnen Angst.«

Nell blickte in das runde Gesicht der Pflegerin und versuchte sich an ihren Namen zu erinnern, ohne auf das Namensschildchen zu schauen. »Nein. Wie kommen Sie denn auf die Idee?«

»Ihre Tochter sagte gerade, er macht Sie nervös.«

Auf dem Namensschildchen stand DANA, LPN – staatl. gepr. Krankenschwester. »Ich habe ihn noch nicht mal gesehen, er ist auch sehr ruhig. Wieso sollte er mich nervös machen?«

Die Pflegerin lächelte und nahm das Tablett. »Ich wollte nur mal hören, Nell.«

Anna wartete, bis die Pflegerin gegangen war, bevor sie fragte: »Wieso hast du sie angelogen, Mutter?«

»Ich weiß gar nicht, wieso du mich besuchen kommst«, erwiderte Nell.

Anna schob ihren Stuhl zurück und stand auf. »Das weiß ich manchmal auch nicht. Aber ich komme bestimmt wieder.« Sie nahm ihren Mantel und hängte ihn sich über die Schulter. »Übrigens, Mutter, es ist doch besser für dich, wenn du ein bisschen unter die Leute gehst, statt immer nur in deinem Zimmer zu hocken. Wenn du mit Leuten redest, kommst du auf andere Gedanken und fantasierst nicht bloß herum.«

Sie ging. Nell wartete, bis das Klacken von Annas hohen Absätzen auf dem gefliesten Boden nicht mehr zu hören war. »Ich fantasiere nicht herum«, murmelte sie. Aber die Pflegerin hatte gesagt, Karl sei bettlägerig, während er auf sie so einen gesunden Eindruck gemacht hatte. Nell seufzte und runzelte dann die Stirn. Was hatte er in Hausgemeinschaft 5 zu suchen, wenn er nicht einmal aufstehen konnte?

Nell greift nach dem Schläger und vollführt einen Übungsschwung. Ihr Kleid schwingt mit, die Knickers, die ihr Karl geschenkt hat, will sie nicht tragen. Seit einer Woche ist Bess tot, und Nell fühlt sich einsam.

»Was willst du denn hier?«, fragt Chucky. Sie sind allein. Die anderen Jungs sind noch nicht da.

»Spielen«, sagt sie.

Er guckt skeptisch. »In einem Kleid? Wo sind denn deine Hosen?«

»Hab ich weggeschmissen.« Sie haut mit dem Schläger in den Sand, wie sie es bei Pete gesehen hat.

»In einem Kleid kannst du nicht rennen.«

»Kann's ja versuchen.« Sie stößt es wütend und scharf hervor. Seit Bess gestorben ist, kann sie sich überhaupt nicht mehr beherrschen. »Tut mir Leid.«

Chucky zieht den Kopf ein und schaut beiseite. »Schon okay.«

»Tut mir Leid«, sagt sie noch mal und schaut aufs Spielfeld. Das Gras um die Bases herum ist inzwischen ruiniert. Manchmal denkt sie, Baseball ist der einzige Traum, den sie noch hat. Jetzt, wo Bess tot ist und Karl verschwunden, scheint auch der unmöglich geworden. »Dann geh ich eben nach Hause.«

»Nein«, sagt Chucky. »Ich mein, du kannst spielen.«

Sie lächelt leicht und schüttelt den Kopf. »Aber nicht in einem Kleid. Du hast schon Recht.«

»Warte.« Er stupst sie am Arm und läuft dann zu sich nach Hause, lässt die Gartentür hinter sich zuknallen. Sie geht zum Homebase und schwingt den Schläger erneut, tut so, als hätte sie einen Homerun geschafft. Fühlt sich gut an, den Ball so über den Bach pfeifen zu lassen. Für sie gibt es nichts Schöneres. Wenn sie doch ein kleiner Junge wäre, dann könnte sie immer und ewig Baseball spielen! Karl hatte ihr mal weisgemacht, wenn sie sich am Ellbogen küsste, könnte sie ein Junge werden. Sie probierte es wochenlang, bis sie merkte, dass es unmöglich war, sich selber am Ellbogen zu küssen. Ein Junge wird sie nie sein, aber gut Baseball spielen wird sie sicher.

Chucky ist wieder da. Er streckt ihr ein Stoffbündel hin. »Hier«, sagt er.

Sie faltet es auseinander. Er hat ihr ein Paar ausgefranste, notdürftig geflickte Knickers gegeben. »Chucky?«

»Mir passen sie nicht mehr. Vielleicht passen sie dir.«

»Aber sollte die nicht dein Bruder kriegen?«

»Nö«, sagt er, schaut sie dabei aber nicht an.

»Wenn du jetzt Ärger kriegst, will ich sie nicht.«

»Krieg ich nicht.« Er mustert sie, merkt, dass sie nicht recht überzeugt ist. »Pass auf, du bist der beste Schlagmann im Team. Ich will dich nicht verlieren.«

Sie lächelt, diesmal ein echtes Lächeln, eins, das sie wirklich empfindet. »Danke, Chucky.«

Nell nahm ihre Spaziergänge wieder auf und achtete darauf, dass sie sie immer dann machte, wenn die Medizin verteilt wurde.

Karls Tür blieb tagelang geschlossen, aber dann überraschte sie ihn doch auf dem Gang dabei, wie er die Papierbecherchen auf den Tabletts austauschte.

»Du vertauschst meine Medizin«, sagte sie. Sie stand aufrecht auf ihre Gehhilfe gestützt, wohl wissend, dass er ihr in den Korridoren nichts anhaben konnte.

»Ja, genau«, erwiderte er.

Sie schluckte schwer. Sie hatte nicht erwartet, dass er es freimütig zugeben würde. »Warum?«

»Ich habe irgendwie das Gefühl, als wäre ich dir was schuldig, Nell.«

»Dafür, dass du Bess umgebracht hast?«

Er stellte den Becher auf das Tablett mit ihrer Zimmernummer. Seine Hand zitterte. »Ich habe Bess nicht umgebracht«, sagte er ruhig. »Ich habe Edmund umgebracht.«

»Du lügst.«

Er schüttelte den Kopf. »An dem Morgen wollte ich mich mit Bess im Obstgarten treffen. Wir wollten zusammen weglaufen. Edmund war vor mir dort und hat sie umgebracht. Also habe ich *ihn* umgebracht.«

Nell konnte die Gewalt jenes Morgens spüren, das Sonnenlicht auf ihrer Haut, seine blutigen Finger auf ihren Lippen. »Warum – hast du es keinem gesagt?«

»*Einen* Mord hatte ich immerhin begangen, Nelly.«

Deshalb hatte er gesagt, sie solle ihren Vater holen. Deshalb war er nie zurückgekommen, um sie auch zu töten. »Warum –« Sie schüttelte den Kopf, als wollte sie ihn dadurch frei bekommen. »Warum bist du wieder hierher zurückgekehrt?«

»Wisconsin ist meine Heimat, Nell.« Er stützte sich auf das Rollwägelchen. »Ich wollte zu Hause sterben.«

»Und dein Experiment?«

Er lächelte. »Ich habe die meisten meiner Geschwister um gut zwanzig Jahre überlebt. Dabei war die Zusammensetzung am Anfang nicht ganz richtig für mich. Wir haben sie geändert, deine ist gleich von Anfang an besser.«

»Meine?«

»Nelly.« Er neigte leicht den Kopf und fuhr sich mit den Fingern durch das dichte Silberhaar. Bei der Geste musste sie an den alten Karl denken, der ihr das Lachen beigebracht hatte und wie man einen Homerun schaffte. »Was dachtest du denn? Dass ich dich vergiften will?«

Sie nickte.

»Ach was, ich probiere die Arznei an dir aus. Ich weiß, ich hätte dich fragen sollen, aber du hast mir ja nicht getraut, da war es einfacher so.«

»Warum ich?«, fragte sie.

»Da gibt's viele Gründe.« Das Wägelchen glitt ein Stück vorwärts, und er musste sich festhalten, um nicht hinzufallen. »Ich kenne nicht viele Leute, die mit siebzig noch Baseball spielen. Oder wieder laufen lernen, wenn die Ärzte sagen, es geht nicht. Du bist stark, Nelly. Du hast erstaunliche innere Kräfte.«

»Aber was ist, wenn ich gar nicht länger leben will?«

»Tust du aber, sonst wärst du nicht hier draußen, um mich zu erwischen.«

»Ich habe dich erwischt.« Der Korridor war menschenleer. Normalerweise war er voller Leute, die dort auf und ab gingen.

»Ich weiß«, sagte Karl. »Was willst du tun? Eine Pflegerin rufen, denen sagen, sie sollen mich festnehmen? Für Mord gibt's keine Verjährung, weißt du.«

Nell musterte ihn eine Weile. Er war dünn, und seine Haut war bleich. Er war fünfundneunzig. Wie lange könnte er wohl noch leben?

»Ich will nichts mehr von deiner Medizin«, sagte sie.

Er stand reglos da und wartete, dass sie noch etwas sagte.

Sie schob ihre Gehhilfe voran, auf die andere Seite des Wägelchens. »Und ich will auch nicht mehr reden.«

Sie gestattete sich nicht, sich umzudrehen, als sie langsam den Korridor entlang davonging. Sich vorzustellen, sie könnte ohne Gehhilfe laufen, ohne Schmerzen. Sich vorzustellen, sie könnte länger leben als ihr Vater, der mit achtundneunzig gestorben war. Sie war noch nicht bereit, das Leben aufzugeben. An manchen Tagen kam es ihr so vor, als hätte sie gerade erst damit angefangen.

Als sie ihre eigene Tür erreichte, blieb sie stehen und wandte sich zu Karl um. Früher hatte sie an Karl und seine Wunder geglaubt. Das tat sie heute nicht mehr.

Die Welt ist zu dem Ball zusammengeschrumpft, den Pete fest in der Hand hält.

»Wirf ihn geradeaus«, schreit Chucky.

Pete spuckt aus. Nell bemerkt es kaum. Sie fixiert diesen Ball, weiß, wenn er ihn wirft, wird sie ihn mit all ihrer Kraft treffen. Die Zeit scheint sich zu verlangsamen, als der Ball auf sie zugeschwirrt kommt. Sie weiß, wie er fliegen wird, wo er landet, und schwingt den Schläger hinunter, um ihn abzufangen. Erfreut hört sie das Knacken, als der Ball auf den Schläger trifft, dann beschleunigt sich die Zeit wieder.

»Menschenskind!«, schreit Chucky, aber Nell achtet nicht auf ihn und lässt den Schläger fallen. Aus dem Augenwinkel sieht sie den Ball über den Bach fliegen. So schnell sie kann, läuft sie los. Mit dem rechten Fuß berührt sie das erste Base und läuft weiter, fliegt wie der Ball. Der verschwindet im hohen Gras hinter dem Bach, als ihr linker Fuß das zweite Base erreicht. Als ihr zwischen dem zweiten und dritten Base die Brille von der Nase hüpft, orientiert sie sich nach den Farben. Ihre Lunge brennt, als ihr linker Fuß auf dem Stein aufkommt, dem dritten Base.

»Los, Nelly! Los!«

Sie läuft auf die verschwommenen Umrisse hinter dem Homebase zu. Obwohl sie Seitenstechen hat und ihr alles wehtut, rennt sie weiter. Mit einem Satz landet sie auf dem Homebase, und ihre Mannschaft jubelt, aber sie kann nicht aufhören. Sie ist so gelaufen, dass sie nicht gleich aufhören kann, und knallt mit Chucky zusammen, der sie umarmt.

»Prima!«, sagt er. »Das war prima!«

Sie steht da und kostet den Augenblick aus. Karl wäre stolz auf sie gewesen. Aber Karl würde es nie erfahren. Sie wischt sich den Schweiß von der Stirn und sagt: »Ich hab meine Brille verloren.«

Während Chucky loszieht, um sie ihr wieder zu holen, wird ihr klar, dass sie es höher nicht schafft. Ihr zierlicher Mädchenkörper wird sie daran hindern weiterzukommen, trotz ihrer Schlaggenauigkeit. Doch das ist ihr egal. Wenn sie schon nicht in einer richtigen Mannschaft spielen kann, wird sie Homeruns schaffen, bis sie hundert ist, wenn diese Jungs hier schon längst tot sind.

»Das war prima, Nelly«, sagt Chucky und händigt ihr die Brille aus. »Wirklich prima.«

Sie überprüft die Gläser, die nicht gesprungen sind, und biegt das Gestell wieder zurecht. »Nicht schlecht für ein Mädchen«, sagt sie mit einem Seitenblick auf T.J. Dann geht sie zum Grasstreifen hinüber und setzt sich an den Rand der Linie, in der Hoffnung, beim Schlagen noch mal dranzukommen.

Nell wurde vom Geräusch trappelnder Füße geweckt. Das Geräusch kannte sie schon. Jemand war gestorben oder lag gerade im Sterben und sollte nun rasch hinausgeschafft werden, bevor die anderen Bewohner davon Wind bekamen.

Sie griff nach ihrer Brille, stand auf und arbeitete sich behutsam bis zur Tür vor. Sie hatten sich vor Karls Tür versammelt. Zwei

Männer rollten eine fahrbare Trage heraus. Der Leichnam war festgeschnallt und das Gesicht zugedeckt. Rasch schoben sie ihn aus dem Blickfeld.

Sie überquerte den verlassenen Korridor. Der Fliesenboden unter ihren Füßen fühlte sich kalt und etwas sandig an. Sie hatten Karls Tür offen gelassen, und sie blieb kurz davor stehen, den Geruch des Todes unter dem Duft von Tinte und Büchern erahnend.

»Nell?« Eine Pflegerin kam über den Korridor auf sie zu.

»Ist er tot?«, fragte sie.

»Mr. Krupp? Ich fürchte, ja. Tut uns Leid, wenn es Sie gestört hat.«

»Nein, hat es eigentlich nicht«, sagte Nell. Sie zog ihren Morgenmantel fester um die Brust zusammen. Ihr wurde allmählich kalt.

»Vielleicht hätte er gar nicht in diese Hausgemeinschaft gehört«, meinte die Pflegerin. »Er war viel zu krank, aber seine Familie wollte ein Privatzimmer für ihn.«

Nell fragte sich, wie die Pflegerin eigentlich darauf kam, dass sie ihr das glaubte. Ein Blick in Karls Zimmer genügte, um zu wissen, dass er nicht bettlägerig war. Nell betrachtete das Zimmer noch einmal. Die Schreibtischplatte war leer, die Röhrchen waren verschwunden, aber sonst sah alles gleich aus.

Dann stand auch die Pflegerin neben ihr. Nell erkannte sie als die mit dem runden Gesicht, die ihr immer ihre Medizin verabreichte: Dana, LPN.

»Wie sind Sie denn hierher gekommen?«, fragte Dana, LPN.

»Gelaufen«, sagte Nell.

Perplex schaute Dana, LPN sie an. »Na, dann wollen wir aber schnell wieder rüber ins Bett, ja?«

Sie legte Nell den Arm um die Taille und half ihr zurück ins Zimmer. Die Unterstützung war unnötig, bis sie an die Tür kamen. Als Nell ihre Gehhilfe am gewohnten Platz neben dem Bett stehen sah, knickten ihre Knie ein.

»Nell?«

Nell richtete sich auf und machte sich vom Griff der Pflegerin los. Sie gelangte bis ans Bett und tippte ihre Gehhilfe ganz leicht mit der Hand an. »Es geht schon«, sagte sie.

Sie stieg ins Bett und blieb liegen, bis sie die Schritte der Pflegerin auf dem Gang widerhallen hörte. Dann stand sie auf und ging langsam im Zimmer umher. *Du bist stark, Nelly*, hatte er gesagt. *Du hast erstaunliche innere Kräfte.*

Sie ging zur Tür und blickte zu Karls leerem Zimmer auf der anderen Seite des Korridors hinüber. Die Zeichnung, auf der sich die Spiralen wie eine missgebildete Leiter wanden, hing noch dort. Sie empfand eine Art betäubte Freude, hatte aber gleichzeitig ein frustriertes Gefühl im Magen. Sie würde nie erfahren, ob es an ihrer eigenen Zielstrebigkeit gelegen hatte oder an Karls bitterer Medizin, dass sie wieder laufen konnte, ebenso wie sie nie erfahren würde, ob er ihre Schwester tatsächlich nicht getötet hatte oder ob es gelogen war. Sie wollte gern glauben, dass es an ihren eigenen inneren Kräften gelegen hatte, doch ihr innerer Heilungsprozess brauchte seine Zeit. Schon ein paar Tage nachdem ihr die Medizin verabreicht worden war, hatte sie angefangen zu laufen.

Nell ging wieder hinüber und setzte sich aufs Bett. Dabei fragte sie sich, was Anna wohl sagen würde, wenn sie erfuhr, dass ihre Mutter wieder laufen konnte. Nell kam zu dem Schluss, dass es egal war. Was zählte, war dies: Ihre Füße, die von Base zu Base gelaufen waren, die zwei Kindern hinterhergerannt waren, die sie jahrzehntelang durchs Leben getragen hatten, funktionierten wieder. Einmal hatte sie sich geschworen, Homeruns zu schaffen, bis sie hundert war. Und vielleicht, ja vielleicht, würde sie es auch hinkriegen.

Die Beutegreiferin
von
SHARYN MCCRUMB

Sharyn McCrumb (*1948) lebt nach Abschluss ihres Studiums an der University of North Carolina und der Virginia Tech in den Blue Ridge Mountains in Virginia, reist jedoch zu Vorlesungen über ihr Werk in den Vereinigten Staaten und in der ganzen Welt herum. Zuletzt hielt sie im Sommer 2001 ein Autorenseminar in Paris ab.

Für ihre »Ballad«-Serie, angefangen mit *If Ever I Return, Pretty Peggy-O* (1990), erhielt McCrumb zahlreiche Preise und Auszeichnungen, darunter den Appalachian Writers Association's Award für ihren besonderen Beitrag zur Literatur der Appalachen. Mehrmals haben auch *New York Times* und *Los Angeles Times* ihre Werke auf der Liste lesenswerter Bücher genannt. In der Einleitung zu ihrer Kurzgeschichtensammlung *Foggy Mountain Breakdown and Other Stories* (1997) beschreibt sie detailliert, wie die Geschichte ihrer Familie in North Carolina und Tennessee Eingang in ihr Schreiben über die Appalachen gefunden hat. Einer der Protagonisten, die immer wieder auftauchen, Sheriff Spencer Arrowood, ist nach einem Vorfahren der Autorin väterlicherseits benannt, während es sich bei Frankie Silver (»die erste Frau, die im Staat North Carolina wegen Mordes gehenkt wurde«), deren Geschichte McCrumb später in *The Ballad of Frankie Silver* (1998) einbauen sollte, um eine entfernte Cousine der Autorin handelt. »Meine Bücher sind wie Quilts aus den Appalachen«, schreibt sie. »Ich nehme lauter leuchtend bunte Stückchen von Legenden, Balladen, Bruchstücken bäuerlichen Lebens und lokalen Tragödien und setze sie zu einem komplexen Ganzen zusammen, das nicht nur eine Geschichte erzählt, sondern auch eine tiefere Wahrheit über das Wesen des gebirgigen Südens.« Der sechste und neueste Titel in der Reihe, *The Songcatcher*, erschien im Sommer 2001.

»Die Beutegreiferin« beschreibt McCrumb als »meine persönliche Betrachtung über das, was geschehen könnte, wenn Myra Hindley, die britische Moor-Mörderin von 1966, aus dem Gefängnis entlassen würde. Obwohl Myra nie einen Menschen umgebracht hat (sie war die Freundin und Komplizin des Kindermörders Ian Brady), hat sie für ihr Verbrechen mittlerweile länger im Gefängnis gesessen als jeder tatsächliche Mörder in der Geschichte Großbritanniens.«

Die Beutegreiferin

»Sieht doch aus wie eine richtige Mörderin, was?«, sagte Ernie Sleaford und tippte auf das Foto einer Wasserstoffblondine. Er hatte jenes höhnische Grinsen aufgesetzt, mit dem er speziell die »Schreckschrauben« bedachte, sein Ausdruck für unattraktive Frauen.

Indem sie sich etwas befangen durch ihr eigenes, professioneller aufgehelltes Haar fuhr, nickte Jackie Duncan. Sie war siebenundzwanzig, zierlich und daher nie Zielscheibe von Ernies herablassendem Spott gewesen. Wenn er sie anschrie, hatte es eher berufliche Gründe – eine verpasste Gelegenheit für ein Foto oder eine nachlässig durchgeführte Berichterstattung. Sie nahm das reizlose Foto zur Hand. »Sieht ja gnadenlos aus. Man wundert sich, dass die Kinder der überhaupt vertraut haben.«

»Woher sollten sie es denn wissen, die armen Dinger? So ein Weib wie Erma war schließlich noch nie da gewesen, oder?«

Jackie betrachtete das Foto eingehend und überlegte, ob das Gesicht wirklich so bösartig war oder ob ihr Eindruck von dem beeinflusst war, was sie über die dazugehörige Person wussten. Ob das Gesicht nun grausam war oder nicht, es war jedenfalls recht hässlich. Erma Bradley hatte teigige Züge mit Augen wie Stachelbeeren und jenen Ausdruck trotziger Verdrossenheit, den unscheinbare Frauen oft in Erwartung abfälliger Bemerkungen zur Schau tragen.

Auf dem Foto hatte Ernie das Wort *Titelseite* vermerkt. Es war nicht die Art von Gesicht, die normalerweise im *Stellar* abgebildet war, einem Boulevardblatt, das für sein tägliches Foto von Prinzessin Diana und die vollbusigen Schönheiten auf Seite drei bekannt war. Ein feistes Weib mit schlecht blondiertem Haarschopf musste sich den Platz in der Regenbogenpresse schon verdienen – und das hatte Erma Bradley ganz sicher getan. 1966 wegen vierfachen Kindermordes verurteilt, saß sie im Holloway-Gefängnis in Nordlondon eine lebenslange Haftstrafe ab.

Aus den Augen, aber nicht aus dem Sinn. Weil sie Großbritanniens einzige Serienmörderin war, hielt die Regenbogenpresse ihr Andenken dadurch aufrecht, dass sie häufig Geschichten über sie brachte, alle begleitet von jenem 1965 aufgenommenen Gruselfoto der finster dreinblickenden, frisch verhafteten Erma. Die meisten aktuelleren Artikel über sie bemühten sich gar nicht erst um Glaubwürdigkeit: »Erma Bradley: Hitlers uneheliche Tochter«, »Geister der Kinder vor Ermas Zelle gesichtet« und der Oktober-Hit: »Ist Erma Bradley ein Vampir?« Diese letzte Schlagzeile war womöglich die zutreffendste, denn sie trug der Tatsache Rechnung, dass die Öffentlichkeit sie mittlerweile kaum noch als reale Person betrachtete. Sie war bloß noch eine weitere Figur im Monsterkabinett und hatte ihren festen Platz neben Frankenstein, Dracula und Guy Fawkes – einem ebenfalls überschätzten Kriminellen. Ernie Sleafords Spezialität bestand darin, sich immer wieder neue Ausreden auszudenken, um das alte Foto von Erma anbringen zu können. Zum Ankurbeln des Verkaufs war Ermas Gesicht immer gut.

Jackie Duncan hatte noch nie eine Erma-Story gemacht. Zur Zeit des berüchtigten Prozesses war Jackie vier Jahre alt gewesen, und später – die Verbrechen waren aufgeklärt und die Mörder weggesperrt – hatte der Fall sie nie sonderlich interessiert. »Die Morde, dachte ich, hätte ihr Freund Sean Hardie begangen«, sagte sie und versuchte angestrengt, sich an die Einzelheiten des Falls zu erinnern.

Der Chefredakteur des *Stellar* quittierte ihre Frage mit verächtlichem Schnauben. »Hardie? In puncto Hartgesottenheit konnte der Erma nicht das Wasser reichen. Sehen Sie ihn sich jetzt an. Vollkommen weggetreten, sitzt in der Gefängnisklapse, hat bloß noch Grießbrei im Hirn. So soll's einem auch gehen, wenn man das Leben von vier Kindern auf dem Gewissen hat. Und unsere Erma? Hat über das Fernsehen ein Studium gemacht, nicht? Im Knast gelernt, sich fein auszudrücken! Und jetzt kommen so ein paar verdammte Gutmenschen daher und hauen sie raus!«

Jackie, die bei dieser Tirade fast abgeschaltet und lieber den neuen Farbton ihres Nagellacks betrachtet hätte, sah ihn wieder interessiert an. »Das ist mir neu, Sleaford! Sind Sie sicher, dass das nicht bloß wieder eins von Ihren Märchen ist?« Sie grinste. »›Erma Bradley – Prinz Edwards Braut?‹ Die hat mir am besten gefallen.«

Solchermaßen an seine letzte Erma-Schlagzeile erinnert, musste Ernie zwar erröten, erwiderte dann aber feierlich: »Stimmt aber, Jackie. Hat mir eine Gefängniswärterin in Holloway gesteckt. Nächste Woche kommt sie raus aus dem Bau.«

»Na, na! Das würden sie doch landesweit in jeder Nachrichtensendung bringen! Und einen Riesenaufmacher im *Guardian*. Und eine Debatte im Parlament.«

»Die Gefängnisleitung hält es streng geheim. Man will verhindern, dass Erma nach ihrer Freilassung von unsereinem belästigt wird. Sie will in Ruhe gelassen werden.« Er lächelte affektiert. »Für diesen Tipp musste ich ganz schön was springen lassen, kann ich Ihnen sagen.«

Jackie lächelte. »Armer fieser Ernie! Und wo komme ich ins Spiel?«

»Dreimal dürfen Sie raten!«

»Aha. Sie wollen Ermas persönliche Story, auf Teufel komm raus.«

»Ach, die können wir selber schreiben. Ich habe Paul schon drauf angesetzt. Was ich eigentlich brauche, ist ein neues Foto, Jackie. Die alte Kuh hat sich doch seit zwanzig Jahren nicht mehr fotografieren lassen. Legt Wert auf ihre Privatsphäre, unsere gute Erma. Aber *Stellar*-Leser würden sich gern ein genaues Bild machen, wie Erma Bradley heute aussieht, meine ich, Sie nicht?«

»Damit sie sie nicht als Kindermädchen anheuern.« Jackie wartete ab, bis er fertig gelacht hatte, und brachte dann das Gespräch aufs Finanzielle.

Die Zelle sah allmählich wieder so aus wie damals bei ihrer Ankunft. Frisch gekehrt und ohne Gardinen, enthielt das zwei mal dreieinhalb Meter messende Rechteck ein Bett, einen Schrank, einen Tisch und einen Stuhl, ein hölzernes Waschbecken mit Schüssel und Kanne aus Plastik sowie einen Eimer. Die Poster und die Fotos von zu Hause waren schon weg. Ihre Bücher waren in einer Einkaufstüte von Marks & Spencer verstaut.

Ruthie, deren kleine, spitze Züge ihr den Spitznamen Frettchen eingetragen hatten, saß auf der Bettkante und sah ihr beim Packen zu. »Nimmst alles mit, ja?«, fragte sie aufgekratzt.

Die dünne, dunkelhaarige Frau starrte auf die Ansammlung von Gegenständen auf dem Tisch. »Wahrscheinlich nicht«, sagte sie finster. Sie hielt eine Büchse mit grünem Zahnpulver hoch. »Hier. Willst du das?«

Achselzuckend griff das Frettchen danach. »Warum nicht? Du kommst ja raus, und ich hab noch paar Jährchen vor mir. Schreibst du mir, wenn du draußen bist?«

»Du weißt, dass das nicht erlaubt ist.«

Die Jüngere kicherte. »Als ob dich das je von was abgehalten hätte.« Sie griff nach einem anderen Gegenstand. »Was ist mit deiner Weihnachtsseife? Die kriegst du draußen auch, weißt du.«

Sie gab sie ihr. »Freesienseife will ich nie wieder.«

»Ach, deine Poster nimmst du mit? Man sollte meinen, du hättest sie inzwischen über.«

»Stimmt auch. Die habe ich Senga versprochen.« Sie legte die zusammengerollten Poster neben Ruthie aufs Bett und griff nach einem kleinen gerahmten Foto. »Aber willst du das, Frettchen?«

Die kleine Blonde riss beim Anblick des grobkörnigen Schnappschusses von einem finster dreinblickenden Mann erschrocken die Augen auf. »Um Gottes willen! Das ist doch Sean! Tu das bloß schnell weg. Ich bin froh, wenn das hier raus ist.«

Lächelnd steckte Erma Bradley das Foto zwischen ihre Kleider. »Das werde ich mir aufheben.«

Zu Interviews trug Jackie Duncan selten ihr bestes Seidenkostüm, aber diesmal hatte sie das Gefühl, es könnte nicht schaden, gleichermaßen mondän und wohlhabend auszusehen. Unter ihrem blonden, zu einem modischen Bubikopf geschnittenen Haar blitzten muschelförmige Ohrringe aus echtem Gold hervor, und Handtasche und Schuhe aus Kalbsleder bildeten ein Ensemble und waren teuer gewesen. Es entsprach überhaupt nicht der Art, in der sich eine *Stellar*-Reporterin normalerweise zur Arbeit kleidete, doch es verlieh Jackie einen Anflug von Kompetenz und Professionalität, die sie brauchte, um von diesem Interview zu profitieren.

Sie ließ den Blick über den heruntergekommenen Versammlungsraum schweifen und fragte sich, ob Erma Bradley sich wohl hier aufgehalten, und wenn ja, wo sie gesessen hatte. Zur Vorbereitung auf den neuen Auftrag hatte Jackie alles gelesen, was sie über den Fall Bradley hatte auftreiben können: das melodramatische Buch des BBC-Journalisten, die maßvoll-nüchternen Einlassungen des Staatsanwalts und eine ganze Reihe von Artikeln aus etwas zuverlässigeren Zeitungen als dem *Stellar*. Mittlerweile fand sie Erma Bradley und ihren mörderischen Liebhaber Sean Hardie richtig interessant – *dieses Pärchen, fest vereint im gemeinsamen Morden?* In den verschiedenen Analysen des Falls hatte man sich ausführlich über die Beweislast und das allgemeine Entsetzen bei einem Kindermord verbreitet, sich mit der Suche nach einem Tatmotiv jedoch schwer getan und bei der detaillierten Beschreibung der Tötungen selbst Zurückhaltung geübt. Daraus ließe sich ein Buch machen, und wer das Material beschaffen und es schreiben könnte, würde sich eine goldene Nase verdienen. Jackie hatte vor, noch mehr herauszufinden als das, was sie bereits in der Hand hatte, zu recherchieren, musste Erma Bradley aber erst einmal finden.

Mit ihrem Sloane-Ranger-Ensemble hatte sie die alten Tanten im Gefängnisbüro bezirzt, damit sie überhaupt hereinkam und der Story nachgehen konnte. Der vermeintlichen Story. Jackie warf einen kurzen Blick auf ihr Spiegelbild. Sehr nützlich, dieser flotte Fummel, wenn man bei alten dienstführenden Damen Eindruck schinden wollte. Und wieso, dachte sie, sollte sie den Knastschwestern nicht eine kleine Modenschau bieten?

Die sechs Häftlinge fläzten, in formlose Polyestersachen gekleidet, lässig auf ihren Stühlen und glotzten sie ziemlich gleichmütig an. Eine las einen Roman von Barbara Cartland.

»Hallo, Mädels!«, sagte Jackie in ihrem schönsten Pflegeheimton. Wie man alte Damen für eine Titelgeschichte in Stimmung brachte, wusste sie, und das hier konnte auch nicht viel anders sein, dachte sie sich. »Hat man Ihnen gesagt, wieso ich hier bin?«

Wieder nur dumpfes Geglotze, bis eine stämmige Rothaarige fragte: »Hast du's schon mal mit 'ner Frau getrieben?«

Jackie ignorierte sie. »Ich bin hier, weil ich eine Story darüber schreiben will, wie es ist, im Gefängnis zu leben. Also, jetzt haben Sie die Gelegenheit, sich zu beschweren, falls es was gibt, was Sie geändert haben wollen.«

Nur höchst widerwillig brachten sie schließlich das Essen zur Sprache und die unlogischen, starren Regeln, die jeden Aspekt ihres Lebens beherrschten. Beim Reden legte sich die Spannung allmählich, und Jackie merkte, dass sie immer geneigter wurden, sie ins Vertrauen zu ziehen. Sie kritzelte ein paar flüchtige Notizen aufs Papier, damit sie weiterredeten. Plötzlich sagte eine, ihre Kinder würden ihr fehlen: Jackies Stichwort.

Unwillkürlich ließ sie den Notizblock sinken. »Kinder!«, sagte sie atemlos gespannt. »Da fällt mir ein – hat hier nicht auch Erma Bradley eingesessen?«

Blicke kreuzten sich. »Und?«, sagte die Stumpfäugige mit den ungewaschenen Haaren.

Eine wieselhafte Blonde, die von Jackies Glamour mehr beeindruckt schien als die Älteren, antwortete bereitwillig: »Ich kannte sie! Wir waren sehr gut befreundet!«

»Na, nun untertreib mal nicht, Frettchen«, sagte die Ungepflegte aus Croydon, die Gelder veruntreut hatte.

Nun brauchte Jackie kein falsches Interesse mehr vorzutäuschen. »Wirklich?«, sagte sie zu der Frau namens Frettchen. »Da hätte ich ja furchtbar Angst! Wie war sie denn?«

Jetzt fingen alle an, über Erma zu reden.

»Bisschen reserviert war sie«, sagte eine. »Hat nie gewusst, wem sie trauen kann, wegen ihrem Ruf, Sie wissen schon. Viele von uns hier haben selber Kinder, da waren einige gegen sie eingestellt. In der Küche haben sie ihr ins Essen gespuckt, bevor sie's ihr reingebracht haben. Und von den Neuen sind manchmal welche auf sie losgegangen, um zu zeigen, wie hart sie sind.«

»Das muss man sich erst mal trauen!«, rief Jackie. »Ich habe sie auf Fotos gesehen!«

»Ah, so hat sie aber gar nicht mehr ausgesehen!«, sagte Frettchen. »Hat sich die Haare wieder dunkel nachwachsen lassen und war auch viel dünner. Sah gar nicht schlecht aus. Seit dem Prozess hatte die bestimmt an die fünfzig Pfund abgenommen!«

»Haben Sie vielleicht ein Foto von ihr?«, fragte Jackie, immer noch nach Kräften bemüht, atemlos gespannt und schwer beeindruckt zu wirken.

Die Rothaarige legte ihre fleischige Hand auf Frettchens Schulter. »Moment mal. Was wollen Sie eigentlich *wirklich* hier?«

Jackie holte tief Luft. »Ich muss Erma Bradley finden. Können Sie mir dabei helfen? Ich bezahle auch dafür.«

Einige Minuten später verabschiedete sich Jackie mit einem affektierten Lächeln von der Wärterin und teilte ihr mit, sie müsse in eine paar Tagen wegen weiterer Recherchen wiederkommen. Bis dahin musste sie sich überlegen, wie sie zwei Flaschen Glenlivet hineinschmuggeln konnte: das Kopfgeld für Erma Bradley. Vermutlich würde Ernie sie den Whisky aus eigener Tasche zahlen lassen. Geschah ihm recht, wenn für sie dann noch ein guter Buchabschluss heraussprang.

Die Wohnung hätte einen neuen Anstrich vertragen können und auch ein paar bessere Möbel, doch das hatte Zeit. Sie war an Schäbigkeit gewöhnt. Am besten gefielen ihr die hohe Zimmerdecke und das große Flügelfenster mit dem Blick aufs Moor. Aus diesem Fenster sah man nur Hügel, Heidekraut und Himmel – keine Straßen, keine Häuser, keine Leute. Nach vierundzwanzig Jahren im Gewusel und Gedränge eines Frauengefängnisses war diese Einsamkeit herrlich. Jeden Tag verbrachte sie Stunden nur damit, aus diesem Fenster zu schauen, in dem Bewusstsein, dass sie im Moor spazieren gehen konnte, wann immer sie wollte, ohne Wachen, Anzüglichkeiten oder Einschränkungen der Bewegungsfreiheit.

Erma Bradley versuchte sich zu erinnern, ob sie überhaupt schon einmal allein gewesen war. Mit ihrer Mutter hatte sie bis zum Schulabschluss in einer winzigen Wohnung gewohnt, und dann, nachdem sie bei Hadlands als Sekretärin angefangen hatte, war Sean auf den Plan getreten. Mit dreiundzwanzig war sie ins Gefängnis gekommen und hatte von da an nicht einmal mehr das Recht auf Privatsphäre gehabt. Sie konnte sich nicht erinnern, dass es je eine Zeit gegeben hätte, wo sie für sich hätte sein können, um sich über ihre persönlichen Vorlieben und Abneigungen klar zu werden. Aus Mums Schatten war sie in den von Sean getreten. Sein Bild bewahrte sie auf, ebenso das ihrer Mutter, aber nicht aus

Liebe, sondern als Mahnung an die Gefängnisse, die sie vor Holloway ertragen hatte.

Jetzt fand sie heraus, dass sie Pflanzen mochte – und die Musik von Sibelius. Auch hatte sie es gern schön sauber. Sie überlegte, ob sie die Wohnung vielleicht selbst streichen könnte, denn die sähe erst dann sauber aus, wenn sie diese schmutzig grünen Wände überstrich.

Sie sagte sich wieder, dass sie ja auch ein Haus hätte haben können, *wenn*... Wenn sie bereit gewesen wäre, etwas von dieser Abgeschiedenheit aufzugeben. Verkaufen Sie Ihre Story an einen Verlag; verkaufen Sie die Filmrechte an eine Filmgesellschaft. Keith, ihr leidgeprüfter Anwalt, reichte ihr pflichtschuldig alle diese Angebote zur Begutachtung weiter. Alle Welt schien ihr das Geld nachschmeißen zu wollen, doch sie wollte bloß weg von allem. Die etwas reizlose, aber schlanke Miss Emily Kay, mit siebenundvierzig neugeboren, würde es schon allein schaffen, mit Dosengerichten und Möbeln aus zweiter Hand, während die Journalistenmeute einer Erma Bradley hinterherbellte, die gar nicht mehr existierte. Sie wollte nur noch Einsamkeit. Nie dachte sie an diese schrecklichen Monate mit Sean, an das, was sie zusammen getan hatten. Vierundzwanzig Jahre lang hatte sie es sich untersagt, daran zu denken.

Jackie Duncan blickte an dem hübsch verzierten Gebäude empor, das in Wohnungen für Leute aus der Arbeiterschicht unterteilt worden war. Zu jenen liebenswürdigeren Zeiten hatten die Bauarbeiter Blattmotive in das Mauerwerk um die Fenster gearbeitet und bei jedem Dach an einer Ecke Wasserspeier angebracht. Dieses nützliche Detail merkte sich Jackie: Jetzt war dem Gebäude noch ein weiteres Monster hinzugefügt worden.

Im heruntergekommenen, aber immer noch vornehmen Foyer sah Jackie die Namen auf den Briefkästen durch, um sich zu vergewissern, dass ihre Information stimmte. Da stand es: E. Kay. Während sie die Treppe hinaufeilte, dachte sie nur kurz an die Veränderungen, die in diesen letzten Wochen mit ihr selbst vorgegangen waren. Als Ernie ihr den Auftrag gegeben hatte, hätte sie sich vielleicht noch davor gefürchtet, einer Mörderin gegenüberzutreten, oder wäre mit der Kamera im Anschlag nach oben gegangen, um in dem Moment, wenn Erma Bradley die Tür aufmachte, schnell das Foto zu schießen und gleich wieder abzuhauen. Jetzt aber brannte sie darauf, der Frau zu begegnen, als handelte es sich um ein Interview mit einem berühmten Filmstar. Umso mehr, als diese Berühmtheit ihr ganz allein gehörte. Nicht einmal Ernie hatte sie erzählt, dass sie Erma gefunden hatte. Das hier war ihre Show, nicht die des *Stellar*. Ohne weiter nachzudenken, was sie sagen würde, klopfte Jackie am Unterschlupf des Monsters an.

Nach einer Weile ging die Tür ein Stückchen auf, und eine zierliche, dunkelhaarige Frau spähte nervös zu ihr heraus. Sie war dünn und trug einen schlichten grünen Pullover und einen Rock. Es war nicht mehr die freche Blondine aus den sechziger Jahren. Die Augen waren jedoch dieselben. Und das Gesicht war immer noch das von Erma Bradley.

Jackie kam gleich zur Sache. »Darf ich hereinkommen, Miss *Kay*? Sie wollen ja wohl nicht, dass ich an Ihre Tür trommle und Ihren richtigen Namen rufe, oder?«

Die Frau trat zurück, um sie hereinzulassen. »Es hat wohl keinen Sinn, wenn ich Ihnen sage, Sie irren sich?« Von ihrem früheren Midlands-Akzent war nichts mehr übrig. Sie sprach in ruhigem, kultiviertem Ton.

»Vergessen Sie's. Ich habe mich wochenlang abgerackert, um Sie zu finden, meine Liebe.«

»Können Sie mich nicht einfach in Ruhe lassen?«

Jackie setzte sich auf das abgewetzte braune Sofa und lächelte ihre Gastgeberin an. »Ich denke, das lässt sich einrichten. Ich könnte zum Beispiel der BBC, der Boulevardpresse und dem Rest der Welt *nicht* verraten, wie Sie aussehen und wo Sie sind.«

Die Frau blickte hinunter auf ihre unberingten Hände. »Ich habe kein Geld«, sagte sie.

»Und trotzdem sind Sie ein Schweinegeld wert, oder nicht? In all den Jahren, wo Sie eingelocht waren, haben Sie nie was anderes gesagt als *Ich hab's nicht getan*, was natürlich Quatsch ist, weil alle Welt weiß, dass Sie's getan haben. Die Ermordung des kleinen Doyle haben Sie ja sogar auf Band aufgenommen, mein Gott!«

Die Frau senkte den Kopf und wandte sich ab. »Was wollen

Sie?«, fragte sie schließlich, während sie sich auf den Stuhl neben dem Sofa setzte.

Jackie Duncan tippte die andere an den Arm. »*Ich will, dass Sie mir davon erzählen.*«

»Nein. Das kann ich nicht. Ich habe es vergessen.«

»Nein, haben Sie nicht. Das könnte niemand. Und das ist das Buch, das alle Welt lesen will. Nicht dieses zimperliche Gewäsch, das die anderen über Sie geschrieben haben. Ich will, dass Sie mir jedes einzelne Detail schildern, bis ins Kleinste. Das ist das Buch, das ich schreiben will.« Sie holte tief Luft und zwang sich zu einem Lächeln. »Dafür halte ich Ihre Identität und Ihren Aufenthaltsort geheim, so wie Ursula Bloom damals in den fünfziger Jahren, als sie Crippens Geliebte interviewte.«

Erma Bradley zuckte die Achseln. »Geschichten über Verbrechen lese ich nicht«, sagte sie.

Das Licht vor dem großen Fenster, das aufs Moor hinausging, war schwächer geworden. Auf dem zerkratzten Kiefernholztisch lief ein Kassettenrecorder, und in der hereinbrechenden Dämmerung schwoll Erma Bradleys Stimme erschöpft und resigniert auf und ab, immer wieder unterbrochen von Jackies drängenden Fragen.

»Ich weiß es nicht«, sagte sie wieder.

»Na los. Denken Sie mal nach. Essen Sie einen Keks, während Sie nachdenken. Mit der kleinen Allen hatte Sean keinen Sex, aber hat er danach mit *Ihnen* geschlafen? Was glauben Sie, bekam er eine Erektion, während er sie würgte?«

Pause. »Ich habe nicht hingesehen.«

»Aber Sie haben miteinander geschlafen, nachdem er sie umgebracht hatte?«

»Ja.«

»Auf dem gleichen Bett?«

»Aber erst später. Ein paar Stunden danach. Nachdem wir die Leiche weggeschafft hatten. Es war doch Seans Schlafzimmer. Dort haben wir immer geschlafen.«

»Haben Sie sich vorgestellt, dass der Geist des Kindes Ihnen dabei zuschaut?«

»Ich war zweiundzwanzig. Er sagte – er hat mich immer betrunken gemacht – und ich …«

»Ach, Erma, Schluss damit. Verdammt, hier sitzen doch keine Geschworenen. Sagen Sie mir einfach, ob es Sie angetörnt hat, Sean dabei zuzuschauen, wie er Kinder erdrosselte. Wenn er es tat, waren Sie da beide nackt oder bloß er?«

»Bitte, ich – bitte!«

»Na schön, Erma. Ich kann jetzt die BBC herholen, rechtzeitig für die Frühnachrichten.«

»Bloß er.«

Eine Stunde später. »Ach, hören Sie auf zu heulen, Erma. Sie haben es einmal durchlebt, oder? Schadet doch nicht, darüber zu reden! Noch mal vor Gericht gestellt werden können Sie nicht. Los, meine Liebe, beantworten Sie mir die Frage.«

»Ja. Der kleine Junge – Brian Doyle –, der war eigentlich recht tapfer. Sagte immer wieder, er müsse sich um seine Mum kümmern, weil sie jetzt geschieden sei, und bat uns, ihn gehen zu lassen. Er war erst acht und ziemlich klein. Er bot sogar an, mit uns zu kämpfen, wenn wir ihn losbinden würden. Als Sean das Klebeband aus dem Schrank holte, ging ich zu ihm und flüsterte, er soll den Jungen doch laufen lassen, aber er …«

»Ah – schon wieder, Erma! Also, ich schalte jetzt die Maschine aus, und Sie fangen sich erst mal wieder.«

Sie war allein. Endlich war die Reporterin gegangen. Kurz vor elf hatte sie ihre Notizen zusammengerafft und ihren Kassettenrecorder eingepackt und die Fotos der toten Kinder, die sie aus den Fotoarchiven mitgebracht hatte, und war gegangen, nicht ohne die Ankündigung, in ein paar Tagen wiederzukommen, um »dem Interview noch den letzten Schliff zu geben«. Daten, Ortsangaben und gerichtsmedizinische Einzelheiten könne sie sich anderweitig beschaffen, hatte sie gesagt.

Die Reporterin war weg, das Zimmer war leer, aber Miss Emily Kay war nicht mehr allein. Jetzt war Erma Bradley auch drin.

Sie wusste allerdings, dass keine weiteren Journalisten auftauchen würden. Diese eine, diese Jackie, würde ihr Geheimnis gut bewahren, wenn auch nur, um die Exklusivität ihres eigenen Buches sicherzustellen. Ansonsten war es Miss Emily Kay gestattet, in dem schäbigen Zimmerchen mit Blick übers Moor ihre Freiheit zu genießen. Doch es war kein angenehmer Unterschlupf mehr, jetzt, wo sie nicht mehr allein war. Erma hatte die Geister wieder mitgebracht.

Jetzt, wo sie darüber gesprochen hatte, waren die Ereignisse von vor fünfundzwanzig Jahren viel realer als damals, als sie sie durchlebt hatte. Damals war alles so konfus gewesen. Sean trank viel und hatte es gern, wenn sie ihm dabei Gesellschaft leistete. Beim ersten Mal war alles so schnell gegangen, und danach gab es kein Zurück mehr. Doch sie gestattete sich nie, darüber nachzudenken. Es war allein Sean, sagte sie sich immer, und dann schaltete sich ihr Kopf teilweise ab, und sie wandte ihre Aufmerksamkeit etwas anderem zu. Beim Prozess hatte sie an den beinahe greifbaren Hass gedacht, der ihr von fast allen Anwesenden im Gerichtssaal entgegenschlug. Damals konnte sie nicht nachdenken, denn wenn sie zusammenbrach, würden die anderen gewinnen. Man hatte sie nie in den Zeugenstand gerufen. Sie beantwortete keine Fragen, und wenn ihr ein Mikrofon hingestreckt wurde, sagte sie nur: *Ich hab's nicht getan*. Und später dann im Gefängnis musste sie sich erst einmal eingewöhnen und die üblen Szenen mit den anderen Häftlingen durchstehen. Da konnte sie keine Gefühle gebrauchen, die sie auch noch runtergezogen hätten. *Ich hab's nicht getan* bekam für sie einen Wahrheitsgehalt; es bedeutete: Ich bin nicht mehr diejenige, die das getan hat. Ich bin klein und dünn, redegewandt und höflich. Das hässliche, unbeholfene Monster gibt es nicht mehr.

Aber nun hatte sie ausgesagt. Ihre eigene Stimme hatte die Bilder von Sarah Allan heraufbeschworen, die nach ihrer Mutter gerufen hatte, und von Brian Doyle, der ihnen als Lösegeld sein Fahrrad angeboten hatte, um seiner Mutter willen. Die Blondine mit dem harten Gesicht, die ihnen gesagt hatte, sie sollten den Mund halten, die sie festgehalten hatte … sie war hier. Und sie würde auch hier wohnen, mit all dem Weinen und den Schreien. Und bei jedem Schritt auf der Treppe dächte sie: Sean, der wieder ein kleines Kerlchen auf Besuch mitbrachte.

Ich hab's nicht getan, flüsterte sie. Inzwischen hatte es auch noch eine andere Bedeutung angenommen. *Ich hab's nicht getan*. Sean

Hardie davon abhalten, ihnen wehzutun. Die Polizei verständigen. Mich in den Jahren im Gefängnis bei den Eltern entschuldigen. Mich vor lauter Scham umbringen. *Ich hab's nicht getan*, flüsterte sie wieder. *Aber ich hätte es tun sollen.*

Ernie Sleaford behandelte sie jetzt mit mehr Respekt. Als er von dem neuen Buch erfuhr – und von der Höhe ihres Vorschusses –, wurde ihm klar, dass sie jetzt beim großen Spiel mitspielte, und er begegnete ihr nun mit neuer Hochachtung. Sogar eine Gehaltserhöhung hatte er ihr angeboten, für den Fall, dass sie daran dachte zu kündigen. Sie hatte aber gar nicht vor zu kündigen. Ihre Arbeit machte ihr ziemlich Spaß. Außerdem amüsierte es sie so sehr, dass er jetzt immer aufstand, wenn sie sein schmuddeliges kleines Büro betrat.

»Wir brauchen noch ein Foto für die Titelseite, meine Liebe«, sagte er in sehr gesittetem Ton. »Hätten Sie was dagegen, wenn Denny Sie kurz ablichtet, oder haben Sie eins, das Sie lieber nehmen würden?«

Jackie zuckte die Achseln. »Soll er mich fotografieren. Ich war gerade beim Friseur. Dann komme ich also auch auf die Titelseite?«

»O ja. Wir machen die ganze Seite über Erma Bradleys Selbstmord und seitlich eine Kolumne mit Ihrem Beitrag: ›Ich war die Letzte, die das Monster lebend sah.‹ Das wird ein hübscher Kontrast. Ihr Foto neben dem Schwabbelgesicht Erma.«

»Ich fand, sie sah eigentlich recht gut aus für siebenundvierzig. Ist denn mein Bild von ihr nichts geworden?«

Schockiert sah Ernie sie an. »Aber das nehmen wir doch nicht, Jackie. Wir wollen sie so im Gedächtnis behalten, wie sie *war*. Ein ekelhaftes, hässliches Ungeheuer, und daneben ein reines junges Ding wie Sie. So als eine Art moralischen Kommentar, dachte ich.«

Jack Be Quick
von
BARBARA PAUL

Barbara Paul (*1931) wurde in Maysville, Kentucky, geboren und studierte an der Bowling Green State University, der University of Redlands und der University of Pittsburgh, wo sie 1969 in Theaterwissenschaften promovierte. Bevor sie sich ganz der Romanschriftstellerei zuwandte, arbeitete sie als Collegeprofessorin und Regisseurin. Ihr erster Roman, *An Excercise for Madmen* (1978), war Science-Fiction, mit *The Fourth Wall* (1979) widmete sie dann jedoch ihre ganze Energie dem Kriminalroman, den sie oft im Theatermilieu ansiedelte. Ihr Werk umfasst eine Reihe von historischen Kriminalromanen aus der Opernwelt – in denen Enrico Caruso und Geraldine Farrar als Amateurdetektive auftreten (Farrar als die Schlaue, Caruso als ihr Watson) –, die mit *A Cadenza for Caruso* (1984) einsetzt, sowie eine mit *The Renewable Virgin* (1984; dt. *Immer wieder Jungfrau*) beginnende zeitgenössische Polizeiromanserie um Marian Larch, ihres Zeichens Sergeant im Morddezernat.

Pauls Schaffen zeugt von ungewöhnlicher Vielfalt und Abwechslungsreichtum, die sich auch in ihrem Talent für eindrucksvolle Titel wie *Liars and Tyrants and People Who Turn Blue* (1980; dt. *Weh dem, der lügt*), *Your Eyelids are Growing Heavy* (1981), *He Huffed and He Puffed* (1989; dt. *Wer im Glashaus sitzt*), *Good King Sauerkraut* (1990; dt. *Good King Sauerkraut*) und *Inlaws and Outlaws* (1990; dt. *Im engsten Familienkreis*) spiegeln. Der launige Titel *But He Was Already Dead When I Got There* (1986) beweist ihre Freude am Spiel mit den Konventionen des Genres.

In »Jack Be Quick« macht Paul einen Lösungsvorschlag für einen der berüchtigtsten ungelösten Fälle der Kriminalgeschichte. Jack the Ripper, Prostituiertenmörder im London der achtziger Jahre des 19. Jahrhunderts, trieb sein Unwesen während einer Zeit und an einem Ort, wo Serienmörder – leider ganz anders als hier und heute – selten waren. Mit den Tatsachenberichten über den

Fall ließe sich eine ganze Bibliothek füllen, und literarische Verarbeitungen, ob direkt oder indirekt, reichen mindestens bis zu Marie Belloc Lowndes' *The Lodger* (1913) zurück. 1991 in der Anthologie mit dem Titel *Solved* veröffentlicht, gehört Pauls Herangehensweise an den Kriminalfall zu den originellsten und ist außerdem wegen seines überaus passenden feministischen Blickwinkels bemerkenswert.

Jack Be Quick

Pfarrhaus von St. Juda, Whitechapel,
30. September 1888

Diesmal hatte er zwei geholt, und das innerhalb von einer Stunde, sagte uns Inspector Abberline. Das erste Opfer wurde heute eine knappe Stunde nach Mitternacht in einem kleinen Innenhof an der Berner Street gefunden. Die zweite Frau wurde eine Dreiviertelstunde später auf dem Mitre Square getötet. Er verübte seine grässliche Tat und entkam unerkannt, wie immer. Inspector Abberline glaubt, dass er in der Berner Street überrascht wurde, weil er dieser Frau nicht… antat, was er den anderen Opfern angetan hatte. Mein Mann warf dem Inspector einen warnenden Blick zu, denn er wollte nicht, dass ich derart verstörenden Dingen mehr als nötig ausgesetzt wurde. »Die zweite Frau war jedoch äußerst brutal entstellt«, schloss Inspector Abberline, ohne Einzelheiten zu nennen. »Auf dem Mitre Square hat er vollendet, was er in der Berner Street begonnen hatte.«

Da wir das Pfarrhaus den ganzen Tag nicht verlassen hatten, wussten mein Mann und ich nichts von dem Doppelmord. Als niemand zur Morgenandacht kam, war Edward verärgert. Normalerweise können wir am Sonntag mit einer etwa zwölfköpfigen Gemeinde rechnen, hätten uns also denken können, dass etwas nicht stimmt. »Haben Sie eine Ahnung, wer die Frauen waren, Inspector?«, wollte ich wissen.

»Bei einer«, sagte er. »Sein Opfer vom Mitre Square hieß Catherine Eddowes. Die Identität des Opfers in der Berner Street müssen wir noch feststellen.«

Inspector Abberline wirkte erschöpft, ich schenkte ihm noch eine Tasse Tee ein. Zweifellos hätte er etwas Stärkeres bevorzugt, doch gestattete Edward keine Spirituosen im Haus, nicht einmal Sherry. Ich wartete ab, bis der Inspector einen Schluck getrunken hatte, bevor ich ihm die nächste Frage stellte. »Hat er Catherine

Eddowes auch den Schoß herausgeschnitten, so wie Annie Chapman?«

Edward schien schockiert, dass ich darüber Bescheid wusste, doch den Untersuchungsbeamten konnte nichts mehr schockieren. »Ja, Mrs. Wickham, das hat er. Doch diesmal hat er ihn nicht mitgenommen.«

Das gehörte zu den zahllosen Einzelheiten, die mich an dieser grausigen Mordserie verblüfften und entsetzten, von der London zur Zeit heimgesucht wurde. Annie Chapmans ausgeweidete Leiche hatte man vor drei Wochen in der Hanbury Street gefunden. Sämtliche Eingeweide außer dem Schoß waren ihr auf die Schulter gehäuft worden. Warum hatte er ihren Schoß entwendet? »Und die Eingeweide?«

»Auf die linke Schulter gehäuft, wie gehabt.«

Edward räusperte sich. »Diese Eddowes... das war doch eine Prostituierte!«

Inspector Abberline bejahte. »Für mich besteht im Übrigen keinerlei Zweifel, dass das Opfer in der Berner Street ebenfalls auf den Strich ging. Das ist die einzige Gemeinsamkeit zwischen seinen Opfern – sie waren alle Prostituierte.«

»Das Böse bekämpft das Böse«, sagte Edward kopfschüttelnd. »Wann wird das enden?«

Inspector Abberline stellte seine Tasse hin. »Ein Ende ist leider noch nicht in Sicht. Wir führen immer noch Befragungen von Haus zu Haus durch, und die Bevölkerung gerät allmählich in Panik. Wir haben alle Hände voll damit zu tun, den Mob zu zerstreuen.«

»Den Mob?«, fragte Edward. »Hat es Unruhen gegeben?«

»Bedauerlicherweise ja. Jeder will eben unbedingt einen finden, dem er die Schuld...« Der Inspector ließ den unfertigen Satz einen Augenblick nachklingen. »Als ein Wachtmeister heute früh einen Taschendieb durch die Straßen jagte, sah jemand die beiden und schrie plötzlich: ›Es ist der Ripper!‹ Mehrere Männer beteiligten sich an der Jagd, dann gesellten sich andere dazu, und die Nachricht verbreitete sich, der Ripper sei es, den der Wachtmeister da verfolgte. Der Mob wollte Blut sehen – nichts Geringeres als ein Lynchmord hätte ihn zufrieden gestellt. Der Dieb und der Wachtmeister mussten sich schließlich in einem Gebäude verbarrikadieren, bis Hilfe kam.«

Edward schüttelte betrübt den Kopf. »Die Welt ist verrückt geworden.«

»Deshalb komme ich ja zu Ihnen, Herr Pfarrer«, sagte Inspector Abberline. »Sie können dabei helfen, die Leute zu besänftigen. Sie können zu ihnen sprechen, sie überzeugen, sich doch wieder zu beruhigen. Ihre Anwesenheit auf der Straße wird die Leute bis zu einem gewissen Grad beruhigen.«

»Selbstverständlich«, sagte Edward knapp. »Sollen wir gleich gehen? Ich hole nur meinem Mantel.«

Der Inspector wandte sich mir zu. »Danke für den Tee, Mrs. Wickham. Wir müssen jetzt los.« Ich brachte die beiden Männer zur Tür.

Der Inspector wusste nicht, dass er vorhin eine der Auseinandersetzungen zwischen meinem Mann und mir unterbrochen hatte, die in letzter Zeit immer häufiger auftraten. Ich wollte den Streit jedoch nicht wieder aufgreifen, wenn Edward zurückkehrte. Der Schatten dieser beiden neuen Morde hatte sich wie ein Leichentuch über alle anderen Sorgen gelegt. Ich zog mich in meine Nähstube zurück, wo ich versuchte, mein Gemüt durchs Gebet zu beruhigen. Man konnte einfach nicht nüchtern bleiben beim Gedanken an diesen Unbekannten, der durch die Straßen des Londoner East End streifte, einen Mann, der Frauen so abgrundtief hasste, dass er ihnen die Körperteile abschnitt, die seine Opfer als Frauen kenntlich machten. Ich versuchte, für *ihn* zu beten, für seine verlorene Seele. Gott möge mir vergeben, ich konnte es nicht.

Pfarrhaus von St. Juda,
1. Oktober 1888

Am nächsten Morgen in der Frühe lag so dichter Nebel über dem Pfarrhaus, dass die Gaslaternen auf der Straße noch brannten. Wie üblich bewiesen sie ihre Effizienz, indem sie die *Spitzen* der Pfosten beleuchteten; die Straße selbst sah ich nicht, als ich aus unserem Schlafzimmerfenster hinunterblickte.

Nach unserer morgendlichen Bibellesung lenkte Edward meine Aufmerksamkeit noch auf eine andere Stelle. »Da du ja nun Bescheid weißt, was der Ripper mit seinen Opfern macht, wird es dir zum Nutzen gereichen, das Folgende zu hören, Beatrice. Merke auf. ›Dass die Brust aufgerissen werde und Herz und Gedärme daraus genommen werden und über die Schulter geworfen.‹«

Ekel überkam mich. »So wurden Annie Chapman und die anderen umgebracht.«

»Stimmt«, bestätigte Edward mit einem triumphierenden Unterton in der Stimme. »Dies sind die Worte Salomos, mit denen er die Hinrichtung von drei Mördern verfügt. Ich frage mich, ob Inspector Abberline schon auf diese Stelle hingewiesen wurde? Sie könnte bei der Ermittlung der Beweggründe von Nutzen sein, die hinter diesen Morden stehen, vielleicht etwas vom Geisteszustand des Mörders enthüllen …« Er erging sich noch eine Weile in Vermutungen.

Ich faltete die Wäsche, während ich Edward zuhörte. Als er eine Atempause machte, fragte ich ihn nach seinem Hemd aus feinem Baumwollstoff. »Das habe ich seit zwei Wochen nicht mehr gesehen.«

»Wie? Das taucht schon wieder auf. Sicher hast du es irgendwohin gesteckt.«

Ich war mir ebenso sicher, dass ich nichts dergleichen getan hatte. Sodann brachte ich mit einer gewissen Beklommenheit unsere Auseinandersetzung vom Vorabend wieder zur Sprache. »Edward, könntest du dir vorstellen, dir die Sache mit den wohltätigen Spenden noch einmal zu überlegen? Wenn die Gemeindemitglieder sich nicht einmal Hilfe suchend an ihre Kirche wenden können –«

»Erlaube mir, dass ich dich unterbreche, meine Liebe«, sagte er. »Ich bin überzeugt, dass die Not sich *nicht* durch wahlloses Verteilen von Geld lindern lässt, sondern nur durch die realistische Beurteilung der Probleme jedes Einzelnen. Solange die unteren Schichten sich darauf verlassen, dass man ihnen mit milden Gaben über Notzeiten hinweghilft, werden sie es nie lernen, zu sparen und möglichst vernünftig mit ihrem Geld zu haushalten.«

Edwards »realistische Beurteilung« individueller Probleme endete immer auf die gleiche Weise, nämlich mit kurzen Vorträgen über die sparsame Wirtschaft. »Aber in Fällen von höchster Not«, wandte ich ein, »wäre eine kleine Spende ihrem zukünftigen Wohlergehen doch nicht abträglich.«

»Aha, aber wie sollen wir beurteilen, wer wirklich in Not ist? Die lügen doch wie gedruckt, bloß um ein paar Münzen zu ergattern, die sie dann umgehend für Schnaps ausgeben. Und uns wird dann gedroht, wenn die Münzen ausbleiben! Dieses Erbe haben wir meinem Vorgänger in St. Juda zu verdanken, diese Erwartungshaltung, dass die Kirche ihnen Wohltätigkeit *schuldig* ist!«

Das stimmte. Das Pfarrhaus war schon mehr als einmal mit Steinen beworfen worden, wenn Edward Bittsteller abwies. »Aber die Kinder, Edward – den Kindern können wir doch helfen! Sie sind doch nicht schuld an der Verschwendungssucht ihrer Eltern.«

Edward setzte sich neben mich und nahm meine Hand. »Du hast ein weiches Herz und ein großzügiges Gemüt, und ich verehre diese Eigenschaften in dir, Beatrice. Dein natürlicher Hang zur Wohltätigkeit gehört zu deinen bewundernswertesten Zügen.« Er lächelte betrübt. »Und doch, wie sollen diese armen, jämmerlichen Geschöpfe denn je lernen, selbst für ihre Kinder zu sorgen, wenn wir es ihnen abnehmen? Und noch eins: Ist dir schon einmal der Gedanke gekommen, dass Gott vielleicht *uns* prüfen will? Wie einfach wäre es doch, ein paar Geldstücke zu verteilen und uns einzureden, damit hätten wir unsere Christenpflicht erfüllt! Nein, Beatrice, Gott verlangt von uns mehr als das. Wir müssen standhaft bleiben in unserer Entschlossenheit.«

Ich fügte mich, da ich keine Möglichkeit sah, gegen diese unerschütterliche Gewissheit anzukommen, Gott selbst hätte uns diesen Weg diktiert. Außerdem war Edward Wickham mein Ehemann, und ich schuldete ihm Gehorsam, auch wenn mein Herz beunruhigt und voller Ungewissheit war. Er hatte die Entscheidung zu fällen, nicht ich.

»Rechne nicht vor dem Abendbrot mit mir«, sagte Edward, während er sich erhob und seinen Mantel holen ging. »Mr. Lusk bat mich, an einem Treffen des Bürgerwehr-Komitees von Whitechapel teilzunehmen, und danach muss ich noch meine üblichen Besuche machen. Geh heute lieber nicht aus dem Haus, meine

Liebe, wenigstens bis Inspector Abberline diese Unruhen unter Kontrolle hat.« Wegen seiner vielfältigen Verpflichtungen blieb Edward dem Pfarrhaus immer häufiger fern. Manchmal kehrte er erst im Morgengrauen zurück, niedergeschlagen und erschöpft, nachdem er versucht hatte, einem Mann bei der Arbeitssuche zu helfen oder für eine obdachlose Witwe und ihre Kinder eine Bleibe zu finden. Bisweilen schien er sich gar nicht zu erinnern, wo er eigentlich gewesen war. Ich machte mir Sorgen um seine Gesundheit und sein geistiges Wohlergehen.

Als er wegging, begann sich der Nebel allmählich zu lichten, doch ich konnte immer noch nicht weit sehen – außer vor meinem inneren Auge. Wenn man die Commercial Street hinunterginge und dann der Aldgate, der Leadenhall und Cornhill folgte bis zu der Stelle, wo bei einem Standbild des Herzogs von Wellington sechs Straßen aufeinander treffen, stünde man direkt vor der imposanten Londoner Börse, deren üppige Wandgemälde und Mosaikböden im Innenraum die passende Umgebung für die dort ablaufenden Transaktionen bilden. Jenseits der Threadneedle Street erheben sich schließlich die beeindruckenden Fassaden der Bank von England mit ihren fensterlosen unteren Stockwerken sowie der klobigen Wertpapierbörse. Wenn man sich dann in die entgegengesetzte Richtung wendete, wurde man mehrerer anderer Bankinstitute ansichtig, die sich um das Mansion House, den Amtssitz des Lord Mayor drängen. Ich finde es immer noch verblüffend, dass sich der Reichtum der Nation an dieser Stelle konzentriert, auf so einer kleinen Fläche… in nächster Nähe zu den schlimmsten Elendsvierteln im ganzen Land.

Ob sich die reichen Geschäftsmänner eigentlich je Gedanken über die *entsetzliche* Armut von Whitechapel und Spitalfields machen? Die Leute, die im Einzugsbereich der Kirchengemeinde von St. Juda wohnen, sind wie Tiere in einem Labyrinth aus Höfen und Gassen zusammengepfercht, die sich nie mit einer Hauptstraße kreuzen. In den baufälligen, einsturzgefährdeten Gebäuden, die nach vorn hinausgehen, sind in jedem Zimmer ganze Familien untergebracht, manchmal bis zu einem Dutzend Menschen. Unter diesen Bedingungen ist Inzest sehr verbreitet… und, wie manche sagen, unvermeidlich. In den Gebäuden riecht es entsetzlich nach dem Abwasser, das sich in den Kellern sammelt, während die Höfe selbst nach Abfall stinken, der Ungeziefer, Hunde und anderes Getier auf der Suche nach Fressbarem anlockt. Oft muss ein einziges Standrohr im Hof sämtliche Bewohner von drei bis vier Gebäuden mit Wasser versorgen, ein Außenrohr, das im Winter mit beharrlicher Regelmäßigkeit einfriert. Einmal waren Edward und ich mitten in der Nacht zu einer Frau gerufen worden, die an Scharlach litt; wir fanden sie in einem übel riechenden Zimmerchen mit drei Kindern und vier Schweinen hausend. Ihr Mann, ein Droschkenkutscher, hatte sich im Vormonat das Leben genommen, und erst als wir wieder gingen, entdeckten wir, dass eins der Kinder bereits seit dreizehn Tagen tot dort gelegen hatte.

Die Nachtquartiere sind sogar noch schlimmer – dreckige, verwanzte Krankheitsherde. In solchen Billigunterkünften kann man für vier Pence die Nacht ein Bett mieten und teilt es sich oft mit einem Fremden, weil keiner allein den vollen Preis aufbringen kann. So etwas wie Privatsphäre gibt es nicht, weil die Betten wie in Schlafsälen in engen Reihen aufgestellt sind. Die Schlafstellen werden wild durcheinander an Männer und Frauen vermietet, und folglich sind viele von diesen Billigquartieren in Wirklichkeit Bordelle, und selbst in denjenigen, die keine sind, findet man nichts dabei, einer Prostituierten ein Bett zu vermieten, wenn sie einen zahlenden Freier mitbringt. Inspector Abberline sagte uns einmal, nach Schätzung der Polizei gebe es allein in Whitechapel zwölfhundert Prostituierte – üppige Jagdgründe also für den Mann, der sich mit dem Abschlachten von Freudenmädchen vergnügt.

Seit der Ripper begann, im East End umzugehen, setzt sich Edward für verstärkte Polizeistreifen in den abgelegenen Gassen und für bessere Straßenbeleuchtung ein. Das Problem ist nur – Whitechapel ist so arm, dass es sich die Kosten für diese notwendigen Verbesserungen nicht leisten kann. Wenn es überhaupt Hilfe gibt, dann muss sie von außen kommen. Deshalb habe ich eine eigene Kampagne ins Leben gerufen. Jeden Tag schreibe ich an Philanthropen, an wohltätige Einrichtungen und Regierungsbeamte. Ich wende mich an alle einflussreichen, zur Hilfe bereiten Persönlichkeiten, deren Name mir bekannt ist, und bitte für die *Kinder* von

Whitechapel, besonders für jene abgerissenen, schmutzigen Gassengören, die irgendwo in einer Ecke schlafen, das essen, was sie eben ergattern oder stehlen können, und im Austausch gegen ein Geldstück, das sie ihr eigen nennen können, jede unaussprechliche Handlung vollziehen, die von ihnen verlangt wird.

Leichenhalle von Golden Lane, City of London,
12. Oktober 1888

Heute habe ich etwas getan, was ich noch nie getan habe: Ich habe mich meinem Mann mutwillig widersetzt. Edward hatte mir untersagt, an der gerichtlichen Untersuchung der Todesursache von Catherine Eddowes teilzunehmen, indem er meinte, ich solle mich nicht den unappetitlichen Enthüllungen aussetzen, mit denen dort zu rechnen sei. Auch, sagte er, schicke es sich nicht für die Frau des Pfarrers, unbegleitet aus dem Haus zu gehen, eine Aussage, die mir in eine andere Zeit und Welt zu gehören scheint. Ich wartete ab, bis Edward das Pfarrhaus verlassen hatte, und machte mich dann eilends auf. Mein Weg führte mich an einem der größeren Schlachthöfe in der Gegend vorbei. Das Taschentuch gegen den Gestank auf Mund und Nase gepresst, musste ich die Straße überqueren, um dem Strom aus Blut und Urin auszuweichen, der über den Gehweg floss. Sobald ich Whitechapel jedoch hinter mir gelassen hatte, war der Weg frei.

Vor der Leichenhalle von Golden Lane begegnete ich erfreulicherweise Inspector Abberline, der überrascht war, mich dort zu sehen, und sich mir sofort als Beschützer anbot. »Ist Pfarrer Wickham denn nicht mitgekommen?«

»Er hat in Shoreditch zu tun«, antwortete ich wahrheitsgemäß, ohne hinzuzufügen, dass Edward gerichtliche Untersuchungen abgeschmackt fand und sowieso nicht gekommen wäre.

»Die Menge könnte leicht außer Rand und Band geraten, Mrs. Wickham«, sagte Inspector Abberline. »Ich will mal sehen, ob ich uns zwei Plätze gleich neben der Tür besorgen kann.«

Er tat es, und die Folge davon war, dass ich mich auf höchst undamenhafte Weise recken musste, um über die Köpfe der anderen Leute hinwegsehen zu können. »Inspector«, sagte ich, »haben Sie die andere Frau identifizieren können, die in derselben Nacht wie Catherine Eddowes ermordet wurde?«

»Ja, eine gewisse Elizabeth Stride – die Lange Liz, wie sie genannt wurde. Etwa fünfundvierzig Jahre alt und hässlich wie die Nacht, wenn Sie gestatten, dass ich von einer Toten schlecht rede. Sie waren alle unattraktiv, die Opfer des Rippers. Eins ist sicher, wegen ihrer Schönheit hat er sie sich nicht ausgesucht.«

»War Elizabeth Stride Prostituierte?«

»War sie, Mrs. Wickham, wie ich leider sagen muss. Sie hatte auch irgendwo noch neun Kinder und einen Ehemann, bis der ihre Trunksucht nicht mehr ertragen konnte und sie hinauswarf. Eine Frau mit einer so schönen großen Familie und einem Mann, der sie alle ernährte – welche Gründe könnte sie gehabt haben, sich dem Trunk zu ergeben?«

Ich konnte mir etwa neun oder zehn denken. »Und Catherine Eddowes? Hatte sie auch Kinder?«

Inspector Abberline rieb sich den Nasenflügel. »Nun, wir wissen, dass sie eine Tochter hatte, aber wir haben sie noch nicht ausfindig gemacht.«

Die Untersuchung konnte beginnen. Der kleine Raum war voll, an den Wänden und sogar draußen im Flur standen Schaulustige. Der Coroner, der den Vorsitz führte, rief den ersten Zeugen auf, jenen Polizeiwachtmeister, der Catherine Eddowes' Leiche gefunden hatte.

Das Bemerkenswerteste, was der Wachtmeister zu berichten hatte, war die Aussage, dass ihn sein Streifengang alle vierzehn bis fünfzehn Minuten über den Mitre Square führte, wo er die Leiche gefunden hatte. Hatte der Ripper also nur eine Viertelstunde Zeit gehabt, um das Unheil anzurichten? Wie flink er vorging, wie sicher er sich seiner Sache war!

Bei der Untersuchung kam heraus, dass die Eddowes erwürgt worden war, bevor ihr der Mörder die Kehle durchgeschnitten hatte, was erklärte, weshalb sie nicht geschrieen hatte. Als Antwort auf meine geflüsterte Frage meinte Inspector Abberline, ja, die anderen Opfer seien ebenfalls erst erwürgt worden. Als die Ärzte aussagten, die bei der Autopsie zugegen gewesen waren, stimmten sie darin überein, dass der Mörder über gute anatomische Kenntnisse verfüge, waren sich jedoch uneins, wie seine Fähigkeiten bei der eigentlichen Entnahme der Organe zu beurteilen seien. Ihre Berichte über das, was mit der Leiche angestellt worden war, klangen höchst beunruhigend, und bei der Beschreibung, wie die Unterleibslappen weggeschält worden waren, um die Eingeweide offen zu legen, wurde mir ganz schwach.

Inspector Abberlines eidesstattliche Erklärung war knapp, prägnant und frei von jeglichen Mutmaßungen. Er legte noch einmal dar, welchen Verlauf die polizeilichen Ermittlungen nach dem Auffinden der Leiche genommen hatten. Weitere Zeugen traten auf, Leute, die Catherine Eddowes in der Mordnacht noch begegnet waren. Sie war dabei gesehen worden, wie sie mit einem Mann mittleren Alters gesprochen hatte, der einen schwarzen Mantel von guter Qualität, inzwischen aber etwas abgetragen, angehabt hatte. Die Beschreibung stimmte mit einer anderen überein, die sich bei den Ermittlungen zu einer früheren Mordtat des Rippers ergeben hatte. Doch am Ende war man, was die Identität des Rippers betraf, keinen Schritt weitergekommen; der Tatbestand lautete »Mord durch Unbekannt«.

Ich lehnte Inspector Abberlines Angebot ab, mich von einem seiner Assistenten nach Hause begleiten zu lassen. »Demnach hat er also insgesamt sechs Frauen umgebracht, dieser Ripper«, sagte ich. »Da brauchen Sie alle Ihre Leute für die Ermittlungen.«

Der Inspector rieb sich den Nasenflügel, eine typische Geste, die ich inzwischen als Zeichen von Unsicherheit deutete. »Um ehrlich zu sein, Mrs. Wickham, ich bin der Meinung, dass nur vier Frauen von ein und demselben Mann getötet wurden. Erinnern Sie sich an die, die in der Nähe von St. Juda ermordet wurde? Und an die in der Osborn Street?« Er schüttelte den Kopf. »Nicht das Werk des Rippers, da bin ich überzeugt.«

»Wie kommen Sie darauf, Inspector?«

»Weil man diesen beiden Frauen zwar die Kehlen durchgeschnitten hat, aber anders als bei den späteren Opfern. Die Art, wie der Ripper seinen Opfern den Hals aufschlitzt, hat etwas Teuflisches … wir wissen, dass er Linkshänder ist und stets zwei Schnitte macht, einen in jede Richtung. Die Schnitte sind tief, brutal … Annie Chapman hätte er fast den Kopf abgetrennt. Nein, Polly Nichols war sein erstes Opfer, dann die Chapman. Und nun dieser Doppelmord – Elizabeth Stride und Catherine Eddowes. Diese vier sind alle das Werk desselben Mannes.«

Ich erschauderte. »Kannten die Frauen einander?«

»Das konnten wir noch nicht feststellen«, erwiderte Inspector Abberline. »Offensichtlich hatten sie nichts gemeinsam, abgesehen von der Tatsache, dass sie alle vier Prostituierte waren.«

Ich hatte noch weitere Fragen, hatte den Inspector nun aber lange genug aufgehalten. Ich verabschiedete mich und machte mich von der Golden Lane auf den langen Heimweg. Das Tageslicht begann bereits zu schwinden, doch ich hatte kein Geld für eine Droschke bei mir. Also zog ich mein Tuch fester um die Schultern und beschleunigte den Schritt, denn ich wollte nach Einbruch der Dunkelheit nicht draußen erwischt werden. Mein Mann war der Meinung, verheiratete Frauen hätten nichts zu befürchten, da der Ripper nur Prostituierte tötete. Ich war der Meinung, mein Mann vertraue allzu sehr darauf, dass der Ripper den Unterschied erkennen konnte.

Ich war schon fast zu Hause angelangt, als sich ein höchst bedauerlicher Zwischenfall ereignete. Auf der Middlesex Street näherte sich mir eine völlig aufgelöste Frau, auf dem Arm eine Art Lumpenbündel, das sie mir hastig hinstreckte. In die Lumpen gehüllt war ein totes Baby. Ich schrie auf und hätte den kalten kleinen Körper fast fallen gelassen.

»Er hätte bloß ein bisschen Milch gebraucht«, sagte die Mutter mit tränenüberströmtem Gesicht.

»O, das tut mir ja so Leid!«, stieß ich hilflos hervor. Die Ärmste schien selbst halb verhungert.

»In der Kirche um Hilfe bitten hätt' keinen Sinn, hat's geheißen«, schluchzte sie, »weil Sie noch nie was gegeben haben, bloß ein freundliches Wort.«

Ich musste den Kopf senken, so schämte ich mich. Auch jetzt hatte ich keine zwei Pence in der Tasche, die ich ihr hätte geben können. Ich zog das Umschlagtuch herunter und wickelte es um den kleinen Leichnam. »Begraben Sie ihn darin.«

Sie murmelte irgendetwas, während sie mir das Bündel wieder abnahm und davonstolperte. Sicher hatte sie die gute Absicht, ihr

Kind in dem Tuch zu begraben, doch im letzten Moment würde sie ihm den warmen Schal wieder wegreißen und ihn für sich nehmen. Weinen würde sie dabei um ihr totes Baby, doch sie würde es tun. Ich betete darum, dass sie es tat.

Pfarrhaus von St. Juda,
16. Oktober 1888

Heute Morgen ließ ich mir von einem arbeitslosen Maurer für vier Pence unsere Feuerstellen säubern. In dem großen Kamin in der Küche machte er eine überraschende Entdeckung: Die rußgeschwärzten Knöpfe von dem vermissten Baumwollhemd meines Mannes kamen zum Vorschein. Als ich Edward später fragte, wieso er denn sein bestes Hemd verbrannt hätte, sah er mich völlig entgeistert an und wollte wissen, wieso ich es verbrannt hätte. Dabei lebt außer uns beiden sonst niemand im Pfarrhaus.

Spitalfields Market,
22. Oktober 1888

Der Apotheker teilte mir bedauernd mit, dass der Preis von Arsen gestiegen sei, woraufhin ich notgedrungen weniger als das übliche Quantum erstand und hoffte, dass Edward sich mit der geringeren Menge begnügte. Das Pfarrhaus rattenfrei zu halten war eine kostspielige Angelegenheit. Als wir in St. Juda einzogen, glaubten wir erst, die Ratten kämen aus den Lagerhallen an der Commercial Street herüber, doch dann stellte sich heraus, dass jedes Gebäude in Whitechapel mit Ungeziefer verseucht war. Sobald man einen Schädling tötete, tauchten an seiner Stelle andere auf.

Vor einer Bierschenke war eine Zeitung angeschlagen, die meine Aufmerksamkeit erregte. Ich hatte es mir zur Gewohnheit gemacht, alles zu lesen, was über den Ripper veröffentlicht wurde. Das einzig Neue war, dass alle Bemühungen, die Familie von Catherine Eddowes ausfindig zu machen, dem letzten Opfer des Rippers, gescheitert seien. Ein Leitartikel auf der Titelseite forderte den Rücktritt des Polizeipräsidenten und verschiedener anderer hoch gestellter Persönlichkeiten. Drei Wochen waren vergangen, seit der Ripper zwei Opfer in einer Nacht geholt hatte, und die Polizei hatte noch immer keine brauchbaren Hinweise und keine Ahnung, wer der Ripper war oder wann er das nächste Mal zuschlagen würde. Denn dass er wieder zuschlagen würde, bezweifelte niemand; und dass die Polizei die Frauen von Whitechapel schützen konnte, glaubte keiner.

In der nächsten Straße stieß ich auf einen Aufruf, in dem jeder, der etwas über die Identität des Mörders wusste, aufgefordert wurde, sich zu melden und der Polizei Mitteilung zu machen. Die Aufforderung machte mich traurig; deutlicher hätte die Polizei das Eingeständnis ihres Scheiterns nicht formulieren können.

Pfarrhaus von St. Juda,
25. Oktober 1888

Edward ist krank. Als er gestern zur Abendbrotzeit noch nicht im Pfarrhaus aufgetaucht war, begann ich mir Sorgen zu machen. Ich verbrachte einen unruhigen Abend, während ich auf ihn wartete. Es war schon weit nach Mitternacht, als ich endlich seinen Schlüssel in der Tür hörte.

Er sah aus wie ein Fremder. Seine Augen glänzten, und seine Kleidung war völlig in Unordnung. Statt in seiner sonst so stolzen Haltung ging er gebückt und mit gekrümmten Schultern, als wäre ihm kalt. Sobald er meiner ansichtig wurde, begann er mir Vorhaltungen zu machen, ich hätte das Arsen nicht gekauft, das er brauchte, um die Ratten zu vernichten. Erst als ich ihn in die Speisekammer führte, wo er das giftige Pulver selbst um die Rattenlöcher gestreut hatte, hörten seine Beschimpfungen auf. Seine Haut war heiß und trocken, und ich konnte ihn nur mit Mühe überreden, sich ins Bett zu legen.

Doch der Schlaf wollte sich nicht einstellen. Ich saß an Edwards Bett und sah zu, wie er sich unter der Decke hin und her warf und das kühle Tuch, das ich ihm auf die Stirn gelegt hatte, von sich schleuderte. Dabei wedelte er unablässig mit den Händen, als wollte er jemanden abwehren. Was für Albträume er wohl unter diesen geschlossenen Augenlidern sah? In seinem Fieberwahn begann er laut zu schreien. Erst waren die Worte nicht deutlich, doch dann verstand ich, was mein Mann da sagte. »Huren! Huren! Alles Huren!«

Als sich sein Fieber bis um zwei Uhr morgens nicht gesenkt hatte, wusste ich, dass ich Hilfe holen musste. Ich hüllte mich in meinen Umhang und machte mich auf den Weg, wobei ich mir jeden Gedanken daran verbot, was da im Schatten lauern könnte. Ich gestehe es ungern, aber ich verging fast vor Angst; nichts Geringeres als Edwards Krankheit hätte mich nachts auf die Straßen von Whitechapel treiben können. Doch erreichte ich mein Ziel ohne Zwischenfälle, weckte Dr. Phelps aus tiefem Schlaf und fuhr in seiner Kutsche mit ihm zurück zum Pfarrhaus.

Als Dr. Phelps sich über das Bett beugte, riss Edward plötzlich die Augen weit auf. So heftig packte er den Arzt am Oberarm, dass dieser gequält zusammenzuckte. »Man muss ihnen Einhalt gebieten!«, flüsterte mein Mann heiser. »Man ... muss ihnen Einhalt gebieten!«

»Wir werden ihnen Einhalt gebieten«, erwiderte Dr. Phelps sanft und schob Edwards Hand weg. Mein Mann schloss die Augen und begann wieder, sich wild umherzuwerfen.

Der Arzt untersuchte ihn flüchtig. »Wegen des Fiebers hat er Halluzinationen«, teilte er mir mit. »Das beste Heilmittel ist Schlaf, gefolgt von ausreichend Bettruhe.« Er nahm ein kleines Röhrchen aus seiner Tasche und bat mich um ein Glas Wasser. Dann gab er ein paar Tropfen von der Flüssigkeit in das Wasser, das er Edward einflößte, während ich meinem Mann den Kopf hielt.

»Was haben Sie ihm gegeben?«, fragte ich.

»Laudanum, damit er einschläft. Ich lass Ihnen das Röhrchen da.« Dr. Phelps rieb sich den Arm an der Stelle, wo Edward ihn gepackt hatte. »Komisch, aber ich erinnere mich gar nicht, dass Mr. Wickham Linkshänder ist.«

»Er ist beidhändig. Dieses Fieber ... Wird er wohl bald wieder gesund?«

»In ein paar Stunden werden wir es wissen. Geben Sie ihm noch von dem Laudanum, aber nur wenn er aufwacht und wieder so verwirrt ist, und dann auch nur einen einzigen Tropfen auf ein Glas Wasser. Ich komme später wieder, um zu sehen, wie es ihm geht.«

Nachdem Dr. Phelps gegangen war, legte ich Edward ein frisches kühles Tuch auf die Stirn und nahm wieder meinen Platz an seinem Bett ein. Edward schien tatsächlich ruhiger, er hatte aufgehört, sich so herumzuwerfen, und nur die gelegentlich zuckenden Hände deuteten noch auf seine innere Aufgewühltheit hin. Bis zum Morgengrauen schlief er schließlich tief und fest, und auch das Fieber schien sich gelegt zu haben.

Ich war innerlich zu aufgeregt, als dass ich hätte schlafen können, und beschloss, mich mit Hausarbeit zu beschäftigen. Edwards schwarzer Mantel musste kräftig abgebürstet werden, und damit wollte ich beginnen. Dabei entdeckte ich die rostfarbenen Flecken an den Ärmelaufschlägen. Sie sahen nicht neu aus, doch ich war mir nicht sicher. Um sie zu entfernen, musste ich behutsam vorgehen, denn der Mantel hatte schon bessere Tage gesehen und der Stoff würde einer energischen Behandlung nicht standhalten. Schließlich bekam ich die schlimmsten Flecken jedoch heraus und hängte den Mantel in den Kleiderschrank.

Dann kniete ich mich am Schlafzimmerfenster nieder und betete. Ich bat Gott, den Argwohn zu bezwingen, der sich wie eine düstere Wolke über mein Gemüt gelegt hatte.

Whitechapel hatte Edward verändert. Seit er die Pfarrei von St. Juda übernommen hatte, war er immer abweisender geworden, immer entrückter. Er war schon immer ein zurückhaltender Mensch gewesen, hatte selten von sich und niemals von seiner Vergangenheit gesprochen. Ich wusste nichts von seiner Kindheit, nur dass er in London geboren war. Er hatte immer abgewehrt, wenn ich ihn nach der Zeit fragte, bevor wir uns begegnet waren. Hätten meine Eltern noch gelebt, als Edward um mich zu werben begann, sie hätten mir niemals gestattet, einen Mann zu empfangen, der keine Vorgeschichte hatte, keine Familie und keinen Bekanntenkreis. Doch inzwischen hatte ich das Alter überschritten, das man gemeinhin als das heiratsfähige betrachtet, und war hoch beglückt, als aus dem Nichts plötzlich ein Herr von verwandter Denkungsart auftauchte, der sich wünschte, dass ich mit ihm durchs Leben ging. Das Einzige, was ich von Edward wusste, war die Tatsache, dass er ein wenig älter war als die meisten frisch ordinierten Vikare, was darauf hindeutete, dass er früher einen anderen Beruf ausgeübt oder zumindest darin ein Ausbildung gemacht hatte, bevor er Priester wurde. Wir hatten gemeinsam zwölf friedliche Jahre verbracht, und ich hatte meine Entscheidung nie bereut.

Doch obwohl er es nach Kräften zu verbergen versucht hatte, war Edwards Haltung während unserer Pfarrzeit in Whitechapel immer unnachgiebiger geworden. Leider brachte er den Menschen, denen er hier geistlichen Beistand zu leisten hatte, keinerlei Achtung entgegen. Einmal hörte ich ihn zu einem anderen Pfarrer sagen: »Die unteren Schichten leisten keine nützlichen Dienste. Sie schaffen keinen Wohlstand – sondern zerstören ihn eher noch. Was sie auch anfassen, verdirbt ihnen, und der Einzelne ist kaum imstande, seine Lage zu verbessern. Sparsamkeit und gutes Haushalten bedeuten ihnen nichts. Ich möchte sie nicht gerade als unrettbar bezeichnen, aber vielleicht sind sie das ja.« Der Edward Wickham, den ich geheiratet habe, hätte nie so gesprochen.

»Beatrice.«

Ich blickte zum Bett hinüber; Edward war wach und beobachtete mich. Ich erhob mich und ging zu ihm hinüber. »Wie fühlst du dich, Edward?«

»Schwach, als ob ich viel Blut verloren hätte.« Er wirkte verwirrt. »Bin ich krank?«

Ich erklärte ihm die Sache mit dem Fieber. »Dr. Phelps sagt, du brauchst viel Ruhe.«

»Dr. Phelps? War er hier?« Edward wusste nicht mehr, dass der Arzt da gewesen war. Er konnte sich auch nicht erinnern, wo er in der vorigen Nacht gewesen oder dass er überhaupt nach Hause gekommen war. »Das macht mir Angst«, sagte er mit zitternder Stimme. Er sprach schleppend, was auf das Laudanum zurückzuführen war. »Mir fehlen einige Stunden meines Lebens, und ich habe keinerlei Erinnerung daran?«

»Darum kümmern wir uns später. Jetzt versuche erst mal, noch ein wenig zu schlafen.«

»Schlafen ... ja.« Ich setzte mich hin und hielt seine Hand, bis er wieder einschlummerte.

Als er ein paar Stunden später erneut aufwachte, brachte ich ihm eine Schale Brühe, die er mit wiedergewonnenem Appetit zu sich nahm. Mein Mann war deutlich auf dem Wege der Besserung und erwog sogar aufzustehen, als Dr. Phelps vorbeikam.

Der Arzt freute sich über Edwards Fortschritte. »Ruhen Sie sich den Rest des Tages noch aus«, sagte er, »dann dürfen Sie morgen aufstehen. Geben Sie Acht, dass Sie sich nicht überanstrengen, sonst kommt das Fieber wieder.«

Edward tat zwar so, als wollte er protestieren, doch ich glaube, er war insgeheim froh, dass man von ihm nichts anderes verlangte, als den ganzen Tag im Bett liegen zu bleiben. Ich begleitete den Arzt zur Tür.

»Sorgen Sie dafür, dass er isst«, sagte er zu mir. »Er muss wieder zu Kräften kommen.«

Ich versprach, mich darum zu kümmern. Dann zögerte ich, ich musste es einfach unbedingt erfahren. »Dr. Phelps, ist gestern Nacht irgendetwas passiert?«

»Wie bitte?«

Er wusste nicht, was ich meinte. »Hat der Ripper wieder zugeschlagen?«

Dr. Phelps lächelte. »Ich freue mich, das verneinen zu können. Vielleicht ist es ja jetzt vorbei mit diesen entsetzlichen Morden, hmm?«

Meine Erleichterung war so groß, dass ich beinahe in Tränen ausgebrochen wäre. Als der Arzt gegangen war, fiel ich erneut auf die Knie, um zu beten, und diesmal bat ich Gott um Vergebung für die treulosen Gedanken, die ich gegenüber meinem eigenen Gatten gehegt hatte.

Polizeiwache Leman Street, Whitechapel,
1. November 1888

Und so verließ ich das Pfarrhaus an diesem hellen, frischen Dienstagmorgen unbeschwert und leichten Herzens. Mein Mann hatte sich von seiner Unpässlichkeit erholt und ging seinen alltäglichen Verpflichtungen nach. Ich hatte zwei ermutigende Antworten auf meine Petitionen erhalten, in denen ich um wohltätige Unterstützung für die Kinder von Whitechapel bat. Und London hatte den ganzen Monat Oktober überstanden, ohne dass der Ripper noch einmal gemordet hätte.

Ich war gerade unterwegs, um zwei Briefe aufzugeben, meine Antworten an die Philanthropen, die geneigt waren, meiner Bitte Gehör zu schenken. Ich hatte sie davon unterrichtet, dass über die Hälfte aller in Whitechapel geborenen Kinder sterben, bevor sie fünf Jahre alt geworden sind. Und diejenigen, die nicht sterben, sind geistig und körperlich unterentwickelt. Viele von denen, die in Armenschulen gehen, werden für abnorm dumm, wenn nicht regelrecht schwachsinnig erklärt. Häufig kommen Kinder vor Hunger weinend in der Schule an und brechen in ihren Schulbänken zusammen. Im Winter ist ihnen so kalt, dass sie nicht in der Lage sind, Lesen und Schreiben zu lernen oder ihre Rechenaufgaben zu machen. Die Schulen selbst werden schandbar schlecht geführt und die Kinder dort oft misshandelt. Es gibt Schuldirektoren, die den größten Teil des Budgets in die eigene Tasche stecken und die Kinder als billige Arbeitskräfte an die Besitzer von Ausbeutungsbetrieben verleihen.

Mein Vorschlag beruhte nun darauf, für die Kinder von Whitechapel ein Internat einzurichten, einen Ort, wo den jungen Menschen hygienische Lebensbedingungen, gesunde Ernährung und warme Kleidung geboten würden – noch bevor sie überhaupt einen Fuß ins Klassenzimmer setzten. Wenn ihre leiblichen Bedürfnisse dann gestillt wären, würden sie auch noch die richtige schulische und moralische Erziehung bekommen. Das Internat sollte von einem ehrlichen und gewissenhaften Direktor verwaltet werden, bei dem man sich darauf verlassen konnte, dass er die bemitleidenswerten Geschöpfe niemals ausbeuten würde. All das würde eine Menge Geld kosten.

Meine Briefe wanderten in den Kasten, begleitet von einem stummen Gebet. Ich befand mich in der Leman Street, nicht weit von der Polizeiwache. Ich ging hinein und fragte, ob Inspector Abberline da sei.

Er war da. Er begrüßte mich freundlich und bot mir einen Stuhl an. Nachdem er sich nach dem Befinden meines Mannes erkundigt hatte, lehnte er sich zurück und sah mich erwartungsvoll an.

Nun, da ich dort war, verspürte ich plötzlich eine Spur Verlegenheit. »Ich weiß, es klingt vermessen«, sagte ich, »aber darf ich Ihnen vielleicht einen Hinweis geben? Den Ripper betreffend, meine ich.

Sie haben zweifellos jeden möglichen Ansatz in Betracht gezogen, aber ...« Ich sprach den Satz nicht zu Ende, denn er lachte.

»Verzeihen Sie, Mrs. Wickham«, sagte er, immer noch lächelnd. »Ich möchte Ihnen etwas zeigen.« Er ging in ein anderes Zimmer und kam gleich wieder mit einer großen Schachtel voller Papiere zurück. »Das hier sind Briefe«, erklärte er, »von lauter besorgten Bürgern wie Ihnen. Jeder bietet einen anderen Plan zur Ergreifung des Rippers an. Und wir haben noch zwei weitere solche Schachteln.«

Ich errötete und schickte mich an zu gehen. »Dann werde ich Sie nicht länger –«

»Bitte, Mrs. Wickham, bleiben Sie doch sitzen. Wir lesen jeden Brief, den wir bekommen, und berücksichtigen jeden Hinweis. Ich zeige Ihnen diese Schachtel nur, um Sie davon zu überzeugen, dass wir Hinweise gern annehmen.«

Nicht völlig überzeugt, aber dennoch bestärkt von der zuvorkommenden Art des Inspectors, nahm ich meinen Platz wieder ein. »Also gut.« Ich versuchte mich zu sammeln. »Das erste Opfer des Rippers war Ihrer Überzeugung nach Polly Nichols?«

»Korrekt. In der Buck's Row, am letzten Augusttag.«

»In der *Illustrated Times* stand, sie war zweiundvierzig Jahre alt und lebte getrennt von ihrem Mann, dem sie fünf Kinder geboren hatte. Der Grund für ihre Trennung war ihr Hang zur Trunksucht. Laut *Times* setzte Mr. Nichols seiner Frau eine gewisse Summe aus, bis er erfuhr, dass sie sich prostituierte – woraufhin er jegliche finanzielle Unterstützung einstellte. Ist mein Bericht bis hierhin korrekt?«

»Jawohl.«

»Das nächste Opfer des Rippers war Annie Chapman, etwa vierzig, die Anfang September ermordet wurde?«

»In der Nacht des Achten«, ergänzte Inspector Abberline, »obwohl man ihre Leiche erst am nächsten Morgen um sechs gefunden hat. Sie wurde in der Hanbury Street getötet, weniger als eine halbe Meile von der Buck's Row entfernt, wo Polly Nichols ermordet worden war.«

Ich nickte. »Annie Chapman landete auch wegen Trunksucht in der Gosse. Sie erfuhr vom Tod ihres Mannes erst, als ihre Zahlungen aufhörten. Als sie versuchte, ihre beiden Kinder zu finden, stellte sie fest, dass diese getrennt und in zwei verschiedene Schulen verschickt worden waren, eine davon im Ausland.«

Inspector Abberline zog eine Augenbraue hoch. »Wie haben Sie das in Erfahrung gebracht, Mrs. Wickham?«

»Eines unserer Gemeindemitglieder kannte sie«, erwiderte ich. »Als nächstes kam der Doppelmord an Elizabeth Stride und Catherine Eddowes in den frühen Morgenstunden des dreizehnten September. In der Berner Street und am Mitre Square, fünfzehn Gehminuten voneinander entfernt. Die Stride war von Geburt Schwedin und angeblich Witwe, aber ich habe gehört, dass das vielleicht nicht stimmt. Sie war eine stadtbekannte Säuferin, zumindest sagt das einer der Wachtmeister, die in der Fairclough Street auf Streife gehen. Vielleicht hat sie sich ja so geschämt, dass sie nicht zugeben wollte, dass ihr Mann ihr den Zugang zu ihren Kindern verwehrt hat – zu ihren *neun* Kindern. Sagen Sie, ist das ebenfalls korrekt?«

Der Inspector bejahte ziemlich verblüfft.

»Über Catherine Eddowes weiß ich sehr wenig. Aber in der *Times* steht, dass sie die Nacht vor ihrem Tode in einer Zelle auf der Polizeiwache in der Cloak Lane verbrachte, weil man sie irgendwo in Aldgate betrunken von der Straße aufgelesen hatte. Hatte sie ebenfalls einen Ehemann, Inspector?«

Er nickte bedächtig. »Einen Mann namens Conway. Wir konnten ihn aber noch nicht ausfindig machen.«

In jedem Fall das gleiche Muster. »Sie haben mehr als einmal gesagt, die vier Opfer hätten nur eines gemeinsam, nämlich dass sie alle Prostituierte waren. In Wirklichkeit, Inspector, hatten sie jedoch eine ganze Menge gemeinsam. Sie waren alle in den Vierzigern. Allen gebrach es an Schönheit. Sie waren alle verheiratet gewesen. Alle hatten ihr Zuhause aufgrund eines Hangs zur Flasche verloren.« Ich holte tief Atem. »Und es waren alles Mütter.«

Inspector Abberline sah mich fragend an.

»Es waren alles Mütter, *die ihre Kinder im Stich gelassen hatten.*«

Er ließ sich das durch den Kopf gehen. »Sie meinen, der Ripper war als Kind im Stich gelassen worden?«

»Könnte das denn nicht sein? Oder vielleicht hatte er auch eine Frau, die er wegen ihrer Trunksucht hinausgeworfen hat. Ich weiß nicht, wie er in das Muster passt. Aber überlegen Sie mal. Die Art, wie diese Morde verübt wurden, macht es doch ganz deutlich, dass diese Frauen nicht bloß wie das unglückliche Opfer eines Straßenräubers umgebracht wurden – diese Frauen wurden *bestraft.*« Es behagte mir nicht, über solche Dinge zu sprechen, doch ich musste es einfach tun. »Die Art, wie sie zu Tode gekommen sind, ist eine groteske Spielart dessen, wie sie sich ihren Lebensunterhalt verdient haben, könnte man sagen.«

Der Inspector fühlte sich ebenfalls unbehaglich. »Sie wurden aber nicht vergewaltigt, Mrs. Wickham.«

»Aber natürlich wurden sie das, Inspector«, sagte ich leise. »Sie wurden mit einem Messer vergewaltigt.«

Ich hatte ihn verlegen gemacht. »Wir sollten über diese Dinge nicht sprechen«, sagte er, umso bekümmerter, als er auch noch den Anschein erweckte, er wollte die Frau des Pfarrers zurechtweisen. »Von diesen Dingen sind Sie doch nicht betroffen.«

»Ich möchte Sie nur bitten, das, was ich gesagt habe, in Betracht zu ziehen.«

»O, das verspreche ich Ihnen«, antwortete er gequält, und ich glaubte ihm. »Ich habe aber auch hoffnungsvolle Neuigkeiten«, fuhr er fort, bestrebt, das Thema zu wechseln. »Wir haben mehr Leute für die Streife zugeteilt bekommen – mehr als jemals in einem Teil von London zusammengezogen wurden! Das nächste Mal, wenn der Ripper zuschlägt, sind wir auf ihn vorbereitet.«

»Dann glauben Sie also, er schlägt wieder zu.«

»Ich befürchte es. Er ist noch nicht fertig.«

Diese Meinung war zwar allgemein verbreitet, doch aus dem Mund eines polizeilichen Ermittlers klang sie noch unheilvoller. Ich dankte Inspector Abberline, dass er sich die Zeit genommen hatte, und ging.

Etwas, was mich an den Ermittlungen in den Ripper-Mordfällen schon lange störte, war die Weigerung der Untersuchungsbeamten, den gewissermaßen fleischlichen Aspekt dieser Gewalttaten zu erkennen. Die Morde waren das Werk eines Wahnsinnigen, darin waren sich Polizei und Zeitungen einig… als ob das alles erklärte. Wenn Inspector Abberline und die übrigen Verantwortlichen aber den wilden Frauenhass, der den Ripper antrieb, nicht erkannten, gab ich alle Hoffnung auf, dass er je gefasst würde.

Miller's Court, Spitalfields,
10. November 1888

Um drei Uhr morgens wartete ich, immer noch vollständig angekleidet, dass Edward ins Pfarrhaus zurückkehrte. Ich hatte es bereits vor Stunden aufgegeben, seine Abwesenheit vor mir selbst zu rechtfertigen. Seine Verpflichtungen zwangen ihn zwar häufig, lang auszubleiben, aber nie so lang. Ich überlegte gerade, ob ich zu Dr. Phelps gehen und um Hilfe bitten sollte, als ein aufgeregtes Klopfen an der Tür zu hören war.

Es war ein junger Dienstmann vom Markt namens Macklin, der gelegentlich in St. Juda zum Gottesdienst kam. Er war völlig außer sich. »Meine Frau«, keuchte er. »Es ist so weit, und die Hebamme ist sturzbesoffen. Können Sie kommen?«

Ich sagte ja. »Lassen Sie mich nur ein paar Sachen holen.« Ich war außer mir vor Sorge und hätte ihn am liebsten weggeschickt, doch war es für die Macklins das erste Kind, und so konnte ich ihm seine Bitte um Hilfe nicht abschlagen.

Wir eilten in Richtung Spitalfields davon; das Ehepaar hatte vor kurzem ein Zimmer in einem Elendsquartier gegenüber von Miller's Court gemietet. Die Gegend kannte ich ungefähr. Dort waren Edward und ich einmal in eine Unterkunft zu einem Sterbenden gerufen worden. Damals war ich zum ersten Mal in einer dieser Absteigen gewesen. Ein riesiger Bau mit über dreihundert Betten, von denen jedes für die Nacht vermietet war.

Miller's Court lag dieser Unterkunft direkt gegenüber. Als wir den Hof betraten, kam ein etwa zwölfjähriges Mädchen aus der Tür, wo sie gekauert hatte, und zupfte an meinem Rockzipfel. »Vier Pence für 'nen Platz zum Pennen, Lady?«

»Raus hier«, schrie Macklin. »Weg mit dir!«

»Einen Moment«, unterbrach ich ihn. Ich fragte das Mädchen, ob sie denn kein Zuhause hätte.

»Mam hat mich weggeschickt«, antwortete das Mädchen verdrießlich. »Ich soll mich nicht blicken lassen, bis es hell wird.«

Ich verstand; hier schickten die Frauen ihre Kinder oft auf die Straße, wenn sie ihr Zimmer für unzüchtige Zwecke vermieten wollten. »Ich habe kein Geld«, sagte ich zu dem Mädchen, »du kannst aber mit hereinkommen.«

»Aber nicht in mein Zimmer!«, rief Macklin.

»Sie kann vielleicht mit anpacken, Mr. Macklin«, sagte ich bestimmt.

Mürrisch gab er nach. Das Mädchen, Rose Howe mit Namen, folgte uns hinein. Ich fing sofort an zu niesen, denn die Luft war voll mit winzigen Tierfellpartikeln. Jemand im Gebäude rupfte Hunde-, Kaninchen- oder sogar Rattenfelle, um sie dann an einen Kürschner zu verkaufen. Es herrschten auch noch andere Gerüche; im Gebäude war mindestens ein Fisch, der nicht erst gestern gefangen worden war. Ich konnte Kleister riechen, höchstwahrscheinlich von trocknenden Streichholzschachteln. Es war alles ziemlich überwältigend.

Macklin führte uns eine Treppe hinauf, von der das Geländer entfernt worden war – zweifellos als Feuerholz. Tapeten, von Ungeziefer wimmelnd, hingen in Fetzen über unseren Köpfen. Macklin öffnete die Tür zu einem Zimmerchen, in dem seine Frau in den Wehen lag. Mrs. Macklin, selbst noch ein Kind, war nur ein paar Jahre älter als Rose Howe. Sie lag auf einer zweifellos ebenfalls von Flöhen wimmelnden Strohmatratze auf einem kaputten Bettgestell. Ein paar Kisten standen an eine Wand gestapelt; das übrige Mobiliar bestand aus einem quer über zwei Stapel Ziegelsteine gelegten Holzbrett. Ich schickte Macklin nach einem Eimer Wasser aus der Leitung im Hof und ließ Rose Howe dann ein paar Lappen auswaschen, die ich in einer Ecke fand.

Es waren lange Wehen. Rose rollte sich auf dem Fußboden zusammen und schlief ein. Macklin ging ein paar Biere kippen.

Es war bereits Tag geworden, als das Baby schließlich kam. Macklin war wieder da und wurde mit jedem Schmerzensschrei seiner jungen Frau nüchterner. Weil es schon hell war, hätte Rose Howe eigentlich in ihr eigenes Zimmer zurückkehren können, blieb aber da, um zu helfen. Standhaft ließ sie Mrs. Macklin beim letzten Pressen ihr dünnes Handgelenk packen. Das Baby war viel zu klein, aber als ich der Kleinen Mündchen und Nase säuberte, stieß sie einen kräftigen Schrei aus, der unmissverständlich ihre Ankunft auf der Welt verkündete. Ich sah, wie ein Lächeln die Gesichter der beiden jungen Mädchen erhellte, während Rose die Kleine wusch und sie ihrer Mutter in den Arm legte. Dann hielt Rose die Nabelschnur, die ich an zwei Stellen mit Faden abband und mit meiner Nähschere durchschnitt.

Macklin war ganz der liebende Gatte. »Mach dir nix draus, Schatz«, sagte er zu seiner Frau. »Das nächste wird 'n Junge.«

Ich sagte zu Rose Howe, den Rest würde jetzt ich sauber machen und sie solle nach Hause gehen. Dann sagte ich zu Macklin, er solle seine Tochter in St. Juda taufen lassen. Als ich endlich fertig war und gehen konnte, stand die Morgensonne bereits hoch am Himmel.

Zu meiner Verwunderung war der kleine Innenhof voller Leute, darunter ein Polizeiwachtmeister. Ich versuchte, mich bis zur Straße durchzukämpfen, aber keiner wollte mir Platz machen. Ich bin mir nicht einmal sicher, dass sie mich bemerkten. Jeder versuchte, durch das zerbrochene Fenster in ein Zimmer im Erdgeschoss zu spähen. »Wachtmeister?«, rief ich dem Mann zu. »Was ist denn hier passiert?«

Er erkannte mich, stellte sich vor das Fenster, damit ich nichts sehen konnte, und sagte: »Schauen Sie da lieber nicht rein, Mrs. Wickham.«

Eine Faust aus Eis schloss sich um mein Herz. Obwohl der Gesichtsausdruck des Wachtmeisters es mir bereits verriet, musste ich fragen. Ich schluckte. »Der Ripper?«

Er nickte bedächtig. »Scheint so, Madam. Ich habe Inspector Abberline schon verständigt – he, Sie da, zurückbleiben!« Dann wandte er sich wieder mir zu: »Er hat bisher noch nie drinnen gemordet. Das ist was Neues bei ihm.«

Ich hatte Mühe, Luft zu bekommen. »Das heißt … dass er sich diesmal nicht beeilen musste. Das heißt, er konnte sich so lange Zeit lassen, wie er wollte.«

Der Wachtmeister verzog gequält das Gesicht. »So ist es. Er hat sich Zeit gelassen.«

Du lieber Gott. »Wer ist es, wissen Sie das schon?«

»Der Mieteintreiber hat sie gefunden. He, Thomas, wie heißt sie noch gleich?«

Ein verängstigtes Männchen meldete sich. »Mary ... Mary Kelly. Drei Monate mit der Miete im Rückstand war sie. Ich dachte, die versteckt sich vor mir.«

Der Wachtmeister sah ihn finster an. »Und da haben Sie das Fenster zertrümmert, um reinzukommen?«

»Also hören Sie, das Fenster is schon seit sechs Wochen hin! Ich hab den Lumpen rausgezogen, wo sie in das Loch gesteckt hat, damit ich reingreifen konnte und den Vorhang wegziehen – so wie Sie grade, Chef, wie Sie reingucken wollten!« Der Mieteintreiber wollte noch mehr sagen, doch seine Worte wurden vom wachsenden Lärm der Menge erstickt, die inzwischen so angeschwollen war, dass sie sich von Miller's Court bis in einen Durchgang zur Straße ergoss. Ein paar Frauen schluchzten, eine war einem Schreikrampf nahe.

Inspector Abberline kam mit zweien seiner Leute an, alle drei grimmigen Blickes. Der Inspector versuchte es erst an der Tür und stellte dann fest, dass sie verschlossen war. »Brechen Sie das Fenster vollends heraus«, befahl er. »Alle anderen, zurückbleiben. Mrs. Wickham, was machen Sie denn hier? Das Fenster rausbrechen, sag ich!«

Einer seiner Leute brach den Rest der Scheibe heraus und kletterte über das Fensterbrett. Wir hörten einen kurzen, gedämpften Aufschrei, dann wurde die Tür von innen geöffnet. Inspector Abberline und sein anderer Mann schoben sich in den Raum ... worauf letzterer unter heftigem Würgen gleich wieder herausrannte. Der Wachtmeister eilte ihm zu Hilfe, und ohne weiter nachzudenken, trat ich ins Zimmer.

Was von Mary Kelly noch übrig war, lag auf einem Klappbett neben einem kleinen Tisch. Ihre Kehle war so brutal durchgeschnitten worden, dass der Kopf beinahe abgetrennt war. Ihre linke Schulter war abgehackt worden, so dass ihr Arm nur noch mit einem Hautlappen am Körper hing. Ihr Gesicht war aufgeschlitzt und völlig entstellt, die Nase abgehackt ... und behutsam auf den kleinen Tisch neben dem Klappbett gelegt worden. Ihre Brüste waren abgeschnitten und auf dem gleichen Tisch abgelegt worden. Von der Stirn war ihr die Haut abgeschält, die Schenkel waren ebenfalls gehäutet worden. Die Beine selbst waren in einer unanständigen Pose gespreizt und dann bis auf die Knochen aufgeschlitzt worden. Mary Kellys Unterleib war aufgerissen worden, und zwischen ihren Füßen lag eines ihrer inneren Organe... möglicherweise die Leber. Auf dem Tisch lag ein weiteres Organ, in ein Stückchen von dem braun karierten wollenen Unterrock des Opfers gewickelt. Die fehlende Haut war sorgfältig neben die anderen Körperteile auf dem Tisch geschichtet, als hätte der Ripper sein Opfer neu zusammensetzen wollen. Anders als zuvor hatte der Mörder dem Opfer die Eingeweide jedoch nicht auf die Schulter gehäuft, diesmal hatte er sie mitgenommen. Und als letzte Zierde hatte er Mary Kelly die rechte Hand in den aufgerissenen Bauch gesteckt.

Hast du sie auch genug gestraft, Jack? Willst du ihr nicht noch mehr wehtun?

Ich fühlte, wie mich eine Hand am Arm packte und mich energisch nach draußen bugsierte. »Sie sollten nicht hier drin sein, Mrs. Wickham«, sagte Inspector Abberline. Ich blieb an die Wand des Gebäudes gelehnt stehen, während er wieder hineinging. Eine Hand berührte mich an der Schulter, und Thomas, der Mieteintreiber, sagte: »Da können Sie sich hinsetzen, da drüben.« Er führte mich zu einer umgedrehten Holzkiste, auf der ich mich dankbar niederließ. Eine Weile saß ich mit dem Kopf über die Knie gebeugt da, dann hatte ich mich so weit gesammelt, dass ich ein Gebet für Mary Kellys Seele sprechen konnte.

Inspector Abberlines Leute fragten in der ganzen Menge herum. Als einer auf mich zutrat, erklärte ich, ich hätte Mary Kelly überhaupt nicht gekannt und sei nur deswegen hier, weil im gleichen Gebäude das Macklin-Baby auf die Welt gekommen sei. Der Inspector kam selbst herüber und gebot mir, sofort nach Hause zu gehen; ich hatte nicht die Absicht, mich dem Befehl zu widersetzen.

»Dieses letzte Opfer passt offenbar nicht in Ihr Muster«, sagte der Inspector, als ich gerade gehen wollte. »Mary Kelly war Prostituierte, aber erst Anfang zwanzig. Und soviel wir wissen, hatte sie keinen Mann und keine Kinder.«

Das letzte Opfer war also weder mittleren Alters noch verheiratet, noch Mutter gewesen. Es war nicht festzustellen, ob die arme Mary Kelly hässlich gewesen war oder nicht. Diesmal jedoch hatte sich der Ripper ganz klar eine Frau ausgesucht, die sich deutlich von den früheren Opfern unterschied, hier war er von seinem üblichen Muster abgewichen. Ich fragte mich, was das zu bedeuten hatte. War in seinem verzerrten, bösartigen Gehirn eine Veränderung eingetreten? War er ein Stück tiefer im Wahnsinn versunken?

Auf dem Weg von Miller's Court nach Hause dachte ich darüber nach. Darüber dachte ich nach und über Edward.

Pfarrhaus von St. Juda,
10. November 1888

Es war fast zwölf Uhr mittags, als ich schließlich im Pfarrhaus ankam. Edward schlief tief und fest. Normalerweise schlief er tagsüber nie, doch das Fläschchen Laudanum, das Dr. Phelps ihm dagelassen hatte, stand auf dem Nachttisch. Edward hatte sich betäubt und schlief den Schlaf des Vergessens.

Ich hob seine Kleider vom Boden auf, wo er sie hatte fallen lassen, und begutachtete sorgfältig jedes einzelne Stück; nirgends ein Tropfen Blut. Aber Mary Kelly war ja drinnen abgeschlachtet worden, und der Schlächter hätte seine Sachen einfach ausziehen können, bevor er mit seiner »Arbeit« anfing. Als nächstes überprüfte ich sämtliche Feuerstellen, doch in keiner war etwas verbrannt worden. Es *konnte* auch Zufall sein, sagte ich mir. Ich wusste nicht, wie lange Edward weggetreten war. Vermutlich war es gar nicht so eigentümlich, wie ich dachte, wenn einer seiner Anfälle mit einer Mordtat des Rippers zusammenfiel. Das redete ich mir ein.

Ich war von der letzten Nacht ganz erschöpft. Appetit hatte ich keinen, konnte aber eine Tasse Tee gebrauchen. Ich wollte gerade in die Küche gehen, als mich ein Klopfen an der Tür aufhielt. Es war der Wachtmeister, mit dem ich in Miller's Court gesprochen hatte.

Er überreichte mir einen Briefumschlag. »Inspector Abberline sagte, das soll ich Ihnen geben.« Er tippte sich an die Mütze und ging.

Ich stellte mich ans Fenster, wo das Licht besser war. In dem Umschlag befand sich eine hastig hingekritzelte Mitteilung.

Meine liebe Mrs. Wickham,

Es sind inzwischen weitere Neuigkeiten ans Licht gekommen, die es so erscheinen lassen, als wäre Ihre Theorie von einem Muster bei den Ripper-Morden doch nicht so abwegig. Obwohl Mary Kelly gegenwärtig keinen Ehemann hatte, war sie doch früher einmal verheiratet gewesen. Im Alter von sechzehn Jahren heiratete sie einen Bergmann, der ein knappes Jahr danach starb. Während ihrer Witwenschaft begegnete sie einer Reihe von Männern, die sie jeweils eine Zeit lang unterstützten, bis sie schließlich in der Gosse endete. Und ebenso wie die vier anderen Opfer war auch sie der Trunksucht ergeben. Am aufschlussreichsten ist jedoch die Tatsache, dass Mary Kelly schwanger war. Das würde erklären, weshalb sie um so viel jünger war als die früheren Opfer des Rippers: Er gebot ihr Einhalt, bevor sie ihre Kinder im Stich lassen konnte.

Gruß,

Ihr Frederick Abberline

Aha. Gestern Nacht hatte der Ripper also zwei Menschen statt einem das Leben genommen und dafür gesorgt, dass eine gebärfähige junge Frau niemals Kinder austragen würde, die dann Gefahr liefen, verlassen zu werden. Es lag nicht in der Natur des Rippers, sich darum zu scheren, dass seine Opfer in ihrem Elend selbst einmal im Stich gelassen worden waren. Polly Nichols, Annie Chapman, Elizabeth Stride und Catherine Eddowes hatten sich alle der Trunksucht ergeben, und das aus Gründen, die niemand je erfahren würde, und waren daraufhin vor die Tür gesetzt worden. Und nun auch noch Mary Kelly, verwitwet, während sie selbst fast noch ein Kind war, und ohne Auskommen – bestimmt hatte sie weder über die Ausbildung noch über die Mittel verfügt, sich ihren Lebensunterhalt auf ehrbare Weise zu verdienen. Polly, Annie, Elizabeth, Catherine und Mary … Sie alle hatten unmoralisch und in Schande gelebt, jede von ihnen. Doch keine einzige von ihnen hatte sich bewusst dafür entschieden.

Ich legte Inspector Abberlines Mitteilung in eine Schreibtischschublade und kehrte in die Küche zurück. Um Tee zu kochen, würde ich Feuer machen müssen. Weil der Holzkasten erst kürzlich neu gefüllt worden war, musste ich die größeren Stücke wegschieben, um zum Anzündholz darunter zu gelangen. Da war noch etwas darunter. Ich zog einen langen Streifen aus braun kariertem Wollstoff hervor, auf dem braune Flecken waren. Braun karierte Wolle. Mary Kellys Unterrock. Mary Kellys Blut.

Der Raum begann sich um mich zu drehen. Da hatte ich es. Schluss mit den Ausreden. Schluss mit dem Leugnen. Ich war mit dem Ripper verheiratet.

Zwölf Jahre lang hatte Edward das abscheuliche Geheimnis seines abnormalen inneren Wesens verborgen gehalten, sich hinter einer Maske aus Ehrbarkeit, ja sogar Frömmigkeit versteckt. Er hatte sein Geheimnis gut bewahrt. Aber damit war es vorbei. Die Maske war gefallen. Ich sank auf die Knie und bat um Führung. Mein inständiger Wunsch war es, nach Inspector Abberline zu schicken, damit er das Ungeheuer mitnahm, das dort im oberen Stockwerk schlief. Doch wenn der vom Laudanum herbeigeführte Schlaf genauso wirkte wie zuvor während seiner Krankheit, würde Edward als der gewohnt vernünftige Mensch aufwachen. Wenn ich mit ihm reden, ihm begreiflich machen könnte, was er getan hatte, ihm Gelegenheit geben könnte, sich freiwillig der Polizei zu stellen… es wäre das Gottgefälligste, was ich unter diesen entsetzlichen Umständen tun konnte. Wenn Edward überhaupt Erlösung gewährt werden könnte, musste er sowohl Gott als auch die Menschen um Vergebung bitten.

Mit zitternden Händen steckte ich den Stoffstreifen in meine Tasche und versuchte, mich auf die Teezubereitung zu konzentrieren. Der große Kessel war schon ausgegangen, doch als ich ihn mit Wasser füllen wollte, fühlte er sich schwer an. Ich hob den Deckel und sah mich plötzlich einem Haufen menschlicher Gedärme gegenüber.

Ich fiel nicht in Ohnmacht… höchstwahrscheinlich war ich inzwischen schon völlig gefühllos. Ich versuchte zu denken. Das Stoffstück hatte Edward vielleicht benutzt, um das Messer abzuwischen. Dann hatte er den Stoff wohl in den Holzkasten gesteckt, um ihn später zu verbrennen. Weshalb jedoch warten? Und die Gedärme im Teekessel ... sollte ich die etwa finden? Wollte Edward mich auf diese Weise um Hilfe bitten? Und wo war das Messer? Ich begann systematisch danach zu suchen, konnte jedoch auch nach fast zweistündiger intensiver Suche nichts finden. Er hätte sich des Messers ja auch auf dem Nachhauseweg entledigen können. Hätte es in der Kirche verstecken können. Er könnte es auch unter dem Kissen haben.

Ich ging ins Wohnzimmer und zwang mich dazu, mich hinzusetzen. Ich hatte fürchterliche Angst. Ich wollte nicht unter einem Dach mit ihm bleiben, nicht um seine Seele kämpfen. Hatte er überhaupt noch eine Seele? Der Edward Wickham, neben dem ich zwölf Jahre lang jede Nacht gelegen hatte, war falsch, ein Heuchler, dessen sorgsam erfundenes Wesen und Gebaren dazu ersonnen waren, den in ihm gefangenen Dämon zu kontrollieren und zu zügeln. Die Täuschung hatte funktioniert, bis wir nach Whitechapel kamen. Dann hatten sich die Zügel gelockert, und der Dämon entwich. Was hatte den Wandel bewirkt – lag es an der Umgebung? An der ständigen Anwesenheit von Prostituierten auf den Straßen? Ich konnte es einfach nicht begreifen.

Die Anstrengungen der vergangenen vierundzwanzig Stunden waren schließlich doch zu viel für mich; mein Kopf fiel vornüber, und ich schlief ein.

Als ich Edwards Hand auf meiner Schulter spürte, wachte ich auf. Ich fuhr zusammen und starrte ihn furchtsam an, doch sein Gesicht zeigte nur Güte und Besorgnis. »Stimmt etwas nicht, Beatrice? Warum schläfst du denn am Nachmittag?«

Ich presste die Fingerspitzen auf meine Augen. »Letzte Nacht habe ich nicht geschlafen. Das Macklin-Baby ist heute früh auf die Welt gekommen.«

»Ach! Mutter und Kind sind wohlauf, hoffe ich? Du hast dem jungen Macklin hoffentlich eingeschärft, wie wichtig eine frühe Taufe ist. Aber, Beatrice, wenn du das nächste Mal weggerufen wirst, wäre ich dir sehr dankbar, wenn du mich irgendwie benachrichtigen könntest. Als du Mitternacht nicht zu Hause warst, begann ich mir schon Sorgen zu machen.«

Das war die erste Unwahrheit, die ich von Edward zu hören bekam und die ich als solche erkannte. *Ich* war es gewesen, die um Mitternacht auf ihn gewartet hatte. Sein Gesicht war so offen, so scheinbar ohne Falsch … Hatte er wirklich keine Erinnerung mehr an die vorige Nacht, oder war er einfach außergewöhnlich geschult in der Kunst der Täuschung? Ich stand auf und begann auf und ab zu gehen. »Edward, wir müssen über gestern Nacht reden … über das, was du letzte Nacht getan hast.«

Seine Augenbrauen fuhren hoch. »Ich?«

Ich konnte ihn nicht ansehen. »Ich habe ihre Eingeweide im Teekessel gefunden. Mary Kellys Eingeweide.«

»Eingeweide?« Ich konnte den Ekel in seiner Stimme hören. »Was soll das heißen, Beatrice? Und wer ist Mary Kelly?«

»Das ist die Frau, die du gestern Nacht umgebracht hast!«, rief ich. »Bestimmt *wusstest* du ihren Namen!« Ich drehte mich um und starrte ihn an … und sah mich einem Ausdruck solchen Abscheus gegenüber, dass ich unwillkürlich einen Schritt zurücktrat. »O!« Da stockte mir doch der Atem. »Bitte, schau mich nicht …« Edward? Jack?

Der Ausdruck verschwand sofort – er wusste es, er wusste, was er tat! »Du sagst, ich habe gestern Nacht jemanden umgebracht?«, fragte er, sich wieder vernünftig gebärdend. »Und dann ihre Eingeweide … in den Teekessel gesteckt? Dann zeig es mir doch, Beatrice!«

Ich misstraute dem Vorschlag, ging aber trotzdem voran in die Küche. Wie ich schon fast erwartet hatte, war der Teekessel leer und makellos sauber. Schweren Herzens zog ich das Stückchen braun karierten Stoff aus meiner Tasche. »Aber hier ist etwas, das du versehentlich nicht vernichtet hast.«

Er sah mich finster an. »Ein schmutziger Lappen?«

»Ach Edward, hör auf, so zu tun, als wüsstest du nichts davon! Das ist ein Stück von Mary Kellys Unterrock, wie dir wohl klar sein dürfte! Edward, du musst zur Polizei gehen. Gestehe alles, mach deinen Frieden mit Gott. Niemand sonst kann deine nächtlichen Touren ein Ende bereiten – du musst dir selber Einhalt gebieten! Geh zu Inspector Abberline.«

Er hielt die Hand auf. »Gib mir den Lappen«, sagte er ausdruckslos.

»Denk an deine Seele, Edward! Es ist deine einzige Gelegenheit zur Rettung! Du *musst* gestehen!«

»Den Lappen, Beatrice.«

»Ich kann nicht! Edward, begreifst du denn nicht? Du bist verflucht – deine eigenen Taten haben dich verdammt! Du musst niederknien und um Vergebung bitten!«

Edward ließ die Hand sinken. »Du bist krank, meine Liebe. Deine Wahnvorstellung, ich sei der Ripper – darauf läuft deine Anschuldigung doch hinaus, nicht wahr? Diese Geistesstörung ist höchst unziemlich für die Frau des Pfarrers von St. Juda. Der Gedanke ist mir unerträglich, dass man dich womöglich schon bald völlig umnachtet von der Straße auflesen wird. Wir werden zusammen beten und Gott bitten, er möge dir Selbstbeherrschung verleihen.«

Ich glaubte zu verstehen, was er damit sagen wollte. »Nun gut… wenn du dich der Polizei nicht stellen willst, bleibt dir nur noch eins zu tun. Du musst dich selbst töten.«

»Beatrice!« Er war schockiert. »Selbstmord ist *Sünde*!«

Seine Reaktion war so absurd, dass ich ein hysterisches Lachen unterdrücken musste. Doch nun begriff ich, dass weiteres inständiges Bitten nichts fruchten würde. Er war hoffnungslos wahnsinnig; ich würde nie bis zu ihm durchdringen können.

Edward schüttelte den Kopf. »Nun bin ich aber doch sehr beunruhigt, Beatrice. Diese geistige Verwirrung bei dir sitzt tiefer, als ich zunächst dachte. Ich muss gestehen, ich bin mir nicht sicher, ob ich für dich sorgen kann, solange du unter Wahnvorstellungen leidest. Vielleicht ist eine Anstalt die richtige Lösung.«

Ich war sprachlos. »Du würdest mich in eine Anstalt stecken?«

Er seufzte. »Wo sonst finden wir Ärzte, die sich auf die Behandlung geistiger Verwirrung verstehen? Wenn du diese irren Wahnvorstellungen nicht kontrollieren kannst, sehe ich keinen anderen Ausweg. Du musst beten, Beatrice, du musst beten um die Fähigkeit, deine Gedanken zu beherrschen.«

Er konnte mich *sehr wohl* wegsperren lassen; er konnte mich wegsperren lassen und dann mit seinen abscheulichen Morden ungehindert fortfahren, ohne sich um eine Ehefrau scheren zu müssen, die zu viel merkte. Es dauerte eine Weile, bis ich sprechen konnte. »Nun gut, Edward. Ich werde tun, was du sagst. Ich werde beten.«

»Ausgezeichnet! Ich werde mit dir beten. Aber zuerst – den Lappen, bitte.«

Langsam, widerstrebend reichte ich ihm den Streifen von Mary Kellys Unterrock. Edward nahm ein Streichholz und zündete es an, und das Beweisstück, das ihn mit dem Mord in Verbindung brachte, löste sich in dünnem schwarzem Rauch auf, der sich spiralförmig in den Kamin hinaufwand. Dann beteten wir; wir baten Gott, mir die geistige und spirituelle Willenskraft zu verleihen, an der es mir gebrach.

Nach diesem scheinheiligen Akt meinte Edward, ich solle uns nun Tee machen. Ich stellte den großen Kessel beiseite und benutzte meinen kleineren. Während der Teestunde ging es um mehrere kirchliche Verpflichtungen, die Edward noch zu erledigen hatte. Ich sprach nur, wenn das Wort an mich gerichtet wurde, und bemühte mich, mir nichts zuschulden kommen zu lassen. Ich tat alles, was ich konnte, um meinem Mann das Gefühl zu geben, dass ich mich seiner Autorität fügte.

Kurz vor sechs verkündete Edward, er werde bei einem Treffen des Bürgerwehr-Komitees von Whitechapel erwartet. Ich wartete, bis er verschwunden war, und ging dann erst an den Schrank, um ein Speisemesser zu holen, und dann zum Schreibtisch, aus dem ich ein Blatt Schreibpapier nahm. Dann betrat ich die Speisekammer und begann, von den Rattenlöchern so viel Arsen wegzukratzen, wie ich konnte.

Wohltätigkeitsinstitut für bedürftige Kinder, Whitechapel, 23. Februar 1892

Inspector Abberline saß in meinem Büro und äußerte mit wohlwollendem Nicken seine Zustimmung für alles, was er gesehen hatte. »Schwer zu glauben«, meinte er, »dass das die selben dünnen, schmutzigen Kinder sind, die noch vor drei Monaten in Hauseingängen und unter Holzkisten geschlafen haben. Sie haben wahre Wunder vollbracht, Mrs. Wickham. Das Kuratorium hätte gar keine bessere Leiterin finden können. Lernen die Kinder Lesen und Schreiben? *Können* sie denn lernen?«

»Manche schon«, antwortete ich. »Andere sind etwas langsamer. Die jüngsten sind die flinksten, scheint mir. Auf sie setze ich große Hoffnungen.«

»Ich frage mich, ob sie begreifen, was für ein Glück sie haben. Wie schade, dass Pfarrer Wickham es nicht mehr erleben kann. Er hätte sich so gefreut über das, was Sie da zustande gebracht haben.«

»Ja.« Wirklich? Edward war immer der Meinung gewesen, die Armen sollten für sich selber sorgen.

Der Inspector weilte in Gedanken immer noch bei meinem verstorbenen Mann. »Ich hatte einmal eine Tante, die einer Bauchentzündung erlag«, sagte er. »Schreckliche Art zu sterben, schrecklich.« Er merkte plötzlich, dass ich vielleicht gar nicht so gern daran erinnert wurde, auf welche qualvolle Weise Edward dahingeschieden war. »Ich bitte Sie sehr um Verzeihung – das war gedankenlos von mir.«

Ich sagte, er solle sich deswegen keine Sorgen machen. »Ich habe mich mit seinem Tod abgefunden, soweit es eben geht. Mein Leben ist jetzt hier, in der Schule, und es ist eine wirklich dankbare Aufgabe, mit der ich hier meine Tage verbringen darf.«

Er lächelte. »Ich sehe, Sie sind in Ihrem Element.« Dann wurde er nüchtern. »Ich bin nicht nur gekommen, um Ihre Schule zu besichtigen, sondern auch, um Ihnen etwas zu sagen.« Er beugte sich auf seinem Stuhl nach vorn. »Die Akte mit dem Fall des Rippers ist offiziell geschlossen. Seit seinem letzten Mord sind jetzt über zwei Jahre vergangen. Aus welchem Grund auch immer er aufhörte, er *hat* aufgehört. Diese Schreckensherrschaft ist jedenfalls vorbei. Der Fall ist abgeschlossen.«

Ich verspürte Erleichterung. Um etwas zu erwidern, sagte ich: »Wieso, glauben Sie, hat er aufgehört, Inspector?«

Er rieb sich den Nasenflügel. »Entweder, weil er tot ist oder weil er irgendwo eingesperrt ist, in einer Anstalt oder vielleicht im Gefängnis wegen eines anderen Verbrechens. Verzeihen Sie meine Unverblümtheit, Mrs. Wickham, aber ich hoffe doch sehr, dass es Ersteres ist. Man hört ja manchmal, dass Strafgefangene aus Anstalten oder Gefängnissen entkommen.«

»Ich verstehe. Glauben Sie, die Akte wird je wieder eröffnet?«

»Erst in hundert Jahren. Wenn ein Mordfall als abschlossen gekennzeichnet ist, werden die Akten versiegelt, und es wird darauf vermerkt, wann sie der Öffentlichkeit zugänglich gemacht werden können. Es wird ein Jahrhundert dauern, bevor sich wieder jemand diese Papiere ansieht.«

Offizieller konnte es nicht sein; der Fall war tatsächlich abgeschlossen. »Ein Jahrhundert… warum denn so lange?«

»Nun, die Hundertjahrregel wurde eingeführt, um die Anonymität all derer zu wahren, die im Laufe der Ermittlungen bei der Polizei vertrauliche Aussagen gemacht haben. Es ist am besten so. Jetzt wird niemand die Nase in unsere Berichte über den Ripper stecken, jedenfalls nicht vor 1992. Es ist vorbei.«

»Dem Himmel sei Dank dafür.«

»Amen.«

Inspector Abberline schwatzte noch ein wenig, dann verabschiedete er sich. Ich schlenderte gemächlich durch die Korridore meiner Schule, eines ehemaligen Kirchenbaus, der den neuen Erfordernissen angepasst worden war. In einem der Klassenzimmer verweilte ich. Einige der Kinder passten auf, was die Lehrerin sagte, andere träumten vor sich hin, ein paar malten. Genau wie Kinder anderswo auch.

Nicht allen Kindern, die hier bei uns sind, kann geholfen werden; manche werden sich ein besseres Los erarbeiten, andere aber werden wieder in das Leben in der Gosse zurückfallen. Ich kann keines von ihnen retten. Ich darf zu meinen anderen Verfehlungen nicht auch noch den Hochmut hinzufügen, indem ich mir die Rolle der Retterin anmaße. Einer wie mir vertraut Gott nicht das Werk der Erlösung an. Doch ist es mir vergönnt, den Kindern eine Chance zu bieten, ihnen die Gelegenheit zu geben, über ein Leben voll Elend und Verbrechen hinauszuwachsen, das einzige, das sie je gekannt haben. Ich danke Gott aus tiefstem Herzen, dass er mir dieses Vorrecht vergönnt.

In regelmäßigen Abständen kehre ich zum Miller's Court zurück. Nicht weil es der Schauplatz von Edwards letztem Mord ist, sondern weil ich dort Rose Howe zum letzten Mal gesehen habe, das junge Mädchen, das mir geholfen hat, das Macklin-Baby auf die Welt zu bringen. In meiner Schule ist ein Platz für Rose reserviert. Ich habe sie noch nicht gefunden, werde aber weiter nach ihr suchen.

Mein Leben gehört jetzt den Kindern von Whitechapel. Ihnen gelten meine Gebete; diese Gebete sind die einzigen, die wahrscheinlich je erhört werden. Wenn ich einmal für mich selbst bete, dann nur, um zu bitten, dass mir in der Hölle ein leichterer Platz beschieden wird.

Geisterbahnhof
von
CAROLYN WHEAT

Carolyn Wheat (*1946) arbeitete dreiundzwanzig Jahre in New York als Rechtsbeistand für Bedürftige, später als Verwaltungsrichterin. Als sie in *Dead Men's Thoughts* (1983; dt. *Rechte nicht mit dem Richter*) die Brooklyner Anwältin Cass Jameson einführte, hatte die Schwemme von Juristenkrimis, die mit dem Erfolg von Scott Turow und John Grisham losbrechen sollte, noch nicht eingesetzt. Dieser Erstlingsroman wurde positiv aufgenommen und auch für den Edgar nominiert, doch da Wheat sich als alles andere als eine Vielschreiberin erwies, erschien der zweite Jameson erst drei Jahre später und der dritte dann nach weiteren elf Jahren. Als sie mit Büchern wie *Mean Streak* (1996; dt. *Ein gefährlicher Klient*) und *Troubled Waters* (1997) – einem Roman, der einen viel knapperen, aber nicht weniger gründlichen Rückblick auf den radikalen Aktivismus der sechziger Jahre bietet als Turows *The Law of Our Fathers* (1996) – die Produktion steigerte, wurde offensichtlich, dass Wheat nicht nur unter den schreibenden Anwälten, sondern unter den Kriminalschriftstellern überhaupt ganz oben rangiert. Nachdem sie ihre Anwaltstätigkeit aufgegeben hatte, wurde sie zu einer hochgeschätzten Dozentin im Bereich Kreatives Schreiben, wozu auch ein kurzes Zwischenspiel als Autorenstipendiatin an der University of Oklahoma zählte.

Wheats Kurzgeschichten, versammelt in dem Band *Tales Out of School* (2000) erweisen sich in ihrer Vielseitigkeit ebenso bemerkenswert wie in ihrer generell hervorragenden Stilsicherheit. Wie zu erwarten, spielen einige – darunter »Cruel and Ununsual«, eine schaurige Erzählung aus dem Geschworenenraum, und »The Adventure of the Angel's Trumpet«, ein außergewöhnlicher Sherlock-Holmes-Gerichtskrimi – im Juristenmilieu, viele andere dagegen nicht. In »Geisterbahnhof«, der Geschichte über eine U-Bahnpolizistin in New York, verarbeitet die Autorin ihre Erfahrungen bei der New Yorker Polizei.

Geisterbahnhof

Wenn ich eins nicht ausstehen kann, dann eine Säuferin. Die Worte brannten in meinem Gedächtnis, wie der irische Whiskey in meiner Kehle gebrannt hatte, bloß dass danach kein angenehmer Alkoholdusel folgte. Nur ein bitterer Schmerz in der Herzgegend.

Es war die erste Nacht, in der ich wieder im Dienst war, wieder Sergeant Maureen Gallagher war statt »die Patientin«. War es nicht schon schwer genug, U-Bahnpolizistin zu sein, unter den Straßen von Manhattan in einer Untergrundbahn herumzurattern, die eigentlich ins Verkehrsmuseum gehörte? Reichte es denn nicht, dass ich mich nach vier Wochen Entziehungskur innerlich leer fühlte statt clean und nüchtern? War es auch noch nötig, dass die lässig dahingesagten grausamen Worte eines blutigen Anfängers in meinem Hirn wie eine fehlgegangene Kugel hin und her schlugen?

Wieso konnte ich mich nicht an das Positive erinnern? Wieso konnte ich nicht an O'Haras herzhaften Händedruck denken, an Greenspans »Nett, dich zu sehen, Mo«, an Ianuzzos Lächeln zur Begrüßung? Wieso musste in meinem Kopf immer wieder die gleiche Platte ablaufen: Manny Delgado, der bei Captain Lomax anfragte, ob er nicht einen anderen Partner haben könnte?

»Hey, also ich hab ja nichts gegen 'ne Frau als Sergeant, Cap«, hatte er gesagt. »Verstehen Sie mich nicht falsch. Es ist bloß so: Wenn ich eins nicht ausstehen kann…« Und so weiter.

Lomax hatte das getan, was jeder aufrechte Polizeihauptmann getan hätte – hatte Delgado einen Arschtritt gegeben und gesagt, das Team stehe bereits fest. Was er nicht wusste: Ich hatte es gehört und kriegte die Worte nicht mehr aus dem Kopf.

Auch ohne die Sache mit Delgado hatte die Nacht nicht so toll angefangen. Als ich um Mitternacht für die Zwölf-bis-acht-Schicht eingetrudelt war, hatte man mir zur Begrüßung mitgeteilt, dass ich für die Graffiti-Patrouille eingeteilt war, die dreckigste, hirnloseste Tätigkeit im gesamten Dienstplan der U-Bahnpolizei. Verdammt, dabei war ich Sergeant, auf dem Weg zur nächsthöheren Dienstmarke, und die konnte ich mir nicht damit verdienen, dass ich in Tunnels den Ratten auswich oder mit Spraydosen bewaffnete Zwölfjährige jagte.

Vor allem, weil der gesamte Rest der ober- wie unterirdischen Polizeiwelt Überstunden machte, um die Fackelmorde an Obdachlosen aufzuklären. In den letzten sechs Wochen hatte es vier menschliche Feuersäulen gegeben, und bei der Polizei war man fest entschlossen, eine fünfte zu verhindern.

Wollte Lomax mich bestrafen oder war dieser Auftrag seine Art, mich wieder sanft in die normale Welt einzuschleusen? So oder so, ich war stinksauer. Ich wollte wieder eine echte Polizistin sein, wieder mit Sal Minucci zusammenarbeiten, meinem alten Partner. Der war für die große Sache eingeteilt, war mitten drin im Geschehen, wo wir beide hingehörten. Ich hätte bei ihm sein sollen. Schließlich war ich bei der Verbrechensbekämpfung, Menschenskind, dafür hätte ich abgestellt –

Wirklich? War ich wirklich scharf drauf, meine Nachtschicht damit zu verbringen, im unterirdischen Pennerviertel von New York herumzutigern und Männern und Frauen Informationen aus der Nase zu ziehen, die so sturzbesoffen waren, dass ihnen ihre brandig gewordenen Beine schnurz waren, die sich nur noch von einer Flasche billigem Fusel zur nächsten hangelten?

Und ob ich scharf drauf war. Wenn es mich auch nur einen Schritt weiter zur nächsthöheren Dienstmarke brächte, würde ich auch sämtliche Teufel in der Hölle verhören. Und das an meinem freien Tag.

Wenn ich eins nicht ausstehen kann, dann eine Säuferin.

Was dachte sich Lomax eigentlich – dass mich die Gesellschaft von Säufern aus der Bahn werfen würde? Dass ich mir bei einem der Brüder einen Schluck aus der Pulle genehmigen und dann am U-Bahnhof Bleecker Street aus den Pantinen kippen würde? Hatte er mich deswegen aus der großen Sache rausgehalten und mit einem blutigen Anfänger auf routinemäßige Graffiti-Patrouille geschickt?

Litt ich inzwischen unter Verfolgungswahn, oder zersetzte mir der Entzug allmählich das Gehirn?

Manny und ich waren in unsere jeweiligen Umkleidekabinen gegangen, um uns anzuziehen. Zivilkluft – aber unterste Kategorie. Erst die langen Unterhosen, denn die feuchte Winterkälte kroch unweigerlich in die Tunnels hinunter und von dort direkt in die Knochen. Dann ein Paar Jeans, die sie nicht mal mehr in der Kleiderkammer angenommen hätten. Dicke Wollsocken, Anglerstiefel, schwarzer Rollkragenpullover und Fotografenweste mit jeder Menge Außentaschen. Und eine schwarze Strickmütze fest über den roten Schopf gezogen.

Dann die Ausrüstung: Taschenlampe, bei dem Job wichtiger als eine Waffe, Handschellen, Strafzettelblock, Funkgerät, Knarre, Messer. Den Schlagstock, einen überdimensionalen Totschläger, in der Rückentasche der Weste versteckt. Die waren gegen die Bestimmungen; ich würde mir zumindest einen Verweis einhandeln, wenn ich damit erwischt wurde, wusste aber aus Erfahrung, dass ich lieber damit als mit einer Waffe auf eine Meute Kids losgehen würde.

Ich hatte ganz vergessen, wie schwer das Zeug war; ich kam mir vor wie ein Telefonmonteur.

Und sah aus wie ein Fassadenkletterer.

Delgado und ich trafen uns an der Tür. Es war offensichtlich, dass der Kerl noch nie auf Vandalismustour gewesen war. Seine hellbraunen Chinos waren makellos, und seine Wanderstiefel sahen nicht so aus, als wären sie wasserdicht. Sein rot kariertes Flanellhemd war weder warm genug, noch hatte es die richtige dunkle Farbe. Dieser gut aussehende Latino hätte sich in einem Verkaufskatalog für Outdoor-Kleidung bestimmt toll gemacht, würde aber nach zehn Minuten im U-Bahntunnel als Schornsteinfeger durchgehen können.

»Wohin soll's gehen?«, fragte er eine winzige Spur verdrossen. Am Ende der Frage kam auch kein respektvolles »Sergeant«. Dieser Knabe brauchte dringend eine kleine Anstandslektion.

Es bereitete mir diebische Freude, ihm unser Ziel zu beschreiben. »Ins Schwarze Loch von Kalkutta«, erwiderte ich fröhlich und setzte erklärend hinzu, damit meinte ich den ungenutzten unteren

Bahnsteig der U-Bahnstation City Hall in Downtown. Die abgelegenste, dunkelste, nasskälteste Ecke in ganz Manhattan. Wenn es in der U-Bahn Alligatoren gab, dann lauerten sie sicher im Schwarzen Loch.

Die Miene von U-Bahnpolizei-Officer auf Probe Manuel Delgado übertraf meine kühnsten Erwartungen. Fast – aber nur fast – hätte mir der Kerl Leid getan, als ich hinzufügte: »Und danach schauen wir uns noch ein paar von den Geisterbahnhöfen an.«

»Geisterbahnhöfe?« Jetzt guckte er wirklich besorgt. »Was soll denn das sein?«

Der Kerl war nicht bloß blutiger Anfänger, sondern auch noch eine Vorstadtpflanze. Jeder New Yorker wusste doch Bescheid über Geisterbahnhöfe, verlassene Bahnsteige, wo keine Züge mehr hielten. Beleuchtet waren sie aber noch und tauchten in den Fenstern der durchfahrenden Züge wie Geisterstädte in der Prärie auf, ideale Leinwände für aufstrebende Kunstmaler der unterirdischen Stadt.

Ich erklärte es ihm in der U-Bahn Richtung Downtown. In dem Wagen, der unter den Straßen der Stadt wie ein alter Klapperkasten dahinratterte, saßen um ein Uhr morgens kaum Passagiere. Ein typischer Montagabend.

Bei den Fahrgästen handelte es sich um einen orthodoxen Juden, der über seiner hebräischen Bibel einschlief, zwei schwarze Frauen, beide in Liebesromanschmöker in Taschenbuchformat vertieft, das obligatorische Teenagerpärchen, das in der hintersten Sitzreihe herumknutschte, und eine alte Chinesin.

Ich wollte Delgado nicht ansehen. Mehr als einmal hatte ich beim Blick in seine Richtung ein verächtliches Lächeln über sein Gesicht huschen sehen. Als direkte Widersetzlichkeit konnte man es noch nicht gelten lassen, also ignorierte man es am besten.

Ich wiegte mich zum rhythmischen Schaukeln des U-Bahnwagens in einer Litanei von Slogans der Anonymen Alkoholiker: IMMER MIT DER RUHE. MACH'S NICHT KOMPLIZIERT, SCHÄTZCHEN. EINEN TAG NACH DEM ANDEREN. Ich sah sie im Geiste vor mir, wie sie bei den Treffen auf den Wänden erschienen waren, illuminiert wie alte keltische Handschriften.

Heute Nacht musste ich eine Stunde nach der anderen schaffen. Vielleicht sogar eine Minute nach der anderen. Meine Beine fühlten sich wacklig an. Ich war ein Seemann, der zu lange nicht mehr auf dem Meer gewesen war. Ich hatte meine U-Bahnbeine verloren. Ich fühlte mich weiß und dünn, als hätte man mir mehrere lebenswichtige Organe entfernt.

Dann stieg der Betrunkene ein. Eine der schwarzen Frauen stieg aus, die andere hob den Blick, las das Stationsschild und wandte sich wieder ihrem Buch zu, und der Betrunkene stieg zu.

Wenn ich eins nicht ausstehen kann, dann eine Säuferin.

EINEN TAG NACH DEM ANDEREN. IMMER MIT DER RUHE.

Ich erstarrte. Ich wollte unbedingt vermeiden, mir vor Delgado was anmerken zu lassen, aber ich konnte nicht anders. Beim Anblick des offensichtlich alkoholisierten Mannes, der in unseren U-Bahnwagen stolperte, kehrte das vielsagende Grinsen auf sein Gesicht zurück.

So einen gab es bei jedem AA-Treffen. Egal, wie nett die Umgebung, wie gut gekleidet die meisten Teilnehmer des Treffens, es gab immer einen Säufer. Einen echten Säufer, der immer noch taumelte, immer noch nach billigem Fusel roch. Meine Betreuerin Margie meinte, die seien aus dem ganz bestimmten Grund da, um uns Mittelschichttypen, die wir alle geheilt werden wollten, daran zu erinnern, dass auch uns dieses Schicksal ereilen könnte.

Bei ihrem Anblick zuckte ich jedes Mal zusammen, besonders wenn es sich bei dem Anschauungsobjekt für die Lektion des Tages um eine Frau handelte.

»He, Bürschchen«, rief der Betrunkene mit der ungebührlich lauten Stimme eines Schwerhörigen zu Delgado hinüber, »wie alt bist du denn?« Die Türen gingen zu, und der Wagen ruckte vorwärts, so dass der Betrunkene regelrecht auf seinen Sitz fiel.

»Alt genug«, gab Manny mit dem höflichen Lächeln zurück, das ein wohlerzogener Jüngling für seine ledige Tante reserviert.

Der Unterton war aber nicht so nett. Kleine Seitenblicke in meine Richtung besagten: *Sehen Sie, wie nett ich zu diesem alten Knacker bin. Sehen Sie, was für ein braver Junge ich bin. Ich mag Säufer, Sergeant Gallagher.*

Um meinem Partner nicht ins Gesicht sehen zu müssen, konzentrierte ich mich auf die U-Bahnreklame, als wären darin sämtliche Weisheiten des Buchs der Bücher enthalten. »Ein Prosit den Geburtsfehlern«, verkündete eine Schwangere, die drauf und dran war, ein Glas Bier zu kippen. Zwei Mönche blickten himmelwärts und dankten Gott auf Spanisch für die gute Qualität ihres Weinbrands.

Gab es denn in diesem verdammten Zug auch Schilder, auf denen es mal nicht um Alkohol ging? Endlich eine Anzeige, die mir ein Lächeln entlockte: der Mond im schwarzen Weltall, auf den jemand gekritzelt hatte: »Alice Kramden war hier, 1959.«

Mein Lächeln erstarb, als mir Sal Minuccis erhobene Faust wieder einfiel und sein Jackie-Gleason-Knurren. »Eines Tages, Gallagher, schieß ich Sie noch auf den Mond. Auf den Mond!«

Dabei fehlte mir nicht bloß der Mordfall. Sal fehlte mir. Die ungezwungene Kameradschaftlichkeit dieses Menschen, der meine Katerstimmungen aushielt, meine Depressionen, meine wilden Kneipentouren.

»Weißt du, wie alt ich bin?«, rief der Betrunkene laut und kippte dabei auf seinem Platz fast um. Er richtete sich wieder auf. »Vierundfünfzig im September«, verkündete er, einen erwartungsvollen Ausdruck im Gesicht.

Nach einem verächtlichen Lächeln in meine Richtung gab Manny dem Kerl, was er wollte. »Sehen gar nicht so aus«, sagte er. Auf seinem Latino-Messdienergesicht zeigte sich nicht die geringste Spur von Ironie. Es war, als hätte er die Worte nie ausgesprochen, die an mir fraßen wie batteriesäurebitterer AA-Kaffee.

Dass mich plötzlich diese Wut durchfuhr wie ein Stich, überraschte mich, vor allem, weil sie sich nicht gegen Delgado richtete. *Nein, so sehen Sie gar nicht aus,* dachte ich. *Sie sehen eher aus wie siebzig.* Weiße Haarbüschel über der rosa glänzenden Kopfhaut. Das Gesicht mehr als rosa: wie eine Scheibe rohe Kalbsleber. Ein Straßengewirr von geplatzten Äderchen auf Nase und Wangen. Dünne weiße Arme und Streichholzbeine unter überweiten Hosen. Als er die Hand mit den schnurdick hervortretenden blauen Adern hob, flatterte sie wie ein Wimpel im Wind.

Wie Onkel Pauls Hände.

Ich wandte mich abrupt ab. Ich konnte den alten Kerl nicht mehr ansehen. Die unablässigen bohrenden Blicke, die Delgado in meine Richtung warf, waren gar nichts im Vergleich zu dem Schmerz beim Anblick eines Mannes, der da vor meinen Augen am Sterben war. Ich wollte keine blauen Augen in dem fast toten Gesicht sehen. *So blau wie die Seen von Killarney*, hatte Onkel Paul immer mit seinem pseudoirischen Akzent gesagt.

Ich richtete meine Aufmerksamkeit auf die Teenager, die hinten im Wagen herumknutschten. Latinokids in identischen rosa T-Shirts und schwarzen Lederjacken. Wenn ich sie lang genug anstarrte, würden sie dann aufhören, sich zu küssen und aneinander herumzufummeln, oder stachelten Zuschauer sie in ihrer Leidenschaft noch an?

Onkel Paul. Nachdem Daddy uns verlassen hatte, war er mein spezieller Freund, und ich war sein Lieblingsmädchen.

Ich kniff die Augen zu, aber die Erinnerung kehrte trotzdem zurück. Das rote Fahrrad, das Onkel Paul mir zum zehnten Geburtstag geschenkt hatte. Das erste richtig große, neue Ding, extra für mich gekauft, das ich je bekommen hatte. Das Beste dran war, wie ich es meinem Cousin Tommy vorführte. Endlich einmal hatte ich sie nicht nötig, seine abgelegten Sachen, oder Tante Bridgets besorgtes Getue, weil ich doch so arm sei. *Gott segne das Kind, das selber hat.*

Ich machte die Augen auf, gerade als der Lexington-Zug durch den Geisterbahnhof Worth Street fuhr. Seit etwa fünfzehn Jahren für die Öffentlichkeit gesperrt, wirkte er wie eine Fata Morgana, war durch die schmutzigen Scheiben des U-Bahnwagens nur undeutlich zu sehen. Die leuchtende Farbe auf den weiß gekachelten Wänden verriet mir, dass Graffitibomber hier gewesen waren. Musste man sich mal genau ansehen, aber erst kam City Hall dran. Ich schuldete Manny Delgado eine Fahrt zum Schwarzen Loch.

»Äh, Sergeant?«

Ich drehte mich um; auf Delgados Lippen lag ein herablassendes Lächeln. Er hatte offensichtlich schon eine Weile versucht, meine Aufmerksamkeit zu erregen. »Tut mir Leid«, sagte ich und tat so, als würde ich gähnen. »Bin bloß ein bisschen müde.«

Na klar, signalisierte sein Blick. »Wir sind gleich in Brooklyn Bridge. Sollten wir da nicht aussteigen?«

»Richtig.« *Lass Onkel Paul da, wo er hingehört.*

An der Station Brooklyn Bridge stiegen wir die Treppe zum oberen Bahnsteig hoch, zeigten der Kontrolleurin unsere Dienstausweise und sagten ihr, wir würden in den Tunnel Richtung City Hall steigen. Dann gingen wir wieder hinunter und steuerten auf das südliche Ende des Bahnsteigs Richtung Downtown zu.

Als wir gerade an der Absperrung vorbei wollten, auf der ZUGANG NUR FÜR BERECHTIGTE stand, drehte ich mich zu dem beleuchteten Bahnsteig um, der hinter uns in einem Bogen verlief. Fast spiegelbildlich zu uns war der alte Säufer gerade dabei, an dem verbotenen Gatter vorbei in den Tunnel Richtung Uptown hinunterzusteigen.

Er bewegte sich vorsichtig voran, indem er sich an den weißen, gekachelten Wänden festhielt und sich durch das hüfthohe Gatter zwängte. Dann ging er die Steinstufen hinunter, das exakte Ebenbild derjenigen, die Manny und ich gerade hinuntersteigen wollten, und verschwand im Dunkeln.

Ich konnte ihn nicht einfach gehen lassen. Zu viele Gefahren lauerten in der U-Bahn, andere Gefahren neben dem Fackelkiller, dem alle hinterherjagten. Über wie viele gefrorene Leichen war ich auf den Laufplanken zwischen den Tunnels schon gestolpert? Wie viele zusammengekauerte Unglückliche waren von Zügen überfahren worden, während sie dort lagen und ihren Rausch ausschliefen? Trotzdem war Vorsicht angebracht. Meine Freundin Kathy Denzer hatte sich einmal um einen Penner bemüht, der auf der Laufplanke lag und schlief, und dann hatte der Mann ihr zum Dank dafür, dass sie ihm das Leben hatte retten wollen, mit dem Messer in den Arm gestochen.

Ich konnte ihn nicht einfach gehen lassen. An Delgado gewandt, sagte ich: »Kommen Sie, City Hall sparen wir uns für später auf. Ich habe unterwegs an der Worth Street Graffiti gesehen. Schauen wir uns erst mal die an.«

Er zuckte die Achseln. Wenigstens wurde ihm dadurch das Schwarze Loch erspart, besagte sein Ausdruck.

Als wir, die hell erleuchtete Welt der verschlafenen Passagiere hinter uns lassend, in die Tunnelschwärze eintauchten, strömte – wie Glutamat nach einem chinesischen Essen – ein winziger Adrenalinstoß durch meinen Blutkreislauf. Es war zum Teil ein schlichter Rückfall in Kindheitsängste. Hänsel und Gretel. Schneewittchen. Verirrt im finsteren Wald und ringsum von Feinden eingekreist. In diesem Fall von Ratten. Ihr Gewusel jagte mir Schauer über den Rücken, während wir uns die Laufplanken über den Gleisen entlanghangelten.

Zum anderen war es aber auch Begeisterung. Das hier war mein Job. Und den machte ich gut. Ich konnte meine Ängste beiseite schieben und beherzt in die neblig trüben Tiefen steigen, die wenige New Yorker je betraten.

Unsere Taschenlampen leuchteten matt wie Glühwürmchen. Ich ließ den Blick über die düstere unterirdische Welt schweifen, in der ich mein bisheriges Berufsleben verbracht hatte.

Meine Fantasie ging oft mit mir durch in den Tunnels, die dann zu Höhlen der Verdammnis wurden. Oder zu einem bösen Zauberwald wie in *Der Herr der Ringe*. Die eckigen Säulen, die die Tunneldecke trugen, waren blattlose Bäume, das ständige Tropfen des stinkenden Wassers zwischen den Gleisen ein verpesteter Strom, aus dem keiner trinken und lebend davonkommen konnte.

Jones Beach. Onkel Pauls riesige Pranke, die sich um meinen Fuß schloss, mich dann hoch in die Luft hob und rückwärts ins kühle Wasser warf, während ich vergnügt lachte. Die Wassertröpfchen an seinem roten Bart, die Onkel Paul dann im Sonnenlicht abschüttelte wie ein nasser Irish Setter.

Ich und Mo, wir zwei beiden sind die einzigen echten Gallaghers. Die einzigen Rotschöpfe. In Englisch hatte ich immer die beste Note. In punkto Grammatik war keiner vor mir sicher – außer Onkel Paul.

Ich glaubte, alle Männer rochen so wie er: nach Whiskey und Tabak.

Während Manny und ich den vier Häuserblocks langen Tunnel zwischen der Station, die in Betrieb war, und der stillgelegten entlangtrotteten, wechselten wir kein Wort. Der beißende Geruch eines längst ausgegangenen Gleisfeuers stieg mir in die Nase, so wie mir die Erinnerungen in den Kopf strömten. Bei dem Versuch,

Onkel Paul zu verdrängen, richtete ich meine ganze Konzentration darauf, das stinkende Wasser vorsichtig zu umgehen und den verbrannten Abfall, den ich mir nicht näher ansehen wollte.

Ich hatte den Verdacht, dass Delgado schwieg, weil er Angst hatte und nicht wollte, dass eine zitternde Stimme seine Anspannung verriet. Ich wusste, wie ihm zumute war. Der erste nächtliche Tunnelmarsch markierte bei jedem jungen U-Bahnpolizisten einen Rieseneinschnitt.

Als der Downtown-Express vorbeidonnerte, duckten wir uns in die für U-Bahnarbeiter seitlich angebrachten sarggroßen Nischen. Mein Herz pochte, als der Windsog des Zuges an meinen Kleidern zerrte; die Angst, vorwärts zu fallen und unter jenen unbarmherzigen Stahlrädern zu landen, verließ mich nie, egal wie oft ich im U-Bahnschacht stand. Ich musste oft an Anna Karenina denken, und in meinen Säufertagen hatte ich mich manchmal gefragt, wie es sich wohl anfühlen mochte, sich vornüber zu beugen und vom Luftsog des Zuges in den Tod gezogen zu werden.

Ich brächte es nie fertig. Ich hatte schon zu viel Blut auf den Gleisen gesehen.

Licht am Ende des Tunnels. Die Worth Street Station sandte Hoffnungsstrahlen in die spinnwebverhangene Finsternis. Ich beschleunigte meinen Schritt, Delgados Tempo passte sich mir an. Bald rannten wir fast auf das Licht zu – wie Höhlenmenschen, die von der Jagd kommen und sich ans sichere Feuer setzen wollen.

Wir hatten die Bahnsteigkante fast erreicht, als ich Delgado durch ein Zeichen anwies stehen zu bleiben. Ich brannte genauso darauf wie er, im Licht zu baden, aber unser Platz war im Dunkeln, auf Beobachtungsposten.

Plötzlich Panik. Ich hatte den Betrunkenen aus den Augen verloren. War er auf die Gleise gefallen und hatte ihn das unter Strom stehende dritte Kabel geröstet wie ein Spanferkel? Unmöglich, das hätten wir gesehen – und gerochen.

Das Graffitibild, musste ich zugeben, war nicht einfach hirnloses Geschmiere. Es war ein Gemälde, voller Farbe und Leben. Menschenähnliche Gestalten in leuchtenden Primärtönen, Grasgrün, Königsblau, Orange, Sonnengelb und Nelkenrosa – Farben, die in den sonst schwarzgrauen Tunnels unbekannt waren – standen Schlange und warteten darauf, durch ein U-Bahn-Drehkreuz gehen zu können. Es waren geschlechtslose Figuren, wie mit einer Plätzchenform ausgestochen, die sich nur durch die Farbe innerhalb der schwarzen Kontur voneinander unterschieden.

Das Geräusch von rhythmischem Klicken ließ Delgado zusammenschrecken. »Was zum Teufel –«

»Ganz locker bleiben, Manny«, flüsterte ich. »Das ist das Kugellager in der Spraydose. Die Vandalen sind hier. Sobald die Farbe auf die Kacheln spritzt, springen wir raus und schnappen sie uns.«

Vier junge Schlägertypen, in der Farbgebung von Hellbraun bis Ebenholz rangierend, lachten heiser und boxten sich gegenseitig angeberisch an, als wollten sie sagen: *Mann, ey, wir sind echt voll krass.* In großen Sätzen sprangen sie von der anderen Seite des Bahnsteigs die Treppe hoch und begutachteten verspielt wie junge Hunde ihr Kunstwerk, deuteten auf spezielle Teile, die sie ihrer Wandmalerei hinzugefügt hatten.

Es hätte ganz einfach sein müssen. Zwei bewaffnete Bullen, mit dem Vorteil des Überraschungseffekts, gegen vier mit Farbspraydosen bewehrte Kids. Zwei Dinge machten es nicht so einfach: der Betrunkene, wo zum Teufel auch immer er sich herumtrieb, und die Tatsache, dass einer von den Kids sagte: »He, Kumpel, wann sind Cool und Jo-Jo da?«

Ein tiefschwarzer Junge mit einem Nylonstrumpf auf dem Kopf erwiderte: »Jo-Jo kommt mit Pinto. Cool meint, vielleicht bringt er Slasher und T.P. mit.«

Na toll. Statt zwei gegen vier hört sich das an, als hätten sich sämtliche Graffitikünstler von New York City im Geisterbahnhof von Worth Street zu einer Versammlung verabredet.

»Sarge?« Delgados Stimme klang drängend. »Wir müssen unbe –«

»Weiß ich«, flüsterte ich zurück. »Machen Sie eine Funkmeldung, dass wir Verstärkung brauchen.«

Dann fiel mir ein: Worth Street lag im Funkschatten! Wegen des Bleis in der Decke über unseren Köpfen waren unsere Funkgeräte wertloses Spielzeug.

»Halt«, sagte ich genervt, als Manny die Antenne an seinem

Handgerät auszog. »Funktioniert nicht. Sie müssen zurück nach Brooklyn Bridge. Alarmieren Sie Booth Robert auf zwei-zwanzig-eins. Die sollen die Leitstelle informieren. Verlangen Sie nur Verstärkung, aber machen Sie kein zehn-dreizehn daraus.« Ein 10-13 hieß »Officer in Gefahr«, und ich wollte nicht der Sergeant sein, der blinden Alarm schlug.

»Probieren Sie's unterwegs noch mal«, fuhr ich fort. »Man kann nie wissen, wann das Gerät anspringt. Ich bin mir nicht sicher, bis wohin das Blei geht.«

Ich blickte Delgado nach, der über die Laufplanke zurücktrottete, und kam mir einsam, hilflos und dämlich vor. Niemand wusste, dass wir statt zum Schwarzen Loch zur Worth Street gegangen waren, und das war meine Schuld.

»He«, rief einer der Kids und deutete auf einen Haufen Altkleider in der Ecke des Bahnsteigs, »was will'n der Typ da in unserm Versteck?«

Typ? Welcher Typ? Da erhob sich der Altkleiderhaufen plötzlich; es war der Betrunkene aus der U-Bahn. In Embryohaltung zusammengekrümmt, hoffte er, dass die Graffitigang ihn nicht bemerkte.

Nylonstrumpf tänzelte zu dem alten Säufer hinüber und steckte ihm einen Finger zwischen die Rippen. »Was willst'n hier, Alter? Hä? Wird's bald?«

Ein dicker Junge mit Flat-Top-Frisur ging hinüber, setzte sich neben den Betrunkenen, griff in die Jackentasche des Alten und zog eine halb leere Halbliterflasche heraus.

Ein etwas hellhäutigerer, dünnerer Junge versetzte dem Säufer ein paar Faustschläge, nachdem er ihn zuerst beim Kragen gepackt und hochgehoben hatte. Und lachte dann, als der alte Kerl wieder zu Boden plumpste. Der Alte versuchte aufzustehen und wurde nur wieder von Nylonstrumpf in die Rippen getreten.

Der Alte blutete am Mund. Fettwanst hielt die Flasche mit dem Fusel in die Höhe und foppte den Betrunkenen damit, so wie man einen Hund mit einem Knochen foppt. Am schlimmsten war, dass der Säufer danach greifen wollte, wild mit den Händen schlug, bettelte. Er hätte auch gebellt, wenn sie es von ihm verlangt hätten.

Ich zitterte, mir drehte sich schon fast der Magen um. Ach Gott, wo blieb nur Manny? Wo blieb meine Verstärkung? Ich musste den Kids Einhalt gebieten, bevor ihre Freunde ankamen, aber mir war so schlecht, dass ich mich nicht rühren konnte. *Wenn ich eins nicht ausstehen kann, dann eine Säuferin.* Es kam mir so vor, als wäre jede Hänselei, jeder Fußtritt gegen mich gerichtet, nicht bloß gegen den alten Mann.

Ich griff nach meiner Pistole am Gürtel, öffnete dann die Rückentasche an meiner Weste und zog den Schlagstock heraus. Schon sprungbereit erstarrte ich jedoch schlagartig, als Nylonstrumpf sagte: »He, was is, soll'n wir den alle machen wie die anderen?«

Fettwansts Gesicht leuchtete auf. »Jaah«, stimmte er zu. »Ziemlich kalt heut Abend. Wie wär's mit 'm Feuer?«

»Ey, geil, Kumpel«, pflichtete ihm der Hellhäutige bei. »Petroleum hab ich. Von meiner Mama ihrem Herd.«

»Geschieht dem recht, Mann«, sagte das vierte Gangmitglied mit einem leisen Knurren. »Macht sich in unserm Versteck breit, pisst auf unsere Kunst, stinkt hier bloß rum. Das hier is unser Revier, klar?« Er stieß den Alten vor die Brust.

»Ich – nichts für ungut«, wimmerte der Alte. »Ich wollte bloß irgendwo schlafen.«

Onkel Paul, der auf unserem Sofa geschlafen hat, wenn er so betrunken war, dass Tante Rose ihn nicht haben wollte. So betrunken war er nie, dass Mom ihn nicht aufgenommen hätte. Nie so betrunken, dass er mir nicht sein süßes irisches Lächeln geschenkt und mich sein Lieblingsmädchen genannt hätte.

Der Hellhäutige öffnete die Flasche – welche Ironie! Es sah so aus, als hätte sie einmal Whiskey enthalten – und besprengte den Alten, so wie meine Mutter vor dem Bügeln immer die Wäsche eingesprengt hatte. Nylonstrumpf zog ein Streichholzbriefchen heraus.

Bis Delgado wieder da wäre, ob mit oder ohne Verstärkung, gäbe es noch eine menschliche Feuersäule, wenn ich jetzt nichts unternahm. Und zwar schnell.

Der Überraschungsmoment war meine einzige Hoffnung. Sie waren zu viert, jung und kräftig. Ich war allein, nicht in Form und wacklig auf den Beinen.

Ich schoss eine Lampe aus, zertrümmerte die Glühbirne mit dem ersten Schuss. Zielschießen war meine größte Stärke als Polizistin, und nun setzte ich diese Fähigkeit ein, um bei den Kids den Eindruck zu erwecken, sie seien umzingelt.

Die Kids ließen schlagartig von dem Betrunkenen ab und stoben in alle Richtungen auseinander. »Scheiße«, sagte einer, »wer schießt 'n da?«

Ich schoss die zweite und letzte Glühlampe aus. Im Dunkeln war ich im Vorteil. So wüssten sie nicht, wenigstens nicht gleich, dass bloß ein einziger Cop hinter ihnen her war.

»Ey, komm, wir haun ab«, rief ein anderer. »Sich abknallen lassen bringt nichts.«

Ich rannte die Treppe hinauf auf den Bahnsteig, der nur von den mondscheinartigen Strahlen von der anderen Seite der Gleise erhellt war. Mit dem Schrei »Stehen bleiben, Polizei« ging ich, meinen illegalen Schlagstock schwingend, auf die Kids los.

Rums in die Rippen des Kerls mit der Petroleumflasche. Der ließ sie fallen, griff sich an den Brustkorb und heulte auf. Ich spürte, wie der Atem aus ihm herauszischte, hörte das Knacken von brechenden Rippen. Ich wirbelte herum und knallte Nylonstrumpf eins übers Knie – und erntete wieder ein befriedigendes Aufheulen.

Mein Atem kam in keuchenden Stößen, Flüche sprudelten aus mir heraus. Das Blut pochte mir in den Schläfen, das dumpfe Geräusch dröhnte lauter als der Expresszug.

Der Überraschungseffekt hatte sich abgenutzt. Die anderen beiden Kids fielen über mich her, einer sprang mir von hinten auf den Rücken, der andere bearbeitete meinen Magen mit harten kleinen Fäusten. Ich sah bloß noch einen entfesselten Teenagertornado und auf mich herabhagelnde Schläge. Mein Arm fühlte sich leicht an, als ich dem einen meine Pistole tief in die Magengrube stieß. Er krümmte sich unter Stöhnen.

Es war, wie wenn man auf einer Cop-Party Bier kippte: Jeder Schlag, jedes befriedigende *Wumm*, mit dem der Totschläger auf Menschenfleisch knallte, machte mich hungrig auf den nächsten. Ich wirbelte herum und teilte Schläge aus. Die Kids kamen einer nach dem anderen, und ich haute sie um wie die Kegel.

Der Adrenalinstoß war enorm, erfüllte mich mit Hochgefühl. Ich war wieder ein echter Cop. Es gab doch noch ein Leben nach der Entziehung.

Endlich hörten sie auf. Keuchend stand ich zwischen den am Boden Liegenden, erschöpft. Mein Haar hing unter der Strickmütze hervor und stand mir in wirren Strähnen um das glühend rote, heiße Gesicht.

Ich holte meine Handschellen hervor und kettete die Kids aneinander, Handgelenk an Handgelenk, und wünschte, ich hätte genügend von den Dingern bei mir, um jeden einzeln zu versorgen. Gemeinsam wären sie sogar aneinander gekettet in der Lage, mich zu überwältigen. Vor allem, weil ihnen jetzt allmählich aufging, dass ich allein war.

Ich fühlte mich schwach, ausgepowert. Wie nach einem Liebesakt.

Keuchend setzte ich mich auf den Bahnsteig, die Pistole auf Nylonstrumpf gerichtet. »Sie haben das Recht zu schweigen«, begann ich.

Als ich gerade damit fertig war, dem letzten Jüngling seine Rechte zu verlesen, hörte ich die Kavallerie über den Hügel heranreiten: Manny Delgado – mit vier Mann Verstärkung.

Während die neu dazugekommenen Beamten die Festnahmen durchführten, winkte ich Manny beiseite und führte ihn zu der Stelle, wo der Betrunkene, immer noch zitternd und wimmernd, ausgestreckt in der Ecke lag.

»Riechen Sie was?«, fragte ich.

Manny rümpfte die Nase. Ich sah auf den Säufer hinunter.

Ein dünnes Bächlein tropfte unter ihm hervor. Seine Hose war im Schritt durchnässt.

Onkel Paul, wie er nach Hause wankte, in falscher Tonart sang, am Laternenpfahl eine Pinkelpause machte. Daran war eigentlich nichts Ungewöhnliches, außer dass diesmal Julie Ann Mackinnon, meine Rivalin aus der achten Klasse, von gegenüber zusah. Meine Wangen glühten, als ich mich erinnerte, wie sie den anderen – die Hand über den kichernden Mund gelegt – erzählte, was sie gesehen hatte.

»Das mein ich gar nicht«, sagte ich in scharfem Ton und lief dabei rot an. »Das Petroleum. Diese Kids sind die Fackelkiller. Die wollten den Kerl hier rösten. Deshalb musste ich sie mir allein vornehmen.«

Auf Delgados Gesicht war der skeptische Ausdruck zu lesen, den ich schon die ganze Nacht in seinen Augen hatte lauern sehen. Ob er mir trauen konnte? Zwar hatte ihn mein Trupp aneinander geketteter Sträflinge ordentlich beeindruckt, aber jetzt redete ich von der Aufklärung des Verbrechens, für das jeder Cop in der Stadt Überstunden schob.

»Okay, fahren Sie zurück nach Brooklyn Bridge und funken Sie« – ich wollte gerade »Captain Lomax« sagen, überlegte es mir dann aber anders – »Sal Minucci in der Verbrechensbekämpfung an. Der wird den Mantel von dem Kerl analysieren lassen wollen. Und sorgen Sie dafür, dass jemand gut Acht gibt auf die Flasche da.« Ich deutete auf die inzwischen leere Whiskeyflasche, aus der der hellhäutige Junge das Petroleum gegossen hatte.

»Ist das nicht seine?« Manny zeigte auf den Säufer.

»Nein, der hat 'ne Fuselpulle«, sagte ich und wandte mich schnell ab, als mir einfiel, dass der Begriff in Nichttrinkerkreisen kaum bekannt war.

Und jetzt geh, Junge, flehte ich innerlich. *Hau verdammt noch mal hier ab, bevor –*

Er folgte der Verstärkungsmannschaft mit den aneinander geketteten Delinquenten. »Und verständigen Sie die Sanitäter für den Kerl hier«, fügte ich hinzu. »Ich bleib hier, bis die kommen.«

Ich blickte auf den Betrunkenen hinunter. Seine Augen waren blau, von einem wässrigen, farblosen Blau, aus dem jegliches Leben gewichen war. Onkel Pauls Augen.

Onkel Paul mit seinem verschwommenen Blick und dem weinerlichen Getue, so besoffen, dass es ihm egal war, dass ich eine Medaille für den besten Englischaufsatz nach Hause gebracht hatte. Ich hatte ihm mein Meisterwerk neben den Stuhl gelegt, damit er es nach dem Abendessen lesen konnte. Er verschüttete Whiskey darauf, so dass die schwarzblaue Tinte zerlief wie Tränen und meine sorgsam gewählten Worte auslöschte.

Onkel Paul, alt, krank und sterbend, genau wie der hier. Der inzwischen schon mehr auf der Straße als zu Hause lebte, obwohl es

Leute gab, die ihn bei sich aufgenommen hätten. Seine Augen mehr rot als blau, sein kräftiger Körperbau abgezehrt. Ich fühlte ein Schluchzen in mir hochsteigen, als drückte mir der Tod die Lungen zusammen. Ich würgte, schnappte krampfhaft nach Luft. Mein Gesicht war nass von Tränen, von denen ich nicht wusste, dass ich sie vergossen hatte.

Ich hasse dich, Onkel Paul. Ich werde nie so sein wie du. Nie.

Ich ging zu dem Betrunkenen hinüber, der immer noch ausgestreckt auf dem Bahnsteig lag. Wie eine Schlafwandlerin bewegte ich mich; mein Arm hob sich wie von selbst. Ich stieß ihm den Kolben meiner Pistole in die alten, mageren Rippen und fühlte das Ding gegen die Knochen schlagen. Das gäbe einen baseballgroßen Bluterguss. Erst ein übles Rotviolett, dann Blauviolett und schließlich ein kränkliches Gelbgrau.

Ich hob den Fuß, gerade hoch genug, um ihn mit einem dumpfen Knall in der Nierengegend landen zu lassen. Der alte Säufer stöhnte auf, die Kinnlade fiel ihm herunter. Ein paar Speichelspritzer fielen auf den Boden. Er hielt die zitternden Hände ans Gesicht und kniff die Augen zu. Wieder hob ich den Fuß. Ich wollte nur noch treten und treten und treten.

Onkel Paul, ein gefrorener Fleischklumpen, aufgefunden von einem U-Bahnpolizisten auf dem oberirdischen Bahnsteig an der 161. Straße. Am U-Bahnhof Yankee Stadium, wo er mich immer mitnahm, wenn die Yanks ein Heimspiel hatten. Wir aßen dann in der Yankee Tavern; ich verdrückte ein Cornedbeef-Sandwich mit Limo, während Onkel Paul sich ein Bier vom Fass nach dem anderen hinter die Binde kippte.

Bevor er starb, hatte Onkel Paul sein ganzes Kleingeld aus den Taschen geleert und in säuberlichen kleinen Häufchen neben sich aufgestapelt. Vierteldollar-, Zehncent-, Fünfcent- und Centstücke. Eine Bestandsaufnahme seiner irdischen Güter.

Ich machte einen tiefen, erschauernden Atemzug und schaute hinunter auf den traurigen alten Mann, den ich so brutal behandelt hatte. Mich überströmte heiße Scham.

Ich kniete mich hin und zog sanft die zarten, bläulich weißen Hände von dem fast durchscheinenden Gesicht weg. Die Angst, die ich in den wässrigblauen Augen erblickte, jagte mir stechenden Selbsthass durch den Körper.

Wenn ich eins nicht ausstehen kann, dann eine Säuferin. Ich auch nicht, Manny, ich kann betrunkene Frauen auch nicht ausstehen.

Die Lippen des Alten bebten. Tränen füllten seine Augen und rollten ihm über die schmalen Wangen. Er schüttelte den Kopf von einer Seite zur anderen, als wollte er sich aus einem bösen Traum aufwecken.

»Warum?«, fragte er mit einem heiseren Krächzen.

»Weil ich dich so geliebt habe.« Die Worte waren nicht mehr in meinem Kopf, sie schlüpften hinaus in die stille, leere Welt des Geisterbahnhofs. Als wäre Onkel Paul nicht auf dem Calvary Cemetry begraben, sondern könnte mich mit den Ohren dieses alten Mannes hören, der ihm so verdammt ähnlich sah. »Weil ich genauso sein wollte wie du. Und ich bin es auch.« Meine Stimme versagte. »Ich bin genauso wie du, Onkel Paul. Eine Säuferin.« Ich legte den Kopf auf die Knie und schluchzte wie ein Kind. Die ganze Scham meiner Säuferzeit stieg in mir hoch. All das dumme Zeug, das ich gesagt und getan hatte, wie oft ich nach Hause gebracht und ins Bett gelegt werden musste, wie oft ich mich auf der Straße vor der Bar übergeben hatte. *Wenn ich eins nicht ausstehen kann…*

»Ach Gott, ich wünschte, ich wäre tot.«

Die knochige Hand auf der meinen fühlte sich wie eine Kralle an. Ich fuhr erschrocken zusammen, dann sah ich dem alten Mann in die wässrigen Augen. Ich saß im Geisterbahnhof und erblickte in diesem Fremden den Geist meines sterbenden Onkels.

»Warum sollten Sie sich so was wünschen?«, fragte der Alte. Seine Stimme war klar, kein vom Fusel verzerrtes Lallen, kein Suchen nach Wörtern, die der Alkohol aus dem Hirn gebrannt hatte. »Sie sind doch noch ein junges Mädchen. Sie haben noch Ihr ganzes Leben vor sich.«

Mein ganzes Leben. Fortsetzung folgt…

Immer einen Tag nach dem anderen. Eine Nacht nach der anderen.

Wenn ich aufs Revier zurückkam, meine Arbeitskleidung ausgezogen und geduscht hatte, wartete dann wohl ein Treffen auf mich? Verdammt, klar wartete eins – in der Stadt, die nie schläft, schlafen die Anonymen Alkoholiker auch nicht.

Ich streckte die Hand nach dem Alten aus. Meine Finger strichen über seine silbernen Bartstoppeln.

»Es tut mir Leid, Onkel Paul«, sagte ich. »Es tut mir so Leid.«

Neumond und Klapperschlangen
von
WENDY HORNSBY

Wendy Hornsby (*1947) wurde in Los Angeles geboren und studierte an der UCLA und der California State University in Long Beach. Seit 1975 ist sie Professorin für Geschichte am Long Beach City College. In ihrem ersten Roman *No Harm* (1987) tritt die Geschichtslehrerin Kate Teague auf, die danach noch in einem Fall vorkommt, bevor sie in *Telling Lies* (1992) und mehreren darauf folgenden Büchern von der bekannteren Dokumentarfilmerin Maggie MacGowen abgelöst wird. Obwohl beide Serienheldinnen technisch gesehen Amateurdetektivinnen sind, stellen ihre Verbindungen zu den Gesetzeshütern Hornsbys Bücher in die Kategorie Polizeiroman. Nach möglichen Einflüssen gefragt, zollt Hornsby dem kalifornischen Triumvirat der so genannten »hart gesottenen«-Riege innerhalb der Kriminalliteratur Tribut, also Dashiell Hammett, Raymond Chandler und Ross MacDonald, nennt als ihr wahres Vorbild jedoch MacDonalds Ehefrau Margaret Millar. Außerhalb der Gattung des Kriminalromans schreibt sie in *Deadly Women* (1998): »Als Jugendliche habe ich Dickens verschlungen, wirklich ein enormer Einfluss auf einen aufstrebenden ›hart gesottenen‹-Autor, aber auch Mark Twain, den Meister der Charakterbeschreibung, und Ambrose Bierce, weil er so boshaft war.«

In jüngster Zeit treten die Unterscheidungen zwischen den Kategorien hart gesotten und beschaulich, zwischen dem männlichen und dem weiblichen Ansatz in der Kriminalliteratur weniger deutlich hervor und sind in den meisten Fällen weniger wichtig als früher. Hornsbys »Neumond und Klapperschlangen« ist eine Geschichte fast in der Tradition des *film noir* und hätte perfekt hineingepasst in die großartige, in den fünfziger Jahren erschienene Auswahlsammlung *Manhunt*, eine Zeitschrift, in der nur wenige Autor*innen* veröffentlicht wurden.

Neumond und Klapperschlangen

Auf einem Lastwagenrastplatz außerhalb von Riverside wurde Lise endlich mitgekommen, in einem großen Sattelschlepper, der auf dem Weg nach Phoenix war. Der Fahrer, ein dickbäuchiger, einsamer alter Sack, probierte es bei ihr mit der väterlichen Masche. Sie spielte mit, weil es ihr Zugang zu dem klimatisierten Führerhäuschen seines Lasters verschaffte und sie dadurch viel früher als geplant auf dem Weg Richtung Osten war.

»Ein süßes junges Ding wie Sie sollte nicht per Anhalter fahren«, sagte er und half Lise beim Anschnallen. »Die Wüste kann im Sommer verdammt gefährlich sein.«

»Ich kenne die Wüste. Außerdem« – sie legte die Hand auf seine haarige Pfote – »bin ich nicht mehr so jung, und süß ist an mir auch nichts.«

Er lachte, musterte sie daraufhin aber etwas genauer. Und die schwere Handtasche, die sie bei sich hatte, ebenfalls. Nach dem ausführlichen Blick gab er die väterliche Masche auf. Sie war froh darum, viel Zeit für Geplänkel hatte sie nämlich nicht.

Die abgedroschenen alten Witze, die er ihr erzählte, wurden zusehends schneidiger, während er auf der Interstate 10 ostwärts fuhr. Billige neue Siedlungen und rosafarbene stuckverzierte Einkaufszentren wichen allmählich einer Landschaft mit rasiermesserscharfen Yuccapalmen und flirrender Hitze. Auf der ganzen Strecke lachte Lise über seine blöden Witze, bloß damit er wusste, dass sie bei der Stange blieb.

Die steile Anhöhe durch Beaumont und Banning und Cabazon hinauf lachte sie aufs Stichwort, beobachtete ihn beim Schalten und überlegte, ob sie den Laster auch ohne ihn fahren konnte. Oder nicht. Zweimal, um die Sache etwas zu beschleunigen, erzählte sie ihm Witze, die seinen kahlen Kopf flammend rot werden ließen.

Vor der Abzweigung nach Palm Springs schlug er vor, auf ein

paar kühle Drinks und ein paar Spiele in einem indianischen Bingo-Palast Halt zu machen. Während sie zusah, wie die Sache funktionierte, verirrte sich seine Hand immer wieder hinten in ihr eng anliegendes Stretchtop.

Beim Gefühl, ihn so dicht auf der Pelle zu haben, seinen anzüglichen Blicken, seinem Geruch und dem verrauchten Gestank des Etablissements wurde ihr ganz feuchtkalt und klebrig zumute. Doch sie hielt sich wacker, würgte nicht, als sich ihr der Magen umdrehte. Übung hatte sie, fünf Jahre lang hatte sie sich wacker gehalten und dadurch überlebt. Um zehn, sprach sie sich Mut zu, sähe die Sache schon ganz anders aus.

Dem Bingo folgte eine Stunde Rumgeschmuse auf dem Vordersitz, und dann ging es den Highway hinunter zu einem Motel 6 – alle Zimmer zu $ 29.95, jedes mit Kabel-TV und Telefon. Er sagte ihr, was er wollte; sie bat sich aus, dass er vorher duschte.

In Riverside hatte er noch behauptet, er hieße Jack. Doch der Name auf dem in Louisiana ausgestellten Führerschein, den sie in seiner Brieftasche fand, lautete Henry LeBeau. Er stand singend unter der Dusche, als sie diese Entdeckung machte. Lise probierte ein paar Mal auf dem Hotelbriefpapier, seinen Namen zu schreiben, während sie vom Zimmertelefon aus ein Gespräch anmeldete. Mrs. Henry LeBeau, Lise LeBeau … Sie schrieb es, bis jemand abhob.

»Ich bin draußen«, sagte Lise.

»Du lügst.«

»Ich doch nicht«, sagte sie. »Die Strafe fürs Lügen ist zu hoch.«

»Ich hab meinen besten Mann bei dir gelassen. Der hätte mich angerufen.«

»Wenn er könnte. Vielleicht ist dein bester Mann nicht so gut, wie du dachtest. Vielleicht bin ich besser.«

Während sie darauf wartete, dass am anderen Ende der Leitung etwas gesagt wurde, schrieb sie noch ein paar Mal LeBeaus Namen, schrieb ihn, bis er sich ganz natürlich anfühlte.

Endlich drang mehr als nur schweres Keuchen aus dem Hörer. »Wo bist du, Lise?«

»Ziemlich weit weg und ganz woanders. Spar dir die Mühe, mich zu suchen, denn diesmal findest du mich nicht.«

»Klar finde ich dich.«

Sie legte auf.

Jack/Henry stellte die Dusche ab. Bevor er aus dem Badezimmer kam, frisch und sauber und auf Liebe hoffend, war Lise bereits weg aus dem Motel und unterwegs. Seine Brieftasche hatte sie eingesteckt.

Die Hitze draußen war nach dem kühlen, abgedunkelten Zimmer wie ein Frontalangriff: vierundvierzig Grad Celsius bei null Prozent Luftfeuchtigkeit, laut Anzeigetafel. Die Nachmittagssonne fiel Lise direkt in die Augen, und die Luft roch nach Lastwagentreibstoff und heißem Straßenpflaster, aber immer noch besser als der zwei Tage alte Schweiß, der ihnen aus dem Sattelschlepper ins Motel gefolgt war. Um diesen Gestank loszuwerden, musste sie ein Dutzend Mal heiße Luft holen.

Das Motel lag mitten in der Pampa an einer Ausfahrt auf halber Strecke zwischen L.A. und Phoenix: ein paar Tankstellen mit Garage und ein Minimarkt, und im Umkreis von hundert Meilen nur windzerzauste Kakteen und scharfkantige Felsen als Nachbarn. Die Augen abschirmend, lief Lise auf die Schnellstraße zu, schon unterwegs auf der Suche nach Möglichkeiten, bevor sie die Straße in Richtung Texaco-Tankstelle überquerte.

Das Treffen, an dem sie teilnehmen musste, würde in Palm Springs stattfinden, sie musste irgendwie dorthin gelangen. Sie wusste todsicher, dass sie nicht noch einmal in einen Lastwagen einsteigen würde, aber draußen konnte sie auch nicht bleiben.

Die Hitze knallte vom Himmel, prallte vom Straßenpflaster ab und nahm sie von zwei Seiten in die Zange. Lise bekam Panik. Wenn sie die nächsten fünfzehn, vielleicht zwanzig Minuten in der Sonne blieb, wäre sie mit Sicherheit gar gekocht. Doch es war nicht die Hitze, die sie unter das schützende Dach der Rastanlage trieb. Nachdem sie so lange eingesperrt gewesen war, fürchtete sie sich manchmal vor freien Plätzen.

In der Texaco-Tankstelle und dem angeschlossenen Minimarkt tummelte sich das übliche gemischte Publikum: schlecht gelaunte Familien in Minibussen, stämmige Lastwagenfahrer, Großstadtpflanzen im Wüstenoutfit mit übertrieben viel glänzendem Schmuck, alle darauf erpicht, möglichst schnell voll zu tanken, die Mücken von der Windschutzscheibe zu kratzen und wieder loszufahren, damit sie die Klimaanlage vor der erbarmungslosen Hitze bewahrte.

Als sie an den Zapfsäulen vorbeiging und auf eine günstige Gelegenheit wartete, glitt ein alter weißhaariger Kerl in einem großen neuen Cadillac an ihr vorbei und fuhr am Minimarkt seitlich heran. Ein sehr ordentlich wirkender Mann, dachte sie, einer von der Sorte, die nicht gern heiß und zerknittert wird. Wie ihr Vater. Als er aus dem Wagen stieg, um in den Minimarkt zu gehen, ließ der Armleuchter seinen Motor laufen und die Klimaanlage weiterblasen, damit es im Wageninneren schön kühl blieb.

Lise sah, wie der Mann im Laden drinnen einen Ständer mit Straßenkarten drehte, während sie in sein Auto stieg und davonfuhr.

Als sie an die Auffahrt kam, um wieder zurück Richtung Westen zu fahren, sah sie Mr. Henry LeBeau halb angezogen und schwitzend wie einen abgehalfterten Ringer vor dem Motel stehen und aufgeregt um sich blicken, als ob er etwas verloren hätte.

»Bye, bye, Mr. LeBeau.« Lise lächelte der winzigen Gestalt zu, die in ihrem Rückspiegel verschwand. »Danke fürs Mitnehmen.« Dann blickte sie sich suchend um, rechnete fast damit, einen Verfolger auszumachen, eine Flotte von langen, glänzend schwarzen Wagen, die dazu abkommandiert waren, sie zu finden, zu umzingeln und wieder nach Hause zu bringen. So leicht konnte sie doch nicht entkommen. Das einzig Glänzende, was sie sah, waren jedoch die Luftspiegelungen, die wie silberne Pfützen über die Schnellstraße verteilt waren. Sie wurde etwas gelöster, machte es sich auf dem Ledersitz bequem, richtete die Luftventile auf ihr Gesicht und schaltete den Radiosender des Cadillac von Geigengedudel auf Chopin um.

Ihre Verwandlung von der Rastplatzpuppe zur Einkaufszentrum-Matrone dauerte keine fünf Minuten. Sie wischte sich die üppige Schminke ab, die sie in Riverside aufgetragen hatte, bedeckte das knappe, ärmellose Oberteil mit einer Bluse aus ihrer Tasche, rollte die Aufschläge ihrer Jeansshorts herunter, bis ihre muskulösen Schenkel von acht weiteren Zentimetern Stoff bedeckt waren, tauschte die handgearbeiteten Stiefel gegen zierliche Ledersandalen aus und band ihr windzerzaustes Haar im Nacken zu einem ordentlichen Pferdeschwanz zusammen. Als sie ihr Gesicht im Spiegel betrachtete, blickte ihr eine ganz normale Dame entgegen, wie sie an der Kasse Schlange standen.

Lise nahm die Ausfahrt Bob Hope Drive und stieß einen glücklichen Seufzer aus, als die versengte, öde, unberührte Wüste auf einmal üppigen grünen Golfplätzen wich, unzähligen schicken Mehrfamilienhäusern, Palmen, Springbrunnen und eleganten Restaurants, deren Parkplätze mit Jaguars, Cadillacs und Mercedes-Limousinen dekoriert waren.

Auf einen dieser Parkplätze bog sie ein und nahm sich bei laufendem Motor etwas Zeit, um zu überprüfen, was sie vor sich hatte. Eine American-Express-Karte, unterschrieben mit H.G. LeBeau. Eine MasterCard, unterschrieben mit Henry LeBeau. Vierhundert Dollar in bar. In der Brieftasche befanden sich auch einige Benzinkreditkarten, zwei alte Kondome, das Foto einer hässlichen Ehefrau und ein Zettel mit einer vierstelligen Zahl. Ach, der gute Henry, dachte sie lächelnd: Er hatte ihr auch noch die Geheimzahl überlassen und somit den Umfang ihrer Möglichkeiten vergrößert.

Lise prägte sich die vier Zahlen ein, steckte die Kreditkarten und das Bargeld ein und trat dann in die sengende Hitze hinaus, um die Brieftasche in einen Abfalleimer zu stopfen, bevor sie zum Einkaufszentrum von Palm Desert weiterfuhr.

Als anständiger Mensch ließ Lise den Cadillac so auf dem Parkplatz des Einkaufszentrums stehen, wie sie ihn vorgefunden hatte, mit laufendem Motor, unverriegelten Türen und dem Schlüssel im Schloss. Ohne sich noch einmal umzudrehen, steuerte sie direkt auf I. Magnin zu. Eine Basisgarderobe und ein wunderschöner Leder-Brokat-Koffer dafür waren in einer knappen Stunde gekauft. Als es ans Bezahlen ging, unterschrieb sie je nach Kreditkarte abwechselnd als Mrs. Henry LeBeau oder H.G. LeBeau. Sie fühlte sich ziemlich sicher, bei I. Magnin wagten sie nie, nach dem Ausweis zu fragen.

Ein Problem war die Zeit, ein weiteres war ausreichend Bargeld für die nächsten paar Tage, bis sie ohne Risiko auf andere Mittel zurückgreifen konnte.

Sobald Henry sich wieder gefangen hatte, würde er den Verlust seiner Karten melden, das wusste sie. Weil sie aber auch wusste, dass er nicht den Mumm haben würde einzugestehen, unter welchen Umständen ihm die Karten abhanden gekommen waren, machte sie sich wegen der Polizei keine Sorgen. Doch sobald die Karten gemeldet waren, wären sie nutzlos. Sie fragte sich, wie lange er wohl noch brauchte.

An einem Bankautomaten hob sie die zweihundert Dollar Bargeld vom Verfügungsrahmen der MasterCard ab und benutzte die Karte dann noch ein letztes Mal, um anzurufen.

»Du machst dir Sorgen«, sagte sie in den Hörer. »Heute Abend ist dein Treffen, und jetzt habe ich dich abgelenkt. Du hast ein Problem, denn wenn ich nicht da bin, um die Abschlusspapiere zu unterzeichnen, fällt alles durch. Jetzt bist du in der Zwickmühle. Weder kannst du den Kongressabgeordneten versetzen, noch mich entwischen lassen, aber an zwei Orten gleichzeitig kannst du auch nicht sein. Was machst du jetzt?«

»Das ist doch Wahnsinn.« Diesmal schwang die alte Wut in seiner Stimme mit. »Wo bist du?«

»Geh nicht aus dem Haus. Schlag dir das aus dem Kopf. Ich würde es erfahren. Ich kann die Lüge in deinem Blick erkennen. Ich rieche es an jedem gelogenen Wort, das aus deinem Mund kommt.« Es war leicht, die Worte sprudelten einfach so heraus, wie wenn man ein altes, vertrautes Tonband abspielt. Trotzdem hörte es sich seltsam an, die Worte aus ihrem eigenen Mund zu hören. Sie fragte sich, wie er sich solchen Mist eigentlich ausdenken konnte und – was noch wichtiger war – wie er ihr all die Jahre hatte einreden können, der Tod könnte noch schlimmer sein, als unter seiner dreckigen Fuchtel zu leben.

Was sie an dem Telefongespräch mit ihm am meisten genoss, war die Tatsache, dass sie es in der Hand hatte, ihn abzuschalten. Sie legte auf, atmete tief durch und pustete den Klang seiner Stimme einfach heraus.

In einen Blumenkübel neben der Reihe von Telefonen grub sie ein kleines Grab für die Kreditkarte und deckte sie mit der weichen Erde zu.

Nach einem späten Mittagessen, begleitet von einer halben Flasche sehr kaltem Champagner, ließ Lise sich die Haare richten, sie in ihre ursprüngliche dunkle Farbe tönen und kurz schneiden.

Die Empfangsdame im Kosmetiksalon kam ihr sehr entgegen, rundete die American-Express-Rechnung um hundert Dollar auf und händigte Lise den Differenzbetrag in bar aus.

Lise war relativ überrascht gewesen, dass die Karte reibungslos akzeptiert wurde, riskierte es aber nun ein letztes Mal damit. In einem Feinkostladen erstand sie noch eine weitere Grundausstattung: ein paar Flaschen guten Wein, einen Obstkorb und eine Auswahl an teuren kleinen Snacks. Beim Hinausgehen ließ sie die American-Express-Karte unauffällig in ein Glas mit grünen Kaubonbons fallen.

Jede Transaktion erhöhte ihr Selbstvertrauen, bestärkte sie in ihrem Mut, den Plan durchzuziehen, der sie für immer befreien sollte. Als ihre Besorgungen schließlich alle erledigt waren, konnte sie die angesammelten Einkaufstüten kaum mehr tragen. Sie war völlig erschöpft, fühlte sich aber so gut wie schon lange nicht mehr.

Als sie auf einen Ausgang zusteuerte, durch den sie das Einkaufszentrum auf einer anderen Seite verließ als der, wo sie Mr. Saubermanns Wagen gelassen hatte, war sich Lise eigentlich gar nicht sicher, was jetzt als Nächstes passieren würde. Sie hatte immer noch düstere Vorahnungen, blickte immer noch ängstlich über die Schulter zurück und musterte in jedem Schaufenster, an dem sie vorbeikam, die Spiegelbilder der Passanten. Die Vernunft sagte ihr, dass sie in Sicherheit war; ihre Erfahrungen ließen sie unruhig bleiben, immer in Bewegung.

Ein Auto bei laufendem Motor zu entführen hatte schon einmal so gut funktioniert, dass sie beschloss, es noch mal zu versuchen. Ihr stand eine reiche Palette zur Auswahl. Am überdachten Eislaufplatz – bizarrerweise hatte man von dort einen Ausblick über einen riesigen Kakteengarten – und am benachbarten Kinokomplex warteten Eltern an der Bordsteinkante auf ihre Kinder. Unter den zahlreichen Autos zählte Lise drei, bei denen der Motor lief, die Klimaanlage surrte und weit und breit kein Fahrer zu sehen war.

Lise begutachtete die Auswahl: ein Volvo-Kombi, ein kleiner BMW und ein silberblauer Jaguar. Sie zählte ab: »Ene, mene, muh«, obwohl sie sich den Jag schon ausgeguckt hatte, der der erste in der Reihe war.

Einkaufstaschen auf den Rücksitz, Lise auf den Fahrersitz und weg von der Bordsteinkante, bevor die Wagentür ganz zu war. Nach kurzem Halt in einer Seitenstraße, um die neuen Sachen im Koffer zu verstauen, fuhr sie direkt zum Flughafen von Palm Springs. Sie ließ den Jag in einer Be- und Entladezone stehen und eilte, die Taschen in der Hand, wie eine Touristin, die sich für einen Flug verspätet hat, in die Abflughalle.

Am ersten Telefon blieb sie stehen.

»Du hast es überprüft, stimmt's?«, sagte sie, als er sich meldete. »Du hast deine Gorillas hingeschickt und nachschauen lassen. Du weißt, dass ich weg bin. Wir sind uns so vertraut, dass ich alles weiß, was du gemacht hast. Ich kann hören, wie mir deine Gedanken durch den Kopf gehen. Du denkst, ohne mich ist der Deal gestorben. Und ich bin in einer anderen Zeitzone.«

»Du entkommst mir nicht.«

»Ich glaube, du bist wütend. Wenn ich nicht da bin, um deine bösen Gedanken zu korrigieren, ruinierst du alles.«

»Hör auf.«

Sie betrachtete ihre Nägel, ihre Stimme blieb ausdruckslos. »Du bist alles für mich. Eher bringe ich dich um, als dass ich dich gehen lasse.«

»Lise, bitte.« Seine Stimme schnappte über, es klang fast wie ein Schluchzen, als sie auflegte.

Sie verließ die Abflughalle durch eine andere Tür, kam am Taxistand heraus, wo ein einziges Taxi wartete. Der Fahrer sah aus wie ein Cousin der Indianer vom Bingo-Palast, und wegen des Charakters des für den Abend anberaumten Treffens zögerte sie zunächst. Schließlich übergab sie dem Fahrer ihren Koffer und nannte ihm die Adresse eines Hotels im Zentrum von Palm Springs, eine Adresse, die sie sich vor langer Zeit gemerkt hatte.

»Ziemlich tote Ecke«, sagte der Fahrer, während er an den Ledergriffen ihres Gepäcks herumfingerte. »Ohne Auto kommt man da schlecht rum, wenn man so weit draußen ist. Ich kann Sie zu ein paar netteren Hotels hinfahren, viel zentraler. Haben außerhalb der Saison auch gute Preise.«

»Nein, danke«, sagte sie.

Er redete die ganze Fahrt über. Weil er mehr Fragen stellte, als sie beantwortete, fühlte sie sich unbehaglich. Wieso sollte ein Fremder so viel erfahren wollen? War der Fahrer etwa ein gekaufter Spitzel, der sie zurückbringen sollte? War diese Unterhaltung normales Geplauder? Diese letzte Frage machte ihr zu schaffen. Sie war so lange isoliert gewesen, würde sie überhaupt erkennen, ob etwas normal war, wenn sie damit konfrontiert war?

Als der Fahrer sie vor einem etwas verschrobenen alten Etablissement einen Häuserblock hinter der Hauptstraße von Palm Springs absetzte, war sie immer noch argwöhnisch. Sie wartete, bis er weg war, ehe sie ihren Koffer nahm und hineinging.

Außerhalb der Saison wirkte das Hotel ziemlich verlassen. Die Geschäftsführerin war alt genug, um ihre Mutter zu sein – eine Wüstenbewohnerin mit Eidechsenhaut und winzigen schwarzen Augen.

»Ich brauche ein Zimmer für zwei Nächte«, teilte Lise ihr mit.

Die Geschäftsführerin reichte ihr eine Anmeldekarte. »Zahlen Sie mit Kreditkarte oder bar im Voraus?«

Lise bezahlte die beiden Nächte in bar und hinterlegte fünfzig Dollar für die Benutzung des Telefons.

»Schön ruhig hier«, sagte die Geschäftsführerin und händigte ihr einen Schlüssel aus. »Den meisten ist es zu der Jahreszeit zu heiß.«

»Ruhig ist mir gerade recht«, sagte Lise. »Ich erwarte zwar keine Anrufe, aber wenn jemand nach mir fragt, wäre ich Ihnen dankbar, wenn Sie nie von mir gehört hätten.«

Als die Geschäftsführerin lächelte, verschwanden ihre schwarzen Augen fast zwischen den trockenen Hautfalten. »Ärger mit der Männerwelt, Schätzchen?«

»Gibt's denn einen anderen?«

»Meiner Erfahrung nach geht es immer um einen Mann oder um Geld. Und so, wie Sie daherkommen«, sagte die Geschäftsführerin mit einem abschätzenden Blick auf den Koffer und die hübsche Tragetasche des Delikatessengeschäfts, »würde ich auf Ersteres tippen. Keine Sorge, Schätzchen, ich habe Sie mir nicht genau angeschaut, und Ihren Namen habe ich schon vergessen.«

Der Name, den Lise auf die Anmeldekarte schrieb, war der gleiche wie auf der Flasche Chardonnay in ihrer Tasche: Rutherford Hill.

Das Hotel war wie ein altes Ranchhaus im Adobe-Stil gebaut, mit dicken Mauern und abgerundeten Ecken, mexikanischen Bodenfliesen und dunklen, offen verlegten Balkendecken. Lises Zimmer war ein wenig verwohnt, aber größer, sauberer und hübscher, als sie bei dem Preis erwartet hatte. Die Klimaanlage funktionierte, und es gab eine Kochnische mit einem kleinen, stöhnenden Kühlschrank für ihren Wein. Zum ersten Mal seit fünf Jahren hatte sie einen eigenen Schlüssel und benutzte ihn, um die Tür von innen abzuschließen.

Von ihrem winzigen Balkon aus konnte Lise sowohl das Schwimmbad unten im Patio als auch die felsige Landschaft am Fuß des Mount San Jacinto sehen, der eine Viertelmeile entfernt lag. Die Sonne war bereits hinter den Bergkamm geschlüpft und hatte das Hotel in blauen Schatten gehüllt. Endlich konnte Lise die echte Wüste riechen, trockenen Salbei und blühenden Oleander, Luft ohne Auspuffgase.

Eine sanfte Brise wehte vom Berg herüber. Lise ließ das Fenster offen stehen und legte sich aufs Bett, um einen Augenblick auszuruhen. Als sie, auf dem Scheitelpunkt zwischen Schlaf und Wachzustand schwebend, wieder die Augen öffnete, war das Zimmer plötzlich von weichem lavendelfarbenem Licht durchflutet – es war heiß, duftete jedoch nach den Blumen im Patio drunten. Irgendwo konnte sie einen Springbrunnen plätschern hören, ab und zu auch entfernte Stimmen. Zum ersten Mal seit langem ging sie nicht sofort an die Tür, um zu horchen, ob auf der anderen Seite jemand atmete.

Lise schlüpfte in den neuen Badeanzug. Hinten ein wenig knapp – sie hatte sich nicht die Zeit genommen, ihn anzuprobieren, bevor sie ihn gekauft hatte. Den Eispickel, den sie am Spülbecken fand, brauchte sie, um das Eis aus den Würfelbehältern im Gefrierfach zu lösen und damit den Eiskübel aus Pappe zu füllen. Es gefiel ihr, wie schwer ihr das Ding in der Hand lag. Während sie eine Flasche Wein aufmachte und etwas Obst und Käse zurechtschnitt, tätigte sie einen Anruf.

»Sonnenuntergang ist um Punkt acht Uhr zweiunddreißig. Kein Mond heute. Klapperschlangen lieben die mondlose Nacht. Bleib besser drinnen, sonst wirst du noch gebissen.«

»Was spielst du für ein Spiel?«

»Dein Spiel. Ich lerne nämlich schnell. Erinnerst du dich, wann du das gesagt hast? Ich glaube, ich habe mir alle deine Schachzüge gemerkt. Mal sehen, wie sie sich ausspielen lassen.«

»Du bist eine blutige Anfängerin, Lise. Du wirst in der großen Liga nicht landen können. Jedes Spiel, das ich spiele, Baby, ist nämlich das große.« Er hatte etwas Zeit gehabt, die anfängliche Überraschung und Wut zu überwinden, und war nun wieder in der Offensive. Er machte ihr Angst, aber weil er sie nicht berühren konnte, bewahrte sie sich ihre Entschlossenheit, während sie ihm zuhörte. »Du wirst schon wieder zurückkommen, Lise. Du wirst ganz gewaltig was aufs Dach kriegen und feststellen, wie kalt und grausam die Welt da draußen ist. Du wirst noch drum betteln, dass ich dich wieder aufnehme und auf dich aufpasse. Du kannst wütend auf mich sein, so viel du willst, aber es ist schließlich nicht meine Schuld, dass du so eine Prinzessin bist und nicht mal allein über die Straße findest. Bedank dich bei deinem Arsch von Vater dafür, dass er dich so verwöhnt hat. Wenn ich nicht gewesen wäre –«

»Wenn du nicht gewesen wärst, wäre mein Vater noch am Leben«, würgte sie sein Schlusswort ab. »Den Beweis dafür habe ich hier bei mir.«

Sein kurzes Schweigen sagte ihr, dass sie ins Schwarze getroffen hatte. Sie legte auf.

Lise schwamm in dem kleinen Schwimmbad, bis sie sich sauber fühlte, bis die Hitze und der Schweiß und die feine Sandschicht ganz weggespült waren und das warme Chlorwasser Henry LeBeaus hitziges Getatsche abgewaschen hatte. Ein wenig von ihrer neuen Haarfarbe war ebenfalls ausgewaschen worden und hinterließ einen Schatten auf dem Handtuch, als sie herauskam und sich abtrocknete.

Lise schenkte sich etwas von dem strohgelben Wein in ein Zahnputzglas und streckte sich auf einem Liegestuhl neben dem Schwimmbad aus. Am Himmel war immer noch etwas Blau, als die Geschäftsführerin herauskam, um die Schwimmbadlichter einzuschalten.

»War ganz schön heiß heute.« Die Geschäftsführerin nippte bedächtig an ihrem Drink. »Bis Oktober sind ja eigentlich alle Tage heiß. Sagen Sie mir, wenn Sie mit dem Schwimmbad fertig sind. Die Sonne heizt es so auf, dass ich jeden Abend ein bisschen Wasser ablasse und kalt nachfülle. Sonst habe ich plötzlich vorgekochte Gäste am Hals.«

»Wie viele Gäste sind denn im Hotel?«, wollte Lise wissen.

»Bloß Sie, Schätzchen.« Die Geschäftsführerin leerte ihr Glas in einem Schluck. »Ein Gast, das ist einer mehr, als ich die ganze letzte Woche hatte.«

Lise bot ihr das Käsetablett an. »Können Sie sich ein Weilchen hersetzen? Auf eine kleine Happy Hour mit den eingeschriebenen Gästen.«

»Gern.« Die Geschäftsführerin zog sich einen Liegestuhl heran und ließ sich von Lise das leere Glas mit Chardonnay füllen. »Ich muss schon sagen, außerhalb der Saison wird es hier manchmal ganz schön einsam. Wir hatten früher von Ende Mai bis Anfang September geschlossen – die ganze Stadt. Jetzt sind wir fast das ganze Jahr geöffnet. Ha, bald kriegen wir Spielcasinos, heißt es, und werden das neue Las Vegas.«

»Vegas ist furchtbar laut.«

»Vegas ist voller Gauner.« Die Geschäftsführerin knabberte etwas Käse. »Ich hätte nichts dagegen, wenn meine Zimmer wieder ausgebucht wären. Aber die Obermacker würden in den großen neuen Hotels wohnen, und ich bekäme bloß ihre Nutten und Dealer ab. Wer will die schon?«

Lise nippte an ihrem Glas und schwieg. Die Geschäftsführerin seufzte, als sie in den dunkler werdenden Himmel hinaufblickte. »Früher war es hier immer proppenvoll mit Leuten aus Hollywood, ein tolles Treiben. Liberace und ein paar von diesen Leuten hatten nämlich Häuser gleich hier weiter oben. Wir bekamen dann den Überschuss ab, na, das war vielleicht ein wildes Völkchen. Die fehlen mir. Die ganze Gesellschaft hat sich ostwärts verzogen, in schickere Orte wie Palm Desert. Ab und an kriege ich noch einen alten Knacker, aber der Großteil meiner Gäste sind kanadische Sonnenanbeter. Die tauchen so um Thanksgiving auf und bleiben den Winter über hier. Nettes Grüppchen, bloß furchtbar zahm.« Sie zwinkerte Lise zu. »Zahm, aber besser zu haben als irgendwelche Nutten à la Vegas.«

»Glaube ich Ihnen gern«, sagte Lise.

Die Geschäftsführerin legte den Kopf nachdenklich etwas schief und musterte Lise erneut, diesmal etwas genauer. »Ich bin ziemlich weit ab vom Schuss. Wie haben Sie mich eigentlich gefunden?«

»Ich bin an dem Hotel mal vorbeigefahren, als ich hier auf Besuch war. Es wirkte so…« Lise füllte beide Gläser neu auf. »Es wirkte so friedlich.«

Lise fühlte die glänzenden schwarzen Augen der Geschäftsführerin auf sich ruhen. »Alles in Ordnung, Schätzchen?«

Lise hielt die leere Flasche in die Höhe. »So allmählich schon.«

»Die Art Medizin hält nur für eine gewisse Zeit vor. Es geht mich ja nichts an, aber wollen Sie darüber reden?«

»Ich bin sicher, Sie haben es alles schon gehört. Leidgeprüfte Ehefrau haut ihrem Arschloch von Ehemann ab.«

»Ich habe es nicht nur gehört, ich habe es erlebt. Zweimal.« Die Geschäftsführerin legte ihre ausgetrocknete Hand auf Lises nacktes Knie und lächelte sanft. »Sie werden es überstehen. Es braucht bloß etwas Zeit.«

Der Wein, die Müdigkeit, die freundliche Besorgnis auf dem Gesicht der alten Frau, das alles führte dazu, dass Lise spürte, wie die Ritzen in ihr aufbrachen und etwas Licht hereinließen. Das letzte Mal, dass ihr jemand seine ehrlich gemeinte Besorgnis gezeigt hatte, war vor fünf Jahren gewesen, als ihr Vater noch lebte. Auf dem marmornen Grabstein ihres Vaters hatte sich in fünf Jahren Moos angesammelt. Lise begann leise zu weinen.

Die Geschäftsführerin zog ein Päckchen Papiertaschentücher aus der Tasche. »So ist es recht, Mädchen. Lass nur alles raus.«

Da musste Lise doch lachen.

»Weiß er denn, wo Sie sind?«

Lise schüttelte den Kopf. »Noch nicht.«

»Noch nicht?«

»Mit der Zeit wird er mich schon finden. Das tut er immer. Wie weit ich auch wegrenne, er findet mich. Er ist ein mächtiger Mann mit mächtigen Freunden.«

»Was wollen Sie tun?«

Lise zuckte die Achseln, obwohl sie es genau wusste. Die Antwort lag in der Tasche oben im Wandschrank.

»Ach, nur keine Sorgen, Schätzchen. Niemand weiß was über den alten Laden hier. Und ich sagte ja schon, ich weiß nicht mehr, wie Sie aussehen, und an Ihren Namen kann ich mich auch nicht erinnern.« Als die Geschäftsführerin die leere Flasche in die Hand nahm und das Etikett mit der Aufschrift Rutherford Hill betrachtete, zeichnete sich verschmitzter Humor in den Ecken ihres zerknitterten Gesichts ab. »Obwohl einem der Name doch irgendwie bekannt vorkommt.«

Die Sonne ging exakt um acht Uhr zweiunddreißig unter. Lise duschte und zog lange Khakihosen und eine pfirsichfarbene Bluse an, beides in Wüstentönen. Sie holte ihre Tasche aus dem Wandschrank und behielt sie auf dem Schoß, während sie wartete, bis der letzte Widerschein des Tageslichts verblasst war.

In der groß aufgemachten Story im lokalen Nachrichtensender ging es um das, worüber die Geschäftsführerin gesprochen hatte, nämlich die wachsende Kontroverse über das Bauvorhaben eines Spielcasinos im Las-Vegas-Stil auf dem Territorium der Tahquitz-Indianer am südlichen Stadtrand von Palm Springs. Eine Kongressdelegation war in die Stadt gekommen, um die Lage zu sondieren. Beim Anblick der breit lächelnden Kongressabgeordneten, die in ihren nüchternen grauen Anzügen über die kahle Hügelfläche marschierten, lief Lise ein kalter Schauer über den Rücken. Ihr Mann, auch er mit breitem Lächeln, war Teil der Entourage. Sie wusste, weshalb er in der Stadt war und mit wem er sich treffen würde. Sie hatte jedoch nicht damit gerechnet, ihn schon vorher zu sehen …

Sie zog die Tasche fester an sich und warf einen Blick auf die Uhr neben dem Bett. Wenn sie richtig ging, blieb ihm nicht mehr viel Zeit.

Als Lise die Treppe hinunterging, konnte sie das Flimmern eines Fernsehers hinter dem Empfangstresen sehen, konnte die Geschäftsführerin herumhantieren und jemanden weitere Einzelheiten über die große Story quer durch das leere Foyer quasseln hören. Lautlos ging Lise durch den Patio nach draußen, die Tasche schwer über der Schulter hängend.

Vielleicht mögen Klapperschlangen mondlose Nächte ja tatsächlich, dachte sie. Doch sie hassen Menschen und gleiten ziemlich schnell davon. Während Lise über einen sandigen Fußweg schritt, der parallel zur Straße verlief, spürte sie, wie die gespeicherte Hitze des Erdbodens durch ihre Turnschuhe drang. Palmen raschelten über ihr wie das Klappern einer Schlange und versetzten sie in Alarmbereitschaft.

Lise streifte ein Paar Operationshandschuhe über und nahm, peinlichst darauf bedacht, die wunderschönen, fünf Jahre alten Fingerabdrücke nicht zu beschädigen, die .38oer aus der Tasche, lud vorsorglich durch und setzte ihren Weg fort.

Das Haus, in dem das Treffen stattfinden sollte, hatte einmal ihrem Vater gehört. Vor ihrer Heirat war sie oft an Wochenenden und während der Schulferien hinausgefahren, um ihn zu besuchen. Nach ihrer Heirat, nach der Beerdigung ihres Vaters hatte ihr Mann das Anwesen dann übernommen und genutzt, wenn er in der Wüste Geschäfte abwickeln musste. Ab und zu, wenn er für sie nichts anderes arrangieren konnte, war Lise mitgekommen. Als sie neulich an einem Wochenende während einer geschäftlichen Besprechung ins Schlafzimmer verbannt worden war, hatte Lise sich eine Möglichkeit überlegt, wie sie von ihm freikommen konnte. Für immer.

Das Haus befand sich in einem flachen, engen Cañon am Ende der Straße, an der auch das Hotel stand. Ihr Vater hatte es im spanischen Stil erbaut, eine lange Reihe von Räumen, die alle auf einen zentralen Patio hinausgingen. Wie das Hotel besaß es dicke Mauern zum Schutz gegen die schlimmste Hitze. Und wie das Hotel, wie eine Festung, war es sehr ruhig.

Sämtliche Lichter brannten. Lise wusste, dass bei einem so sensiblen Treffen keine Entourage dabei sein würde. Im Inneren des Hauses würden sich bloß drei Leute aufhalten: die Haushälterin, die kein Englisch konnte, Lises Mann und der Kongressabgeordnete. Sie kannte den Ablauf genau. Der Kongressabgeordnete gehörte ebenso zu dem Erbe, das ihr Mann von ihrem Vater übernommen hatte, wie Lise und das Haus.

Draußen an der Haustür war ein Wachmann postiert, ein weiterer am hinteren Patio, etwas vom Fenster abgerückt, um den Kongressabgeordneten durch seine Anwesenheit nicht zu stören. Beide Wachmänner waren groß und hässlich, eine andere Art von

Schlangen, und eher einschüchternd als hell im Kopf. Den Mann vor dem Haus im weiten Bogen umkreisend, gelangte Lise bis zum Rand des Patio, bevor sie gesehen wurde. Es war auch nicht der gedungene Muskelprotz, der sie zuerst erspähte.

Luther, der Rottweiler, der alte Wachhund ihres Vaters, kam über den Patio angetrottet, um Lise zu begrüßen. Sie schob seinen Kopf weg, als er sie im Schritt beschnüffeln wollte, und entschädigte ihn mit einem Kraulen am Kopf.

Der Wachmann Rollmeyer, die Hand an der Pistole im Halfter, richtete den Strahl seiner Taschenlampe auf sie und lächelte, als er erkannte, wen er vor sich hatte. Weil es auch zu seiner Aufgabe gehörte, Störungen zu unterbinden, ging er ohne zu rufen zu ihr hinüber.

Lise war sich nicht sicher gewesen, was passieren würde, wenn sie erst einmal so weit gekommen war. Sie hatte nicht wissen können, wer Wache halten und wie derjenige auf sie reagieren würde. Wie viel er womöglich wusste. Sie hatte mehrere Möglichkeiten durchgespielt und beschlossen, sich vom Wachmann den Weg in diese Wildnis zeigen zu lassen.

»Wusste gar nicht, dass Sie hier sind, Madam.« Rollmeyer sprach leise, stand dicht neben ihr auf dem weichen Sandboden. »Die werden wohl noch eine Weile brauchen. Soll ich Sie vorn reinlassen?«

»Im Haus ist es so heiß. Ich warte lieber hier draußen, bis sie fertig sind.« Sie hatte die Hand in der Tasche, um die Automatik gegen etwas der Situation Angemesseneres auszutauschen. »Lange nicht gesehen, Rollmeyer. Lassen Sie mal hören. Wie geht's denn so?«

»Kann nicht klagen.«

Die Hand noch in der Tasche, schloss sie die Finger um den hölzernen Griff des hoteleigenen Eispickels. »Wollen Sie eine alte Freundin nicht umarmen?«

Rollmeyer, dessen Job es war, Befehle zu befolgen, der aber nie abgeneigt war, eine Frau zu betatschen, schien zunächst etwas verwirrt. Dann breitete er die Arme aus und machte einen Schritt auf sie zu. Sie nutzte die Vorwärtsbewegung seines Körpers, um ihm den Eispickel tief in die Brust zu treiben. Während sie den Griff weiter festhielt, spürte sie, wie sein Herz um die schmale Klinge pochte, klopf, klopf, klopf, bevor er merkte, dass etwas mit ihm geschehen war. Sie trat zurück, zog die Klinge heraus, begegnete seinem tumben Blick noch drei Sekunden, sah das dunkle Rinnsal, das aus dem winzigen Loch in seinem Hemd tröpfelte, bevor er mit dem Gesicht nach unten zu Boden fiel. Als sie ihn verließ, standen seine Augen noch offen, mit weißen Sandkörnchen wie mit Zucker bestäubt.

Luther hielt sich dicht bei ihr und bot ihr mit seinem massigen Körper Deckung, während sie sich am Pool auf den Boden legte und Rollmeyers Blut von ihrem Handschuh und dem Eispickel abwusch. Zusammen mit dem Hund duckte sie sich dann wieder in den Schatten der Oleanderhecke, um den Fortgang des Treffens dort drinnen zu beobachten.

Ihr Mann und der Kongressabgeordnete, beides Gewohnheitstiere, hielten sich genau an den Zeitplan. Als Lise eintraf, hatten sie in dem eleganten Speisezimmer das Abendessen eingenommen, dann hatte die Haushälterin den Tisch abgeräumt und die beiden Männer bei Kaffee und Brandy allein gelassen. Nachdem die Präliminarien der feinen Lebensart abgehakt waren, ging Lises Mann zu dem Schrank mit dem Tafelsilber hinüber und holte einen großen Aktenkoffer hervor, den er auf den Tisch stellte. Er öffnete den Koffer und drehte ihn mit einem Weihnachtsmannlächeln so hin, dass der Kongressabgeordnete den Inhalt sehen konnte, zeigte ihn auch Lise im Spiegel über dem antiken Büfett: in Bankmanschetten gebündeltes Geld, eine Dreiviertelmillion Dollar, der gängige Preis für eine entscheidende Stimme auf Bundesebene – natürlich die fragliche Stimme, die mit den Baugenehmigungen für die Spielkasinos auf Stammesterritorium zu tun hatte.

Man stieß mit Brandy an, schüttelte sich die Hände, dann verabschiedete man sich. Sobald das Geschäftliche erledigt war, würde ihr Mann sofort gehen, während der Kongressabgeordnete noch für die Extravergünstigung blieb.

Lise duckte sich hinter die Hecke, als ihr Mann, immer noch lächelnd, den Patio überquerte und auf die Garage zusteuerte. Sie hatte die .380er im Anschlag für den Fall, dass er herüberkäme und nach Rollmeyer suchte. Tat er aber nicht. Er ging direkt zur Garage und ließ seinen Rolls an.

Sobald er außer Sichtweite war, musste sich Lise beeilen. Ihr Mann würde die Zufahrt hinunter bis zur Straße fahren und dem Callgirl, das dort im eigenen Wagen wartete, ein Zeichen machen, dem Callgirl, das immer zum Serviceangebot für den Kongressabgeordneten gehörte. Lise wusste, dass sie bis zu dem Zeitpunkt fertig sein musste, zu dem die Hure auf den freien Stellplatz in der Garage gefahren war, ihr Make-up aufgefrischt, etwas Parfüm aufgesprüht und ihr Dekolleté zurechtgerückt hatte und zum Haus hinaufgegangen war.

Während Luther schwerfällig neben ihr einhertrottete, schlich Lise durch die Patiotür ins Speisezimmer, gerade als die Scheinwerfer ihres Mannes um die Hausecke kamen. Der Kongressabgeordnete hatte seinen Koffer mit der Beute bereits zugeklappt und auf dem Fußboden abgestellt und trank soeben seinen Brandy vollends aus, als sie auf den dicken Teppich trat.

»Lise, meine Liebe«, sagte er, überrascht, aber nicht unerfreut, sie zu sehen. Er stand auf und streckte ihr die Arme entgegen. »Mit Ihrer geschätzten Gesellschaft hatte ich eigentlich nicht gerechnet.«

Lise sagte nichts, als sie bis auf einen knappen Meter an ihn herantrat. Ihre Fußspitze berührte den Koffer voller Geld, als sie die .380er hob, zielte, wie ihr Vater es ihr beigebracht hatte, und dem Kongressabgeordneten eine Kugel in den Brustkorb feuerte, gefolgt von einem Schuss in die Stirn, wie ihr Vater sie gelehrt hatte.

Vom Lärm aufgeschreckt, begann Luther zu bellen. Die Haushälterin in der Küche machte »Ah, ah« und ließ etwas zu Boden fallen. Lise steckte die Waffe unter den Brustkorb des Kongressabgeordneten, nahm den Aktenkoffer mit dem Geld und ging.

Nachdem sie sich wieder hinter die Hecke geduckt hatte, wartete Lise darauf, dass das Callgirl hereinkam und zusammen mit der Haushälterin die Entdeckung machte. Das Timing war gut. Wenige Sekunden nach den Schüssen standen die beiden Frauen einander schreckensbleich an ihren jeweiligen Türen gegenüber.

Durch die stille, mondlose Nacht ging Lise auf dem gleichen sandigen Fußweg zum Hotel zurück. Den Aktenkoffer verstaute sie hinter einem Blumenkübel neben dem Schwimmbad und ging ein Stück weiter die Straße hinauf, um einen Anruf zu tätigen.

Rollmeyer könnte die Sache vielleicht komplizieren, doch den mochte sich die Polizei erklären, wie sie wollte. Lise wählte die Notrufnummer.

»Es hat eine Schießerei gegeben«, sagte sie. Sie nannte die Adresse und gab den Kongressabgeordneten als Opfer und ihren Mann als den Todesschützen an. Dann ging sie ein Stück weiter zu einem anderen Telefon und tätigte ähnliche Anrufe bei der Presse und dem örtlichen Fernsehsender.

Als sie die erste Sirene die Straße zum Haus heraufkommen hörte, steckte sie gerade ein anonymes Schreiben an den Detektiv ein, der vor fünf Jahren beim Tod ihres Vaters ermittelt hatte, ein Schreiben, in dem genau erklärt wurde, wieso sich ihr Mann und der Kongressabgeordnete mitten im Sommer in der Wüste trafen und welche Motive ihr Mann für den Mord gehabt haben konnte – für zwei Morde. Und wieso die Kugeln, die man in dem Kongressabgeordneten finden würde, mit den beiden verglichen werden sollten, die man in ihrem Vater gefunden hatte. Und wo das Geld versteckt war. Alles ganz genau und in allen Einzelheiten aufgeführt, ein passender Nachruf auf einen Mann, der vom blauen Himmel nicht mehr viel zu sehen bekäme, der bei jeder Bewegung überwacht würde an einem Ort, wo die Strafe auf dem Fuße folgte und wo er niemals wieder einen Schlüssel für seine eigene Tür haben würde oder die Spielregeln aufstellen dürfte. Eingesperrt für den Rest seines Lebens.

Als sie das Schreiben aus der Hand gegeben hatte, streifte Lise schließlich die Operationshandschuhe ab. Sie hob das Gesicht der Brise entgegen, die voll süßer, sauberer Wüstenluft war, blickte hinauf zu der Unzahl von Sternen am mondlosen Himmel und gähnte. Es war vorbei: alle Tagesordnungspunkte erfolgreich abgehandelt, Sitzung vertagt.

Auf ihrem Rückweg zum Hotel machte Lise in einem durchgehend geöffneten Drugstore Halt und kaufte sich von Henry LeBeaus Geld ein Eis am Stiel, das sie unterwegs verspeiste.

Die Geschäftsführerin stand vor dem Hotel und sah den vorbeirasenden Polizeiautos und Sanitätern nach, als Lise herbeigeschlendert kam.

»Ein Riesenwirbel.« Lise blieb mit der Geschäftsführerin auf dem Gehweg stehen und aß ihr Eis zu Ende. »Sie sagten doch, um diese Jahreszeit ist hier alles ausgestorben.«

»Gestorben, ja.« Die Geschäftsführerin ließ ihr trockenes Eidechsenlachen vernehmen. »Hier draußen hat's viele alte Leute. Wetten, dass da gerade einer abgenibbelt ist.«

Lise sah mit ihr zu, bis der Kombiwagen des Coroner vorbeigefahren war. Dann nahm sie die Geschäftsführerin beim Arm und ging mit ihr hinein.

Lise bemerkte, dass die dunklen Augen der Geschäftsführerin immer noch vor Aufregung blitzten. Sie selbst war viel zu aufgedreht, als dass sie an Schlaf hätte denken können. Also sagte sie: »Ich habe noch eine Flasche Wein im Zimmer. Was halten Sie von einem kleinen Schlaftrunk? Reden wir über Gauner und die guten alten Zeiten.«

Tod eines Zugvogels
von
J. A. Jance

Judith Ann Jance (* 1944) wurde in Watertown, South Dakota, geboren und studierte an der University of Arizona und am Bryn Mawr College. Sie lebt heute in Bellevue, Washington. Bevor sie anfing zu schreiben, arbeitete sie als High-School-Lehrerin, Bibliothekarin an einer Indianerschule und Versicherungsmaklerin, dem Beruf ihres Vaters. In einem Interview mit Rylla Goldberg (*Speaking of Murder*, Band II, 1999) schreibt sie die Fähigkeit, ihre Kriminalromane wirkungsvoll zu vermarkten, ihrer Erfahrung in der Familie zu. »Ich hatte schon früh Kontakt mit dem Verkaufen – selbst gemachten Schmuck, Pfadfinderinnenplätzchen, Zeitungsabonnements und Grußkarten für alle Anlässe. In unserer Familie waren wir alle mit Verkaufen beschäftigt; meine Mutter tischte uns beim Frühstück immer ›heiße Tipps‹ über neue Leute in der Stadt auf. Sobald mein erstes Buch erschienen war, machte ich da weiter, wo meine Mutter aufgehört hatte.«

Die Protagonisten ihrer beiden Serien sind der polizeiliche Ermittler J.P. Beaumont in Seattle, erstmals in *Until Proven Guilty* (1985) und Sheriff Joanna Brady in Arizona, erstmals in *Desert Heat* (1993). Darüber hinaus verfasste Jance Kindersachbücher über Themen wie Entführung durch einen Elternteil, sexuelle Belästigung und Alkoholismus in der Familie. Sie bemerkt in *Contemporary Authors* (Band 61, aktualisierte Ausgabe 1998): »Das Schreiben bietet mir ein Mittel, meine eigene Geschichte neu zu schreiben, sowohl was die Kinderbücher betrifft wie auch die Thriller. Die Kinderbücher setzen sich mit schwierigen Themen auseinander... Die Thriller sind eskapistische Kost ohne konkreten gesellschaftlichen Wert.« Diese letzte Bemerkung (wenngleich vermutlich im Spaß gesagt) verlangt eine Erwiderung: Wie sollte eine Geschichte, die so unterhaltsam, so unvorhersagbar und so sensibel in der Beschreibung älterer Mitbürger ist wie »Tod eines Zugvogels«, keinen konkreten gesellschaftlichen Wert haben?

Tod eines Zugvogels

Agnes Barkley wusch ab. Sie wusch immer ab. Nach dem Frühstück. Nach dem Mittagessen. Nach dem Abendessen. Seit sechsundvierzig Jahren wusch sie ab. »Immer« war vielleicht etwas übertrieben. Bestimmt war es auch ein- oder zweimal vorgekommen, dass sie ein bisschen geschludert hatte, alles bloß kurz ausgespült und im Spülbecken gestapelt hatte bis zur nächsten Mahlzeit. Meistens hatte sie das Spülbecken aber leer geräumt und das Geschirr abgetrocknet und an seinen Platz zurückgestellt. Es war ihr Job. Ein Teil ihres Jobs.

Zu Hause in Westmont, Illinois, war das einzige Küchenfenster so hoch angebracht, dass Agnes überhaupt nicht hinausschauen konnte. Hier in Oscars Wohnmobil lag das Spülbecken direkt vor einem Fenster auf Augenhöhe. Agnes konnte davor stehen, die Hände tief ins warme, schaumige Spülwasser getaucht, und die Aussicht genießen. Während sie ihrer Hausarbeit nachging, entdeckte sie gelegentlich einen Habicht, der am grenzenlosen blauen Himmel seine Kreise zog. Abends schwelgte sie in den feuerroten Sonnenuntergängen, die mit ihrem atemberaubenden orangegelben Glühen die ganze Welt in Flammen zu setzen schienen.

Selbst nach all den Jahren, die sie nun schon hierherkamen, hatte sie sich immer noch nicht daran gewöhnt. Jedes Mal, wenn Agnes aus dem Januarfenster blickte, musste sie wieder staunen. Statt der bleiernen grauen Wolkendecke und der durchdringenden Kälte Chicagos lag dort vor ihr eine andere Welt – die offene braune Wüstenlandschaft, gekrönt von einem weiten, sonnigen blauen Himmel.

Von der sauberen, klaren Luft konnte Agnes gar nicht genug kriegen. Sie schwelgte in den frischen, scharfkantigen Schatten, die die Wüstensonne auf die Erde warf, und von den Farben war sie schlichtweg begeistert. Als sich ein paar Nachbarn zu Hause gewundert hatten, wie sie es drei Monate im Jahr an einem so öden, hässlichen Ort aushalten konnte, hatte Agnes ihnen vergeblich zu beschreiben versucht, wie wunderschön sich ein frisch ausschlagender Mesquitbaum von dem roten, von Felsen umschlossenen Erdreich abhob. Ihre Freunde hatten sie mitleidig angesehen, gelächelt, die Köpfe geschüttelt und gesagt, sie sei verrückt.

Und das war sie auch – sie war verrückt nach der Wüste. Agnes liebte die kräftigen Wildpflanzen, die trotz des ständigen Feuchtigkeitsmangels hartnäckig wuchsen – die stachligen, langgliedrigen Ocotillobüsche und die zähen, gedrungenen Mesquitbäume, den majestätischen Saguarokaktus und den Feigenkaktus mit seinem Heiligenschein aus gefährlichen Dornen. Sie liebte es, einen Blick auf die Wildtiere der Wüste zu erhaschen – auf Kojoten, Eselhasen und Kängururatten. Sogar den Wüstenboden selbst liebte sie – die sanften Sand- und die felsgrauen Schiefertöne, die weiten, zerklüfteten Rot- und die beruhigenden, rundfelsigen Grauschattierungen, die über die weiten Strecken hin alle zu einem einheitlichen Blau verblassten.

Zunächst hatte sie entsetzliches Heimweh nach Westmont gehabt, aber das hatte sich inzwischen völlig geändert. So groß war Agnes Barkleys Liebesaffäre mit der Wüste, dass sie ihre Überwinterungsgewohnheiten völlig umkehren würde. Dann würden sie neun bis zehn Monate im Jahr in Arizona verbringen und nur zwei oder drei zu Hause in Illinois.

Niemand hätte über diese Wendung überraschter sein können als Agnes Barkley selbst. Als Oscar plötzlich davon geredet hatte, das Postamt zu verlassen, in Rente zu gehen und Zugvogel zu werden – ein Wohnmobil zu kaufen und in Arizona zu überwintern –, war Agnes absolut dagegen gewesen. Sie hatte geglaubt, sie würde diesen gottverlassenen Ort bestimmt hassen, und sich nach Kräften bemüht, Oscar umzustimmen. Als ob das jemand fertig brächte.

Schließlich hatte sie versöhnlich nachgegeben. Wie in jedem anderen Bereich ihres Ehelebens machte Agnes, so gut es eben ging, gute Miene zum bösen Spiel und fügte sich in ihr Schicksal, womit Oscar vermutlich fest gerechnet hatte. Nach sechsundvierzig Ehejahren hatte man nicht mehr so viele Geheimnisse.

Früher hätte sie widerstrebend in Kauf genommen, was Oscar eben wollte, und mehr oder weniger so getan, als gefiele es ihr. Aber wenn es um Arizona ging, brauchte sie nicht so zu tun, als ob. Agnes fand es einfach himmlisch – sobald man Mesa hinter sich gelassen hatte natürlich.

Oscar konnte Mesa auch nicht leiden. Dort gäbe es zu viele alte Leute, meinte er.

»Was glaubst du denn, was *du* bist?«, hatte Agnes ihn schon fragen wollen, obwohl sie es dann nicht getan hatte, denn eigentlich stimmte sie mit ihm überein – und zwar aus so ziemlich demselben Grund. Sie fand es bedrückend, all diese älteren Mitbürger Jahr für Jahr im gleichen Ort zusammengesperrt zu sehen.

Der Park an sich war recht nett, es gab ein Schwimmbad und alle dazugehörigen Annehmlichkeiten. Trotzdem hatte Agnes ein etwas klaustrophobisches Gefühl, vor allem weil ihr Wohnmobil nun schon zwei Jahre hintereinander neben dem von einem geschiedenen, komischen alten Kauz abgestellt war, der so laut schnarchte, dass der Lärm durch die Wand direkt bis ins Schlafzimmer der Barkleys drang – selbst wenn die Klimaanlage im Wohnmobil voll aufgedreht war und auf Hochtouren lief.

Sie zogen also los, um sich ein anderes Plätzchen für ihr Wohnmobil zu suchen, ein wenig abseits vom allgemeinen Trubel, wie Oscar sagte. So waren sie in Tombstone gelandet – der Stadt, die zu zäh zum Sterben ist. Na ja, wenn ein Ort schon Grabstein heißt. Oder eigentlich etwas außerhalb der Stadt, die zu zäh zum Sterben ist.

Der Trailerpark – so hieß er: OK-Trailerpark, Übernachtungsgäste willkommen! – lag einige Meilen außerhalb der Stadt. Die einzelnen Grundstücke hatte man der Wüste abgerungen, indem man an der nördlichen Flanke eines steilen Abhangs terrassenförmige Flächen angelegt hatte. Wer auch immer die Anlage entworfen hatte, war gekonnt vorgegangen. Jeder Platz lag so weit unterhalb des Nachbarn, dass jedes Wohnmobil und jeder Camper seine eigene, ungehinderte Aussicht auf den Hügel auf der gegenüberliegenden Seite eines steinigen Flussbetts besaß. Am westlichen Horizont erstreckten sich die Huachuca Mountains, ostwärts waren die Wheststones und dahinter die Chiricahuas zu sehen.

Der Blick auf die erhabenen violetten Gebirge in der Ferne gefiel Agnes Barkley an dem OK-Trailerpark am besten. Die Aussicht und die Weite und die saubere, klare Luft. Und die Vorstellung, dass sie beim Einschlafen keinen mehr schnarchen hören musste – keinen außer Oscar natürlich. An ihn war sie gewöhnt.

»Juhuuu, Aggie. Ist jemand da?« Gretchen Dixon klopfte an den Türrahmen. Ohne abzuwarten, ob Agnes aufmachte, stieß sie die Tür auf und steckte den Kopf herein. »Wie wär's mit ein bisschen Gesellschaft?«

Agnes wischte noch einmal bedächtig über die Arbeitsfläche, bevor sie den Spüllappen auswrang und unter dem Spülbecken verstaute. »Was gibt's denn, Gretchen?«

Mit ihren neunundsiebzig bevorzugte Gretchen Dixon hellgrüne Turnhemdchen und neonfarbene Bermudashorts – eine Farbkombination, die ihre braun gegerbte Haut am besten zur Geltung brachte. Das Haar trug sie in einem glatten Pagenkopf, der sich – abgesehen von der Farbe – seit vierzig Jahren nicht geändert hatte. Es gehörte zu den großen Ungerechtigkeiten im Leben, dass jemand wie Gretchen, die Jahre damit zugebracht hatte, ihre Lederhaut mit ultravioletten Strahlen zu durchtränken, barhäuptig und offenkundig kerngesund herumlief, während Aggie von Dr. Forsythe, ihrem Arzt zu Hause in Westmont, nachdem er ihr ein Fleckchen Hautkrebs weggebrannt hatte, strikt untersagt worden war, ohne Sonnenschutzcreme und Hut ins Freie zu gehen.

Agnes Barkley und Gretchen Dixon waren zwar miteinander befreundet, doch gab es einiges an Gretchen, was Agnes schlicht zur Weißglut brachte. Momentan war es vor allem die Tatsache, dass Gretchen trotz der Mittagssonne barhäuptig herumlief. Agnes hasste Hüte.

Gretchen lümmelte sich gegen die Schranktür und schüttelte eine Zigarette aus dem Päckchen, das sie immer in irgendeiner Tasche griffbereit hielt. »Na, wo steckt denn dein nichtsnutziger Gatte?«, fragte sie.

Nicht, dass es Gretchen sonderlich interessiert hätte, wo Oscar sich aufhielt. Sie mochte Oscar nicht besonders, ein Gefühl, das auf Gegenseitigkeit beruhte. Statt sich über ihre gegenseitige Antipathie Sorgen zu machen, fand Agnes sie merkwürdigerweise eher tröstlich. Wahrscheinlich war es sogar eine sehr gute Idee, Freundinnen zu haben, von denen der eigene Ehemann nicht viel hielt. Vor Jahren hatte es einmal ein oder zwei Freundinnen gegeben, nach denen Oscar richtig verrückt gewesen war. Eigentlich zu verrückt – mit beinahe katastrophalen Folgen für alle Beteiligten.

»Stromert herum und sucht Pfeilspitzen, wie gewöhnlich«, erwiderte Aggie. »Am San Pedro draußen, glaube ich. Er ist mit Jim Rathbone gleich nach dem Mittagessen losgegangen. Rechtzeitig zum Abendessen wollen sie wieder zurück sein.«

»Typisch«, sagte Gretchen geringschätzig, verdrehte die Augen und blies eine Rauchfahne in die Luft, während sie auf die Sitzbank am Tisch rutschte.

»Aggie«, sagte sie, »ist dir eigentlich klar, dass du hier im Umkreis die Einzige bist, die noch täglich drei volle Mahlzeiten kocht – Frühstück, Mittagessen und Abendessen?«

»Warum nicht?«, wandte Agnes ein. »Ich koche gern.«

Gretchen schüttelte den Kopf. »Du verstehst mich nicht, Aggie. Das rückt uns andere doch in ein schlechtes Licht. Vielleicht solltest du Oscar mal sagen, dass er nicht als Einziger in den Ruhestand getreten ist. Es würde ihn nicht umbringen, wenn er dich ab und zu mal zum Essen ausführt. Er könnte dich im Wagon Wheel zum Abendessen einladen oder in einem von den neueren Lokalen drüben an der Allen Street.«

»Oscar isst nicht gern das, was andere gekocht haben, der mag bloß mein Essen«, sagte Aggie.

Gretchen blieb unbeeindruckt. »Der mag dein Essen, weil er ein Geizhals ist. Oscar ist so knickrig, dass er nicht mal seine Fürze frei raus lässt.«

Da musste Agnes Barkley laut herauslachen. Gretchen Dixon war die unglaublichste Freundin, die sie je gehabt hatte. Agnes hörte Gretchen schon deswegen gern zu, weil sie gespannt war, was sie als Nächstes loslassen würde. Trotzdem konnte Agnes Gretchen den Ausfall gegen Oscar nicht durchgehen lassen. Er war immerhin ihr Ehemann.

»Du solltest nicht so streng mit ihm sein«, meinte sie tadelnd. »Du würdest ihn schon mögen, wenn du dich ein bisschen mehr mit ihm abgeben würdest.«

»Wie kann ich mich mit ihm abgeben?«, gab Gretchen sarkastisch zurück. »Wenn ich mal da bin, mosert er die ganze Zeit bloß herum, es wäre nicht damenhaft, wenn Frauen rauchen.«

»Oscar ist als Baptist im Süden aufgewachsen«, entgegnete Agnes.

»Oscar Barkley ist hinterm Mond aufgewachsen.«

Agnes wechselte das Thema. »Möchtest du etwas Limonade? Oder eine Tasse Kaffee?«

»Aggie Barkley, ich bin nicht dein Mann. Ich bin doch nicht gekommen, um mich bei dir hinten und vorne bedienen zu lassen. Ich wollte dich was fragen. Der Seniorenverein in der Stadt hat für übermorgen einen Bus gechartert, um nach Phoenix ins Heard-Museum zu fahren. Ich und Dolly Ann Parker und Lola Carlson fahren mit. Wir haben uns gefragt, ob du vielleicht auch mitkommen willst.«

»Du meinst, Oscar und ich?«

»Nein, dich meine ich, du Dummchen. Aggie Barkley höchstselbst ganz allein. Wir wollen einmal übernachten. Irgendwo, wo es nicht so teuer ist, besonders wenn wir alle in einem einzigen Zimmer unterkommen. Also, du siehst, es gäbe gar keinen Schlafplatz für Oscar. Das wird bestimmt toll. Bloß wir Mädels. Überleg dir's. Es wird wie eine altmodische Nachthemdparty, wie früher – weißt du noch?«

Agnes schüttelte bereits den Kopf. »Oscar wird mich nie mitlassen. Nie und nimmer.«

»Lassen?«, kreischte Gretchen, als bereitete ihr schon das Wort Schmerzen. »Soll das etwa heißen, du in deinem Alter musst den Mann um Erlaubnis fragen, ob du über Nacht von zu Hause weg darfst?«

»Nein, eigentlich nicht. Es ist bloß…«

»Dann sag, du kommst mit. Der Bus ist bald voll, und Dolly Ann muss bis heute Nachmittag um fünf anrufen und für uns reservieren.«

»Wohin soll es gehen, sagst du?«

Gretchen grinste triumphierend und drückte ihre Zigarette in dem Aschenbecher aus, den Agnes ihr unauffällig hingeschoben hatte. »Ins Heard-Museum. Nach Phoenix. Dort soll es jede Menge von diesem indianischen Zeug geben. Gebrauchsgegenstände und Körbe und das alles. Ich bin nicht so furchtbar scharf auf Indianer – ich muss das nicht gesehen haben –, aber der Ausflug wird bestimmt toll.«

Agnes dachte eine Weile nach. Gretchen sollte sie nicht für eine komplette Langweilerin halten. »Wenn wir bloß einmal übernachten, könnte ich vielleicht mit.«

»Na siehst du, Mädchen«, sagte Gretchen. »Ich gehe gleich nach Hause und rufe Dolly Ann an.« Sie stand auf und ging beschwingt auf die Tür zu, dann blieb sie stehen und drehte sich zu Agnes um. »Übrigens, hast du schon mal Strip-Poker gespielt?«

»Ich?«, krächzte Agnes Barkley erschrocken. »Strip-Poker? Noch nie!«

»Mach dich auf was gefasst, Schätzchen, du wirst es nämlich lernen. Der Trick dabei ist, dass man ganz viele Sachen anzieht, damit es nichts ausmacht, wenn man sie verliert.«

Mit diesen Worten war Gretchen Dixon draußen und ging mit laut klatschenden Badeschlappen den Kiesweg hinunter, der zu ihrem eigenen, zwei Stellplätze weiter unten geparkten Wohnmobil führte. Agnes saß wie benommen am Küchentisch. Strip-Poker wollten sie spielen? Worauf um alles in der Welt hatte sie sich da bloß eingelassen?

Agnes war sich nicht sicher, ob sie fest zugesagt hatte, doch dass sie mitkommen würde, hatte sie wohl durchblicken lassen. Sie hätte jetzt noch ganz schnell aufspringen, die Tür aufreißen und zu Gretchen hinausrufen können, sie hätte es sich anders überlegt, doch sie tat es nicht. Stattdessen blieb sie wie ein Häufchen Elend sitzen, bis sie hörte, wie Gretchen ihre Fliegengittertür hinter sich zuknallte.

In der darauf folgenden Stille überlegte Agnes, was Oscar wohl sagen würde. Es war nun nicht so, als hätte sie ihn noch nie allein gelassen. Jahrelang hatte sie ein Wochenende im Mai – drei ganze Tage – auf einem Bibelseminar für Frauen verbracht, das jedes Jahr im YMCA-Camp am Lake Zurich nördlich von Buffalo Grove abgehalten wurde. Und immer hatte sie vor der Abreise so viel Essen gekocht, eingefroren und mit Etiketten versehen, dass es nicht drei Tage, sondern zwei Wochen gereicht hätte. Oscar und die Mädchen hatten es nur noch auftauen und heiß machen müssen.

Nun, zwischen einem Bibelseminar in einem YMCA-Camp und vier alten Damen, die in einem billigen Hotelzimmer herumsaßen und Strip-Poker spielten, war nun doch ein Unterschied, aber das mit dem Poker brauchte Oscar ja nicht zu erfahren. Allein die Vorstellung, dass Agnes mit Gretchen Dixon und ihren Freundinnen irgendwohin fuhr, reichte vielleicht schon, um Oscar aus der Haut fahren zu lassen.

Und wenn schon?, dachte Agnes Barkley mit plötzlicher Entschlossenheit. Was dem einen recht ist, kann dem anderen nur billig sein, oder? Schließlich hielt sie es ihm auch nie vor, wenn er mit Jimmy Rathbone, seinem wichtigtuerischen alten Kumpel, stundenlang durch die Wüste streifte, oder? Wenn es Oscar Barkley nicht passte, dass sie mit Gretchen nach Phoenix fuhr, konnte sie ihm auch nicht helfen.

Das dachte Agnes um zwei Uhr nachmittags, war bis zum Abend aber etwas versöhnlicher gestimmt. Nicht, dass sie es sich etwa anders überlegt hätte. Sie war immer noch fest entschlossen, zu fahren, hatte sich jedoch überlegt, wie sie es Oscar beibringen könnte.

Ihr erster Vorstoß war wie immer das Essen. Sie machte ihm sein Lieblingsabendessen – italienischen Hackbraten mit Ofenkartoffeln und klein geschnittenen grünen Bohnen aus der Tiefkühltruhe, einen gemischten Salat mit ihrem selbst gemachten Thousand-Island-Dressing und zum Nachtisch eine Zitronenbaisertorte. Agnes staunte immer wieder, wie viel Essen sie der kleinen kombüsenartigen Küche mit dem winzigen Backofen und Herd entlocken konnte. Das Einzige, was man dazu brauchte, war ein bisschen Talent zum Kochen und zur richtigen Zeiteinteilung.

Um sechs war das Abendessen fertig, aber Oscar war noch nicht zu Hause. Um halb sieben und um sieben war er immer noch nicht da. Um Viertel nach sieben, als der Hackbraten zäh und ausgetrocknet im lauwarmen Backofen lag und die Ofenkartoffeln in ihren verkrusteten Schalen schon völlig zusammengeschrumpft waren, hörte Agnes den Honda endlich draußen vor dem Wohnmobil knirschend zum Stehen kommen. Inzwischen hatte sie Teller und Besteck beiseite geschoben und legte auf dem Tisch in der Küchennische gerade eine Patience.

Als Oscar durch die Tür trat, hob Agnes nicht einmal den Blick. »Entschuldige, dass ich so spät dran bin, Aggie.« Er hängte erst seine Jacke und die Schildmütze in den Wandschrank und meinte dann: »Wir haben uns irgendwie ein bisschen verzettelt, glaube ich.«

»Sieht ganz so aus«, gab sie kühl zurück.

Mit einem besorgten Blick in ihre Richtung eilte Oscar ans Spülbecken, rollte die Ärmel hoch und begann, sich die Hände zu waschen. »Hmm, riecht gut«, sagte er.

»Gut war es vielleicht einmal«, erwiderte sie. »Bis es auf den Tisch kommt, wird es wohl schon ziemlich hinüber sein.«

»Entschuldige«, murmelte er noch einmal.

Bedächtig sammelte sie die Patiencekarten Reihe um Reihe ein und rückte dann Teller und Besteck wieder an ihre jeweiligen Plätze.

»Setz dich, damit du aus dem Weg bist«, befahl sie. »Hier ist nicht genug Platz, dass wir beide zwischen Herd und Tisch herumwuseln, während ich mich bemühe, was zu essen auf den Tisch zu stellen.«

Gehorsam ließ sich Oscar auf der Sitzbank nieder. Während Agnes das lauwarme Essen vom Herd zum Tisch brachte, befreite er sich mühsam von der Gürteltasche aus Nylon, die er gewöhnlich auf seinen Spaziergängen umgeschnallt hatte. Agnes achtete nicht auf das, was er tat, doch als sie die letzte Servierschüssel auf den Tisch gestellt hatte und sich setzen wollte, sah sie einen kleinen irdenen Topf neben ihrem Teller stehen.

Auf ihren gemeinsamen Reisen durch den Südwesten hatte Agnes solche mexikanischen *ollas* schon in verschiedenen Antiquitätenläden gesehen. Dieser hier war wie die meisten *ollas* geformt, mit einem runden Boden und einem kleinen, schmalhalsigen Rand. Die kommerziellen Töpfchen waren im Allgemeinen aber ohne Zeichnung und aus glattem, rötlich braunem Ton gefertigt. Dieser hier war viel kleiner als alle, die sie je zum Kauf angeboten gesehen hatte. Er war grau – fast schwarz – mit ein paar leicht eingeritzten, kaum sichtbaren weißen Zeichen.

»Was ist das?«, fragte sie, setzte sich an ihren Platz und beugte sich herüber, um den Topf besser begutachten zu können.

»Aggie, mein Schatz«, sagte Oscar, »ich glaube, du hast einen Lottoschein mit Hauptgewinn vor dir.«

Agnes Barkley richtete sich auf und starrte ihren Mann über die winzige Tischfläche hinweg an. Es war eigentlich nicht Oscars Art, Witze zu machen. Durch die Arbeit im Postamt all die Jahre hatte sich der Mann den Humor so ziemlich abgewöhnt. Doch als sie sein Gesicht sah, fuhr Agnes zusammen. Oscar strahlte regelrecht. Er erinnerte sie an den grinsenden jungen Mann, der vor sechsundvierzig Jahren am Traualtar auf sie gewartet hatte.

»So einen Lottoschein habe ich noch nie gesehen«, erwiderte Agnes mit einem verächtlichen Schniefen. »Nimm dir vom Hackbraten und gib ihn rüber, bevor er noch kälter wird.«

»Agnes«, sagte er, ohne einen Finger zur Platte hin zu rühren, »du verstehst nicht. Ich glaube, der ist sehr wichtig. Und sehr wertvoll. Ich habe ihn heute gefunden. Am San Pedro gleich südlich von Saint David. Da ist eine Stelle, wo bei einer der letzten Winterfluten wohl ein Einsturz passiert ist. Dieser Topf lag einfach dort, ragte ein Stückchen aus dem Sand und wartete auf einen wie mich, der vorbeikommt und ihn mitnimmt.«

Agnes betrachtete den Topf nun mit etwas mehr Respekt. »Dann glaubst du also, er ist alt?«

»Sehr.«

»Und vielleicht viel Geld wert?«

»Massenhaft. Na ja, massenhaft vielleicht nicht.« Unnötige Übertreibungen gestattete Oscar Barkley sich nie. »Aber genug, um uns das Leben sehr viel leichter zu machen.«

»Das ist doch bloß ein kleiner Klumpen Ton. Wieso sollte der was wert sein?«

»Weil er noch ganz ist, du Dummchen«, erwiderte er bestimmt. Agnes war so immun gegen Oscars übliche Arroganz, dass sie sie nicht einmal bemerkte, geschweige denn sich etwas daraus machte.

»Würdest du gelegentlich *Archaeology* oder *Discovery* oder den *National Geographic* lesen«, fuhr er fort, »oder dir wenigstens die Bilder anschauen, dann könntest du sehen, dass solche Sachen in

Scherben gefunden werden. Da bringen Leute Monate und Jahre damit zu, alles wieder zusammenzusetzen.«

Agnes streckte die Hand nach dem Topf aus. Sie hatte vorgehabt, ihn genauer zu untersuchen, doch kaum hatte sie ihn berührt, überlegte sie es sich aus einem unerfindlichen Grund plötzlich anders und schob ihn weg.

»Sieht mir trotzdem nicht nach was Besonderem aus«, sagte sie. »Und wenn du keinen Hackbraten willst, dann gib ihn doch bitte weiter, ja?«

Das Grinsen schwand aus Oscars Gesicht. Ohne ein weiteres Wort reichte er ihr die Platte. Agnes merkte sofort, dass sie ihn verletzt hatte. Normalerweise brauchte sie diese verwundete Miene nur zu sehen, um sogleich weich zu werden und es wieder gutmachen zu wollen, doch heute Abend fühlte sich Agnes selbst irgendwie noch zu verletzt. Sie war nicht in der Stimmung, um Entschuldigung zu bitten.

»Übrigens«, sagte sie ein paar Minuten später, während sie sich eine dicke Schicht Margarine auf eine eiskalte Kartoffel schmierte, »Gretchen und Dolly Ann haben mich eingeladen, übermorgen mit den Senioren eine Busfahrt nach Phoenix zu machen. Ich habe gesagt, ich komme mit.«

»Ach? Für wie lang?«, wollte Oscar wissen.

»Bloß über Nacht. Wieso, hast du ein Problem damit?«

»Nein. Überhaupt kein Problem.«

Er sagte es so leichthin – es rutschte ihm so glatt heraus –, dass Agnes es zunächst fast überhörte. »Heißt das, du hast nichts dagegen, dass ich fahre?«

Oscar musterte sie unbestimmt, als wäre er in Gedanken ganz woanders. »O nein«, sagte er. »Überhaupt nicht. Fahr du nur und viel Spaß auch. Bloß eins noch.«

Agnes blickte ihn scharf an. »Was denn?«

»Sag zu niemandem ein Wort über den Topf. Nicht zu Gretchen und nicht zu Dolly Ann.«

»Das ist wohl euer kleines Geheimnis, deins und Jimmys, was?«, fragte Agnes.

Oscar schüttelte den Kopf. »Jimmy war gut eine halbe Meile weiter flussabwärts, als ich den Topf gefunden habe«, sagte er. »Ich habe ihn abgewischt und gleich eingesteckt. Der weiß nicht mal, dass ich ihn gefunden habe, und ich werde es ihm auch nicht sagen. Schließlich bin ich derjenige, der den Topf gefunden hat. Wenn sich herausstellen sollte, dass er etwas wert ist, hat es doch keinen Sinn, es mit jemand zu teilen, der beim Finden gar nicht geholfen hat, oder was meinst du?«

Agnes dachte einen Augenblick darüber nach. »Nein«, sagte sie schließlich. »Wohl nicht.«

Der Hackbraten schmeckte wie altes Schuhleder. Die Kartoffeln waren noch schlimmer. Und wenn man die grünen Bohnen kaute, knallten sie einem wie ein paar alte Gummibänder gegen die Zähne. Lustlos und ohne Appetit und ziemlich schweigsam stocherten Oscar und Agnes in ihrem Essen herum. Schließlich stand Agnes auf und begann das Geschirr abzuräumen.

»Wie wär's mit Zitronentorte«, bot sie endlich versöhnlich an. »Wenigstens die soll man ja kalt servieren.«

Gleich nachdem die Zehnuhrnachrichten im Fernsehen zu Ende waren, gingen sie ins Bett. Oscar schlief sofort ein, fest in der Bettmitte platziert und wie ein Sägewerk schnarchend, während Agnes sich an ihre Seite der Matratze klammerte und ein Kissen übers Ohr hielt, um den Lärm teilweise auszublenden. Schließlich schlief sie ebenfalls ein. Der Morgen dämmerte schon fast, als sie von dem Traum geweckt wurde.

Agnes stand auf einer kleinen Hügelkuppe und sah einem kleinen Kind zu, das im Sand spielte. Das Kind – offenbar ein kleines Mädchen – war keines von Agnes Barkleys eigenen Kindern. Ihre Mädchen waren beide hellhäutig und blond. Dieses Kind war braunhäutig und hatte eine dichte, schwarze Haarmähne und weiße, glänzende Zähne. Die Kleine badete im warmen Sonnenlicht, lachte und schmunzelte vor sich hin. Sie drehte sich im Kreis herum, wirbelte die Erde um sich auf und sah eigentlich genauso aus wie ein kindgroßer Wirbelwind, der ungestüm über den Wüstenboden tanzte.

Plötzlich, ohne ersichtlichen Grund, verdüsterte sich die Szene, als hätte sich eine riesige Wolke vor die Sonne geschoben. Weil sie ahnte, dass Gefahr drohte, rief Agnes dem Kind zu: »Komm hierher. Schnell.«

Die Kleine blickte fragend zu ihr hinauf, schien jedoch nicht zu begreifen, wovor Agnes sie warnen wollte, und rührte sich nicht. Da hörte Agnes das Geräusch, hörte das unbeschreibliche Dröhnen und Rauschen des Wassers und wusste, dass eine plötzliche Überschwemmung von irgendwoher flussaufwärts auf sie zukam.

»Komm hierher!«, rief sie erneut, diesmal drängender. »Sofort!«

Die Kleine sah wieder zu Agnes auf und dann rasch zur Seite. Ihre Augen weiteten sich vor Entsetzen, als sie die undurchdringliche Wand aus schmutzig braunem Wasser erblickte, die meterhoch auf sie zurollte. Die Kleine richtete sich auf und wollte wegrennen, hin zu Agnes, in Sicherheit. Doch dann, als sie schon fast aus der Gefahrenzone war, blieb sie stehen, drehte sich um und lief zurück. Sie beugte sich hinunter, um etwas aus dem Schlamm zu bergen – etwas Kleines, Rundes, Schwarzes –, und dann kam das Wasser. In hilflosem Entsetzen musste Agnes zusehen, wie das Wasser über ihr zusammenschlug. Innerhalb von Sekunden war das Kind fortgerissen und nicht mehr zu sehen.

Agnes wachte schweißgebadet auf, wie vor Jahren, als sie die Wechseljahre durchgemacht hatte. Lange nachdem ihr Herz schon nicht mehr so heftig pochte, war der lebhafte, allzu wirklichkeitsnahe Traum noch bei ihr. Stammte der Topf etwa von dort?, fragte sie sich. War die Besitzerin des Topfes, eine kleine Indianerin – niemand in Westmont sagte »Native American« – vor den entsetzten Augen ihrer Mutter in den Tod gerissen worden? Und wenn es stimmte, wenn das, was Agnes im Traum gesehen hatte, wirklich geschehen war, musste es schon lange her sein. Wie war es möglich, dass es an sie weitergeleitet wurde – an eine im Glauben feste Lutheranerin aus Illinois, die nicht zu Trugbildern oder wilden Höhenflügen der Fantasie neigte?

Agnes kroch aus dem Bett, ohne den schlafenden Oscar zu stören. Umständlich setzte sie die Brille auf, schlüpfte in ihren Morgenmantel und ging ins Bad. Als sie wieder herauskam, blieb sie am Küchentisch stehen, wo der kleine Topf ganz für sich allein stand, in silbernes Mondlicht getaucht. Es war, als glühte und schimmerte er in dem seltsamen silbrigen Licht, doch statt sich vor ihm zu fürchten, fühlte Agnes sich zu ihm hingezogen.

Ohne nachzudenken, setzte sie sich an den Tisch, zog den Topf an sich und ließ die Finger forschend über die glatte, kühle Oberfläche gleiten. Wie formte man eigentlich so einen Topf?, fragte sich Agnes. Wo fand man den Ton? Wie wurde er gebrannt? Wofür wurde der Topf verwendet? Es gab keine Antworten auf diese Fragen, doch empfand Agnes es schon allein als tröstlich, dass sie sie gestellt hatte. Kurz darauf schlüpfte sie wieder ins Bett und schlief tief und fest bis weit nach der Zeit, zu der sie gewöhnlich aufstand und Kaffee machte.

Zwei Abende später saß Agnes Barkley in dem Hotel in Phoenix und trug nur noch Büstenhalter und Schlüpfer, als Gretchen Dixons verärgerte Stimme sie wieder zu sich brachte. »Na?«, drängte Gretchen. »Willst du jetzt eine Karte oder nicht, Aggie? Entweder du machst mit, oder du bist raus.«

Agnes legte ihre Karten hin. »Ich bin raus«, sagte sie. »Ich bin nicht so gut bei dem Spiel. Ich kann mich nicht konzentrieren.«

»Wir hätten lieber Hearts spielen sollen«, meinte Lola versöhnlich.

»Strip-Hearts ist nicht das Gleiche wie Strip-Poker«, fuhr Gretchen sie an. »Wie viele Karten?«

»Zwei«, antwortete Lola.

Agnes stand auf und zog ihr Nachthemd und den Morgenmantel an. Sie hatte Gretchens Rat befolgt und das Spiel mit so viel Kleidungsstücken begonnen, wie sie tragen konnte. Es hatte nichts genützt. Obwohl sie sonst bei Spielen recht schnell lernte, war sie bei den Feinheiten von Poker hoffnungslos verloren. Und jetzt, wo eine dicke Wolke von Zigarettenrauch das Zimmer einnebelte, war sie froh, nicht mehr mitspielen zu müssen.

Agnes öffnete die Schiebetür und schlüpfte hinaus auf den winzigen Balkon. Obwohl die Temperatur um die zehn Grad betrug, war es gar nicht so kalt – im Vergleich zu Chicago im Januar. Es kam ihr sogar regelrecht mild vor. Sie blickte auf den spärlich fließenden Verkehr hinaus, der an der Grand Avenue auf grünes Licht wartete, und hörte das leise, stetige Dröhnen der Lastwagen auf dem Black Canyon Freeway hinter sich. Das Dröhnen erinnerte sie wieder an das Geräusch, mit dem das Wasser über dem kleinen Mädchen zusammengeschlagen war und es überspült hatte.

Obwohl ihr nicht kalt war, fröstelte Agnes. Sie ging wieder hinein. Sie stopfte sich drei Kissen in den Rücken und setzte sich mit einem Buch vor der Nase aufs Bett. Die anderen Frauen dachten vielleicht, sie würde lesen, das tat sie aber nicht.

Agnes Barkley dachte über plötzliche Überschwemmungen nach – erinnerte sich an die echte, die sie und Oscar letzten Winter gesehen hatten. Der Januar war einer der feuchtesten seit Beginn der Aufzeichnungen gewesen. Vom Aushilfsmanager des Trailerparks, der immer von Benson herüberpendelte, hatten sie eines Nachmittags erfahren, dass man demnächst drüben bei Saint David den Scheitel einer Flutwelle erwartete und dass sich der Anblick wahrscheinlich lohnen würde, wenn sie sich beeilten. Sie hatten direkt neben der Brücke in Saint David gestanden, als die Wasserwand auf sie zugerollt kam, ein wildes Durcheinander von Autoreifen und verrosteten Kotflügeln und sogar einen alten Kühlschrank vor sich her schiebend, der so mühelos auf den tosenden Wassermassen auf und ab hüpfte, als wäre er ein Flaschenkorken, der in einer Badewanne schwamm.

Agnes Barkleys Traum neulich nachts – dieser immer noch allzu lebhafte Traum – war vielleicht nicht mehr als eine Fortsetzung dieses Erlebnisses gewesen. Inzwischen war sie jedoch überzeugt, dass es mehr war als das, besonders nach dem, was sie an dem Tag im Heard-Museum gelernt hatte. Genau wie Gretchen Dixon ihr gesagt hatte, war das Museum voll bis obenhin mit Sachen gewesen, die Agnes nun korrekterweise Gebrauchsgegenstände der Native Americans nannte – Körbe, Keramik und Perlarbeiten.

Ihr Grüppchen war von einer schnell sprechenden Führerin durch die Ausstellung begleitet worden, die wenig Zeit und Geduld für Bummler und Fragen aufbrachte. Danach, während die anderen im Museumsshop herumstöberten oder sich nach Erfrischungen anstellten, kehrte Agnes noch einmal zu einem bestimmten Schaukasten zurück, in dem sie einen einzelnen Topf gesehen hatte, der dem, den sie zuletzt auf dem Küchentisch im Wohnmobil hatte stehen sehen, sehr ähnlich sah.

Im Schaukasten war eine Ansammlung von Gebrauchsgegenständen der *Tohono O'othham* ausgestellt. Von einigen der Korbwaren waren nur noch Fragmente erhalten. Und es war genau, wie

Oscar gesagt hatte: An allen Töpfen zeigte sich, dass sie zerbrochen und später wieder zusammengesetzt worden waren. Was Agnes zu diesem Schaukasten hinzog, war nicht nur der Topf, sondern auch der Schautext an einer benachbarten Wand, auf dem erläutert wurde, dass die Töpfe nach dem Tod der Töpferin immer zerstört wurden, damit ihr Geist nicht für immer in den Stücken eingesperrt war, die sie hergestellt hatte.

Oscars Topf war ganz geblieben, obwohl die Person, die ihn gefertigt hatte, bestimmt längst tot war. Könnte es sein, dass der Geist der Töpferin noch irgendwie eingesperrt war in diesem kleinen, schwarz gewordenen Tonklumpen? Hatte die Mutter dieses Töpfchen vielleicht als eine Art Spielzeug für ihr Kind gemacht? War es deswegen für das kleine Mädchen so kostbar gewesen? Ließ sich dadurch erklären, weshalb die Kleine beim vergeblichen Versuch, es zu retten, in den sicheren Tod gesprungen war? Und war es dem ruhelosen Geist der Mutter gelungen, eine Vision heraufzubeschwören, um Agnes den Horror dieses schrecklichen Ereignisses mitzuteilen?

Während sie im Museum stand und den beleuchteten Schaukasten anstarrte, konnte Agnes plötzlich deutlich sehen, was mit ihr geschehen war. Sie hatte nicht so sehr einen Traum geträumt als vielmehr eine Vision gehabt. Und nun, zwei Tage später, mit dem Buch dicht vor dem Gesicht, während die drei auf der anderen Seite des Zimmers weiterpokerten, versuchte sich Agnes zusammenzureimen, was das alles zu bedeuten hatte und was sie unternehmen sollte.

Das Pokerspiel endete mit einer erbitterten Diskussion, als Lola und Dolly Ann, beide fast vollkommen entkleidet, die vollständig bekleidete Gretchen der Schummelei bezichtigten. Die drei anderen Frauen stritten sich immer noch darüber, als sie sich zu Bett legten. Da sie nicht in den Streit hineingezogen werden wollte, machte Agnes die Augen zu und stellte sich schlafend.

Nachdem die anderen schon lange still waren, lag Agnes noch wach und rätselte, was sie einer Frau wohl schuldig sein konnte, die sie nie gesehen, durch deren Augen sie jedoch jenen längst vergangenen und doch allzu gegenwärtigen Tod durch Ertrinken beobachtet hatte. Das Kind, das in dem tosenden braunen Wasser weggespült worden war, war nicht Agnes Barkleys eigenes Kind, und doch bereitete der Tod der kleinen Indianerin Agnes ebenso viel Kummer, als wäre es eines von ihren eigenen gewesen. Es tagte bereits, als sie zu einer Entscheidung kam und endlich einschlafen konnte.

Es schien wie eine Ewigkeit, bis der Ausflugsbus sie endlich nach Tombstone zurückgebracht hatte. Oscar war in die Stadt gekommen, um Agnes vom Bus abzuholen. Er begrüßte sie mit einem triumphierenden Grinsen und einem Arm voll Leihbücher, die auf dem Rücksitz des Honda hin und her rutschten.

»Ich bin kurz nach Tucson gefahren, während du weg warst«, erklärte er. »Ausnahmsweise habe ich diese Bücher aus der Unibücherei geliehen bekommen. Warte nur, bis ich es dir zeige.«

»Ich will es gar nicht sehen«, erwiderte Agnes.

»Ach, und wieso nicht? Ich habe die halbe Nacht darüber gebrütet und heute Morgen wieder, bis mir fast die Augen herausgefallen sind. Der Topf, den wir da haben, ist tatsächlich ein Vermögen wert.«

»Du wirst ihn zurückbringen müssen«, sagte Agnes ruhig.

»Zurückbringen?«, wiederholte Oscar fassungslos. »Was ist denn mit dir los? Bist du verrückt geworden oder was? Wir brauchen bloß diesen Topf zu verkaufen, dann haben wir für immer ausgesorgt.«

»Dieser Topf darf nicht verkauft werden«, sagte Agnes unbeirrt. »Du wirst ihn dahin zurückbringen müssen, wo du ihn gefunden hast, und ihn zerbrechen.«

Kopfschüttelnd biss Oscar die Zähne zusammen, legte abrupt den Gang ein und sagte kein Wort mehr, bis sie im Trailerpark angekommen waren und die Bücher und Agnes Barkleys Gepäck nach drinnen geschleppt hatten.

»Was zum Teufel ist eigentlich in dich gefahren?«, wollte er schließlich wissen, seine Stimme gepresst vor kaum unterdrückter Wut.

Agnes merkte, dass sie dem Mann eine Erklärung schuldete. »In dem Topf ist der Geist einer Frau eingesperrt«, begann sie. »Wir müssen ihn herauslassen. Die einzige Möglichkeit ist, den Topf zu zerbrechen. Sonst bleibt sie für immer dort eingesperrt.«

»Das ist der verrückteste Hokuspokus-Humbug, den ich je gehört habe. Wo hast du das denn aufgeschnappt? Klingt wie etwas, das sich eine Spinnerin wie diese Gretchen Dixon ausdenken würde. Du hast ihr doch nichts davon erzählt, oder?«

»Nein. Ich habe etwas darüber gelesen. In einem Schaukasten im Museum, aber ich glaube, ich wusste es schon, ehe ich es dort gesehen habe.«

»Du *wusstest* es schon?« Oscar schnaubte verächtlich. »Was soll denn das jetzt heißen? Willst du etwa behaupten, der Geist, der angeblich in meinem Topf eingesperrt ist, hat dir gesagt, ich müsste ihn zerbrechen?«

»Stimmt. Und ihn dahin zurückbringen, wo du ihn gefunden hast.«

»Einen Dreck werde ich tun!«, knurrte Oscar.

Er stapfte nach draußen und blieb dort, tat so, als prüfte er unter der Kühlerhaube des Honda den Wasser- und Ölstand. Oscar mochte das Schlachtfeld zeitweilig verlassen haben, doch wusste Agnes, dass der Kampf alles andere als vorbei war. Sie setzte sich und wartete ab. Es war zwei Uhr nachmittags – Zeit, die Vorbereitungen fürs Abendessen zu treffen –, doch sie rührte sich nicht, weder in Richtung Herd noch in Richtung Kühlschrank.

Sechsundvierzig Jahre lang war zwischen ihnen alles in Ordnung gewesen. Jedes Mal, wenn ein Kompromiss erforderlich gewesen war, hatte Agnes ihn fröhlich und klaglos gemacht. So war es immer gewesen, und folglich rechnete Oscar jetzt auch wieder damit. Doch diesmal – dieses eine Mal – war Agnes Barkley entschlossen, standhaft zu bleiben. Dieses eine Mal würde sie nicht nachgeben.

Nach einer halben Stunde kam Oscar wieder herein. »Schau mal«, sagte er und gab sich liebenswürdig und reumütig. »Tut mir Leid, dass ich ausgerastet bin. Du kanntest noch nicht die ganze Geschichte, weil ich noch nicht dazu gekommen bin, sie dir zu erzählen. Während ich in Tucson war, habe ich einige vorläufige Erkundigungen über den Topf eingezogen. Selbstverständlich anonym. Hypothetisch sozusagen. Zum Schluss habe ich mich mit einem Kerl unterhalten, der in der Nähe von Oracle einen kleinen Handelsposten hat. Der handelt mit so was und sagt, er könnte uns einen Haufen Geld dafür beschaffen. Du errätst nie, wie viel.«

»Wie viel?«

»Hunderttausend. Auf die Kralle. Das kriegen wir, nachdem der Zwischenhändler seinen Anteil abgezweigt hat. Und das ist das absolute Minimum. Er sagt, wenn die Sammler sich am Ende alle überbieten, könnte der Preis noch viel höher steigen. Kannst du dir vorstellen, was wir mit so einem Riesenbatzen Geld alles machen können?«

»Es ist mir egal, wie viel Geld es ist«, erwiderte Agnes ungerührt. »Das ist es nicht wert. Wir müssen sie herauslassen, Oscar. Sie ist seit Hunderten von Jahren dort eingesperrt.«

»Eingesperrt?«, fragte Oscar. »Ich will dir mal was sagen von wegen eingesperrt. Eingesperrt ist man, wenn man dreißig Jahre lang jeden Tag zur Arbeit muss, bei Regen und Sonnenschein, und hofft, dass einem nicht doch ein gottverdammter Köter ein Stück aus dem Bein rausreißt. Eingesperrt ist man, wenn man hofft, dass man nicht auf irgendeiner vereisten Veranda ausrutscht und hinfällt und sich das verdammte Genick bricht. Eingesperrt ist man, wenn man dauernd arbeitet und knausert und bloß hofft, dass man genug Geld auf die Seite gelegt hat, um sich nicht eines Tages Sorgen machen zu müssen, dass es nicht mehr bis zum Ende reicht. Und jetzt, wo es zum Greifen nah ist, willst du –«

Er brach mitten im Satz ab. Sie saßen einander in der winzigen Küchennische gegenüber. Agnes Blick kreuzte sich mit dem von Oscar, und sie sah ihn unverwandt an, ganz ruhig und unerschütterlich. Er konnte erkennen, dass keines seiner Worte auch nur den geringsten Eindruck auf sie gemacht hatte.

Plötzlich war ihm alles zu viel. Wie konnte Agnes ihn nur so im Stich lassen? Oscar sprang auf die Füße, das Gesicht von unbändiger Wut verzerrt. »Wenn das so ist, Aggie …«

Er hob die Hand, als ob er sie schlagen wollte. Einen Augenblick lang wartete Agnes ängstlich auf den Schlag. Er kam nicht. Stattdessen traten Oscars Augen aus den Höhlen. Die unausgesprochene Drohung erstarb ihm in der Kehle. Der einzige Laut, der sich seinen verzerrten Lippen entrang, war ein gepresstes Schluchzen.

Langsam, wie ein mächtiger alter Baum, der der Holzfällersäge zum Opfer fällt, begann Oscar Barkley umzukippen. Stocksteif und reglos, wie die Indianerstatue vor dem Zigarrenladen, wankte er auf die Wand zu und prallte dann am Schrank ab. Erst in dem Moment wich die plötzliche schreckliche Starrheit aus seinem Körper. Seine Knochen schienen sich in Wackelpudding zu verwandeln. Wie eine schlaffe Stoffpuppe rutschte er am Schrank entlang nach unten.

Erst als er auf dem Boden gelandet war, war ein Laut zu vernehmen, und dann auch nur ein dumpfer Knall – wie wenn jemand eine hüfthohen Sack Mehl fallen lässt.

Agnes sah ihn fallen und tat nichts. Als die Ermittlungsbeamten sie später zu dem zehnminütigen Intervall zwischen der Zeit, als Oscars Uhr zerbrochen und stehen geblieben war, und der Zeit, zu der ihr Anruf bei der Notrufzentrale eingegangen war, befragten, konnte sie es ihnen nicht erklären. Nicht dass zehn Minuten hin oder her so viel ausgemacht hätten. Oscar Barkleys erste und einzige Herzattacke hatte sich sofort als tödlich erwiesen.

O doch, er war gewarnt worden, den Fettverbrauch zu reduzieren und seinen Cholesterinspiegel zu senken, aber Oscar hatte ärztliche Ratschläge ja noch nie sehr ernst genommen.

Am Tag nach der Trauerfeier steckte Gretchen Dixon den Kopf zur Tür des Wohnmobils herein, als Agnes sich in Jeans, Flanellbluse und Strohhut gerade die Tennisschuhe zuband.

»Wie geht's?«, fragte Gretchen.

»Gut«, antwortete Agnes abwesend. »Wirklich, es geht mir gut.«

»Du siehst aus, als wolltest du irgendwohin.«

Agnes deutete mit dem Kopf zu dem Metallkästchen mit der Asche hinüber, das der Leichenbestatter ihr gegeben hatte. »Ich gehe raus, die Asche verstreuen«, sagte sie. »Oscar hat immer gesagt, er wollte mal an den Ufern des San Pedro ruhen.«

»Möchtest du, dass ich mitkomme?«, fragte Gretchen.

»Nein, danke dir. Ich schaffe es schon.«

»Geht denn sonst noch jemand mit? Die Mädchen vielleicht?«

»Die sind heute früh wieder zurückgeflogen.«

»Sag bloß nicht, dass dir dieser Schlingel Jimmy Rathbone schon Avancen macht.«

»Ich gehe allein«, erwiderte Agnes bestimmt. »Ich will niemanden dabeihaben.«

»Ach«, sagte Gretchen. »Entschuldige.«

Als Agnes Barkley ein paar Minuten später im Honda vom Wohnmobil wegfuhr, sah es so aus, als wäre sie ganz allein im Auto. Seltsamerweise fühlte sie sich aber überhaupt nicht allein. Und obwohl Oscar ihr gar nicht gesagt hatte, wo genau am Flussufer er den kleinen Topf gefunden hatte, fand Agnes mühelos den Weg dorthin – fast war es, als wiese ihr jemand jeden einzelnen Schritt.

Kaum hatte sie die brüchige Uferböschung erreicht, sank Agnes Barkley auf die Knie. Es war still dort, die spärlichen Reste des Flusses tröpfelten in seinem sandigen Bett etwa dreißig Schritte hinter ihr. Das einzige Geräusch war das leise Dröhnen einer Militärmaschine vom Luftwaffenstützpunkt Davis-Monthan hoch über ihr. Ein Teil von Agnes hörte das Geräusch und ordnete es ein – ein Flugzeug. Ein anderer Teil von ihr schreckte auf wie ein aufgescheuchter Hase, als das, was sie für eine Biene hielt, sich als etwas entpuppte, was völlig außerhalb ihres Verstandes und Begriffsvermögens lag.

Als Agnes mit Oscars Asche nach Hause gekommen war, hatte sie den kleinen Topf sofort in die Metallurne gestellt. Jetzt holte sie ihn mit zitternden Fingern heraus. Einen langen Augenblick drückte sie ihn liebevoll an die Brust. Dann, während ihr die Tränen übers Gesicht strömten, zertrümmerte sie den Topf in Stücke. Zertrümmerte ihn an der Metallurne, die Oscar Barkleys eben erst abgekühlte Asche enthielt.

Nun ergriff Agnes entschlossen die Urne. Sie hielt sie vor sich hin und ließ den Inhalt in weitem Bogen herausfliegen, während sie im Kreis herumwirbelte – wie die Person, die vor langer, langer Zeit an eben dieser Stelle genauso getanzt hatte.

Schließlich verlor Agnes Barkley das Gleichgewicht und fiel keuchend und nach Atem ringend zu Boden. Erst Minuten später wurde ihr, als wäre es das erste Mal, richtig bewusst, dass Oscar fort war. Wirklich fort. Und dort, inmitten seiner verstreuten Asche und der zerbrochenen Topfscherben, weinte sie echte Tränen. Nicht nur, weil Oscar tot war, sondern auch, weil sie nichts getan hatte, um ihm zu helfen. Weil sie bloß hilflos dagesessen und zugesehen hatte, wie er starb, sicher genauso, wie die rätselhafte fremde Frau zugesehen hatte, als das wogende Wasser ihr Kind überwältigt hatte.

Schließlich kam Agnes wieder etwas zu sich. Als sie aufhörte zu weinen, stellte sie überrascht fest, dass sie sich schon viel besser fühlte. Irgendwie erleichtert. Vielleicht war es ja ganz gut so, dass Oscar tot war, dachte sie. Es hätte ihm doch nicht gefallen, mit ihnen beiden verheiratet zu sein – mit Agnes und dem Geist jener anderen Frau, der Mutter des armen ertrunkenen Kindes.

Nur so konnte es überhaupt gehen, sagte sich Agnes. Sie hob ein winziges Stück von den schwarzen Tonscherben auf und hielt es zwischen den Fingern, um damit das gleißende Licht der warmen Nachmittagssonne einzufangen.

Nur so konnten sie alle drei frei sein.

Die Flussmündung
von
LIA MATERA

Seit Wilkie Collins' Zeit rekrutiert sich eine große Anzahl von Krimiautoren aus den Reihen von Anwälten, doch seit etwa zwanzig Jahren ist es eine regelrechte Flut von Anwälten, die darauf hofft, dem Berufsstress auf Stundenhonorarbasis zu entfliehen und dem Erfolg von John Grisham und Scott Turow nachzueifern. Eine Zeit lang war Literatur aus dem Juristenmilieu und überhaupt die Ausübung der Rechtspraxis eine vorwiegend männliche Domäne, was sich in den letzten Jahren jedoch geändert hat. Lia Matera (*1952), als Italoamerikanerin in Kanada geboren, machte ihren Abschluss in Jura am Hastings College of Law der University of California, wo sie auch Chefredakteurin des *Hastings Constitutional Law Quarterly* war. Später arbeitete sie als Dozentin an der Stanford Law School. Als Verfasserin zweier Reihen über Anwälte, die als Privatdetektive ermitteln, gehört Matera zu den herausragendsten Beispielen der Gattung »Krimischreibende Anwälte«. In ihrer ersten Serie – angefangen mit *Where Lawyers Fear to Tread* (1987; dt. *Studentenfutter*), in dem sie aus ihren Erfahrungen als Herausgeberin einer Fachzeitschrift für Juristen schöpft – wird Willa Jansson eingeführt, Tochter radikal links orientierter Eltern. Durch den politischen Hintergrund der Familie erhält die Reihe ein politisches Gewicht, das oft äußerst kontroverse kritische Reaktionen zeitigt. Wie in *Contemporary Authors* (Band 10, 1999) in einer Erörterung von *Hidden Agenda* (1987; dt. *Mörderische Kanzlei*) ausgeführt: »Obwohl ein Kritiker von *Publisher's Weekly* fand, der Roman sei ›zornig und frei von Humor und sämtlichen Emotionen außer Hass‹, lobte ein Kritiker von *Booklist* das Werk als ›ausgefallen und sehr witzig‹.« Mit *The Smart Money* (1988; dt. *Am Rande des Gesetzes*) begann eine kürzere Serie über Laura DiPalma, eine etwas schärfer konturierte, exponiertere Rechtsanwältin.

Matera hat verhältnismäßig wenige Kurzgeschichten geschrieben, und einige von ihnen waren ursprünglich als Romane konzipiert. Sämtliche bisherigen Geschichten finden sich in der Sammlung *Counsel for the Defence and Other Stories* (2000). In ihrer Einführung zu dieser Sammlung zählt die Autorin »Die Flussmündung« – eine Geschichte, die sich in der freien Natur abspielt und von wachsender Bedrohung durchdrungen ist – zu den Erzählungen, die ihr »eine willkommene Abwechslung vom Schreiben über Anwälte boten«.

Die Flussmündung

Um zur Mündung des Klamath River zu gelangen, fährt man gleich südlich der Grenze zu Oregon auf der Schnellstraße 101 in Richtung Westen. Man wandert über einen alten Versammlungsplatz der Yurok-Indianer, eine wild überwucherte Lichtung mit Hinweistafeln, auf denen man gebeten wird, die Geister der Ureinwohner zu respektieren und sich von den Kochstellen und dem aus Holzbohlen errichteten Amphitheater fern zu halten. Der Fußpfad endet an einem Sandkliff. Von dort kann man den Klamath ins Meer donnern und gegen die Strömung schlagen sehen. Aus allen Richtungen brechen Wellen herein, und wie aufsteigende Geister weht Schaum davon. Dutzende von Seelöwen kommen bisweilen in den Wogen hoch und fressen die Aale, die vom Fluss herangespült werden.

Mein Freund und ich arbeiteten uns mühsam zum lehmnassen Strand hinunter. Der Himmel hatte alle Schattierungen von Grau, und der Pazifik wirkte wie aus Quecksilber. Wir waren allein, abgesehen von den fünf Yurok in Gummistiefeln und karierten Flanellhemden, die in der Brandung fischten. Wir sahen zu, wie sie ihre starren, an Hackenstielen befestigten Peitschen aus scharfem Draht auswarfen. Wenn die Spitzen aus den Wellen schnellten, waren Aale daran aufgespießt. Mit einem Schwung wie beim Rodeo schleuderten sie die Schnur mit den aufgespießten Fischen über die Schulter in die Löcher, die sie in den Sand gegraben hatten. Wir kamen an flachen Gruben vorbei, in denen es von diesen Tieren wimmelte; wie kurze, bösartige Schlangen sahen sie aus.

Wir gingen etwa eine Viertelmeile über die Flussmündung hinaus. Dann kletterten wir über einige kleine, gezackte Felsen auf einen hohen, flachen Felsen, der etwa auf halbem Weg zwischen Küste und Kliff stand. Von dort aus konnten wir die Fischer beobachten, ohne dass unsere Unterhaltung bis zu ihnen hinunterdrang.

Unser Thema des Tages (um Dinge auszudiskutieren, gehen wir immer an den Strand) war die Frage, ob wir heiraten wollten. Weil es ein großes, ziemlich einschüchterndes Thema war, waren wir auf der Suche nach dem passenden Strand fast vierhundert Meilen gefahren. Wir hatten in einem schäbigen Hotel übernachten müssen, doch dies war der perfekte Ort, keine Frage.

Patrick entkorkte den Sekt – wir hatten zwei Flaschen dabei, denn es würde wahrscheinlich ein langes Gespräch werden. Ich richtete den Dosenlachs und die Cracker auf Papiertellern auf der alten blauen Decke her und streifte die Schuhe von den Füßen, damit ich die Beine überkreuzen konnte. Ich sah Pat beim Einschenken zu und fragte mich, wie die Sache mit dem Heiraten wohl ausgehen würde.

Er reichte mir den Pappbecher mit dem perlenden Inhalt, und wir stießen an. »Aufs Heiraten oder Nichtheiraten.«

»Auf ›ja, ich will‹ oder ›nein, ich will nicht‹«, stimmte er ein.

Die Luft roch nach kaltem Strand, nach nassem Himmel und glitschigen Felsen und herannahenden Stürmen. Der Strand zu Hause stinkt nach Fisch und dem angeschwemmten, von Fliegen umschwirrten Seetang. Wenn es Sonnenbadende auf Decken gibt, kann man ihr Bier und Kokosöl riechen.

»Also, Pat?« Ich musterte ihn und versuchte mir vorzustellen, mit ihm verheiratet zu sein. Er war ein sommersprossiger, babygesichtiger Schotte mit komischen Haaren und relativ wenig Fleisch auf den Knochen. Wogegen ich eine schwarzhaarige Promenadenmischung war, die im Winter oft gehörig zulegte, um dann im Sommer wieder in Form zu kommen. Allerdings fielen mir die Diäten zusehends schwerer, und mir war klar, dass fette Frauen nicht wählerisch sein können. Ich fand, es war an der Zeit für was Festes. Und dachte besorgt, dass dies ja ein unedles Motiv war. »Vielleicht ist es ja ganz okay so, wie es im Augenblick ist.«

Er runzelte sofort die Stirn.

»Damit meine ich bloß, mir ist es schon recht, so wie es ist.«

»Weil du mit Mr. Perfect verheiratet warst, dem ich natürlich nie das Wasser reichen kann?«

»Ha-ha.« Mr. Perfect, also mein Exmann, hatte viel Geld und gute Klamotten. Pat hatte momentan weder das eine noch das andere. Er hatte gerade seine Arbeit verloren, und auf jede Stellenanzeige, auf die er sich meldete, bewarben sich tausend andere Software-Ingenieure.

»*Der* war bestimmt kein ›nerviges Kleinkind‹«, fügte Pat hinzu.

Aha! Da hatten wir wieder die Auseinandersetzung von gestern Abend.

»Mit Mr. Perfect hast du dich ja nicht mal gestritten. *Der* wusste immer, wann er aufhören muss.«

Ich und Pat, wir streiten uns auf langen Autofahrten. Ich sage ihm Sachen. Allerdings meine ich sie nicht unbedingt so. Na ja, es war wohl noch zu früh, das Büfett zu bestellen.

Ich hielt ihm meinen Pappbecher zum Nachschenken hin. »Damit wollte ich bloß sagen, dass er mehr Erfahrung im Umgang mit –«

»Ach, aber selbstverständlich!« Er schenkte so schnell nach, dass die Becher überliefen. »Und ich bin das reinste Kleinkind! Ungefähr so reinlich wie ein Teenager und in meiner politischen Analysefähigkeit so fortgeschritten wie ein Erstsemester.«

»Was soll das jetzt sein, eine Retrospektive alter Streitereien? Okay, man muss sich eben daran gewöhnen, mit jemandem zusammenzuleben. Und ich habe auch mal Sachen gesagt, wenn ich stinkig war. Auf der Herfahrt –«

»Stinkig? Du? O nein, du bist ja *Künstlerin.*« Man hätte die Verächtlichkeit aus dem Wort auswringen können, und es hätte immer noch vor Sarkasmus getrieft. »Für dich ist die Realität einfach viel *komplizierter.*«

Ich spürte, wie meine Augen sich zu Schlitzen verengten. »Das kann ich absolut nicht ausstehen, Patrick.«

»Sieh an, jetzt nennt sie mich Patrick.«

Wenn ich eine Wut bekam, wurde ich normalerweise förmlich. »Ich bin nun mal nicht besonders gut aufgelegt, wenn ich schreibe. Wenn du es dir bloß angewöhnen könntest, mich dann in Ruhe zu lassen.« Hatte ich schon im Auto gesagt.

Seine blassen Brauen zogen sich zusammen, während er den Lachs auf die Cracker bröselte. Worauf ich mir angelegentlich die Hand über die Augen hielt und eine Yurok-Frau beobachtete, die auf uns zukam. Als sie den Fuß unseres Felsbrockens erreicht hatte, rief sie herauf: »Habt ihr ein Glas für mich?«

Wir waren normalerweise ungesellig, weshalb wir unseren Alkohol auch am Strand tranken statt in Bars. Doch die Unterhaltung lief nicht so toll. Ein bisschen Ablenkung, ein paar Minuten, um die Gemüter abzukühlen – warum nicht?

»Klar«, sagte ich.

Pat bedachte mich mit diesem wilden Bullenblick, Gesicht gesenkt, Augenbrauen runter, Nüstern gebläht. Während sie die Felsen heraufkletterte, murmelte er: »Ich dachte, wir wären hier, weil wir allein sein wollen.«

»Hallo«, sagte sie, als sie oben ankam. Sie war schmal, vielleicht vierzig, mit langem braunem Haar und einer leicht abgeflachten Nase und ziemlich dunkler Haut, die gerade hell genug war, dass sich ein paar Sommersprossen zeigten. Sie lächelte breit, hatte aber schlechte Zähne. Ihr schwarzer Hut war fast wie ein Cowboyhut, aber nicht ganz so westernmäßig. Sie setzte sich auf eine nasse Stelle auf dem Felsen, um unsere Decke nicht mit irgendwelchem ekligen Zeug auf ihren Jeans zu beflecken (als ob uns das nicht völlig egal wäre).

»Aha, ein Picknick? Tolle Stelle.«

Ich antwortete: »Ja«, weil Pat bloß stinksauer dasaß und schwieg.

Sie nippte am Sekt. »Diesen Strand kennen nicht viele. Wartet ihr noch auf Leute?«

»Nein. Wir sind ziemlich weit weg von zu Hause.«

»Ganz schön abgelegen hier, stimmt.« Sie blickte über ihre Schulter und winkte ihren Freunden zu.

»Wir mussten durch Yurok-Gebiet, um hierher zu kommen«, gab ich zu. »Es ist wie verzaubert, und dann das wunderschöne kleine Amphitheater.« Ich war etwas verlegen, wusste nicht, wie ich ihr versichern sollte, dass wir uns anständig betragen hatten. Hinter einem Gebüsch hatte ich mich zwar einmal erleichtern müssen, doch hatten wir kein Kriegsgeheul angestimmt oder sonst was Unpassendes getan. »Ich hoffe, das ist hier kein Privatgrundstück. Hoffentlich ist das kein Privatstrand.«

»Nö. Das wäre ein Verbrechen gegen die Natur, oder?« Sie grinste. »Auf der anderen Seite ist ein Trailerpark. Das ist *schon* ein Privatgrundstück. Aber solange ihr wieder da rausgeht, wo ihr reingekommen seid, gibt's kein Problem.«

»Danke, gut zu wissen. Wir haben schon auf unserer letzten Fahrt in den Norden von diesem Strand gehört, konnten ihn uns aber damals nicht anschauen. Mit den vielen Seehunden und so haben wir gar nicht gerechnet.«

»Die beste Jahreszeit, jetzt kommen die Aale den Fluss herunter, um im Meer zu laichen. Manche schwimmen zweitausendfünfhundert Meilen«, erklärte sie. »Für die Yurok ist das ein heiliger Ort, die Flussmündung.« Ein Spalt in der Wolkendecke ließ das Licht schräg unter ihre Hutkrempe fallen und offenbarte ledrige Falten um ihre Augen. »Hier geht's um lauter Münder. Im Fluss ist der Aal der oberste Mund, der König. Er versteckt sich, wartet, schlägt schnell zu. Aber dann kommt die Zeit, wo er diesem Drang nachgeben muss. Dann schwimmt er direkt in den Rachen des Seelöwen. So ist es!« Sie deutete hinter sich. »Hier und heute findet für den Aal das Jüngste Gericht statt.«

Pat warf mir verdrießliche Blicke zu, als wollte er sagen: Jetzt schick doch die Frau endlich weg. Ich ignorierte ihn. Zugegeben, wir hatten eine Menge zu bereden. Aber wann begegnet man schon mal einer leibhaftigen Yurok, die einem die Bedeutung eines Strandes erklärt?

Sie lag auf der Decke, hielt ihren Pappbecher zum Nachschenken hoch und steckte sich etwas Lachs in den Mund. »Lachs bedeutet Erneuerung«, sagte sie. »Den Lebenszyklus weitertragen und so. Ihr solltet mal den luftgetrockneten Lachs in der Rancheria probieren.«

Pat zögerte, bevor er ihren Becher wieder füllte. Ich ließ mir ebenfalls nachgießen.

»Der Königsmund des Flusses, das ist der Aal«, wiederholte sie. »Der Eel River ist natürlich nach ihm benannt. Aber seine Burg ist der Klamath. Die können außerhalb des Wassers länger überleben als jeder andere Fisch, den ich kenne. Man sieht sie hässlich graugrün in der Brandung blitzen, und zack, hat man sie am Peitschenstiel und wirft sie auf den Haufen. Das macht man eine Zeit lang und hat dann vielleicht an die fünfzehn Stück, und wenn man sich umdreht und sie in den Eimer tun will, sind womöglich schon acht von den kleinen Monstern aus der Grube gehüpft und kriechen im Sand davon. Wenn man sieht, wie weit manche es geschafft haben, muss man daraus schließen, dass sie eine gute halbe Stunde außerhalb vom Wasser überlebt haben. Also, wie ist das möglich?«

Ich lag auch auf der Seite, nippte Sekt, hörte zu und beobachtete das großartige Schauspiel hinter ihr in der Ferne: wie Seehunde hochkamen und wieder untertauchten, wie der Fluss ins Meer donnerte und die Wellen wie klatschende Hände zusammenstießen. Ihre Yurok-Freunde waren nicht mehr beim Angeln, sondern unterhielten sich. Einer gestikulierte zu unserem Felsen herüber. Irgendwie hoffte ich, sie würden sich zu uns gesellen. Bloß würde Pat dann erst richtig sauer werden.

Vielleicht war ich auf der Herfahrt wirklich zu weit gegangen. Aber er könnte es mir ja auch einfach durchgehen lassen.

»Es überrascht einen also kaum, was?«, fuhr die Frau fort. »Dass sie Könige des Flusses sind. Gemein und zäh sind sie, haben Zähne wie Nägel. Wenn die größer wären, Mann, dann hätten die Haie keine Chance, geschweige denn die Seehunde.« Sie blinzelte mich an und nahm einen Schluck Sekt. »Weil die vertrackten Viecher sich nämlich mitten im Wasser verstecken können. Mit ihrer schlammbraunen Kotzfarbe können sie direkt vor einem Felsen lauern, nicht etwa dahinter. Die können sich richtig unsichtbar machen. Und dann schwimmt wer oder was auch immer vorbei und fühlt sich sicher und vorsichtig – vielleicht irgendein hübscher Fisch, der den Fluss heraufgekommen ist – und schnapp!, schon wird er vom Aal gefressen. Aber der Fluss endet ja irgendwo, wenn ihr versteht, was ich meine? Jeder Fluss hat auch eine Mündung. Es gibt immer noch ein größeres Maul, das nur darauf wartet, dass man reingespült wird, egal, wie schlau und bösartig man bei sich daheim ist. Man gibt diesem Drang nach und verlässt sein Territorium, und schon wird man gefressen.«

Pat klopfte mit seiner Fußsohle gegen meine. Klopfte immer drängender, ich sollte was unternehmen.

In dem Moment entschied ich mich: Vergiss das mit dem Heiraten! Er war zu jung. Wollte dieser Yurok-Frau nicht zuhören und klopfte an mir rum, als wollte er sagen: Mach, dass die weggeht, Mom. Ich hatte schon zwei Kinder, die inzwischen erwachsen und aus dem Haus waren. Und nicht viel später war ihr Dad ebenfalls gegangen (obwohl ich den nicht weiter vermisste, die Kinder aber schon, manchmal wenigstens). Jedenfalls konnte ich keinen brauchen, der fünfzehn Jahre jünger war als ich und mir dauernd die Verantwortung zuschanzte. Meist bezahlte ich die Rechnungen, besorgte das Essen (kochte zwar nicht, kannte aber meine Feinkostläden), räumte im Haus auf, sagte Pat, was er lesen sollte, weil Ingenieure keine blasse Ahnung von Literatur und Geschichte haben, und jedes Mal, wenn man jemanden loswerden musste oder etwas Gesellschaftliches gemacht oder auch bloß ein Geschäftsbrief geschrieben werden musste, ging es klopf-klopf-klopf, ach, Maggie, könntest du bitte…?

Ich griff hinter mich und schob Pats Fuß weg. Wenn er ungesellig sein wollte, sollte er sich selber überlegen, wie er die Frau loswurde. Wir hatten jede Menge Zeit zum Reden, wir beide allein. Ich wollte nicht, dass sie schon ging.

»Habt ihr noch?«, fragte die Yurok.

Ich zog die zweite Flasche aus unserem ziemlich mitgenommenen Rucksack und öffnete sie, wobei ich mich bemühte, Pat nicht anzusehen, weil ich schon wusste, dass er jetzt diesen total finsteren Eremitenblick aufgesetzt hatte.

»Macht ihr öfter so Picknick?«, fragte sie.

»Ja, wir haben immer was im Kofferraum dabei – Wein, Dosenlachs, Cracker. Für alle Fälle.« So war es dann eben auch wieder: Mit Pat hatte ich viel Spaß, er ließ mich bestimmen. Wenn ich »auf, auf« sagte, war er dabei. Das ist total wichtig, wenn man zwanzig Jahre mit einem echten Langweiler verbracht hat.

»Kommt ihr oft in die Gegend?«, fragte sie.

»Nein, das ist eine besondere Reise.«

»Sollte es jedenfalls sein«, motzte Pat.

Ich fügte hastig hinzu: »Unsere Strände um Santa Cruz und Monterey herum sind ganz nett, aber die kennen wir schon in- und auswendig.«

»Mmm.« Sie ließ sich von mir nachschenken. Ich nahm auch noch. Pat wollte anscheinend nicht trinken.

»Also, der Seelöwe ist ein merkwürdiger Geselle«, sagte sie. »Es gibt kaum etwas, was der nicht fressen würde, und nicht viel, was er nicht tun würde, um zu überleben, aber er ist völlig arglos. Der schwimmt herum, la-di-da, und frisst, sooft er was abkriegt. Er versteckt sich nicht und täuscht auch nicht. Er ist ein Faulpelz. Wenn er sich irgendwo voll stopfen kann, tut er das und vergisst das Jagen. Der Jagdinstinkt geht ihm anscheinend völlig ab. Er will bloß fressen und schwimmen und sich amüsieren. Sich paaren. Und herumtollen.« Sie pickte noch ein Stück Lachs auf und hielt es in den Fingern mit Schlamm und Sand unter den Nägeln. »Wogegen ein Aal immer auf der Lauer ist, sogar wenn er gerade gefressen hat. Der tanzt nicht einfach so herum. Der denkt immer voraus, wie ein Geizkragen, der sich Sorgen macht, wie er noch mehr zusammenrafft.«

»Bis er sein Heim verlässt und dem Seelöwen ins Maul gespült wird«, beendete ich den Gedanken für sie.

»Was der Aal eigentlich braucht« – sie setzte sich aufrecht hin –, »ist eine Möglichkeit zu sagen, Schluss jetzt. Eigentlich ist er das klügere, hinterhältigere Geschöpf. Und was macht die Natur? Die wendet seinen eigenen Instinkt gegen ihn. Und begünstigt ein fettes, faules Ding, das nicht mal ein Fisch ist, sondern ein Säugetier, das im Wasser lebt, das eigentlich gar nicht dorthin gehört und dem das Fressen nur so in den Rachen geworfen wird, bloß weil es am rechten Platz ist.« Sie deutete auf die Köpfe der Seelöwen, die in den Wellen auf und ab tanzten. »Schaut sie euch doch an. Wie bei der Wohltätigkeitsspeisung. Die brauchen bloß ihr Maul aufzusperren.«

»Man könnte sagen, ihr seid wie die Seehunde«, ließ sich Pat vernehmen. »Ihr geht mit den Stahlzangendingern raus und spießt Aale auf.«

Ich hätte ihm am liebsten eine reingehauen. Es klang so grob, was er da sagte.

»Die Yurok sind wie die Aale.« Sie nahm ihren Hut ab. Ihr dunkles, oben plattgedrücktes Haar begann im Wind zu wehen, der vom Wasser herkam. »Die Yurok waren Könige, weil die Yurok wussten, wie man sich anpasste. Die Yurok dachten immer an das Essen für morgen, weil die Albträume der Yurok voll waren von den Hungersnöten von gestern. Die Yurok gehörten zum dunklen Grund des Flusses der Geschichte, stumm und bereit. Und sie wurden herausgeschwemmt in die größeren Münder, die warteten, ohne ihren Lohn zu verdienen.«

Sie sprang auf. Es wirkte so majestätisch, wie ihr Haar vor dem Hintergrund der grauweißen Wolken wehte, wie sie Arme und Kinn gen Himmel reckte. »Hier an dieser Stelle trifft der uralte Fluss auf jenes Etwas, das so viel größer ist, das Etwas, das der Aal einfach nicht begreifen will, weil die Erkenntnis zu bitter ist.«

Hinter mir flüsterte Pat: »Das ist doch komisch. Schau mal ihre Freunde an.«

Am Strand hielten die Yurok-Männer ebenfalls die Arme hoch. Sie standen genauso da wie die Frau, ahmten sie vielleicht nach, um sie zu hänseln, vielleicht war es aber auch bloß Zufall.

»Wo der uralte Fluss auf jenes Etwas trifft, das viel größer ist, und der Aal kann nicht begreifen, weil die Erkenntnis zu bitter ist«, wiederholte sie in den Himmel.

Nun stieß Pat mich heftig an und bemühte sich gar nicht mehr erst zu flüstern. »Das gefällt mir nicht! Die benimmt sich so verrückt!«

Abwesend schlug ich hinter meinem Rücken nach ihm, wie ein Pferd, das eine Fliege vertreibt. Einem Software-Ingenieur war es ja vielleicht zu viel – wie war ich eigentlich jemals auf die Idee gekommen, so einen unromantischen Kerl heiraten zu wollen? – für eine Schriftstellerin dagegen war es ein Traum. Hier handelte es sich um waschechte Yurok-Überlieferungen. Wenn sie wegen ihm jetzt aufhörte, würde ich Pats verdammten fantasielosen Hintern vom Felsen stoßen.

Sie schüttelte so heftig den Kopf, dass ihr das Haar um die Wangen peitschte. »An der Mündung des Flusses erfährt man die Wahrheit: Wenn man seinen Wahnvorstellungen folgt, wird einen die Strömung in hundert wartende Mäuler tragen. Aber wenn man still liegen bleibt« – sie beugte sich vor, so dass ich ihre leuchtenden dunklen Augen sehen konnte – »und voller Leidenschaft daran denkt, wie man seine Beute in die Falle lockt, wenn der Hunger gewaltig an einem nagt, einen reglos werden lässt bis zu dem Moment, an dem man eine Rakete aus Appetit wird, die alles verschlingt, was in der Nähe herumschwimmt –«

»Was wollen die?« Pats Schatten fiel quer über den Felsen. Ich drehte mich um und sah, dass er aufgestanden war und zum Strand hinunter auf die Yurok-Männer starrte.

Sie waren ein paar Schritte auf uns zugegangen. Sie schienen die Frau zu beobachten.

Die war richtig in Fahrt geraten, bemerkte sie nicht einmal. »Dann lässt man sich nicht vom Fluss in das reglose Maul tragen, in den Appetit ohne Verstand, den Hunger, der einfach da ist, ohne sich selbst zu kennen.«

Pat griff über mich hinweg und nahm ihr den Pappbecher aus der Hand. »Sie gehen jetzt lieber.«

»Was ist los mit dir, Patrick?« Ich sprang auf. Blödes Riesenbaby, meine Güte. Fürchtet sich vor Legenden, vor Sektgesprächen am Strand! »Krieg dich bloß wieder ein!«

Meine Worte wischten den streitbaren Ausdruck von seinem Gesicht. An seine Stelle trat betrogene Verwunderung. »Du hältst dich ja für so schlau, Maggie, du denkst, du weißt alles! Dabei bist du in Wirklichkeit bloß eine behütete kleine Hausfrau.«

Ich brachte vor Wut nichts heraus. Ich hatte vielleicht über die Jahre nicht viel Geld verdient, aber ich war *Schriftstellerin.*

Er presste die Lippen zusammen, kniff die Augen zu Schlitzen, sein sommersprossiges Schottengesicht wurde knittrig vor frustrierter Enttäuschung. »Aber die große reife Dame hat natürlich schon mehr erlebt als ein Kindskopf wie ich. Man muss ja wohl Künstlerin sein, um das Leben wirklich zu verstehen.«

»Ach, hör doch auf, Mann!« Ich sagte es mit beiden Armen. »Bist du so ein Milchbubi, dass du dir nicht mal ein bisschen Yurok-Metaphorik anhören kannst, ohne gleich auszurasten?«

Er drehte sich um und begann den Felsen hinunterzuklettern. Dabei brummte er vor sich hin; ich konnte die Worte »Ziege« und »weiß alles besser« sowie den einen oder anderen schlimmen Fluch ausmachen.

Als ich mich umwandte, sah ich die Yurok-Frau auf der Decke sitzen und seelenruhig trinken. Ihre Haltung war immer noch unverfroren schreckenerregend. Ich blieb ein paar Minuten stehen und beobachtete Patrick, der, die Fäuste in den Hosentaschen geballt, am Strand entlang stapfte.

»Er will nicht, dass meine Freunde sich zu uns gesellen«, schloss sie treffend. So wie es aussah, marschierte er direkt auf sie zu, um es ihnen zu sagen.

Die Männer standen abwartend da. Knapp hundert Meter hinter ihnen schlängelten sich verzweifelte Aale wie die Strahlen der Sonne aus ihren Sandgruben.

Ich stellte mir vor, mit den Yurok Aale zu braten und ihren Legenden zu lauschen, während die Wellen neben uns hereinbrachen. Pat war doch ein richtiger Kindskopf. Bloß weil wir uns im Auto ein bisschen gestritten hatten.

»Ich weiß, wieso er mich für verrückt hält«, sagte die Frau.

Ich setzte mich mit einem Seufzer hin, holte einen neuen Pappbecher aus dem alten Rucksack und schenkte ein. Ich reichte ihn ihr und fühlte mich hundeelend. Was machte es, wenn die Männer uns ein Weilchen Gesellschaft leisten wollten? Patrick und ich konnten uns schließlich noch den ganzen Rest des Nachmittags streiten. Vielleicht den Rest unseres Lebens.

»Wir sind hierher gekommen, um zu entscheiden, ob wir heiraten sollen«, verriet ich ihr. »Das Problem ist, dass er noch so jung ist. Er ist bloß sieben Jahre älter als meine älteste Tochter. Karrieremäßig läuft es bei ihm nicht gut – er ist gerade entlassen worden. Den ganzen Monat hängt er schon trübsinnig herum und ist mir im Weg. Er ist Ingenieur – ich habe ihn kennen gelernt, als ich für eine Science-Fiction-Story recherchiert habe. Über Politik und Literatur weiß er bloß das, was ich ihm beigebracht habe.« Ich wischte mir die Tränen weg. »Im letzten Jahr ist er sehr gewachsen, seit wir zusammen sind, aber es läuft nicht so wie zwischen ebenbürtigen Partnern. Ich meine, wir haben viel Spaß miteinander, wenn wir nicht gerade über ein ganz bestimmtes Thema reden, denn dann kriege ich lauter halb ausgegorene Studentenideen zu hören. Ich muss ihm Artikel zum Lesen geben und ihm sagen, wie er die Dinge sehen soll – na ja, er ist schon intelligent und hat eine gute Auffassungsgabe. Aber es sind eben doch fünfzehn Jahre.«

Sie nahm sich noch ein bisschen Lachs. »Wahrscheinlich hat er den Lieferwagen auf der Straße hierher bemerkt.«

»Welchen Lieferwagen?«

»Von unserer Gruppe.«

»Von den Yurok?«

Sie rümpfte die Nase. »Nein. Die sind drüben in Hoopa im Reservat, der klägliche Rest jedenfalls. Die sind ja praktisch ausgestorben.«

»Wir dachten, ihr wärt Yurok. Ihr seid alle so dunkel. Und ihr wisst, wie man dieses Speerding schwingt.«

»Ja, okay, wir sind alle dunkelhaarig.« Sie verdrehte die Augen. »Aber meine Güte, wir sind bloß zu fünft. Sie sind doch auch dunkelhaarig. Und Sie sind keine Yurok.« Ihre Miene hellte sich auf. »Aber der Peitschenstiel, stimmt, der ist von den Yurok. Unser Anführer« – sie deutete auf die Nicht-Yurok am Strand, auf welchen, wusste ich nicht – »hat sie gemacht. Wir durchleben gerade eine etwas andere Kulturerfahrung, könnte man sagen.«

Mittlerweile hatte Patrick die Gruppe erreicht und stellte sich vor sie hin, die Schultern bis zu den Ohren hochgezogen, die Hände immer noch in den Hosentaschen vergraben.

»Wie kommt es, dass ihr alle so geschickt seid?«

»Geschickt?« Sie lachte. »In der Brandung wimmelt es nur so von Aalen. Wenn wir geschickt wären, hätten wir schon Hunderte gefangen.«

»Was seid ihr für eine Gruppe?«

Patrick hatte die Hände nun aus den Taschen genommen. Er streckte sie vor sich aus, während er vor den vier Männern zurückwich.

»Habt ihr den Lieferwagen wirklich nicht gesehen?«

»Pat vielleicht. Ich habe die Landkarte studiert.« Ich erhob mich auf die Knie, um ihn zu beobachten. Patrick wich immer noch zurück, inzwischen etwas schneller. Hier oben, in seiner Angst vor einer Reden schwingenden Frau, hatte er lächerlich gewirkt. Am Strand unten, bei vier langhaarigen Männern, die drohend auf ihn zugingen, war seine Angst zweifellos begründet. Was hatten sie zu ihm gesagt?

»Der Lieferwagen macht den Leuten Angst.« Sie nickte. »Die Slogans, die wir draufgemalt haben.«

»Wer seid ihr?«, fragte ich sie, den Blick immer noch starr auf Patrick geheftet.

»Ich wollte gerade sagen, bevor Ihr Verlobter beleidigt abgezogen ist: Was ist mit den Seelöwen? Die werden ohne jede Anstrengung fett, lassen sich einfach die selbst versklavenden kleinen Aale mit den schwarzen Seelen schmecken. Aber kommen sie ungestraft davon?«

Allmählich verdüsterte sich der Himmel. Das Meer war jetzt bleistiftgrau, mit einem hellen Silberband am Horizont. Patrick rannte quer über den Strand auf uns zu.

Zwei von den Männern liefen ihm hinterher.

Ich versuchte aufzustehen, doch die Frau umklammerte mein Fußgelenk mit der Hand.

»Nein«, sagte sie. »Die Freude der Seelöwen währt nicht sehr lange. Die sind auch bloß ein fetter Bissen in der Nahrungskette. Vor der Küste gibt es Haie, jede Menge, die gewaltigsten Futterverwerter überhaupt. Und hier holen sie sich ihr Seelöwen-Sushi am liebsten.«

»Was machen die denn da? Was wollen Ihre Freunde?« Meine Stimme war so schrill wie der Wind, der zwischen den Felsbrocken pfiff.

»Die Yurok waren die Aale, die Könige des Flusses, verschlagen und schnell und hungrig. Doch die Obsessionen der Geschichte spülten sie in den Rachen der Weißen, die in der Brandung spielten und sich voll fraßen.« Sie nickte. »Der uralte Fluss trifft auf jenes Etwas, das viel größer ist, das Etwas, das der Aal einfach nicht begreifen will, weil die Erkenntnis zu bitter ist.«

Das hatte sie schon mehr als einmal fast genauso gesagt. Vielleicht war es das, was Pat Angst machte: Ihre Worte waren wie eine Litanei, eine Beschwörung, eine Art Kultgesang. Und die Männer dort unten hatten ihre Gesten nachgeahmt.

Ich schlug ihre Hand von meinem Knöchel weg und begann rückwärts vom Felsen zu klettern. Sie hatte die ganze Zeit nur das räuberische Verhalten von Tieren beschrieben. Sie hatte herausbekommen, dass wir allein waren und keine anderen Leute erwarteten, und sie hatte den Männern am Strand Zeichen gegeben. Und die waren jetzt hinter Patrick her.

Zu verängstigt, um mir klar zu machen, was das bedeutete, zu durcheinander, um meine Schuhe wieder anzuziehen, trat ich in eine glitschige Felsspalte. Ich rutschte aus, verlor das Gleichgewicht und fiel, stürzte über spitz hervorstehende Ecken und scharfe Kanten, die wir als Treppenstufen benutzt hatten. Ich konnte hören, wie Patrick meinen Namen schrie. Ich spürte einen stechenden brennenden Schmerz in Rippen, Hüfte, Knie. Ich konnte fühlen, wie Blut sich heiß unter meinem Hemd ausbreitete.

Ich wollte Atem holen, versuchte aufzustehen. Die Frau tastete sich vorsichtig einen Weg bis herunter zu der Stelle, an der ich lag.

»Es gibt noch einen anderen Jäger, Maggie.« Ich konnte das Grinsen in ihrer Stimme hören. »Nicht den Aal, der wartet und dann zuschlägt. Nicht den Seehund, der reichlich zu fressen findet. Sondern den Hai.« Sie blieb stehen, ihr Umriss bedrohlich auf der Felsstufe verharrend. »Der an nichts anderes denkt als an sein Fressen, der sich nicht einfach versteckt wie der Aal oder abwartet wie der Seelöwe, sondern sich aufmacht und unersättlich sucht, etwas aufspüren will –«

Patrick schrie, diesmal jedoch nicht meinen Namen.

»Einen, der sich verirrt hat.« Wieder hob sie Arme und Kinn zum Himmel, ließ ihr Haar wild um sich fliegen. Patrick hatte Recht: Sie sah tatsächlich verrückt aus.

Sie sprang herunter, Patrick schrie wieder. Wir schrien alle beide, endlich in Übereinstimmung.

Ich hörte einen plötzlichen Knall und wusste, dass es Gewehrfeuer war. Ich sah zu, wie die Frau breitbeinig in die Hocke niederging, ihr Haar sich wild um sie rankte wie die Aale, die sich aus ihren Gruben schlängelten.

O Patrick, wenn ich doch die Uhr zurückdrehen könnte, sagen könnte, dass es mir Leid tut.

Ich blickte zu der Frau hinauf und dachte: zu spät, zu spät. Ich bin den Fluss hinunter direkt in deinen Rachen getrieben.

Wieder ein Schuss. War Pat getroffen?

Vom Sandkliff schallte eine Stimme her: »Lauf weg!«

Die Frau sah hoch und lachte. Sie hob wieder die Arme und warf den Kopf zurück.

Beim dritten Knall kletterte sie hastig von den kleinen Felsen und rannte davon, Fußspuren im Sand hinterlassend. Sie schwenkte die Arme wie zum Abschied.

Ich setzte mich mühsam auf – eine Rippe war gebrochen, Haut

aufgeschürft, ich konnte es fühlen. Trotzdem drehte ich mich um und sah am Kliff hinauf.

Im wehenden Gras über mir feuerte ein gedrungener Mann mit langem schwarzem Haar ein Gewehr in die Luft.

Ein echter Yurok, wie Pat und ich später erfuhren.

Skandal im Winter
von
Gillian Linscott

Gillian Linscott (*1944) wurde im englischen Windsor als Tochter eines Schuhgeschäftsführers und einer Verkäuferin geboren. Nach Abschluss ihres Geschichts- und Literaturstudiums in Oxford arbeitete sie zwischen 1967 und 1972 als Zeitungsjournalistin in Liverpool und Birmingham, ging dann bis 1979 zum *Guardian* nach Manchester und London und wandte sich schließlich dem Rundfunkjournalismus zu. Für die British Broadcasting Corporation (BBC) berichtete sie aus dem Parlament und schrieb auch Hörspiele für den Sender. In ihrem ersten Roman *A Healthy Grave* (1984), der in einem Nudistencamp spielt, taucht zum ersten Mal ihr kurzlebiger Serienheld Birdie Linnet auf, ein ehemaliger Polizist, den sie in *Contemporary Authors* (Band 128, 1990) als ziemlich mittelmäßigen Detektiv beschreibt: »... tatsächlich sticht [er] vor allem dadurch hervor, dass er die Sache immer erst später als alle anderen kapiert. Er ist gutwillig, nicht allzu intelligent und bekommt öfter eins auf den Schädel.« In dieser Beschreibung deutet Linscott an, dass sie die Form der Detektivgeschichte nicht besonders ernst nimmt und deshalb schätzt, weil sie »nicht überkandidelt daherkommt. Meiner Ansicht nach gibt es wenig Bücher, die nicht gewinnen würden, wenn man in ihnen irgendwo eine Leiche ablüde. Der Kriminalroman ist eine vollkommen künstliche Kreation, und ich schere mich nicht besonders um Wirklichkeitsnähe.« Größte Berühmtheit sowie möglicherweise größere Wirklichkeitsnähe erreichte Linscott, als sie sich vom zeitgenössischen Krimi dem historischen Kriminalroman zuwandte, zunächst mit dem im Jahre 1870 angesiedelten *Murder, I Presume* (1990) und dann mit der Serie über Nell Bray, eine im frühen zwanzigsten Jahrhundert lebende Suffragette. Der erste Titel in dieser Reihe war *Sister Beneath the Sheets* (1991; dt. *Tod in Biarritz*).

Eine beliebte Untergruppe innerhalb der historischen Kriminalliteratur ist das Sherlock-Holmes-Pasticcio, früher relativ selten und – aus welchem Grund auch immer – meist von Männern verfasst. Im Gefolge des Verkaufsschlagers von Nicholas Meyers *The Seven-Percent Solution* (1974) ist in den letzten Jahren eine regelrechte Industrie von Holmes-Romanen entstanden, und es gibt mehrere umfangreiche Originalanthologien mit Kurzabenteuern des Detektivs aus der Baker Street. Einige der besten haben Frauen geschrieben, darunter eine Romanerzählung von L.B. Greenwood und June Thomsons Beiträge zu verschiedenen Kurzgeschichtensammlungen. Mit ihrer Fachkenntnis des viktorianischen Zeitalters und des frühen zwanzigsten Jahrhunderts war Linscott natürlich für ein Holmes-Pasticcio prädestiniert. »Skandal im Winter«, eine der besten Geschichten in der weihnachtlichen Sherlock-Anthologie *Holmes for the Holidays* (1996), verdankt ihre Frische und Originalität der Tatsache, dass diesmal eine andere Person als Dr. Watson die Erzählperspektive übernimmt.

Skandal im Winter

Zunächst bedeuteten Silberstock und sein Brummbär uns nicht mehr als eine zufällige Abwechslung im Hotel Edelweiß. Zu Weihnachten und Neujahr wirkte das Edelweiß wie eine glitzernde weiße Wüsteninsel oder wie ein sehr luxuriöser Ozeandampfer, der statt durchs Meer durch den Schnee pflügte. Und da waren wir nun, ungefähr hundert Leute, abgeschnitten vom Rest der Welt, ja sogar vom Rest der Schweiz, und hatten zur Unterhaltung und Gesellschaft nur uns gegenseitig. Das Edelweiß war eines der wenigen passablen Hotels, in denen sich im Jahre 1910 der neuen Mode des Wintersports frönen ließ. Das etwas kleinere Hotel Berghaus gegenüber gehörte nicht zu den passablen Hotels, sein gutes Dutzend Gäste zählte also kaum. Und was die Dorfbewohner in ihren Holzchalets betraf, wo im Untergeschoss die Kühe hausten, so zählten die gar nicht. Gelegentlich sahen Amanda und ich sie auf unseren Spaziergängen Feuerscheite von den säuberlich aufgeschichteten Holzstößen hereintragen oder Mistgabeln voll warmem, verdrecktem Stroh heraustragen, von dem weißer Dampf in Säulen in die blaue Luft emporstieg. Sie gehörten zum Tal wie die Felsen und die Kiefern, weil sie aber weder Ski noch Schlittschuh liefen, hatten sie keinen Platz in unserer Welt – abgesehen von den Schlitten. Davon gab es zwei im Dorf. Der eine, ein nüchternes Gefährt, das von einem gleichmütigen, kleinen braunen Pferd mit ein paar spärlichen Glöckchen am Geschirr gezogen wurde, brachte die Gäste und ihr Gepäck vom nahe gelegenen Bahnhof herauf. Der andere, und nur der zählte für Amanda und mich, war ein schwarz-roter Blitz, geschwind wie der Bergwind, voll lärmender Silberglöckchen, und wurde von einem geschmeidigen, honiggelben kleinen Haflinger gezogen, dessen silbrige Mähne und Schwanz zu den Glöckchen passten. Ein Vergnügungsschlitten, dessen einziger Daseinszweck darin bestand, die Gäste des Edelweiß zu erfreuen. Wir hatten ihn auf dem niedergetrampelten Schnee draußen stehen sehen, wo sein hübscher junger Besitzer mit der langen Peitsche und dem blonden Schnurrbart geduldig wartete. Manchmal durften wir noch ein bisschen bleiben und zuschauen, wie er einer Dame und einem Herrn heraufhalf und ihnen die weiße Felldecke auf dem Schoß zurechtzog. Dann fuhren sie zischend und klingelnd über den Schnee davon, zu der ausgefahrenen Spur durch den Kiefernwald. Amanda und mir hatte man als besonderen Leckerbissen versprochen, dass wir am Neujahrstag eine Fahrt damit machen durften. Darauf freuten wir uns noch mehr als auf Weihnachten.

Bis dahin waren es aber noch zehn Tage, und wir mussten uns so lange noch anderweitig amüsieren. Wir drehten unsere Runden auf dem Eislaufplatz hinter dem Hotel. Wir winkten unserem Vater zum Abschied, wenn er morgens mit seinen Skiern und seinem Bergführer wegging. Wir saßen auf der Hotelterrasse und tranken heiße Schokolade mit einem Klacks Schlagsahne obendrauf, während Mutter Briefe las oder schrieb. Wenn wir dachten, Mutter sähe nicht hin, wetteiferten Amanda und ich darin, die ganze Schokolade so auszutrinken, dass der Sahneklacks unten auf dem Boden der Tasse übrig blieb, um dann genüsslich und sehr ungezogen aufgelöffelt zu werden. Wenn sie aber aufsah und uns erwischte, sagte Mutter, wir sollten doch nicht so kindisch sein, was, da Amanda elf und ich dreizehn waren, ja auch stimmte, aber wir wollten uns nun mal so lang wie möglich mit der Schokolade amüsieren. In Wirklichkeit war es so, dass sich hier alle die meiste Zeit zu Tode langweilten. Deshalb wandten wir unsere Aufmerksamkeit auch den Angelegenheiten der anderen Gäste zu: Amanda und ich hielten ständig die Ohren gespitzt, um die kleinen Dramen der Erwachsenengespräche mitzukriegen.

»Ich kann immer noch nicht glauben, dass sie es wirklich tut.«

»Hat der Oberkellner aber gesagt, und der muss es schließlich wissen. Sie hat den Ecktisch mit Blick auf die Terrasse reserviert und gesagt, man soll den Tokajer bereitstellen.«

»Den gleichen Tisch wie letztes Jahr.«

»Und den gleichen Wein.«

Unsere Eltern blickten sich über ihre Croissants hinweg an, das

Zimmermädchen, das uns den Kaffee einschenkte, geflissentlich übersehend. (»Bedienstete, mein Liebes, bemerkt man nicht, sonst werden sie bloß ungeschickt.«)

»Ich bin sicher, dass es nicht stimmt. Wenn sie auch nur ein bisschen Gefühl ...«

»Wie kommst du darauf, dass sie welches hat?«

Schweigen, während über unseren Köpfen vielsagende Blicke hin und her gingen. Ich wusste, was da signalisiert wurde, ebenso wie ich gewusst hatte, worum es in einem Gesprächsfetzen ging, den ich am Abend unserer Ankunft vor dem Zubettgehen zwischen meinen Eltern belauscht hatte. »... es sich wohl auf Jessica auswirken könnte.«

Mein Name. Schlagartig wachte ich aus meinem Halbschlaf auf, ich hielt die Augen geschlossen, horchte aber ganz genau hin.

»Ich glaube nicht, dass wir uns deswegen Sorgen machen müssen. Jessica ist zäher, als du denkst.« Die Stimme meiner Mutter. Unsere Zähigkeit war ihr ein Bedürfnis, denn dann brauchte sie ihre Zeit nicht darauf zu verwenden, sich Sorgen um uns zu machen.

»Trotzdem – sie erinnert sich bestimmt noch daran. Es ist ja erst ein Jahr her. Solch ein Erlebnis kann ein Kind für sein ganzes Leben prägen.«

»Liebling, sie reagieren nicht so wie wir. In dem Alter hält man noch viel mehr aus.«

An der Art, wie mein Vater schwieg, merkte ich selbst mit geschlossenen Augen, dass er nicht überzeugt war, doch es hatte überhaupt keinen Sinn, sich Mutters kategorischer Art zu widersetzen. Sie knipsten das Licht aus und machten die Tür zu. Ein, zwei Augenblicke lag ich im Dunkeln und überlegte, ob ich nun für mein Leben geprägt war von dem, was ich gesehen hatte, und wie sich das auswirken würde, aber dann fragte ich mich stattdessen, ob ich es jemals schaffen würde, solche Pirouetten auf dem Eis zu drehen wie das Mädchen aus Paris, und schlief schließlich ein, sehnsüchtig träumend von Glöckchen und dem Zischen der Schlittenkufen.

Die Unterhaltung zwischen unseren Eltern am Frühstückstisch über das Thema, was »sie« nun tun würde oder nicht, wurde von der leichten Unruhe unterbrochen, die entstand, als man zwei andere Gäste an ihren Tisch geleitete. Amanda fing meinen Blick auf.

»Silberstock und sein Brummbär gehen Skilaufen.«

Beide Herren – ältere Herren, wie uns schien, obwohl sie wahrscheinlich nicht älter als Ende fünfzig waren – trugen schwere Wollpullover, Kniebundhosen aus Tweedstoff und dicke Socken, so wie Vater. Er nickte ihnen über die Tische hinweg zu und wünschte ihnen einen guten Morgen, worauf sie ihm ebenfalls zunickten und einen Gruß entboten. Auch die schwere Sportkleidung konnte nicht verbergen, dass der hoch gewachsene Mann recht merkwürdig und distinguiert war. Er war, glaube ich, der dünnste Mensch, den ich je gesehen hatte. Er ging nicht gebeugt wie so viele große ältere Leute, sondern aufrecht und mit leichtem Schritt. Sein Gesicht mit der Adlernase war tief gebräunt, wie bei einigen von den älteren Dorfbewohnern, im Gegensatz zu ihnen aber faltenlos bis auf die beiden tiefen Kerben, die von der Nase bis zu den Mundwinkeln verliefen. Am meisten beeindruckte uns sein Haar. Es lag wie eine Kappe aus blank geputztem reinem Silber an seinem Kopf an und sah aus wie der Knauf eines kostspieligen Spazierstocks. Sein Gefährte, sowieso schon kräftig und breitschultrig, wirkte in seiner Skiläuferkluft noch kräftiger. Er hatte einen Watschelgang und stolperte bisweilen über Stühle. Er besaß ein rundes, freundliches Gesicht mit hellen, etwas wässrigen Augen, einen gestutzten grauen Schnurrbart, aber nur einen spärlichen Haarkranz um seinen glänzenden kahlen Schädel. Er lächelte uns immer an, wenn wir einander auf der Terrasse oder auf den Korridoren begegneten; er schien nett. Uns war aufgefallen, dass er immer irgendetwas für Silberstock machte, ihm Kaffee einschenkte oder Briefe für ihn einwarf. Irgendwie hatten wir uns in den Kopf gesetzt, dass Brummbär Silberstocks Wärter war. Vielleicht, meinte Amanda, wurde Silberstock bei Vollmond wahnsinnig und Brummbär musste ihn einsperren und laut singen, damit die Leute ihn nicht heulen hörten. Immer wieder erkundigte sie sich, wann denn das nächste Mal Vollmond wäre, aber bisher hatte es ihr niemand sagen können. Ich dachte, er war vielleicht in die Schweiz gekommen, weil er bald an Schwindsucht sterben würde, was seine dünne Figur erklärte, und Brummbär sei sein Leibarzt. Ich passte auf, ob ich einen Hustenanfall hörte, der dies bestätigen würde, aber bisher hatte es noch keine Spur davon gegeben. Als sie sich zu ihrem Frühstück hinsetzten, beobachteten wir sie, so gut wir konnten, ohne dafür getadelt zu werden, dass wir die Leute anstarrten. Brummbär schlug die Zeitung auf, die neben seinem Teller gelegen hatte, und las Silberstock daraus vor. Der nickte hin und wieder über seinen Kaffee hinweg, als hätte er schon die ganze Zeit gewusst, worum es ging. Es war die *Times* aus London, die bestimmt schon mindestens zwei Tage alt war, weil man sie mit dem Schlitten vom Bahnhof heraufholen musste.

Amanda flüsterte: »Er isst.«

Der Kellner hatte ihnen statt der Croissants einen Ständer mit Toast und ein Töpfchen mit Orangenmarmelade an den Tisch gebracht. Silberstock aß Toast wie ein ganz normaler Mensch.

Vater fragte: »Wer isst?«

Wir deuteten mit den Augen hinüber.

»Na und, wieso sollte er nicht essen? Zum Skilaufen braucht man viel Energie.«

Mutter, die sich zur Abwechslung einmal für unser Gespräch interessierte, meinte, sie seien doch zu alt zum Skilaufen.

»Du würdest dich wundern. Dr. Watson ist nicht schlecht, aber der andere – nun, der ist an Stellen an mir vorbeigesegelt, die so steil waren, dass selbst der Bergführer sich nicht runtertraute. Und stand am Ende auch noch aufrecht da, wo die meisten von uns bloß ein großes Loch im Schnee hinterlassen hätten. Der Kerl ist so vernünftig, dass ihm überhaupt nichts Angst einjagen kann. Die Angst ist es nämlich, die einen beim Skilaufen Fehler machen lässt. Man kommt an ein steiles Stücke und denkt, jetzt fällt man hin, und meist fällt man dann auch hin. Holmes kommt an dasselbe steile Stück, sieht keinen Grund, wieso er es nicht schaffen sollte – und schafft es.«

Meine Mutter meinte, ein wirklich vernünftiger Mensch sei so klug, gar nicht erst Ski laufen zu gehen. Bei einem Wort hatte ich aufgehorcht.

»Brummbär ist ein Doktor? Ist Silberstock denn krank?«

»Nicht, dass ich wüsste. Ist noch Kaffee in der Kanne?«

Und dabei ließen wir es vorab bewenden. Nun könnte man vielleicht sagen, Amanda und ich hätten gleich wissen müssen, wer die beiden waren, und neun von zehn Kindern in Europa hätten es vermutlich auch gewusst. Doch hatten wir bisher ein recht ungewöhnliches Leben geführt, was hauptsächlich an Mutter lag, und obwohl wir über vieles Bescheid wussten, was den meisten Mädchen in unserem Alter unbekannt war, hatten wir doch von vielem anderen keine Ahnung, was allgemein bekannt war.

Wir winkten Vater und seinem Bergführer zum Abschied zu, während sie, die Ski geschultert, im Tiefschnee durch die Kiefern davonstapften, und machten dann kehrt, um unsere Schlittschuhe zu holen. An der Auffahrt blieben wir stehen und ließen den nüchternen schwarzen Schlitten vorbei, den, der immer ins Tal hinunter zum Bahnhof fuhr. Es saß zwar keiner drin, doch die Decken lagen bereit und waren ordentlich gefaltet.

»Da kommt jemand Neues«, sagte Amanda.

Ich merkte, dass Mutter mich ansah, doch sie sagte nichts. Weil Amanda und ich innen mit unserer Ferienlektüre beschäftigt waren, als der Schlitten zurückkam, konnten wir nicht sehen, wer darin saß, doch als wir später nach unten gingen, lag eine vibrierende Spannung über dem Hotel, ähnlich dem Gefühl, das einen überkommt, wenn ein Geiger seinen Bogen knapp über der Saite hält und die zitternde Note einem das Rückgrat auf und ab perlt, bevor man sie vernimmt. Obwohl es erst Nachmittag war, legte sich bereits die Dämmerung über das Tal. Bevor es dunkel wurde, durften wir noch einmal draußen spazieren gehen und steuerten wie üblich auf den Eislaufplatz zu. Bunte elektrische Lämpchen warfen gelbe, rote und blaue Flecken auf die dunkle Fläche. Der Lahme mit der Ziehharmonika spielte einen Strauß-Walzer, zu dem einige Paare tanzten, wenn auch nicht sehr gut. Andere drängten sich um das Kanonenöfchen am Rand des Eisplatzes, wo ein Kellner in kleinen Gläsern Glühwein ausschenkte. Vielleicht merkte der Mann mit der Ziehharmonika, dass die Tänzer allmählich müde wurden, oder er wollte selbst nach Hause gehen, denn als der Walzer endete, wechselte er zu einer Art wilder Zigeunerweise, nach der schwerer zu tanzen war. Die Paare auf dem Eis versuchten ein paar Schritte, dann gaben sie lachend auf und gesellten sich zu den anderen um das Kanonenöfchen. Eine Zeit lang war die Eisfläche leer, und der Lahme spielte weiter für die Dämmerung und die dunklen Berge.

Da kam plötzlich eine Gestalt auf das Eis geglitten. In ihrem Auftreten lag eine gewisse Entschlossenheit, die sie sofort von den anderen Eisläufern abgrenzte. Die kamen gewöhnlich angestolpert oder anstolziert, je nachdem, ob es Anfänger waren oder ob sie sich für Könner hielten, doch Stolperer wie Stolzierer wirkten immer etwas verlegen, denn sie wussten, dass dies nicht ihre natürliche Umgebung war. Sie dagegen bewegte sich auf dem Eis wie ein Schwan im Wasser oder eine Schwalbe in der Luft. Das Gelächter erstarb, keiner trank mehr etwas, und wir alle schauten zu, wie sie über das Eis flog, sich neigte und ganz allein zu der Zigeunermusik ihre Kreise zog. Keine angeberischen Pirouetten wie bei dem Mädchen aus Paris, keine verschränkten Arme und kein eingebildetes Lächeln. Wahrscheinlich war sie gar keine besonders großartige Eisläuferin, das Bemerkenswerte an ihr war jedoch, wie selbstverständlich sie den Eislaufplatz, die Musik und die Aufmerksamkeit in Besitz nahm. Dabei war sie nicht einmal fürs Eislaufen angezogen. Den schwarzen Rock, der bis auf wenige Zentimeter zu ihren Schlittschuhstiefeln hinunterreichte, das schwarze Nerzjäckchen und die passende Kappe hatte sie vermutlich schon auf der Fahrt vom Bahnhof herauf getragen. Doch sie war bereit gewesen, hatte es geplant, ihre Rückkunft genau auf diese Weise kundzutun.

Ihre Rückkunft. Zunächst hatte ich sie, wie gebannt von ihrer Vorführung, gar nicht erkannt. Ich hatte bemerkt, dass es keine junge Frau war und dass sie elegant aussah. Erst als ich kurz zu meiner Mutter hinübersah, wusste ich plötzlich Bescheid. Steif und stachlig wie einer von den Nadelbäumen stand sie da und starrte wie die anderen auf die Gestalt auf dem Eis, doch in ihrer Miene lag keine Bewunderung, eher eine Art Entsetzen. Alle schauten sie so, die Erwachsenen, als wäre sie die Vorbotin irgendeiner Gefahr. Dann sagte eine Frauenstimme, aber nicht die meiner Mutter: »Wie konnte sie nur? Also, wirklich, wie konnte sie nur?«

Es erhob sich zustimmendes Gemurmel, und ich spürte, wie sich das Entsetzen in etwas Banaleres verwandelte – in gesellschaftliche

Missbilligung. Nachdem die ersten Worte einmal gesagt worden waren, folgten weitere, und dann prasselten die scharfen Bemerkungen herab. Es klang wie Schlittenkufen, die über Schotter knirschten.

»Nur ein Jahr... also, wieder hierher zu kommen... kein Respekt... kann doch froh sein, dass sie nicht... nach dem, was passiert ist.«

Meine Mutter legte uns je eine feste Hand auf die Schultern. »Zeit für euer Abendbrot.«

Normalerweise hätten wir protestiert, um ein paar weitere Minuten gebettelt, doch hier wussten wir, es war ernst. Um vom Eisplatz ins Hotel zu gelangen, muss man ein paar Treppenstufen zur rückwärtigen Terrasse hinauf und durch die große Glastür in den Frühstücksraum gehen. Auf der Terrasse standen zwei Männer. Man konnte von dort aus den Eisplatz sehen, und sie starrten von oben auf das Geschehen hinunter. Silberstock und Brummbär. In dem Licht, das aus dem Frühstücksraum drang, konnte ich die Augen des dünnen Mannes erkennen. Sie waren härter und durchdringender als alles, was ich je gesehen hatte, sogar härter als das Eis. Normalerweise hätten wir im Vorübergehen wohlerzogen guten Abend gesagt, doch Mutter schob uns wortlos hinein. Sobald sie uns an den Tisch verfrachtet hatte, ging sie meinen Vater holen, der inzwischen bestimmt vom Skilaufen zurückgekehrt war. Ich wusste, dass sie über mich reden würden, und kam mir wichtig vor, war aber auch besorgt, ich könnte dieser wichtigen Stellung nicht gerecht werden. Schließlich hatte das, was ich gesehen hatte, nur ein paar Sekunden gedauert, und ich hatte nichts von dem gefühlt, was ich hätte fühlen sollen. Ich hatte ihn gar nicht gekannt, bevor es passiert war, hatte ihn bloß ein paar Mal im Speisesaal gesehen, und ich hatte nicht einmal gewusst, dass er tot war, bis man es mir danach sagte.

Was an dem Abend beim Essen geschah, war wie auf dem Eisplatz, bloß ohne Zigeunermusik. In diesen Ferien durften Amanda und ich immer zum Abendessen herunterkommen und mit unseren Eltern die Suppe essen. Nach der Suppe mussten wir dann brav gute Nacht sagen und hinaufgehen und uns alleine schlafen legen.

Leute, die den ganzen Tag Schlittschuh und Ski gelaufen waren, hatten abends Hunger, und so richtete sich die Aufmerksamkeit meist diskret auf die Schwingtüren zur Küche und die Prozession von Kellnern mit den silbernen Terrinen. An jenem Abend war das anders. Im Mittelpunkt der Aufmerksamkeit war ein kleiner Tisch in der Ecke des Raums am Fenster. Ein Tisch, wie alle anderen mit weißer Leinenwäsche, Silberbesteck, Goldrandgeschirr und einer kleinen Ansammlung von Kristallgläsern gedeckt. Ein Tisch für eine Person. Ein unbesetzter Tisch.

Mein Vater sagte: »Sieht aus, als wollte sie kneifen. Kann ich ihr nicht verdenken.«

Meine Mutter warf ihm einen ihrer »Sei-still«-Blicke zu, verkündete, dies sei unser Französischabend, und bat mich in ebendieser Sprache, ihr bitte das Brot herüberzureichen.

Ich saß mit dem Rücken zur Tür und hatte die Hand am Brotkorb. Ich wusste nur, dass es im Raum plötzlich ganz still wurde.

»Dreht euch nicht um«, zischte meine Mutter auf Englisch.

Ich drehte mich um, und da stand sie, in schwarzem Samt und mit Diamantschmuck. Ihr Haar, mit mehr grauen Strähnen, als ich mich vom letzten Jahr her erinnern konnte, war hochgekämmt und mit einem perlen- und brillantenbesetzten Kamm festgesteckt. Im vorigen Jahr, bevor die Sache passiert war, hatte meine Mutter die Bemerkung gemacht, für eine ehemalige Opernsängerin sei sie ja überraschend schlank. Dieses Jahr war sie dünn, und Wangenknochen und Schlüsselbeine stachen über dem schwarzen Samtoberteil so scharf hervor, dass man damit Papier hätte schneiden können. Sie neigte ihren eleganten Kopf dem Oberkellner entgegen, lauschte vermutlich einem Willkommensgruß. Er lächelte, aber das tat er ja bei jedem. Sonst lächelte niemand, während sie ihm zu dem Tisch in der hintersten, der allerhintersten Ecke folgte. Man konnte die Hälse knacken hören, wie sie sich von ihr wegdrehten. Bestimmt war kein Auftritt, den sie im Laufe ihrer Bühnenkarriere hatte, so nervenaufreibend gewesen wie jener lange Gang über das Hotelparkett. Trotz der stummen Befehle, die meine Mutter jetzt aussandte, hätte ich mich genauso wenig von ihr abwenden können wie von Blondin, der auf dem Seil die Niagarafälle überquert hatte. Mein Ungehorsam wurde, wie Ungehorsam ja oft, dann auch belohnt, denn ich sah, wie es geschah. Inmitten des schweigenden Speisesaals, unter etwa hundert Leuten, die so taten, als bemerkten sie sie nicht, sah ich, wie Silberstock sich erhob. Zwischen all den Sitzenden wirkte er noch größer als sonst, und sein glatter silberner Kopf glänzte wie der Schnee auf dem Matterhorn über jenem Felsvorsprung von einer Nase und dem Gletscherweiß und Schwarz seiner Abendkleidung darunter. Brummbär zögerte einen Augenblick und folgte dann seinem Beispiel. Als sie auf ihrem einsamen Gang den Tisch der beiden passierte, verbeugte sich Silberstock mit der Würde eines Mannes, der sich nicht sehr oft zu verbeugen braucht, und wieder tat Brummbär es ihm – etwas uneleganter – nach. Brummbärs Gesicht war gerötet und erhitzt, das des anderen hatte sich jedoch nicht verändert. Sie hielt einen Moment inne, erwiderte ihre Verbeugungen ernsthaft mit einem unmerklichen Neigen ihres weißen Halses und ging dann weiter. Im ganzen Raum blieb es still, bis der Oberkellner ihr den Stuhl hervorgezogen und sie Platz genommen hatte, dann kamen, wie auf ein Stichwort, die Kellner mit ihren Terrinen durch die Schwingtüren marschiert, und das Geplapper und Besteckgeklapper, das plötzlich einsetzte, klang laut wie Kriegsgetümmel.

Beim Frühstück fragte ich Mutter: »Wieso haben sich die beiden vor ihr verbeugt?« Ich wusste, dass das Thema tabu war, wusste allerdings auch, dass ich mich wegen der Wirkung, die dies alles angeblich auf mich hatte, in einer irgendwie privilegierten Position befand. Ich fragte mich, wann sich diese Wirkung wohl zeigen würde – wie bei der Geheimschrift auf einem Lorbeerblatt, das man sich zum Anwärmen auf die Brust legt. Wenn ich vierzehn war oder achtzehn?

»Frag nicht so dumm. Außerdem brauchst du keine zwei Stückchen Zucker in deinem *café au lait.*«

Vater schlug vor, dass wir nach dem Mittagessen ins Tal hinunterfahren könnten, um in der Stadt Weihnachtsgeschenke zu kaufen. Es war als Ablenkung gedacht und funktionierte auch bis zu einem gewissen Grad, obwohl »sie« mir immer noch nicht aus dem Kopf ging. Später am gleichen Vormittag, als ich mit langweiligen Kindern eine zünftige Schneeballschlacht machen sollte, stahl ich mich davon auf die rückwärtige Terrasse, die auf den Eislaufplatz hinausging. Ich hoffte, »sie« dort wieder anzutreffen, doch der Eisplatz war bloß mit lärmenden Anfängern bevölkert. Laut kreischend schlitterten sie dort herum, und ich verachtete sie wegen ihrer Gewöhnlichkeit.

Ich hatte mich gerade abgewandt, um die Rückseite des Hotels zu betrachten, und dachte an nichts Besonderes, als ich hinter mir plötzlich Schritte hörte und eine Stimme sagte: »Haben Sie da gestanden, als es passiert ist?«

Es war das erste Mal, dass ich Silberstocks Stimme aus der Nähe hörte. Es war eine angenehme Stimme, tief, aber deutlich, wie das Meer in einer Höhle. In seinem groben Tweedjackett und der Mütze mit den Ohrenklappen stand er da, nur ein paar Meter von mir entfernt. Brummbär stand hinter ihm, den Hals in einen Wollschal eingemummt, und schaute beunruhigt drein. Ich überlegte, schaute erneut zum Dach hinauf und dann auf meine Füße.

»Ja, hier ungefähr muss es gewesen sein.«

»Holmes, meinen Sie nicht, wir sollten die Mutter des Mädchens fragen? Sie könnte eventuell …«

»Meine Mutter war nicht dabei. Ich schon.«

Vielleicht hatte ich bereits etwas darüber gelernt, wie man sich in Szene setzt. Mir ging durch den Kopf, wie herrlich es doch wäre, wenn er sich vor mir verbeugen würde, wie er sich vor ihr verbeugt hatte.

»Ganz genau.«

Er verbeugte sich zwar nicht, schien jedoch sehr erfreut.

»Sehen Sie, Watson, Miss Jessica ist überhaupt nicht aufgeregt deswegen, stimmt's?«

Ich merkte, dass er es als Kompliment meinte, neigte also den Kopf leicht in seine Richtung, so wie ich es vor dem Spiegel geübt hatte, wenn Amanda mal nicht hersah. Er lächelte, und in seinem Lächeln lag mehr Wärme, als man bei seiner Größe und Kantigkeit erwartet hätte.

»Ich nehme an, Sie haben nichts dagegen, über das zu reden, was Sie gesehen haben.«

»Nicht im Geringsten«, sagte ich huldvoll. Mit meiner Ehrlichkeit verdarb ich es dann aber wieder, indem ich hinzufügte: »Ich habe aber nicht sehr viel gesehen.«

»Es geht nicht darum, wie viel Sie gesehen haben, sondern wie deutlich. Vielleicht könnten Sie Dr. Watson und mir einmal genau erzählen, was Sie gesehen haben, und zwar in so vielen Einzelheiten, wie Sie sich erinnern können.«

Die Stimme war sanft, doch in den dunklen Augen, die unverwandt auf mich gerichtet waren, lag keine Sanftheit. Ich will damit nicht sagen, dass sie hart oder grausam waren, bloß dass Emotionen in ihnen keine größere Rolle spielten als etwa in der Linse einer Kamera oder eines Fernrohrs. Sie vermittelten mir ein seltsames Gefühl, nicht direkt von Angst, eher als wäre ich auf eine Weise real geworden, wie ich es vorher noch nicht recht gewesen war. Mir war bewusst, dass ich nun eine ganz klare Aussage machen musste über das, was ich vor einem Jahr gesehen hatte, dass dies wichtiger war als alles, was ich je getan hatte. Ich machte die Augen zu und dachte scharf nach.

»Ich stand genau hier und habe auf Mutter und Amanda gewartet, denn wir wollten spazieren gehen, und Amanda hatte wie üblich einen ihrer Pelzhandschuhe verloren. Ich sah den Mann fallen, dann schlug er auf dem Dach über dem Speisesaal auf und kam heruntergerutscht. Der Schnee hat sich mitbewegt, und er kam mit dem Schnee herunter. Direkt da drüben, wo der Stuhl steht, ist er gelandet, und dann kam der restliche Schnee auch noch auf ihn herunter, so dass bloß noch sein Arm herausragte. Der Arm bewegte sich nicht, aber ich wusste nicht, dass er tot war. Dann kamen viele Leute angerannt und fingen an, den Schnee von ihm wegzuschieben, und jemand sagte, ich sollte gar nicht da sein, also brachten sie mich weg und suchten nach meiner Mutter, und deshalb war ich nicht dabei, als sie den Schnee von ihm wegwischten.«

Atemlos hielt ich inne. Brummbär sah etwas beunruhigt und mitleidig aus, Silberstocks Blick hatte sich dagegen nicht verändert.

»Als Sie auf Ihre Mutter und Schwester gewartet haben, in welche Richtung haben Sie da geschaut?«

»Auf den Eisplatz. Ich habe den Schlittschuhläufern zugesehen.«

»Ganz genau. Das heißt also, Sie standen vom Hotel abgewandt.«

»Ja.«

»Und doch haben Sie den Mann fallen sehen?«

»Ja.«

»Wieso haben Sie sich umgedreht?«

Darüber hatte ich keinen Zweifel. Es war derjenige Teil meiner Geschichte, für den sich damals alle am meisten interessiert hatten.

»Er schrie.«

»Was schrie er denn?«

»Er schrie ›Nein‹.«

»Wann schrie er das?«

Ich zögerte. Das hatte mich bisher noch niemand gefragt, weil die Antwort offensichtlich war.

»Beim Fallen.«

»Klar, aber wann genau? Ich nehme an, bevor er auf dem Dach über dem Speisesaal landete, denn sonst hätten Sie sich ja nicht rechtzeitig umgedreht und es gesehen.«

»Ja.«

»Und Sie haben sich so rechtzeitig umgedreht, dass Sie ihn erst in der Luft und dann fallen gesehen haben?«

»Holmes, ich finde, Sie sollten sie nicht…«

»Ach, seien Sie still, Watson. Also, Miss Jessica?«

»Ja, er war in der Luft und fiel herunter.«

»Und da hatte er schon geschrien. Zu welchem Zeitpunkt schrie er denn genau?«

Ich wollte mich clever und erwachsen geben, damit er viel von mir hielt.

»Ich glaube, das war, als sie ihn aus dem Fenster geschubst hat.«

Auf Brummbärs Gesicht zeichneten sich nun die meisten Gefühle ab. Er verdrehte die Augen, lief rot an und machte mit den Händen in den Pelzfäustlingen kleine flehende Gesten, wodurch er noch bärenhafter wirkte als sonst. Diesmal galt der Protest aber nicht seinem Freund, sondern mir. Silberstock hob die Hand, um ihn davon abzuhalten, dass er etwas sagte, aber sein Gesicht hatte sich ebenfalls verändert und auf seiner Stirn kerbte sich eine tiefe V-förmige Falte ein. Die Stimme klang nun eine Spur weniger sanft.

»Als ihn wer aus dem Fenster geschubst hat?«

»Seine Frau, Mrs. McEvoy.«

Ich überlegte, ob ich hinzufügen sollte: »Die Frau, vor der Sie sich gestern Abend verbeugt haben«, entschied mich aber dagegen.

»Haben Sie gesehen, wie sie ihn geschubst hat?«

»Nein.«

»Haben Sie Mrs. McEvoy am Fenster gesehen?«

»Nein.«

»Und trotzdem sagen Sie, Mrs. McEvoy hätte ihren Mann aus dem Fenster gestoßen. Warum?«

»Weiß doch jeder, dass sie es getan hat.«

An Brummbärs Gesichtsausdruck merkte ich, dass ich mich ganz schön verrannt hatte, wusste aber nicht, wo. Er, ein freundlicher Kerl, hatte es wohl erraten, denn er fing an, es mir zu erklären.

»Wissen Sie, mein Kind, nach all den Jahren mit meinem guten Freund Mr. Holmes …«

Wieder wurde er mit einem Wink zum Schweigen gebracht.

»Miss Jessica, Dr. Watson meint es gut, aber ich hoffe doch, er lässt mich für mich selbst sprechen. Es ist ein weit verbreiteter Irrtum zu glauben, das Alter an sich brächte schon Weisheit mit sich, doch was es ganz sicher mit sich bringt, ist Erfahrung. Gestatten Sie mir, Ihnen aus meiner Erfahrung, wenn auch nicht aus meiner Weisheit, einen kleinen Rat zu geben!«

Ich nickte, diesmal nicht huldvoll, sondern bloß verblüfft.

»Mein Rat ist folgender: Denken Sie immer daran, was alle wissen, weiß keiner.«

Er benutzte seine Stimme so, wie ein Schlittschuhläufer sein Gewicht auf den Schlittschuhkufen zum Gleiten oder Drehen einsetzt.

»Sie sagen, jeder weiß doch, dass Mrs. McEvoy ihren Mann aus dem Fenster gestoßen hat. Soweit ich weiß, sind Sie die Einzige auf der Welt, die Mr. McEvoy fallen sah. Und doch haben Sie eben gesagt, Sie hätten nicht gesehen, wie Mrs. McEvoy ihn hinausstieß. Wer also ist dieser ›jeder‹, der mit solcher Gewissheit etwas von einem Vorfall behaupten kann, den unseres Wissens niemand mit eigenen Augen gesehen hat?«

Es ist schrecklich, wenn man keine Antwort weiß. Was ist neunzehn mal drei? Wie lautet die Partizipform des Verbs *faire*? Ich hatte mich ihm als ebenbürtig erweisen wollen, doch er hatte unwissentlich den Knopf gedrückt, der mich wie im Klassenzimmer in Panik versetzte. »Er war sehr reich«, brach es aus mir hervor, »und sie hat ihn nicht geliebt, und jetzt ist sie sehr reich und kann machen, was sie will.«

Wieder schossen die Pelzfäustlinge des Bären hoch und scharrten durch die Luft. Wieder wurde er nicht beachtet.

»Mrs. McEvoy ist also reich und kann machen, was sie will? Kommt es Ihnen so vor, als wäre sie glücklich?«

»Holmes, wie kann ein Kind denn wissen …?«

Ich dachte an die Zigeunermusik, den glänzenden dunklen Pelz, die Perlen in ihrem Haar und schüttelte unwillkürlich den Kopf.

»Nein. Und trotzdem kommt sie wieder hierher, genau ein Jahr nachdem ihr Mann gestorben ist, ausgerechnet an den einen Ort auf der Welt, von dem man meinen würde, sie würde ihn um jeden Preis meiden wollen. Sie kommt hierher, obwohl sie weiß, was die Leute über sie sagen, sorgt dafür, dass auch gewiss jeder sie sieht, mit stolz erhobenem Kopf. Können Sie sich vorstellen, wie das für eine Frau sein muss?«

Diesmal protestierte Brummbär tatsächlich und hörte auch nicht mehr auf damit. Wie konnte er nur von einem Kind erwarten, die Gefühle einer reifen Frau nachzuvollziehen? Wie konnte man mir vorwerfen, dass ich das Geklatsche meiner Eltern nachplapperte? Also wirklich, Holmes, das war zu viel. Diesmal schien Silberstock ihm sogar zuzustimmen. Er glättete die V-förmige Falte auf seiner Stirn und entschuldigte sich.

»Dann lassen Sie uns auf den festeren Boden der Tatsachen zurückkehren und uns damit befassen, was Sie tatsächlich gesehen haben. Ich nehme an, dass das Hotel seit dem letzten Jahr nicht in irgendeiner Weise umgebaut wurde.«

Ich warf wieder einen Blick auf die Rückseite des Hotels. Soweit ich sehen konnte, war es genauso wie vorher, mit den Glastüren, die vom Speisesaal und vom Frühstücksraum auf die Terrasse hinausführten und dem abschüssigen Ziegeldach darüber. An das Dach angrenzend die drei Hauptetagen mit den Gästezimmern des Hotels. Die meisten Leute wählten die beiden oberen Stockwerke, weil sie schmiedeeiserne Balkone hatten, auf denen man an sonnigen Tagen stehen und die Berge betrachten konnte. Darunter lagen die kleineren Zimmer. Sie waren weniger beliebt, da sie direkt über der Küche und dem Speisesaal lagen, folglich den Lärm und die Küchengerüche abbekamen und außerdem keinen Balkon hatten.

An Brummbär gewandt, sagte Silberstock: »Das war das Zimmer, das sie im letzten Jahr hatten, im obersten Stockwerk, das zweite von rechts. Wenn er also gestoßen worden wäre, hätte er außer aus dem Fenster auch noch über den Balkon gestoßen werden müssen. Dazu wäre aber ziemlich viel Kraft nötig gewesen, meinen Sie nicht?«

Die nächste Frage war an mich gerichtet. Er wollte wissen, ob ich Mr. McEvoy schon einmal gesehen hatte, bevor er aus dem Fenster gefallen war, und ich sagte, ja, ein paar Mal.

»War er ein kleiner Mensch?«

»Nein, ziemlich groß und kräftig.«

»Etwa so wie unser Dr. Watson?«

Wie zur militärischen Musterung reckte Brummbär seine breiten Schultern.

»Er war dicker.«

»Jünger oder älter?«

»Ziemlich alt. So alt wie Sie.«

Brummbär prustete und ließ die Schultern ein wenig sinken.

»Also haben wir einen Mann etwa so alt wie unser Freund Watson, nur schwerer. Ziemlich schwierig für eine Frau, meinen Sie nicht, ihn gegen seinen Willen zu stoßen, egal wohin?«

»Vielleicht hat sie ihn überrascht und gesagt, er soll sich mal hinauslehnen und sich etwas ansehen, und ihm dann die Füße weggezogen.«

Die Theorie stammte nicht von mir. Der Vorfall war im letzten Jahr natürlich unter sämtlichen Gesichtspunkten analysiert worden, und keine elterliche Vorsicht hätte mir das vorenthalten können.

»Eine rührende Vorstellung. Halten wir uns doch wieder an die Dinge, die wir mit Sicherheit wissen, ja? Lag letztes Jahr genauso viel Schnee wie jetzt?«

»Ich glaube schon. Letztes Jahr ging er mir bis über die Knie. Dieses Jahr nicht ganz, aber ich bin ja auch gewachsen.«

Brummbär murmelte: »Über so etwas wird es doch Aufzeichnungen geben.«

»Gewiss, aber wir sind Miss Jessica auch dankbar für ihre persönlichen Einschätzungen. Dürfen wir Ihnen nur noch eine Frage stellen?«

Ich bejahte ziemlich argwöhnisch.

»Sie sagten, kurz bevor Sie sich umgedreht haben und ihn fallen sahen, hörten Sie ihn ›nein‹ schreien. Was für ein ›Nein‹ war das denn?«

Ich war verwirrt. Das hatte mich bis jetzt noch niemand gefragt.

»War es ein verärgertes Nein? Ein protestierendes Nein? Die Art von Nein, die man schreit, wenn einen jemand vom Balkon stößt?«

Der andere sah aus, als wollte er wieder etwas einwenden, blieb aber still. Die Intensität in Silberstocks Blick hätte sogar ein munter gluckerndes Bächlein gefrieren lassen. Als ich nicht gleich antwortete, entspannte er sich sichtlich, und seine Stimme wurde weicher.

»Es fällt Ihnen schwer, sich zu erinnern, nicht wahr? Alle waren sich so sicher, dass es eine ganz bestimmte Art von Nein gewesen war, und nun hat sich diese Version in Ihrem Kopf festgesetzt. Ich möchte, dass Sie etwas für mich tun, wenn Sie so nett wären. Ich will, dass Sie vergessen, dass Dr. Watson und ich hier sind, und sich dahin stellen und auf den Eisplatz hinunterschauen, genau wie letztes Jahr. Ich will, dass Sie an gar nichts anderes denken und sich vorstellen, es ist wirklich letztes Jahr, und Sie hören diesen Schrei zum ersten Mal. Wollen Sie das tun?«

Ich wandte den Blick von ihnen ab und betrachtete zuerst die diesjährigen Schlittschuhläufer, dann machte ich die Augen zu und versuchte, mich zu erinnern, wie es gewesen war. Während ich wartete, spürte ich den kratzigen grünen Schal um den Hals und die Kälte, die mir in Zehen und Finger kroch. Ich hörte den Schrei und musste mich richtig beherrschen, um mich nicht umzudrehen und die Gestalt wieder herunterpurzeln zu sehen. Als ich die Augen aufmachte und die beiden ansah, warteten sie immer noch geduldig.

»Ich glaube, ich weiß es wieder.«

»Was für ein Nein war es?«

Ich hatte es ganz klar im Kopf, konnte es aber schwer in Worte fassen.

»Es ... es war, als ob er noch etwas hätte sagen wollen, wenn er Zeit gehabt hätte. Nicht bloß nein. Nein, und noch etwas anderes.«

»Nein, und was noch?«

Wieder Schweigen, während ich nachdachte, dann ein kleiner Ansporn von Brummbär.

»Hätte es ein Name sein können, mein Kind?«

»Geben Sie ihr doch nicht noch mehr Ideen ein. Sie dachten, er hätte nach dem Nein noch etwas sagen wollen, wissen aber nicht was, ist es so?«

»Ja, wie ›nein, kein Rennen‹, oder ›nein, kein Kuchen heute‹, bloß war es das nicht. Etwas, was man nicht tun konnte.«

»Oder etwas, das fehlte, wie etwa der Kuchen?«

»Ja, so ähnlich. Aber, das hätte es doch nicht sein können, oder?«

»Nein? Wenn etwas auf eine bestimmte Weise geschieht, dann ist es geschehen, da gibt es kein könnte oder könnte nicht.«

Solche Sachen sagen sonst eigentlich Gouvernanten, doch er lächelte dabei, und ich hatte irgendwie das Gefühl, ich hatte etwas gesagt, was ihm gefiel.

»Ich sehe, da kommen Ihre Mutter und Schwester, daher müssen wir diese höchst aufschlussreiche Unterhaltung wohl beenden, fürchte ich. Ich bin Ihnen für Ihre scharfe Beobachtungsgabe sehr zu Dank verpflichtet. Erlauben Sie mir, Ihnen weitere Fragen zu stellen, falls mir noch welche einfallen?«

Ich nickte.

»Ist das jetzt ein Geheimnis?«

»Möchten Sie gern, dass es eines ist?«

»Holmes, ich finde, wir sollten die junge Dame nicht dazu verleiten ...«

»Mein lieber Watson, meiner Auffassung nach kann man einem Kind kein kostbareres Geschenk machen, als wenn man es ein Geheimnis bewahren lässt.«

Meine Mutter kam mit Amanda über die Terrasse herüber. Silberstock und Brummbär tippten sich zum Gruß an die Mützen und wünschten uns einen schönen Spaziergang. Als meine Mutter mich später fragte, worüber wir gesprochen hatten, sagte ich, sie hätten wissen wollen, ob der Schnee letztes Jahr auch so tief gewesen sei – und behielt das Geheimnis meiner Komplizenschaft für mich. In meiner Fantasie wurde ich sein Spähauge und sein Lauschohr. Bei der Kinderfeier an Heiligabend redeten die Erwachsenen mit gedämpfter Stimme und glaubten, wir wären ganz in den Geschenktrubel um den Hotelbaum versunken. Es hätte aber mehr als den Portier im roten Mantel und weißen Schnurrbart gebraucht oder seine großzügige Gabe von drei Holzgänsen an einer Schnur, um mich von meiner Arbeit abzulenken. Ich lauschte und bewahrte jedes Fitzelchen an Information auf für später, wenn er mich wieder befragen würde. Und ich beobachtete Mrs. McEvoy, wie sie den ganzen Weihnachtsabend und Weihnachtstag im Hotel umherging, blass und aufrecht in ihrem Schwarz und den Juwelen, und das Schweigen hinter sich her zog wie die lange Schleppe an einem Kleid.

Mein Aufruf erfolgte am zweiten Weihnachtsfeiertag. Es gab wieder eine Schneeballschlacht auf dem Hotelgelände, diesmal mit Eltern. Ich hielt mich ziemlich heraus und wartete neben einem Grüppchen von kahlen Birken, als Silberstock und Brummbär tatsächlich zu mir herüberkamen.

»Ich habe eine Menge über sie herausgefunden«, sagte ich.

»So, so, haben Sie das?«

»Er war ihr zweiter Mann. Sie hatte schon mal einen, den sie mehr liebte, der ist aber am Fieber gestorben. Das war, als sie vor langer Zeit mal in Ägypten waren.«

»Vor zehn Jahren.«

Silberstocks Stimme klang abwesend. Er sah mich nicht einmal an.

»Vor drei Jahren hat sie Mr. McEvoy geheiratet. Die meisten Leute sagen, wegen seinem Geld, aber auf der Feier war auch eine amerikanische Dame, die meinte, Mr. McEvoy sei auf den ersten Blick ziemlich nett gewesen und hätte sich für Musik und Sänger interessiert, also war es vielleicht so eine Ehe, bei der sich die Leute ganz gern haben, aber nicht ineinander verliebt sind, verstehen Sie?«

Ich dachte eigentlich, ich hätte mich ganz tapfer geschlagen. Ich wollte, dass es so klang wie bei meiner Mutter, wenn sie mit ihren Freundinnen redete, und in meinen Ohren hörte es sich auch ganz überzeugend an. Ich war enttäuscht über die ausbleibende Reaktion und fuhr deshalb meine schweren Geschütze auf.

»Bloß mochte sie ihn danach nicht mehr so, denn nachdem sie geheiratet hatten, fand sie das mit seinem Auge heraus.«

»Seinem Auge?«

Endlich eine Reaktion, allerdings von Brummbär, nicht von Silberstock. Ich kam auch gleich auf das richtige Wort und klammerte mich daran fest.

»Riskiert. Er hat gern mal ein Auge riskiert. Also, er guckte immer andere Damen an, und das gefiel ihr nicht.«

Ich hoffte, sie würden verstehen, dass es bedeutete, man guckte auf eine ganz spezielle Weise. Ich wusste selbst nicht recht, auf was für eine spezielle Weise, aber als die Erwachsenen bei der Feier darüber redeten, verstanden sie einander offensichtlich. Es kam mir allerdings so vor, als hätte ich die beiden überschätzt, denn sie standen bloß da und starrten mich an. Vielleicht war Silberstock doch nicht so schlau, wie ich geglaubt hatte. Ich rückte mein letztes Restchen an Information heraus, etwas, was jeder begreifen würde.

»Ich habe ihren Vornamen herausgekriegt. Irene.«

Brummbär räusperte sich. Silberstock sagte gar nichts. Er blickte über meinen Kopf hinweg zu der Schneeballschlacht.

»Holmes, ich finde wirklich, wir sollten Miss Jessica mit ihren kleinen Freunden spielen lassen.«

»Noch nicht. Ich möchte sie etwas fragen. Erinnern Sie sich noch an das Hotelpersonal vom letzten Weihnachten?«

Was für eine grässliche Enttäuschung! Da war ich nun zu ihm gekommen, den Kopf voll gepackt mit Liebe, Geld und Hochzeiten, und er erkundigte sich nach den Bediensteten. Vielleicht wirkte meine enttäuschte Miene wie Begriffsstutzigkeit, denn sein Ton wurde ungehalten.

»Die Leute, die sich um euch gekümmert haben, die Portiers und die Kellner und die Zimmermädchen, besonders die Zimmermädchen.«

»Es sind immer noch die gleichen … glaube ich.« Ich ging sie im

Kopf durch. Da war Petra mit ihren dicken Zöpfen, die uns die Tassen mit heißer Schokolade brachte, die runde Renate, die uns die Betten machte, die grauhaarige Ulrike mit dem Hinkebein.

»Ist niemand weggegangen?«

»Ich glaube nicht.«

Dann war die Erinnerung plötzlich wieder da: blonde Ringellocken, die unter der Zimmermädchenhaube hervorquollen, und die klare Stimme, mit der sie sang und dabei die Korridore kehrte, froh und unbeschwert wie ein Vogel im Wind.

»Da war noch Eva, aber die hat geheiratet.«

»Wen hat sie geheiratet?«

»Franz, den Mann, der den Schlitten hat.«

Der flog gerade die Auffahrt hinunter, als ich das sagte, mit klingelnden Silberglöckchen und dem kleinen Pferd, das im Sonnenschein golden glänzte.

»Eine gute Partie für ein Zimmermädchen im Hotel.«

»O, letztes Jahr hatte er den Schlitten noch nicht. Da war er bloß der zweite Portier.«

»So, so. Watson, ich glaube, mit dem müssen wir mal eine Schlittenfahrt machen. Sprechen Sie mit dem Chefportier wegen der Buchung?«

Ich hoffte, er würde mich auch dazu einladen, aber davon war nicht die Rede. Trotzdem schien sich seine Stimmung wieder gebessert zu haben – obwohl ich kaum glaubte, dass es an dem lag, was ich ihm erzählt hatte.

»Miss Jessica, ich bin Ihnen wieder sehr zu Dank verpflichtet. Um einen Gefallen werde ich Sie vielleicht noch bitten müssen, aber alles zu seiner Zeit.«

Widerwillig kehrte ich zu den Schneeballwerfern zurück, während die beiden durch den Schnee ins Hotel gingen.

Als wir nachmittags dann unseren Spaziergang machten, fuhren sie die Auffahrt hinunter in Franzens Schlitten an uns vorbei. Es sah nicht nach einer Vergnügungsfahrt aus. Franzens hübsches Gesicht war ernst, und Holmes blickte starr geradeaus. Statt sich am Ende der Hotelauffahrt in Richtung Wald zu wenden, bogen sie links ab ins Dorf. Unser Spaziergang führte uns ebenfalls ins Dorf, weil

Vater bei einem alten Mann vorbeischauen wollte, um sich einen Spazierstock schnitzen zu lassen. Als wir die kleine Hauptstraße hinuntergingen, sahen wir den Schlitten samt Pferd vor einem properen Chalet mit grünen Fensterläden neben der Kirche stehen. Ich wusste, dass es Franzens eigenes Haus war, und fragte mich, was aus seinen Fahrgästen geworden war. Etwa eine halbe Stunde später, als wir das mit Vaters Spazierstock erledigt hatten und wieder die Straße hinaufgingen, sahen wir Holmes und Watson draußen auf dem Balkon des Chalets stehen – mit Eva, dem Zimmermädchen vom letzten Jahr. Ihr helles Haar war lockig wie immer, doch sie hielt den Kopf gesenkt und schien aufmerksam dem zu lauschen, was Holmes gerade sagte. An ihren hängenden Schultern sah ich, dass sie nicht glücklich war.

»Wieso redet Silberstock mit ihr?«

Wie es sich gehörte, wurde Amanda getadelt, weil sie hingestarrt und nach Sachen gefragt hatte, die sie nichts angingen. Weil ich älter und klüger war, sagte ich nichts, sondern bewahrte mein Geheimnis fest in meinem Herzen. Hatte Eva ihn hinuntergestoßen? Würde man sie ins Gefängnis stecken? In meine Freude mischten sich Schuldgefühle, weil er das mit Eva ja nicht erfahren hätte, wenn ich es ihm nicht gesagt hätte, aber nicht so viele, dass es mir die Sache verdorben hätte. Später hielt ich aus unserem Fenster Ausschau und hoffte, den Schlitten zurückkommen zu sehen, der an dem Tag aber nicht mehr kam. Stattdessen kehrten Holmes und Watson kurz vor Einbruch der Dunkelheit zu Fuß zurück. Raschen Schrittes und schweigend kamen sie die Auffahrt herauf.

Am nächsten Morgen kam Brummbär beim Frühstück zu Mutter an den Tisch. »Ob Sie wohl gestatten, dass ich Miss Jessica auf einen kurzen Spaziergang auf die Terrasse mitnehme?«

Mutter zögerte, aber Brummbär war offenkundig sehr seriös, und überhaupt konnte man die Terrasse vom Frühstücksraum aus einsehen. Ich setzte meine Mütze auf, zog Mantel und Handschuhe an und ging mit ihm durch die Glastür hinaus in die kalte Luft. Wir sahen zum Eislaufplatz hinunter, von genau der gleichen Stelle aus, an der ich gestanden hatte, als sie das erste Mal mit mir gesprochen hatten. Ich wusste, dass das kein Zufall war. Brummbärs hektische Betriebsamkeit, die Spannung in seiner Stimme, die er erfolglos zu verbergen suchte, ließen keinen Zweifel. Irgendetwas stimmte auch nicht mit der Terrasse – es waren viel mehr Leute darauf als sonst an einem kalten Vormittag. Etwa zwei Dutzend standen steif in Grüppchen herum, unterhielten sich und warteten.

»Wo ist Mr. Holmes?«

Brummbär sah mich an, die Augen vor Kälte tränend.

»Ehrlich gesagt, mein Kind, weiß ich nicht, wo er steckt oder was er treibt. Er hat mir beim Frühstück meine Anweisungen gegeben, und seither habe ich ihn nicht mehr gesehen.«

»Anweisungen über mich?«

Bevor er antworten konnte, ertönte der Schrei. Es war der Schrei eines Mannes; er durchschnitt die Luft wie ein Sägeblatt und bestand aus einem Wort. Das Wort lautete »Nein«. Ich wandte mich ab, mir stockte der Atem, und genau wie im letzten Jahr war da ein dunkles Ding in der Luft, um das die Kleider flatterten. Alle Leute auf der Terrasse hielten gleichzeitig den Atem an, dann ertönte ein dumpfer Aufprall, als das Ding im tiefen Schnee auf dem Restaurantdach aufschlug und abzurutschen begann. Ich hörte wieder »Nein«, aber diesmal war es meine eigene Stimme, denn vom letzten Jahr wusste ich, was als Nächstes kommen würde – die Rutschpartie vom abschüssigen Dach, der zusammengeschobene Schnee, der Knall auf die Terrasse nur ein paar Meter von der Stelle, an der ich jetzt stand, der herausragende Arm.

Zunächst war die Erinnerung so stark, dass ich dachte, ich würde *das* vor mir sehen, und es dauerte ein paar Sekunden, bis ich begriff, dass es sich gar nicht so abspielte. Das Ding war ein wenig zur Seite gefallen, und anstatt geradeaus das Dach hinunterzurutschen, geriet es an ein kleines Ziergeländer am Rand, wo das Hauptgebäude des Hotels in den Anbau überging, und schob dabei einen Schneekeil vor sich her. Dann sagte jemand ungläubig: »Er ist liegen geblieben!« Das Ding war tatsächlich liegen geblieben. Statt über das Dach auf die Terrasse zu stürzen, war es gegen das Geländer geschoben worden, wie ein walzenförmiger Schneeball in Schnee eingerollt, und etwa einen Meter vor der Kante liegen geblieben. Dann setzte es sich auf, klammerte sich mit einer Hand an das Geländer, von der Körpermitte abwärts mit Schnee bedeckt. Falls er eine Mütze aufgehabt hatte, als er aus dem Fenster fiel, so hatte er sie beim Fallen verloren, denn sein feuchtes Haar glänzte silbern über seinem lächelnden, braunen Gesicht. Es war ein nach innen gekehrtes Lächeln, als könnte nur er allein richtig ermessen, was er da soeben getan hatte.

Dann begannen die Leute wild durcheinander zu reden. Ein paar schrien nach einer Leiter, andere rannten herum. Die Übrigen fragten sich gegenseitig, was denn passiert sei, bis jemand drei Stockwerke über uns das weit offen stehende Fenster bemerkte.

»Ihr Fenster. Mrs. McEvoys Fenster.«

»Er ist von Mrs. McEvoys Balkon gefallen, genau wie letztes Jahr.«

»Aber er ist doch gar nicht …«

Irgendwann hatte Brummbär mir die Hand auf die Schulter gelegt. Jetzt beugte er sich zu mir herunter, blickte mir besorgt ins Gesicht und sagte, wir sollten hineingehen zu meiner Mutter. Mir wäre lieber gewesen, er ginge mir aus dem Weg, damit ich Silberstock auf dem Dach sehen konnte. Dann kam Mutter angerauscht, Wolken von Parfum und Theatralik verströmend. Ich musste natürlich hinein, aber vorher sah ich noch, wie die Leiter ankam und Silberstock herunterstieg, ein wenig steif zwar, jedoch voller Würde. Und noch etwas. In dem Moment, als er von der Leiter stieg, öffnete sich die Glastür zur Terrasse und »sie« trat heraus. Sie war nicht dabei gewesen, als es geschehen war, doch nun schritt sie in ihrer schwarzen Pelzjacke zwischen den Leuten hindurch, als ob sie gar nicht vorhanden wären, reichte ihm die Hand und bedankte sich.

Wie an den anderen Abenden speiste sie allein an ihrem Tisch, brauchte aber länger, um dorthin zu gelangen. Ihr langer Gang quer durch den Speisesaal wurde noch verlängert von all den Leuten, die mit ihr sprechen wollten, sich nach ihrem Befinden erkundigten, ihr sagten, wie sehr sie sich freuten, sie wieder zu sehen. Es war, als wäre sie an dem Nachmittag erst angekommen und nicht schon fünf Tage dort gewesen. Mehrere Blumensträußchen standen auf ihrem Tisch, die anscheinend extra aus der Stadt heraufgeschickt worden waren, daneben Champagner in einem silbernen

Kübel. Silberstock und Brummbär verbeugten sich, als sie an ihrem Tisch vorbeiging, aber mit einem gewöhnlichen höflichen leichten Nicken, nicht wie an jenem ersten Abend. Als sie ihnen ein Lächeln schenkte, war es, als würde die Sonne aufgehen.

Wir wurden wie gewöhnlich sofort nach der Suppe ins Bett geschickt. Amanda schlief gleich ein, aber ich lag noch wach und ärgerte mich, dass ich von den wirklich wichtigen Dingen ausgeschlossen war. Da der kleine Salon unserer Eltern neben unserem Schlafzimmer lag, hörte ich sie hereinkommen. Sie waren immer noch aufgeregt. Kurz darauf klopfte es an der Tür zu unserer Suite, Stimmengemurmel ertönte, woraufhin mein Vater etwas verblüfft sagte: »Ja, dann kommen Sie doch bitte herein.« Dann ihre Stimmen, erst die von Brummbär, der sich umständlich entschuldigte, es sei ja schon so spät, dann die von Silberstock, der ihn unwirsch abfertigte: »Es ist so, wir schulden Ihnen eine Erklärung, beziehungsweise Ihrer Tochter. Dr. Watson meinte, wir sollten sie Ihnen geben, damit Sie es Jessica irgendwann in der Zukunft, wenn sie alt genug ist, vielleicht sagen können.«

Hätte ich eine Truhe voller Gold gehabt und gerade gesehen, wie jemand sie in einer bevölkerten Straße wegwarf, ich hätte nicht wütender sein können: zu hören, wie mein Geheimnis hier preisgegeben wurde. Mein erster Gedanke war, barfuß und im Nachthemd ins Nebenzimmer zu stürmen und zu verlangen, dass er mit *mir* redete, nicht mit ihnen. Dann gewann die Vorsicht die Oberhand. Ich stieg zwar aus dem Bett, ging aber nur bis zur Tür, öffnete sie einen Spalt, um besser hören zu können, und tappte wieder zurück ins Bett. Ich hörte, wie Sessel gerückt wurden und Leute sich darauf niederließen, dann ertönte Silberstocks Stimme.

»Ich sollte gleich zu Anfang sagen, Dr. Watson und ich – aus Gründen, die hier nicht erörtert zu werden brauchen – waren überzeugt, dass Irene McEvoy ihrem Mann nicht den tödlichen Stoß versetzt hat. Die Frage war, wie man es beweisen sollte, und in dieser Hinsicht war die Aussage Ihrer Tochter unverzichtbar. Sie allein sah Mr. McEvoy fallen, und nur sie hörte, was er schrie. Das akkurate kindliche Ohr – nachdem es gewisse dumme Bemerkungen der Erwachsenen aussortiert hatte – registrierte diesen Schrei so präzise wie ein Phonograph und wusste, dass es genau genommen nur die Hälfte eines Schreis war, dem Mr. McEvoy, wenn er Zeit gehabt hätte, noch etwas hinzugefügt hätte.«

Pause. Ich saß aufrecht im Bett, die Tagesdecke um den Hals, und spitzte die Ohren, damit mir auch nicht ein Wort davon entging, was er mit seiner ruhigen, klaren Stimme äußerte.

»Nein – und dann noch etwas. Die Frage war, nein und was? Mr. McEvoy hatte erwartet, dass etwas dort war, und sein letzter Gedanke auf Erden galt der Überraschung darüber, dass es fehlte, einer Überraschung, die so heftig war, dass er sie mit seinem letzten Atemzug herausschreien wollte. Die Frage war nun, was es gewesen sein könnte.«

Schweigen, Warten auf eine Antwort, doch niemand sagte etwas.

»Wenn Sie sich einmal die Rückseite des Hotels von der Terrasse aus ansehen, wird Ihnen eines ganz klar auffallen: Der zweite und der dritte Stock sind mit Balkonen ausgestattet. Der erste Stock nicht. Das Zimmer, das Mr. und Mrs. McEvoy bewohnten, hatte einen Balkon. Jemand, der in der Suite wohnte, würde sich das merken. Nicht unbedingt merken würde er sich – falls er nicht ein außergewöhnlich genauer Beobachter war –, dass die Zimmer im ersten Stock keine Balkone haben. Bis es zu spät war. Ich habe mir nun die Theorie zurechtgelegt, dass Mr. McEvoy in der Tat nicht aus dem Fenster seines eigenen Zimmers gefallen war, sondern aus einem der unteren Zimmer, das jemand anderem gehörte. Das erklärt auch seine unvollendeten letzten Worte: ›Nein … kein … Balkon.‹«

Meine Mutter rang nach Luft. Mein Vater sagte: »Gütiger Himmel …«

»Nachdem ich zu dieser Schlussfolgerung gelangt war, blieb noch die Frage, was Mr. McEvoy im Zimmer einer anderen Person zu suchen hatte. Diebstahl war auszuschließen, da er ein sehr reicher Mann war. Er wollte sich also mit jemandem treffen. Die nächste Frage war, mit wem. Und hier war Ihre Tochter auf eine Weise behilflich, die sie in ihrem jungen Alter noch nicht begreifen kann. Sie vertraute uns in aller Unschuld an, die Erwachsenen klatschen gehört zu haben, wonach der verstorbene Mr. McEvoy gern mal ein Auge riskiert habe.«

Mein Vater fing an zu lachen, hörte aber gleich wieder auf.

»Aha«, meinte meine Mutter auf eine Art, die Ärger für mich verhieß.

»Als ich erst einmal auf diese Spur aufmerksam geworden war, war die Lösung offensichtlich. Mr. McEvoy hielt sich in einem fremden Hotelzimmer zum Zwecke eines – wie könnte man sagen? – eines Schäferstündchens auf. Allerdings trug sich der Unfall mitten am Vormittag zu. Hat man in der Weltgeschichte je von einer Dame gehört, die sich zu dieser Tageszeit auf ein heimliches Stelldichein eingelassen hätte? Es handelte sich folglich nicht um eine Dame. Also fragte ich mich, welche Personengruppe vormittags am wahrscheinlichsten in einem Hotelzimmer anzutreffen ist, und die Antwort war …«

»Du liebe Güte, das Zimmermädchen!«

Die Stimme meiner Mutter, und offenkundig war Holmes über die Unterbrechung nicht besonders erfreut.

»Ganz genau. Mr. McEvoy hatte sich mit einem Zimmermädchen verabredet. Ich fragte ein wenig herum, um festzustellen, ob irgendwelche jungen und attraktiven Zimmermädchen das Hotel seit letzte Weihnachten verlassen hatten. Und es gab eine – eine gewisse Eva. Sie hatte den zweiten Portier geheiratet und als Mitgift so viel Geld in die Ehe gebracht, dass er den eleganten kleinen Schlitten kaufen konnte. Nun mag ein umsichtiges Zimmermädchen sich ja durch Trinkgelder durchaus eine bescheidene Mitgift ansparen, aber ein Blick auf diesen Schlitten wird Ihnen sagen, dass Evas Mitgift sich eher als, nun … unbescheiden bezeichnen lässt.«

Wieder ertönte das Lachen meines Vaters, abgewürgt von einem scharfen Blick meiner Mutter, den ich mir gut vorstellen konnte.

»Dr. Watson und ich statteten Eva also einen Besuch ab. Ich sagte ihr, zu welchen Schlüssen ich gekommen war, und die Arme bestätigte sie, indem sie noch einige Einzelheiten hinzufügte – die Stimme der Wirtschafterin vor der Tür, Mr. McEvoys bewährte, diesmal aber unkluge Taktik, auf dem Balkon Zuflucht zu suchen. Sie mögen nun einwenden, die junge Eva hätte gleich gestehen sollen, was sich zugetragen hatte …«

»In der Tat.«

»Aber bedenken Sie doch einmal ihre Lage. Dann hätte sie nicht nur ihre Stellung im Hotel verloren, auch ihre Verlobung mit dem schönen Franz wäre in die Brüche gegangen. Und schließlich war ja auch keine Rede davon, dass irgendjemand vor Gericht gestellt werden sollte. Die feine Gesellschaft war durchaus damit zufrieden, stillschweigend die Geschichte zu dulden, dass Mr. McEvoy aus Versehen aus seinem Fenster gefallen war – und innerlich eine Unschuldige des Mordes an ihm zu bezichtigen.«

Meine Mutter sagte – und klang zur Abwechslung einmal ziemlich gedämpft: »Aber das muss Mrs. McEvoy doch gewusst haben. Warum hat sie nichts gesagt?«

»Ah, um das zu beantworten, muss man etwas über Mrs. McEvoys Lebensgeschichte wissen, und Dr. Watson und ich sind zufällig in dieser Lage. Vor langer Zeit, vor ihrer ersten, glücklichen Ehe, wurde Mrs. McEvoy von einem Prinzen geliebt. Er war zugegebenermaßen kein besonders bewundernswerter Prinz, aber ein Prinz. Können Sie sich vorstellen, wie sich eine Frau gefühlt haben muss, die aus so einer Welt kommt und dann von einem Mann, der sein Vermögen mit Badezimmereinrichtungen gemacht hat, mit einem Zimmermädchen betrogen wird? Können Sie sich vorstellen, dass eine stolze Frau vielleicht lieber für eine Mörderin gehalten wird, als sich dieser Demütigung zu unterwerfen?«

Wieder Schweigen, dann hauchte meine Mutter: »Ja. Ja, das kann ich wohl. Die Ärmste.«

»Nicht Mitleid war es, was Irene McEvoy brauchte.« Und in einem anderen Tonfall: »So, jetzt wissen Sie Bescheid. Und es ist Ihre Entscheidung, wie viel – und ob überhaupt – Sie Jessica davon einmal sagen wollen.«

Es hörte sich an, als würden sie sich von ihren Sesseln erheben, dann sagte mein Vater: »Und Ihre, äh, Vorführung heute Morgen?«

»Ach, dieses kleine Schauspiel. Ich wusste, was sich zugetragen hatte, aber Mrs. McEvoy zuliebe war es notwendig, der Welt zu beweisen, dass sie unschuldig war. Eva konnte ich als Zeugin nicht aufrufen, denn ich hatte ihr mein Wort gegeben. Ich hatte mir die Neigung des Dachs und die Schneetiefe genau angesehen und war vom wissenschaftlichen Standpunkt aus überzeugt, dass ein Mensch, der von Mrs. McEvoys Balkon fiel, nicht auf der Terrasse gelandet wäre. Das Ergebnis kennen Sie.«

Man wünschte einander ziemlich gedämpft gute Nacht, und die beiden wurden an die Tür gebracht. Durch die einen Spalt offen stehende Tür konnte ich einen Blick auf sie erhaschen. Als sie an der Tür vorbeikamen, ließ Silberstock, der sich normalerweise sehr beherrscht bewegte, seine Pfeife fallen und musste sich hinknien, um sie aufzuheben. Während er kniete, trafen sich seine hellen Augen durch den Spalt mit meinen, und er setzte ein merkwürdiges, flüchtiges Lächeln auf, das von den anderen unbemerkt blieb. Er hatte gewusst, dass ich die ganze Zeit zugehört hatte.

Als sie gegangen waren, blieben Mutter und Vater lange schweigend sitzen.

Schließlich sagte Vater: »Wenn er sich geirrt hätte, hätte er sich umgebracht.«

»Wie beim Skilaufen.«

»Er muss sie sehr geliebt haben.«

»Seine eigene Logik, die liebt er.«

Aber meine Mutter war schon immer die Unromantischere von beiden gewesen.

Totschlag
von
Joyce Carol Oates

In John Guares Theaterstück *Bosoms and Neglect* diskutieren zwei hochneurotische Charaktere das Thema zu wenig beachtete Autoren. Als der eine den Namen Joyce Carol Oates vorbringt, will der andere (etwas umschrieben) wissen, wie sie denn zu wenig beachtet sein kann, wo sie doch pro Woche ein Buch schreibt? Seit Erscheinen ihres ersten Romans *By the North Gate* (1963) ist Joyce Carol Oates (*1938) unter den großen amerikanischen Schriftstellerinnen und Schriftstellern die produktivste. Unablässig, in einem von Qualität und Umfang her bemerkenswerten Strom produziert sie Romane, Kurzgeschichten, Rezensionen, Essays und Theaterstücke. Außergewöhnlich produktive Autoren laufen oft Gefahr, nicht genügend ernst genommen zu werden – wenn man so schnell schreiben kann, wie gut kann das Geschriebene dann sein? Oates konnte diese Falle jedoch im Großen und Ganzen umgehen, und selbst ihre zunehmende Identifikation mit der Kriminalliteratur hat – zu einer Zeit, da sich immer mehr Belletristikautoren zu diesem Gebiet hingezogen fühlen – ihren Ruf als ernst zu nehmende Schriftstellerin nicht beeinträchtigt.

Zahlreiche Werke von Oates enthalten zumindest einige Krimi-Elemente, von *Them* (1970; dt. *Jene*), für das sie den National Book Award erhielt, über die fiktive Darstellung des Edward-Kennedy-Unglücks von Chappaquiddick mit dem Titel *Black Water* (1992; dt. *Schwarzes Wasser*) und den vom Fall Jeffrey Dahmer inspirierten Serienmörderroman *Zombie* (1995; dt. *Zombie*) bis hin zu *Blonde* (2000; dt. *Blond*), ihrer umstrittenen, dickleibigen Romanbiografie über Marilyn Monroe. Das Element der Verbrechensaufdeckung tritt mit den Ermittlungen von Amateurdetektiv Xavier Kilgarvan im Roman *The Mysteries of Winterthurn* (1984) deutlich hervor, dem, erklärt die Autorin in einem Nachwort zur 1985 erschienenen Taschenbuchausgabe, »dritten in einem Quintett experimenteller Romane, die sich in der spezifischen Form dieses Genres mit dem Amerika des neunzehnten und frühen zwanzigsten Jahrhunderts befassen«. Wieso sollte eine Verfasserin ernsthafter Literatur wie Oates sich dazu entscheiden, in so »ausgesprochen einengenden Strukturen« zu arbeiten? Weil »uns die vom ›Genre‹ auferlegte formale Disziplin unweigerlich zu einer radikalen Neubetrachtung der Welt und der Kunst des literarischen Schreibens zwingt«. Oates, die in einem verwandten Genre unter anderem mit dem Bram Stoker Award der Horror Writers of America ausgezeichnet wurde, etablierte sich als Kriminalautorin erst mit *Lives of the Twins* (1987; dt. *Der Andere;* der britische Titel lautet: *Kindred Passions*), das unter dem Pseudonym Rosamund Smith erschien. Ursprünglich als Geheimnis gedacht, wurde Smiths Identität beinahe umgehend aufgedeckt, und spätere Romane nannten dann als Verfasserin Joyce Carol Oates (in Großschrift), als Rosamund Smith schreibend (in kleinerer Schrift).

Zu den wesentlichen Eigenschaften der bemerkenswert vielseitigen Oates gehört auch ihr tiefes Verständnis für die zahlreichen Nöte von Jugendlichen, was in »Totschlag«, zusammen mit Oates lebhaft beschreibendem Stil und der unkonventionellen Bearbeitung einer typischen Situation des Kriminalromans, eindrucksvoll belegt wird.

Totschlag

Er schwor Folgendes:

Er war nach elf Uhr abends in das Haus an der East End Avenue zurückgekommen, hatte die Haustür offen gefunden und seine Mutter in einer Tintenlache auf den Hartholzdielen am Fuße der Treppe. Offensichtlich war sie die steile Treppe hinuntergefallen und hatte sich, ihrem verdrehten Oberkörper nach zu urteilen, das Genick gebrochen. Außerdem war ihr Hinterkopf eingedrückt, sie war erschlagen worden, mit einem ihrer eigenen Golfschläger, dem Zweiereisen, aber offensichtlich hatte er das im ersten Augenblick nicht gesehen.

Tintenlache? – na ja, das Blut hatte im Halbdunkel der Halle eben schwarz ausgesehen. Seine Augen spielten ihm zuweilen einen Streich, wenn er zu intensiv gelernt, zu wenig geschlafen hatte. Ein optischer Tick. Das heißt, er sah etwas, mehr oder weniger, was durchaus da war, aber der Verstand nahm es als etwas ganz anderes wahr. Als hätte man einen gelegentlichen Aussetzer im neurologischen Programm.

Im Falle von Derek Peck junior, der sich vor dem gekrümmten, leblosen Körper seiner Mutter sah, war es ein offensichtliches Symptom seines Schocks. Ein Trauma, die innere Taubheit, die für den Ausschluss des Unmittelbaren sorgt – des Schmerzes, des Unsagbaren, des Unkennbaren. Zuletzt hatte er seine Mutter – im selben dotterblumengelben wattierten Hausmantel, der ihr das Aussehen eines überdimensionalen Osterspielzeugs verlieh – früh am Morgen gesehen, bevor er zur Schule gegangen war. Es war den ganzen Tag über nicht zu Hause gewesen. Und dieser urplötzliche Übergang – von der Differentialrechnung zu der Leiche am Boden, von den angstbefrachteten Scherzen seiner Freunde aus dem Mathe-Club (der harte Kern traf sich wochentags, spät, um sich auf die Aufnahmeprüfung fürs College vorzubereiten) zu der tiefen, schrecklichen Stille im Haus, die ihm, schon als er die merkwürdigerweise unverschlossene Tür aufgestoßen hatte, feindselig vorgekommen war, eine Stille, in der das Grauen schier mit Händen zu greifen war.

Er beugte sich über die Leiche und starrte sie fassungslos an. »Mutter? *Mutter!*«

Als wäre er es gewesen, der etwas angestellt hatte und nun zu bestrafen war.

Er bekam keine Luft mehr. Er hyperventilierte! Sein Herz klopfte wie wild, dass er schier das Bewusstsein verlor. Viel zu verwirrt, um zu denken: *Vielleicht sind sie noch da? Oben!* In seiner Benommenheit schien ihm selbst der animalische Selbsterhaltungstrieb abzugehen.

Ja, und irgendwie fühlte er sich schuldig. Sie hatte ihm diesen Schuldreflex eingebleut. Was auch immer im Haus nicht stimmte, die Ursache lag wahrscheinlich bei ihm. Vom dreizehnten Lebensjahr an (als sein Vater, Derek senior, sich von seiner Mutter, Lucille, hatte scheiden lassen, was einer Scheidung von ihm, Derek junior, gleichgekommen war) hatte seine Mutter von ihm erwartet, der zweite Erwachsene im Haushalt zu sein. Und so schoss er hoch auf, wurde schlaksig, nervös, als wollte er diese Erwartung erfüllen, und als seine sandfarbene Körperbehaarung zu sprießen begann, stellte sich um seine Augen eine fieberhafte Verbissenheit ein. Dreiundfünfzig Prozent von Dereks Klassenkameraden, Jungen und Mädchen, an der Mayhew Academy, stammten aus »geschiedenen Familien«, und die meisten waren sich einig, das Schlimmste daran war, lernen zu müssen, sich wie ein Erwachsener zu benehmen, obwohl man, ein Erwachsener zweiter Klasse, praktisch seiner bürgerlichen Ehrenrechte verlustig gegangen war. Das war nicht leicht, auch nicht für einen ausgebufften Stoiker wie Derek Peck mit seinem IQ von – wie hoch gleich wieder? – 158, und das, obwohl er erst fünfzehn – mittlerweile waren es siebzehn – Jahre alt war. Und so war das ohnehin schon prekäre Selbstgefühl des Halbwüchsigen ernsthaft in Schräglage geraten, nicht nur hinsichtlich seines Körpergefühls (seine Mutter hatte zugelassen, dass er schon als Kleinkind übergewichtig wurde, was einem, wie es hieß, unwiderruflich in die Urzellen des Gehirns gebrannt war), nein, wichtiger noch hinsichtlich seiner Stellung im Leben. Behandelte sie ihn im einen Augenblick wie ein Kind und nannte ihn ihr »Baby«, ihren »kleinen Jungen«, so tat sie im nächsten Augenblick beleidigt, ja vorwurfsvoll, und beschuldigte ihn, es mangele ihm ihr gegenüber, wie seinem Vater, an Gefühl für seine moralische Pflicht.

Diese »moralische Pflicht« war eine ganz gewaltige Last. Er spürte sie, kaum, dass er morgens aufwachte, verflucht noch mal. Scheiße, er spürte das Gewicht der Welt, noch bevor er die Beine aus dem Bett nahm.

Als er jetzt so über ihr kauerte, zitternd, gebeutelt wie von einem eisigen Wind, flüsterte er: »Mommy? Kannst du nicht aufwachen? Mommy, du bist doch nicht...« Er sperrte sich gegen das Wort »tot«, weil es Lucille verletzt und aufgebracht hätte – wie »alt«. Nicht, dass sie eitel gewesen wäre, oberflächlich, unsicher, nein, ganz im Gegenteil, Lucille Peck war nichts dergleichen, eine Frau mit Würde, sagten andere Frauen bewundernd von ihr, Frauen, die nicht in ihrer Haut hätten stecken mögen, und Männer, die nicht mit ihr verheiratet hätten sein wollen. *Mommy, du bist doch nicht alt!* Was Derek natürlich nie laut gesagt hätte. Obwohl er es sich möglicherweise selbst immer wieder gesagt hatte dieses vergangene Jahr, als er ihr blasses, grobknochiges, tapferes Gesicht im harten Sonnenlicht sah, wenn sie morgens zusammen die Treppe hinuntergingen, oder in jener geradezu unheimlichen Haltung in der Küche, wo sich das Licht der eingelassenen Deckenlampen auf ihrem Gesicht als grausamer senkrechter Schatten traf – als hätte sie Blutergüsse in den Augenhöhlen und den weichen Falten ihrer fleischigen Backenpartien. Zwei Sommer zuvor, als er zwei Wochen am Lake Placid gewesen und sie ihn am Kennedy Airport abholen gekommen war, so erpicht darauf, ihn zu sehen, hatte er sie angestarrt, entsetzt über die harten Falten, die ihren Mund in Klammern setzten wie bei einem Hecht. Ihr Lächeln war zu glücklich gewesen, und er hatte Mitleid mit ihr gehabt, und selbst dabei hatte er sich schuldig gefühlt. *Man hat doch kein Mitleid mit seiner Mutter, du Arsch!*

Wäre er doch gleich nach der Schule nach Hause gegangen. So gegen vier. Stattdessen eine flüchtige Mitteilung auf dem Anrufbeantworter bei seinem Freund Andy auf der anderen Seite des Parks: *Mutter? Sorry, ich werd's wohl zum Abendessen nicht schaffen, okay? Der Mathe-Club. Pauken. Differenzialrechnung. Warte bitte nicht auf mich, ja?* Wie erleichtert war er gewesen, dass sie nicht mitten in seiner Mitteilung rangegangen war.

Hatte sie bei seinem Anruf noch gelebt? Oder war sie schon... tot?

Wann hast du deine Mutter das letzte Mal lebend gesehen, Derek? hatte man ihn gefragt, und er hatte improvisieren müssen, denn gesehen hatte er sie genau genommen gar nicht. Kein Augenkontakt.

Und was hatte er gesagt? Ein hektischer Schulmorgen, ein Donnerstag. Nichts Besonderes. Keine Vorahnung! Kalt und windig, ein greller Wintertag, und er hatte es kaum erwarten können, aus dem Haus zu kommen, hatte sich eine Diät-Coke aus dem Kühlschrank geholt, so kalt, dass sie an den Zähnen wehtat. Kaum, dass er ihn wahrgenommen hatte, den tadelnden Blick seiner Mutter in der Küche, in ihrem weiten dotterblumengelben Steppmantel, als er ging, im Rückwärtsgang, lächelnd: »Bye, Mom!«

Natürlich war sie verletzt gewesen – ihr einziger Sohn ging ihr aus dem Weg. Sie war eine einsame Frau gewesen, mitsamt ihrem Stolz. Und das trotz der Aktivitäten, die ihr so viel bedeuteten: der Frauen-Kunst- und Kulturverein, die Freiwillige Familienberatung an der East Side, Das HealthStyle Fitness Center, im Sommer Tennis und Golf in East Hampton, das Abonnement für das Lincoln Center. Und ihre Freundinnen, zumeist geschiedene Frauen mittleren Alters, Mütter wie sie mit Kindern an der High School oder am College. Lucille war einsam, ja, aber war das seine Schuld? Als hätte er im letzten Jahr an der Vorbereitungsschule nicht deshalb so fanatisch auf seine Noten gesehen, weil er besessen war von dem Gedanken, frühstmöglich nach Harvard, Yale, Brown oder Berkely zu kommen, sondern um seiner Mutter morgens, zu jener Tageszeit, in der man so ungeschützt und empfindlich ist, nicht in die Augen zu sehen.

Aber, Gott, wie sehr hatte er sie geliebt! Wirklich. Er hatte vorgehabt, alles wieder gutzumachen, sie zum Champagner-Brunch ins Stanhope einzuladen, mit einer der besten Aufnahmeprüfungen überhaupt, um dann mit ihr ins Museum gleich gegenüber zu gehen, auf Entdeckungsreise, Mutter und Sohn, wie schon seit Jahren nicht mehr.

Wie reglos sie dalag. Er wagte nicht, sie zu berühren. Er atmete unregelmäßig und kurz. Das tintenschwarze Etwas unter ihrem Kopf war in die Risse im Boden gesickert, geronnen. Ihr linker Arm war wie zu einer erbosten Bitte gestreckt, der Ärmel voll roter Flecken, die Hand mit der Innenseite nach oben, die Finger zu einer zornigen Klaue gekrümmt. Ihm hätte auffallen können, dass ihre Uhr, eine Movado, fehlte, ihre Ringe, außer Großmutters altem Opal in der geriffelten Goldfassung – hatte den der Dieb, die Diebe, nicht von den geschwollenen Fingern gebracht? Ihm hätte auffallen können, dass ihre Augen asymmetrisch verdreht waren, die Iris des rechten fast nicht mehr zu sehen, während die des linken wie ein betrunkener Halbmond aussah. Ihm hätte auffallen können, dass ihr Hinterkopf weich und matschig war wie eine Melone, aber es gibt eben Dinge, die man an der eigenen Mutter schon aus Takt und Feingefühl übersah. *Mutters Haar jedoch* – es war das einzig Gute, so hatte sie gesagt, was ihr geblieben war. Ein blasses Silberbraun, etwas grob, eine natürliche Farbe wie die von Wheaties. Die Mütter seiner Klassenkameraden hofften alle, jung und bezaubernd zu wirken mit ihrem gebleichten oder gefärbten Haar, aber nicht so Lucille Peck, sie war dafür nicht der Typ. Von ihr erwartete man rote Wangen auch ohne Make-up, und an guten Tagen hatte sie sie.

Zu dieser späten Stunde hätte Lucilles Haar bereits wieder trocken sein sollen, nachdem sie, wie Derek sich erinnerte, doch schon vor Stunden geduscht hatte; das Bad oben war voller Dampf. Die Spiegel. Er bekam kaum noch Luft! Hatte sie Karten für irgendein Konzert oder Ballett im Lincoln Center gehabt? Lucille und eine Freundin? Derek wusste es nicht. Oder wenn er es gewusst hatte, dann hatte er es wieder vergessen. Wie das mit dem Golfschläger, dem Zweiereisen. In welchem Schrank? Oben oder unten? Die Schubladen von Lucilles Spiegelkommode im Schlafzimmer waren durchwühlt, Dereks neuer Macintosh vom Schreibtisch genommen und vor der Tür zu Boden geworfen, als hätten … ja was? Sie hatten es sich anders überlegt. Lieber nach schnellem Bargeld für Drogen gesucht. Das war das Motiv!

Was hat Popel denn jetzt wieder vor? Was geht denn mit dem Popelmann ab?

Schließlich berührte er sie. Tastete nach der großen Ader im Hals – Schlagader? – Halsschlagader? Sie hätte pulsieren sollen, tat es aber nicht. Und ihre Haut so klamm, so kalt. Seine Hand zuckte zurück, als hätte er sich verbrannt.

Verflucht noch mal, war das denn möglich – Lucille war *tot?* Und *ihm* würde man die Schuld dafür geben?

Dieser Popel, Mann! Das ist vielleicht 'n irrer Typ.

Seine Nasenflügel bebten; Tränen traten ihm in die Augen. Er war in Panik; er musste Hilfe holen. Es wurde Zeit! Aber die Zeit war ihm ja doch wohl nicht aufgefallen, oder? 11 Uhr 48. Er trug eine elegante Omega mit schwarzem Zifferblatt, die er sich von seinem eigenen Geld gekauft hatte, aber der Zeit wäre er sich wohl nicht bewusst. Inzwischen hätte er doch schon die Polizei gerufen. Nur, dass er verwirrt dachte, man hätte wohl das Telefon rausgerissen? (Hatte man es herausgerissen?) Oder dass einer von ihnen, einer von den Mördern seiner Mutter, neben dem Telefon in der finsteren Küche stand? Darauf wartete, auch ihn umzubringen?

Er geriet in Panik; er drehte durch. Er lief zurück zur Haustür und stolperte schreiend auf die Straße, wo ein Taxi das Tempo drosselte, um ein älteres Paar aussteigen zu lassen, Nachbarn von dem Sandsteinhaus nebenan. Das Paar und der Fahrer starrten dem kreidebleichen, von Schmerz gezeichneten Jungen im offenen Dufflecoat entgegen, der schreiend auf die Straße gelaufen kam. »Hilfe! Helft uns! Man hat meine Mutter ermordet!«

FRAU VON DER EAST SIDE ERMORDET
MOTIV VERMUTLICH RAUB

Eine Spätausgabe der *New York Times* vom Freitag brachte den »Golfschläger-Mord« an Lucille Peck – Marina Dyer hatte sie noch als Lucy Siddons gekannt – gleich auf der ersten Seite des Metro-Teils. Beim Überfliegen der Seite richtete Marinas flinker Blick sich sofort auf das Gesicht (mittleres Alter, fleischig, aber nicht zu verkennen) ihrer alten Klassenkameradin am Finch.

»Lucy! Nein!«

Man wusste auf Anhieb, dass es sich um das Foto einer Toten handelte, aufgrund der Position in der oberen Mitte – die Huldigung an eine Privatperson ohne offensichtliche politische oder kulturelle Bedeutung und noch nicht einmal schön. Für *Times*-Leser lag der Nachrichtenwert in der Adresse des Opfers, die unweit der des Bürgermeisters gelegen war. Zwischen den Zeilen hieß das: *Selbst hier, unter den abgesondert lebenden Reichen, ist ein so brutales Schicksal möglich.*

Unter Schock, aber durchaus mit professionellem Interesse – Marina Dyer war Strafverteidigerin – las sie den Artikel, der auf einer der inneren Seiten fortgesetzt wurde, aber in seiner Kürze letztlich enttäuschend war. Es hörte sich so vertraut an, dass es wie eine Ballade klang: eine von uns (weiß, mittleren Alters, unbescholten und unbewaffnet) überrascht und brutal ermordet, und das im eigenen heiligen Heim; mit dem Golfschläger als Mordwaffe hatte sich der Mörder ein Instrument der privilegierten Klasse geschnappt. Der Eindringling, die Eindringlinge, so die Polizei, suchte nach dem schnellen Dollar für Drogen. Es war ein skrupelloses, grausames Verbrechen, ein »unsinniges« Verbrechen, einer von einer ganzen Reihe von ungeklärten Einbrüchen an der East Side seit letztem September, wenn auch der erste mit einem Mord. Lucille Pecks Sohn, ein Teenager noch, war nach Hause gekommen, hatte die Haustür offen vorgefunden und seine Mutter tot; das war gegen elf Uhr abends; zu diesem Zeitpunkt war sie schätzungsweise bereits fünf Stunden tot. Die Nachbarn sagten, sie hätten aus dem Haus der Pecks nichts Ungewöhnliches gehört, einige sprachen jedoch von »verdächtigen« Fremden in der Gegend. Die Polizei »ermittelte«.

Arme Lucy!

Wie Marina sah, war ihre ehemalige Klassenkameradin vierundvierzig Jahre alt, ein Jahr (wenn auch wahrscheinlich kein ganzes) älter als Marina selbst; außerdem war sie seit 1991 geschieden, von Derek Peck, der leitender Angestellter bei einer Versicherung und jetzt in Boston zu Hause war; sie hinterließ ein einziges Kind, Derek Peck junior, eine Schwester und zwei Brüder. Was für ein Ende für Lucy Siddons, die in Marinas Erinnerung das blühende Leben gewesen war: Lucy, nicht aufzuhalten, unermüdlich, warmherzig; Lucy, die am Finch College gleich zweimal Präsidentin des Jahrgangs 1970 und dann eine engagierte Ehemalige gewesen war: Lucy, die von allen Mädchen bewundert, wenn nicht gar vergöttert wurde; Lucy, die immer so nett zu der schüchternen, stotternden und schielenden Marina Dyer gewesen war.

Obwohl sie beide all die Jahre über in Manhattan gewohnt hatten, Marina in der 76. Straße West, unweit vom Central Park, war es fünf Jahre her, seit sie Lucy gesehen hatte, auf dem zwanzigjährigen Klassentreffen; und dass sie sich das letzte Mal ausführlich und ernsthaft unterhalten hatten, das war noch länger her. Oder vielleicht hatten sie das ja überhaupt nie getan.

Es war der Sohn, dachte Marina beim Falten der Zeitung. Der Gedanke war nicht ganz ernst gemeint, aber er entsprach ihrer beruflich bedingten Skepsis.

Popelmann! Is' ja oberaffentittengeil!

Wo kam er her? Aus dem heißen, flüssigen Kern des Universums. Im Augenblick des Urknalls. Vor dem nichts war, und nach dem *alles* war: kosmisches Sperma. Alle empfindungsfähigen Wesen stammten aus ein und derselben Quelle, und diese war ausgestorben, längst nicht mehr da.

Je mehr man über Ursprünge nachdenkt, desto weniger ist einem klar. Er hatte Wittgenstein gelesen – *Wovon man nicht sprechen kann, davon muss man schweigen.* (Ein fotokopierter Handzettel für das Seminar über Kommunikative Kunst, dessen Leiter ein cooler junger Typ mit einem Doktor aus Princeton war.) Trotzdem glaubte er sich an die Umstände seiner Geburt zu erinnern: 1978, die letzte Dezemberwoche, seine Eltern hatten Urlaub auf Barbados gemacht. Er war um fünf Wochen zu früh dran gewesen und konnte von Glück sagen, diesen »Unfall« auf Barbados überlebt zu haben, und dennoch sah er in seinen Träumen ein kobaltblaues Meer, Reihen von Palmen, deren Borke sich schälte wie Schorf; tropische Vögel in knallbuntem Gefieder; schwer hing ein dicker, weißer Mond am Himmel – wie Mutters großer Bauch; Haifischflossen durchschnitten die Wellen wie in dem Death-Raiders-Videospiel, nach dem er im ersten High-School-Jahr süchtig geworden war. Von Hurrikans durchtobte Nächte brachten ihn um den Schlaf. Stimmenlärm wie von ertrinkenden Seelen brach sich krachend am Strand.

Er stand auf Metallica, Urge Overkill, Soul Asylum. Seine Helden waren die Heavy-Metal-Punks, die es nie in die Top Ten gebracht hatten, und wenn doch, waren sie schnell wieder verschwunden. Er bewunderte Loser, die sich mit einem Goldenen Schuss wegpusteten, als wäre das Leben ein Scherz – ein letztes »Ihr könnt mich mal!« an die Welt. Aber er war unschuldig, um Himmels willen; nichts von alledem, was man ihm da vorwarf, hatte er seiner Mutter getan! Es war einfach zu abgefahren, verfluchte Kacke noch mal: Man hatte ihn, Derek Peck junior, verhaftet und würde ihm den Prozess machen für ein Verbrechen an seiner eigenen Mutter! Er hatte sie doch geliebt! Ein Verbrechen, das Tiere begangen hatten (deren Hautfarbe er sich schon denken konnte), die auch ihm den Schädel eingeschlagen hätten – wie man ein Ei aufklopft –, wäre er fünf Stunden früher zur Tür hereingekommen.

Sie hatte nicht die Absicht, sich zu verlieben, schon gar nicht in einen Mandanten, dazu war sie nicht der Typ, und trotzdem, Folgendes war passiert: ein Blick auf ihn, in seine merkwürdigen lohfarbenen Augen, die flehend zu ihr aufblickten: *Hilf mir! Rette mich!* Schon war es geschehen.

Derek Peck junior war ein Botticelli-Engel, teilweise verwischt und von Eric Fischl plump übermalt. Sein volles, mit Festiger versteiftes ungewaschenes Haar wellte sich in zwei symmetrischen Flügeln zu einem Rahmen für das elegante, knochige Gesicht mit dem spitzen Kinn. Seine Gliedmaßen waren lang wie die eines Affen und zuckten nervös. Seine Schultern waren schmal und hoch, seine Brust merklich konkav. Er hätte genauso gut vierzehn sein können wie fünfundzwanzig. Er stammte aus einer Generation, die für Marina Dyer wie eine andere Spezies war. Unter dem Armani-Sakko, das die Farbe von Metallspänen hatte, trug er ein T-Shirt mit »Soul Asylum« vorne drauf, die Schurwollhose – Nadelstreifen, von Ralph Lauren – hatte Flecken am Hosenstall; die Füße steckten in Nikes, Größe zwölf. Zornige blaue Venen pochten in seinen Schläfen. Er sei eine geschniegelte kleine Koksnase, die aus irgendeinem Grund noch nie mit dem Gesetz in Konflikt gekommen war, hatte der Anwalt Derek Peck seniors Marina wissen lassen, der es ihr, auf ihr diskretes Drängen hin, ermöglicht hatte, sich dem Jungen als Verteidigerin anzudienen. Vermutlich ein psychopathischer Muttermörder, der nicht nur völlig unschuldig zu sein behauptete, sondern auch noch selbst daran glaubte. Er verströmte den komplexen Geruch von ungewaschener Haut und Chemie. Erstere schien erhitzt; sie hatte Farbe und Textur von gedünstetem Hafermehl. Seine Nasenlöcher waren rot gerändert wie ein beginnender Brand und seine Augen von einem hellen Gelbgrün, wie entflammbares Acetylen. Man tat gut daran, an diese Augen kein Streichholz zu halten, besser daran, keinen allzu tiefen Blick in sie zu tun.

Als Derek Peck Marina Dyer den Jungen vorstellte, starrte er sie hungrig an. Trotzdem stand er nicht auf wie die anderen Männer im Raum. Er beugte sich sitzend vor, so dass die Sehnen in seinem Hals herausstanden, und dass er sich anstrengte zu sehen, zu denken, das sah man auf seinem jungen Gesicht. Sein Handschlag war zunächst ungeschickt, dann mit einem Mal kräftig und sicher wie der eines Mannes; er tat ihr weh. Ohne zu lächeln schüttelte der Junge sich das Haar aus den Augen, wie ein Pferd, das den schönen Kopf zurückwarf, und ein Schmerz durchfuhr Marina Dyer wie ein elektrischer Schlag. Schon lange hatte sie dergleichen nicht mehr gespürt.

Mit ihrer leisen Altstimme, die nichts preisgab, sagte sie: »Hallo, Derek.«

Mitte der achtziger Jahre, einer Ära voller Skandalprozesse mit viel Prominenz, hatte Marina Dyer sich einen Namen als »brillante« Strafverteidigerin gemacht, und das sowohl durch Brillanz als auch harte Arbeit und dadurch, nicht dem Typ zu entsprechen, den man in ihr sah. Eine kühne Bühnendramatik lag in der Art, wie sie in einem von Männern dominierten Gerichtssaal auftrat. Zunächst schon mal der verblüffende Umstand ihrer Größe: Sie war eine kleine, zierliche Frau, zurückhaltend, scheinbar schüchtern, eine Frau, die leicht zu übersehen war, obwohl es nicht eben ein Vorteil war, sie zu übersehen. Sie war tadellos gepflegt, aber dezent, was ihr den Anschein einer erhabenen Gleichgültigkeit gegenüber der Mode, einen Hauch von Zeitlosigkeit gab. Das sperlingsfarbene

Haar trug sie hochgesteckt, wie eine Ballerina; am liebsten waren ihr Chanel-Kostüme aus weicher Kaschmirwolle in gedeckten Erntefarben, Jacketts, die ihrem schmalen Körper etwas Volumen verliehen, die Röcke stets tugendhaft bis auf der Mitte der Waden. Schuhe, Handtaschen, Aktenköfferchen waren aus exquisitem italienischem Leder, teuer, aber unauffällig. Wenn etwas davon Abnutzungserscheinungen zu zeigen begann, ersetzte Marina es mit einem identischen Stück aus demselben Geschäft in der Madison Avenue. Das etwas schief stehende linke Auge, das so mancher durchaus charmant gefunden hatte, war längst chirurgisch korrigiert. Ihr Blick war jetzt direkt und äußerst konzentriert. Ihre Augen waren dunkelbraun, glänzend, immer leicht feucht, und zuweilen war darin ein gewisser Fanatismus zu sehen, wenn auch ausschließlich professioneller Natur, ein Fanatismus im Dienste ihrer Mandanten, für die sie mit legendärem Eifer eintrat. Kleine Frau, die sie war, gewann Marina in öffentlichen Arenen an Größe und Autorität. In einem Gerichtssaal bekam ihre normalerweise dünne, unauffällige Stimme Volumen und Timbre. Ihre Leidenschaft schien proportional zu der Aufgabe zu wachsen, einen Mandanten einer vernünftigen Jury als »nicht schuldig« zu präsentieren, und es kam vor (die bewundernden Kollegen hatten ihre Witze dafür), dass ihr schmuckloses, asketisches Gesicht in ihrer Ekstase das Leuchten von Berninis St. Teresa annahm. Ihre Mandanten waren Märtyrer, ihre Ankläger Inquisitoren. Marina Dyers Fälle hatten eine spirituelle Intensität, die Geschworene hinterher nicht zu erklären vermochten, wenn man ihr Urteil in Zweifel zog. *Sie hätten dabei sein, sie hören müssen, um das zu verstehen.*

Marinas erster Fall mit großer Presse war die erfolgreiche Verteidigung eines Bundeskongressabgeordneten aus Manhattan gewesen, dem man schwere Erpressung und Zeugenbeeinflussung vorwarf; ihr zweiter war die erfolgreiche, wenn auch umstrittene Verteidigung eines schwarzen Performancekünstlers, den man der Vergewaltigung und Körperverletzung an einer drogensüchtigen Anhängerin bezichtigte, die ungeladen in seiner Suite im *Four Seasons* aufgetaucht war. Dann war da ein ebenso prominenter wie fotogener Börsenmakler aus der Wall Street, der der Veruntreuung, des Betrugs und der Verdunkelung angeklagt war; dann die Journalistin, der man einen Mordversuch zur Last legte, nachdem sie ihren verheirateten Liebhaber angeschossen hatte; daneben hatte es weniger bekannte, aber dennoch verdienstvolle Fälle gegeben, von denen jeder für sich eine Herausforderung gewesen war. Marinas Mandanten wurden zwar nicht durch die Bank freigesprochen, aber ihre Strafen galten – wenn man bedenkt, dass sie wahrscheinlich schuldig waren – als relativ mild. Zuweilen landeten sie noch nicht mal im Gefängnis, sondern in einem Reha-Zentrum; sie bezahlten Bußgelder, taten sozialen Dienst. So sehr Marina Dyer Publicity scheute, sie profitierte davon – nach jedem Sieg stieg ihr Honorar. Dennoch war sie weder habgierig, noch schien sie von Ehrgeiz geplagt. Ihr Leben war ihre Arbeit und ihre Arbeit ihr Leben. Natürlich hatte sie einige Niederlagen einstecken müssen, am Anfang ihrer Laufbahn, als sie zuweilen, gegen eine geringe Gebühr, unschuldige oder praktisch schuldlose Leute verteidigt hatte. Bei Unschuldigen riskiert man Emotionen, Zusammenbrüche, Stottern im Zeugenstand. Man riskiert Zorn und Verzweiflung. Bei guten Lügnern wusste man, auf ihre Vorstellung ist Verlass. Psychopathen sind am Besten: Sie lügen wie gedruckt, aber glauben daran.

Marinas Sondierungsgespräch mit Derek Peck junior dauerte mehrere Stunden: Es war eine Strapaze und intensiv. Wenn sie ihn nahm, wäre dies ihr erster Mordprozess; dieser siebzehnjährige Junge ihr erster des Mordes bezichtigter Mandant. Nie hatte sie, in einem derart intimen Raum, mit einem Mandanten wie Derek Peck gesprochen. Nie hatte sie lange stille Momente in Augen wie die seinen gesehen. Die Vehemenz, mit der er seine Unschuld beteuerte, war überzeugend. Der Zorn, dass jemand an seiner Unschuld zweifeln könnte, zog einen in seinen Bann. Hatte dieser Junge getötet? Auf diese Art und Weise das Gesetz »übertreten«, das Gesetz, das praktisch Marina Dyers Leben war, hatte er dagegen verstoßen, als hätte das nicht mehr Konsequenzen, als wenn einer eine Papiertüte zerknüllte und auf die Straße warf? Lucille Pecks Schädel war buchstäblich zerschmettert – schätzungsweise zwanzig Hiebe mit dem Golfschläger, wenn nicht mehr. Ihr nackter, weicher, schlaffer Körper unter dem Bademantel war mit Fäusten traktiert worden, zerschunden, voller Blut; ihre Genitalien wütend zerfleischt. Ein unsägliches Verbrechen, ein Verbrechen wider jedes Tabu. Ein Verbrechen für die Sumpfblätter, ein Kitzel selbst noch aus zweiter und dritter Hand.

In ihrem neuen pflaumenblauen Kostüm von Chanel, die Wolle so dunkel, dass es einem schwarz wie ein Nonnenhabit vorkam, mit ihrem Chignon, der ihrem Profil etwas Scharfes gab, etwas von einem Wolf oder einem Avedon-Porträt, blickte Marina Dyer auf den Jungen, der Lucy Siddons' Sohn war, hinab. Er erregte sie mehr, als sie sich eingestehen wollte. Ich bin unangreifbar, dachte sie, keiner kommt an mich ran. Es war die perfekte Rache.

Lucy Siddons. Meine beste Freundin; wie gern hatte ich sie gehabt. Ich hatte ihr eine Geburtstagskarte und ein rotes Seidenkopftuch ins Schließfach getan, und es hatte Tage gedauert, bevor ihr einfiel, sich zu bedanken, obwohl es ein herzliches Dankeschön mit einem aufrichtigen Lächeln gewesen war. Lucy Siddons, die so beliebt gewesen war, so zwanglos unter den versnobten Mädchen am Finch, die alle so sein wollten wie sie. Trotz der unreinen Haut, der vorstehenden Zähne, der massiven Schenkel und dem Watschelgang einer Ente, mit dem man sie, ganz freundschaftlich, aufzog. Das Geheimnis bestand darin, dass Lucy Persönlichkeit hatte. Jene mysteriöse Unbekannte, die man sich nicht einfach zulegen kann, wenn sie einem abgeht. In dem Augenblick, in dem man über sie nachdenken muss, erreicht man sie nie. Und Lucy war gut, warmherzig. Eine praktizierende Christin aus einer wohlhabenden Manhattaner Episkopalen-Familie, die berühmt für ihre Wohltätigkeit war. Sie hatte Marina Dyer in der Cafeteria Zeichen gemacht, sich zu ihr und ihren Freundinnen zu setzen, während Letzteren das Lächeln gefror; in der Turnstunde hatte sie die kleine Marina Dyer unter dem Stöhnen der anderen in ihr Basketballteam geholt. Aber Lucy war gut, so gut. Wie Kleingeld verteilte sie Barmherzigkeit und Mitleid an die Ausgestoßenen unter den Mädchen am Finch.

Habe ich Lucy Siddons während dieser drei Jahre meines Lebens geliebt? Ja, ich habe Lucy Siddons geliebt wie seither niemanden mehr. Aber es war eine reine, keusche Liebe. Zumal sie ganz und gar einseitig war.

Seine Kaution betrug 350 000 Dollar; sein besorgter Vater hatte bezahlt. Seit dem überwältigenden Wahlsieg der Republikaner hatte es den Anschein, als würde im Staat New York die Todesstrafe wieder eingeführt, aber gegenwärtig gab es keine Anklage auf vorsätzlichen Mord; selbst die brutalsten Verbrechen, geplant oder nicht, liefen lediglich auf Totschlag hinaus. Wie der Mord an Lucille Peck, um den Lokalzeitungen, Magazine, Fernsehen und Radio bedauerlicherweise einen solchen Wirbel machten, dass Marina Dyer sich langsam fragte, ob ihrem Mandanten in New York überhaupt ein fairer Prozess gemacht werden konnte. Derek war verletzt, fassungslos: »Hören Sie, wieso sollte ich sie umbringen wollen, ich habe sie doch geliebt!«, winselte er mit Kinderstimme und steckte sich dabei eine weitere Zigarette aus einem zerdrückten Päckchen Camel an. *»Ich war der Einzige auf der ganzen gottbeschissenen Welt, der sie geliebt hat!«* Jedes Mal, wenn Derek sich mit Marina traf, kam es zu dieser Erklärung oder einer Variante davon. Seine Augen blitzten vor Tränen der Empörung und moralischer Entrüstung. Fremde waren in sein Haus eingedrungen und hatten seine Mutter umgebracht, und *ihm* warf man es vor! War das zu fassen? Sein Leben und das seines Vaters in der Luft zerrissen, verwüstet, als hätte darin ein Tornado getobt! Derek weinte vor Zorn und öffnete sich Marina, als hätte er sich das Brustbein aufgerissen und ihr das Schlagen seines tobenden Herzens gezeigt.

Es waren schrecklich ergreifende Augenblicke, nach denen Marina noch stundenlang fertig war.

Marina fiel jedoch auf, dass Derek Lucille Peck nie »meine Mutter« oder »Mutter« nannte, sondern immer nur »sie«. Als sie ihm gegenüber zufällig erwähnte, dass sie Lucille vor Jahren auf der Schule gekannt hatte, schien der Junge das nicht zu hören. Er hatte die Stirn gerunzelt und kratzte sich am Hals. Marina hakte sacht nach: »Lucille war eine herausragende Persönlichkeit am Finch College. Eine liebe Freundin.« Aber noch immer schien es, als hörte Derek sie nicht.

Lucy Siddons' Sohn, der praktisch nicht die geringste Ähnlichkeit mit ihr hatte. Die funkelnden Augen, das kantige Gesicht, der harte, wie gemeißelte Mund. Sie konnte seine Sexualität geradezu riechen wie ungewaschenes Haar, schmuddlige T-Shirts und Jeans.

Und soweit Marina sehen konnte, ging ihm auch jede Ähnlichkeit mit Derek Peck senior ab.

Im 1970er Jahrbuch des Finch College gab es zahlreiche Fotos von Lucy Siddons und den anderen populären Mädchen des Jahrgangs, die Liste der Aktivitäten unter ihren lächelnden Gesichtern beeindruckend lang; die Legende unter Marina Dyers einzigem Foto war kurz. Natürlich hatte sie auf der Bestenliste gestanden, aber beliebt war sie trotz aller Anstrengungen nie gewesen. *Ich warte den rechten Augenblick ab,* hatte sie sich getröstet. *Ich kann warten.*

Und so war es denn ganz wie in den Märchen gekommen, in denen es um Belohnung und Strafe ging.

Rasch und ausdruckslos sagte Derek Peck seine Geschichte auf, sein Alibi, wie er es den Behörden schon unzählige Male gesagt hatte. Seine Stimme hörte sich an wie die eines Computers. Genaue Uhrzeiten, Adressen, die Namen von Freunden, die »jeden Eid darauf schwören werden, dass ich jeden Augenblick bei ihnen war«; die genaue Route, die sein Taxi genommen hatte, durch den Central Park, auf seinem Rückweg in die East End Avenue; sein Entsetzen, als er am Fuße der Treppe in der Halle »die Leiche« sah. Fasziniert hörte Marina zu. Sie wollte nicht glauben, dass es sich um eine im Kokainrausch erfundene Geschichte handelte, die unauslöschlich in das Reptilienhirn des Jungen eingebrannt war. Unerschütterlich. Sie wollte nur nicht so recht zu einigen peinlichen Details aus dem Ermittlungsbericht der Polizei passen: Dereks mit Lucille Pecks Blut gesprenkelte Socken, die man in einem Wäscheschacht fand; Dereks zusammengeknüllte Unterwäsche auf dem Boden des Bads, noch feucht von einer Dusche, die er um sieben Uhr morgens genommen haben wollte, während sieben Uhr abends wohl glaubwürdiger war – bevor er sich Gel in die Haare geschmiert und sich auf Edelpunk getrimmt hatte, um mit einigen seiner Heavy-Metal-Kumpane um die Häuser zu ziehen. Und die Schmierer von Lucy Pecks Blut auf den Fliesen von Dereks Dusche, die er gar nicht bemerkt und somit auch nicht abgewischt hatte. Und dann die Nachricht auf Lucilles Anrufbeantworter, in der er sagte, dass er zum Abendessen nicht zu Hause sein würde, die seiner Behauptung nach von zirka vier Uhr nachmittags stammte, aber möglicherweise erst um zehn Uhr abends aus einem Club in Soho gekommen war.

Diese und andere Widersprüche machten ihm weniger Sorgen, als dass sie ihn aufbrachten, als handelte es sich dabei um Lücken in einer Erklärung des Universums, für die er doch wohl kaum verantwortlich zu machen war. Er war der kindlichen Überzeugung, dass sich dabei alles seinen Wünschen zu fügen hätte, wenn er nur darauf bestand. *Wenn er es wirklich glaubte – wie konnte es dann nicht so sein?* Natürlich, so Marina Dyers Erklärung, bestand die Möglichkeit, dass der tatsächliche Mörder Lucille Pecks Dereks Socken bewusst mit Blut beschmiert und dann in den Wäscheschacht geworfen hatte, um ihn zu belasten; dass der oder die Mörder sich die Zeit genommen hatten, in Dereks Dusche zu duschen, und Dereks feuchte, zusammengeknüllte Unterwäsche hatten liegen lassen. Und dann gab es keinen absoluten und unerschütterlichen Beweis dafür, dass der Anrufbeantworter Anrufe immer genau in der präzisen chronologischen Reihenfolge ihres Eingangs aufzeichnete, nicht hundertprozentig – wie wollte man das beweisen? (Es waren an ihrem Todestag fünf Anrufe auf Lucilles Band, über den Tag verteilt, Dereks zuletzt.)

Der Staatsanwalt, der in seinem Fall die Anklage vertrat, behauptete, Derek Pecks Motiv für den Mord an seiner Mutter liege wohl auf der Hand: Geld. Sein Taschengeld von monatlich 500 Dollar hatte für seine Ausgaben offensichtlich schlicht nicht genügt. Mrs. Peck hatte ihrem Sohn im Januar die Kreditkarte sperren lassen, nachdem eine Rechnung von über 6000 Dollar zusammengekommen war; Verwandte berichteten von »Spannungen« zwischen Mutter und Sohn; einige von Dereks Klassenkameraden sprachen von Gerüchten über Schulden bei Dealern und Dereks Angst, dafür ermordet zu werden. Und dann hatte sich Derek zu seinem achtzehnten Geburtstag, wie er seinen Freunden erzählt hatte, einen Jeep Wrangler gewünscht. Wenn er seine Mutter tötete, dann konnte er damit rechnen, so um die vier Millionen Dollar zu erben, und dann waren da noch eine Lebensversicherung über 100 000 Dollar, bei der er der Begünstigte war, ein hübsches vierstöckiges Reihenhaus im East End mit einem Wert von gut zweieinhalb Millionen, ein Anwesen in East Hampton sowie wertvoller Sachbesitz. In den fünf Tagen zwischen Lucille Pecks Tod und seiner Verhaftung hatte Derek über zweitausend Dollar Schulden gemacht – er hatte sich in einen manischen Kaufwahn gestürzt, den er nachträglich seinem Kummer zuschrieb. Auch war Derek alles andere als der Musterschüler, als der er sich ausgab: Die Mayhew Academy hatte ihn im Januar für zwei Wochen ausgeschlossen, wegen »ständiger Störungen«, und es war kein Geheimnis, dass er und ein anderer Junge in der neunten Klasse bei einer Reihe von Intelligenztests betrogen hatten. Im Augenblick versagte er in sämtlichen Fächern außer einem Seminar in postmoderner Ästhetik, in dem man, unter der Leitung einer in Princeton ausgebildeten Lehrkraft, akribisch Filme und Comics – Superman, Batman, Dracula und Star-Trek – zerlegte. Es gab einen Mathe-Club, deren Sitzungen Derek sporadisch beiwohnte, aber nicht so an dem Abend, an dem seine Mutter ums Leben gekommen war.

Wieso sollten seine Klassenkameraden lügen, was ihn anging? – Derek war betroffen, gekränkt. Sein bester Freund, Andy, wandte sich gegen ihn!

Marina musste die Reaktion ihres jungen Mandanten auf den belastenden Bericht der Polizei bewundern: Er stritt durch die Bank alles ab. Seine lodernden Augen füllten sich mit heißen Tränen der Unschuld, der Fassungslosigkeit. Die Anklagevertretung war der Feind, und der Fall des Feindes war lediglich fingiert, um ihm einen ungelösten Mord in die Schuhe zu schieben, weil er ein Kind und damit verletzlich war. Na schön, er stand auf Heavy Metal, auch mit diversen Drogen hatte er experimentiert – wer nicht, Herrgott noch mal? *Er hatte seine Mutter nicht umgebracht, und er wusste auch nicht, wer es war!*

Marina versuchte Distanz zu wahren, objektiv zu bleiben. Sie war sich sicher, niemand, Derek eingeschlossen, kannte ihre Gefühle in Bezug auf ihn. Ihr Verhalten war einwandfrei, professionell, und daran würde sich auch nichts ändern. Trotzdem dachte sie, geradezu mit Besessenheit, ständig an ihn; er war zum Mittelpunkt ihrer Gefühlswelt geworden, als ginge sie irgendwie schwanger mit ihm, seinem gepeinigten, zornigen Geist. *Hilf mir! Rette mich!* Vergessen waren die raffinierten Umwege, mit denen sie Derek Peck seniors Anwalt ihren Namen zur Kenntnis gebracht hatte; mittlerweile glaubte sie, Peck junior hätte sie von sich aus gewählt. Höchstwahrscheinlich hatte Lucille ihm von ihr erzählt: von ihrer alten Klassenkameradin und engen Freundin Marina Dyer, die mittlerweile eine prominente Strafverteidigerin war. Und vielleicht hatte er ja irgendwo ihr Foto gesehen. Es musste einfach mehr als nur ein Zufall sein. Sie wusste es!

Sie reichte ihre Anträge ein; sie befragte Lucille Pecks Verwandtschaft, Nachbarn, Freunde; mit Hilfe zweier Assistenten begann sie einen voluminösen Fall aufzubauen; sie schwelgte in der Aufregung im Vorfeld des Prozesses, durch den sie ihren in Bedrängnis geratenen Mandanten führen würde wie eine Kriegerin, wie Johanna von Orleans. Man würde sie in der Presse zerfleischen; Märtyrer würden sie sein. Und dennoch, das stand für sie fest, würden sie triumphieren.

War Derek schuldig? Und wessen, falls dem so war? Wenn er sich wirklich nicht an seine Tat erinnerte, war er dann schuldig? Marina dachte: Wenn ich ihn in den Zeugenstand rufe, wenn er sich dem Gericht so präsentiert wie mir… wie sollte die Jury sich gegen ihn wehren?

Es waren seit Lucille Pecks Tod fünf Wochen vergangen, dann sechs, mittlerweile waren es zehn, und schon ging das Interesse daran, wie an jedem anderen Todesfall auch, rapide zurück. Man hatte den Prozessbeginn auf den Spätsommer gelegt, und so stand er am Horizont, aufreizend, verlockend wie die Premiere eines Stückes, das man eben noch probt. Marina hatte natürlich im Namen ihres Mandanten auf *nicht schuldig* plädiert; der hatte sich geweigert, eine andere Möglichkeit auch nur in Betracht zu ziehen. Schließlich war er unschuldig, wie sollte er sich da einer geringeren Straftat – Totschlag, egal welchen Grades – für schuldig erklären? In Manhattaner Juristenkreisen war man der Ansicht, Marina Dyer begehe einen ungeheuren Fehler, mit diesem Fall vor Gericht zu gehen, aber sie weigerte sich, eine Alternative auch nur zu diskutieren; sie war da nicht weniger eisern als ihr Mandant; auf Verhandlungen ließ sie sich gar nicht erst ein. Der Kern ihrer Verteidigung wäre eine systematische Widerlegung des Falles, den die Staatsanwaltschaft aufgebaut hatte, eine Entkräftung sämtlicher so genannter Beweise, der Reihe nach; leidenschaftliche Beteuerungen von Derek Pecks absoluter Unschuld, im Zeugenstand würde Derek zum Star; der Vorwurf polizeilicher Fehler und Inkompetenz, was die Ermittlung des oder der tatsächlichen Täter anging, die bereits in andere Häuser an der East Side eingebrochen waren; die Hoffnung, die Sympathie der Geschworenen zu gewinnen. Schließlich hatte Marina schon vor langer Zeit gelernt, was für ein tiefer, tiefer Brunnen die Sympathie einer Jury war. Man wollte ja nicht gleich so weit gehen, sie amerikanische Durchschnittstrottel zu nennen, aber sie waren auf merkwürdige, ja fast magische Weise beeinflussbar, zuweilen auf geradezu kindliche Art. Es waren »gute Leutchen« – anständig, großzügig, nachsichtig, freundlich, nicht missbilligend oder gar grausam. Sie suchten immer nach Gründen, jemanden freisprechen zu können, ganz besonders in Manhattan, wo der Ruf der Polizei angekratzt war, und ein guter Strafverteidiger lieferte ihnen die. Und einen jungen, attraktiven und jetzt mutterlosen Jungen wie Derek Peck junior des Totschlags schuldig zu sprechen, das wollten sie nun mit Sicherheit nicht.

Geschworene sind leicht zu verwirren, und Marina Dyers großes Talent bestand darin, dies zum Vorteil ihrer Mandanten zu tun. Eine der großen Schwächen des Menschen ist es, gut sein zu wollen, auch wenn es der Gerechtigkeit zuwiderläuft.

»Hey, Sie glauben mir nicht, was?«

Eine brennende Zigarette zwischen den Fingern, hielt er inne in seinem zwanghaften Auf und Ab in ihrem Büro. Argwöhnisch sah er sie an.

Marina blickte auf, erschrocken, Derek mit seinem scharfen Zitrusgeruch so nahe neben ihrem Schreibtisch stehen zu sehen. Sie hatte sich Notizen gemacht, obwohl ein Recorder mitlief. »Derek, was ich glaube, spielt keine Rolle. Ich spreche für dich als dein Anwalt. Deine bestmögliche –«

Gereizt sagte er: »Nein! Sie müssen mir glauben – *ich hab sie nicht umgebracht!*«

Es war ein peinlicher Augenblick, ein Augenblick äußerster Spannung, der zahlreiche Möglichkeiten barg. Marina Dyer und der Sohn einer alten, mittlerweile verstorbenen Freundin, Lucy Siddons, an einem gewittrigen Spätnachmittag allein in ihrem

Büro; nur das laufende Tonbandgerät war als Zeuge dabei. Marina hatte Grund zur Annahme, dass der Junge trank – diese langen Tage vor dem Prozess. Er lebte, zusammen mit seinem Vater, in dem Haus im East End gegen Kaution auf freiem Fuß, aber nicht »frei«. Er hatte sie großzügig wissen lassen, dass er – absolut! – drogenfrei sei. Er folgte ihren Anweisungen, ihrem Rat. Aber glaubte sie ihm?

Marina sagte, wiederum mit Bedacht, und hielt dem funkelnden Blick des Jungen dabei stand: »Natürlich glaube ich dir, Derek«, als sei es die natürlichste Sache der Welt und er naiv, daran zu zweifeln. »Jetzt setz dich bitte, damit wir weitermachen können. Du hast eben von der Scheidung deiner Eltern erzählt...«

»Wenn Sie mir nämlich nicht glauben«, sagte Derek und schob die Unterlippe vor, bis sie die rote Fleischigkeit einer geschälten Tomate annahm, »such ich mir einen Anwalt, der mir verflucht noch mal *glaubt*!«

»Ich glaube dir ja. Und jetzt setz dich bitte.«

»Sie glauben mir? Sie glauben mir...?«

»Derek, was habe ich denn gerade gesagt! Und jetzt setz dich.«

Der Junge ragte über ihr auf, starrte sie an. Einen Augenblick lang war ihm seine Angst anzusehen. Dann tastete er sich zurück zu seinem Stuhl. Sein junges, angegriffenes Gesicht war tiefrot, als er sie anstarrte, die Augen lohfarben und grün, voll Bewunderung, voll Verlangen.

Fass mich nicht an!, murmelte Marina, auf einer Woge von Gefühlen schwimmend, im Schlaf. *Ich könnte es nicht ertragen.*

Marina Dyer. Fremde starrten sie in der Öffentlichkeit an. Steckten die Köpfe zusammen, wiesen auf sie. Ihr Name – und jetzt auch ihr Gesicht, mit dem Segen der Medien war sie zur Ikone geworden. In Restaurants, in Hotelhallen, bei Anwaltstreffen. Im New Yorker Ballett zum Beispiel, das sie mit einem Freund besuchte, da es eine Aufführung jenes Ensembles gewesen war, für das Lucille Peck am Abend ihres Todes Karten gehabt hatte. *Ist das die Anwältin? Die, die...? Des Jungen, der seine Mutter mit dem Golfschläger erschlagen hat? Peck?*

Sie wurden beide berühmt.

Sein Spitzname, sein Name in den Downtown-Clubs – im Fez, im Duke's, im Mandible – war »Popel«. Was ihm erst gestunken hatte, bis er entschied, dass er eher liebevoll als höhnisch gemeint war. Ein hübscher weißer Junge aus Uptown, der musste sich nun mal rannehmen lassen. Musste sich Respekt kaufen, Autorität. Es war ein schwieriges Publikum, und das zu beeindrucken, das kostete was – Geld sicher, aber es war nicht alles. Es gehörte eine gewisse Haltung dazu. *Hey, Popel, Mann, bist ja echt 'n abgefahrener Typ!* Aber jetzt waren sie wirklich beeindruckt. *Er hat seinen Hausdrachen platt gemacht? Wahnsinn! Dieser Popel, Mann, ein echt abgefahrener Typ!*

Er träumte noch nicht mal davon. Auch nicht von Mutter, die einfach weg war, als wäre sie verreist. Nur, dass sie nicht anrief, um zu sehen, wie's ihm ging. Er konnte sie nicht mehr enttäuschen, damit war Schluss.

Überhaupt träumte er nie von Gewalt, das war nicht sein Ding. Er glaubte an den *Passivismus.* Es gab da diesen großen indischen Führer, einen Heiligen namens Gandhi. Der lehrte das, ethisch und so, *Passivismus,* und hatte damit über das rassistische britische Imperium triumphiert. Der Film war freilich zu lang.

Er schlief nicht mehr nachts, sondern zu den merkwürdigsten Zeiten am Tag. Nachts guckte er fern, spielte am Computer »Myst«, sein Lieblingsspiel, in das er sich stundenlang vertiefen konnte. Gewalttätige Spiele mied er, sein Magen spielte da noch nicht mit.

Außerdem mied er die Differenzialrechnung, sogar den Gedanken daran – diese Verräter! Er hatte den Abschluss nicht gemacht, der Jahrgang '95 machte ohne ihn weiter – die Arschlöcher. Seine Freunde waren nie da, wenn er anrief. Selbst Mädchen, die verrückt nach ihm gewesen waren, keines war da. Keines rief ihn zurück. *Ihn, Derek Peck! Den Popelmann!* Es war, als hätte man ihm einen Mikrochip eingepflanzt, ins Gehirn, so dass es zu pathologischen Reaktionen kam, wie zum Beispiel zwei Tage nicht schlafen zu können. Um dann einfach zusammenzuklappen, wie tot. Viele Stunden später wachte er wieder auf, das Herz am Hämmern, mit trockenem Mund, quer auf seinem zerwühlten Bett, den Kopf über der Kante; die Doc Martens, seine Kampfstiefel, an den Füßen, trat er hinter sich, als halte ihn jemand an den Knöcheln gepackt, dabei hielt er, mit beiden Händen, eine unsichtbare Stange? Eine Baseballkeule? Einen Schläger? Und dann schlug er damit im Schlaf zu, und seine Muskeln zuckten dabei, bis er Krämpfe bekam, und die Venen schwollen, bis es ihm schier den Kopf zerriss. *Schlug und schlug und schlug*... bis es ihm in der Hose, in seinem Slip von Calvin Klein *kam.*

Wenn er ausging, trug er eine dunkle, eine sehr dunkle Brille, selbst in der Nacht. Sein langes Haar zu einem Pferdeschwanz gebunden, die METS-Kappe umgedreht auf dem Kopf. Für den Prozess würde er sich die Haare schneiden lassen, aber fürs Erste noch nicht, das wäre ja, als gäbe er auf, als kapitulierte er, oder nicht? In der Pizzeria an der Ecke, einem Restaurant an der Second Avenue, in das er rasch mal alleine ging, gab er Autogramme auf Servietten – einigen kichernden Mädchen, einmal einem Vater und seinem vielleicht achtjährigen Sohn, wieder ein andermal zwei alten Frauen um die vierzig oder fünfzig, die ihn anstarrten, als wäre er der Son of Sam. *Klar doch, okay!* Er unterschrieb mit »Derek Peck jr.« und setzte das Datum darunter. Seine Unterschrift: ein extravagantes Gekrakel in roter Tinte. *Vielen Dank!* Und er wusste, sie sahen ihm nach, als er ging, ganz aus dem Häuschen. Ihr einziger Kontakt mit dem Ruhm.

Sein alter Herr und vor allem seine Anwältin würden ihm die Hölle heiß machen, wenn sie das gewusst hätten, aber sie brauchten schließlich nicht alles zu wissen. Schließlich war er gegen Kaution raus, verflucht noch mal, oder nicht?

Im Gefolge einer Liebesaffäre Anfang dreißig, der letzten solchen Affäre in ihrem Leben, hatte Marina Dyer eine anstrengende »Exkursion« auf die Galapagosinseln unternommen, eine jener Verzweiflungsreisen, die wir an entscheidenden Wendepunkten unseres Lebens so tun, weil wir uns einreden, die Erfahrung würde unsere emotionale Wunde ausbrennen, das daraus resultierende Elend als Banalität erscheinen lassen, die zu vernachlässigen war. Die Reise war tatsächlich anstrengend gewesen und hatte so manche Gefühlswunde verätzt. Auf den berüchtigten Galapagosinseln in der Weite des Pazifik, westlich von Ecuador, kaum zehn Meilen südlich des Äquators, war Marina zu einigen Schlüsseln gelangt, was ihr Leben anging: Zum Einen hatte sie beschlossen, sich nicht umzubringen. Wozu sich selbst umbringen, wo die Natur doch so scharf darauf war, einem das abzunehmen und einen zu verschlingen? Die Inseln waren der schiere Fels, unfruchtbar, sturmumtost. Von Reptilien und Riesenschildkröten bewohnt. Vegetation gab es kaum. Die kreischenden Meeresvögel wollten einen wie verdammte Seelen anmuten, wäre es nicht schlicht unmöglich, dort an Seelen zu glauben. *In keiner Welt außer einer gefallenen sind solche Inseln möglich,* hatte Herman Melville über die Galapagosinseln geschrieben und sie die Encantades, die verzauberten Inseln, genannt.

Als sie von ihrem einwöchigen Ausflug in die Hölle, wie sie die Inseln liebevoll nannte, zurückkehrte, konnte man beobachten, dass Marina Dyer sich leidenschaftlicher, zielstrebiger denn je in ihren Beruf stürzte. Der Anwaltsberuf würde ihr Leben sein, und sie hatte ganz und gar die Absicht, ihr Leben zu einem messbaren und unverkennbaren Erfolg zu machen. Alles, was die Anwaltspraxis nicht von ihrem »Leben« verschlang, hatte keine Bedeutung. Und natürlich war das Gesetz nur ein Spiel: Es hatte herzlich wenig zu tun mit Gerechtigkeit oder Moral, »recht« oder »unrecht« oder »gesundem« Menschenverstand. Aber das Gesetz war nun einmal das einzige Spiel, in dem Marina Dyer ernsthaft mitspielen konnte. Das einzige Spiel, in dem Marina Dyer auch mal ein Sieg vergönnt war.

Marina hatte ihren Schwager zu Besuch, der sie nie gemocht hatte, aber bis jetzt immer herzlich und respektvoll gewesen war. Er starrte sie an, als sehe er sie zum ersten Mal. »Wie zum Teufel kannst du diesen verderbten kleinen Saukerl verteidigen? Wie kannst du das moralisch verantworten? Er hat seine Mutter umgebracht, Herrgott noch mal!« Für Marina kam dieser unerwartete Angriff wie ein Schlag ins Gesicht. Andere, die mit im Raum waren, einschließlich ihrer Schwester, sahen zu, entsetzt. Marina sprach vorsichtig und versuchte dabei die Kontrolle über ihre Stimme nicht zu verlieren. »Aber Ben, du glaubst doch nicht etwa, dass nur die offensichtlich ›Unschuldigen‹ einen Anwalt verdienen, oder?« Es war eine Antwort, die sie schon oft gegeben hatte, auf eine solche Frage; die Antwort, wie sie einem jeder Anwalt gab, vernünftig und überzeugend.

»Natürlich nicht. Aber Leute wie die gehen einfach zu weit.«

»Zu weit? Leute wie ich?«

»Du weißt, was ich meine. Stell dich nicht dumm.«

»Tu ich doch nicht. Ich weiß nicht, was du meinst.«

Ihr Schwager war von Natur aus ein höflicher Mensch, wie fest seine Überzeugungen auch immer sein mochten. Aber wie grob wandte er sich jetzt von ihr ab, und das mit wegwerfender Geste. Marina, entsetzt, rief ihm nach: »Ben, ich weiß nicht, was du meinst. Derek ist unschuldig, da bin ich sicher. Der Fall gegen ihn besteht nur aus Indizien. Die Medien …« Ihre flehentliche Stimme verlor sich; er hatte das Zimmer verlassen. Nie im Leben war sie so tief verletzt gewesen, so verwirrt. Ihr eigener Schwager!

So was von intolerant. Dieser selbstgerechte Mistkerl! Ihr Lebtag wollte Marina diesen Mann nicht mehr sehen.

Marina? Nicht weinen.

Die meinen das doch nicht so, Marina. Denk dir nichts dabei, bitte!

Wie oft hatte sie sich nach der Erniedrigung im Sportunterricht auf der Toilette des Umkleideraums versteckt! Noch nicht mal Lucy, als Mannschaftskapitän, wollte sie haben – so viel war klar. Marina Dyer und die anderen Mädchen, die letzte Wahl waren, die eine oder andere Dicke, kurzsichtige, tollpatschige, asthmatische Mädchen, die sich nicht zu bewegen wussten, man verteilte sie lachend auf das rote und das goldene Team. Der Versuch, donnernden Hufen und brutalen Körpern auszuweichen. Schreie, gellendes Gelächter. Schwingende, rudernde Arme, muskulöse Schenkel. Wie hart der glänzende Boden war, wenn man fiel! Die großen unter den Mädchen (eine davon Lucy Siddons mit ihrem wild funkelnden Blick) überrannten sie einfach, wenn sie nicht auswich; für sie existierte sie nicht. Und Marina von der Sportlehrerin absurderweise auch noch in der Verteidigung eingesetzt. *Du musst spielen, Marina. Du musst es versuchen. Sei nicht albern. Ist doch nur ein Spiel. Ist doch alles nur Spiel. Los, raus da, zu deinem Team!* Aber wenn der Ball direkt auf sie zukam, traf er sie gegen die Brust, prallte ihr aus den Händen direkt in die einer anderen. Wenn der Ball auf ihren Kopf zuflog, war sie unfähig, sich zu ducken, hilflos, wie gelähmt stand sie da. Die Brille flog. Ihr Schrei der eines Kindes. Lächerlich. Alles so lächerlich. Aber es war ihr Leben.

Lucy, die warmherzige Lucy, der sie dann Leid tat, holte sie aus der Toilette, in der sie sich eingeschlossen hatte, unter wütendem Schluchzen, ein blutiges Papiertaschentuch gegen die Nase gedrückt. *Marina? Wein doch nicht. Die meinen das doch nicht so, sie mögen dich, mach wieder mit, was hast du denn?* Die gute Lucy hatte sie am meisten gehasst.

Am Nachmittag des Freitags vor dem Montag, für den der Prozessbeginn angesetzt war, kam es zum Zusammenbruch von Derek Peck junior in Marina Dyers Büro.

Marina hatte schon gewusst, dass etwas nicht stimmte, so wie der Junge nach Alkohol stank. Er war mit seinem Vater gekommen, hatte ihm aber gesagt, er möchte doch draußen warten; außerdem bestand er darauf, dass Marinas Anwaltsgehilfin den Raum verließ.

Er begann zu weinen und stammelte los. Zu Marinas Erstaunen ging er auf ihrem burgunderfarbenen Teppich hart in die Knie und schlug dann die Stirn gegen die Kante der Glasplatte auf ihrem Tisch. Er lachte; er weinte. Sagte dann mit vor Qualen schier erstickender Stimme, wie Leid es ihm tat, den letzten Geburtstag seiner Mutter vergessen zu haben, schließlich hatte er nicht wissen können, dass es ihr letzter war, und wie weh er ihr damit getan hatte, als hätte er ihn aus Trotz vergessen, und das stimmte doch nicht, Herrgott, er hatte sie doch geliebt! Der einzige Mensch in diesem gottbeschissenen Universum, der sie geliebt hatte! Und dann, an Thanksgiving, diese schreckliche Szene – sie hatte sich mit der Verwandtschaft zerstritten, so dass er und sie allein waren, und trotzdem hatte sie es sich nicht nehmen lassen, für zwei Leute ein komplettes Festmahl zu arrangieren; er hatte ihr gesagt, das sei doch verrückt, aber sie hatte darauf bestanden, unmöglich sie von etwas abzuhalten, wenn sie es sich einmal in den Kopf gesetzt hatte, und er hatte gewusst, es würde Ärger geben, sie hatte am Morgen schon in der Küche zu trinken begonnen, während er oben war, in seinem Zimmer, und zu Musik aus dem Walkman Dope rauchte, weil er wusste, er könnte nicht fliehen. Und sie machte noch nicht einmal einen Truthahn für sie beide, der hätte mindestens zehn Kilo haben müssen, da sonst das Fleisch zu trocken geriet, sagte sie, also hatte sie zwei Enten gekauft, ja, zwei tote Enten aus einer Wild- und Geflügelhandlung in der Lexington, Ecke 66., und das wäre ja noch gegangen, hätte sie nicht Rotwein getrunken, sie hatte so hysterisch gelacht und telefoniert und die aufwändige Füllung zubereitet, die sie jedes Jahr machte, wilder Reis, Pilze, Oliven, dazu Süßkartoffeln, Pflaumensoße und Schokoladen-Tapiokapudding, der angeblich eine seiner Lieblingsnachspeisen war, schon von klein auf, obwohl er allein schon seinen Geruch zum Kotzen fand. Er hielt sich aus allem raus, blieb oben, bis sie ihn schließlich gegen vier Uhr nachmittags rief, da war er hinuntergegangen und hatte genau gewusst, das Ganze würde ihn total runterziehen, obwohl es noch schlimmer kam, weil sie schwankte, so betrunken war sie, die Augen verschmiert, und dann aßen sie im Esszimmer unter dem Kronleuchter, mit all dem feinen Tischzeug aus irischem Leinen, Großmutters altem Porzellan und dem Tafelsilber dazu, und dann hatte sie darauf bestanden, dass er die Enten tranchierte! Er hatte sich zu drücken versucht, aber sie ließ ihn – Herrgott! Und was passiert? Er stößt der Ente das Messer in die Brust, und es kommt Blut heraus, spritzt heraus, echtes Blut! Und innen ist alles ein großer, klebriger Klumpen Blut, also läuft er würgend hinaus, so einen Schrecken hatte ihm das eingejagt, immerhin war er völlig stoned, da verträgt man so was nicht, und als er auf die Straße lief, hätte ihn beinahe ein Auto erwischt, während sie hinter ihm dreinschrie: *Derek, komm zurück! Derek, komm zurück, lass mich nicht allein!* Aber er hatte sich verdrückt und war anderthalb Tage nicht wiedergekommen. Und selbst danach trank sie immer mehr und laberte irres Zeug, wie dass er ihr Baby sei, sie spüre ihn in ihrem Bauch treten, erschauern, unter dem Herzen, sie hatte mit ihm gesprochen, monatelang, in ihrem Bauch, bevor er geboren war, sie legte sich dazu aufs Bett und streichelte ihn, seinen Kopf, durch ihre Haut, und sie unterhielten sich miteinander, sagte sie, noch nie sei sie einem anderen Wesen so nahe gewesen, und ihm war das peinlich, er wusste nicht, was er sagen sollte, außer, dass er sich nicht mehr daran erinnerte, war schließlich schon lange her, und sie sagte darauf, nein, nein, und ob du dich erinnerst, in deinem Herzen, in deinem Herzen bist du immer noch mein Baby, *du erinnerst dich schon,* worauf er sauer wurde und sagte: *Hör auf zu spinnen, so ein Quatsch, ich erinnere mich nicht!* Es gab nur eine Möglichkeit, damit sie aufhörte, ihn zu lieben, das wurde ihm langsam klar, aber er hatte es nicht gewollt, er hatte gebeten, in eine Schule in Boston oder Gott weiß wo gehen, bei seinem Papa wohnen zu dürfen, aber da drehte sie durch, *nein, nein, nein,* kam nicht in Frage, dass er wegging, nie würde sie das erlauben, sie versuchte ihn festzuhalten, in die Arme zu ziehen und zu küssen, so dass er sich einsperren und praktisch die Tür verbarrikadieren musste, und sie hatte auf ihn gewartet, halbnackt, so getan, als käme sie aus dem Bad, als hätte sie gerade geduscht, und drückte ihn an sich, und an jenem Abend, da musste er einfach durchgedreht sein, irgendwas in seinem Kopf war geknackst, und er hatte nach dem Zweier-Eisen gegriffen, sie hatte noch nicht mal Zeit gehabt zu schreien, so schnell war es gegangen, so gnädig, er war hinterrücks auf sie zugerannt, sie hat ihn noch nicht mal richtig gesehen … »Es war die einzige Möglichkeit, endlich Schluss zu machen mit ihrer Liebe zu mir.«

Marina starrte dem Jungen in das schmerzverzerrte, tränenüberströmte Gesicht. Schleim lief ihm aus der Nase, in erschreckender Menge. Was hatte er da gesagt? Er hatte gesagt … Was?

Aber selbst jetzt blieb ein Teil von Marinas Verstand distanziert, berechnend. Sie war von Dereks Beichte schockiert, aber war sie *überrascht*? Ein Anwalt ist nie überrascht.

Rasch sagte sie: »Deine Mutter Lucille war eine starke, dominante Frau. Ich weiß das, ich kannte sie. Als Mädchen, vor fünfundzwanzig Jahren, kam sie in ein Zimmer gestürzt und saugte sofort allen Sauerstoff auf. Sie kam in einen Raum, und man hätte meinen können, ein Wind hätte alle Fenster gesprengt!« Marina wusste kaum, was sie sagte, nur dass ihr die Worte aus dem Mund fielen; ein Strahlen umspielte ihr Gesicht wie Flammen. »Lucille hat dich erstickt. Sie war keine normale Mutter. Was du mir da erzählst, bestätigt mich nur in meinem Verdacht. Ich habe schon andere Opfer psychischen Inzests gesehen, ich kenne mich aus! Sie hat dich hypnotisiert, du hast um dein Leben gekämpft. Du hast dein eigenes Leben verteidigt.« Derek kniete noch auf dem Teppich und starrte Marina ausdruckslos an. Feste kleine Blutperlen hatten sich auf seiner geröteten Stirn gebildet, Kringel seines fettigen Haars fielen ihm in die Augen. Seine Energie war verbraucht. Er sah Marina jetzt an wie ein Tier, das keine Worte, sondern nur Geräusche von seinem Frauchen hört; gewisse Kadenzen, Rhythmen und deren Trost. Marina sagte nachdrücklich: »An jenem Abend hast du die Kontrolle verloren. Was immer passiert ist, Derek, das warst nicht du. *Du bist das Opfer.* Sie hat dich so weit getrieben! Und auch dein Vater hat seine Pflichten dir gegenüber vernachlässigt, er hat dich bei ihr gelassen, mit ihr allein gelassen hat er dich, im Alter von dreizehn Jahren. Dreizehn! Das hast du all die Monate nicht wahrhaben wollen. Das ist das Geheimnis, das du nicht anerkennen wolltest. Du hattest doch gar keine eigenen Gedanken, nicht wahr? Jahrelang nicht? Ihre Gedanken waren die deinen, mit *ihrer* Stimme.« Derek nickte stumm. Marina hatte ein Papiertuch aus dem polierten Leder-Behälter auf ihrem Schreibtisch genommen und tupfte ihm damit zärtlich übers Gesicht. Er hob ihr das Gesicht entgegen, schloss die Augen dabei. Als wäre diese plötzliche Nähe, diese Intimität ihnen nicht neu, sondern irgendwie seit langem vertraut. Marina sah den Jungen im Gerichtssaal, ihren Derek: ein neuer Mensch – das Gesicht frisch geschrubbt, das Haar sauber geschnitten, vor Gesundheit strotzend; erhobenen Hauptes, völlig unverstellt, ohne Falsch. »*Es war die einzige Möglichkeit, endlich Schluss zu machen mit ihrer Liebe zu mir.*« Er trug einen marineblauen Blazer mit dem eleganten, aber dezenten Monogramm der Mayhew Academy. Ein weißes Hemd, eine blaugestreifte Krawatte. Die Hände in einer Geste buddhistischer Ruhe gefaltet. Ein Junge, unreif für sein Alter. Emotional beeinflussbar. *Nicht schuldig wegen vorübergehender Unzurechnungsfähigkeit.* Es war eine transzendente Vision, und Marina wusste, sie würde sie erkennen, und allen, die Derek Peck junior anstarrten und seine Aussage hörten, würde das klar.

Derek lehnte sich gegen Marina, die über ihn gebeugt stand, er hatte sein nasses, heißes Gesicht an ihren Beinen versteckt, als sie ihn, um ihn zu trösten, hielt. Was für eine ranzige Wärme ging doch von ihm aus, und dazu wirkte er wie ein verschrecktes Tier, was für eine Not. Er schluchzte und stammelte kaum verständlich: »... rette mich! Lass nicht zu, dass man mir was tut. Bekomme ich Immunität, wenn ich alles gestehe? Wenn ich sage, was passiert ist, wenn ich die Wahrheit sage ...«

Marina nahm ihn in die Arme, die Finger in seinem Nacken. Sie sagte: »Natürlich rette ich dich, Derek. Deshalb bist du doch zu mir gekommen, nicht wahr?«

(Deutsch von Bernhard Schmid)

Ein englischer Herbst
von
MINETTE WALTERS

Minette Walters (*1949), geborene Minette Jebb, kam im englischen Bishop's Stortford als Tochter eines Armeehauptmanns und einer Künstlerin zur Welt. Sie besuchte die Godolphin and Latymer School, verbrachte ein halbes Jahr als Freiwillige in Israel und absolvierte an der Durham University ein Französischstudium. Die Autorin, die mit ihrem Mann Alexander Walters zwei Söhne hat, arbeitete vor ihrer Laufbahn als Schriftstellerin als Zeitschriftenjournalistin in London sowie in der Parent Teacher Association (Eltern-Lehrer-Verband) und kandidierte bei der Kommunalwahl 1987.

Walters gehört zu den von der Kritik höchst gelobten neuen Autoren und Autorinnen, die in den neunziger Jahren zu schreiben begannen. Tatsächlich wurden ihre ersten drei Romane alle mit Preisen ausgezeichnet: *The Ice House* (1990; dt. *Im Eishaus*) bekam den John Creasey Award der British Crime Writers' Association für den besten Erstlingsroman, *The Sculptress* (1993; dt. *Die Bildhauerin*) gewann den von den Mystery Writers of America ausgelobten Edgar für den besten Roman, und *The Scold's Bridle* (1994; dt. *Die Schandmaske*) wurde von der Crime Writers' Association der Gold Dagger Award für den besten Roman zugesprochen. Am häufigsten verglichen mit Ruth Rendell – deren Erfolg sie ihre eigenen Publikationsmöglichkeiten zuschreibt –, ist Walters eine Traditionalistin der besonderen Art: Zwar betont sie Familienbeziehungen und das klassische Rätselelement, lehnt die anheimelnde Note aber ab, ja verurteilt sie regelrecht.

Walters hat – abgesehen von einigen Liebesromanen in Kurzform, die sie als Zeitschriftenjournalistin unter nie aufgedeckten Pseudonymen verfasst hat – nicht sehr viele Kurzgeschichten geschrieben. »Ein englischer Herbst« ist ein Beispiel für die ganz kurze Kurzgeschichte und zeigt eindrucksvoll auf, wie viel Charakter und Andeutungen sich in eine äußerst knappe Erzählung packen lassen.

Ein englischer Herbst

Ich erinnere mich, dass ich dachte, Mrs. Newbergs Problem sei weniger die Alkoholsucht ihres Mannes, als vielmehr ihr albernes Beharren darauf, ihrer Umwelt vorzumachen, er wäre ein maßvoller Mensch. Sie waren ein gut aussehendes Paar, beide groß und schlank, mit vollem schlohweißem Haar, stets teuer gekleidet in Kaschmir und Tweed. Gerechterweise muss ich sagen, dass er tatsächlich nicht wie ein Trinker aussah und sich auch nicht wie einer benahm, aber ich kann mich nicht erinnern, ihn in den zwei Wochen unserer Bekanntschaft je nüchtern erlebt zu haben. Seine Frau pflegte ihn mit Klischees zu entschuldigen, sprach andeutungsweise von Schlaflosigkeit, einem Todesfall in der Familie, einer alten Beinverletzung – aus dem Krieg natürlich –, die ihm das Gehen schwer mache. Dann und wann flog ein amüsiertes Lächeln über sein Gesicht, als hätte eine ihrer Bemerkungen ihn erheitert, aber die meiste Zeit saß er nur da und klammerte sich mit Blicken an irgendeinen festen Punkt, um das mühsam bewahrte Gleichgewicht nicht zu verlieren.

Ich schätzte sie beide auf Ende siebzig und fragte mich, was sie so weit von zu Hause fortgetrieben hatte, mitten hinein in einen kalten englischen Herbst. Mrs. Newberg wich aus. Nur ein kleiner Urlaub, zwitscherte sie mit vogelheller Stimme, deren bei konsonantischen Lauten gelegentlich harter Klang an Nordeuropa gemahnte. Sie warf dabei nervöse Blicke auf ihren Mann, als hätte sie Angst, er könnte ihr widersprechen. Vielleicht sprach sie die Wahrheit, aber dass ein altes amerikanisches Ehepaar sich für einen Ferienaufenthalt im Oktober ausgerechnet ein menschenleeres Hotel in einem von Stürmen geplagten Badeort an der Küste von Lincolnshire aussuchen sollte, schien mir reichlich unwahrscheinlich. Sie wusste, dass ich ihr nicht glaubte, aber sie war schlau genug, sich nicht auf lange Erklärungen einzulassen. Vielleicht war ihr klar, dass meine Bereitschaft, mich mit ihr zu unterhalten, von ungestillter Neugier genährt wurde.

»Es war der Wunsch meines Mannes, hierher zu kommen«, sagte sie mit gesenkter Stimme, als wäre damit alles gesagt.

Der Badeort war aus der Mode und die Saison vorbei, und Mrs. Newberg fühlte sich offensichtlich einsam. Wem wäre es, auf die Gesellschaft eines wortkargen Alkoholikers beschränkt, nicht so ergangen? Gelegentlich erschien abends ein reisender Vertreter im Speisesaal, um schweigend sein Abendessen einzunehmen, bevor er zu Bett ging, aber die Gespräche mit mir waren eigentlich ihre einzige Quelle der Unterhaltung. Auf eine oberflächliche Art freundeten wir uns miteinander an. Natürlich wollte sie wissen, was mich an diesen Ort geführt hatte, aber auch ich konnte ausweichend sein. Ich sei auf der Suche nach einem Domizil, erklärte ich.

»Wie schön«, sagte sie unaufrichtig. »Aber möchten Sie sich wirklich so weit von London entfernt niederlassen?« Es war ein Vorwurf. Für sie, wie für so viele, waren Großstädte gleichbedeutend mit Leben.

»Ich mag den Lärm nicht«, bekannte ich.

Sie schaute zum Fenster, wo der Regen gegen die Scheiben prasselte. »Vielleicht ist es eher so, dass Sie keine Menschen mögen«, meinte sie.

Ich widersprach aus Höflichkeit.

»Mit dem Einzelnen habe ich keine Probleme«, sagte ich mit einem Blick zu ihrem Mann, »nur mit der Masse.«

»Ja«, stimmte sie vage zu. »Mir persönlich sind Tiere auch lieber.«

Sie gab oft solche sprunghaften Antworten, und ein- oder zweimal fragte ich mich tatsächlich, ob sie vielleicht nicht ganz bei Verstand sei. Aber wenn das zutraf, wie hatten die beiden dann ihren Weg an diesen abgelegenen Ort gefunden, wo Mr. Newberg schon Mühe hatte, sich zwischen den Tischen in der Bar zurechtzufinden. Die Antwort war einfach. Das Hotel hatte ihnen einen Wagen zum Flughafen geschickt.

»War das nicht sehr teuer?«, fragte ich.

»Es war im Preis inbegriffen«, sagte Mrs. Newberg mit Würde. »Der Direktor persönlich hat uns abgeholt.«

Sie schüttelte den Kopf über meine erstaunte Miene. »Das kann man ja wohl erwarten, wenn man den vollen Preis bezahlt.«

»Ich bezahle auch den vollen Preis«, sagte ich.

»Das bezweifle ich«, widersprach sie und seufzte: »Wir Amerikaner werden doch überall ausgenommen.«

In der ersten Woche ihres Aufenthalts sah ich die beiden nur einmal außerhalb des Hotelgeländes. Ich traf sie am Strand, wo sie in dicke Mäntel und wollene Schals vermummt in Liegestühlen saßen und zur stürmischen See hinausblickten, die von einem bitterkalten Ostwind aufgewühlt wurde. Ich zeigte mich überrascht, sie zu sehen, und Mrs. Newberg, die aus irgendeinem Grund annahm, meine Verwunderung beziehe sich auf die Liegestühle, erklärte, für einen kleinen Aufpreis bekomme man im Hotel alles.

»Kommen Sie jeden Morgen hierher?«, fragte ich sie.

Sie nickte. »Es erinnert uns an zu Hause.«

»Ich dachte, Sie leben in Florida.«

»Ja«, sagte sie vorsichtig, als versuchte sie, sich zu erinnern, wie viel sie bereits preisgegeben hatte.

Mr. Newberg und ich tauschten ein Lächeln wie zwei Verschwörer. Er sagte selten etwas, aber wenn er sprach, dann immer mit Ironie. »Florida ist berühmt für seine Hurricanes«, bemerkte er, ehe er sein Gesicht wieder in den eiskalten Wind wandte.

Danach mied ich den Strand, weil ich keinen noch engeren Kontakt mit ihnen wollte. Es war nicht so, dass ich sie nicht mochte. Im Gegenteil, ich hielt mich ganz gern in ihrer Gesellschaft auf. Ich kannte niemanden, der so wenig neugierig war wie diese beiden, und die langen Pausen des Schweigens, die sich bei unseren Gesprächen einstellten, waren nie unangenehm. Aber ich verspürte keinerlei Verlangen, meine Tage damit zuzubringen, geselligen Umgang mit Fremden zu pflegen.

Mrs. Newberg machte eines Abends eine Bemerkung darüber. »Es wundert mich, dass Sie nicht nach Schottland gefahren sind«, sagte sie. »Ich habe gehört, dass man in Schottland stundenlang laufen kann, ohne einer Menschenseele zu begegnen.«

»In Schottland könnte ich nicht leben«, sagte ich.

»Ach so, ja. Das hatte ich vergessen.« War das eine Spitze, oder bildete ich es mir nur ein? »Sie suchen ja ein Haus.«

»Ein Domizil«, verbesserte ich sie.

»Schön, dann eine Wohnung. Spielt das eine Rolle?«

»Für mich schon.«

Mr. Newberg starrte in sein Whiskyglas. »›Das Geheimnis, um die größte Fruchtbarkeit und den größten Genuss vom Dasein einzuernten, heißt gefährlich leben‹«, murmelte er in fließendem Deutsch. »Friedrich Nietzsche.«

»Funktioniert es?«, fragte ich.

Ich sah ihn lächeln, heimlich und nur zu sich selbst. »Nur wenn man Blut vergießt.«

»Wie bitte?«

Doch seine Augen schwammen in Alkohol, und er antwortete nicht.

»Er ist müde«, sagte seine Frau. »Er hat einen langen Tag hinter sich.«

Wir schwiegen, und ich beobachtete, wie Mrs. Newbergs ängstlich angespannte Gesichtszüge sich entkrampften und wieder ihren natürlicheren Ausdruck resignierter Schicksalsergebenheit annahmen. Gut fünf Minuten verstrichen, ehe sie eine Erklärung anbot.

»Er war gern im Krieg«, teilte sie mir gedämpft mit. »Wie so viele Männer.«

»Es ist der Kameradschaftsgeist«, bestätigte ich, mich erinnernd, mit welcher Wärme meine Mutter stets von den Kriegsjahren erzählt hatte. »Die Not holt das Beste aus den Menschen heraus.«

»Oder das Schlimmste«, sagte sie, den Blick auf ihren Mann gerichtet, der sich aus der Whiskyflasche nachschenkte, die jeden Abend, sobald sie leer war, durch eine neue ersetzt wurde. »Ich vermute, es kommt darauf an, auf welcher Seite man steht.«

»Sie meinen, es ist besser zu siegen?«

»Es ist sicher eine Hilfe«, sagte sie zerstreut.

Am nächsten Tag erschien Mrs. Newberg mit einem blau geschlagenen Auge zum Frühstück. Sie behauptete, sie sei aus dem Bett gefallen und habe sich das Gesicht am Nachttisch angeschlagen. Es gab keinen Anlass, an ihren Worten zu zweifeln, nur fiel mir auf, dass ihr Mann sich immer wieder die Knöchel seiner rechten Hand massierte. Sie wirkte elend und niedergeschlagen, und ich forderte sie zu einem Spaziergang auf.

»Ihr Mann kann sich gewiss auch mal ein Stündchen allein unterhalten«, sagte ich mit einem missbilligenden Blick auf ihn.

Wir gingen die Promenade hinunter und beobachteten die Möwen, die unter dem Himmel dahinsegelten wie windgetriebene Stofffetzen. Mrs. Newberg setzte eine dunkle Brille auf und sah aus wie eine Blinde. Sie ging langsam und blieb in regelmäßigen Abständen stehen, um Atem zu schöpfen. Ich bot ihr deshalb meinen Arm. Sie stützte sich schwer auf ihn, zum ersten Mal empfand ich sie wirklich als alt.

»Sie sollten sich nicht von Ihrem Mann schlagen lassen«, sagte ich.

Sie lachte kurz, sagte aber nichts.

»Sie sollten ihn anzeigen.«

»Bei wem?«

»Bei der Polizei.«

Sie entzog mir ihren Arm und lehnte sich an das Geländer über dem Strand. »Und dann? Ein Strafverfahren? Gefängnis?«

Ich stellte mich neben sie. »Eher würde ein Gericht ihm wahrscheinlich auferlegen, sein Verhalten zu ändern.«

»Einem alten Hund kann man keine neuen Kunststücke beibringen.«

»Er würde die Dinge vielleicht mit anderen Augen sehen, wenn er nüchtern wäre.«

»Er trinkt, um zu vergessen«, sagte sie, über das Meer hinweg zu den fernen Küsten Nordeuropas blickend.

Ich zeigte Mr. Newberg von da an die kalte Schulter. Ich habe für Männer, die ihre Frauen prügeln, nichts übrig. Es änderte kaum etwas an unserer Beziehung; höchstens festigte meine Anteilnahme an Mrs. Newbergs Schicksal noch das Band zwischen uns dreien. Ich begann, die beiden ab und zu abends zu ihrem Zimmer hinaufzubegleiten, wobei ich keinen Zweifel daran ließ, dass mir Mrs. Newbergs Wohlergehen am Herzen lag. Mr. Newberg schien meine Fürsorge belustigend zu finden. »Sie hat kein Gewissen, das ihr das Leben schwer machen könnte«, sagte er einmal. Und ein andermal: »Ich habe mehr zu fürchten als sie.«

In der zweiten Woche stürzte er auf dem Weg zum Frühstück auf der obersten Treppenstufe und war tot, als er unten ankam. Es gab keine Zeugen des Unfalls. Eine Kellnerin, die das Poltern auf der Treppe hörte, kam aus dem Speisesaal gerannt und fand den stattlichen alten Mann mit weit geöffneten Augen und einem Lächeln im Gesicht rücklings am Fuß der Treppe liegend. Niemand war sonderlich überrascht, wenn es auch, wie der Hoteldirektor bemerkte, verwunderte, dass es am Morgen geschehen war, zu einer Zeit, da der alte Mann gewöhnlich am nüchternsten gewesen war. Einige Stunden später traf ein Polizeibeamter ein, um Fragen zu stellen, aber nicht weil irgendein Verdacht auf ein Verbrechen bestand, sondern weil Mr. Newberg Ausländer war und Meldung gemacht werden musste.

Ich leistete Mrs. Newberg in ihrem Zimmer Beistand, während sie sachte ihre Tränen abtupfte und dem Beamten erklärte, sie habe am Toilettentisch gesessen und sich zurechtgemacht, als Mr. Newberg das Zimmer verlassen hatte, um nach unten zu gehen.

»Er ist immer zuerst hinuntergegangen«, sagte sie. »Er trank seinen Kaffee gern frisch.«

Der Polizeibeamte nickte, als leuchte ihm diese Erklärung ein, und erkundigte sich dann taktvoll nach den Trinkgewohnheiten ihres Mannes. Eine Untersuchung habe einen hohen Alkoholgehalt im Blut Mr. Newbergs ausgewiesen, berichtete er. Sie lächelte schwach und sagte, sie könne nicht glauben, dass der bescheidene Whiskykonsum ihres Mannes etwas mit seinem Sturz zu tun haben könne. Sie wies darauf hin, dass es im Hotel keinen Aufzug gab und ihr Mann seit Jahren an einer alten Beinverletzung gelitten habe. »Amerikaner sind Treppensteigen nicht gewöhnt«, sagte sie, als wäre das Erklärung genug.

Der Polizeibeamte ließ sie in Ruhe und wandte sich mir zu. Er habe gehört, dass ich mit dem Ehepaar befreundet sei. Ob ich irgendetwas zur Erhellung der Umstände des Unfalls beitragen könne. Ich vermied es, Mrs. Newberg anzusehen, die den verblassten blauen Fleck an ihrem Auge geschickt mit Make-up kaschiert hatte. »Eigentlich nicht«, sagte ich und wunderte mich gleichzeitig, wieso mir nie die Narbe über ihrer Wange aufgefallen war, die aussah, als könnte sie von der spitzen Ecke eines Nachttischs stammen. »Er hat einmal zu mir gesagt, das Geheimnis eines erfüllten Lebens bestehe darin, gefährlich zu leben, vielleicht hat er also nicht so gut auf sich Acht gegeben, wie er das hätte tun sollen.«

Er warf einen verlegenen Blick auf Mrs. Newberg. »Mit anderen Worten, er hat zu viel getrunken?«

Mein kurzes Achselzucken nahm er als Zustimmung. Ich hätte darauf hinweisen können, dass Mr. Newbergs Achtlosigkeit darin bestanden hatte, sich nicht umzusehen, aber ich konnte nicht einsehen, was das gebracht hätte. Niemand zweifelte daran, dass seine Frau zur Zeit des Unfalls in ihrem gemeinsamen Zimmer gewesen war.

Sie neigte huldvoll den Kopf, als der Beamte sich verabschiedete. »Sind englische Polizisten immer so nett?«, fragte sie, schon auf dem Weg zum Toilettentisch, um sich das schöne Gesicht zu pudern.

»Immer«, bestätigte ich, »solange sie keinen Grund zu einem Verdacht sehen.«

Ein kurzer Blick aus dem Spiegel traf mich. »Was denn für ein Verdacht?«, fragte sie.

(Deutsch von Mechtild Sandberg-Ciletti)

Quellennachweis

Elizabeth George, Einführung
Copyright © 2001 by Elizabeth George.

Susan Glaspell, Geschworene von ihresgleichen
Originaltitel: A Jury of Her Peers.
Copyright © 1917 by Susan Glaspell, erstveröffentlicht 1917 in *Every Week*.
Mit freundlicher Genehmigung der Agentur Curtis Brown Ltd.

Dorothy L. Sayers, Der Mann, der wusste wie
Originaltitel: The Man Who Knew How.
Copyright © 1932 by Dorothy L. Sayers, erstveröffentlicht 1932 in *Harper's Bazaar.*
Ins Deutsche übersetzt von Traudl Nothelfer.
Aus: »Das Katzenauge, Kriminalstories. Herausgegeben von Ellerey Queen, Copyright © 1961 by Wilhelm Heyne Verlag, München.
Abdruck mit freundlicher Genehmigung des Wilhelm Heyne Verlags.

Ngaio Marsh, Ich finde schon allein hinaus
Originaltitel: I Can Find My Way Out
Copyright © 1946 by Ngaio Marsh, erstveröffentlicht 1946 in *Alfred Hitchcock's Mystery Magazine.*
Mit freundlicher Genehmigung von HarperCollins Publishers Ltd. und der Agentur Gillon Aitken Associates, Ltd.

Shirley Jackson, Sommerleute
Originaltitel: The Summer People
Copyright © 1959 by Shirley Jackson, erstveröffentlicht 1950 in *Charm.*
Mit freundlicher Genehmigung der Linda Allen Literary Agency.

Charlotte Armstrong, St.-Patrickstag
Originaltitel: St. Patrick's Day in the Morning
Copyright © 1959 by Charlotte Armstrong, neues Copyright © 1987 by Jeremy B. Lewi, Peter M. Lewi und Jacqueline Lewi Byngata, erstveröffentlicht 1969 in *Ellery Queen's Mystery Magazine*.
Mit freundlicher Genehmigung von Brandt & Brandt Literary Agents, Inc.

Dorothy Salisbury Davis, Das Purpurrot ist alles
Originaltitel: The Purple Is Everything
Copyright © 1963 by Dorothy Salisbury Davis, erstveröffentlicht 1964 in *Ellery Queen's Mystery Magazine*.
Mit freundlicher Genehmigung der Autorin.

Margery Allingham, Geld zum Verbrennen
Originaltitel: Money to Burn
Copyright © 1969 by P & M Youngman Carter, Ltd., erstveröffentlicht 1957 in *Ellery Queen's Mystery Magazine*.
Mit freundlicher Genehmigung der Agentur P & M Youngman Carter, Ltd.

Nedra Tyre, Eine schöne Bleibe
Originaltitel: A Nice Place to Stay
Copyright © 1979 by Nedra Tyre, erstveröffentlicht 1979 in *Ellery Queen's Mystery Magazine*.
Mit freundlicher Genehmigung der Scott Meredith Literary Agency, Inc.

Christianna Brand, Clever und fix
Originaltitel: Clever and Quick
Copyright © 1974 by Christianna Brand, erstveröffentlicht 1974 in *Ellery Queen's Mystery Magazine*.
Mit freundlicher Genehmigung der Agentur A. M. Heath & Co., Ltd.

Nadine Gordimer, Liebende in Stadt und Land
Originaltitel: Country Lovers

Copyright © 1975 by Nadine Gordimer, aus: dies., *Die Umarmung eines Soldaten.* Erzählungen Copyright © S. Fischer Verlag GmbH, Frankfurt am Main 1999.
Ins Deutsche übersetzt von Walter Hartmann.
Abdruck mit freundlicher Genehmigung des S. Fischer Verlags.

Ruth Rendell, Die Ironie des Hasses
Originaltitel: The Irony of Hate
Copyright © 1977 by Kingsmarkham Enterprises Ltd., erstveröffentlicht in *Winter's Crimes.*
Mit freundlicher Genehmigung der Autorin.

Joyce Harrington, Süße kleine Jenny
Originaltitel: Sweet Baby Jenny
Copyright © 1981 by Joyce Harrington, erstveröffentlicht in *Ellery Queen's Mystery Magazine.*
Mit freundlicher Genehmigung der Autorin.

Marcia Muller, Wilder Senf
Originaltitel: Wild Mustard
Copyright © 1984 by The Pronzini-Muller Family Trust, erstveröffentlicht in *The Eyes Have It.*
Mit freundlicher Genehmigung der Autorin.

Antonia Fraser, Jemima Shore am sonnigen Grab
Originaltitel: Jemima Shore at the Sunny Grave
Copyright © 1988 by Antonia Fraser, erstveröffentlicht 1988 in *Ellery Queen's Mystery Magazine.*
Mit freundlicher Genehmigung der Autorin.

Sara Paretsky, Der Fall der Andromache von Pietro
Originaltitel: The Case of the Pietro Andromache
Copyright © 1988 by Sara Paretsky, erstveröffentlicht 1988 in *Alfred Hitchcock's Mystery Magazine.*
Mit freundlicher Genehmigung der Autorin und der Dominick Abel Literary Agency, Inc.

Nancy Pickard, Die ganze Zeit Angst
Originaltitel: Afraid all the Time

Kristine Kathryn Rusch, Die Jungen sollen Gesichte sehen und die Alten Träume haben
Originaltitel: The Young Shall See Visions, and the Old Dream Dreams

Deutsche Erstveröffentlichung.

Sharyn McCrumb, Die Beutegreiferin
Originaltitel: A Predatory Woman

Deutsche Erstveröffentlichung.

Barbara Paul, Jack Be Quick
Originaltitel: Jack Be Quick

Deutsche Erstveröffentlichung.

Carolyn Wheat, Geisterbahnhof
Originaltitel: Ghost Station

Wendy Hornsby, Neumond und Klapperschlangen
Originaltitel: New Moon and Rattlesnakes

Copyright © 1994 by Wendy Hornsby, erstveröffentlicht in *The Mysterious West.*
Mit freundlicher Genehmigung der Autorin.
Deutsche Erstveröffentlichung.

J. A. Jance, Tod eines Zugvogels
Originaltitel: Death of a Snowbird
Copyright © 1994 by J. A. Jance, erstveröffentlicht in *The Mysterious West.*
Mit freundlicher Genehmigung der Autorin.
Deutsche Erstveröffentlichung.

Lia Matera, Die Flussmündung
Originaltitel: The River Mouth
Copyright © 1994 by Lia Matera, erstveröffentlicht in *The Mysterious West.*
Mit freundlicher Genehmigung der Autorin.
Deutsche Erstveröffentlichung.

Gillian Linscott, Skandal im Winter
Originaltitel: A Scandal in Winter
Copyright © 1996 by Gillian Linscott, erstveröffentlicht in *Holmes for the Holidays.*
Mit freundlicher Genehmigung der Autorin.
Deutsche Erstveröffentlichung

Joyce Carol Oates, Totschlag
Originaltitel: Murder-Two
Copyright © 1998 by The Ontario Review Press, erstveröffentlicht in *Murder for Revenge.*
Mit freundlicher Genehmigung der Autorin.
Copyright der deutschen Übersetzung © 1998 by Wilhelm Goldmann Verlag, München, in der Verlagsgruppe Random House.
Ins Deutsche übersetzt von Bernhard Schmid.
Mit freundlicher Genehmigung des Wilhelm Goldmann Verlags.

Minette Walters, Ein englischer Herbst
Originaltitel: English Autumn – American Fall

Ins Deutsche übersetzt von Mechtild Sandberg-Ciletti.